KB100340

주신의 공주

주신의 공주 1

초판 1쇄 찍은 날 | 2017년 11월 06일
초판 1쇄 펴낸 날 | 2017년 11월 13일

지은이 | 이도화
펴낸이 | 서경석

편 집 책 임 | 조윤희
편 집 | 이은주
이예진

펴 낸 곳 | 도서출판 청어람
등록번호 | 제387-1999-000006호
등록일자 | 1999. 5. 31
어람번호 | 제11-0065호

주소 | 경기도 부천시 부일로 483번길 40 서경B/D 3F (우) 14640
전화 | 032-656-4452 팩스 | 032-656-4453
http://www.chungeoram.com
E—mail | chungeorambook@daum.net

ISBN 979-11-04-91496-6 04810
ISBN 979-11-04-91495-9 (SET)

주신의 공주
이도화 장편소설
1
도서출판 청어람

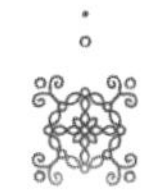

목차

1장 찬란한 신월의 빛 아래서 ·•· 007

2장 하늘의 임무를 부여받다 ·•· 085

3장 넘쳐흐른 마음 ·•· 161

4장 끝나지 않을 그들의 인연 ·•· 241

5장 두 개의 용기 ·•· 320

6장 적과 손을 잡다 ·•· 394

1장

찬란한 신월의 빛 아래서

조선(早先) 개국 315년.

천왕신전에 어둑발이 내려오며 깊은 밤이 되었다. 고요한 공간에서, 단 앞에 모인 신관들은 기도하듯 손을 모았다. 기다리고 기다리던 신녀 탄생의 순간이었다.

"조선을 도와주소서!"

합창하는 목소리가 커졌다. 어서 제사장 노릇을 할 신녀가 태어나 조선을 살피고 신권을 공고히 해야 했다. 조선에는 신녀가 성인이 되는 열여덟 살부터 하늘에 제사를 올리는 관행이 있었다. 그때부터 신녀의 능력이 발휘되어 하늘의 지혜를 들을 수 있기 때문이었다. 신녀는 올바른 판단을 내릴 수 있는 성인이 되기 전까지는 신전에서 생활하며 조선의 삶과 제사를 올리는 법 등에 대해서 많은 교육을 받았다.

소리를 높여 한 번 더 합창하자 제를 올리던 그들의 머리 위로 놀라운 광경이 펼쳐졌다. 오색영롱한 다섯 개의 별들이 달 아래 일렬로 늘어섰다. 별들은 차례대로 깜빡이며 찬란하게 빛났다. 여태껏 한 번도 일어난 적 없던 진귀한 현상에 모두가 입을 벌리고 경탄했다. 그들이 느끼기에 이번 신녀는 전대의 신녀들과는 달리 뭔가 특별한 것 같았다.

그사이, 빛무리를 머금은 황금색 학이 신전 뜰의 소나무에 내려앉았다. 분명 심상치 않은 일이었다.

"시, 신녀님을 경배하라!"

대신관의 말이 떨어지기 무섭게 단 위에는 우아한 빛에 휩싸인 아이의 형체가 어렴풋이 나타났다. 동시에 제를 주관하던 그의 귀에 서요라는 이름이 아로새겨졌다. 조선을 구원할 신녀의 탄생이었다.

그런 영광도 잠시, 아이의 몸을 감싸고 있던 빛이 수그러들 때 즈음 불길한 발소리가 들렸다. 곧 단을 밝히던 촛불이 꺼지고 검은 복면을 쓴 사내들이 신전으로 침입했다. 잘 훈련된 무사들인 듯, 한 치의 흐트러짐도 없는 대형이었다.

'설마…… 자민이?'

대신관은 왕검 자민을 떠올렸다. 철권통치를 꿈꾸는 그에게 신전은 분명 눈엣가시일 터였다. 자민은 오래전부터 제사장의 힘을 두려워한 전대 왕검의 영향을 받아 천왕신전을 천천히 압박해 오고 있었다.

또한, 그런 이유가 아니더라도 하늘의 뜻을 전하는 신전을 감히 엄습할 수 있는 자는 이 나라의 왕, 자민밖에 없었다.

대신관은 이 습격의 배후가 왕이라는 판단을 하자마자 단에서 아이를 내려 재빨리 몸을 숨겼다. 자객의 목표는 당연히 신녀 서요일 터였다.

'이 나라 조선을 위해서…… 절대로 이 아이를 잃을 순 없어…….'

아이는 천왕 환웅이 내려준 신녀였다. 지금껏 단에 나타난 신녀가 그래왔던 것처럼, 대신관은 서요가 이 땅을 풍요롭게 하고 널리 사람을 이롭게 할 여인이라 믿어 의심치 않았다.

"아이를 찾아내라!"

검이 맞부딪치는 소리와 함께 병사의 날카로운 외침이 들렸다. 신전은 무릇 신을 모시는 곳으로, 무력과는 거리가 멀었기에 신관들은 이러지도 저러지도 못하고 병사들에게 유린당했다. 신을 모시던 신관들이 자객들을 막아내는 건 역부족이었다.

대신관은 숨을 죽이고 아이를 깊이 그러안았다. 어떠한 희생을 치러서라도, 설령 자신의 목숨을 내놓는 일이 있더라도 아이만은 지켜내야 했다.

사방에서 단말마의 비명이 들리는 지옥도 잠시, 정적이 찾아들었다. 대신관은 신관들이 모두 유명을 달리했을 게 불을 보듯 뻔해서 이를 악물었다. 아무 죄 없는 사람들을 어찌 저리 무자비하게 죽일 수 있단 말인가.

그가 속으로 탄식하며 비참함을 곱씹을 때였다.

"사, 살려주십시오! 제발 목숨만 살려주십시오! 제가 봐, 봤습니다. 대신관이 신녀를 데리고 도망치는 걸 봤습니다!"

젊은 신관 한 명이 기어이 일을 저질렀다. 목에 칼이 들어오는데 그 어떤 자인들 평상심을 유지할 수 있을까 싶어 대신관은 한편으론 이해했지만 그래도 배신감이 들었다.

자객들은 젊은 신관이 가리킨 방향으로 조심스레 발걸음을 뗐다. 마치 몰이사냥을 하는 들개처럼, 최대한 발톱을 감추고 움직였다. 그리고 마지막 순간, 그들은 숨겨뒀던 발톱을 드러냈다.

챙!

검을 빼든 자객들이 인상을 험악하게 일그러뜨렸다. 젊은 신관이 가리킨 곳은 텅 비어 있을 뿐, 대신관과 신녀의 모습은 그 어디에서도 찾을 수 없었다.

"감히 거짓말을 한 것이냐! 그 죄는 목숨으로 갚아야 할 것이다!"

자객의 일격에 젊은 신관의 몸이 허물어졌다. 그는 죽음을 각오하고 대신관에게 시간을 벌어준 것이었다. 그 틈을 타서 신전을 빠져나온 대신관은 자신이 오해했다는 것을 깨닫고는 눈물을 흘렸다.

"미안하다."

신전을 빠져나와 산비탈을 내달리는 와중에도 죄책감은 계속 그를 괴롭혔다. 대신관은 품에 안은 신녀, 서요를 보며 속삭였다.

"신녀님. 부디 저 젊은 목숨들의 안타까운 희생을 잊지 마십시오."

그는 무사히 도망쳤지만 날이 밝기가 무섭게 전국 곳곳에 대신관의 용모파기가 그려진 방이 붙었다. 왕검 자민의 명이었다.

그러나 사람들은 그 어디에서도 대신관의 모습을 찾을 수 없었다. 그는 신분을 숨기고 산속 깊이, 더 깊이 숨어들었다. 대신관은 언젠가 신녀 서요가 하늘의 지혜를 얻게 될 때까지 참고 인내하리라 다짐하고 또 다짐했다.

⊠

"이햐, 이 누님은 사람이야, 옷걸이야?"

아랫배에서 올라오는 우렁찬 목소리가 시장 바닥을 지배했다. 그 성량은 복작거리는 저잣거리에서 단연 돋보였다. 목소리의 주인공인 옷 장수는 지나가던 여자 한 명을 붙잡고 그녀의 몸에 직접 지은 옷을 가져다 댔다.

"가만있어 봐. 캬! 내 낭자가 어디 있나 했더니만. 바로 여기 있었네."

"어머!"

사내치곤 곱상하게 생긴 옷 장수가 한쪽 눈을 찡긋거리자 여자는 금세 얼굴을 붉혔다. 여자가 관심을 갖기 시작하자 옷장수는 그녀의 차림과 어울리는 옷을 이것저것 대보며 칭찬을 이어갔다. 입에 침이 마를 시간이 없었다.

"이것 봐, 허리가 어찌 이리 얇은 건지. 이 하늘하늘한 저고리를 입으면 더 돋보일 것 같은데?"

"호호호. 정말요? 그럼 어디 한 번 걸쳐나 볼까?"

"옳지! 내 다음에 그 옷 입고 오면, 원하는 거 하나 공짜로 줄게."

옷 장수가 은밀한 얘기를 하듯 손님의 귀에 바짝 대고 속삭였다. 장사란 언제나 손님과의 특별한 약속이 중요한 법이었다.

여자 손님이 양손 가득 무거운 옷 짐을 가지고 사라지자, 옷 장수는 언제 그랬냐는 듯 표정을 싹 굳혔다. 마음에도 없는 소리를 늘어놓자니 온몸이 다 흐늘거릴 지경이었다.

"한점이 저놈 저거, 어수룩해 봬도 장사의 귀재여, 귀재."

옆 좌판대 옷 장수들이 입을 삐죽였다. 부러워하면서도 한편으론 시기하고 있는 것이었다.

"그러게 말여. 아, 반말은 무슨? 마을 초동한테도 높임말 꼬박꼬박 쓰는 놈이…… 암튼 담번에 저 아낙이 옷 입고 오면 진짜 옷걸이가 될 거 아녀?"

"아, 한두 번이여? 말해 뭐혀. 손님이 호구가 되선 호객을 하니 말 다 했지 뭐."

그들의 목소리가 점차 커지자 옷 장수 한점이 머쓱한 얼굴로 쉿! 하며 손가락에 입을 가져다 댔다.

"다 먹고 살려고 하는 겁니다."

한점이 배시시 웃었다. 쑥스러운 듯 얼굴을 붉히기까지 하니, 장사할 때완 다르게 순박한 느낌이 물씬 풍겼다. 때마침 싱그러운 아침 햇살이 내리쬐자 한점의 흰 피부가 더욱 매끄럽게 빛났다. 흉을 보던 장사치들은 어깨를 으쓱하며 그에게 다가갔다.

"그러니께 우리도 좀 도와달란 말여."

"서로 좋은 게 좋은 거 아니겄어?"

옆 점포 주인들이 친근하게 한점의 손목을 잡았다. 그러자 유난히 작고 보드라운 한점의 손이 드러났다. 한점은 난감한 얼굴로 주위의 눈치를 보았다.

그때 갑자기 하늘에 먹구름이 가득해지더니 온 세상이 깜깜해졌다. 난데없는 이변에 한점을 잡고 있던 남자들의 손에 힘이 살짝 풀렸다. 그 틈을 타서 한점은 재빨리 그들의 손을 뿌리쳤고, 당황한 남자는 일부러 카랑카랑한 목소리로 따져 물었다.

"왜 이런댜? 누가 보면 겁탈이라도 하는 줄 알겄네!"

평소 곤란한 부탁도 웃는 얼굴로 잘 들어주던 순한 한점이 놀란 토끼 눈을 하고 손을 뿌리치자, 그들은 자신이 못된 짓이라도 한 것만 같았다.

"죄송합니다. 갑자기 놀라서. 이, 이따가 저녁 장사하러 나오면 도와 드리겠습니다. 그럼 이만, 수고하십시오!"

한점은 옷가지를 마구잡이로 보자기에 싸서 시장을 빠져나갔다. 허둥지둥 사라지는 한점의 모습에 장사치들은 의아한 얼굴로 고개를 갸웃했다. 한점은 가끔 저렇게 이상한 모습을 보일 때가 있었다.

급히 초가집에 돌아온 한점은 제 머리를 아프게 쥐어박았다.

"왜 그랬지? 뭐 새삼스러운 일이라고. 자연스럽게 넘겼어야 했는데."

아담한 체구와 가녀린 몸이야 왜소하다 치고 넘어가면 그뿐이지만, 작고 매끄러운 손은 다른 이의 오해를 사기에 충분했다. 한점은 그 부분이 항상 신경 쓰였다.

깊은 한숨을 내쉰 한점이 방 안으로 들어서며 어머니를 불렀다.

"어머니!"

그리고 길쌈하는 무당 어머니의 어깨에 개구쟁이처럼 매달렸다. 한점은 어머니에게서 나는 익숙하고 편안한 냄새가 참으로 좋았다.

"오늘은 웬일로 집에 일찍 왔구나, 서요야."

무당은 다정스레 한점의 진짜 이름을 불렀다. 그건 오직 집 안에서만 허락된 일이었다. 한점은 얼굴에 붙이고 있던 커다란 점을 떼고 평소의 서요로 돌아왔다.

"배고파서요. 어머니, 밥 좀 주세요."

서요가 싱그럽게 웃었다. 어머니에게 괜한 걱정을 끼치고 싶지 않은 마음에 서요는 시장에서 있었던 일은 숨기기로 마음먹었다.

"그래, 그래. 준비하마."

무당이 답하며 서요의 밥을 챙기기 위해 자리에서 일어났다. 잠시 후, 서요는 조촐한 밥상 앞에서 기도를 올렸다. 식사하기 전 하늘을 향한 감사 인사를 올리는 것은 대신관과 무당 어머니의 가르침이었다.

서요는 집에만 있어 답답할 무당에게 바깥세상 얘기를 쉬지 않고 조잘거렸다. 한참을 조잘거리던 서요는 잊고 있었던 약속이 문득 떠올랐다.

"아, 맞다! 오늘 갖다 준다고 했지."

이레 전, 화루의 기녀 홍화에게 잇꽃이 그려진 저고리와 치마를 가져다주기로 약속했던 것이다.

"내 정신 좀 봐. 그걸 까맣게 잊고 있었다니! 그래도 참…… 직접 가지러 올 것이지. 매번 종처럼 부리기나 하고."

서요는 입술을 삐죽이며 금세 투덜거렸지만 단골손님인 홍화의 부탁을 거절할 수는 없었다. 대충 식사를 끝낸 서요는 보자기에 옷가지들을 쑤셔 넣으며 일어났다.

"한술 더 들지 않고?"

"급해서요, 어머니! 다녀올게요!"

서요는 급한 마음에 발걸음을 재촉하며 집을 나섰다.

용미촌에서 가장 크고 화려한 기루인 '화'.

서요는 그곳의 대문 앞에 섰지만 좀처럼 발걸음이 떨어지지 않았다. 꽃처럼 아리따운 여인들의 분내가 풍기는 탓일까, 알 수 없는 위화감이 들었다.

"이젠 기루 일은 받지 말아야지……."

서요는 다짐을 하며 대문을 가볍게 밀었다. 화려한 색감의 대문이 부드럽게 열렸다. 대낮임에도 불구하고 기루엔 얼큰하게 취한 사내들이 마당을 휘젓고 있었다. 필시 밤새 내리 마신 작자들임이 분명했다. 심지어 자신의 토사물을 들여다보고 있는 자들도 더러 있었다.

서요는 못 볼 꼴을 봤다는 듯 미간을 찌푸렸다. 그러나 그 난잡한 상황 속에서도 기녀들의 몸짓은 나비처럼 사뿐사뿐 가벼웠다. 걸을 때마다 양쪽으로 볼기짝이 실룩였고, 고운 손으로 입을 살짝 가리며 매혹적인 미소를 내비쳤다.

'여인들이란 저런 모습인 건가?'

서요의 시선이 뭔가에 홀린 듯 기녀들을 좇았다. 사내들만 가득한 시장통이 그녀의 주된 생활 터전이니 그럴 만도 했다.

'이렇게 하는 건가?'

서요는 은연중 기녀의 웃음소리를 따라 해보다가 낯부끄러워져서 괜스레 헛기침을 두어 번 했다.

"큼! 큼!"

그 한 번의 흉내로 온몸에 닭살이 돋고, 발끝이 오그라들었다. 어울리지도 않는 여자 흉내, 이제 와 내봤자 될 일도 아니었다. 돼서도 곤란했다.

"홍화님 어디 계십니까?"

서요는 지나가던 기녀를 붙잡고 홍화의 행방을 물었다. 기녀는 난감한 얼굴로 홍화가 들어간 방을 손가락으로 가리켰다.

"여기 있는데, 안으로 들어가진 마세요. 그 방 손님이 아주 유별나거든요."

"예? 어쩌지……. 아! 그럼 대신 전해주시겠습니까?"

서요가 홍화의 옷가지를 내밀었다. 그러자 기녀가 기겁하며 물러섰다.

"아니요! 홍화님 성격 모르세요? 자기 물건에 남 손 닿는 걸 얼마나 싫어하는데. 그 앞에서 나올 때까지 기다리세요."

그렇게 말하곤 기녀는 줄행랑을 쳐 버렸다. 늘 이렇게 옷을 가지고 올 때면, 다른 기녀들의 옷은 잘 받아 전해주면서 유독 홍화의 것은 아무도 받아주려 하지 않았다. 홍화는, 마을에서 모르는 자가 없을 정도로 유명한 기녀였다. 아름다운 외모는 물론, 지성과 기예 또한 출중하다고 소문이 자자했다.

"물론 그중에서도 가장 유명한 건, 바로 그 예민한 성격이지."

서요가 숨을 크게 내쉬며 창호지 문 앞에 섰다. 벌써부터 머리가 지끈거렸다.

하릴없이 시간이 흘렀다. 저녁 장사를 시작하려면 지금쯤 다시 시장으로 돌아가야 하는데, 대낮부터 술판을 벌이기라도 한 건지 홍화는 도무지 나올 생각을 하지 않았다. 늘 웃는 상이던 서요도 지금만큼은 입술을 쌜쭉거렸다.

"에라, 모르겠다. 홍화님, 홍화님!"

참다못한 서요가 크게 소리를 질렀다. 홍화 때문에 서요도 저녁 장사에 차질이 생겼으니 혹여나 그녀가 심통을 부려도 꿀릴 건 없었다.

"기다려!"

예상대로 방에서 앙칼진 목소리가 새어 나왔다. 이어 뭔가 우당탕 쏟아지는 소리도 들렸다.

'대체 뭐지? 뭔 작당이지?'

서요의 얼굴이 대번에 일그러졌다.

"홍화님?"

서요는 뜻밖의 소음에 의아함을 안고 방문을 열어젖혔다. 혹시 방 안에서 무슨 큰 사달이라도 난 것인가 싶어서였다.

그 순간, 서요는 난데없이 마른하늘에 벼락이 번쩍하는 것처럼 눈을 뜰 수가 없었다. 반쯤 풀어진 저고리, 그윽하게 바라보는 눈빛. 눈앞에 펼쳐진 광경에 멍하니 서 있던 서요는 강렬한 남자의 눈빛에 하마터면 바닥에 주저앉을 뻔했다. 그는 재밌는 일을 방해받기라도 한 듯 매서운 눈빛으로 서요를 응시하고 있었다.

'세상에!'

아름다웠다. 아니, 그런 표현은 터무니없이 부족했다. 태생부터 고귀한 존재인 듯 남색 눈은 별처럼 빛났고, 그림 장인의 솜씨처럼 한 치의 망설임도 없이 뻗어 나간 얼굴선은 섬세했다. 거기다 살짝 올라간 입매는 여자보다 더 매혹적이었다.

서요는 선인이라도 본 것처럼 황홀한 표정을 지었다. 풍상을 겪어 땟국물이 줄줄 흐르는 촌사람과는 너무도 달랐다. 떡 벌어진 어깨와 단단한 가슴팍은 매혹적인 얼굴과 달리 남성적인 매력을 부각시켰다.

이상하게 먹 냄새가 진동하는 곳에서 서요는 한참 동안이나 그의 자태를 바라봤다. 아니, 넋을 놓고 있었다는 표현이 더 들어맞았다. 그런 서요의 정신을 제자리로 돌려놓은 건, 홍화의 앙칼진 음성이었다.

"야!"

"헉!"

홍화의 고함에 서요가 헛숨을 집어삼켰다.

"뭐야, 너. 내가 기다리라고 했지!"

아니나 다를까 홍화는 콧김까지 뿜으며 열을 올렸다. 서요는 침을 꿀꺽 삼키고는 그녀에게 옷가지가 든 보자기를 건넸다.

"저, 저도 급합니다. 얼른 돈 주십시오. 저도 방해하고 싶지 않습니다."

서요는 오직 달걀처럼 매끄러운 홍화의 얼굴만 쳐다보았다. 남자 쪽을 쳐다보았다가는 또다시 넋을 놓을 게 뻔했기에 조심하는 것이었다.

"잠깐 이리 와봐."

홍화는 옷을 받자마자 낯빛을 바꾸었다. 그녀는 고운 손으로 서요의 팔을 붙잡아 방 안으로 끌어들였다. 영문을 몰라 두 눈을 깜박이던 서요는 홍화가 가녀린 손끝으로 자신의 얼굴을 쓸어내리자 완전히 당황했다.

"왜 이러십니까."

서요가 기겁했다. 요염한 여체가 가까이 다가오며 서요를 구석으로 몰고 있었다.

"몰라서 물어? 한 번쯤은 이런 것도 좋잖아?"

"예?"

"스승님, 잠시 기다려 주시겠어요?"

홍화가 남자를 돌아보았다. 그는 마치 좋은 구경거리라도 생긴 듯 턱을 괴더니 본격적으로 그 광경을 구경하기 시작했다.

서요는 황당함에 속이 부글부글했다. 물건값을 제대로 치르지 않으려는 홍화의 작태가 불쾌했다. 홍화가 분 냄새 가득한 숨결을 내뿜었을 때, 서요의 짜증은 극에 달했다.

"아우, 싫습니다."

서요가 굳게 결심한 얼굴로 말했다.

"뭐라고?"

"당신 같은 여자는 취향이 아니란 말입니다!"

남장을 했다고 해서 같은 여자에게 이런 꼴을 당하는 게 기분 좋을 리가 없었다. 살기 위해 겉모습을 포기했을 뿐, 서요는 분명한 여인이었다.

서요와 홍화가 서로를 날카롭게 노려보고 있을 때, 그들에게 짓궂은 목소리가 들려왔다.

"그럼, 나 같은 남자는 어때?"

서요는 이게 대체 무슨 소리인가 싶어 고개를 갸웃했다. 실로 당혹스러운 말이었다.

알 수 없는 말을 내뱉은 남자는 자리에서 일어나 성큼성큼 서요에게 다가왔다. 홍화는 그런 그를 멍하니 바라보았고, 남자는 헝클어진 옷차림을 수습할 생각도 하지 않은 채 서요를 가리고 있는 홍화를 짐짝 치우듯 밀쳤다.

"스, 스승님. 뭐 하시는 거예요?"

홍화는 어이가 없어서 인상을 찌푸렸다. 그러나 그는 개의치 않고 팔을 벽에 기대며 서요만을 뚫어져라 바라보았다. 나른하고 유혹적인 눈빛이었다.

그가 가까이 다가왔을 때부터 정신이 아득하던 서요는 가까스로 생각을 다잡고 물었다.

"누구십니까? 갑자기 왜 제게……."

"나? 난 미르라고 하는데…… 그보다 물었잖아. 여자가 싫으면 남잔 어떠냐고."

미르의 말에 서요는 필시 이건 자신을 놀리는 행위라고 생각했다. 아무리 남장을 해도 감춰지지 않는 곱상한 얼굴 탓에, 서요는 이미 수없이 많은 추파를 받아왔던 것이다.

"전 남잡니다! 제가 왜 같은 남자를 맘에 들어 하겠습니까?"

서요는 목소리를 최대한 낮게 깔았다. 그러나 허옇게 질린 얼굴엔 당황한 기색이 역력했다. 서요와 미르, 둘 사이의 거리는 불과 한 척도 되지 않을 만큼 가까웠다. 피하려 해도 서로의 숨결이 느껴질 정도였다.

서요는 당황한 걸 들키고 싶지 않아 애써 시선을 피했다. 미르는 매혹적인 눈매를 의미심장하게 휘며 제 바지 주머니에서 한 움큼의 돈을 꺼냈다.

"그래? 그럼 뭐, 일단 옷값부터 치러야지?"

서요는 자신에게 돈을 쥔 손을 내미는 미르를 보고 눈을 크게 떴다. 서요는 미르가 왜 홍화의 옷값을 치러주는지 이해할 수 없었다.

"제가 돈 받을 분은 홍화님인데…… 그리고 돈이 너무 많습니다."

미르가 꺼낸 돈은 그녀가 한 달 내내 장사를 해도 쉽게 벌 수 없는 액수였다.

"내가 대신 내도록 하지. 그런데……."

돈을 건네려던 미르는 서요를 놀리듯 손을 휙 빼며 다시 입을 열었다.

"이 많은 돈을 그냥 주긴 그렇고…… 화루의 기녀들이 전부 마음에 들어서 말이야, 한 명씩 옷을 지어주고 싶은데."

"예?"

"이 돈이면 충분하겠지?"

미르의 말을 들은 서요는 머릿속이 복잡했다. 서요는, 홍화를 비롯한 다른 기녀들이 얼마나 마음에 들면 저럴 수 있을까, 하는 생각이 들었다. 도대체 어느 귀족 가문의 아들인지는 몰라도 그렇게 큰돈을 고작 이런 데에 낭비하는 것을 보면, 그 부모 속도 말이 아닐 것은 분명했다. 기녀들에게 전부 옷을 지어도 많은 돈이 남을 것으로 예상되기 때문이었다. 하지만 분명 서요에게는 좋은 기회임이 틀림없었다.

"정말이십니까?"

서요는 조금 이상하긴 했지만 큰돈을 정당하게 얻을 수 있다는 생각이 들어서 물었다. 미르는 내심 기뻐하는 그녀보다 더 상쾌한 미소를 지었다.

"그래. 대신 조건이 있어. 기간은 보름 뒤, 진시까지."

"보름이요?"

“그리고 홍화처럼, 기명을 나타내는 꽃을 반드시 저고리와 치마에 그려 넣을 것.”

서요는 생각보다 날짜가 많이 촉박하자 입술을 오므리고 고민에 빠졌다. 옷은 쉽게 지을 수 있는 게 아니었다. 그리고 일일이 기녀들의 기명이 나타내는 꽃을 그려 넣는 것도 시간이 꽤 많이 걸리는 작업이었다.

“할 거야, 말 거야?”

미르가 고심하는 그녀에게 대답을 재촉했다. 서요는 황홀할 정도의 아름다운 외모를 가진 미르를 올려다보며 이러지도 저러지도 못하다가 결국 고개를 끄덕였다. 이건 너무 거절하기 힘든 제안이었다. 고생만 하는 어머니에게 효도할 수 있는 절호의 기회였고, 또 마침 대신관의 기일도 다가오고 있었다.

“그래? 잘됐네.”

미르는 씩 웃었다. 그의 눈꼬리가 초승달처럼 휘었다. 미르는 그녀가 이렇게 쉽게 자신의 손에 떨어질 것이라곤 생각지 못했다. 아무것도 모르는 서요는 두 주먹을 불끈 쥐고 입을 열었다.

“열심히 해서 꼭 어머니께 씨암탉도, 예쁜 꽃신도 사드릴 겁니다!”

“뭐, 그래그래. 근데 말이야…….”

빨려 들어갈 듯 짙은 미르의 눈동자가 서슬 퍼런 기운을 냈다. 그 기운은 밤바다에 휘몰아치는 파도처럼 거칠게 굽이쳤다. 길고 잘 빠진 미르의 손가락이 어느새 서요의 이마 한가운데를 가리켰다.

“만약 기한 내에 못하면.”

미르가 씨익 웃으며 말을 이었다.

“넌 내 것이야.”

잔인하고도 장난스러운 미소가 그의 입가에 드리워졌다. 미르의 목소리는 날카로운 화살처럼 서요의 가슴에 날아와 박혔다.

‘내 것이라고? 그게 무슨 말이야?’

서요는 뜬금없는 말에 눈썹을 찌푸렸다. 미르의 말에선 제대로 된 진위를 판단할 수 없었다. 또한 그의 손가락이 닿았다가 떨어진 이마에는 차갑고 섬뜩한 기운이 맴돌았다.

"뭐, 뭐라고 하셨습니까? 다시 한 번 말씀을……."

서요는 자신이 잘못 들은 것인가 싶어 재차 물었다.

"해내지 못하면, 넌 내 거라고. 쉽게 말하자면 내 뜻대로 움직여야 한단 거지. 남은 돈도 고스란히 돌려줘야 하고."

"그러니까 지금 이건 남은 돈뿐만 아니라, 저를 걸고 내기하라는?"

"그래. 물론 내기할 가치가 있는지는 모르겠지만……."

서요는 그제야 말귀를 알아들었고, 미르는 오만한 눈빛으로 순진한 그녀를 내려다보았다. 그 눈빛에 서요는 욱하고 감정이 치밀어 올랐지만, 마음을 다독이며 다짐하듯 말을 내뱉었다.

"알겠습니다. 해내지 못한다면, 당신의 일꾼이 되어도 좋습니다. 어떻게 될지는 해봐야 아는 것이니 딱 기다리십시오!"

그의 내기를 받아들인 이상, 한시가 급했다. 서요는 제 할 말을 끝마치고 바로 방을 나섰다.

"절대 해내지 못할 텐데."

작은 몸집의 서요가 호기롭게 방을 떠나자, 미르는 고개를 가로저으며 중얼거렸다. 후일을 위해 그녀를 붙잡아두고자 했던 미르는 서늘한 눈빛으로 그녀의 뒷모습을 응시했다.

한편 두 손 가득 돈을 쥐고 나온 서요는 따뜻한 바깥바람을 쐬자 그제야 숨통이 트였다. 좁은 기루의 방 안에선 도저히 숨 쉴 구멍을 찾을 수가 없었다.

"아! 그런데 어디 사는 어느 가문의 사람인지 물어보지 못했잖아."

마음이 급해 제대로 확인하지 못하고 나온 서요는 왠지 모르게 불안해졌다. 용미촌에서 꽤 오래 지냈음에도 미르라는 이름은 한 번도 들어본 적이 없기 때문이었다.

결국 그녀의 발걸음이 다시 기루로 향했다. 때마침 방에서 나와 반대쪽으로 향하는 미르가 보였다. 서요는 빠르게 그의 뒤를 쫓았다.

"저기, 저기요!"

서요가 목청을 높여 미르를 불렀다. 지나가던 기녀가 자신을 부르는가 싶어 몸을 돌릴 정도였다. 그러나 그는 전혀 들리지 않는 듯 바삐 걸음을 옮겼다. 그와 함께 서요의 발걸음도 급해졌다.

그녀가 미르를 따라 막 뒷마당으로 나왔을 때였다.

"엇!"

그는 온데간데없고, 휑한 뒷마당엔 잔잔한 바람만이 서요의 주위를 스쳐 지나갔다. 뒷마당은 높다란 담장이 사방을 감싸고 있었고, 출구는 서요가 들어왔던 한 곳뿐이었다.

"뭐야. 어디 갔지?"

그녀가 고개를 두리번거리며 주위를 살폈다. 그가 존재했던 단 하나의 증거조차 남아 있지 않았다. 희한한 일이었다. 서요는 실존하지도 않는 사람과 내기를 한 것만 같아서 기분이 이상했다.

서요는 어쩔 수 없이 집 쪽으로 발걸음을 돌렸다. 바지주머니에 돈이 두둑이 있었지만 마냥 즐겁지는 않았다.

집에 도착해 안으로 들어가려던 서요는 마당에 덩그러니 놓인 빗자루를 보고 잠시 한숨을 내쉬었다. 아침 일찍 일어나 마당을 쓸던 대신관의 모습이 떠올랐다. 어릴 적 서요는 주린 배를 움켜쥔 채, 마당을 쓸던 대신관의 뒤꽁무니를 따라다니곤 했다. 그러면 그는 곧바로 빗자루를 놓고 어린 서요와 함께 놀아주었다. 비록 가난했지만 마음만큼은 풍족한 시절이었다.

"아오, 눈에 먼지가 들어갔나."

이제는 다시 만날 수 없는 그리운 아버지가 문득 이렇게 또 생각나자 서요는 애써 눈물을 참고 다짐했다.

"괜찮아. 잘 해낼 수 있을 거야."

서요는 씁쓸한 마음을 다잡았다. 이왕 이렇게 된 거 내기에서 꼭 승리해 옷을 다 짓고도 남을 큰돈을 쟁취해야 했다.

"대체 왜 그러셨습니까?"

홍화가 분기에 찬 어조로 미르에게 쏘아붙였다. 그가 서요에게 준 그 어마어마한 돈은 전부 기녀 홍화가 미르에게 가르침을 얻는 대가로 준 것이었다.

"뭐가?"

미르는 홍화의 말을 듣기 귀찮다는 듯 귀를 후볐다.

"그 돈이 어떤 돈인데! 불가능하다는 걸 알긴 하지만 쓸데없는 괴롭힘 아닙니까."

"쓸데없다고 누가 판단하지? 내가 그놈을 괴롭히든 지지고 볶든 무슨 상관인데."

그의 냉담한 말에 홍화는 손을 부들부들 떨었다. 그러나 그는 자신의 치명적인 약점을 알고 있는 사람이었다. 이에 홍화는 분하지만 조용히 입을 다물었다. 예기인 홍화는 사람들이 알고 있는 것과 달리 시와 그림 등에 그리 능하지 못했다. 모두 남의 손을 빌려 은밀하게 자기 것으로 만들었을 뿐이었다.

그런데 하필이면 미르에게 그 거래 장면을 들키고 말았다. 홍화는 그를 처음 만난 날 아름다운 그의 외모뿐만 아니라 그가 그려준 그림에도 완전히 빠져 버렸다. 그래서 굽실거리며 비밀을 지켜줄 것을 부탁하고, 자신에게 서화를 가르쳐 달라며 큰 거금을 내어놓은 것이었다.

오늘만 해도 홍화는 가르침을 받다가 바깥에서 서요의 목소리를 듣고 당황한 바람에 벼루를 떨어뜨리고 우왕좌왕했다. 다행히 서요가 그를 눈치채진 않은 것 같지만 말이다.

"아, 알겠어요. 다음에도 와주시는 거죠? 그렇죠?"

홍화가 방 문턱을 넘는 미르에게 아양을 부렸다. 미르가 누구도 알지 못하는 비법을 척척 가르쳐 준 덕분에 그녀는 이제 자신의 진짜 작품을 널리 알릴 수 있게 되었다.

"하는 거 봐서."

미르가 한쪽 입꼬리를 들어올렸다. 그는 기루에서 머물기 위해 돈이 필요해서 홍화를 가르쳐 준 것뿐이었기에 앞으로 그럴 일이 없다면 그녀의 애원 따위는 무시할 생각이었다.

그런 미르의 생각을 모르는 홍화는 어딘가 미묘하게 기분 나쁜 웃음이었지만, 워낙 번쩍번쩍 빛이 나는 외모 때문에 그저 넋이 빠져 버렸다.

"저기, 저기요!"

그때 방을 나선 미르의 뒤에서 익숙한 목소리가 들려왔다. 그 목소리의 주인공은 내기에 응한 서요였다.

미르는 그녀가 갑자기 마음을 바꿨나 싶어 큰 보폭으로 걸음을 재촉했다. 그리고 급한 나머지 뒷마당에 아무도 없음을 확인한 뒤, 순식간에 연기가 되어 사라졌다.

"뭐야. 어디 갔지?"

따라온 서요가 깜짝 놀라 외치는 소리가 그의 귀에 들렸다. 가까스로 화루를 떠나 저잣거리로 들어선 미르는, 황당한 얼굴로 두리번거릴 서요의 모습을 떠올리며 의뭉스러운 미소를 머금었다. 내기를 무르기라도 하면 큰일이었다. 이제 이대로 보름만 지나면 그는 고생 끝, 행복 시작이었다.

다음 날 아침. 화루에 있는 기녀들의 기명을 죄다 적어온 서요는, 마루에 앉아서 그것을 살폈다. 대부분 그녀가 들과 산을 돌아다니며 익히 보았기에 잘 아는 꽃들이었다. 이 정도면 문제될 게 전혀 없었다.

"어머니! 도화부터 시작해요!"

서요는 활기차고 씩씩하게 소리쳤다. 모녀는 보름 동안 장사도 하지 않고 이 일에 매달릴 계획이었다. 사실 장사를 하지 않는 게 아니라 못 하는 것이었지만 말이다.

내기하고 온 그날로 서요와 무당은 가지각색의 비단 옷감을 떼고, 각각의 천들에 꽃 자수 도안을 그려 넣느라 정신이 없었다. 아직 대낮인데도 눈이 침침할 정도였다. 그러나 지금껏 무당과 함께 옷을 짓고 악착같이 장사해 온 덕분인지 서요는 쉽게 지치지 않았다.

"어머니는 좀 쉬셔요. 이러다 탈나겠어요."

"아니다. 네가 그러고 있는데, 내가 어떻게 쉬어."

"에이! 저는 좋아서 하는 거예요."

서요가 바늘을 내려놓고, 피곤해 보이는 무당에게 다가갔다. 서요는 돈에 눈이 멀어 괜한 내기를 해 어머니께 짐만 지워 드린 것 같아 마음이 불편했다. 서요는 손바닥으로 무당의 굽은 어깨를 살살 매만지며 안마했다. 그 모습은 누가 보아도 다정한 모녀 사이였다. 서요는 밖에선 걸걸한 장사꾼이었지만, 집에서는 사근사근한 딸이었다.

"사실 분수에 맞지도 않은 돈을 가져왔을 때 많이 화내실 줄 알았어요."

서요가 조곤조곤 건네는 말에 무당이 생긋 웃었다. 그녀는 제 눈치를 보면서도 궁금증을 참지 못하는 서요가 참으로 사랑스러웠다.

"내기에 응한 이유가 뭔지, 내가 모를 리가 없잖니."

"네?"

"네가 평소 사리 분별 못하는 애도 아니고. 다 알고 있단다."

무당이 다 안다는 듯 손을 다독이자 서요는 씁쓸한 표정을 지었다. 서요만큼이나 무당도 그것이 마음에 걸렸던 모양이었다. 한 번도, 대신관의 기일을 제대로 챙기지 못했던 것이 말이다.

무당과 서요는 힘을 내서 작업에 열중했다. 그러나 일주일 후, 무당은 몸져눕고 말았다. 서요는 자신의 탓이라고 자책하며, 차가운 물을 적신 무명천으로 열이 펄펄 끓는 그녀의 몸을 닦고 또 닦았다.

"이제 괜찮다, 서요야. 좋은 약도 지어 먹었잖니."

무당은 몽롱한 정신에도 또박또박 말했다. 서요는 고개를 가로저으며 계속해서 그녀의 옆을 지켰다. 연신 한숨을 내쉬던 무당은 곧 무겁게 내려오는 눈꺼풀을 이기지 못하고 잠이 들었다.

"안녕히 주무세요."

서요는 어머니의 숙면을 방해하고 싶지 않아 옷감과 반짇고리를 들고 밖으로 나왔다. 그리고 평상에 앉아 기름등에 불을 붙였다.

"히야…… 시원하고 좋기만 하네!"

서요는 울적한 마음을 털기 위해 더 밝은 목소리를 내며 밤하늘을 수놓은 아름다운 별을 바라보았다. 언젠가 대신관은 서요에게, 그녀가 단 위에서 별빛을 받고 나타났다는 이야기를 들려준 적이 있었다. 그러나 서요는 그 말을 도저히 믿을 수가 없었다.

'조선 사람들이 떠받들다 못해 숭배하는, 그 신녀가 나라고?'

서요는 남자아이 같은 제 꼴을 보며 헛웃음을 터뜨렸다.

이슥한 밤, 소리조차 나지 않는 가벼운 발걸음 하나가 서요의 초가집 근처에 다다랐다. 그의 몸놀림은 구름을 걷는 듯 유유하면서도 대범했다.

"흐음. 위험한데……."

지금껏 서요를 몰래 지켜보고 있던 미르가 뒷말을 길게 늘어뜨렸다.

방 안에 콕 박혀서 일만 하던 서요가 오늘은 어쩐 일인지 밖에 나와 있었다. 계집애가 참으로 조심성이 없었다. 그러다 큰일이라도 나면 모두 제 탓이 되는 거였다.

그는 하는 수 없이 서요의 시선이 닿지 않는 곳에 걸터앉아 조용히 그녀를 감시했다. 미르는 어쩌다 자신이 이 지경이 됐나 싶었다.

⛝

지금으로부터 한 달 전, 미르는 천상에서 수많은 구름을 부리며 평화로운 생활을 보내고 있었다.

“하! 신주 맛 한번 좋구나.”

차가운 색감의 비단옷을 길게 늘어뜨린 미르가 입가에 묻은 술을 훔쳤다. 그는 하는 일 없이 빈둥빈둥 놀며 지내는 것이 너무도 평화롭고 행복했다. 단 성깔머리 더러운 아버지이자 구름을 총괄하는 신, 운사가 찾아오지만 않는다면 말이다.

“미르. 또 여기 있었느냐?”

운사가 살벌한 표정으로 아들 미르를 노려보았다. 훗날 조선의 농경을 이롭게 할 직책인 운사를 이어받으려면 분명 이렇게 한가하게 놀고 있을 때가 아니었다.

“무슨 상관이십니까?”

짙은 먹에 파란 하늘 조각을 풀어놓은 것처럼 영롱한 눈동자가 잔뜩 날카로워졌다. 미르는 절대 아버지의 뜻대로 운사직을 이어받고 싶지 않았다. 구름을 부리는 기상의 신 운사는 밤낮 할 것 없이 바쁘게 일해야 했다.

“네 이놈! 대체 언제 철들 것이냐? 너는 장차 아비의 자리를 물려받아야만 한단 말이다! 조선의 농경을 책임져야 할 놈이 언제까지 이렇게 한량 짓만 하고 있을 게야!"

"쳇, 운사가 되어 개고생하고 싶은 마음 절대 없다고 하지 않았습니까!"

미르는 아버지의 말을 귓등으로 흘리며 퉁명스럽게 내뱉었다. 반복되는 아버지의 잔소리에 그는 이미 지쳐 있었다.

"하! 더는 네 멋대로 할 수 없을 것이다. 환웅님으로부터 명이 내려왔다."

"뭐…… 뭐라고요?"

운사가 쉽게 뵐 수조차 없는 천왕을 들먹이자 미르는 설마 진짜인가 싶어 뒷걸음질하면서도 귀를 기울였다.

"당장 네가 그렇게도 싫어하는 조선으로 내려가거라!"

미르는 이게 대체 무슨 말인가 싶어 눈썹을 찌푸렸다. 운사는 그 어느 때보다 심각한 얼굴로 말을 이었다.

"네놈도 알겠지만, 그곳에 내려가면 환웅님의 따님인 서요 공주님이 계실 게다. 너는 그분의 주변을 맴돌며 그분을 위협하는 무리로부터 반드시 공주님을 지켜내야 한다. 이제 서요 공주님이 조선에서 제사를 올릴 수 있는 성인이 되었으니 위협이 강화되었을 것이다. 그리고 그분의 정체에 대해서는 함구해야 한다. 그분의 정체를 밝히기라도 하면…… 그날이 바로 네 제삿날 되는 줄 알거라."

"뭐, 뭐라고요?"

미르가 당황하여 자리를 피하려는 순간, 운사가 힘을 사용했다. 눈앞에서 번개가 번쩍였지만 미르는 눈 하나 끔뻑하지 않았다. 그는 운사의 협박 따위는 전혀 두렵지 않았다. 그러나 환웅님의 명이라면…… 그도 어쩔 수 없었다.

"에이, 제기랄! 공주가 어디 있는데요! 뭐, 마음의 준비할 시간이라도 주든가!"

그는 오랜 세월을 살았지만 여러 경험을 하며 연륜을 쌓지는 못했기에 아직은 치기 어리고 울컥하는 성질이 남아 있었다.

미르의 외침에 운사는 서요가 사는 곳을 알려주었고, 미르는 머리를 긁적이며 심란한 표정을 지었다. 그러다가 혹시 필요할까 싶어서 바로 눈앞에 보이는 신단 두 개를 소매 안에 챙겨 넣었다.

"이제 됐으니 얼른 내려가거라!"

운사가 다시 한 번 재촉하자 미르는 날카롭게 소리쳤다.

"아버지 명을 따르는 게 아니니, 착각하지 마십시오!"

운사는 지상으로 떠나는 미르를 보며 가슴을 쓸어내렸다. 일단 반강제로 내려 보내기는 했으나 그는 여러모로 걱정이 되었다. 미르는 일하는 것엔 관심이 하나도 없는 한량 중에 한량이었다. 그런 그가 과연 공주를 지키는 중요한 임무를 잘 수행할까 싶었다.

운사가 팔짱을 꽉 끼고 답답함에 자리를 서성이고 있을 때, 원형 신전에서 하얀 빛이 뿜어져 나오더니 환웅과 그의 부인인 태양의 여신 주영의 모습이 희미하게 나타났다. 운사는 그들을 보고 놀라 급히 허리를 숙였다.

"오셨습니까, 환웅님. 주영님. 미르가 방금 지상으로 내려가긴 했는데, 공주님을 잘 지켜드릴 수 있을지……."

운사가 마음에서 우러나는 걱정을 털어놓자 환웅은 은은한 미소를 지었다. 그의 백색 머리카락은 흐르는 강물처럼 신비롭게 찰랑거렸고 눈동자는 별처럼 아름답게 빛났다.

"너무 걱정하지 말거라. 분명 잘할 것이다."

부드러우면서도 웅혼한 기운이 느껴지는 환웅의 목소리에 운사는 존경스러운 얼굴로 그를 바라보았다. 조선을 살피고 천상을 다스리는 주인답게 환웅은 언제나 침착했다.

주영은 그런 환웅의 옆에서 인자한 미소를 지었다.

"내게서 빛을 물려받은 서요가 어떻게 위기를 헤쳐 나갈지 기대되네요."

그녀는 지금까지도 딸 서요를 꾸준히 지켜보았지만 기상 신들을 만날 앞으로가 더욱 궁금했다.

미르는 험상궂은 욕을 내뱉으며 조선 땅에 발을 내디뎠다. 기상의 신인 미르의 분노 때문에 하늘엔 먹구름이 잔뜩 모여들었다.

"하…… 도대체 왜 나를 보낸 거야? 공주가 걱정되면 지금 바로 천상으로 데려가면 되잖아."

그는 왜 환웅이 하늘의 지혜를 들을 수 있는 정도의 평범한 인간 아기를 신녀로 보내다가 이번에는 딸인 서요를 조선의 신녀로 보냈는지 그 이유를 알 수 없었다. 만약 지금 서요 공주가 조선에서 위협을 받고 있다면 다시 천상으로 데려가면 그뿐인데 이렇듯 자신을 내려 보낸 이유도 알 수 없었다.

알 수 없는 일투성이라 머리가 복잡했던 미르는 한참을 그 자리에서 발을 굴리다가 공주가 산다는 작은 초가집으로 향했다.

"얼굴이나 한번 보자."

그는 짜증이 일었지만 환웅과 주영의 딸이자 훗날 천상을 다스릴 공주의 얼굴이 궁금했다. 한 번도 본 적이 없었기 때문이다. 미르의 발걸음은 어느새 서요의 집에 닿았다.

"어머니! 저 다녀오겠습니다!"

때마침 우렁찬 목소리가 잡초로 가득한 마당을 시원하게 울렸다. 미르는 감나무 뒤에 숨어서 나오는 이의 정체를 확인했다. 흰색인지 누런색인지 알 수 없는 오묘한 색감의 저고리와 바지, 그리고 곧 해질 듯한 짚신에 질끈 묶어 틀어 올린 머리를 감싼 낡은 천. 남자치고는 몸집이 너무 왜소한 이였다.

'대체 누구지?'

"서요! 아니, 한점아. 이거 들고 가야지."

그때 허름한 나무문이 열리더니 중년의 여인이 나와 그에게 소리쳤다. 미르는 서요라는 이름을 듣고 깜짝 놀라 눈을 크게 떴다. 우연히 이름이 같은 게 아니라면 상놈 차림을 한 저 조그마한 아이가 바로 천상의 공주라는 얘기가 되었다.

"말도 안 돼."

미르는 서요를 확인하고 실망감을 감출 수 없었다. 훗날 천상을 책임져야 할 여신이 저런 꼴을 하고 돌아다니는 것도 용납할 수 없었고, 그런 서요가 주인이라는 변함없는 사실이 절망스러웠다.

미르의 가슴속에 알 수 없는 분노와 짜증이 차올랐다. 그는 자신의 평화로운 시간을 빼앗은 서요라는 존재가 더없이 한심하고 귀찮았다.

그날부터 미르는 서요의 뒤를 졸졸 따라다녔다. 구름처럼 사붓거리다가도 번개처럼 사라지니 서요가 눈치챌 틈은 없었다. 그러나 미르는 곧 자신의 신세를 한탄했다. 더는 모자란 공주인 서요를 호위하고 싶지 않았다.

"하아…… 도대체 내가 왜 이래야 하는 건데!"

미르가 가슴을 열고 큰 목소리로 짜증을 부렸다. 그는 그녀의 뒤만 졸졸 따라다니기가 너무 귀찮았고 마치 똥강아지가 된 기분이었다. 하지만 천상으로 다시 올라가려고 해도 환웅이 천상의 문을 닫아놓은 건지 갈 수가 없었다.

'대체 언제까지 저 애만 보고 있어야 하는 건데?'

더 이상 이렇게 살 수 없었던 그는 그녀가 일감을 받으러 가끔 가는 기루로 향했고, 그곳에 눌러 살다시피 하며 간간히 서요를 지켜보았다. 미르는 이제 편하게 생활할 생각이었다. 애초에 그는 자신을 보낸 환웅의 선택이 잘못되었다고 생각하고 있었다.

그런 생활이 지속되던 어느 날이었다.

“저놈! 저놈 잡아라!”

서요의 입에서 장사할 때보다 더 격하고 거친 목소리가 터져 나왔다. 곧장 기루로 가려다가 잠시 시장에 와서 서요를 지켜보던 미르는 깜짝 놀라 그녀의 뒤를 따라갔다. 서요는 옷을 가지고 도망간 어린 소년을 쫓고 있었다.

“앗!”

그때 소년이 급하게 달리다가 돌부리에 걸려 넘어졌다. 작은 무릎에 멍이 들고 피가 흐르자, 숨이 턱 끝까지 차오르도록 달려온 서요가 당황해서 아이를 일으켜 세웠다.

“괜찮아? 그러니까 누가 그렇게 남의 물건을 훔쳐서 달아나래.”

“흐어어엉. 형님! 저 집에 계신 어머니께서 입을 옷이 없으시어.”

“뭐?”

“그, 그러니까! 먹을 것도 없고, 입을 것도 없고. 흑흑흑…….”

소년이 억지로 울상을 지었다. 한쪽 팔로 눈을 가리며 우는 흉내를 내는데, 서요는 기가 막히고 코가 막힐 지경이었다. 이 어린놈이 마을에서 유명한 사기꾼에 도둑놈이라는 건 모르는 자가 없었다.

“너, 내가 그렇게 만만해 보여?”

“예? 아니 그게 아니라. 아야!”

소년이 해명을 하려다 서요의 매운 손길을 받고 작은 비명을 질렀다. 서요가 괘씸한 짓을 일삼는 아이의 머리에 꿀밤을 먹인 것이었다.

“쳇! 그까짓 거 줄 생각 없으면 그냥 가져가든지! 왜 때리고 난리야!”

소년이 표독스럽게 눈을 치떴다. 그의 집안 사정이 그리 유복하지 않다는 건 서요도 알고 있었다. 그러나 그렇다고 이런 짓을 용납할 순 없었다.

서요는 화가 나 씩씩거리는 그의 얼굴을 가슴 아픈 눈으로 바라보다가 천천히 끌어안았다. 따뜻한 품에 소년의 작은 몸이 폭 안겼다.

"훔치지 말고, 차라리 도와달라고 해! 이런 옷 한 벌쯤은 네게 주어도 절대 아깝지 않으니까."

소년은 몸을 움직였으나 서요는 절대 놓아주지 않았다. 미르는 그런 그들의 모습을 뒤에서 응시했다.

"쓸데없이 착한 척하고 있네. 쟤가 그런다고 달라질 줄 아는 건가."

그는 괜히 쫓아왔다고 생각하며 다시 갈 길을 갔다. 미르에게 서요는 이렇게 항상 귀찮은 존재였다.

✤

예전 일들을 쭉 회상한 미르는 얼굴이 차갑게 굳어졌다.

'내 것이 되기만 해봐. 어디 가지 못하도록 곁에 딱 붙어서 신하처럼 마음대로 부릴 테니까. 오늘도 화루에 눌러앉아 있으려다가 어쩔 수 없이 나온 거라고!'

미르의 주먹에 힘이 들어갔다. 그는 어차피 서요를 주인으로 모실 생각도 없었지만, 그 반대 상황이 된다면 아주 짜릿할 것 같았다.

어느새 여명이 밝았다. 밤새 꽃을 그려 넣던 서요는 하품을 길게 하더니 옷을 들고 방 안으로 들어갔다. 무료하게 시간을 때우던 미르도 그제야 개운한 마음으로 그녀의 집을 떠났다.

✤

"좋았어!"

서요가 두 팔을 번쩍 들며 자리에서 일어났다. 보름이 되기 하루 전, 단 하나를 남겨두고 스무 개의 꽃을 모두 그려 넣었다. 거의 인간 승리에 가까웠다. 덕분에 서요의 손가락 마디마디는 마치 쇠몽둥이로 맞은 듯 욱신거렸다.

"으으. 수고했어, 내 손아!"

서요는 여기저기 찔리고 피가 나 엉망진창이 된 제 손가락을 부여잡고 감격스러워했다. 밥조차 제대로 먹지 못하고, 뒷간에 가고 싶은 것도 꾹 참았던 지난날이 참으로 뿌듯했다.

"내일 아침까지 하나 정도는 할 수 있겠지! 자…… 어디 보자."

서요는 침침한 눈을 제대로 뜨려 노력했다. 눈두덩에 힘이 없어 자꾸 축 늘어졌지만, 결단코 지금 잘 수는 없었다.

'운화(雲花)……? 운화가 뭐지?'

하도 머리를 써서 그런가, 무슨 꽃이었는지 도통 기억나질 않았다. 금수강산을 친우처럼 여겨온 서요는 들어본 적 없는 꽃 때문에 당황했다.

서요가 제 머리통을 쥐어박았다. 몽롱해서 그런 것이라면 빨리 정신 차리고 기억해 내라는 것처럼 말이다. 하나 시간이 흘러도 전혀 알 수가 없었다.

"혹시 운화라는 꽃이 어떻게 생겼는지 아십니까?"

서요는 시장에 위치한 화방에 가 심각한 얼굴로 물었다. 그러나 화방 주인은 생소한 이름에 이상하다는 듯 고개를 갸웃했다.

"글쎄? 내가 화방에서만 스무 해 넘게 장사했는데…… 잘 모르겠네."

"네? 그럼 이건 대체……."

"아, 그런데 혹시…… 운화라면 그건가?"

"어떤 거요?"

화방 아주머니는 뭔가 떠오른 듯 곰곰이 생각에 잠겼다. 서요는 해답을 들을 수 있나 싶어 초롱초롱한 눈으로 그녀를 바라보았다.

이윽고 화방 아주머니에게 운화에 대한 희한한 말을 들은 서요는 곧바로 기루를 찾아 기녀 운화에게 더 확실히 이야기를 전해 듣고 집으로 돌아왔다. 화방 아주머니와 기녀의 말대로라면 운화는 천상에 피는, 상상 속의 꽃이었다.

희망을 가졌던 때와 다르게 서요의 얼굴이 시무룩해졌다. 천상에 피는 구름 꽃을 서요가 어떻게 생겼는지 알 수 있을 리가 없었다. 방 안엔 마지막 옷만이 덩그러니 놓여 있었다.

서요는 설마 기명 중에 실존하지 않는 상상 속의 꽃이 있으리라고는 생각지도 못했다. 다 되어가는 상황에서 마지막 옷을 마무리하지 못하자 서요의 실망감은 이루 말할 수가 없었다. 그때 정신을 똑바로 차리고 정당한 내기인가를 잘 살펴봤어야 했다. 그러나 결국은…….

'제대로 알아보지도 않고 응한 내 죄지.'

서요가 짙은 한숨을 내쉬며 괜히 기녀 운화에게 빌린 상제패설만 손가락으로 만지작거렸다. 곧 짙은 노을이 마을을 뒤덮기 시작했다. 해가 지고, 다시 뜨면 정말 끝이었다. 그 남자에게 자신을 내주어야 하는, 끔찍한 일이 벌어지고 말 것이다.

서요는 도무지 억울해서 가만히 있을 수가 없었다. 그 남자는 애초 기명 중 운화가 있다는 걸 알고 말 같지도 않은 내기를 제안한 것이 틀림없었다.

'망할 사기꾼!'

서요는 기녀 운화가 주었던 상제패설을 급하게 펼쳐 들었다. 서요는 분기를 꾹꾹 눌러 담고 해결책을 찾으려고 애썼다.

"천상에 피는 꽃은 하나같이 특별하고 아름다웠다. 특히 운사의 공간엔 수많은 운화가 피어 있었는데, 그 모양은 마치 갓난아기의 궁둥이처럼 뽀얗고 풍성했으며 바람이 불면 꽃 속에서 새털구름이 살짝 삐져나왔다. 또한 운화 주변을 감도는 빛의 가루는 눈이 멀 정도로 찬란했다."

책을 읽는 서요의 입에서 절로 헛웃음이 나왔다. 갓난아기의 궁둥이부터 시작해서 빛의 가루까지, 죄다 상상하기도 힘든 은유적인 표현이었다. 그 후로도 천제님의 손길처럼 따뜻한, 한입 베어 문 천도의 맛처럼 달보드레한 등의 말도 안 되는 헛소리가 이어졌다.

“작자 미상이라, 하! 당신이 천상을 가봤어? 안 가봤으니까 이리 명확한 게 하나도 없지!”

짜증이 난 서요는 푸석푸석한 머리카락을 마구 헝클어뜨렸다. 상제패설을 아무리 들여다보아도 운화의 모습이 그려지지 않았다. 그리고 설령 어설프게 흉내를 낸다고 해도, 내기를 제안한 남자가 틀렸다고 하면 말짱 도루묵이었다.

“자기도 모를 텐데, 무슨 자신감으로?”

서요는 그가 자신을 엿 먹이고자 일부러 건 농간이라는 생각밖에 들지 않았다. 서요는 밤이 되도록 이글거리는 눈으로 옷을 붙들고 있었다. 저녁밥도 목구멍으로 넘어가질 않았다.

그런 서요를 지켜보던 무당이 한숨 끝에 입을 열었다.

“이러다 정말 쓰러진다, 쓰러져! 그자가 애초에 말이 안 되는 내기를 걸었는데, 금수가 아닌 이상 내일 가서 말하면 무르게 해주겠지.”

‘금수보다 못한 음탕한 사기꾼입니다. 어머니.’

그리 말하고 싶었으나, 서요는 간신히 혀를 물고 참았다.

무당은 걱정스러운 얼굴로 서요를 바라보았다. 그저 돈을 받고 옷을 짓는 것뿐인데 어째서 세상이 무너진 듯 망연자실한 표정을 짓고 있는 건지 안쓰럽기만 했다.

그녀가 무당에게 최대한 씩씩한 얼굴로 말했다.

“벌써 시간이 이리 되었네. 얼른 주무세요!”

“서요, 너는?”

“아, 저는 잠이 안 와서, 잠시 밖에서 명상을 좀…….”

며칠을 무리했는데 잠이 안 올 리가 없었다. 서요의 얼굴은 반송장처럼 핼쑥해져 있었다. 바닥에 머리만 대면 잠들 것처럼 졸린 얼굴을 하고 있으면서도 그리 우기니, 무당은 마음이 쓰라렸다.

"서요야, 서요야!"

무당이 간절하게 이름을 불렀으나, 서요는 그저 묵묵히 옷을 들고 밖으로 나갔다.

"하아…… 오늘은 좀 서늘하네."

서요가 두 팔로 어깨를 감싸 안으며 중얼거렸다. 급하게 나오느라 얇은 옷차림이었다. 서요는 다시 들어갈까 하다가, 어머니가 또 걱정스러운 얼굴을 할까 봐 관두었다. 찬바람 조금 맞는다고 쓰러지진 않을 터였다.

서요의 시선이 하늘로 향했다. 물론 이번엔 별빛을 보고자 함이 아니었다. 밤하늘엔 커다란 뭉게구름이 움직이고 있었다.

"천상의 꽃, 운화. 나도 한번 보고 싶단 말이지."

서요가 손을 뻗어 허공을 휘저었다. 구름을 잡아보기 위해서였다. 믿을 수 없을 만큼 폭신하고 말랑하지 않을까 싶었다.

'이러다 내기에 져서 돈은 돈대로 뺏기고, 그놈의 종노릇까지 하면 어떡하지?'

침착하려 노력했으나 안 좋은 생각만 들었다. 밤은 깊어져 뼛속까지 오한이 드는데, 자꾸 걱정이 되어 머리에선 열이 났다.

"아버지 기일이 얼마 남지 않았는데……."

서요는 기일을 챙길 생각에 마음이 울적해졌다. 매번 쫓기는 인생이라 제대로 정착 한번 해보지 못했고, 늘 찢어질 듯 가난한 살림이라 풍족한 제사상을 차려본 적이 없었다. 이번에야말로 목돈을 얻어 그 한을 다 풀 수 있으리라 생각했는데…… 너무도 큰 욕심이었던 모양이다.

'나란 것이 항상 이 모양 이 꼴이지, 뭐.'

점차 눈시울이 뜨거워졌다.

"하아, 정말…… 바보 같이. 네가 울면 어쩌자는 거야. 네가 무너지면 어머니는 어떻게 해.”

흔들리는 마음을 다잡아보려 해도 한 번 폭발한 감정은 쉬이 가라앉지 않았다. 서요는 울음을 참느라 잔뜩 부어오른 얼굴로 끅끅거렸다. 속으로 삼키려 해도 울음소리는 자꾸만 새어나왔다.

“흑흑…… 아버지, 끅.”

서요가 그렇게 가슴 부근을 손바닥으로 꾹 누르며 슬퍼하고 있을 때였다. 갑자기 어디선가 찬연한 빛의 가루가 그녀의 머리 위로 쏟아졌다. 울음소리를 숨기려 온몸을 웅크리고 있던 서요는 영롱한 빛이 보이자 깜짝 놀라서 굽었던 등을 폈다.

“뭐, 뭐야. 이게…….”

꿈인 듯, 생시인 듯 서요의 눈앞에 빛에 둘러싸인 풍성한 구름이 나타났다. 그건 마치 명주솜처럼 보드랍고 탱글탱글했다. 놀란 서요는 입을 벌린 채 완전히 굳어버렸다. 구름은 신기하게도 흩어지지 않았다. 서요가 그 구름이 꽃 모양이라는 것을 인식하기까지는 시간이 조금 걸렸다.

“설마…….”

서요가 조심스레 손을 뻗었다. 몽글몽글한 형태를 직접 만져 보기 위해서였다. 곧 그녀의 손가락이 운화의 푹신한 꽃잎을 건드렸다.

“으아아아아!”

서요의 솜털이 바짝 기립했다. 구름이 닿은 손가락이 전류가 흐른 듯 찌릿했다. 그녀는 곧 그 짜릿함에 빠져들었다. 그때 별안간 바람이 불더니 상제패설에서 보았던 것과 같이 뭉치 속에서 새털구름이 살짝 빠져나왔다. 서요는 책에서만 봤던 운화가 눈앞에 펼쳐지자 뛰는 가슴을 진정시킬 수 없었다.

“진짜로 운화라는 게 있었던 거야? 천상의 꽃이라며…… 왜 이런 곳에.”

서요가 고개를 번쩍 들고 두리번거렸다. 뭔가가 이상했다. 아무리 생각해도 이건 있을 수 없는 일이었다. 천상에서 핀다는 꽃이 이곳에 있다는 것부터가 이상했다. 하물며 세상에, 꽃이 공중에 떠 있다는 건 말이 되지 않았다.

하지만 서요는 그런 것을 따지고 있을 때가 아니었다. 반드시 내기에서 이기고야 말겠다는 의지에 불타올랐다. 기묘한 것을 보고도 두려운 마음을 이겨낼 수 있던 건, 다 이 덕분이었다.

한편 미르는 제 손에서 떨어져 나간 운화를 보며 복잡한 얼굴을 했다.

'무슨 짓을 한 거지…… 울어버리니까 나도 모르게.'

그렇다. 미르는 운화를 몰라 울고 있는 서요를 보고 자신도 모르게 천상의 꽃을 보여주고 말았던 것이다. 그의 붉은 입술 사이로 뻗어나간 구름은 서요에게로 날아가 꽃이 되었다. 운화는 그녀의 주변에서 마치 주인이라도 만난 듯 활짝 만개했다.

'내가 왜 그런 거지?'

미르는 말도 안 되는 일을 하고야 말았다. 가만히 놔두면 기명을 넣은 옷을 다 만들지 못했을 것이고, 그렇다면 내기는 그가 이기는 것이었다.

미르가 제 행동을 타박하며 두 눈을 감았다. 내기에서 완벽한 승자가 될 수 있었는데, 서요가 우는 바람에 바보처럼 마음이 약해져 버렸다.

'대체 왜 아버지를 부르짖으며 우는 건데?'

그는 그러면서도 서요가 왜 그랬는지 이해할 수 없었다. 미르에게 아버지는 있으나 마나 한 존재였기에 그 감정을 알 수가 없었다.

그가 담장 아래서 짙은 한숨을 내쉬었다. 실수는 돌이킬 수 없으니 앞으로 어찌하면 좋을 것인지 고민해야 했다.

"으…… 으쌰!"

새벽달이 뜨자마자 한점으로 분장한 서요가 무거운 옷 보따리를 얹은 지게를 들어올렸다. 서요는 불과 한 식경 전에 운화까지 그려 넣는 것으로 모든 옷을 마무리 지었다. 참으로 아슬아슬했다. 하지만 서요의 몸은 들뜬 마음과 달리 불덩이처럼 뜨거웠다. 참으려 해도 마른기침은 계속해서 입 밖으로 튀어나왔다.

"콜록콜록! 아우, 얼른 가져다주고 와서 쉬어야지."

마치 하늘과 땅이 뒤바뀐 듯 어질어질했다. 열로 인해 멍해진 서요는 화루로 가는 길이 마냥 길게만 느껴졌다. 더구나 등에 짊어지고 있는, 스무 벌이 넘는 옷의 무게도 만만치 않았다. 한 걸음, 한 걸음 겨우 내딛던 서요의 다리가 점차 후들후들 떨리기 시작했다.

희붐한 빛이 지상을 비춰 나갔다. 서요는 약조한 시간이 다가오자 다급한 마음에 발을 빠르게 놀렸지만 몸이 따라주지 않았다. 서요의 얼굴에서 흘러나오는 식은땀이 바닥으로 뚝뚝 떨어졌다.

솨아아-

그때 어디선가 상쾌한 바람이 불어왔다. 새벽하늘을 감싸는 차가운 공기와 다르게 은근히 포근한 기운이 느껴지는 바람이었다. 가물거리는 눈을 간신히 부릅뜬 서요가 얼굴을 들어 올렸다. 어떤 사내가 그녀의 앞에 가까이 다가와 있었다.

'누구지?'

아무도 없는 조용한 새벽길에 갑자기 나타난 한 남성. 서요는 불길한 기운을 느꼈다.

그 순간, 남자가 서요의 앞에서 한쪽 무릎을 꿇었다. 정갈하고 깔끔한 움직임이었다.

"늦게 찾아뵈어 죄송합니다. 서요님."

서요……. 남자는 오직 대신관과 무당인 어머니밖에 모르는 그녀의 진짜 이름을 알고 있었다. 놀란 서요는 지게를 떨어뜨리며 주저앉았다.

"저는 서요님을 지키……."

"꺄아아!"

그가 말을 끝마치기도 전에 서요는 소리를 질렀다. 오래전 대신관이 해주었던 말이 서요의 머리를 스쳐 지나갔다.

'왕검 자민이 서요 너를 죽이려 하고 있다. 수상한 일이 벌어진다면, 반드시 도망쳐 살아남아야 한다.'

서요는 남자가 어떻게 자신을 알아보았는지, 또 어떻게 찾았는지 알 수가 없었기에 그저 두렵기만 했다. 열로 인해 흐릿했던 정신이 번쩍 들자, 서요는 곧바로 자리에서 일어나 지게조차 내팽개치고 남자로부터 도망가기 시작했다.

"거기 서십시오! 위험합니다!"

낯선 사내는 서요가 놓고 간 지게까지 지고 엄청난 속도로 쫓아오기 시작했다. 열 때문에 비틀거리며 허둥지둥 도망치는 서요와 달리 그는 숨 하나 흐트러지지 않고 빠르게 달렸다. 그 엄청난 속도로 인해 주변에 회오리바람이 몰아쳤을 정도였다.

서요는 곧 그 수상한 남자에게 잡힐 듯하자 방향을 틀어 경사진 언덕을 구르듯이 내려가기 시작했다. 언덕을 내려갈 때마다 서요의 발목이 괴상한 소리를 내며 삐걱거렸다.

"으아아! 쫓아오지 마! 쫓아오지 말란 말이야!"

서요는 미지의 존재가 추격해 오자 엄청난 공포감에 휩싸였다. 이러한 일이 벌어질 때마다 서요는 악착같이 달리고, 숨고, 도망쳐야만 했다. 그러지 않으면 왕검에게 끌려가 비참하게 죽고 말 것이었다. 이런 일들이 정말 지긋지긋했다.

천운을 타고난 위대한 신녀는 무슨! 서요는 자신이 불운을 가지고 태어난 것 같았다.

"엇! 서요님!"

사내가 크게 소리를 질렀다. 언덕을 내려가던 서요의 몸이 결국 공중으로 붕 떠버린 것이었다.

"꺄아아아아!"

비명 소리와 함께 서요의 몸이 그대로 공중에서 멈춰 버리는 놀라운 일이 벌어졌다. 사내의 주변을 맴돌던 바람이 그녀의 몸을 안전하게 받쳐 준 것이었다. 서요는 생전 처음 겪는 신기한 일에 경악했다.

깜짝 놀라 굳어버린 그녀의 얼굴 위로 따뜻한 산들바람이 불었다. 서요는 어미의 품에 안긴 듯 포근한 느낌이 들자 두려움에 꾹 감았던 눈을 천천히 떴다. 그녀의 앞에 아까 보았던 남자가 서 있었다.

그는 평범한 차림새였지만 풍기는 느낌만은 남달랐다. 얼굴은 밀가루 반죽처럼 뽀얗고 이목구비는 오밀조밀하여 여심을 흔드는 꽃미남이었는데, 함부로 손댈 수 없을 만큼 고아한 기품이 흘렀다.

그가 흐트러지지 않는 꼿꼿한 자세로 입을 열었다.

"다시 한 번 인사드리겠습니다. 저는 목숨을 다해 서요님을 지키고자 천상에서 내려온, 바람을 부리는 기상의 신, 소소라 합니다."

바람의 품에 안긴 서요가 황당함에 눈을 끔벅였다. 대관절 이게 무슨 소리인지 알 수가 없었다. 그러나 자신을 소소라고 밝힌 그는 여전히 차분한 표정을 고수하고 있었다.

"뭐라고요? 목숨…… 천상, 바람 뭐요?"

서요는 자신이 잘못 들었겠지 하고 다시 물어보았다. 하지만 몸이 붕 떠 있는 걸로 보아 그는 분명 보통 사람은 아닌 것 같았다.

서요는 새하얗게 질린 얼굴로 공중에서 내려오고자 몸부림을 쳤다.

아무리 발버둥을 쳐도 발이 땅에 닿지 않자 서늘한 식은땀이 등골을 타고 흘렀다. 서요는 이 상황이 너무도 두렵고 무서웠다.

"왜, 왜 이러시는 겁니까. 이것 좀 놓아주십시오."

서요가 잔뜩 겁에 질린 목소리로 말했다. 소소는 그녀를 따뜻한 시선으로 바라보며 물었다.

"놓아드리면 또 그리 도망가실 겁니까? 제 말을 차근히 들어주신다고 약조하시면 내려드리겠습니다."

"……제 이름을 어찌 아셨는지부터 알려주십시오. 그리고 이 말도 안 되는 술수는 대체 뭔지."

서요에게는 그가 자신의 진짜 이름을 어찌 알았는지가 가장 중요했다. 이 문제는 저뿐만 아니라 어머니인 무당의 목숨도 함께 걸려 있는 것과 마찬가지였다. 그래서 서요는 소소가 하는 말을 쉽게 믿을 수 없었다.

"술수가 아닙니다."

소소가 손가락으로 왼쪽을 가리키자 서요의 몸이 단숨에 그곳으로 옮겨졌다. 서요를 붙잡고 있는 바람의 힘은 포근하면서도 동시에 강인했다.

"뭐 하는 겁니까!"

공포를 느낀 그녀가 빽 소리를 질렀다.

"이제 믿으시겠습니까? 저는 결코 서요님의 적군이 아닙니다. 고귀하신 서요님을 지키기 위해 천상에서 내려온, 기상신입니다."

"……."

"더는 불안해하지 마십시오."

신뢰감 있는 나직한 목소리가 서요의 귀로 달콤하게 스며들었다. 서요는 올곧은 소소의 눈을 마주 보며 고개를 갸웃했다. 천상에서 내려왔다는 것도, 신이라는 것도, 적군이 아니라는 것도 전부 믿을 순 없지만 이상하게 마음이 편안히 가라앉는 느낌이 들었다.

항상 긴장해 있던 서요는, 처음 보는 사내에게 그런 감정을 느낀 적이 없었기에 매우 놀랐다. 소소에게선 너무도 선한 기운이 흘러나오고 있었다.

"그러니까 절 잡아가기 위해 쫓아온 게 아니라는 말입니까? 정말 적군이 아니라…… 제 아군이라고요?"

그녀가 조심스럽게 묻는 말에 소소는 주저하지 않고 대답했다.

"그렇습니다. 언제나 곁에서 지켜드리겠습니다."

서요의 얼굴 근육이 미묘하게 움직였다. 이상하리만치 소소에게 믿음이 갔지만 서요는 긴장을 내려놓지 않으리라 다짐했다.

어느새 발버둥치지 않고 차분해진 서요를 보고, 소소가 바람을 거두었다. 서요는 아직 두렵고 무서웠으나 땅에 발을 딛고 서서 천천히 훤칠한 소소를 올려다보았다. 햇살이 내리쬐는 그의 얼굴은 천상의 신의 모습에 완벽히 걸맞았다.

"왜 아직 안 오는 거지?"

미르는 화루 마당에 뒷짐을 지고 서 있었다. 그는 약조한 시간에 나타나지 않은 서요 덕분에 어젯밤 곤두박질친 기분이 조금 나아지긴 했지만 오지 않는 이유를 알 수 없어 의아했다.

"어디서 쓰러지지나 않았음 다행입니다."

홍화가 연지 바른 입술을 건드리며 새침하게 대꾸했다. 홍화는 자신에게는 늘 시큰둥한 미르가 그 희한한 내기에는 너무도 집착하고 있는 게 못마땅했다. 차라리 이럴 시간에 한 수 더 배우는 게 나을 것 같았다.

바로 그때, 끼익 소리를 내며 붉은 대문이 열렸다. 미르는 드디어 왔나 싶어 시선이 그곳에 고정되었다.

"뭐야……?"

무덤덤하게 서요를 바라보던 미르는 그녀와 함께 들어오는 소소를 보고 인상을 찌푸렸다. 그는 냉소적인 표정으로 그들을 바라보았다.

'소소가 왜 서요랑 함께 오는 거지?'

그는 자신처럼 소소 또한 서요를 지키라는 명을 받고 내려왔나 싶었지만 갑작스러운 일이라 당황했다.

한편 서요는 불안한 마음으로 미르 앞에 소소가 짊어지고 있던 지게를 내려놓았다. 그리고 바지 주머니에 미르에게 미리 받은, 남은 돈을 꽉 쥐었다. 해는 뜨다 못해 중천에서 뜨거운 햇볕을 내리고 있었다. 거기다 미르의 표정은 흡사 불구대천의 원수라도 마주한 듯 좋지 않았다.

겁을 먹은 서요는 목을 자라처럼 웅크리고 물었다.

"저…… 혹시 늦었……."

"늦었어."

조심스럽게 내뱉은 서요의 말을 미르가 냉정하게 잘라먹었다. 시간 약조를 어긴 건 사실이었지만 서요는 조금 억울한 마음에 입을 열었다.

"아침에 끝낸 건데…… 오다가 문제가 조금 생겨서. 조금만 봐주십시오. 네?"

서요가 최대한 불쌍한 표정으로 애걸복걸했으나 미르는 단호하게 고개를 가로저었다. 그 때문에 서요는 온몸의 힘이 쭉 빠져서 보따리조차 제대로 열지 못했다.

"미르, 이게 대체 무슨 짓이야?"

그 순간, 소소가 심각한 얼굴로 미르와 서요 사이에 끼어들었다. 그는 자신과 함께 그녀를 돌보아야 할 기상신 중 한 명인 미르가 왜 천상의 공주인 서요를 괴롭히고 있는지 도무지 알 수 없었다.

서요는 미르를 아는 듯한 소소를 의아하게 바라보았다.

"넌 빠져."

소소의 말에 미르는 험악한 얼굴로 대꾸했다. 하지만 소소는 벌써 서요의 곁에서 호위무사가 되기로 결심했는지, 언제나 차분하던 눈빛이 활활 불타고 있었다.

소소와 미르의 눈에서 불꽃이 튀어 올랐다. 사람들은 그 미세한 차이를 감지해 내지 못했지만, 정적인 공간에서 구름과 바람의 기운이 살벌하게 맞부딪쳤다.

그때 마음이 불안해진 서요가 울컥해서 소리쳤다.

"얼마나, 얼마나…… 죽을 둥 살 둥 버텨왔는데!"

서요는 갑자기 나타난 소소 때문에 제시간에 도착하지 못한 것도 화가 났고, 운화라는 세상에 없는 꽃을 그려 넣으라는 비겁한 주문을 해 놓고도 이토록 매정한 미르에게도 치가 떨렸다.

악에 받친 서요의 음성에 미르와 소소는 동시에 흠칫했다. 서요의 눈은 붉게 충혈되어 있었고, 며칠 내내 옷만 짓느라 고생한 건지 작은 몸은 더욱 가련해 보였다.

미르는 그런 그녀의 모습을 보고 당황했다. 운화까지 직접 보여주었지만 약조한 시간에 늦은 건 어쩔 수 없는 일이었다. 그러나 그녀가 지금껏 많이 고생했다는 걸 알기에 그는 마음이 조금 찔렸다.

소소는 자신이 하필 그때 나타나서 서요가 곤란한 상황에 빠진 것 같아 책임을 느꼈다.

"늦은 건 나 때문이다. 그러니……."

"원칙을 그리도 중요시하는 네가 지금…… 내게 말도 안 되는 청을 하려고?"

벌써부터 서요를 감싸고도는 소소에게 미르가 차갑게 응수했다. 소소의 성향을 잘 알고 있는 미르가 가장 반박하기 어려운 말을 건넨 것이었다.

두 남자의 공방전으로 분위기가 순식간에 냉각되었다. 서요는 혼절할 것만 같은 정신을 가까스로 붙잡고 미르를 바라보았다. 미르는 절망스러운 얼굴로 서 있는 서요에게 말했다.

"자, 이리 와야지? 오늘부로 내 것이 되었잖아."

약 올리는 듯한 미르의 말이 서요의 귓가에 울려 퍼졌다. 서요는 아무리 생각해 봐도 분했기에 손이 부들부들 떨렸다. 정말 이렇게 한순간에 저자의 종이 되어버린 건가 싶었다.

"이리 안 와?"

미르가 다시 부르자 서요는 갈퀴눈으로 그를 쏘아보았다.

"옷이 어떤지 보기라도 하십시오! 운화라는, 상상속의 꽃을 기명으로 쓰는 기녀가 있다는 걸 알면서도 제게 불리한 내기를 걸었잖습니까!"

그녀의 말에 미르는 고개를 돌리고 헛기침을 했다. 불리한 내기였다는 것엔 할 말이 없었다. 하지만 그래도 결국 운화가 어떤 모습인지 직접 보여주었다. 서요가 그를 알지 못할 뿐이었다.

미르는 고민 끝에 서요가 붙들고 있던 보따리를 가져와 풀었다. 그녀의 실력을 보기 위함이었다.

"그렇게 자신 있으면, 한번 보자."

미르가 옷 상태를 살폈다. 제시간 안에 만들기도 빠듯했을 텐데, 언제 다림질까지 한 건지 옷들이 모두 반듯했다.

"앵화, 매화, 도화……."

미르가 조용히 기명이자 꽃의 이름을 하나씩 읊었다. 그리고 자신도 모르게 감탄했다. 꽃은 금방이라도 물기를 머금으며 만개할 것처럼 아름답고 생동감이 넘쳤다. 작은 꽃잎 하나하나 허투루 한 기색이 보이지 않았다.

"그리고 운화까지."

미르는 마지막으로 운화를 넣은 옷을 바라보았다. 천상에서 매번 보던 구름 꽃, 운화였다. 그가 직접 보여주긴 했으나, 가져다 붙인 것처럼 닮은 모습에 감탄이 절로 나왔다. 그녀의 솜씨는 예상보다 더 훌륭했다.

미르는 간절한 표정을 짓고 있는 그녀를 흘낏 바라보며 고민에 빠졌다. 그가 원하는 건 돈을 돌려받는 것보단 서요를 곁에 두고 마음대로 부리는 거였다.

생각을 마친 미르는 서요의 머리 위로 손을 쭉 뻗었다. 서요는 비열한 사기꾼이 자신의 정수리를 가볍게 문지르고 지나가자 눈이 휘둥그레졌다. 그의 손길은 의외로 부드럽고 다정했다.

"잘했네. 마음에 들어. 특히 운화."

"예?"

서요는 그의 손이 닿았다가 떨어진 뒤통수가 영 낯설고 이상했다. 미르는 담담한 목소리로 말했다.

"못 알아먹겠어? 옷 만들고 남은 돈은 다 가져도 좋아. 수고비라 치지 뭐."

"정말입니까?"

서요는 너무 기뻐 방방 뛰었다. 옷의 상태에 대해선 자신이 있었지만 약조한 시간에 늦어서 어찌 될지 몰랐는데 선뜻 가져도 좋다고 하니 마음이 한결 평안해졌다.

서요의 급격한 감정 변화에 미르는 한쪽 입꼬리를 씩 들어올렸다. 서요는 아무것도 모른 채 그저 돈만 가져서 좋아하고 있었다.

"그럼 다 됐으니까…… 이리 와."

그가 미묘하게 웃으며 두 팔을 가볍게 벌렸다. 서요는 그 의미를 알 수 없어서 고개를 갸웃했다.

"왜요?"

"왜냐니. 돈은 수고비라 치지만, 약조한 시간에 늦었으니 내 것이 되어야지."

옷을 다 짓고도 많이 남은 돈을 가질 수 있어서 좋아하던 서요는 미르의 종이 될 생각에 낯빛이 어두워졌다. 시간에 늦은 건 사실이었기에 돈을 얻은 것에만 만족해야 하는 게 맞는지도 몰랐다.

우물쭈물하며 고민하던 서요는 한숨을 내쉬며 어쩔 수 없이 미르의 곁에 섰다. 그 상황을 지켜보던 소소는 충성을 맹세한 서요를 따라 움직였다. 미르는 소소를 매섭게 바라보았다.

"넌 왜 와? 필요 없는데?"

"난 너와 할 이야기가 좀 있다. 서요님, 잠시 다녀오겠습니다."

소소가 화가 단단히 난 얼굴로 미르의 귀를 잡아당겼다. 그는 서요의 앞이라 창피하기도 하고 민망해서 고개를 좌우로 흔들었다.

"야, 야! 이거 놔! 이거 안 놔?"

미르와 소소가 다투며 서요의 눈 밖으로 사라졌다. 서요는 저 멀리 사라지는 두 남자를 당황스러운 표정으로 바라보았다.

"둘이 어떻게 아는 사인 거지?"

서요는 무슨 이런 우연이 다 있나 싶어서 멋쩍게 콧등을 긁적였다. 신비로운 힘을 부렸던 남신과 기방 출입을 밥 먹듯 하는 음탕한 남자와의 접점이 뭐가 있을까 싶었지만, 뭐 소소가 인간인 척 조선에 머물렀다면 예전에 만난 인연일 수도 있을 거라 짐작만 하였다.

"하아…… 완전 지쳤어. 대체 뭐가 어떻게 돌아가는 거야. 의심할 기운도 없어!"

서요는 온몸이 천근만근이어서 그저 쉬고 싶었다. 여전히 머리가 뜨겁고 어지러웠다. 서요가 곧 쓰러질 듯 비틀거리자, 그 모습이 안쓰러웠던 홍화가 그녀를 따뜻한 방으로 안내했다.

"아, 감사합니다."

그렇게 방으로 들어온 서요는 침상에 앉자마자 온몸이 노곤해서 눈을 감았다.

한편, 사람들이 없는 뒷마당으로 온 미르는 소소에게 역정을 냈다.

"대체 네가 무슨 상관인데!"

미르는 소소에게 짜증이 일었다. 그는 평소에도 정의감이 투철하긴 했지만 천상도 아니고 조선에서 자신이 어찌 살든, 서요를 어떻게 대하든 그가 무슨 상관인지 알 수가 없었다.

"네가 제정신이 아닌 듯하니, 경고하는 거다. 나는 얼마 전 환웅님의 명을 받고 아사달에서 병사들의 동향을 감시하고 있었어. 네겐 아마 서요님을 지켜보라는 명을 하셨겠지."

소소는 주인인 서요에게 막 대하는 미르를 그냥 두고 볼 수가 없었다. 신하된 자로서의 도리가 아니었다.

"그럼 아사달에 계속 있지 왜 쓸데없이 이쪽으로 와?"

미르가 불만스러운 얼굴을 했다. 소소가 아사달에 있었다면 굳이 이렇게 서로 부딪칠 일이 없었다. 잠시 침묵하던 소소는 이내 한숨을 내쉬었다. 그가 오게 된 건 다 이유가 있어서였다.

"낌새가 보인다며 서요님을 지키라 하셨으니까."

한껏 짜증이 난다는 얼굴을 하고 있던 미르는 그의 말을 듣고 표정을 싹 굳혔다.

"낌새……? 그들이 움직였어?"

소소는 고작 낌새라는 단어에 심각하게 반응하는 미르를 보고 의아했다. 그가 보기에 미르의 반응은 서요가 마냥 마음에 들지 않은 건 아닌 것 같았다.

"그래. 서요님이 열여덟 살이 되니까 신녀로서의 능력을 펼칠 거라 보는 것 같아. 무장한 군대가 가까운 마을부터 검문을 시작했어."

미르는 잠깐 움찔했으나 아무렇지 않은 척했다.

"하…… 뭐 그래도 이젠 내 것이 되어 명령에 복종해야 하니, 괜히 혼자서 날뛰다가 붙잡히는 일은 없을 거야. 이 몸이 곁에 있는데, 당연한 거지."

"그렇게 쉽게 생각할 문제가 아니야."

"아, 몰라. 됐어! 하여튼 괜히 내 정체까지 까발리지 마. 신하 노릇하고 싶은 생각은 추호도 없으니까."

미르가 귀찮다는 듯 손사래를 쳤다. 하는 말마다 오만불손했기에 그 모습을 보는 소소의 주먹에 힘이 들어갔다.

"대체 언제쯤 정신 차릴래? 그렇게도 운사님의 관심을 끌고 싶어?"

다시 안으로 들어가려던 미르는 소소의 말에 우뚝 멈춰 섰다.

"뭐라고?"

빠르게 다가온 미르가 소소의 멱살을 잡아 올렸다. 구름을 다스리는 기상신답게 번개를 품은 안광이 무섭게 번쩍였다.

"닥쳐. 다 망치고 싶지 않으면."

광기 어린 미르의 목소리가 황량한 뒷마당에 울려 퍼졌다. 미르는 소소에게서 거칠게 손을 떼고 먼저 돌아섰다. 뒤에 남은 소소는 고개를 가로저으며 벽에 몸을 기댔다.

그도 그런 말까지 할 생각은 없었다. 다만 천상에서도, 조선에서도 방황하는 미르를 그냥 두고 볼 수 없었던 거였다.

격한 감정을 조금 가라앉히고 방으로 들어온 미르는 대자로 뻗어 잠든 서요를 바라보았다. 서요의 얼굴은 열 때문인지 벌겋게 달아올라 있었다.

"그렇게 무리하더니…… 미련하기는."

그 일이 고되고 힘들었을 거라는 건 그도 알고 있었다. 하지만 그럼에도 미르는 그녀가 매우 한심하게 느껴졌다.

서요의 옆에 털썩 앉은 그는 괜히 주위를 한 번 살피고 열이 나는 그녀의 이마에 손을 가져다 댔다. 구름의 찬 기운을 잔뜩 모은 미르의 손은 매우 시원했다. 열에 들떠 괴로워하던 서요는 그제야 미간을 펴고 평온하게 잠들었다.

"귀찮아 죽겠네."

미르는 서요를 몰래 도와주고 있으면서도 퉁명스럽게 중얼거렸다. 그는 그렇게 한동안 꼼짝도 하지 않고 서요의 물수건이 되어주었다. 미르도 굳이 왜 자신이 이런 귀찮은 짓을 하는지 이해할 수 없었다.

그때 소소가 방 안으로 들어왔다. 미르는 문이 열리자마자 재빨리 손을 거두고 자리에서 일어났다. 누가 보아도 수상한 움직임이었다.

"크흠!"

미르가 괜히 헛기침을 하며 급히 방을 나갔다. 소소는 이상하다는 눈길로 그를 바라보다가 서요의 옆에 조심스럽게 앉았다. 잠시 후, 서요의 눈가가 파르르 떨렸다. 그녀는 머리를 시원하게 해주던 차갑고 기분 좋은 느낌을 조금 더 느끼고 싶었다.

"일어나셨습니까?"

"아…… 소소님?"

서요는 오랜만의 단잠에 몸이 한결 좋아진 걸 느끼며 자리에서 일어났다.

'아! 아까 그 차가운 손은, 소소님이었구나.'

서요가 그렇게 생각하는 것도 이상한 일이 아니었다. 그녀에게 소소는 위대한 바람의 기상신이었다. 그를 완전히 믿어도 될지 여러 가지로 고민이 많았던 서요는 어색하게 웃었다.

"감사합니다."

"존대하지 마십시오. 저는 서요님의 신하입니다. 그리고 혹시 몰라 약방을 다녀왔는데……."

소소가 단정하게 말하며 황갈색 환약을 내밀었다. 서요는 약을 받고 더욱 혼란스러워 입술을 깨물었다.

'열을 내려준 것도 고마운데 이렇게 약까지 챙겨주다니…….'

서요는 그의 세심한 배려에 감탄했다. 서요는 소소가 정말 천상에서 자신을 지키기 위해 내려온 거라면 갑자기 눈앞에 운화가 나타난 건 그 때문이라는 생각이 들었다.

그녀가 소소에게 조심스럽게 물었다.

"소소님은…… 아시죠? 구름 꽃, 운화."

뜬금없는 말에 뭔가 싶었지만, 운화가 무엇인지 아는 소소는 고개를 끄덕였다. 그에 서요는 눈을 반짝이며 고개를 끄덕였다. 역시 지금까지 있었던 신비롭고 기묘한 일은 모두 소소가 한 일인 것 같았다.

'그렇다면 지금껏 날 세심하게 지켜보았다는 건데…… 나쁜 마음이었다면 그리 귀찮은 일을 했을 것 같지도 않고. 한번 믿어볼까.'

서요는 제발 이번에는 기댈 만한 아군을 얻고 싶다고 생각하며 소소를 지긋이 응시했다.

미르는 화루 밖으로 나와 짜증 섞인 몸짓으로 땅을 걷어찼다. 둥근 앞코에 질척한 흙이 잔뜩 묻어났다. 어차피 서요를 지키는 일은 소소가 아주 훌륭히 해낼 것이었다. 굳이 자신이 신경 쓰지 않아도 되니 분명 좋은 일이었다.

"그런데 왜 이렇게 신경에 거슬리지?"

미르는 갑자기 끼어들어 참견하는 소소에게 화가 났다. 또 재미있게 가지고 놀던 인형을 빼앗긴 기분마저 들었다.

'귀찮은 내기까지 벌여 공주를 손에 넣었는데, 왜 마음대로 부리지도 못하게 해!'

그가 알 수 없는 기분에 한 번 더 땅을 걷어찰 때, 미르의 눈앞에 군복을 입은 병사들이 무리 지어 지나갔다. 아사달에서 꽤 멀리 떨어진 작은 마을인데, 평소에 비해 돌아다니는 병사들의 수가 너무 많았다. 미르는 소소가 방금 전에 했던 말을 떠올리며 중얼거렸다.

"설마…… 벌써 이곳까지?"

그가 굳은 얼굴로 급하게 화루로 들어섰다. 병사들은 마을의 골목마다 자리하고 서서 지나가는 여자들을 모두 잡고 소리쳤다.

"금년 열여덟 살이 되는 계집들은 모두 밖으로 나와 집합한다!"

기방까지 들린 고함 소리에 서요는 깜짝 놀라 몸을 일으켰다.

"무슨, 이게 무슨 소리입니까?"

그때 거칠게 문이 열리고, 미르가 들어왔다.

"빨리 움직여! 병사들이 마을로 쳐들어왔어."

"예?"

병사라는 단어에 서요의 손이 덜덜 떨렸다. 수만 가지 생각들이 머릿속을 스쳐 지나가며, 목숨의 위협을 받았던 안 좋은 기억들이 떠올랐다. 서요가 잔뜩 겁에 질린 얼굴로 말을 더듬었다.

"왜, 왜…… 대체 왜 여길."

문제가 될 일은 하지 않았다. 서요는 완벽히 남자 행세를 했고, 얼굴이 알려진 무당은 거의 밖으로 나가지 않았다. 그런데 어떻게 이 작은 마을을 찾아왔는지 알 수가 없었다. 누가 고변이라도 한 걸까? 서요는 몸을 가누지 못할 정도로 혼란스러워했다.

미르는 제 머리를 헝클어뜨리다가 그녀의 어깨를 잡고 강인한 눈빛을 보냈다.

"정신 똑바로 차려. 네가 여기 있다는 걸 알고 온 게 아니야. 성인이 된 신녀를 찾기 위해 검문을 시작한 거지."

"검문이요?"

"그래. 예상보다 좀 빠르긴 하지만."

미르의 머릿속에는, 어떻게 하면 그녀와 함께 병사들의 눈에서 벗어나 도망칠 수 있을까 하는 생각밖에 없었다.

서요는 신녀를 찾는 검문을 시작했다는 말에 숨이 가빠졌다. 진정하려고 했지만 도저히 그럴 수가 없었다.

'나는 지금 아무런 능력이 없다고! 그런데도 날 죽이고 싶은 거야?'

서요는 아랫입술을 깨물고 자신을 괴롭히는 왕검 자민을 원망했다. 그런데 그 순간, 서요의 머릿속에 또 다른 충돌이 생겼다. 미르라는 사내가 자신이 신녀라는 사실을 너무도 당연하게 말하고 있었다.

'뭐야, 이자는 내가 신녀라는 사실을 어떻게 안 거야? 언제부터?'

서요가 미르를 의심스럽게 바라보았다. 서요는 긴장한 나머지 마른침을 꿀꺽 삼켰다. 소소는 자신을 지키러 천상에서 내려온 기상신이라지만 미르는 그 정체를 제대로 알 수 없었다.

가슴이 크게 뛰는 것을 느낀 그녀가 그에게 물었다.

"당신…… 누구야."

"뭐?"

"내가 신녀라는 걸 당신이 어떻게 아는 겁니까?"

서요의 눈동자가 불안하게 흔들렸다. 그를 향한 끝도 없는 의심이 머릿속에 생겨났다. 따지고 보면 그와의 만남은 처음부터 아주 수상했다.

"설마 당신이……."

울음에 젖은 서요의 말을 끝으로 창호지 문이 거세게 열렸다. 그건 마을을 점령하고 열여덟 살이 된 여자를 찾고 있는 병사였다.

가슴을 찌르는 듯한 병사의 날카로운 눈빛에 서요는 깜짝 놀라 순간적으로 숨을 멈췄다. 눈앞이 핑 돌아 아무런 생각도 할 수가 없었다. 이렇게 도망갈 데라곤 없는 좁은 공간에서 병사에게 대놓고 얼굴을 보인 건 처음이었다.

"뭐야. 사내가 왜 이리 고와."

화루를 살피기 위해 무작정 방문을 연 병사는 남자만 셋이 있는 걸 보고 실망해서 문을 닫았다. 그들의 외모가 놀라울 정도로 곱상하긴 했지만, 병사들이 찾는 건 여자였기에 그 셋에게 큰 관심을 보이지 않고 지나간 것이다.

"흐아아아."

몸을 잔뜩 움츠리고 있던 서요는 긴장이 풀렸는지 그대로 미르의 옷을 붙잡고 주저앉았다. 심장이 터질 듯 방망이질을 했다. 서요는 남자로 분장한 것이 참으로 다행이라고 생각했다. 그리 어여쁘지 않은 외모도 새삼 고맙게 느껴졌다.

"서요님, 괜찮으십니까?"

소소가 낭패감 어린 얼굴로 주저앉은 서요에게 물었다. 병사들은 그의 예상보다도 빨리 마을에 도착했다. 웬만한 것에 놀라지 않던 미르도 가슴을 쓸어내렸다. 하마터면 병사가, 서요가 신녀라는 얘기를 들을 뻔했다.

"미쳤어? 아주 동네방네 소문내려고?"

그가 서요를 타박했다.

"대체 이게……."

하지만 병사를 마주하자 미르를 향한 서요의 의심은 더욱 증폭되었다. 그녀가 불신의 눈빛으로 째려보자 미르는 억울하고 황당한 나머지 헛웃음을 지었다. 그는 지금껏 소소보다도 더 먼저 지상에 내려와서 그녀를 위험으로부터 지켰다.

"나를 의심하는 모양인데, 착각이야. 정말 그랬다면, 너를 당장 끌어다 저들에게 넘겼을 테니까."

미르가 조금 화가 나서 이를 악물었다.

"모르죠. 의심에서 벗어난 후 기회를 노리려는 건지도."

"하…… 참!"

그런데도 한결같은 서요의 반응에 미르는 복장이 터질 것만 같았다. 서요는 그동안 뒤에서 몰래 지켜준 것이 누군지도 모르고, 눈을 세모꼴로 치뜨고 미르를 노려봤다. 그러자 미르는 지금까지 그녀를 위해 애썼던 일들이 모두 무용지물처럼 느껴졌다.

"네 입. 그 입이나 조심해."

미르는 조심성 없는 서요의 입을 가리키며 불퉁하게 말했다. 서요는 어찌 해야 좋을지 모르겠어서 그저 불안하기만 했다. 의심받는 처지가 매우 억울했지만 하루 빨리 이곳을 떠나야 했던 미르는 어쩔 수 없이 소소를 보았다.

"하루빨리 이곳을 떠야 해."

"내 생각도 마찬가지야."

미르와 소소의 의견이 간만에 일치했다. 소소는 여전히 주저앉아 있는 서요를 일으켜 세웠다.

"서요님. 얼른 일어나십시오. 이러고 있을 때가 아닙니다."

"예?"

"남자 행세를 하고 있어 다행히 넘기긴 했지만, 곧 화가 닥칠 겁니다."

그의 말에 순간 불길한 예감이 서요의 머리를 뒤덮었다. 집에 있을 어머니가 이제야 생각났다.

"어, 어머니! 병사들이 어머니의 얼굴을 알고 있습니다! 안 됩니다. 저 혼자는 절대 안 갑니다!"

서요가 자리에서 벌떡 일어나며 소리쳤다. 병사들이 막무가내로 기방에 출입했던 것처럼, 여염집인 자신의 집에도 들어간다면 큰일이었다. 대신관이 죽는 순간, 자신을 데리고 도망치는 어머니를 본 병사들로 인해 용모파기가 그려져 전국으로 수배가 내려졌기에 신녀를 거뒀다고 알려진 무당 어머니를 보면 알아보고 잡아갈 터였다. 그런 일은 절대 발생해서는 안 되었다. 서요의 가슴이 두려움에 휩싸였다.

“뭐? 얼굴이 알려져 있어? 그런데도 지금껏 같이 살았던 거야?”
미르는 기가 막혀서 쏘아붙였다. 서요는 심장이 다른 의미로 쪼그라들었다.
“그럼…… 어머니와 떨어져 살라는 겁니까? 그렇게는 못 합니다!”
서요는 당장 지금의 상황도, 눈앞에 있는 화난 미르도 무서웠지만 단호하게 대답했다. 대신관이 숨을 거두고 나서 서요의 곁에 남아준 건 오직 무당 어머니뿐이었다. 그런데 병사들에게 얼굴이 알려졌다고 헤어질 순 없었다.
“다 됐습니다! 저는 어머니를 구하러 갈 테니까…….”
서요는 마음이 급해서 문 쪽으로 걸음을 옮겼다. 그러나 문을 열고 나가려는 서요의 행동은 미르의 손길에 저지되고 말았다. 서요는 자신을 방해하는 그에게 소리쳤다.
“뭐 하시는 겁니까? 당신 대체 누구냐고!”
“네가 무슨 힘이 있다고 어머니를 구해?”
미르가 서요의 손을 낚아채 들어올렸다. 그녀의 연한 살가죽이 미르의 손에 의해 흔들렸다.
“이 작은 손으로 대체 뭘 할 수 있는데? 병사들 바짓가랑이라도 붙잡고 살려달라고 울며불며 빌려고?”
“뭐라고요?”
“넌 그저 방해만 될 뿐이야.”
분노로 가득했던 서요의 눈빛이 점차 처연하게 가라앉았다. 가슴에 콕콕 박히는 가시 같은 말에 무조건 아니라고 부정할 수 없었다. 그녀 자신에게 그런 힘 따위가 없다는 것은 사실이었으니까 말이다.
서요는 차오르는 눈물을 참아내기 위해 입술을 짓씹었다. 냉철한 미르의 눈과 빨갛게 달아오른 서요의 눈이 맹렬하게 마주쳤다.
“제가 서요님 집에 다녀오겠습니다. 조금만 기다려 주십시오.”

지금보다 더 큰 목소리가 튀어나올까 싶었던 소소가 과열된 분위기를 진정시키려 했다. 아직 확인되지 않은 일을 가지고 싸워 괜히 병사들을 다시 방 안으로 불러올 필요는 없었다. 그의 상황 판단에 미르가 고갯짓으로 다녀오라는 신호를 보냈다. 소소는 나가기 전에 여전히 불안에 떨고 있는 그녀에게 말했다.

"서요님. 미르 또한 저처럼 서요님의 아군입니다. 물론 성정이 고약해 서요님에게 그간 못된 짓을 했을 수는 있으나…… 한번 믿어보십시오."

미르는 어울리지도 않게 얄궂은 미소를 짓는 소소를 마뜩찮게 바라보았다. 소소가 은밀히 나가고 문이 닫히자 작은 방 안엔 서요와 미르 단둘만이 남았다. 숨 막힐 듯한 정적이 흘렀다.

침묵만이 흐르는 방에서 서요는 소소가 한 말을 곱씹었다.

'저 남자가 적이 아니라고? 소소님이랑 둘이 꽤 잘 알던 사이 같았는데……. 뭐가 어떻게 된 거지.'

서요가 미르의 얼굴은 제대로 쳐다보지 않은 채 은근슬쩍 떠보았다.

"……사실입니까?"

"뭘."

그는 퉁명스럽게 대꾸했다.

"아군이라는 소소님의 말씀 말입니다."

미르가 정말 억울하다는 듯 인상을 잔뜩 찌푸렸다.

"어. 적 아니야. 아니라고."

"물론 그 답을 무작정 믿을 수는 없지만요."

"그럼 뭐 하러 물어본 거야? 장난해?"

미르가 황당한 얼굴을 했다. 서요는 그제야 고개를 돌려 꼿꼿한 자세를 유지하는 미르를 응시했다. 그는 굉장히 화가 나 보였다.

'대체 어떤 사람일까…….'

그는 처음 만났을 때는 방탕한 한량 같았고, 내기를 제안했을 때는 사기꾼처럼 느껴지기도 했다. 하지만 가끔씩 보이는 강한 존재감은 그가 평범한 사내가 아님을 느끼게 해주었다. 서요는 계속 떠오르는 불안감을 꾹 억누르며 미르에 대해서 고찰했다. 알면 알수록 정말 알 수 없는 사내였다.

한편 무당을 살피기 위해 초가집에 도착한 소소는 주변에 병사들이 쫙 깔린 것을 보고 짙은 한숨을 내쉬었다.

'한발 늦었군.'

병사들이 초가집을 빙 둘러 삼엄한 경비 태세를 갖추고 있었다. 그들은 군기가 매우 바짝 들어 있었다. 그때 짚으로 엮은 대문이 부서지듯 열리더니, 장군 재부의 손에 머리채가 잡힌 무당이 질질 끌려 나왔다.

"하하하! 여기 숨어 있었구먼? 요망한 무당 년 같으니라고!"

재부는 신녀를 거둬 키운 무당을 보게 되어 가슴이 환희로 들끓었다. 그녀가 여기 있다는 건 이 마을에 신녀도 있다는 얘기가 되었다. 반면 무당은 가슴이 무너져 내리는 것 같은 충격을 받았지만 최대한 독하게 소리쳤다.

"이거 놓아라! 감히 네놈들이 이런 짓을 하고도 무사할 거라 보느냐? 어찌 왕검은 하늘의 뜻에 반하려 한단 말이냐!"

"이년이…… 닥쳐라! 어디 감히 건방지게!"

재부가 무당의 머리를 잡고 바닥에 내려치자 그녀의 머리에서 피가 흘러나왔다. 잔인한 광경에 구경하던 사람들이 놀라 뒷걸음질을 쳤다.

"지금부터 마을 문을 모두 폐쇄한다! 잘 들어라! 이 순간부터 마을을 벗어나는 놈들은 모두 죽일 것이다!"

재부가 광기 어린 눈으로 살벌하게 소리쳤다. 나무 뒤에서 그 광경을 지켜보던 소소는 지끈거리는 머리를 붙잡았다. 일이 점점 더 심각하게 흘러가고 있었다.

다시 기방으로 돌아온 소소는 말을 전하기가 너무 어려웠지만 시간이 없었기에 정확한 사실만 전달했다. 소소의 말을 들은 서요의 낯빛이 창백하게 질렸다. 서요는 금방이라도 혼절해 버릴 것만 같았다.

"……결국 잡혀가셨다는 말씀이십니까?"

"예. 죄송합니다."

소소가 면목 없다는 듯 고개를 푹 수그렸다. 서요는 무당 어머니를 생각하며 가슴을 움켜쥐었다. 아무것도 할 수 없는 자신의 신세가 너무도 한심했다. 자신을 거둬 키우지만 않았다면, 어머니가 지금까지 도망치며 외출도 마음대로 못하는 비참한 삶을 사는 일은 없었을 것이다. 서요는 모든 게 자신 때문에 벌어진 일이라고 생각했다.

물론 어머니는 항상 그렇게 생각하지 말라고 말했지만, 이런 끔찍한 상황을 마주할 때면 서요는 어쩔 수 없이 죄책감에 시달렸다. 서요는 지금 심정 같아선 차라리 자신의 존재가 사라져 버리는 것이 제일 나을 거라고 생각했다.

"방법이 하나 있습니다."

한참 자책하던 서요가 마음을 다스리고 입을 열었다. 일이 이렇게 된 이상 간신히 붙들고 있던 삶의 미련을 놓아야 할 것 같았다. 그녀에게는 더 이상 구차하게 목숨을 연명할 이유가 존재하지 않았다. 서요는 언제라도 죽을 준비가 되어 있었다.

"제가 직접 나타나면 될 일이죠."

"뭐라고?"

"그건 안 됩니다. 서요님."

미르와 소소가 어리석은 선택을 하려는 서요를 동시에 말렸다. 서요는 쇠라도 씹어 먹은 듯 불편한 표정을 지었다.

"저 때문에 어머니와 다른 분들이 피해를 입는 건 더 이상 원치 않습니다."

장군 재부라면 서요도 익히 들어 알고 있었다. 왕검 자민의 총애를 받아 물불 가리지 않고 날뛰는 미친 남자였다. 그에게 잡혔다면 분명 어머니는 무사하지 못할 것이었다. 아니, 벌써 이 세상 사람이 아닐 수도 있었다. 생각이 거기까지 미치자 서요는 결심을 더 단단히 했다.

"지금 가겠습니다."

"그렇게는 안 되겠는데?"

하지만 미르가 서요의 앞을 막아섰다.

"제 맘대로 죽지도 못합니까?"

서요는 주먹을 꽉 쥐었다. 소소와 미르에 대해서 계속 생각하는 것도 지쳤고, 지금 당장 어머니가 보고 싶었다. 그런 그녀의 눈높이에 맞춰 허리를 숙인 미르가 말했다.

"잊었나 본데……."

그가 말하자 그들의 시선이 강렬하게 부딪쳤다.

"넌 내 것이야. 내 허락 없인 무엇도 할 수 없어. 그게 설사 죽음이라 할지라도."

엄격하고 단단한 목소리가 이어졌다. 서요는 온몸을 휘감는 위압감에 자리에서 한 발자국도 움직일 수 없었다. 간신히 붙잡고 있는 정신마저 아뜩해지는 기분이었다. 아무리 그의 것이 되었다지만 이런 심각한 상황에서 어쩜 이럴 수가 있나 싶었다.

"그럼 저는 가만히 앉아 어머니가 괴로워하는 모습을 지켜보기만 하라는 겁니까?"

서요는 잡혀간 어머니가 어떤 고신을 받게 될지 상상만 해도 오금이 저렸다. 온몸을 자르르 떠는 서요의 모습을 보던 미르는 한숨을 내쉬고 퉁명스럽게 말을 내던졌다.

"여기 네 주인님이 있는데, 뭐가 걱정이야."

"예?"

“어두워지면 무당을 구해 다시 이쪽으로 올게. 그러니 넌 절대 화루에서 나올 생각 마.”

“하지만!”

“내 것이 되었으면 내 말을 좀 들어줘야 할 거 아니야.”

그의 매끄러운 눈매가 지독히도 강한 기운을 발산했다. 푸른 기가 섞인 미르의 눈동자는 살벌한 말을 내뱉고 있음에도 잔잔하게 움직였다.

‘이 남자…… 뭐가 그렇게 쉽고, 여유로운 거지?’

서요는 이해할 수가 없었다. 병사들이 이토록 많이 깔려 있는데, 그는 용미촌 중심지에 있는 관아에 쳐들어가 어머니를 구출해 내겠다고 하고 있었다.

한편 소소는 건방진 미르의 태도가 못마땅해 머리를 흔들었다. 감히 천상의 공주에게 주인 행세를 하다니, 황당한 일이었다. 하지만 소소 역시 서요를 위해 무당을 구출하겠다는 생각은 같았기에 이번 한 번은 그냥 넘어가기로 했다.

“어머니는 지금 이 순간 끔찍한 고신을 받고 계실지도 모르는데…… 대체 언제! 그리고 목숨을 잃을 수도 있는 위험한 일입니다.”

서요는 말은 고마웠지만 혹시라도 또 자신 때문에 누군가 잘못될까 봐 두려웠다. 그녀의 심란한 모습에 그가 무심히 물었다.

“왜, 걱정돼?”

“예?”

“아까는 나를 그렇게 의심하더니, 왜? 구해주겠다고 하면 기쁜 일인 거잖아?”

미르가 은근히 아까의 일에 대해서 서운한 모습을 보이자 서요는 머쓱하게 뒷머리를 긁적였다. 여전히 미르가 굳이 왜 자신을 위해서 나서 주겠다는 건지 이해할 수 없었다.

서요의 시선이 미르의 얼굴에 꽂혔다. 그는 그 시선을 견디는 게 어려워 고개를 돌리고 헛기침을 했다.

"대답해라. 신녀는 어디에 있느냐!"

재부의 노호가 어두컴컴한 옥사를 쩌렁쩌렁 울렸다. 또한 그가 발을 굴릴 때마다 무거운 철갑이 덜컹거렸다.

"내 몇 번을 말했느냐. 이미 수년 전에 헤어졌다고. 목에 달린 것이 머리가 아닌가 보구나. 네놈 같으면 얼굴이 알려진 나와 함께 살겠느냐?"

무당은 의자에 온몸이 칭칭 묶였으면서도 매섭게 소리쳤다. 계속된 고신으로 그녀의 입술은 이미 다 터졌지만 그녀에게선 작은 신음조차 흘러나오지 않았다. 오히려 더 또렷해진 눈은 소름 끼치도록 밝은 기운을 냈다. 한때 조선에서 이름을 날리던 무당의 기백다웠다.

"입을 함부로 놀리면 안 될 것이야. 네년의 목 따위 쉽게 따버릴 수 있으니."

재부가 무당의 머리채를 확 잡아끌었다. 물고문을 당한 무당의 얼굴은 흉측하게 부풀어 있었다.

"말해보아라. 네년의 눈에는 보이느냐? 신녀 그 계집이 앞으로 어찌 될 것인지."

재부의 건방진 언사에 무당은 이를 악물고 무섭게 꾸짖었다.

"너흰 천벌을 받을 것이야! 네깟 놈들이 아무리 왕권을 강화하겠다고 난리를 부려도, 하늘에 대항할 수는 없을 것이다. 온 세상의 빛을 품고 태어난 신녀님의 발아래 무릎을 꿇고 네 그 하찮은 목숨을 구걸하게 되겠지. 이것이 내가 본, 네놈들의 지독한 앞날이다!"

독하게 고신했는데도 여전히 꺾이지 않는 기세에 재부는 잠시 당황했다. 한 맺힌 무당의 눈에선 엄청난 독기가 떨어지고 있었다. 이것은 필시 저주였다. 재부는 요망한 년이라고 생각하며 크게 소리쳤다.

"뭣들 하느냐! 이년의 주리를 틀어라!"

다시 고신이 시작되었다. 병사 한 명이 부리나케 달려온 것은 바로 그 때였다.

"장군님! 알아냈습니다, 저년과 함께 지낸 사람을."

장군 재부는 기쁜 소식에 누런 이를 드러내며 물었다.

"오호라? 그게 누구냐!"

"시장에서 옷 장사를 하는, 상놈 한점이라 하옵니다."

"상놈? 남자라는 말이냐?"

"예. 그런데…… 듣기로는 그 용모가 꽤 수려했다고 합니다."

재부는 고개를 갸웃하다가 신녀가 그동안 남장한 채 생활을 했을지도 모른다는 생각이 들자 통쾌하게 웃었다.

"하하하! 수려하다고? 당장 그 상놈을 찾아와 내 앞에 대령해라. 초승달이 뜰 때까지 얼마 남지 않았다!"

신녀가 탄생한 날, 밤하늘을 비추었던 신월. 그 밤이 다가오고 있었다. 재부는 반드시 오늘 밤에 신녀를 가려내어 그녀를 궐로 끌고 가고야 말겠다고 다짐했다.

점차 해가 지기 시작했다. 소소와 미르는 서요가 있는 방 문 앞을 지키며 작전 회의를 시작했다.

"네가 알고 있는지 모르겠는데…… 조선에서의 우린, 천상에서처럼 강하고 위력적인 힘은 쓰지 못해."

소소의 침착한 말에 미르가 물었다.

"왜?"

"혹시 큰일이 날까 싶어 환웅님께서 능력에 제한을 두신 거지. 말 그대로 봉인.”

그런 이야기를 처음 듣는 미르는 이맛살을 찌푸렸다. 조선에 내려와서 크게 신의 힘을 부릴 일이 없었기에 그는 전혀 모르고 있었다. 반면 소소는 아버지인 풍백과 오랜 이야기 끝에 내려왔기 때문에 아는 것이 미르보다 훨씬 많았다.

“휴…… 보나마나 운사님과 대판 싸우고 그냥 내려왔나 본데 잘 들어. 나는 사람의 몸을 찢을 정도의 칼바람은 쓰지 못하고, 너는 벼락같이 위험한 능력은 쓰지 못할 거야. 그렇다고 그 밖의 능력을 너무 자주 사용하고 의존하는 것도 좋지 않을 거라고 하셨어. 자세한 이유는 모르겠지만.”

“뭐, 이해는 되네. 벼락을 내렸다간 사람들이 많이 죽을 테니까.”

미르가 고개를 끄덕였다. 그는 봉인이라는 게 기분이 좋진 않았지만 어쩔 수 없는 일이라고 생각했다.

그때, 화루의 대문이 열리고 홍화가 안으로 들어왔다.

“스승님! 병사들이 한점이를 찾고 있던데, 무슨 일이에요?”

홍화는 내도록 금년 열여덟 살이 된 여자만을 찾던 병사들이 왜 갑자기 남자인 한점을 찾는지 몰라 의아한 표정을 지었다. 그리고 소식을 들은 미르와 소소는 얼굴을 싸늘하게 굳혔다. 무당이 잡혀간 순간, 어느 정도 예상했던 일이었으나 상황은 생각보다 급박하게 돌아가고 있었다.

날렵한 턱을 쓰다듬던 미르가 홍화에게 말했다.

“무당이 잡혀 갔으니 뭐 예정된 수순이야. 그래서 말인데…… 홍화 네가 걜 좀 도와주어야겠다.”

“네? 그게 무슨 말씀이세요?”

홍화의 얼굴에 의아한 기색이 어렸다. 미르는 그녀의 표정에도 아랑곳하지 않고, 방 안에서 슬픔에 잠겨 있는 서요를 급하게 끌고 나와서는 곧바로 홍화의 품에 떠안겼다.

"아주 그럴듯한 기녀로 만들어봐."

미르는 자신이 말하면서도 웃긴지, 깜짝 놀란 홍화와 당황한 소소의 반응은 뒤로하고 피식피식 웃었다. 반면 서요는 이게 웬 말 같지도 않은 얘기인가 싶어 두 눈썹을 치켜세웠다.

"시, 싫습니다. 제가 왜요?"

서요는 한 번도 여인으로 살아본 적이 없어서 매우 난감했다. 마음속으로는 동경했던 게 사실이나 여염집 여자도 아니고 기녀라는 것은 낯설게 느껴질 뿐이었다.

그렇게 모두가 어리둥절한 상황 속에서도 미르만은 생각이 확고했다. 그는 장난치듯 두 눈을 찡긋거렸다.

"싫어도 어쩔 수 없어. 지금 병사들이 한점을 찾고 있거든. 살고 싶으면…… 계집 흉내 잘 내봐."

서요는 그 말에 망연자실한 표정을 지었고, 홍화는 한점을 찾는 병사들에게서 그를 숨겨주려는 미르의 의도를 알아듣고 하는 수 없이 고개를 끄덕였다. 매우 귀찮은 일이었지만 그녀는 어차피 스승의 말을 거역할 수 있는 위치가 아니었다. 그리고 꽤 재미있는 일이 될 것 같기도 했다.

서요는 결국 억척스러운 홍화의 손길에 끌려가고 말았다. 그녀는 병사들이 마을에 도착한 지 얼마 지나지 않았는데도 너무도 많은 일이 벌어지는 것 같아서 정신이 없었다.

'대체 나한테 왜 이러는 거야! 나보고 기녀 차림을 하고 있으라니!'

서요는 속으로 울부짖다가 화려한 기녀 옷을 들고 의미심장하게 다가오는 홍화를 보고 겁에 질렸다.

한참의 시간이 흐른 후, 비단 옷감이 마찰되어 사락거리는 소리가 들렸다. 서요를 기다리던 미르와 소소는 기다란 대청마루 끝을 바라보았다.

곧 밤하늘의 별빛을 받아 환히 빛나는, 아름다운 여인이 등장했다. 미르와 소소는 저 여인이 정말 상놈 차림으로 다니던 서요가 맞는지 의심이 되었다. 그 정도로 서요는 아름다웠다. 홍색과 황색의 비단이 가녀린 그녀의 몸을 부드럽게 휘감았고, 얹은머리엔 댕기와 화접 머리꽂이를 했다. 허리춤엔 돈이 든 두루주머니가 매달렸고, 풍성한 치마 위엔 나비 모양의 노리개가 구슬과 함께 달랑거렸다.

서요가 뚫어져라 바라보는 그들의 시선에 수줍은 듯 고개를 돌렸다. 그러자 갸름한 얼굴선에 아담하고 오뚝한 콧날이 돋보였고, 진달래꽃을 빻아 넣은 듯 분홍빛이 도는 입술이 스스럽게 호선을 그렸다.

쿵!

그 순간 미르는 잠시 심장이 떨렸다. 서요는 생전 처음 입어보는 옷이 부끄러운지 벌게진 얼굴로 어색한 몸짓을 하고 있었는데 의도치 않은 그 모습이 오히려 남심을 흔들었다. 그는 어색하기 그지없는 서요의 모습이 오히려 더 매력 있다는 생각이 들었다.

'뭐야, 전과 너무 달라서 그런가…….'

미르는 한 번도 느껴보지 못했던 감정에 당황했다. 수줍어하는 서요와 스치듯 눈이 마주쳤을 뿐인데 찌릿한 느낌마저 들었다. 첫인상이 그래서일까, 영원히 사내아이 같은 모습만 볼 것이라 생각했는데…… 이렇게 꾸며놓고 보니 여인은 여인인 듯했다.

"너무…… 화려한 거 아니야?"

서요가 홍화의 등쌀에 밀려 눈앞까지 다가오자 미르는 당황한 기색을 감추기 위해 무뚝뚝하게 내뱉었다. 서요 또한 지금의 차림이 자신과 어울리지 않다고 생각했기에 연신 헛기침을 했다.

"큼큼! 저도 이렇게 입고 싶지 않았습니다. 막 달려드는데……."

서요는 옷을 갈아입는 과정이 끔찍했는지, 그때를 떠올리며 짧은 저고리를 손으로 붙잡았다. 옷이 영 불편하고 어색해서 미칠 것만 같았다.

"……어여쁘십니다."

그때 소소가 옅은 미소를 지었다. 평소 감정을 잘 드러내지 않았던 그이기에 미르는 놀란 얼굴을 했다. 소소의 칭찬에 서요는 눈에 띄게 얼굴빛이 밝아졌다. 미르는 기뻐하는 서요를 보고 왠지 모르게 기분이 나빴다.

"얼굴에 붙어 있던 점이 톡! 떼어지던데…… 이게 대체 어떻게 된 일일까요?"

홍화가 서요의 뒤에서 완벽한 기녀의 걸음으로 다가왔다. 그녀의 매혹적인 입술이 부드럽게 휘어졌다.

"조용히 해."

미르는 어차피 상황이 이쯤 되면 홍화도 모를 리 없다고 생각하고 귀찮다는 듯 대꾸했다. 그녀는 이미 서요가 병사들이 찾는 계집일 거라고 짐작하고 있을 터였다. 미르는 점 하나 없이 매끈한 서요의 얼굴을 힐끗 보다가 홍화에게 입조심을 당부했다.

"그냥 앞으로도 쭉 모르는 척해."

"호호호! 제게 빚을 지신 겁니다."

"알았다고."

"얼굴은 고운데, 행동이 영 사내아이 같아요. 저래선 들키고도 남지 싶네요."

홍화가 안타깝다는 듯 짧게 혀를 찼다. 서요는 민망하기 짝이 없는 말에 입술을 깨물었다. 기녀 복장이 낯설어서 벗고 싶은 마음이 있었지만 여자답지 않다는 그 말은 꽤 치명적이었다. 지금까지는 원한다 해도 여자일 수 없는 시간이었다.

뭔가 울컥한 서요는 주먹을 꽉 쥐었다.

"배울 테니 도와주십시오."

"짧은 시간 안에 되려나 모르겠네요."

"어차피 이렇게 된 거 잘 해보겠습니다! 가르쳐만 주십시오!"

자신이 잘 할 수 있을지 걱정되었지만 목숨이 달린 일이니 못할 것도 없었다. 그리고 집 안에서 어머니와 단둘만 있을 때는 보통의 여자애들 같은 말투를 썼으니 그리 어려울 것 같지 않았다.

"패는 알아서 위조해 볼 테니, 기명은 뭐로 하는 게 좋을까요?"

미르는 서요를 흘낏 보았다. 서요는 새로 태어난 듯 아름답게 변신했지만, 차림이 아무리 화려한들 여전히 어리고 순수한 아이일 뿐이었다. 그의 코끝으로 봄바람이 살랑살랑 불었다. 어느 틈에 찾아온 것인지 배꽃 하나가 미르의 어깨 위에 내려앉았다.

바람을 맞은 꽃나무는 아름다운 꽃비를 흘려보냈다. 그리고 어느새 내민 미르의 손바닥 위로 작은 꽃잎이 내려앉았다. 청초하고 앙증맞은 배꽃이었다. 아무래도 서요에겐 이화(梨花)라는 기명이 어울릴 듯했다.

"이화."

미르가 뜻밖의 청초한 기명을 지어주자 서요는 조금 놀라서 그를 바라보았다. 미르는 그녀의 시선을 느끼고 다급하게 말을 덧붙였다.

"귀신처럼 허여멀건 얼굴에 딱 어울리잖아."

그러자 잠시나마 기대했던 서요의 눈이 실망으로 얼룩졌다. 그녀는 역시 미르가 좋은 의미로 기명을 정해줄 리 없다고 생각했다. 바로 시무룩해지는 서요의 모습이 배꽃처럼 귀여워, 미르는 남몰래 입매를 끌어당겼다.

소소는 자고로 여신이라면 고아한 기품과 신성한 멋이 있어야 한다고 생각했다.

"그 무슨 막말이냐. 저는 연화(蓮花)가 좋을 듯합니다. 예로부터 연화는 순결하고 신성한 의미를 지녔다고 하지요."

서요는 더 들을 것도 없다는 듯이 바로 소소의 의견에 따랐다. 그러자 미르는 불만스러운 얼굴로 고개를 돌렸다. 도리어 그가 성을 내자 서요는 어이가 없어서 실소를 내뱉었다.

서요의 기명이 정해지자 홍화는 제대로 패를 만들러 자리를 떴고, 미르는 어두워지기 시작하는 하늘을 올려다보며 입을 열었다.

"이제 가봐야겠네."

서요가 원하는 대로 무당을 구하러 가야 했다. 서요는 미르의 말에 심각한 상황임을 다시 인지하고 적색 치마를 그러쥐었다. 그들이 조금 더 빨리 어머니를 구해주었으면 하는 마음과 혹시 그들도 잘못되지 않을까 하는 불안감이 함께 그녀를 괴롭혔다.

심각한 표정이 된 서요가 떠나가는 그들을 향해 입을 열었다.

"정말 괜찮은 겁니까? 아무런 연고도 없는 저 때문에……."

서요는 여전히 지금의 일들이 이상했다. 자신을 지키기 위해 내려왔다는 기상신 소소와, 처음엔 방탕한 사기꾼이라고 생각했던 미르가 자신에게 이런 도움을 주려 하는 이유에 대해서도 말이다. 그런데도 불구하고 서요는 이 모든 게 진짜라면, 그들이 빌려준 어깨가 참으로 고마웠다. 그러면 안 되는데 하면서도 마음이 나약했기에 처음으로 자신의 편이 되어준 그들에게 자꾸만 기대고 싶은 생각이 들었다.

미르는 고개를 살짝 돌려 그녀를 바라보았다. 그 시선이 이상하게 믿음직스럽고 다정하게 느껴져 서요는 잠시 당황했다.

'뭐, 뭐지……'

미르는 성마른 발걸음으로 다가와 어리둥절해하는 서요의 머리 위에 무심한 척, 툭 손을 내려놓았다.

"뭐 그리 걱정이 많아. 약조한다. 반드시 무당과 함께 돌아오겠다고."

그의 강직한 목소리에 서요는 고개를 끄덕였다. 이젠 그들을 의심하고만 있을 상황이 아니었다. 어떻게든 어머니를 구해내야 했다.

그들이 화루를 떠난 뒤, 서요는 홍화가 시키는 대로 움직였다. 당분간 꽃다운 기녀들 속에서 튀지 않고 얌전히 숨어 있어야 할 것이었다.

“자자, 웃어봐.”

“이렇게요?”

서요가 지금껏 동경해 왔던 우아한 여인의 미소를 짓기 위해 입꼬리를 부들부들 떨었다.

“하…… 누가 그렇게 괴상망측하게 웃으래? 좀 더 나긋나긋하게, 그 마른 작대기 같은 몸은 최대한 부드럽게 유혹하는 듯한…… 에라이! 관둬!”

하지만 점입가경으로 치닫는 해괴한 표정과 몸짓에 홍화는 역정을 냈다. 그녀가 보기에 서요는 해도 해도 너무했다. 과장된 행동과 웃음은 섬려하기는커녕 어색하기 그지없었다.

대놓고 튀어나온 비난에 서요는 풀이 확 죽었다. 상상 속에서는 쉬웠던 게 실제론 너무도 어려웠다. 일단 기녀들의 살랑살랑한 말투부터가 입 밖으로 나오질 않았다.

“그냥, 아무것도 하지 마. 알겠지?”

“……네.”

아무것도 하지 말란 말에 서요의 입이 삐죽 튀어나왔다. 그렇게 훈육을 빙자한 잔소리를 듣고 있는데, 갑자기 대문 밖이 소란스러워졌다.

벌컥 문이 열리고 육중한 몸의 병사들이 대거 안으로 들어왔다. 대청에서 홍화 그리고 다른 기녀들과 같이 있던 서요는 깜짝 놀라 어깨를 움츠렸다.

“이, 이곳은 어인 일이십니까.”

홍화는 굳어버린 서요를 힐끗 보더니 잽싸게 병사들 앞으로 달려 나가서 물었다. 위험한 상황에서도 생글거리며 그들을 맞이하는 걸 보니,

역시 보통내기가 아니었다. 서요는 점점 제 쪽으로 다가오는 병사들을 보다가 눈을 질끈 감고 최대한 얼굴을 보이지 않기 위해서 노력했다.

"내 오늘 중요한 손님과 할 얘기가 있어 이곳에 들렀느니라. 크흠."

우두머리로 보이는 병사가 뒷짐을 지고 점잖은 척 헛기침을 내뱉었다. 그러나 번들거리는 눈동자는 어느새 대청에 모여 있는 기녀들의 모습을 훑고 있었다. 그러다가 그는 마루 위에서 수줍게 얼굴을 돌리고 있는 서요를 발견했다. 말갛고 청아한 자태가 멀리서도 눈에 띄었다.

병사는 호기심이 들어 서요에게 말했다.

"거기 너, 고개를 들어보아라."

서요의 가슴이 공포감에 짓눌렸다. 이대로 도망갈까 하는 생각이 들었지만, 기다리라고 했던 이들의 말을 떠올렸다. 마음을 다잡은 서요가 마른침을 꿀꺽 삼키고 천천히 몸을 돌려 병사와 눈을 마주쳤다.

"음? 처음 보는 기녀가 아니더냐?"

기루에 자주 들렀던 병사였는지 단번에 알아보고 눈빛이 날카로워졌다. 그가 보기에 서요의 얼굴은 화루에서 자주 보았던 기녀들과는 어딘가 달랐다. 꼬리를 살랑살랑 흔드는 느낌이 전혀 없었으며, 방금 피어난 꽃을 보는 것처럼 청초했다.

서요는 얼굴이 살짝 굳어졌으나 결코 자신이 한점이자 신녀라는 사실을 알아챌 수 없을 것이라 생각하며 둥근 눈을 반달처럼 예쁘게 접었다. 서요는 홍화가 무시했던 기녀 흉내를 내볼 생각이었다.

"어머! 이렇게 어여쁜 소인을 어찌 잊으셨단 말입니까. 나리, 실망이 옵니다."

간드러지는 목소리를 내며 어깨 또한 미세하게 흔들어보았다. 살기 위한 필사의 움직임이었다. 그러자 잠깐 동안 침묵이 흐르는 듯싶더니 그의 웃음소리가 대청을 울렸다.

"아하하! 그렇지, 내 잘못이야. 그래, 네 이름이 무엇이냐."

“연화라 하옵니다.”

“오냐. 내 이 아이가 아주 마음에 드는구나. 한 상 거하게 차려보도록 해라!”

병사가 호탕하게 말하며 껄껄 웃었다. 서요는 이게 정말 통하는 건가 싶어 어리벙벙해졌다. 그녀는 어느새 병사의 손에 이끌려 방 안으로 들어가고 있었다.

넓은 방 안엔 병사들이 득시글했고, 그들의 곁엔 간드러지게 웃는 아리따운 기녀들이 자리를 차지했다. 서요 또한 그 기녀들과 함께였다.

서요는 마음이 매우 심란했다. 지금 무엇을 하는지 알 수가 없었다. 기녀인 척하느라 그들의 말을 따르고는 있지만, 계속 웃음을 팔고 싶진 않았다. 잡혀간 어머니는 자신 때문에 모진 고문을 받고 있을 텐데, 저는 여기서 병사들의 비위를 맞추기 위해 하하호호 웃고 떠들다니…… 서요는 속이 다 울렁거렸다.

“이래도 되는 거야? 장군님이 당장 그 한점인가 뭔가 하는 놈 잡아오라고 난리인데.”

그때 한 병사가 취기로 풀린 눈을 들어 올리며 소심하게 이야기했다. 그러자 화루 입성을 추진한 병사가 그의 어깨를 거칠게 쳤다.

“걱정 마. 지금 우리도 찾는 중인 거잖아. 안 그래?”

“아, 뭐 그렇지만.”

“이따가 얘기도 들어볼 거고 말이야.”

대화를 듣고 서요는 어깨가 딱딱하게 굳었다. 바로 앞에서 자신을 잡네 마네 하는 소리를 들으니 제아무리 괜찮은 척하려고 해도 심장이 두근거렸다. 그런데 무슨 얘기를 들어본 다는 건지 알 수가 없었다.

서요가 의아해할 때, 병사가 술잔을 소리가 나도록 내려치더니 제 무용담을 자랑스럽게 늘어놓기 시작했다.

“내 방금 전까지 조선에서 아주 유명하다는 무당을 아주 못쓰게 만들고 왔지."

"어머, 어떻게요?"

기녀들이 호기심 가득한 눈빛으로 그에게 물었다.

"하하. 너희들이 듣기엔 너무 잔인하다. 그년이 살려달라고 그렇게 빌어대는데…… 어쩌겠느냐. 공과 사는 구별해야지!"

반면 서요의 심장은 나락으로 떨어졌다. 병사는 계속해서 입을 놀렸고, 방 안에는 화기애애한 웃음소리가 퍼져 나갔다. 서요는 충격 때문에 술병을 든 손을 자르르 떨었다. 서요는 어머니가 잡혀간 순간부터 그녀가 모진 고문을 당할 것이라는 건 알고 있었지만, 이렇게 우스갯소리로 사람들의 입에 오르내릴 것이라곤 생각조차 하지 않았다.

"왜 이러느냐?"

술에 취한 병사가 금방이라도 부러질 듯 가녀린 서요의 손목을 붙잡았다. 서요의 새하얀 피부는 분노로 인해 붉으락푸르락했고, 입술은 찬기를 맞은 사람처럼 떨고 있었다.

서요는 참다못해 결국 서러운 눈물을 흘렸다. 더는 참을 수 없을 만큼 감정이 동요했다. 서요는 더럽다는 듯, 병사의 손을 매몰차게 치워버렸다.

"그 무당이라는 자가 너무 불쌍하지 않습니까!"

눈물이 서요의 뺨으로 방울방울 떨어졌다.

"대체 무엇을 잘못했기에 그런 짓을 하는 겁니까?"

서요는 신녀를 거둬 키운 무당 어머니가 무슨 잘못을 했는지 이해할 수 없었다. 그건 결코 죄가 아니었다. 서요는 지금이라도 자신이 신녀임을 밝히고 어머니를 고통에서 해방시키고 싶었다. 하지만 그런다 한들 그들이 어머니를 놓아준다는 보장은 없었다.

지독한 절망감 속에서 서요는 어머니를 꼭 구하겠다고 말하며 떠난 미르와 소소를 떠올렸다. 시작하기도 전에 모든 걸 망칠 순 없었다.

"뭐 그리 걱정이 많아. 약조한다. 반드시 무당과 함께 돌아오겠다고."

서요의 머릿속에 따스한 미르의 음성이 퍼져 나갔다. 의외로 믿음직스러운 그의 모습이 떠오르자, 서요는 점차 평온을 되찾았다.

한편 병사는 비탄에 잠긴 서요의 얼굴을 황홀하게 바라보았다. 의심해 볼 만큼 격렬한 반응이었는데도, 그저 바보처럼 서요의 미색에 푹 빠져 버린 것이었다.

'어찌 우는 것도 이리 아름답단 말인가.'

병사는 마음이 동요해서 그녀를 달랬다.

"내 너의 정의감이 투철한 것은 알겠으니 그만 울어라."

마음은 안정시킨 서요가 천천히 고개를 끄덕였다. 이번만 잘 넘기면 될 터였다.

하나 그때,

"……너 한점이 아니냐?"

병사가 말했던 그 중요한 손님인 장사치가 가늘게 눈을 뜨고 서요를 바라보았다.

◈

"한꺼번에 모아놓고 뭘 어쩌려는 거야?"

미르가 관아의 동태를 살폈다. 열여덟 살이 되어 보이는 계집들은 모두 관아에 끌려왔고, 관아 주변은 많은 병사가 지키고 서 있었다. 작은 마을을 장악한 것치고는 꽤 큰 정예부대였다.

"왕검 자민은 성정이 포악하고 목적을 위해서라면 물불을 가리지 않는 인간이야. 얕잡아 보는 건 좋지 않아. 신중하게 처리해야 해."

소소는 미르가 혹여 가벼운 마음으로 일을 그르칠까 봐 경고했다.

"넌 여전히 잔소리가 심해. 일단 무당이 어디에 있는지 정확히 알 필요가 있어. 들어가면…… 알지?"

"그래."

대화를 마친 미르와 소소는 순식간에 연기와 바람이 되어 뒷문을 통과했다. 그리고 관아 안, 건물 사이 그늘에 몸을 숨기고 동향을 살폈다. 관아 안은 더 많은 병사가 돌아다니고 있었다.

그들은 숨을 죽이고 주변을 살피다 저희들 쪽으로 다가오는 병사 두 명의 급소를 건드려 쓰러뜨렸다. 순식간에 일어난 일에 병사는 비명조차 지르지 못했다. 쓰러진 병사들을 숨긴 소소와 미르는 단숨에 그들의 옷으로 갈아입었다.

그들이 옷을 입느라 정신없는 와중, 관아 안으로 서요가 들어왔다. 그들은 같은 공간에 있었으나 서로의 존재를 눈치채지 못했다.

"거기 뭐해?"

그때 옷을 다 갈아입은 미르와 소소가 고개를 두리번거리자, 장군 재부가 이끄는 군대의 부장인 고열이 악다구니를 내질렀다.

"예, 예!"

그들은 군모로 최대한 얼굴을 가리고 굵는 목소리를 냈다. 고열이 씩씩거리며 가까이 다가왔다. 고열은 순간 자신의 병사 중 이토록 길고 훤칠한 애들이 있던가 하는 의문이 들었지만 지금 그런 건 중요하지 않았다.

"새로 들어온 애들이냐? 그러니 이토록 굼뜨지! 곧 장군님과 계집들이 밖으로 나올 것이다. 실수하지 마라."

그들은 다행히도 급박하게 돌아가는 상황 덕분에 의심을 면했다. 미르와 소소는 신중하게 고개를 끄덕였다. 병사들이 내뱉는 모든 말은 중요한 정보였다. 얼른 무당을 찾아 이곳을 떠나야 했다.

그들의 머리 위로 차가운 신월의 빛이 쏟아졌다. 오늘따라 더욱 밝고 찬란했다.

잠시 후, 고열의 말처럼 장군 재부가 모습을 드러냈다. 미르와 소소는 서로 시선을 마주쳤다. 분명 그가 나온 곳에 무당이 있을 터였다.

부장 고열이 부리나케 그를 향해 달려 나갔다. 미르는 돼지처럼 육중한 몸으로 쿵쿵 걷는 재부를 보며, 그가 얼마나 욕심이 많은 인간인지 알 것 같았다.

"시간이 되었다. 이것으로…… 점을 쳐 보자꾸나!"

살이 뒤룩뒤룩한 데다 번들거리는 손을 든 재부가 크게 소리쳤다. 그는 쿵쾅거리며 단 위에 올라서서 희열 가득한 얼굴로 씩 웃었다. 신월은 구름에 가려지지 않아 더 선명했다. 신녀를 가려내기 딱 좋은 날이었다.

재부의 손짓에 좁은 방 안에 갇혀 있던 계집들이 우르르 쏟아져 나왔다. 서로의 발에 뒤엉켜 넘어지고 쓰러지기도 하며 병사들에게 질질 끌려 바닥에 주저앉은 여인들은 두려움에 온몸을 오들오들 떨었다.

거센 파도처럼 떠밀리는 여인들을 바라보던 미르의 눈빛이 순간 사납게 번뜩였다. 그곳엔 기녀 연화, 아니 서요가 있었다.

⊠

장사치는 한점에 대해서 자세히 얘기하자는 병사의 말에 따라 기루로 오게 되었다. 방 안은 이미 여인들의 간드러지는 웃음소리와 향긋한 분 냄새로 가득했다.

그의 시선이 아리따운 기녀들을 하나씩 훑어 내렸다. 그러다가 문득, 한 기녀에게서 시선이 멈췄다.

'어디서 많이 봤는데…….'

장사치는 다시금 찬찬히 보다 자신도 모르게 멈칫했다. 왠지 굉장히 익숙한 느낌이 들었기 때문이었다.

'내가 잘못 본 건가?'

기녀를 뚫어져라 바라보던 장사치는 갑자기 능구렁이처럼 히죽 웃었다. 어딘가 친숙하다 했더니만, 그 외모가 안 그래도 곱상하던 한점과 똑 닮아 있었다. 평소 남자치고는 체구가 유난히 가녀린 한점을 술안주 삼아 다른 장사치들과 이런저런 이야기를 하며 상상을 해봤기에 이를 수 있는 생각이었다.

모 아니면 도였지만 한점을 찾아주면 큰돈을 주겠다던 병사의 말이 그의 머릿속에 맴돌았다. 살짝 찔러보면 더 확실히 알 수 있을 것 같기도 했다. 장사치는 모험을 해보기로 했다.

"……너 한점이 아니냐?"

조심스럽게 내뱉은 그의 말에 서요의 눈빛이 흔들렸다. 서요는 당황한 티를 내고 싶지 않았지만, 눈앞에 선 자는 시장에서 오랫동안 동고동락한 사이였다. 매번 옷이 잘 팔리지 않는다고 도와달라 청했던…….

'어떻게 해야 하는 거지? 대체 어떻게 해야!'

서요는 거의 공황 상태에 빠져 버렸다.

서요가 아무런 말도 하지 못하자 장사치의 입꼬리가 스윽 올라갔다.

"아닙니다. 한점이라뇨. 상스러운 이름을 어디에 갖다 붙이십니까?"

그러나 이내 서요가 치가 떨린다는 듯 뾰족하게 대꾸했다. 구박을 받으면서도 연습한 보람이 있는, 꾀꼬리 같은 목소리였다. 장사치는 순간적으로 혼란스러워졌다.

"그게 정말이냐? 괜한 헛소리를 하는 거면 가만두지 않겠다!"

상황을 지켜보던 병사가 서요와 장사치를 돌아보며 무섭게 일갈했다. 이번 방문은 수색을 핑계로 여색을 탐하기 위한 음흉한 속셈도 있었지만, 한점을 잘 안다는 자의 이야기를 들어보기 위한 목적이었기에 그의 말을 허투루 넘겨들을 수 없었다.

"아유, 지가 뭔 부귀영화를 누리것다고 헛소리를 허것습니까, 허기를."

장사치는 자칫 잘못하면 도리어 자신의 목숨이 위험할 것 같아 발끈해서 소리쳤다. 하지만 병사의 반응은 심드렁했다. 장사치는 다시 한 번 기녀와 한점을 비교하며 구석구석 뜯어보았다.

"여기 패입니다. 살펴주시지요."

서요는 급박한 상황인 것을 깨닫고 얼른 신분증인 패를 내밀었다. 패를 확인한 병사의 장사치를 보는 눈이 표독스러워졌다.

"네 주둥아리를 확 뽑아버려야 바른 대로 고하겠느냐! 어찌 무고한 사람을……."

그러자 그는 더욱 당황해 고개를 두리번거렸다.

"아니구먼유! 뭐 얼굴에 점이 없긴 허지만서두!"

"닥쳐라! 더는 들어주고 있을 수가 없구나!"

병사의 고함이 이어졌다. 그는 똑 부러지게 말하며 의심을 피하고자 하는 서요에 비해 처음부터 음흉하게 행동한 장사치를 수상하게 보았다. 그건 독한 술을 마셔 벌게진 얼굴을 한 다른 병사들도 마찬가지였다. 설마 저 물안개처럼 신비롭고 아리따운 기녀가 그들이 찾는 천한 상놈 한점일까 싶었던 것이다.

한순간에 뒤바뀐 분위기에 서요는 남몰래 안도의 한숨을 내쉬었다. 하나 장사치가 병사의 손에 질질 끌려 나가면서도 외친 말에 분위기가 술렁거렸다.

"저놈, 저놈 손을 보셔유!"

그는 크게 한 몫을 챙기기는커녕 몰매를 맞을 상황이 되자 장사를 할 때 서요의 손을 잡았던 것을 기억해 내곤 바락바락 소리를 질렀다. 장사치의 말에 서요는 깜짝 놀라 옷소매로 얼른 손을 가렸다.

"오른 손등에 반점이 있을 거구먼유! 지가 똑똑히 봤구만유! 시장 장사치 다 델꼬 와서 물어보슈! 확실허구먼유!"

그는 급한 나머지 빠르게 말을 쏟아냈다. 다른 이들이 알고 있으리란 보장은 없었으나 이대로 끌려가 억울하게 매질을 당하는 것보단 나았다. 서요의 얼굴빛이 먹장구름이 지나가는 것처럼 어두워졌다.

"이리 내 봐라!"

"아앗!"

병사가 우악스럽게 서요의 손을 가져갔다. 가냘프고 아담한 오른쪽 손등에는 정말 장사치의 말대로 점이 있었다. 펄럭이는 소매 때문에 쉽게 발견할 수 없는 위치였기에 병사의 눈빛이 단숨에 짐승을 쫓는 사냥꾼으로 변했다.

"설명해 보아라. 이것도 우연이냐?"

"……."

"닮은 얼굴에다가 같은 위치에 점이라……."

"우연일 뿐이옵니다. 나리, 믿어주십시오!"

"나리, 이 아이는 기녀일 뿐이옵니다."

홍화 역시 나서서 아니라고 설명했지만, 병사는 그녀의 말 따위는 들은 척도 하지 않았다. 정황이 있는 이상, 병사는 서요를 얼른 장군 재부에게 넘겨야 했다.

"되었다. 어차피 누구든 끌고 가야 했다. 다만 그게 네년이 되어 내 마음이 살짝 아릴 뿐."

"나리, 나리!"

병사가 결심한 듯 기어코 서요의 팔을 잡아끌었다. 아무리 여인의 치마폭에서 노는 게 좋다고 해도 큰 공을 세우는 것만큼은 아니었다. 물론 그녀가 정말 신녀가 맞다면 말이다.

서요는 결국 병사의 무지막지한 손에 잡혀 장군 재부가 있는 곳으로 끌려갔다.

◈

고풍스러운 방 안, 날카로운 눈빛을 한 재부가 뒷짐을 진 채 무릎을 꿇고 있는 이들의 얼굴을 면밀히 살펴보았다. 그중엔 병사의 손에 끌려온 서요도 있었다.

"이년들이 무당과 함께 살았다는 그 한점이라고?"

재부의 입에서 악취가 풍겨져 나왔다. 서요는 인상을 찌푸리며 고개를 돌렸다. 방 안에는 그녀뿐만 아니라 한점이라 의심해 병사들이 끌고 온 사람이 두 명 더 있었다.

"예. 그렇습니다."

부하의 말에 재부는 서요의 옆에 있던, 아름다운 여인의 턱을 손가락으로 들어올렸다.

"아주 반반하게 생겼네."

그의 강한 힘에 여인의 입에서는 울음이 복받쳐 흘러나왔다.

"아, 아닙니다. 저는, 절대."

"그거야 확인해 보면 알겠지. 모두 끌어다 처박아놔."

"예!"

그들은 재부가 있던 커다란 방에서 쫓겨났다. 서요는 방을 나오기 직전, 재부의 음흉한 눈길에 어깨를 흠칫 떨었다. 그렇지만 곧 그가 어머니를 악독하게 고문했다는 생각이 들자 두려움도 잠시, 속에서 말도 못할 정도로 커다란 분기가 치솟았다.

하지만 서요는 무당을 구하기는커녕 본인마저 병사들에게 붙잡히고 말았다. 이는 분명 미르와 소소에게도 방해가 되는 일일 터였다.

'이 난관을 어찌 헤쳐 나가야 하지?'

서요는 다른 여인들과 함께 작은 방에 갇히게 되자 울분을 참지 못하고 자신의 머리를 쥐어뜯었다. 얼굴이라도 가리고 도망쳐 볼까 생각도 해보았지만, 사람으로 꽉 들어찬 방은 몸을 움직이는 것조차 힘들었다.

지금 서요가 할 수 있는 건 이곳에서 얌전히 그들을 기다렸다가 무당과 함께 무사히 탈출하는 것이었다. 아님, 그녀가 무당을 찾아 빠져나가 미르와 소소를 만나거나 말이다.

'그런데, 어떻게?'

신녀라지만 서요에게는 미르의 말처럼 아무런 힘도 능력도 없었다. 서요가 한창 고민하고 있던 그때, 웅성대는 소리가 그녀의 귀를 찔렀다.

"대체 뭘 하려는 거지? 응? 왜 여기 끌려왔는지 누구 아는 사람 없어요?"

"금년 열여덟 살이 된 여자를 찾는 것 같아요. 근데 그게 태어나자마자 행방불명된 신녀님이라는 얘기가 있어요."

한 여성의 폭탄 발언에 분위기가 순식간에 뒤숭숭해졌다. 서요 또한 자신과 관련된 이야기에 숨이 막혔다.

"세상에나! 신녀님이요? 그런데 이건 찾아서 고이 모시겠다는 분위기보단……."

"잡아서 죽이겠단 살벌한 느낌이죠."

"그런데 그게 우리랑 무슨 상관이라고 잡아온 거죠?"

"대략 끌려온 사람들 나이가 열여덟 전후인 것 같아요."

"악! 나는 아니라고요. 신녀인지 뭔지!"

다들 영문도 모르는 채 끌려와 매우 예민해져 있었다. 억울하다는 그들의 말에 서요는 어깨가 더욱 움츠러들었다. 애먼 사람들에게 피해만 주는 골칫덩이가 된 기분이었다.

"또 천왕신전 습격 사건도 실은 산적들이 한 짓이 아니라는 얘기도 있어요."

폭탄 발언을 했던 여성이 다시 저잣거리에서 은밀히 돌고 있던 풍문을 떠들어댔다. 사람들은 깜짝 놀라 눈을 크게 떴다.

"그 말은 설마…… 아이고. 입에 담지도 못하겠네. 무서워서."

"일단, 그렇다고요. 상황이 별로 좋지 않은 것 같아요. 그런데, 이봐요. 괜찮아요?"

한 여성이 자신의 앞에서 눈에 띄게 떨고 있는 서요의 어깨를 붙잡았다.

"예, 예……."

서요는 천왕신전 습격에 대한 이야기를 듣자 가슴이 쿵 떨어졌지만, 겨우 정신을 차렸다. 이대로 있다간 자신의 정체를 들킬 것만 같아서 너무 무서웠다.

"자! 모두 밖으로 나가서 똑바로 정렬해라! 괜히 허튼짓하지 않는 게 좋을 게다."

그때 부리부리한 눈을 한 병사가 문을 열고 호기롭게 소리쳤다. 협박 어린 말은 덤이었다.

서요는 여인들에게 떠밀려 방을 빠져나왔다. 여인들의 비명 소리가 관아 안에 가득 찼다.

그리고 서요가 고개를 돌렸을 때, 신월의 빛보다 더 강렬한 눈과 마주했다. 그건 은하수를 담은 남빛 눈동자였다.

2장

하늘의 임무를 부여받다

군복을 입은 미르가 서요를 뚫어져라 응시하고 있었다. 그는 단 한 번도 그녀의 시선을 놓치지 않았다.

'그들이다. 그들이 정말 이곳에 어머니를 구하러 왔어!'

차디찬 수면 아래로 잠겨 있던 서요의 마음이 먹이를 본 잉어 떼처럼 들썩였다. 절망적인 상황에서 한 줄기의 희망을 발견한 느낌이었다.

"자, 다들 모였군. 끌고 와!"

재부의 턱짓에 병사가 혼절한 여인 하나를 단상 위로 끌고 왔다. 바로 무당이었다. 그녀의 얼굴은 고문으로 인해 피가 뭉친 것처럼 부풀었고, 옷 밖으로 드러난 몸도 온통 시푸르뎅뎅했다. 갈기갈기 찢긴 옷 사이론 핏자국까지 보였다.

그것을 본 서요는 다리에 힘이 풀려 휘청거렸다.

'어머니…… 어머니!'

서요는 어머니를 부르짖을 수조차 없었다. 여기서 어머니를 부른다면 모진 고문을 참고 자신을 지켜준 그녀를 배신하는 일이 될 터였다. 서요의 가슴에서 엄청난 울분이 덩어리지기 시작했다. 그것은 온몸을 부수고서라도 튀어나오겠다는 듯이 격렬하게 움직였다.

"오오. 너희들이 보기엔 꽤 징그럽나 보구나. 동요하는 것들이 워낙 많아서……."

재부는 여자들이 무당을 보고 놀라 벌벌 떨자 기름이 묻은 입술을 쫙 찢으며 비웃었다. 흡사 아귀 같은 모습이었다. 무당이 발견된 이상 신녀가 이곳에 있을 가능성은 매우 컸다. 그렇다면 더는 시간을 끌 필요가 없었다. 그는 팔을 뻗어 손에 쥐고 있던 것을 보였다.

서요의 시선이 자연스럽게 그곳에 고정되었다. 재부는 들고 있던 투명한 구슬을 신월이 뜬 하늘 위로 높이 던졌다. 미르와 소소의 시선도 구슬이 날아간 곳으로 향했다.

구슬은 놀랍게도 공중에 뜬 채로 빛을 내더니 곧장 서요에게로 날아갔다. 오성취루 현상과 함께 나타난 신녀 서요에게 별의 기운을 가진 구슬이 반응한 것이었다.

서요는 당황해 옴짝달싹도 할 수 없었다.

구슬이 정말 신녀에게 반응하자 재부는 크게 기뻐하며 손가락으로 그녀를 가리키며 소리쳤다.

"저년! 바로 저년이다! 당장 잡아라!"

그 순간, 서요가 할 수 있는 건 오직 그들의 이름을 부르는 것뿐이었다.

"미르! 소소!"

재부가 던진 구슬이 신녀를 가리기 위한 용도였다는 것을 깨달은 미르는 단숨에 달과 별로 빛나는 하늘을 흑운으로 가렸고, 소소는 바람을 일으켜 횃불들을 모조리 꺼버렸다. 그러자 주변이 어두컴컴하게 변했다.

"뭐, 뭐야!"

재부는 신녀를 봤다는 생각에 흥분해서 어리둥절한 병사들을 헤치고 서요에게 다가가 손을 뻗었다. 미르는 그의 더러운 손이 서요에게 닿을 거라는 생각을 하자 기분이 불쾌해서 구름과 구름 사이에 번개를 일으키고 천둥을 쳤다.

우르르 쾅쾅!

재부를 비롯해 모든 사람들이 마른하늘의 날벼락에 깜짝 놀라 손으로 머리를 가리며 비명을 질렀다.

'설마…….'

서요는 혼란스러운 틈에서 미르의 눈이 번쩍이는 걸 보았다. 마치 눈에서 뇌우가 몰아치고 있는 것만 같았다. 그의 손짓과 몸짓에 하늘이 반응하는 것을 알아챈 서요는 가슴이 덜컥 내려앉았다. 세상이 갑자기 어두워진 것도, 하늘에서 천둥이 치는 것도 모두 그가 한 짓이라는 희한한 생각이 들었다.

"왜 갑자기 천둥이 치는 거야! 네년이 한 짓이야?"

재부는 두려워하면서도 날카로운 이를 드러냈다. 미르는 그를 아예 해치워야겠다는 다급한 생각이 들어 자신도 모르게 벼락을 내리려고 했다.

"으윽!"

하지만 힘을 쓰자 가슴에 날카로운 비수가 꽂히는 것만 같은 통증이 일었다. 신의 위대한 능력으로 인해 지상계가 어지럽혀지는 것을 염려한 환웅의 봉인이었다.

"아…… 정말이네. 젠장!"

소소의 말대로 벼락을 쓸 수 없다는 것을 몸으로 직접 깨달은 미르는 가슴을 쥐고 인상을 찌푸렸다. 소소는 그를 쳐다보며 결단을 내렸다.

"이렇게 된 이상, 어쩔 수 없어. 지금 당장 서요님과 무당을 데리고 용미촌을 빠져나가자."

미르의 폭주 때문에 사람들이 혼비백산한 지금이 기회였다. 여자들은 병사의 몸을 우악스럽게 밀치고 도망가려 했고, 그로 인해 관아는 아수라장이 되었다. 서요는 미르와 소소의 도움을 받아 어둠을 뚫고 축 늘어진 무당에게 달려 나갔다.

"어머니!"

얼마나 모진 고문을 당한 것인지 무당은 이런 혼란스러운 상황에서도 정신을 차리지 못했다. 마치 죽은 것처럼 몸을 축 늘어뜨린 그녀의 모습에 서요는 불안해서 미칠 것만 같았다.

그때 단상 밑에 있던 재부는 서요와 남자들이 단상에 올라가 있자 뒤늦게 정신을 차리곤 우왕좌왕하는 병사들과 함께 그들을 잡기 위해 단상 위로 올라섰다.

소소는 무당을 들쳐 업었고, 미르는 어머니를 부르짖으며 울기만 하는 서요를 품에 안았다.

"저 연놈들을 잡아라! 어서!"

재부의 발악에 병사들이 그제야 칼과 활을 들고서 미르와 소소를 공격했다. 그러나 그들은 귀신처럼 피했고, 병사들은 시야를 가리는 검은 연기와 똑바로 설 수 없을 정도로 쉼 없이 몰아치는 바람 때문에 속수무책이 되었다.

"쫓아라! 한 놈도 놓쳐선 안 된다!"

재부가 두 손으로 연기를 휘저으며 소리쳤다. 서요는 시야를 가리는 연기 속에서 미르의 목에 두른 팔에 더욱 힘을 주고 안겼다. 그가 바람을 가르고 달리는 속도가 예사롭지 않았다.

잠시 후, 짙은 안개를 벗어나자 미르의 얼굴이 달빛을 받아 환하게 빛났다. 살짝 찡그린 인상마저 한 폭의 수묵화처럼 고아했다. 날카로운 눈매에선 강인한 힘이, 올라간 입매에선 대단한 자신감이 엿보였다.

서요는 아무리 생각해도 그가 소소와 다를 것 없는 신이라는 생각이 들었다. 신이 아닌 이상 이런 능력을 사용할 수 있는 존재가 있을 리 만무했다.

"설마…… 당신도 소소님처럼 기상신이었어요?"

그녀가 떨리는 목소리로 물었다. 서요는 이 모든 상황이 어리벙벙했다.

미르와 서요는 오래도록 시선을 마주했다. 달려 나갈수록 서요의 살내음이 미르의 콧속을 휘감았다. 그건 마치 이른 봄에 피어난 꽃처럼 향기로웠기에 그는 가슴을 열고 크게 숨을 들이마셨다.

미르는 떨어지지 않기 위해 자신을 꽉 안고 있는 서요가 조금은 사랑스럽게 느껴졌지만 퉁명스럽게 대꾸했다.

"보면 몰라?"

무심한 미르의 대답에 서요의 눈이 커다래졌다. 퉁명스러운 어투였는데도 불구하고 서요는 그제야 자신이 알던 그가 맞는 듯해 안심이 되었다.

"그런데 왜 지금까지 말 안 했어요?"

반짝반짝한 눈으로 그를 바라보던 서요가 조심스럽게 물었다. 서요는 미르의 정체를 내내 의심했었다. 거칠게 몰아쉬는 그의 숨결이 서늘한 허공으로 쏟아졌다.

"네가 알 것 없잖아."

미르가 대답을 회피하자 서요는 바로 질문의 방향을 바꿨다.

"그럼…… 이건 물어봐도 돼요? 지금 어디로 가는 거예요?"

"어디로 가고 싶은데? 어디든 상관없는데."

그가 어디로든 자신을 데려다줄 수 있을 거라는 생각이 들자 서요가 희미하게 웃었다. 이제 그들은 병사들이 따라오지 못할 정도로 관아와 멀어져 있었다.

엄청나게 빠른 속도로 달리는 미르가 신기해 서요는 줄곧 그의 얼굴을 뚫어져라 바라보았다.

'미르님도 소소님처럼 날 지키기 위해 내려온 기상신이라면……. 그래서 내 주변을 맴돌았다면.'

생각하던 서요가 눈을 크게 떴다. 소소를 만나기 전, 운화를 보았던 일이 어쩐지 미르가 한 일인 것만 같았다.

"그만 좀 봐."

조금 머쓱했던 미르는 바로 면박을 주었고, 서요는 당황해서 시선을 돌렸다. 그러자 뒤따라오던 소소에게 안겨 있는 어머니가 보였다. 하마터면 아버지에 이어 어머니까지 병사의 손에 잃을 뻔했다. 그 생각만으로도 서요는 살이 떨렸다.

'그들이 있어서 정말 다행이야.'

서요의 마음은 비로소 평안해졌다. 그들을 계속 의심했던 때도 있었지만 이렇게 구해주는 것으로 보아, 서요는 이젠 혼자가 아니었다.

그들은 내내 달려 용미촌에서 백오십 리 떨어진 해등촌에 도착했다. 해등촌은 아름다운 등불이 거리를 환히 비추고 있는 마을이었다.

"일단 의원으로!"

서요가 다급하게 소리쳤다. 서요는, 겨우 숨은 쉬고 있었으나 곧 바스러질 것만 같은 어머니의 상태가 너무도 염려스러웠다.

그들은 곧바로 의원을 찾았다.

"죄송해요. 정말 죄송해요."

서요는 면목이 없어 고개조차 들 수 없었다. 울음을 삼킨 서요의 음성이 바람을 맞는 갈대처럼 흔들거렸다. 미르와 소소는 차마 그 모습을 보지 못하겠는지 멀찍이 떨어졌다. 그녀에게도 시간이 필요할 터였다.

"일단 이거라도 좀 먹이시오. 대체 어떤 놈 짓인지…… 독하다, 독해."

의원은 고개를 설레설레 내저었다. 무당의 몸은 그 정도로 엉망이었다. 서요는 결국 참았던 눈물을 터뜨리며 탕약을 무당의 입에 흘려 넣어주었다.

"제발, 제발!"

서요는 무당이 제대로 삼키지도 못해 반 이상 흘러내리는 탕약을 보며, 그녀가 이대로 영영 깨어나지 못할까 봐 두려웠다. 만약 그렇다면 서요는 무사한 자신을 결단코 용서할 수 없을 것 같았다.

서요의 울음은 한동안 계속되었다. 세상이 떠내려가듯 내뱉는 눈물은 그녀의 울화와 슬픔이었다.

잠시 후, 무당이 몸을 뒤척이며 신음했다. 그 소리에 놀란 서요는 눈을 동그랗게 뜨고 외쳤다.

"어머니!"

"서요…… 서요야!"

무당은 정신을 차리자마자 서요를 찾았다. 온몸이 엄청나게 아팠지만 서요가 무사한지가 더 우선이었다.

"흑…… 흑! 어머니까지 잃는 줄 알았어요. 죄송해요. 이게 다 저 때문이에요!"

서요는 자책하고 또 자책했다. 조선을 구하고자 내려온 신녀라고 하는데도 정작 곁에 있는, 사랑하는 사람조차 지키지 못했다. 무당은 힘겹게 손을 올려 눈물범벅이 된 서요의 볼을 어루만졌다.

"너 때문이라니, 내가 제일 싫어하는 말이다."

"어머니……."

"그런데 이게 대체 어떻게 된 일이냐."

"그게."

서요가 황급히 눈물을 닦고 미르와 소소를 돌아보았다. 정신이 팔려 그들이 있다는 것조차 깜박 잊고 있었다. 미르와 소소를 본 무당은 그들에게서 느껴지는 신성한 기운에 흠칫했다.

"……누, 누구십니까."

그들은 무당조차 놀랄 정도로 강한 기백을 가지고 있었다. 무당은 안도감보다 두려움이 앞서 본능적으로 서요의 손을 꽉 잡았다.

미르는 무당에게 가까이 다가갔다. 그럴수록 무당의 몸은 사시나무처럼 벌벌 떨렸다.

"어머니. 걱정하지 마세요. 저분들이 구해준 거예요."

서요는 살짝 어설프기는 했지만 진심을 다해 설명했다. 살아오면서 이토록 어깨가 든든한 적은 처음이었다. 대신관이 유명을 달리하고 의지할 데라곤 오직 어머니뿐이라고 생각하며 살아왔기에 더욱 그랬다.

서요는 지금껏 남자 행색을 하며 신녀임을 숨겨야 했고, 밖에 나가지 못하는 무당 대신 생계를 유지해야 했기에 억척스러운 장사꾼이 되어야만 했다. 그러던 차에 제 편이라는 두 남자가 나타났다.

웅장한 기상에 눌린 무당은 서요를 위해 용기를 냈다.

"신녀님을 지키기 위해 천상에서 오신 겁니까?"

그러자 미르는 숨길 것 없다는 듯 곧장 대답했다.

"그러하다."

가장 원했던 대답이 흘러나오자 무당의 몸이 부드럽게 풀렸다. 서요는 오묘한 얼굴로 그들을 바라보았다. 신녀인 자신을 지키기 위해 천상에서 내려왔다는 기상신의 존재를 눈앞에서 보고 있으면서도 참으로 신기했다. 신녀라고는 하지만, 서요는 자라오면서 신력을 느껴본 적이 한 번도 없었다.

"감사합니다. 정말 감사합니다."

무당의 감사 인사는 계속되었다. 언제나 강인했던 그녀가 눈물까지 흘리자 서요의 마음도 아릿해졌다.

"저도 감사합니다."

흐느껴 우는 어머니의 손을 잡고 서요 역시 고개를 수그렸다. 그들이 없었다면 꼼짝없이 위험에 처했을 것이었다.

"야! 넌 뭔, 별것도 아닌 일로…… 울지 마."

"이제 괜찮으니, 슬퍼하지 마십시오."

서요의 인사에 조금 당황한 미르와 소소가 동시에 말했다. 그들은 모녀가 서로 끌어안고 펑펑 우는 모습에 그간의 사연이 가슴 깊이 느껴져 안타까웠다. 그들로서는 명을 받은 대로 공주인 서요를 지켰을 뿐이었다.

통곡의 밤이 깊어갔고, 그날 이후 무당과 서요는 깊은 고민에 빠졌다.

"왜 그리 심각한 얼굴을 하고 계십니까?"

소소가 주먹밥이 담긴 소쿠리를 내려놓고 서요의 상태를 살폈다. 그녀가 온종일 의원에서 병수발을 들어 무당의 상태는 빠르게 호전되고 있었다. 그런데도 서요의 얼굴은 죽을상이었다.

"아, 그냥요. 앞으로 어찌 살아야 하나, 걱정이 돼서. 하하."

서요는 억지로 입꼬리를 늘어뜨리며 미소를 지었다. 서요는 언제 병사들이 이곳에 들이닥칠지 몰라 불안했고, 불투명한 미래가 막막하기만 했다.

소소는 며칠 사이 많은 일을 겪어서인지 핼쑥해진 서요의 얼굴에 짧은 한숨을 내쉬었다.

"서요님이 가장 잘 아실 겁니다. 앞으로 어찌해야 되는지."

"……네."

"안전하게 정착할 곳을 찾아 떠나는 게 급선무입니다."

"정착이 가능하긴 한가요?"

서요가 흔들리는 눈빛으로 물었다. 이제껏 마을을 옮겨 다니며 불안하게 살아왔고, 앞으로도 다를 게 없을 것 같았다.

"시도해 봐야 알 수 있을 것 같습니다."

서요는 기운 없이 고개를 끄덕이며 소소를 바라보았다. 그는 항상 딱딱한 표정이었지만, 강직하고 온화한 기운이 온몸에서 뿜어져 나왔다. 그런 그와 함께하게 된 건 정말 행운이었다.

서요와 소소가 대화하는 것을 듣고 있던 미르는 괜히 심술이 나서 입을 삐죽 내밀었다.

"이곳도 빨리 떠나는 게 좋을 것 같은데, 언제까지 여기 있을 거야?"

"내일이 아버지 기일이에요. 어머니도 이젠 일어나실 수 있으니, 어디서든 지내야죠."

서요는 덤덤하게 답하며 눈을 내리깔았다. 미르는 자신도 모르게 깊은 한숨을 내쉬었다. 해등촌에 온 후 서요가 우울해하는 모습만 본 것 같았다.

"그럼 바람이라도 쐬고 와. 여긴 내가 지킬 테니."

미르는 태어나서 처음으로 배려라는 것을 하며 잠든 무당의 앞에 가부좌를 틀었다. 서요는 그게 무슨 말인가 싶어 고개를 가로저었다.

"제가 무슨 바람을 쐐요."

"그럼 언제까지 그렇게 풀 죽은 얼굴을 하고 있을 건데. 무당이 그걸 바라기라도 하는 줄 알아?"

미르는 우울해하는 서요의 얼굴을 보고 싶지 않아 일부러 독하게 말했다.

"미르. 그만해라."

소소는 미르의 마음을 이해했지만 너무 독하게 구는 듯싶어 말렸고, 서요는 시무룩한 얼굴로 고개를 끄덕였다. 그녀도 미르가 왜 그러는지 대충은 알고 있었다. 소소가 방을 나가는 서요의 뒤를 따라나섰다.

의원에 홀로 남은 미르는 복잡한 얼굴을 했다.

어느새 어둠이 내린 밖은 휘황한 불빛이 거리를 물들이고 있었다.

"미르는 너무 신경 쓰지 마십시오. 원래 속마음은 그렇지 않습니다."

서요는 북적북적한 저잣거리에서도 용케 소소의 말을 듣고 살포시 미소를 지었다.

"겪다 보니 조금은 알 것 같아요. 물론 하는 말마다 너무 밉상이긴 하지만요."

"하하! 밉상이라. 그놈이 좀 그렇긴 하죠."

"네. 아직도 잘 모르겠어요. 머릿속이 뒤죽박죽이라."

서요는 멀리 허공을 바라보았다. 그녀는 미르에게 궁금한 게 정말 많았다. 처음부터 제 목적을 밝히고 일관된 행동을 하는 소소와 달리, 미르는 이상한 것투성이였다. 서요는 그가 왜 굳이 제 정체를 숨기고 자신과 그런 내기를 했는지, 아무리 생각해 보아도 알 수가 없었다.

"그만 생각하십시오. 오늘 밤 만이라도."

서요의 낯빛이 다시 어두워진 걸 본 소소가 말했다. 오늘 밤 만이라는 명제는 오랜만에 서요가 모든 걱정을 놓고 숨 쉴 수 있는 구멍이 되어주었다. 소소 덕분에 그녀는 간만에 밝은 표정으로 해등촌의 야시장을 구경했다.

"와! 화려하고, 크고, 맛있는 냄새!"

서요가 반짝이는 눈으로 주변을 두리번거렸다. 가지각색의 등불이 길마다 대롱대롱 매달려 화려하기 그지없었고, 판매대엔 여인들의 눈이 휙 돌아갈 만한 예쁜 장신구가 가득했다. 거기다 식욕을 자극하는 음식 냄새까지 사람들을 유혹했다.

"소소님! 이리 와보세요!"

서요는 제 뒤에서 떨어져 걷던 소소를 손짓하며 불렀다. 그가 가까이 가자 서요는 조청이 묻은 곶감을 입에 쏙 넣어주었다. 갑작스러운 일에 소소의 몸은 돌처럼 딱딱하게 굳었지만 그녀는 스스럼없이 그의 팔뚝을 잡았다.

"맛있죠? 그렇죠?"

서요는 입안에서 사르르 녹는 맛에 감탄했다. 소소가 신이라는 것을 알고 있음에도 불구하고 그가 주는 편안함이 있기에 할 수 있는 행동이었다.

그러나 아무렇지 않은 서요와 달리, 소소는 붉게 달아오른 얼굴을 감출 수 없었다. 그녀는 그런 그를 전혀 눈치채지 못했다.

"저것도 보러 가요."

아무것도 모르는 서요는 다른 곳에 흥미가 생겼는지 소소의 팔에 팔짱을 꼈다. 부드러운 여체에 소소는 팔을 뺄 수도, 그렇다고 하지 말라고 할 수도 없어 자신도 모르게 얼굴을 일그러뜨렸다. 급박한 상황에선 언제든지 서요를 만질 수 있었으나, 지금은 그것과는 전혀 별개의 일이었다.

"이러지 마십시오."

결국 천상에서도 모태 철벽남신으로 불려왔던 소소는 서요의 팔을 조심스럽게 떼어놓았다. 그는 오직 신하로서 충성을 다해야 했다. 전과 달리 서요가 사내아이처럼 꾸미지 않아 더 마음이 철렁하기도 했다.

"예? 왜요?"

서요는 갑자기 그가 자신을 밀어내자 당혹스러워했다. 믿었던 사람에게 버림받은 기분이었다.

"……보러 가기 싫어요?"

서요는 어깨를 축 늘어뜨렸다. 소소는 뭐라 할 말이 없어 잠시 인상을 구겼다. 의미 없는 사소한 행동에 괜히 크게 반응해서 그녀에게 상처를 준 것 같았다.

그때 서요가 보고 싶어 했던 인형극을 보러 가기 위해 사람들이 몰렸다. 우르르 몰려온 사람들의 어깨에 이리저리 치인 서요는 한순간에 몸의 중심을 잃어버렸다.

"서요님!"

소소는 쓰러지는 서요를 향해 급히 몸을 내던졌다. 그리고 그녀의 팔과 허리를 잡아채어 안전하게 끌어안았다. 그렇게 소소는 뒤로 넘어지면서 서요를 품에 안아 보호했다.

"헉!"

서요는 소소의 넓은 품속에 안착하고 말았다. 그녀는 너무 놀라서 두 눈이 화등잔이 되었다. 소소는 아래에 깔린 상태로 두 눈만 끔벅거리며 위에 올라탄 서요를 바라보았다.

그들이 당황하거나 말거나, 주변은 여전히 시끌벅적했다. 그러나 두근거리는 심장으로 인해 사람들의 웃음소리는 서요와 소소의 귀에 느린 가락처럼 늘어지게 들릴 뿐이었다.

잠시간 멍하니 소소의 가슴에 손을 짚고 있던 서요는 급하게 몸을 일으켰다. 흐트러진 옷매무시를 가다듬은 그녀가 소소에게 사과했다.

"어우, 죄송해요."

그런데 아무렇지 않은 척 일어서는 소소의 얼굴이 조금 이상했다.

"괜찮아요? 어디 아파요?"

자신 때문에 다쳤나 싶어 서요가 걱정스러운 얼굴로 물었다. 하지만 갑자기 열이 오르기라도 한 건지, 소소의 낯빛은 금방이라도 터질 것처럼 새빨갰다. 꼭 농익은 사과를 보는 것만 같았다. 서요는 당황한 나머지 소소의 얼굴 쪽으로 손을 뻗었다.

"저리, 저리 비키십시오."

그러자 소소가 다시금 그녀의 손을 매몰차게 피해 버렸다. 서요는 당황한 나머지 눈을 치켜떴다.

"아니, 아까부터 왜 그러냐고요!"

서요는 답답함을 참을 수 없어서 크게 소리쳤다. 소소는 넓은 소매통으로 제 얼굴을 가리고 있었다. 왜 그러는지 말조차 해주지 않으니, 서요는 복장이 터졌다.

"아우! 거기 안 서요?"

"따라오지 마십시오!"

소소는 벌게진 얼굴을 철저하게 가리고 서요에게서 멀어졌다. 여인이 낯선 소소는 이런 일이 있을 때면 불꽃처럼 활활 타오르는 제 얼굴을 숨겨 버리고 싶었다. 그래서 제 걱정을 해주는 서요의 손길도 피했다. 순수한 소년 같았던 서요는 괜찮을 줄 알았는데, 역시 그의 큰 오산이었다.

소소가 보폭을 빨리 하여 달아나자, 서요는 어이없다는 듯 반대편으로 몸을 돌렸다.

"아, 정말 황당하네."

서요는 사람들 틈으로 들어가 버렸다. 그리고 소소는 조심스럽게 그녀를 뒤따랐다.

한편 미르는 밤이 늦었는데도 돌아오지 않는 서요와 소소 때문에 신경이 한껏 예민해졌다. 착 가라앉은 눈은 자꾸 창 바깥으로 향했다.

"왜 이렇게 신경이 쓰이는 거야."

그는 이렇게 짜증이 날 거였으면 자신이 서요를 데리고 나갈걸 그랬다고 생각하며 후회했다. 하나 그 이유에 대해선 깊이 생각하지 않았다. 그저 신경질이 날 정도로 분노가 차오를 뿐이었다.

"으음."

때마침 무당이 잠에서 깨어났다. 무당은 눈앞에 마뜩잖은 표정을 한 미르가 보이자 급히 숨을 참았다.

"이제 깼나."

"예, 예."

무당이 간신히 일어나 앉았다. 신과의 독대는 그녀에게 너무도 살 떨리는 일이었다.

"앞으로 어찌할 생각인가?"

미르가 진중한 얼굴로 물었다. 무당은 심호흡을 하며 마음을 가라앉힌 뒤 조심스럽게 대답했다.

"내일 제사를 마치고, 떠날 것입니다."

무당의 결심에 미르는 그럴 줄 알았다며 고개를 끄덕였다.

"바뀐 운명에 따르겠습니다. 부디 서요를 잘 부탁드립니다. 위대한 신녀님이신 걸 알고도, 감히 제 딸처럼 생각했습니다. 하나뿐인…… 딸로 키웠습니다."

무당의 절절한 고백이 이어지자, 미르는 난감하다는 듯 침음했다.

"마음을 잘 추스르게."

그가 그녀에게 할 수 있는 말은 이것뿐이었다. 미르는 친어머니가 아닌 무당으로부터 무한한 사랑을 받는 서요가 어쩐지 부러워졌다. 제 아버지는 얼굴도 잘 비추지 않았으면서 이제 와서 자신의 뒤를 이어 운사가 되라는 협박만 늘어놓고 있었다.

"어머니!"

그 순간 서요가 돌아왔다. 어머니라 부르며 무당의 품에 폭 안기는 게 아직 어린아이 같았다.

미르는 금세 돌아온 서요를 보고 안심했지만 곧 있을 무당과의 이별이 걱정스러웠다. 또 다시 슬퍼할 그녀를 생각하니 그의 얼굴이 쓴 약초를 머금은 것처럼 일그러졌다.

아침이 밝았다. 그들은 무당과 친분이 있다는 산무당을 찾아 해등촌의 작은 산에 올랐다. 무당은 어릴 적에 해등촌에서 머문 적이 있었기에 신당의 주인인 그녀와 꽤 안면이 있었다.

신당에서 치러지는 제사는 조용하고 엄숙했다. 서요와 무당은 차디찬 나무 바닥에 앉아 산무당의 도움을 받아 급히 준비한 대신관의 위패를 바라보았다.

"내 이 은혜는 절대 잊지 않겠네."

"에휴. 됐네, 됐어! 딱해가지고!"

무당이 산무당의 손을 잡고 감사를 표했다. 그녀 덕분에 좋은 곳에서 제사를 치를 수 있었다.

'아버지, 그곳에선 평안하신가요.'

서요는 정갈한 몸가짐으로 두 번 절을 올리며 속으로 아버지를 그리워했다. 단 한 번이라도 다시 만날 수 있다면…… 하고 싶은 이야기가 아주 많았다. 서요의 얼굴에 그리움이 짙어졌다.

"서요야."

그때 무당이 서요의 어깨를 살며시 감싸 안았다. 모녀는 서로 몸을 기대고 따뜻한 온기를 나눴다. 죽은 이를 그리워하며 살아가는, 남은 자들의 숙명이란 이토록 고통스러운 것이었다.

"예. 어머니."

"덕분에 그분을 볼 면목이 생겼구나."

"그런 소리 마세요."

"이것으로 되었다. 정말 되었다. 어서 이곳을 떠나거라."

짙은 향 냄새가 서요의 코끝을 찡하게 만들었다. 서요는 무당이 무슨 말을 하려는지 너무 잘 알 것 같아서 괴로웠다.

"그게 무슨 말씀이세요."

그래서 잠시 모르는 척하고, 알면서도 물었다. 사실은 서요 또한 오래도록 고민하고 있던 문제였다. 그들은 헤어져야만 했다.

"우린 이제 함께할 수가 없겠구나."

"어머니!"

서요가 무당의 손을 꽉 잡았다. 짐작하고 있었으면서도 직접 듣고 나니 억장이 무너져 내렸다. 서요의 목소리가 다급해졌다.

"싫어요. 떨어지기 싫어요!"

서요는 결국 아이처럼 투정을 부렸다. 어머니가 자신 때문에 죽을 위험에 빠졌는데도 그녀는 욕심을 부리고 있었다. 그러나 그녀는 정말로 무당과 헤어지고 싶지 않았다.

"나도 안다. 내가 그걸 왜 모르겠니."

무당의 목소리도 점차 흔들리기 시작했다. 다짐하고 말했는데도 닭똥 같은 눈물을 뚝뚝 흘리는 서요를 보니 마음이 약해진 것이다.

"죄송해요, 어머니. 지금껏 저 때문에…… 모두 제 탓이어요. 그래도, 그래도 제 곁에……."

서요는 입술을 아프게 물어뜯었다. 도저히 곁에 있어달라는 말을 할 수가 없었다. 그녀가 결국 어깨를 떨어뜨리고 오열했다.

"흑흑. 도저히 말할 수가 없어요. 남아달라고, 언제까지나 곁에 있어 달라고! 차마…… 못 하겠어요."

서요는 한 번도 어머니와 마음 편히 살아본 적이 없는데, 이별의 순간까지 다가오니 자신의 운명이 잔인하게 느껴졌다.

"그만 울어라!"

"어머니……."

"그만 울라고 하지 않았느냐!"

무당이 일부러 더 엄하게 소리쳤다. 서요는 울먹이던 것을 멈추고 놀란 눈으로 그녀를 바라보았다.

"이리 나약해서, 어찌 신녀로서 큰일을 도모하겠느냐."

"어머니 한 분조차 지킬 수 없는데, 무슨 큰일을 하겠어요!"

"아니다! 잘 들어라."

무당이 서요의 어깨를 꽉 잡았다. 그녀는 울음을 눌러 삼킨 무당의 처연한 얼굴을 보고 가슴이 철렁했다. 무당 역시 눈물을 쏟아내고 있었다. 그녀와 다르게 마음으로 우는 것뿐이었다. 서요는 더 이상 어리광을 피울 수 없다는 걸 깨달았다.

"서요야. 네가 신녀라는 사실을 결단코 잊어선 안 된다. 너는 훗날 만백성의 추앙을 받는 위대한 제사장이 될 것이라 이 어미는 믿어 의심치 않는다."

"하지만!"

"시끄럽다! 자식과 부모 관계에 영원한 이별이 어디 있다고 이리 생떼를 부리는 것이냐. 걱정 말아라. 꼭 다시 만날 수 있을 게다."

무당이 눈을 초승달처럼 곱게 접자 결국 고여 있던 눈물이 주르륵 흘러내렸다. 서요는 그녀의 말을 들을 수밖에 없었다. 다만 영원한 이별이 아니라는 무당의 말에 마음을 기댈 뿐이었다.

울면서 방을 나온 서요는 지금껏 허리춤에 차고 있던 두루주머니에서 돈의 절반을 꺼내놓았다. 비록 씨암탉과 꽃신을 사드린다는 약속을 지키지는 못했으나, 가시는 길이 평온하기를 빌었다. 어머니는 아마 조선을 떠나 머나먼 서쪽으로 떠날 것이다. 서요는 오래전 무당이 흘러가듯했던 이야기를 기억하고 있었다.

"내 어머니는 말이다. 열다섯 살의 어린 날 두고 머나먼 타국으로 떠나 버렸단다. 아무 말도 없이…… 한데, 이상하지. 거길 가면 어머니를 만날 수 있을 것만 같구나."

제 어머니를 그리워하던 무당을 떠올린 그녀는 가슴이 뭉클해졌다. 서요는 눈물을 삼키고 아버지의 위패와 무당이 있는 곳을 향해 크게 절을 올렸다.

"부디 몸 건강하세요."

서요가 어머니를 뒤로하고 비척비척 걸어 신당을 빠져나왔다. 가장 소중하고 중요한 것을 놓고 온 기분이 들어 그녀는 가슴이 저릿했다. 그런 서요의 머리 위로 커다란 손이 올라왔다. 무심하게 쓰다듬는 손길에 따뜻함을 느낀 서요의 입에서 울음소리와 함께 웃음이 새어 나왔다.

"울다가 웃는 거야?"

미르는 큰 결정을 한 서요를 안타깝게 바라보았다. 그리고 소소는 아무런 말없이 그녀의 곁을 지켰다. 든든한 두 기상신을 본 서요는 마음이 몽글몽글해졌다.

"웃다가 우는 것보단 나은 것 같네요."

손등으로 눈물을 닦은 그녀가 미르의 말을 맞받아쳤다.

그들은 아픔을 뒤로하고, 해등촌을 빠져나왔다. 기분 좋은 바람이 아픈 서요의 마음을 다독였다. 서요는 그 모든 상쾌함이 미르와 소소 덕분이라는 사실을 알지 못했다.

소소는 산 너머에서 불어오는 세찬 바람을 부드럽게 바꿨고, 미르는 뜨거운 햇빛에 서요의 살갗이 타지 않도록 뭉게구름을 움직였다. 말 그대로 자연과 함께 노니는 여정이었다.

한참을 이동하던 중이었다. 맑던 하늘이 갑자기 우중충해지기 시작했다.

"비……?"

서요가 깜짝 놀라서 소리쳤다. 분명 날이 매우 좋았는데 콧잔등으로 투명한 물이 조금씩 떨어지고 있었다.

"이곳에서만 비가 온다라……."

광활한 초원 위에서 당황한 건 오직 서요뿐이었다. 미르는 인상을 찌푸리고 주변을 살폈다. 보아하니 자신들이 있는 이곳에만 비가 조금씩 내리고 있는 것 같았다.

"미친놈."

미르가 낮게 읊조렸다. 서요는 허둥지둥하다가 흠칫하며 어깨를 옹송그렸다. 왜 갑자기 욕을 하는지 이유를 알 수 없었다.

"저 말씀하시는 건 아니죠?"

서요는 설마 하는 마음에 어설프게 웃었다. 미르는 그게 무슨 말이냐는 듯 그녀를 황당하게 바라보았다.

"그게 아니라. 굳이 비를 몰고 내려오는 놈의 속셈이 괘씸해서 말이야."

서요가 이해하지 못해 어리둥절해하고 있을 때, 소소는 그의 말에 동감하는지 굳은 얼굴로 하늘을 올려다보았다.

"차라리 오지 않았으면 좋겠군. 쓸모없는 놈이라."

그의 입에서 어울리지도 않는 소리까지 나왔다. 서요는 점점 굵게 떨어지는 비를 맞으며 울상을 지었다.

어느새 그들 앞에 커다란 물웅덩이가 생기더니 점차 커져 이윽고 깊고 드넓은 호수가 되었다. 서요는 눈앞에 벌어진 일을 믿을 수 없어 표정이 딱딱하게 굳었다.

미르와 소소는 예상이 간다는 듯 호수 가까이 다가갔고, 그녀는 두려운 나머지 아랫입술을 꾹 깨물었다. 당황하지 않는 기상신 미르와 소소의 곁에서 서요만이 기절초풍했다. 그녀는 말도 안 되는 풍경에 할 말을 잃고 말았다.

호수 한가운데서 검은 머리가 쑥 올라왔다. 서요는 식겁하여 자신도 모르게 뒷걸음질을 쳤다.

'뭐야, 대체!'

그는 하늘에서 뚝 떨어진 것도 아니고 땅에서 솟은 것도 아니며, 매우 깊어 보이는 심연에서 나왔다. 소소는 무서워하는 서요의 반응에 눈앞에 나타난 녀석이 더욱 불만스러웠다.

"무, 물귀신."

서요의 눈엔 그가 딱 물귀신처럼 보였다. 긴 머리가 얼굴을 뒤덮고 있으니 그럴 수밖에 없었다.

"가람, 비 빨리 안 그쳐?"

미르는 눈을 가늘게 뜨며 가람을 노려보았다. 첫 등장부터 아주 요란한 것이 마음에 들지 않았다. 서요는 갑자기 나타난 이의 이름을 이미 알고 있는 미르와 예상했다는 듯 태연한 소소의 반응에 당혹스러운 표정으로 그들을 쳐다보았다.

"알겠어. 알겠어."

떠들썩하게 등장한 가람은 젖은 머리카락을 뒤로 넘기며 손을 이리저리 휘저었다. 그러자 거짓말처럼 비가 그치고, 다시 맑은 태양이 모습을 드러냈다. 호수 또한 금세 물기가 사라지더니 그 자리에서 점차 새싹이 자라났다.

"아, 그대가 나의 주인, 나의 연인, 나만의 서요 공주님이신가요?"

서요가 물이 뚝뚝 떨어지는 옷을 손으로 쥐어짜고 있을 때, 가람이 다가오더니 한쪽 무릎을 꿇고 앉았다. 당황한 서요에게 가람은 눈을 찡긋하며 손등에 입술을 겹쳤다. 처음 느끼는 남자의 입술 느낌에 그녀는 소름이 돋았다.

"이 느끼한 새끼가 뭐 하는 거야!"

미르가 가람의 머리통을 시원하게 때렸다. 하지만 그럼에도 그는 꿋꿋하게 서요의 손을 잡고 놓지 않았다.

"처음 뵙겠습니다. 늦어서 죄송합니다. 저는 물을 부리는 기상의 신 가람입니다."

"꺼져!"

미르가 서요의 손을 잡고 있는 가람의 손을 떼어놓았다. 미르는 가람이 서요에게 다가가는 것을 철저히 막았고, 가람은 어떻게든 다가가려고 애썼다. 서요는 둘이 그렇게 야단법석을 떠는 모습을 눈을 크게 뜨

고 바라보았다

"이분도 기상신이라고요? 미르님과 소소님에 이어……."

그녀는 한 명도 아니고 세 명씩이나 위대한 기상신을 마주하게 되자 숨이 막히는 듯했다. 일평생 만나기도 힘든, 아니 아예 상상할 수도 없는 존재들이었는데 어쩜 이럴 수 있나 싶었다.

"그렇습니다."

가람은 서요의 옷을 무겁게 만들던 물방울들을 손짓 한 번에 저 멀리 튕겨냈다. 얼굴과 몸이 햇볕에 마른 것처럼 단숨에 뽀송뽀송해지자 서요는 입을 쩍 벌렸다. 몇 번을 봐도, 기상신들의 능력은 너무 신기했다.

"아, 이렇게 아름다운 분이셨다면, 진작 내려왔지!"

"너. 대체 뭘 하다가 이제야 온 거야?"

가람의 능청맞은 말에 소소가 애써 분노를 가라앉히고 물었다. 물의 기상신 가람은 천상에서도 유명한 망나니였다.

"따로 무슨 명을 받은 거 같긴 한데, 도통 기억나질 않네."

가람이 어느새 싹 마른 머리를 대충 묶고선 눈을 찡긋했다. 그는 흑단처럼 검은 무복을 입고 허리춤엔 검까지 차고 있었다. 미르와 소소는 느끼함에 속이 다 역겨워지는 것 같았고 명을 잊어버렸다고 하는 저 태연자약한 모습에도 한숨이 나왔다. 분명 그도 우사의 발길질을 받고 억지로 내려왔음이 분명했다.

잠시 하늘을 올려다보던 가람이 은근슬쩍 물었다.

"그런데 어디 가던 중이었어? 조선 땅에서 숨을 만한 공간이라도 찾고 있었나?"

"그래. 사람 눈에 띄지 않는 곳에 갈 작정이었는데, 왜."

미르가 대충 대답했다. 그는 가람에게 일말의 기대도 없었다. 그저 감당하기 힘든 사고나 치지 않길 바랄 뿐. 그러나 가람은 어쩔 수 없이 지상으로 내려온 만큼 다시 천상으로 올라가겠다는 생각이 아주 확고

했다.
“꼭 그럴 필요까지야 있어?”
“몰라서 물어? 신녀가 성인이 되면 하늘에 제사를 지낼 수 있게 되잖아. 왕검 자민은 그런 신녀의 힘을 두려워하는 거고.”
“흐음…….”
가람이 말을 끌며 서요를 바라보았다. 왕권과 신권이 나뉜 조선에서 한쪽 권력의 정점인 제사장 노릇을 할 신녀라고 보기에 그녀는 아직 앳된 소녀였다.
“전혀 두려워할 것 없는 것 같은데 말이지.”
가람의 말에 서요는 이상하게 기분이 좋지 않았다. 전혀 두려워할 필요가 없다는 건 그녀도 인정하는 사실이었지만 말이다.
가람은 팔짱을 단단히 끼고 다시 말을 이었다.
“그자가 마음을 바꿔 먹지 않는 이상, 쫓기는 건 매한가지고. 정착할 곳을 찾을 수도 없을 것 같은데?”
가람의 말에 미르의 얼굴이 딱딱하게 굳었다. 그들은 병사들의 추적에서 벗어나려고만 했을 뿐, 명확한 목적지는 없는 상태였다.
“그럼 어떻게 하라고?”
미르가 인상을 찌푸리며 물었다. 가람은 마치 당연한 걸 물어본다는 듯 태연한 얼굴로 대답했다.
“적당한 때 봐서 천상으로 올라가야지.”
“너 바보 천치냐? 환웅님께서 우리 능력을 봉인하고, 천상의 문도 닫아버렸잖아!”
그리고 미르는 서요가 듣지 못하게 작은 목소리로 덧붙였다.
“환웅님의 딸이라는 정체를 밝히지 말라고도 하셨어. 공주님이라는 소리는 집어치워.”
미르는 복장이 터졌다. 가람은 자신보다도 더 아는 게 없는 것 같았다. 그는 이제 소소와 가람 모두 마음에 들지 않았다. 분명 처음엔 서요를 지키는 일이 너무 귀찮아 피하고만 싶었는데, 이상하게 지금은 자신의 자리를 빼앗기는 기분이 들었다.

“음. 그래 뭐, 알겠는데. 나한테 다 방법이 있어.”

능글맞게 웃던 가람이 처음으로 진지한 표정을 지었다.

그들의 이야기를 가만히 듣고 있던 서요는 의아한 마음이 들었다.

‘나를 데리고 천상으로 올라가겠다고?’

자신을 신녀로 점찍어 조선으로 내려 보냈다는, 그 천상을 생각하자 서요의 가슴이 방망이질하기 시작했다. 신들이야 천상으로 올라간다는 생각을 할 수 있겠지만 인간인 자신은 죽어서야 갈 수 있는 곳이 아니던가.

“무슨 방법인데? 확실한 거야?”

미르가 살짝 관심을 보였다. 능력도 봉인당해 어떻게 하나 했었는데, 저놈이 의외로 쓸 데가 있나 싶었다. 하지만 소소는 들어보지도 않고 반대했다. 그들의 임무가 조선에서 서요를 지키는 건데 어떻게 천상으로 올라가느냔 것이었다.

“물어보지도 마, 미르.”

가람은 소소의 말에도 아랑곳하지 않고 자신의 의견을 표출했다.

“적진을 완전히 부술 수도 없고 계속 도망만 다녀야 한다면, 살길을 도모해 놓는 게 좋겠지.”

“그래, 시간 버릴 필요는 없잖아?”

미르와 가람의 죽이 맞아 떨어졌다. 반대로 소소는 갑자기 내려와 바람을 넣는 가람의 행동에 그의 검은 속셈을 의심했다. 아무래도 뭔가 이상했다.

“그 방법이 대체 뭔데요? 저도 간다고요? 죽어서가 아니라…… 살아서 갈 수 있어요?”

서요가 조심스럽게 손을 들고 물었다. 긴장되는 나머지 마지막 말이 유난히 길게 끌렸다.

세 기상신들은 동시에 서요를 바라보았다. 그녀는 각기 다른 매력을 지닌 남신들의 시선을 한 몸에 받자 눈을 데구루루 굴렸다.

"당연하지. 그럼 뭐, 놓고 가기라도 할까 봐?"

미르가 말도 안 되는 소리라는 듯 부러 더 가볍게 말했다. 서요는 내심 기뻤으나, 마음 한편으로는 찝찝했다. 결국 조선 땅에선 발붙이고 살 수 없다는 얘기였다. 아무리 동경하는 천상이라 해도…… 고향 땅을 떠난다는 건 슬픈 일이었다. 더구나 서요는 자라는 내내 듣고 교육받았다. 서요 자신은 조선의 신녀이자 이 나라에 꼭 필요한 존재라고. 하늘과 땅을 이어주는 중요한 역할을 하는 이라고 말이다.

"어머니와 다시 만나기로 약속했는데……."

서요는 그 말에 집착했다. 사실 이별의 슬픔을 상쇄하려는 무당의 감언이었다는 것을 알면서도 말이다. 미르는 가슴이 갑갑해져서 그녀에게 강한 목소리로 말했다.

"잘 들어. 일단 네가 살아 있어야 다시 만날 수 있는 거야. 천상으로 올라가기까지 내 말을 잘 따라준다면, 살아남는 건 걱정하지 않아도 될 거고."

미르는 여전히 자신만만했다. 미르와의 내기를 떠올린 서요는, 자신이 영락없이 그의 것이라는 생각에 깊은 한숨을 내쉬었다. 정말 미르의 말을 무조건 따를 수밖에 없는 것인가 싶었다.

그녀가 그러거나 말거나 미르는 가람의 대답을 재촉했다.

"일단 빨리 말해봐, 그 방법이 뭔지."

"그건 말이야……."

가람이 씩 웃으며 입을 열었다. 모든 이들의 시선이 그곳에 집중되었다.

"나도 아직은 몰라. 가서 물어봐야 해."
가람의 말에 미르는 얼굴이 굳었고, 소소는 어이없다는 듯이 고개를 가로저었다. 그들은 동시에 가람을 한심하게 바라보았다.
"모르는 게 없다는 태백산 삼신할미. 할미한테 가보자."
가람은 두 기상신에게 구박받는 와중에도 꿋꿋했다. 미르와 소소는 들은 척도 하지 않았지만, 서요는 그의 말에 관심을 보였다. 삼신할미라면 환웅이 신단수로 내려와 신시를 건국했을 때부터 함께했다는 태백산신이었다. 그렇다면 산신 역시 인간들 곁에 실제로 존재한단 말이었다. 그녀는 궁금증이 생겼다.
"태백산에 삼신할미가 있다고요?"
"그렇습니다, 이렇게 기상신을 눈앞에 보고도 믿지 못하십니까?"
가람이 두 팔을 활짝 벌리고 물었다. 그에게서 광채가 나는 것만 같은 느낌에 서요는 금세 수긍하고 고개를 끄덕였다.
사실 미르와 마찬가지로 강제로 조선에 내려온 가람은 환웅이 기획한 판을 다 뒤엎을 계획이었다. 그런데 실제로 만난 공주는 생각했던 것보다 더 선한 인간 같았다.
소소는 태백산에 가자는 희한한 말을 꺼낸 가람을 데리고 잠시 자리를 떴다. 그는 대체 가람이 무슨 생각인지 알 수가 없어서 불안했다.
"혹시, 함께 가기 싫은 거야?"
둘만 남자, 미르는 은근슬쩍 그녀에게 물었다. 짙은 남빛의 장포가 바람에 휘날려 서요의 치맛단에 닿았다. 그녀는 천천히 고개를 올려 미르를 바라보았다. 햇살을 받은 그의 얼굴이 유독 해사해 보였다.
"그런 건 아니에요."
서요는 고개를 수그리고 힘없이 대답했다. 아직 마음이 뒤숭숭했다. 자신을 지키기 위해 내려왔다는 남신들과의 여정이 신기하긴 했지만, 서요는 신녀라고 하면서도 아무것도 하지 못하는 자신의 존재가 한낱 무지렁이처럼 느껴졌다.

서요가 그렇게 자책하고 있을 때, 가람과 소소가 돌아왔다. 가람은 귀가 아픈 듯 손으로 귀를 막고 있었다.

"그래도 일단 가보자. 어차피 행선지도 딱히 없다면서."

가람은 잔뜩 혼이 났으면서도 일관된 주장을 했다. 미르는 못 말린다는 표정을 지었고, 소소는 한숨을 내쉬었다.

"그래, 뭐. 출발하자."

미르의 말에 서요는 고개를 갸웃했다.

"설마 그때처럼 안고 달리게요?"

"어. 안 돼? 많이 먼가? 천상에서보단 확실히 체력이 좀 떨어진 거 같긴 한데."

"네. 안 돼요. 그때는 어쩔 수 없었지만 계속 그렇게 달리면 지나가는 사람들이 이상하게 생각할 거예요. 너무 눈에 띄잖아요."

서요의 말에 기상신들이 그렇구나, 하는 표정을 지었다. 서요는 왠지 모르게 이 상황이 웃겼다.

⊠

어둡고 차가운 궐 안.

"결국…… 놓쳐 버렸다는 것이냐."

낮고 음울한 어조가 쉰 목소리와 함께 퍼져 나갔다. 왕검 자민은 옥좌에 앉아 매섭고 섬뜩한 눈빛으로 재부를 쏘아보았다. 그 앞에서 장군 재부는 개구리처럼 납작 엎드려 온몸을 부들부들 떨었다. 그간 왕검의 총애를 받아 그에게 할당된 병사들의 수가 다른 장군들보다 월등히 많았는데 다 잡은 신녀를 놓쳐 왕검에게 실망을 안겼으니, 그는 앞으로의 일이 두렵기만 했다.

"죽여주십시오."

재부의 말을 듣고 자민은 야성적으로 난 수염을 쓰다듬었다. 붉은 용포는 용상에서 제멋대로 흐트러졌다. 허례허식 없는 느낌이 자유로워 뵈나, 내재된 광기는 곧바로 튀어나왔다.

"하면, 내 너를 본보기로 죽여야겠구나. 그래야 다른 장군들이 정신을 똑바로 차리지 않겠느냐?"

자민이 잔인하게 웃었다. 저를 단칼에 내치는 말에 재부는 충격을 받아 숨을 멈췄다. 그렇다. 왕겸 자민은 쓸모가 없어지면, 피도 눈물도 없이 숙청해 버리는 그런 사람이었다.

"제…… 가 얼굴, 그녀의 얼굴은 확실히 보았습니다! 한, 한 번만 더 기회를 주신다면 기필코 그녀를 잡아오겠습니다. 용모파기 방을 붙여 꼭 잡아들이겠습니다."

재부가 다급하게 말했다. 그는 어떻게 해서든 자민의 생각을 바꾸려 했다. 그래야 살아남을 수 있었다. 여기서 까딱 잘못하면 자민의 손짓 한 번에 목이 날아갈 수도 있었다. 이것이 전부 그 신녀 계집과 병사 행세를 하고 있던, 그 두 놈 때문이었다. 그들을 생각하며 재부가 이를 갈았다.

"확실한 건 신녀가 힘을 가지고 있었고, 그녀를 지키는 수상한 자들도 있다는 것입니다."

재부는 신녀를 잡으려던 순간 희한한 일이 벌어졌다는 것을 떠올리곤 이를 악물었다.

"그녀이 기어코 꾀를 부리는구나."

"예. 희한한 능력이었사옵니다."

재부의 말에 짧게 신음하던 자민은 결국 화가 머리끝까지 치달아 옥새를 그의 머리 위로 집어 던졌다.

쾅!

옥새에 맞은 재부는 머리에서 피를 줄줄 흘리다가 결국 정신을 잃고 말았다.

"내 진작 싹을 잘랐어야 했는데!"

선왕에게도 수없이 들어왔지만, 자민은 정치와 제사가 분리된 조선 사회의 관행을 악습이라 생각했다. 게다가 왕의 권력을 굳건하게 하기 위해서는 반드시 신권을 왕권 아래 둬야만 했다. 그리하여 자민은 기필코 모든 권력의 정점을 휘어잡고, 다시는 신녀와 천왕신전의 무리 따위가 입을 놀리지 못하도록 할 것이었다.

"내 하늘 끝까지라도 가서, 네년의 목을 분질러 놓을 것이다."

자민의 입매가 잔인하게 비틀리며 올라갔다. 이곳은 인간들의 땅. 그는 자신이 다스리는 조선에선 감히 어떤 신이라도 뜻대로 할 수 없게 만들 것이라고 다짐했다.

서요의 앞에 상반된 두 개의 옷이 놓였다. 하나는 평범한 사내의 복장이었고, 다른 하나는 귀족가 규수가 입을 법한 얌전하고 청초한 옷이었다. 태백산까지의 긴 여정을 준비하기 위해 가까운 마을에 들른 서요는, 이제는 꼬질꼬질해진 기녀 옷을 갈아입고 여행 동안 입을 여벌의 옷을 구입하고자 했다.

바람 따라 흘러가듯 출발했을 때는 행색이 어떠한지 전혀 생각하지 못하고 있었는데, 때마침 가람을 만나 목적지가 분명해지니 여정에 대한 생각을 할 수 있는 여유가 생긴 것이다.

"흐음. 확실히 저것이 더 편해 보이긴 하는데……."

한참 고민하던 서요의 손가락이 익숙한 사내 복장으로 향했다. 여행하기에 훨씬 유용할 것 같았다. 하지만 막상 그것을 집으려 하니 또 고민이 되었다. 다시 사내 행색을 해야 한다는 생각이 들자, 마음이 매우 심란해졌기 때문이다.

"뭘 그렇게 머뭇거려."

"잠시만요."

미르의 재촉에 서요가 시간을 달라고 손짓했다. 그녀의 머릿속에서 치열한 싸움이 일었다. 어차피 사내 행세를 하고 다녔다는 걸 들켰고, 기녀로 분장한 모습까지 보였다. 굳이 또 남장을 할 필요는 없었다.

'다시는 남자인 척 살고 싶지 않아.'

열여덟 살이 되도록 그리 살아왔으면 족했다. 서요는 결심한 듯 이내 연한 분홍빛의 옷을 택했다.

"오! 잘 고르셨습니다."

가람이 옷을 골라준 보람이 있다는 듯 입꼬리를 말아 올렸다.

새 옷으로 갈아입은 서요가 찰랑거리는 치마를 살짝 잡아 올렸다. 허리 아래로 길게 내려오는 연한 분홍빛 저고리와 같은 빛깔의 치마는 풍성하면서도 차분했고, 황금색 실로 거북이 모양을 수놓은 남색의 대는 저고리를 꽉 여몄다. 옷깃과 소매 부분이 대와 같은 남색이라 더욱 고급스럽고 아름다웠다. 다른 여인들에게는 평범한 옷일 테지만 서요는 소박한 꿈 하나를 이룬 느낌이 들었다.

"……평범한 여인네 같아요?"

잘 익은 복숭아처럼 생기 있고 청아한 모습의 그녀가 그들에게 확인을 받듯 긴장한 얼굴로 물었다. 미르는 괜히 딴 곳을 보는 척하며 고개를 끄덕였고, 가람은 엄지손가락을 척 들었다. 소소도 고개를 끄덕이며 그녀를 바라보았다.

"그럼 됐어요."

서요는 만족한 표정으로 여정에 필요한 다른 물건들을 구입했다. 여인으로 살 수 있다는 것만으로도 앞으로 뭐든 잘 헤쳐나갈 수 있을 것 같은 기분이었다.

서요와 기상신들은 말을 사기 위해 마시장으로 향했다. 그곳에서 돈을 최대한 아끼기 위해 말 두 필을 산 후 서요는 난감한 기색으로 그들을 바라보았다. 세 기상신들이 웬일인지 자진해서 서요와 함께 말을 타겠다며 떼를 부리는 것이었다.

서로를 불편하게 생각하는 세 기상신들은 절대 함께 말을 타지 않겠다고 버텼다. 서요가 가까이 다가오면 얼굴을 붉히던 소소 또한 미르와 가람보다는 나을 것이라고 생각하여 뜻을 굽히지 않았다.

"아니, 대체 왜 그러세요?"

서요가 땀을 삐질 흘렸지만 기상신들은 여전히 티격태격했다. 아까운 시간이 자꾸만 흘러가자, 서요는 결단을 내려야겠다고 생각했다.

"저는 소소님 뒤에 탈게요!"

서요의 단호한 말에 기상신들은 싸우던 것을 멈췄다. 소소는 서요가 자신을 택하자 은근히 기분이 좋아 입꼬리를 올렸다.

"뭐라고?"

반면 미르는 어이가 없어 날카롭게 대꾸했다. 왜 소소라고 딱 짚어서 말하는지 알 수가 없었다. 가장 먼저 서요를 지켜봤던 건 그였는데 말이다. 미르는 굉장히 억울했다.

"넌 내 거라고 분명히 말했을 텐데!"

미르가 소리를 고래고래 내질렀지만 서요는 이미 소소의 도움을 받아 말안장 위로 올라타고 있었다.

"아니, 그렇다고 말을 함께 탈 이유는 없잖아요."

서요가 미르에게 말했다. 딱히 할 말이 없었던 그는 입을 다물었다.

"가요! 태백산으로!"

미르가 그러거나 말거나 서요는 아주 오랜만에 말을 타는 데에 즐거워했다. 미르와 가람은 어쩔 수 없이 같은 말에 올라탔다. 미르는 가람과 몸이 닿는 게 소름끼치도록 싫어서 연신 인상을 찌푸렸다. 그건 가람도 마찬가지라 말을 제대로 탈 수 없을 정도였다.

"그냥 좀 가요!"

서요가 소리치자 그제야 미르와 가람은 좀 얌전해졌고, 그들은 민족의 영산 태백산으로 거침없이 말을 몰았다.

✠

"이곳이 태백산."

하얀 연무로 둘러싸인, 거대한 산등성이가 굽이굽이 펼쳐졌다. 서요는 산으로 들어가는 입구 앞에서 입을 벌리고 놀라워했다. 이제껏 많은 곳을 돌아다녔지만 태백산은 처음이었다.

"뭐야. 처음 온 거야?"

"예."

"거참. 조선의 신녀가 태백산엘 처음 오다니. 태백산에 제를 올리는 천제단이 있는 건 알고?"

미르는 황당하다며 서요의 아픈 구석을 찔렀다. 서요는 입을 삐죽 내밀었다.

"그건 저도 알아요! 뭐…… 하늘에 제를 올리는 게 신녀이자 제사장의 몫이라는 것도 알고요. 하지만 목숨을 부지하고자 도망 다니던 신세였는데 어떻게 여길 와볼 수 있었겠어요."

서요는 나름 억울하다며 한숨을 내쉬었다. 그녀는 여전히 아무 능력도 발휘할 수 없는 자신이 신녀라는 사실을 믿기가 어려웠다. 미르는 그런 그녀의 모습이 안쓰럽기도 하고, 바보처럼 느껴지기도 했다.

"삼신할미는 정말 오랜만에 보는 건데 말이야…… 나타나 줄는지 모르겠군."

미르가 앞장서서 산을 올랐다. 그는 본래 신들의 공간이었던 태백산의 기운을 물씬 받자, 몸이 깃털처럼 가볍게 느껴졌다.

"와, 냄새 좋다."

그건 뒤따라가는 서요도 마찬가지였다. 산에 가득한 기운으로 인해 몽롱했던 머리가 새벽하늘을 나는 새처럼 상쾌해졌다. 여독으로 피곤에 찌들어 있던 정신이 새로 피어나는 기분이었다.

"역시 산림욕이 좋긴 좋구나."

서요는 그 이유를 단순히 산의 공기가 좋아서 그런 것으로 받아들였다. 사실은 여신인 서요가 그런 말을 하자 소소는 자신도 모르게 실소를 내뱉었다.

"왜 그러세요?"

"아, 아닙니다. 아무것도."

소소는 어울리지 않게 웃음을 참지 못했다. 천진난만한 서요 때문에 웃음을 참느라 소소의 얼굴은 완전히 일그러져 있었다.

"하아…… 힘들어."

상쾌함도 잠시, 서요는 산의 초입에 말을 매어둔 뒤부터 쉬지 않고 올랐음에도 불구하고 끝이 보이지 않는 등반이 계속되자 가쁜 숨을 몰아쉬었다. 옆에서 소소가 부축해 주었으나, 높이 올라갈수록 머리가 어지러웠다. 지금껏 체력이 좋다고 자부해 왔지만 크나큰 착각인 듯했다.

"대체 언제까지 올라가야 해요? 이러다, 주, 죽겠어요."

여기까지 온 것만 해도 용했다. 태백산의 산길은 그만큼 험준했다.

"삼신할미 만나는 게 쉬운 줄 알았어?"

미르가 마뜩잖다는 얼굴을 내보였다. 반면 가람은 힘들어하는 서요를 들어 올릴 준비를 했다.

"제가 안아드리겠습니다."

"아니에요! 괜찮은데."

가람이 느끼한 웃음을 지으며 다가오자, 서요가 뒷걸음질하며 그와 거리를 벌렸다. 그들이 곁에 있어주어 의지가 되고 든든한 건 사실이었으나 이런 건 부담스러웠다.

그녀가 괜찮다고 우기며 산을 오르는 사이, 시야를 가리는 산안개는 더욱 짙어졌다. 서요는 후들거리는 다리에 애써 힘을 주며 끝까지 그들의 뒤를 따라가려 노력했다. 하나 그녀의 숨넘어가는 소리에 지나가던 작은 동물들이 놀라서 흩어졌다.

앞서가던 미르는 도저히 못 참겠는지 뒤돌아보았다. 도움을 받지 않겠다는 서요의 괜한 고집 때문에 큰일이 날 것 같았다. 미르가 귀찮아도 서요를 돌보려 결심한 순간, 줄곧 그녀의 옆에 붙어 있던 소소가 먼저 나섰다. 헉헉거리는 서요의 몸을 갑자기 안아 든 것이었다. 미르의 결심은 부질없는 짓이 되고 말았다.

"꺄아!"

소소는 서요를 제 품에 안아 들고는 미르를 지나쳐 갔다. 그에게 있어 여자와 접촉하는 건 머뭇거려지는 일이었지만 서요가 힘들 때 도와주는 일이라면 전혀 망설일 필요가 없었다.

서요는 놀랐지만 이내 마음을 진정시켰고 미르는 그들을 바라보며 표정이 굳어졌다. 그는 왜 더 빠르게 그녀를 도와주지 못했나 하는, 말도 안 되는 생각이 들어서 당황했다.

'귀찮은 일 없고 좋은 거지, 내가 왜?'

미르는 고개를 흔들어 생각을 없애 버렸다. 점차 물비린내가 짙어지는 걸 보니, 곧 삼신할미를 만날 수 있을 듯했다.

"얼른 나오시오!"

가람 역시 기운을 느꼈는지, 짝다리를 짚은 채 서서는 건방지게 외쳤다. 그러자 태백산에 잠들어 있던 삼신할미가 노하기라도 했는지 숲을 둘러싼 하얀 안개가 점점 검붉게 변했다. 또한 고목들은 뿌리라도 뽑힐 듯 흙을 뿜어내며 좌우로 거칠게 움직였다.

소소의 품에서 내려온 서요는 깜짝 놀라 몸을 떨었다.

"내 단잠을 깨운 게 누구더냐!"

그때 노기 어린 음성과 함께 흰머리를 깔끔하게 쪽 찐, 삼신할미가 등장했다. 그녀는 구불거리는 나무 지팡이로 몸을 지탱하고 있었다. 과연 조선을 세울 때부터 존재한 신이 맞는 듯, 삼신할미는 무척이나 강렬한 신력을 내뿜고 있었다.

삼신할미의 무시무시한 시선이 서요에게 향했다. 고스란히 그녀의 눈빛을 받게 된 서요의 얼굴이 새파랗게 질렸다. 아무리 여기까지 오는 동안 신의 존재감에 익숙해졌다 해도, 새로운 신을 마주할 때마다 벌어지는 이러한 광경에는 적응할 수 없었다. 삼신할미는 아주 오래전부터 태백산을 지킨 산신이자, 조선 사람들에게는 환웅만큼이나 존경을 받는 신이었다.

"아, 할미…… 그렇게 무섭게 등장하면 어떡해. 서요님이 놀라셨잖아."

가람이 턱짓으로 서요를 가리켰다. 그러자 서요는 화들짝 놀라 아니라는 듯이 두 팔을 격렬하게 휘저었다.

"네놈 능글능글한 건 여전하구나! 이런 망할 놈의 망나니 같으니라고."

삼신할미가 지팡이로 가람의 머리통을 시원하게 내려쳤다. 눈물이 찔끔 나올 정도로 큰 아픔에 가람이 머리를 문질렀다.

"아! 망할 놈이든, 망나니든 하나만 해."

"그만 까불어, 가람. 이러려고 여기까지 온 게 아니잖아."

가람의 투정에 소소가 바로 상황을 정리했다. 삼신할미는 매서운 눈으로 서요를 바라보았다. 가람에서 자신 쪽으로 불통이 튈 듯하자 서요는 눈을 꾹 감았다. 아직 삼신할미를 마주볼 용기가 나지 않았다.

'저분은…… 환웅님과 태양의 여신이신 주영님의 딸. 훗날 찬란한 빛으로 천상을 다스릴…….'

평온하던 삼신할미의 가슴이 거세게 뛰었다. 아직 인간의 태를 벗어나지 못했으나, 그녀는 속에 엄청난 빛을 숨겨두고 있었다.

"할미라면 천상의 문을 열 방법을 알 것 같아서 왔어."

그때 미르가 본론을 꺼냈다. 땅에 머무는 신은 비록 천상의 신에 비할 바는 못 되었으나, 환웅만큼이나 오랜 세월을 살아온 삼신할미는 조금 달랐다. 삼신할미는 그들의 질문을 예상한 듯 덤덤하게 고개를 끄덕이더니, 하늘을 올려다보며 환웅의 뜻을 점지해 보았다.

"아주 지독한 여정을 시작하게 되겠구나."

"예?"

"천상의 문을 열 수 있는 방법은 단 하나뿐이다. 오룡을 불러내, 오룡거를 타는 것!"

삼신할미의 웅장한 음성이 퍼져 나갔다. 태백산이 그녀의 말에 반응이라도 하듯 단단한 토양이 순식간에 높아졌다.

가람이 놀란 얼굴로 물었다.

"오룡거? 천제의 수레?"

"맞다. 아주 오랜 옛날에 천제님과 천왕님이 천상과 땅을 왕래할 때 쓰던 것이지. 지금은 깊이 잠들어 있지만."

"오룡은 어찌 불러내는데?"

씩 웃은 삼신할미가 눈을 감고 기운을 모았다. 그러자 산을 둘러싸고 있던 안개가 걷히고, 햇살이 산 중턱을 비췄다. 천상의 엄명을 전해 받은 삼신할미가 눈을 부릅떴다. 그녀의 눈은 온 세상의 지혜를 품은 듯 신비로웠다.

"우선…… 하늘의 임명."

엄숙한 목소리와 함께 갑자기 서요의 목 부분이 반짝거리더니, 흰색의 원석 목걸이가 생겨났다. 눈앞에서 벌어지는 놀라운 광경에 떨고 있던 서요는 목걸이를 보고 경악해서 소리쳤다.

"이, 이게 뭐예요?"

"임명이니라."

"예?"

"그리고 다음! 겨슬레의 명검, 새암의 샘물, 수피아의 신목, 마지막으로 아사달의 심장! 이것들을 모두 찾아내야 한다."

삼신할미의 입에서 천상의 엄명이 나오는 내내 말로 설명할 수 없는 담대한 기운이 흘러나왔다. 그리고 서요는 삼신할미의 주변으로 어떤 마을의 모습이 환상으로 나타나자 깜짝 놀랐다.

"이, 이게 무슨……."

그녀는 눈앞에 펼쳐진 환상을 믿을 수가 없었다. 그 환영은 겨슬레, 새암, 수피아, 아사달의 모습이었다. 만약 정말 그곳에 가서 물건들을 찾아야 한다면 꽤 오랜 시간이 걸릴 터였다.

"하늘의 임명은 알겠는데 뒤엔 뭐야?"

미르의 불평이 이어졌다. 그러나 삼신할미는 전하고 싶은 말을 모두 마쳤는지, 미소만을 주름진 얼굴에 띠웠다.

"선택은 너희 몫이다."

삼신할미는 다시 짙은 안개 속으로 몸을 감췄다. 순식간에 그녀가 사라지자 서요와 기상신들은 모두 얼떨떨한 표정을 지었다.

"그래서…… 그 명검은 뭐고, 샘물은 어디 샘물이고, 신목은 무슨 신목인데?"

태곳적부터 존재했던 삼신할미만 만나면 쉽게 천상으로 올라갈 수 있는 방법을 찾으리라 기대했던 가람이 불퉁하게 내뱉었다.

"다른 건 다 되었다 쳐도. 아사달의 심장은…… 왕검을 나타내는 거 아니에요?"

서요는 소름이 오싹 돋아 두 팔로 몸을 감쌌다. 지독한 한기가 발밑에서부터 올라왔다. 조선의 도읍지인 아사달의 심장이란 조선을 다스리는 왕검 자민, 그를 일컫는 것이 틀림없었다. 다른 건 짐작조차 가지 않았다.

서요의 표정이 묘해졌다. 신녀를 죽이려는 왕검과 아사달의 심장이 필요한 신녀라니. 서로가 서로의 목숨이 필요한 이 상황이 굉장한 악연처럼 느껴졌다.

"저는 똑같은 사람이 되고 싶지는 않아요."

잠시라도 그를 죽일 것이라고 생각한 자신이 무서워 서요의 목소리가 땅굴을 파고들어 갔다. 하지만 미르는 그것을 매우 답답해했다.

"그럼 계속 이렇게 살겠다고?"

뚜렷한 목적도 의미도 없이 그저 살아남기 위해 도망만 칠 바엔, 무엇이든 하는 게 좋았다. 비록 네 개의 임무가 매우 어려워 보이긴 했지만 말이다.

한편 서요는 손으로 잡고 당겨도 풀리지 않는 목걸이 때문에 당황했다. 삼신할미를 만나 하늘의 임명을 받은 건, 아무래도 자신이 신녀이기 때문인 듯했다. 물론 그건 서요만의 생각이었지만 말이다.

산을 내려가던 미르는 걸음을 멈추고 그녀를 똑바로 바라보았다.

"쉽게 판단할 문제가 아니야. 정말 까딱 잘못하면, 평생 목숨의 위협을 받으며 살아야 할지도 모른다고. 그래도 좋아?"

"그렇지만……."

미르의 말에 서요는 할 말을 잃어버렸다. 미르는 어느새 천상으로 돌아가는 것보다 서요의 안전에 대한 걱정을 먼저 하고 있었다. 언제까지고 위험한 상황을 겪게 할 순 없었다.

"정말 저 임무를 하고 오룡을 불러내기라도 하겠다는 말씀이에요?"

"왜, 안 될 건 뭔데? 천상 문이 닫혔으면, 우린 그걸 깨부수고서라도 가면 되는 거야."

미르의 주먹이 하늘을 향했다. 서요는 자신이라면 생각조차 할 수 없는 말에 순간 눈앞이 아찔해졌다.

"여기서 북쪽으로 조금만 더 이동하면 겨슬레야. 우선 가자."

겨슬레는 북쪽에 위치한 대장장이들이 모여 사는 마을로, 다양한 농기구와 무기로 유명했다.

진중하면서도 자신감 넘치는 미르의 모습에 서요는 마음이 조금 흔들렸다. 이쯤 되니 계속 안 된다고 거절할 수가 없었다. 그리고 이들이 곁에 있다면 해내지 못하리란 법도 없을 것 같았다.

고민 끝에 서요가 천천히 고개를 끄덕였다. 그들이 없었다면 결코 할 수 없는 다짐이었다.

"그래. 잘 생각했어."

천상으로 올라가기 위한 길이 누구의 뜻이든, 그건 별로 중요하지 않았다. 미르는 지금 이 순간 가장 간절히 원하는 걸 할 뿐이었다. 그들은 북쪽에 위치한 겨슬레로 향하기로 했다.

태백산을 내려와 노숙을 하게 된 서요는 들판 위에서 타오르는 석양을 바라보며 무당 어머니를 그리워했다. 정신없이 하루가 지나가고 있음에도 쓸쓸한 마음이 들었다.

"이것 좀 드십시오."

모닥불 앞에서 서요가 담요를 두른 채 꼼짝하지 않고 앉아 있자, 소소가 먹을 것을 건넸다. 여인의 몸으로 험난한 여행을 하는 건 쉽지 않은 일일 터라 여러 모로 신경이 쓰였다.

"아, 고마워요. 그런데 소소님은?"

"저흰 먹지 않아도 큰 문제는 없습니다. 그리고 제발 말씀을 낮춰주십시오."

서요가 방금 쪄 따끈따끈한 감자를 베어 물었다. 오히려 말을 낮춰주길 바라는 건 그녀였다.

"저는 이게 편해요. 소소님이야말로."

"저도 이게 좋습니다."

소소의 음성에는 높낮이가 없어 말투가 딱딱하기 그지없었지만 그는 가장 성실하고, 가장 많이 서요에게 신경을 써주는 고마운 신이었다. 게다가 미르의 화려한 비단 옷과 가람의 비싸 보이는 무복에 비해 차림이 평범했음에도 고귀한 분위기가 흘렀다.

그녀는 그런 그에 비해 자신이 너무 초라하게 느껴졌다.

"감사해요. 저도 소소님처럼 도움이 될 수 있는, 그런 사람이었으면 좋겠는데……."

"예? 왜 갑자기?"

"갑자기가 아니에요. 줄곧 그랬어요. 어머니에게도 폐가 되었고, 소소님과 미르님 그리고 새로 오신 가람님에게도 마찬가지죠."

서요는 죽기를 각오한 적도 많았다. 대신관과 무당이 자신을 위해 희생할 때면, 그냥 제가 없어져 버렸으면 좋겠다는 생각도 했다. 그런데 이제 기상신이라는 어마어마한 존재들이 곁에 있는데 그들까지 자신을 위해 희생하고 있다는 건 변함이 없었다. 그래서 서요는 가능하면 그들에게 폐를 끼치고 싶지 않았다. 그리고 더 강해지고 싶었다.

서요의 얼굴에 우중충한 그늘이 졌다. 소소는 천상에서 모태 독거남이라고 불릴 정도로 여신들에게 각박했지만 서요에게 만큼은 무언가 따뜻한 말을 해주고 싶었다.

"그. 아, 그게. 음……."

그러나 소소는 첫 마디를 떼는 것조차 어려웠다. 서요는 그를 뚫어져라 쳐다보며 이어질 말을 기다렸다. 제비꽃처럼 청초한 서요의 눈동자가 오롯이 그에게 꽂혔다.

그와 동시에 세상이 어두워졌다. 하늘 높이 솟은 달과 별들은 희미한 빛을 뿌려댔다. 소소는 처음으로 숨이 막히는 것을 느꼈다. 서요가, 강해지고 싶다는 열망을 아름답게 발현시키고 있었다.

"서, 서요님. 몸이 빛나고 있습니다."

"예?"

희한한 말에 서요가 자리에서 벌떡 일어났다. 그리고 별빛을 곱게 뿌려놓은 것처럼 은은히 빛나는 자신의 몸을 보고 기함했다.

"이게 뭐, 뭐예요?"

서요는 자신이 별빛을 받고 태어났다는 것도 못 믿을 판에, 몸까지 별처럼 빛나고 있다는 것이 놀라웠다. 그녀의 인생에서 처음 있는 일이었다. 나무 위에서 휴식을 취하고 있던 미르와 가람도 별보다 아름다운 빛에 이끌렸다. 실로 환상적인 광경이었다.

"뭐야, 저게! 설마…… 여신으로서의 자각인가."

미르는 심각한 표정으로 서요를 응시했다. 신과의 동행으로 그녀가 무언가 느낀 게 있나 싶었다.

"왜. 자각하면 안 되는 거야?"

"그건 아니지만."

자각이 끝나면 서요는 완벽한 주인이 될 터였고, 미르는 그녀의 신하가 되어야만 한다. 미르는 매우 귀찮은 짓까지 해서 그녀를 자신의 것으로 만들었기에 부디 그런 일이 일어나지 않기를 바랐다.

⌘

"저게 뭐야……."

맹수가 으르렁거리는 듯한 소리가 흘러나왔다. 겨슬레와 아사달의 경계에 위치한 천문관에서 별을 관측하고 있던 세자 해문은 눈을 가늘게 떴다. 아무리 자세히 보아도 저건 사람이 분명했다. 그런데 사람의 몸에서 빛이 난다는 말은 어디에서도 들어본 적이 없었다.

"날 농락하는 게 아니라면 말이지."

해문이 빛을 내는 형체를 집요하게 응시했다. 하늘을 수놓은 별과 비교해도 전혀 부족함이 없었고, 마치 그 사람이 하나의 별인 듯했다. 인간이 별과 같이 빛난다는 건 상식적으로 절대 있을 수 없는 일이었다. 해문은 미신을 아주 싫어했기에 저 현상에도 분명 이유가 있을 것이라고 추측했다.

"무슨 일이십니까?"

천문관에서 해문과 함께 천체 현상을 기록하던 신하가 공손히 아뢰었다. 하늘을 바라볼 때면 항상 침착하던 그의 표정이 찌푸려져 있었다.

"제일 싫어하는 걸, 이 두 눈으로 보고야 말았어."

"네? 그게 무슨 말이십니까?"

해문이 자신의 눈을 손으로 가리키며 화를 냈다. 아직 누구에게도 인정받지 못한 과학에 매진하고 있는 그는 도저히 과학으로 설명할 수 없는 장면을 목격하고 노여워했다. 그에게는 도저히 그냥 넘어갈 수 없는 일이었다.

"저곳으로…… 가봐야겠군."

"예, 예. 준비하겠나이다."

그의 다급한 성미를 잘 아는 신하가 부리나케 달려가 세자의 외출을 준비했다.

해문은 천문관을 박차고 나와 빛의 흔적을 쫓았다. 많은 신하들이 우아하지만 빠른 그의 걸음을 뒤따라가느라 가쁜 숨을 몰아쉬었다.

해문은 목적지에 도착했다. 화려한 용무늬가 새겨진 검은 비단이 그가 걸음을 멈추는 동시에 휘날렸다. 짙고 어두운 그의 눈매는 더욱 사납게 찢어졌다.

"진짜였다는 말인가?"

해문이 빛 때문에 눈살을 찌푸렸다. 그리고 그 빛은 곧 수그러들며 그 자리에 아름다운 여인, 서요를 남겼다. 희한한 일이었다. 해문은 마치 그 여인이 스스로 빛이라도 낸 것만 같아 미심쩍어 함과 동시에 분노했다. 인간은 결코 빛을 발할 수 없는 존재였다. 그것이 세상의 이치이거늘, 잡귀가 아니고서야 저것이 가능할 리 없었다.

"네 정체가 무엇이냐!"

해문이 서요에게 바짝 다가서며 으르렁거렸다. 그러자 낯선 인기척을 느끼고 있던 기상신들이 심상치 않은 분위기에 서요의 주변을 둘러쌌다. 환웅의 지시를 받고 아사달에 있었던 소소는 종종 세자의 행차를 본 적이 있기에 단번에 그의 정체를 눈치챘다.

"누구…… 세요?"

갑작스럽게 낯선 이와 대치하자, 서요는 잔뜩 몸을 움츠리고 물었다. 해문의 뒤에 있던 신하는 그녀를 다그쳤다.

"세자저하시다. 감히 어느 안전이라고 반문하는 것이냐. 묻는 말에만 답하여라."

하나 이미 해문의 심기는 어그러졌다. 조선 하늘 아래 아비이자 지도자인 왕검 자민 외에, 세자인 그에게 똑바로 얼굴을 쳐 들 수 있는 사람은 아무도 없었다. 그런데 수상한 느낌이 폴폴 나는 이 무리는 건방지게도 목을 빳빳하게 세우고 자신을 바라보고 있었다.

서요는 세자 저하라는 말을 듣자마자 얼굴을 굳혔다. 그에게서 심상치 않은 분위기가 흐르기에 꽤 지위가 높은 사람일 거란 생각은 하고 있었는데, 그보다 더 엄청난 사람이었다.

'나를 없애려는 자의 아들이라니……!'

그러한 생각에 미치자 서요의 심장이 고동쳤다. 하지만 당황한 걸 티낼 수는 없는 노릇이었다. 서요는 최대한 아무렇지 않은 척 급히 고개를 조아렸다.

"송구합니다. 저는, 저는 그러니까 서요라 하옵니다. 식솔들과 함께 겨슬레로 향하는 중이었습니다."

어차피 신녀의 이름이 알려진 건 아니라 서요는 솔직히 제 이름을 밝히고 살짝 거짓말도 섞었다. 해문은 갈퀴눈으로 그녀를 바라보며 물었다.

"어느 가문이지?"

"가문은…… 그, 몰락했습니다."

서요는 자신의 임기응변이 퍽 만족스러웠다. 기상신들 또한 구색을 맞추기 위해 각자 입을 열었다.

"저는 첫째 미르라 하옵니다."

"저는 무사 가람."

미르와 가람이 먼저 그렇게 말해 버리자 소소는 그 둘에 비해 평범한 자신의 차림을 보고 또 식솔이라는 구색을 갖추기 위해 어쩔 수 없이 선택해야 했다.

"저는 그, 후…… 노비이옵니다."

소소의 말에 미르와 가람은 심각한 상황임에도 웃음이 나올 뻔한 걸 간신히 참았다.

"그래. 참으로 희한한 무리가 아니더냐?"

그들이 정체를 밝히고 이곳에 있는 이유를 설명했는데도, 여전히 해문의 눈은 삭풍처럼 매서웠다. 그건 서요의 어설픈 귀족 여성 흉내도, 과하게 잘생긴 아랫것들의 외모 때문도 아니었다. 단지 그녀의 괴상한 술수 때문이었다.

해문은 신령스러운 능력이 존재한다는 걸 결코 믿지 않았다. 그래서 이 묘한 조합의 일행이 의심스러웠다.

"따라오너라."

추궁하기엔 밤이 너무 깊었다. 해문이 고귀한 얼굴을 들고서 다시 천문관으로 향했다. 서요와 기상신들은 신하들의 손길에 이끌려 어쩔 수 없이 그 뒤를 따랐다.

'세자랑 엮이면 안 되는데…… 이러다 들키면 어떡하지?'

서요는 불안해서 미칠 것 같았으나 어쩔 수 없었다. 그의 명을 거절했다가는 별로 좋지 않은 일이 벌어질 것 같았다.

천문관에 도착한 서요는 밝고 따뜻한 방 안으로 들어와 해문의 손길에 의해 반강제로 의자 위에 앉혀졌다. 반대로 기상신들은 붙들려 있는 상태라 그녀에게 가까이 다가갈 수 없었다. 물론 힘으로 벗어나려 한다면 못할 것도 없었지만, 아직 세자의 꿍꿍이가 뭔지 모르는 상태에서 섣불리 정체를 드러내는 행동은 할 수 없었다.

해문의 관심은 굉장히 노골적으로 서요에게 닿아 있었다. 두려워하는 그녀의 모습에 미르는 머리로 열이 솟구쳐서 인상을 구겼다. 수틀리면 바로 그녀를 데리고 도망갈 작정이었다.

서요는 무서운 눈빛으로 자신을 바라보는 세자 때문에 심장이 쪼그라들었다. 하필 이렇게 운이 안 좋나 싶었다.

"네 몸에서 빛이 나던 것을 보았다. 대체 무슨 수상한 짓을 한 것이냐?"

그의 질문에 서요의 표정이 복잡해졌다. 그녀 역시 어째서 자신에게 그런 일이 벌어졌는지 이유를 알 수 없었다.

"저는 수상한 짓 같은 건 하지 않았습니다. 그저 하늘에 소원을 빌었을 뿐입니다."

"소원?"

"예. 아주 간절하게."

서요는 최대한 해문과 눈이 마주치지 않도록 노력했다. 그러나 해문은 서요의 대답을 믿을 수 없었기에 손가락으로 그녀의 턱을 들어올렸다. 늑대처럼 사나운 해문의 눈과 겁을 먹은 서요의 눈이 딱 마주쳤다.

"그걸 지금 나보고 믿으라는 것이냐?"

야수 같은 남자의 추궁에 서요는 온몸이 얼어붙었다. 절대적인 권위가 느껴지는 얼굴이 바로 코앞까지 다가오자 서요의 목이 빳빳해졌다. 맹수처럼 번쩍이는 눈매에 뾰족하게 날이 선 콧날, 그리고 고집 있게 꽉 다물린 입술까지. 해문은 남자다운 얼굴에 특유의 위압감까지 더해져서 사납고 두려운 분위기를 풍겼다.

"저는 정말 모르는 일입니다. 그 이유를 제게 물어보신다 한들……."

그녀는 바보처럼 같은 말만 반복했다. 어떤 이유를 대든 그는 믿어주지 않을 것 같았다. 하나 서요는 정말 하늘에 소원을 빌었을 뿐이었다. 기상신들에게 폐가 되지 않도록 강해지고 싶다는 열망을 말이다. 그런데 자신의 몸이 갑자기 별처럼 반짝인 것을…… 무어라 말할 수 있을까.

서요의 이마에 땀방울이 송골송골 맺혔다. 그녀는 더 험악해진 그의 눈빛에 완전히 잡아먹혀 버릴 것만 같았다.

"정녕 이리 나온다는 말이더냐? 언제까지 발뺌할 수 있으리라 생각하느냐?"

해문이 유약한 서요의 마음을 한 차례 더 조였다. 구렁까지 몰아붙여 결국 그가 원하는 걸 얻어내기 위한 겁박이었다. 그녀가 빛을 냈다는 증거 따위는 없었지만, 빛이 떠나고 남은 자리에 있던 서요의 신비로운 모습이 계속해서 해문의 머릿속에 맴돌았다.

"제가 무엇을 얻고자 거짓을 고하겠습니까."

"얻는 게 아니라 잃을 게 있는 모양이지."

"……!"

"내 반드시 네가 빛을 발한 이유를 알아야겠다. 결코 있을 수 없는 일이나 만에 하나 사실이라면…… 세상 밖으로 드러나선 곤란하거든."

해문이 말끝을 끌며 한쪽 눈썹을 추켜세웠다. 그는 과학으로 설명할 수 없는 신비로운 존재가 백성들에게 알려져선 안 된다고 생각했다. 강압적인 목소리가 서요의 심장을 움켜쥐었다.

'혹시 용미촌에서 도망쳤다는 그 신녀인가?'

그러한 생각까지 들자 해문의 눈이 더욱 날카로워졌다. 서요를 바라보는 눈빛이 매섭게 번뜩였다. 신녀를 죽이려는 아비의 행동은 매우 위험했다. 백성들에겐 아직 제사장의 존재가 아주 중요했다. 그런데 아무런 명분 없이 신녀를 죽이고 신을 믿는 백성들까지 탄압한다면 나라는 분명 혼란스러워질 것이 분명했다. 그는 좀 더 시간을 가지고 조선을 변화시키고 싶었다.

해문이 그런 생각을 하고 있는지 꿈에도 모르는 그녀는 마른침만 삼킬 뿐 아무런 말도 하지 못했다. 서요는, 세상 밖으로 드러나선 곤란하다는 그의 말을 계속 곱씹고 있었다.

"드릴 말씀이 있사옵니다."

그때 소소가 예의 있게 아뢰었다.

"뭐라 했느냐? 노비 따위가 끼어들 상황이 아니다."

해문은 서요의 턱에서 손가락을 떼고 황당하다는 듯 그를 응시했다. 중요한 순간에 끼어든 자는 바닥을 구르고 다녔을 노비라고 생각할 수 없을 만큼 당당했다. 그리고 그 자신이 고결한 선비라도 되는 것처럼 감히 세자를 앞에 두고서도 단단한 몸뚱이는 떨림조차 없었다.

해문의 입에서 헛웃음이 튀어나왔다.

"하! 갈수록 태산이구나."

"말씀대로 사람이 빛을 낸다는 건 불가능한 일이옵니다."

소소는 꼿꼿하고 바른 몸가짐으로 고했다. 해문은 더 말해보라는 듯 고개를 까딱했다.

"저는 분명 커다란 별똥별이 서쪽에서 떨어지는 것을 보았습니다. 그만큼 강한 빛을 내는 별똥별은 처음 보았습니다. 아씨께선 별똥별을 보고 소원을 빈 것뿐이며, 세자 저하께서는 그를 보고 착각하신 듯합니다."

소소의 말은 목소리 덕에 꽤 믿음직스럽게 들렸다.

"흐음…… 내가 본 것이 그저 하늘을 가로지르는 유성이라. 하하. 그토록 강한 빛은 처음이었는데, 이것 참 더욱 흥미가 생기는구나."

해문이 뒷짐을 지고 서요 주변을 빙그르르 돌았다. 서요는 마치 거미줄에 걸린 가련한 나비가 되어버린 것 같다는 생각이 들었다.

"궁금증이 풀리셨다면 저흰 이만 놓아주시지요. 갈 길이 멉니다."

미르는 울화통이 터지려는 것을 참고 낮게 읊조렸다. 그의 성격대로라면 해문의 멱살이라도 잡고 흔들고 싶었지만 상대는 조선의 세자였다. 막 나가는 미르라도 결코 함부로 대할 순 없었다. 아무리 이쪽이 신이라지만 신녀를 죽이려는 왕족과 갈등을 빚어서 좋을 건 없으니, 정면승부는 최대한 피하는 게 상책이었다.

그때 해문이 무슨 생각을 했는지 자줏빛이 도는 입술을 비틀어 올렸다.

"이토록 밤이 깊었는데 여정을 계속하겠다는 말이냐?"

그의 의미심장한 미소에 기상신들은 잠시 머뭇했다. 그들은 본능적으로 해문이 여간내기가 아니라는 것을 느꼈다.

"오래도록 단련한 몸이니 범이 나온다 해도 문제 될 것은 없습니다."

미르가 해문의 눈을 똑바로 응시했다. 두 남자의 시선이 맹렬하게 부딪쳤다. 미르는 눈앞에 선 사내가 바로 범 같다는 생각이 들었다.

"아, 그런데 이거 어쩌나?"

해문이 미르와 마주 보던 자리에서 우아한 몸짓으로 돌더니, 서요의 어깨 위에 손을 올렸다.

"내 무고한 자를 심문한 것이 미안하여 오늘 밤 천문관에서 머무르도록 해주고 싶은데……. 당연히 내 자비로운 마음을 헤아려 주겠지. 그렇지 않은가, 낭자?"

얼어 있는 서요의 귀에 해문의 싸늘한 목소리가 꽂혔다. 그 모습을 본 미르는 울컥하여 주먹을 세게 그러쥐었다. 그는 해문의 행동 하나하나가 전부 마음에 들지 않았다. 화가 난 미르가 주먹을 내지르려는 찰나, 소소가 간신히 그를 막았다. 서요는 거의 반쯤은 겁박에 가까운 그의 말에 얼결에 고개를 끄덕였다.

"좋아. 이들을 방으로 안내해라."

해문이 환관에게 명하자 그는 세자에게 예를 갖추곤 그들을 방으로 안내했다. 일행 중 유일한 여인인 서요는 넓은 방을 홀로 쓰게 되었다.

"뭔 일 있음 바로 소리 질러. 알겠어?"

미르는 문이 닫히는 순간, 불안한 서요의 표정을 보았다. 서요는 알았다는 듯 고개를 끄덕였다. 짧은 순간에도 저를 챙겨주는 미르의 모습에 그가 소소만큼이나 섬세하다는 생각이 들었다. 미르와 함께 있는 시간이 늘수록 서요는 진짜 그의 모습을 알게 되어 호감이 갔다. 참으로 신기한 일이었다.

방에 혼자 남게 되자 그녀는 문에 등을 대고 주저앉았다.

"하아…… 진짜 이대로 들키는 줄 알았네."

해문의 눈앞에서 벗어나자 그제야 서요의 마음이 차분하게 가라앉았다. 덜컹거리던 심장박동도 잦아들고 참았던 숨도 내쉴 수 있게 되었다. 그녀는 기상신들과 헤어진 건 염려스러웠으나, 이 일이 그저 해문의 호의일 뿐이라면 크게 문제 될 것 없다고 생각했다.

"내가 제 발로 호랑이 굴에 들어온 건지도 모르겠네."

서요는 해문이 세자라는 사실 하나만으로도 좋지 않은 감정이 들었다.

'거기다 오만하며 무섭기까지 했으니까.'

그의 위압감에 시달려서 그런지 서요는 기력을 잃고 바닥에 쓰러지듯 몸을 뉘였다. 밤이 깊어가고 있었다.

해문은 늦은 시간까지 최근 일 년간의 천문과 기상 기록 일지를 살펴보며 깊은 생각에 빠졌다. 해문이 오른 누각은 별을 관측하기 편하도록 사방이 뚫려 있었다. 청량한 바람과 함께 달빛이 해문의 얼굴 위로 어렸다.

"상달 열아흐레에 일식, 그리고 넉 달 후인 이월 초닷새엔 월식…… 간신히 기록만 할 뿐 누구도 예측하질 못하니."

평생을 천문관에서 일한 관리들조차 하늘을 읽는 것을 어려워했다. 해문은 아버지인 왕검 자민을 떠올렸다.

자민은 일식과 월식 같은 특별한 현상이 일어날 때면 대례복을 입고 태백산 천제단에 올라 눈물을 흘렸고, 그것도 모자라면 천왕신전까지 찾아가 천왕에 대한 예의를 갖췄다. 그건 이 모든 현상들이 전부 왕이 잘못하기 때문에 벌어진 것이라는 말도 안 되는 이유 때문에서였다. 그러나 자민은 직접 제사를 지내 하늘의 노여움을 풀 수는 없었다. 그건 오직 제사장만의 권한이었다.

"이 무슨 기막힌 일이란 말인가."

해문은 앞으로 이런 모욕적인 일을 겪지 않기 위해 그것이 단지 세상의 법칙에 의해 일정하게 일어나는 현상이라는 것을 밝혀내고자 했다.

'백성들이야 해가 가려지든 달이 가려지든 모두 신이 분노했다 여기고 흉년이 들 것을 걱정하니까.'

하나 백성들에게 일식과 월식이 신의 분노라는 것은 당연한 진리였다. 해문은 확실한 근거를 내세워서 그 생각을 바꿔놓을 것이라고 다짐했다.

신의 나라 조선에선 이처럼 말도 안 되는 일들이 비일비재하게 일어났다. 해문은 존재하지도 않는 신의 존재를 부르짖고 허무맹랑한 예언에 귀를 기울이는 건 굉장히 쓸데없는 일이라고 생각했다.

그는 이제 더는 그러한 일에 순응하며 살고 싶지 않았다. 또한, 해문이 하늘 현상에 집착하는 건 어떤 일을 하기에 앞서 무조건 신의 눈치를 봐야 하기 때문만은 아니었다.

"기상을 예측할 수 있다면 풍작을 이끌어 내고, 흉작을 대비할 수 있으니까……."

그리만 된다면 분명 백성들의 삶은 지금보다 훨씬 윤택해질 것이다. 그러나 그런 생각을 자꾸 방해하는 존재가 있었으니, 그건 바로 믿을 수 없는 현상과 함께 나타난 서요였다. 그녀를 생각하는 해문의 입매가 샐그러졌다.

"갑자기 내 눈앞에 떨어진 별이라니."

하늘을 바라보는 해문의 검은 눈동자가 일렁거렸다.

"말 같지도 않은 소리를."

그는 잠깐의 생각을 부정하며 날 선 말을 내뱉었다.

짙은 어둠이 사라지고 햇살이 서요가 잠든 방의 지창을 뚫고 들어왔다. 햇빛이 점차 강해지자 서요는 눈두덩을 움찔하더니 보옥처럼 영롱한 눈망울을 드러냈다.

"헉!"

순간 이곳이 어디인지 깨닫지 못한 서요는 신음과 함께 몸을 일으켰다.

"아, 여기…… 천문관이지. 참."

햇빛에 밝아진 실내를 확인한 서요가 가슴을 쓸어내렸다. 혹시 해문이 제 정체를 알아채고 들어오기라도 할까 봐 밤잠을 설쳤었다. 서요는 얼른 방을 나섰다. 조금이라도 빨리 이곳을 벗어나고 싶었다.

"엇! 다들!"

서요가 마루로 나오자 마당에 뒷짐을 지고 선, 어쩐지 초조해 보이는 기상신들이 보였다. 그녀는 버선발로 그들에게 달려 나갔다. 함께할 동료가 있다는 건 참으로 즐거운 일이었다. 그들이 기댈 만한 초월적인 존재라면 더욱이 말이다.

"저 기다리셨어요?"

해맑은 웃음을 만면에 가득 지은 서요가 발랄하게 물었다. 여인의 방에 함부로 들어갈 수가 없어 마냥 서요를 기다리던 기상신들은 익숙한 목소리에 고개를 돌렸다.

"왜 이렇게 늦게 나와!"

미르가 가장 먼저 호통을 쳤다. 그의 얼굴은 말도 붙여보기 어려울 정도로 심각하게 굳어 있었다.

"깨자마자 헐레벌떡 나온 건데……."

왜 아침부터 소리를 지르나 싶어 서요는 입술을 삐죽 내밀었다. 풀죽은 서요의 말에 가람은 어젯밤의 미르를 떠올리며 장난스럽게 덧붙였다.

"미르의 말은 신경 쓰지 않으셔도 됩니다. 어젯밤 내내 어찌나 초조해하던지 짜증이 다 날 지경이었습니다."

"시끄러워."

미르는 가람을 바로 제지하며 얼굴을 돌렸다. 그녀에게 화를 낼 이유가 없는데도 과하게 반응한 것 같아서 민망해졌다.

"일단 얼른 이곳을 떠나는 게 좋을 듯합니다. 굳이 세자와 또 마주쳐서 좋을 일이 없으니까요."

소소는 만만치 않아 보이던 세자를 떠올렸다. 그는 해문이 어제와 같은 상황을 쉽게 인정하고 넘어가는 사내가 결코 아닐 것이란 생각이 들었다. 일단 자리를 피하고 그의 눈에서 멀리 떨어지는 게 중요할 것 같았다.

"그래. 재수 없는 그놈 얼굴 봐봤자 화만 나지. 가자."

미르가 짧게 혀를 차며 대문 쪽으로 걸음을 옮기자 본 건물과 이어진 별채, 회신당에서 해문이 신하들과 함께 모습을 드러냈다.

"이제 떠나는가?"

서요는 해문을 보고 얼굴이 굳어졌지만 다시 표정 관리를 하고 그를 향해 머리를 숙였다.

"예, 그렇습니다. 저하. 이 은혜는 잊지 않겠습니다."

서요에겐 결코 은혜가 아니라 불행이었지만, 다시는 그와 마주치고 싶지 않다는 생각에 그녀는 마음에도 없는 미언을 내뱉었다.

"그래. 잘 가거라."

해문이 무심하게 작별을 고했다. 서요는 다행이라고 생각하고 기상신들과 함께 천문관의 대문을 나섰다. 그제야 숨통이 트이는 듯해 서요는 크게 숨을 들이마셨다.

"하…… 어쨌든 들키지 않고 나오게 되어서 천만다행이에요!"

하지만 미르는 그렇게 생각하지 않는지 계속 인상을 찌푸리고 있었다.

"글쎄, 내 보기엔 그렇게 좋아할 때가 아닌데?"

"네? 그게 무슨 말씀이세요?"

서요는 눈을 동그랗게 떴다. 그러나 다른 기상신들은 미르와 같은 반응이었다. 서요는 느끼지 못했지만 그들의 뒤를 따르는 기척이 있었다.

"어느 정도 예상하고 있었습니다. 집요한 세자의 성정을 봐서는 떼어내기 쉽지 않을 듯합니다."

"뭐, 나는 저곳 나쁘진 않았는데?"

"가람. 서요님의 정체가 탄로 날 수도 있는데, 그게 지금 할 말이야?"

급박한 상황에서 소소와 가람이 말싸움을 했다. 서요는 그들의 말을 듣고 난 후에야 세자의 병사들이 쫓아오고 있다는 것을 눈치챘다. 그녀는 얼굴에 노랑꽃을 피우더니 곧바로 난색을 표했다.

"아, 그럼 이렇게 싸울 때가 아니잖아요! 얼른 겨슬레로 가요!"

서요는 최대한 목소리를 죽이고 가람과 소소의 등을 떠밀었다. 뒤를 쫓는 이들이 있는 걸 알게 된 이상 이렇게 여유를 부리고 있을 때가 아니었다.

"처음부터 별똥별 얘기를 믿지 않았던 거지."

미르는 고개를 설레설레 저으며 흑마 위에 올라탔다. 말에 올라탄 그들이 북쪽에 위치한 척박한 땅, 겨슬레로 향했다. 천문관에서 백 리도 되지 않는 거리라 그들은 금방 겨슬레의 저잣거리로 들어섰다.

"따돌렸어요?"

서요가 숨을 헐떡이며 물었다. 소소는 미간을 찌푸리더니 고개를 내저었다. 병사들은 어차피 자신들의 목적지를 알고 있었다.

"어쩔 수 없어. 명검이나 빨리 찾고 떠나는 수밖에는."

미르는 이 상황이 너무 마음에 들지 않았다. 해문을 높이 대우해 주는 것도 싫었고, 그가 서요를 함부로 대하는 것도 짜증이 났다. 그녀를 종처럼 부릴 수 있는 건, 오직 미르 자신뿐이어야만 했다. 물론 지금 상황은 서요를 모시는 건지, 부리는 건지 알 수가 없었지만 말이다.

그들은 말에서 내려 무기 점포가 모여 있는 저자를 본격적으로 돌아보았다.

"와! 진짜 신기해요! 전부 무기 아니면 농기구 점포에 대장간으로 가득하네요."

흙과 먼지가 뒤엉킨 저자는 용미촌, 해등촌과는 아주 다른 풍경이었다. 가죽옷을 입은 남성들이 대장간에서 풀무로 화로의 불을 피워 쇠를 달군 뒤 메질과 담금질을 계속하고 있었다. 서요는 넋을 잃고 그 광경을 지켜보았다. 호미 한 자루를 만드는 과정조차 결코 순탄치 않아 보였다.

“온갖 장인들이 모여 있을 테니 가장 유명하거나, 비싸거나, 명맥이 있거나 하는 등의 검을 수소문해 찾아봐야겠습니다.”

소소의 눈동자가 결연하게 빛났다. 그는 지금껏 환웅의 뜻에 반해 천상으로 올라가자는 말이 그다지 마음에 들지 않았으나, 주인인 서요가 동의한 일인 만큼 임무에 최선을 다하리라 결심했다.

“예. 그런 검들이라면 엄청 비쌀 듯한데, 삼신할미께서 말씀하신 겨슬레의 명검이 뭔지 어떻게 알 수 있을지…….”

서요는 매대에 놓인 여러 자루의 검들을 보고도 무엇이 좋은지 전혀 구별하지 못해 한숨을 내뱉었다. 확실한 표시가 나타나지 않으면 쉽지 않을 것이라는 생각이 들었다.

“겨슬레에서 가장 유명한 장인이 누굽니까?”

미르는 작업하느라 정신이 없는 대장장이에게 물었다. 그는 뜨거운 땀방울을 수차례 닦아 올리더니 한 곳을 손으로 가리켰다.

“저곳이오. 성질 드러운 할배니 조심하는 게 좋을 거요.”

그들은 사내가 가르쳐 준 곳으로 발길을 돌렸다.

“계십니까?”

서요 일행은 오래된 초가라 그런지 썩은 볏짚 냄새가 진동해 더 을씨년스러운 분위기를 풍기는 작은 집 앞에 섰다. 서요는 그 안으로 들어서며 떨리는 목소리로 사람을 찾았다.

“일하느라 바쁜데 누구야!”

그때 점포와 연결된 대장간에서 작업에 열중하고 있던 한 노인이 노성을 내지르며 나왔다. 흰 머리를 풀어헤치고 눈엔 핏대까지 선 노인은 마치 도깨비를 보는 것 같았다.

“할아버님이 겨슬레의 대장장이 중에서도 가장 유명한 장인이시라지요?”

그녀는 장사치로 오래 생활했던 만큼 까다로운 장인을 대하는 데 어려움이 없었다.

"누가 그러더냐? 고얀 놈."

"저 바로 앞 대장간에서요."

노인은 가장 유명한 장인이라는 말에 기분이 좋았지만 괜히 퉁명스럽게 대꾸했다.

"그렇게도 날을 세우던 녀석이 웬일로! 어쨌든 뭐 보러 왔어? 빨리 사고 가든가 해, 바쁘니까."

"그럼 저희가 원하는 걸 바로 보여주셔야 해요!"

"아, 알았어! 뭔데?"

"가장 훌륭한 검을 주십시오."

마른침을 꿀꺽 삼킨 서요의 눈이 반짝반짝 빛났다. 그녀는 겨슬레에서 가장 훌륭하고 유명한 장인이 자신하는 검이라면 삼신할미가 말한 겨슬레의 명검일지도 모른다는 생각이 들었다.

노인은 추상적이면서도 건방진 말에 잠시 미간을 좁히더니 대장간으로 들어갔다. 그리고 대장간과 연결된 고방에서 고이 간직한 검 한 자루를 가져왔다.

"보거라!"

노인이 화려한 무늬가 새겨진 검 집에서 검을 빼서 서요의 손에 쥐어주었다. 생각보다 무거운 검에 깜짝 놀란 그녀는 손에 힘을 주었다.

"으으. 뭐가 이리!"

"어허! 떨어뜨리면 상황이 매우 곤란해지니라."

노인의 호통에 서요는 땀을 삐질삐질 흘렸다. 척 보기에도 검에서는 함부로 다루면 안 될 것 같은 찬란한 광채가 나고 있었다. 서요가 쇠의 무게를 감당하지 못하자 미르가 검을 휙 가져갔다. 그가 너무나 쉽게 검을 휘두르자 그녀는 민망하다는 듯 뒷머리를 긁적였다.

"흠. 확실히 보검은 맞는 듯한데……."

미르의 눈이 날카로워졌다. 다른 기상신들 또한 진지한 표정으로 검을 살폈다. 검 날엔 스물일곱 개의 글자와 성좌도가 금으로 상감되어 있었다. 확실히 값이 나가고 귀중한 검인 듯했다.

"그렇다고 이게 그……."

서요는 노인의 눈치를 보며 까치발을 세우고 미르의 귀에 속삭였다. 따뜻하고 작은 손이 귀에 닿자 미르는 말로 설명할 수 없는 이상한 느낌을 받았다.

"삼신할미가 말한 명검인지는 어떻게 알아요?"

귓전에서 울리는 청아한 목소리에 그는 자신도 모르게 눈을 꽉 감았다. 한껏 집중하고 있던 정신이 그녀 때문에 다 흐트러지는 기분이었다.

"저리 가서 얘기해. 붙지 말고. 우리라고 뭔지 알 수 있을 리가 없잖아."

미르가 조금 과하게 신경질을 내며 대답했다. 서요는 안 그래도 머리가 복잡한데 그까지 기분 나쁘게 대답하자 울상을 지었다.

"아, 그럼 어떡하지."

그녀는 난감한 얼굴로 노인을 바라보았다. 노인은 어서 결정하라는 듯 무서운 눈빛을 쏘고 있었다. 서요는 이러지도 저러지도 못했다. 겨슬레의 명검이 뭔지 확실하게 알 수 없는데 비싼 돈을 들여 이것을 살 수는 없었다.

"왕이 호신용으로 차는 귀한 검이거늘. 계속 뜸 들일 거면 나가!"

노인은 서요 일행이 검을 사지 않을 것이란 확신이 들자 호통을 치며 검을 빼앗았다. 가장 훌륭한 검이라는 밑도 끝도 없는 말을 했을 때부터 그들의 수준을 알아봤어야 했다. 노인은 그들의 옷차림이 꽤 고급스러워 혹시나 하는 마음을 가지고 지켜봤었던 것이다.

그들은 결국 노인의 손길에 떠밀려 쫓겨나고 말았다. 먼발치에서 서요 일행을 지켜보던 해문의 병사들은 재빨리 나무 뒤로 몸을 숨겼다.

물론 기상신들이 그것을 놓칠 리는 없었다. 그들이 뭘 하는 게 아니라 지켜보기만 하고 있으니 일단 내버려 두는 것뿐이었다.

"하아…… 정말 짜증나는군. 여기 전부 돌아봐도 마찬가지일 것 같단 생각이 드는데?"

"삼신할미가 우리 골린 거 아니야?"

미르의 말에 가람도 비아냥거렸다. 일이 이 지경에 이르자 가람은 서요를 지키는 일을 중단하고 천상이든 어디든 떠나고 싶다는 생각밖에 들지 않았다.

"일단 둘씩 나눠서 살피고 밤이 늦으면 머물 곳을 찾는 게 좋을 것 같군."

소소는 그리 말하며 당연하다는 듯 서요의 곁을 차지했다. 가람은 모든 게 다 귀찮았고, 미르는 자신의 대답은 듣지 않고 먼저 움직이는 소소와 서요의 뒷모습을 보며 어이가 없어 헛웃음을 지었다.

"뭐야, 저것들은?"

미르는 말을 타는 것부터 시작해서 함께 있는 게 당연해 보이는 둘의 사이가 황당하기 짝이 없었다. 서요를 지키고자 하는 소소의 열의가 대단한 건 알고 있었으나 왠지 모르게 기분이 매우 더러웠다.

하지만 그렇다고 둘을 쫓아가 서요를 데리고 올 이유도 없었기에 미르는 하는 수 없이 가람과 함께 움직였다.

서요 일행을 지켜보고 있던 무리 중 한 명의 병사가 다시 천문관으로 되돌아와 해문에게 고했다. 보고를 들은 해문은 자신의 턱을 쓰다듬으며 되물었다.

"그래. 검을 찾고 있다고?"

해문이 병사의 보고를 받는 곳엔 지필묵과 수많은 서책들이 넓은 나무 탁상 위에 놓여 있었다. 천문관의 관리들은 주로 이곳에서 해문과 함께 집무를 보았다.

병사는 고개를 끄덕였다.

"예. 곧 해가 서쪽으로 넘어갈 것 같은데도 검을 찾는 데 열중하고 있사옵니다."

"흠. 겨슬레로 좋은 농기구나 검을 사러 오는 귀족들이 종종 있으니 이상할 일은 아니지만…… 왜 이리 마음이 찝찝할까."

해문이 긴 혼잣말을 내뱉었다. 병사는 고개를 수그리고 다음 명이 내려오기만을 기다렸다. 해문은 자꾸 고개를 드는 의심 때문에 그들에 대한 관심을 완전히 끌 수가 없었다. 우선 그들의 변명을 들어주는 척하며 동향을 살피는 것까지는 좋았는데, 그럴수록 점점 더 집착하게 되었다.

'분명 유성 따위는 아니건만. 멀리서도 똑똑히 보았고 빛이 떠난 자리에 그녀가 남았는데…… 이대로 놓칠 순 없지.'

해문의 입매가 짓궂게 올라갔다. 역시 어떤 해괴한 짓을 저지를지 알 수 없는 그들을 가만히 둘 수는 없었다.

"전 도저히 모르겠어요. 그냥 아, 엄청 비싸 보이네. 때깔 좋다. 이 정도밖에는……."

서요는 많은 점포를 둘러보아 머리가 어질어질할 지경이었다. 소소 또한 진지하게 명검을 찾기 위해 노력했지만 비싼 검을 선불리 살 수는 없었다.

"제 생각엔, 명검이라는 확신이 들지 않는 이상 이런 식으로는 전혀 찾아낼 수 없을 듯합니다."

서요는 동감한다는 듯 고개를 끄덕였다. 소소는 답답해서 시무룩해진 그녀의 얼굴을 조심히 응시했다. 서요의 눈 속에는 태양처럼 생동감 넘치는 붉은 기운이 맴돌았다. 그녀가 여신인 이상, 분명 많은 능력을 가지고 있을 것이고, 천왕의 딸이기에 오룡거를 탈 수 있는 자격이 주어지는 것일 터였다. 그렇다면 그는 하늘의 임명을 받은 서요만이 오룡을 불러내는 임무를 제대로 수행할 수 있으리라는 생각이 들었다.

"아, 벌써 해가 지고 있네요. 배고프다."

하지만 배를 움켜쥐고 입맛을 다시며 힘들어하는 서요는 아직은 영락없는 인간 같았다. 그때 한 번, 빛을 뿜어냈다고 해도 바뀌는 건 없었다.

"이제 그만 머물 곳을 찾아봐야겠습니다."

소소는 지쳐 보이는 서요를 배려했다. 그러자 서요는 미안하다는 듯 고개를 끄덕이며 미르와 가람을 찾으러 발길을 돌렸다.

그 순간, 검은 그림자가 그들 앞에 드리워졌다. 해문이 말을 타고 등장한 것이었다. 그는 유독 화려한 말 위에서 근엄한 표정으로 그들을 내려다보았다. 그리고 소소와 서요를 지켜보던 병사들도 기다렸다는 듯 거리를 좁히며 다가왔다.

소소는 해문이 올 것이라는 건 예상치 못했는지 인상이 잔뜩 일그러졌다. 서요 또한 깜짝 놀라서 얼굴이 하얗게 질렸다.

"허깨비라도 보았나? 어찌 이리 표정이 좋지 않은 건가."

해문이 여유롭게 말하며 말에서 내렸다. 서요는 그에게서 조선의 세자다운 강한 존재감을 느끼고 마른침을 꿀꺽 넘겼다.

"이곳에는 어쩐 일이시옵니까, 저하."

그녀는 굳어 있던 표정을 펴고 간신히 말했다. 결코 당황하거나 기분 나쁜 기색을 보여선 안 되었다. 그건 소소도 마찬가지인지라, 그는 그저 가만히 고개를 숙이고 있었다.

"낭자를 찾으러 왔지."

"예?"

뭇 여인들이 들으면 굉장히 설렐 말이었으나, 서요는 그 속에서 차가운 느낌을 받았다. 그래서 자신도 모르게 의아한 얼굴로 그를 올려다보았다.

그 순간, 해문이 빠르게 서요에게 다가갔다. 한 척도 되지 않을 만큼 거리가 가까워지자 그녀는 입을 다물고 숨을 멈췄다. 해문은 한쪽 입꼬리를 올리고 씩 웃었다.

"그건 농이고. 낭자도 겨슬레에 무언가를 찾으러 온 모양인데…… 아무래도 찾지 못한 모양이야."

"예."

"그렇다면 찾을 때까지는 머물 곳이 필요하겠지?"

내내 태연한 척하던 서요는 은근히 물어오는 마지막 말에 그만 표정관리를 하지 못했다. 그녀는 한 번 당하고 보니 그가 남을 어떤 식으로 휘두르려 하는지 알 것 같았다. 그래서 서요는 고개를 단호하게 내저었다.

"예. 그렇지만 그건 저희가 알아서 할 문제이옵니다."

서요의 말에 순간적으로 분위기가 썰렁하다 못해 서늘해졌다. 그녀는 자신이 말하고도 깜짝 놀라 다시 고개를 푹 숙였다. 두려운 나머지 해문의 표정을 살필 수가 없었다.

그때 해문이 천문관에서처럼 서요의 어깨 위에 손을 올리고 속삭였다.

"낭자…… 가능하면 내 뜻을 따르는 게 좋을 것이야. 천문관에 머물도록 허락해 주겠다는데."

그녀의 목구멍에 모여 있던 침이 꿀꺽 넘어갔다. 서요는 무서운 그의 음성에 몸이 떨렸다.

바싹바싹 마르는 입술을 깨물고 잠시 고민하던 서요는 이자를 따라간다면 이대로 벗어날 수 없을 것 같다는 끔찍한 생각이 들었다. 게다가 그것이 설사 명검을 찾을 때까지 만이라고 해도, 세자와 한 공간에 있는 건 항상 위험에 노출되어 있는 것과 마찬가지였다. 서요가 이내 생각을 마치고 조용하지만 강하게 말을 내뱉었다.

"그건 싫습니다."

"……뭐라?"

"그곳에서 지내는 건 제 마음이 불편하옵니다."

"그래? 낭자의 일행들은 진작 떠났는데, 낭자만 싫다는 것이냐?"

"……예? 그게 무슨."

황당하기 짝이 없는 해문의 말에 서요는 비단 치마를 그러잡았다. 무엇이든 쥐지 않으면 두려운 마음 때문에 제대로 서 있을 수가 없을 것 같았다.

"오겠느냐?"

해문이 마지막으로 물었다. 서요는 불편한 표정으로 고개를 끄덕였다. 미르와 가람이 떠났다는 말에 결국 그를 따라갈 수밖에 없었다. 소소는 해문의 꿍꿍이를 헤아려 보며 심각한 표정을 지었다.

소소와 함께 말에 올라탄 서요는 입술을 짓씹었다. 표정이 좋지 않은 서요를 본 해문은 역시 수상하다는 생각이 들었다. 찔리는 게 없다면 천문관에서 머무는 걸 이렇게 꺼릴 리가 없었다. 그러고 보면, 볼수록 희한한 구석이 있는 여인이었다. 걸음걸이는 여느 여인들과 달리 조금 남자다웠고, 세자인 자신 앞에서 아까처럼 단호하게 답할 만큼 배포가 있기도 했다.

천문관에 도착한 서요는 직접 대문을 열고 들어가 그들을 불러 젖혔다.

"오, 오라버니! 가람!"

그녀의 눈망울은 불안하게 흔들리고 있었다. 여유작작하게 뒷짐을 지고 걸어온 해문은 그런 서요에게 말을 건넸다.

"먼저 도착해 있다는 얘기는 하지 않았다."

그녀는 황당해서 얼굴이 굳었다. 이건 필시 자신을 속인 것이었다. 서요의 옆에 선 소소는 그의 흑심을 눈치채고 있었다는 듯 한숨을 내쉬었다.

잠시 후, 미르와 가람이 씩씩대며 병사들과 함께 걸어 들어왔다. 그들의 얼굴은 불구대천의 원수를 만난 듯 매우 험악하게 일그러져 있었다.

"이게 어떻게 된 거예요?"

그녀가 분해서 아랫입술을 꽉 깨물고 미르에게 물었다.

"괜찮아?"

그 또한 동시에 물어보며 무사한 서요를 보고 가슴을 쓸어내렸다. 미르와 가람은 명검을 찾는 도중에 병사들이 압박하며 다가오자 그들을 처치할 마음까지 먹고 있었다. 그러나 병사들의 한마디에 그들을 따라 이곳으로 올 수밖에 없었다.

'당신의 누이는 이미 천문관에 있는데, 가지 않으시겠단 말씀입니까?'

서요와 미르는 같은 이야기를 듣고 같은 선택을 한 것이었다.

"이게 대체 무슨 짓이란 말입니까!"

결국 참다못한 미르가 분통을 터뜨리자 해문의 주위로 병사들이 집결했다. 해문은 병사들을 물리며 화가 난 미르에게 다가갔다.

"내 호의를 베풀어주겠다는데, 어찌 이리 불충한 모습을 보일까?"

"호의 같은 소리 하고 자빠졌네!"

해문의 말에 미르가 한껏 비아냥거렸다. 그러자 소소는 그 자신도 화가 났음에도 불구하고 미르의 행동을 저지했다. 세자의 앞에선 참고 인내하는 수밖에 없었다. 여기서 힘이라도 썼다가는 그날로 왕검 자민의 귀에 들어갈 것이고, 그들에게 쫓기게 되면 네 개의 임무를 수행하기가 어려울 것이었다.

해문은 처음 보았을 때부터 소소와 가람과 달리, 미르가 매우 건방지다는 생각을 하며 인상을 찌푸렸다.

"입이 아주 거친데 정말 한때나마 귀족가의 자제가 맞긴 한 건가? 또 겨슬레에서 뭔갈 찾는다면서 이리 나오는 걸 보니 내게 숨겨야 할 것이라도 있나 보구나."

해문은 그의 행동을 결단코 용서할 수 없었다. 마음 같아서는 왕족을 모욕한 죄로 그를 옥사에 가두고 싶었다. 그리해도 문제 될 것은 없었으나, 이들의 정체를 확인하려면 좀 더 두고 봐야 할 것 같았다.

해문의 말에 미르는 아차 싶었다. 그의 의심이 이러한 상황을 만들었다는 걸 알면서도 더한 꼬투리를 잡혀 버리고 말았다. 해문은 역시 보통내기가 아니었다.

"아무런 조건 없이 베풀어주심에 감사드릴 뿐이옵니다."

소소는 얼어붙은 상황에서 재빨리 허리를 숙였다. 아무래도 명검을 찾아 떠나지 않는 이상 세자와 엮이지 않을 방법은 없는 듯했다. 그는 안 되는 건 빠르게 포기해야 뒷일을 도모할 수 있다고 생각했다.

소소처럼 물러나야 할 때라는 걸 깨달은 서요가 입안을 깨물며 간신히 대답했다.

"그만하십시오. 물건을 찾을 때까진 이곳에 머물고 그 후엔 떠나겠습니다. 그것이 세자 저하께서 원하시는 일이라면 말이죠."

그녀의 목소리는 담담하며 강단이 있었다. 해문은 그런 서요에게 더욱 호기심이 들었다.

"낭자가 그리 말해주니 고맙군."

상황이 이렇게 되어버리자 미르는 심통이 났음에도 자신의 감정을 최대한 자제하는 수밖에 없었다. 그렇지만 사사건건 끼어들며 화나게 만드는 해문이란 인간에 대해선 치가 떨렸다.

그들은 각자 복잡한 마음을 안고 전날 밤 머물렀던 방으로 들어갔다. 그 길은 분명 모래바람이 일던 겨슬레의 저잣거리보다 깨끗했지만 그들에겐 불편하기 짝이 없었다.

휘영청 보름달이 뜬 밤.

서요는 잠이 오지 않아 창호지 문을 살짝 열고 하늘을 올려다보았다. 밥을 먹는 것도, 씻는 것도 따로였기에 기상신들을 마주할 일이 별로 없었다. 미르는 화를 잘 다스렸을지, 소소와 가람은 어떤 얼굴을 하고 있을지……. 그녀는 걱정하며 한숨을 내쉬었다.

"쓸쓸하다."

서요의 입에서 약한 소리가 흘러나왔다. 여인의 몸으로 지내기에는 천문관이 좋다는 걸 알면서도 마음은 언제나 불안했다.

"언제 이렇게 정이 들고, 기대게 된 거지."

서요가 기상신들을 생각하며 한탄했다. 어렸을 땐 대신관과 무당 어머니에게, 지금은 기상신들에게 기댔다. 서요는 도망치면서 살아왔음에도 늘 씩씩했다. 어떻게든 살아남기 위해 애써 악착같이 굴었지만 그래도 가끔 주눅 들고 나약한 마음이 드는 건 어쩔 수 없었다.

그녀의 한숨이 짙어질 때였다.

"나와."

익숙한 목소리와 함께 눈앞에 태산처럼 커다란 그림자가 드리워졌다. 그녀가 고개를 들자 굳은 얼굴을 한 미르가 보였다.

"미르님?"

미르는 어리벙벙한 서요의 손을 잡고 무작정 나왔다. 늦은 밤이라 모두 잠들었는지, 천문관에는 고요한 기운만 감돌았다. 그녀는 그가 왜 이러는지 알 수가 없었다.

"어디 가시는 거예요, 네?"

미르가 향한 곳은 본채 바로 뒤편에 위치한 작은 후원이었다. 그곳엔 매화나무가 흐드러지게 피어 있었다.

"예쁘긴 한데. 여긴 왜요?"

"감상하라고 데리고 온 거 아니야."

미르는 감탄 어린 서요의 말을 차갑게 잘랐다. 그녀는 심각해 보이는 그의 모습에 입술을 꾹 깨물었다. 대체 무슨 일인가 해서 그녀가 조금 긴장한 얼굴로 물었다.

"그럼요?"

"이렇게 된 이상 명검을 찾기 전엔 적과의 동침이야."

"그건 저도 알고 있어요."

아직 하루도 지나지 않았지만 서요도 걱정되긴 마찬가지였다.

"머무는 방이 꽤 멀리 떨어져 있어……."

미르는 말끝을 흐리며 서요의 한쪽 팔을 잡고 제 품으로 끌어당겼다. 그러자 그녀의 몸이 단숨에 미르 쪽으로 이동했다.

"어맛!"

매화 꽃잎이 흩날려서 그런지, 서요는 가까이 있는 그에게서 달달한 매실 향이 나는 것만 같았다. 그녀의 얼굴이 확 달아올랐다.

"뭐, 뭐 하시는 거예요!"

당황한 나머지 서요가 한쪽 손으로 얼굴을 가리고 앙칼지게 소리쳤다. 그녀는 그와 너무 가까이 마주하고 있는 것 같아서 불편했다.

"천문관에서 머무는 동안 정신 바짝 차려야 해."

그런 서요에게, 미르는 진지한 목소리로 말했다. 그녀의 얼굴로 그의 따뜻한 숨결이 날아왔다. 농이 아니라는 것을 깨달은 서요는 천천히 고개를 끄덕였다. 미르는 지금 상황이 그다지 유쾌하진 않았지만 혹시 모를 상황을 대비하려 했다.

"지금부터 너한테 호신술을 알려줄 거야. 가까운 곳에 있지만 같은 공간은 아니니까. 네 몸을 스스로 지킬 줄 알아야 해."

서요는 뜻밖의 말에 눈을 동그랗게 떴다. 오랜 시간 동안 남장을 하고 살아왔지만 호신술을 배워본 적은 없었다. 그리고 그녀는 미르가 자신을 챙겨주는 것에 부끄러운 마음이 들었다.

'처음 만났을 땐 이런 분위기가 아니었는데…….'

서요는 당당하고 남자다우며 섬세하게 위해주는 모습까지 보여주는 그가 참으로 신기했다.

"자, 집중하고."

미르가 그녀를 바라보았다. 그는 천문관에서 당분간 머물기로 결정한 후 계속 방에 혼자 있을 서요가 신경에 거슬려서 어쩔 수가 없었다. 얼른 몇 가지 알려주고 방으로 돌아가리라 다짐한 미르가 입을 열며 서요의 손을 낚아챘다.

"이렇게 손이 잡히면."

서요는 팔목에 이어 다시 맞닿은 살결에, 훈련인데도 불구하고 집중하지 못했다. 불편하고 어색해져서 시선을 마주하지 않자 그는 눈썹을 추켜세우며 강한 목소리로 설명했다.

"잡히지 않은 손과 잡힌 손을 마주 잡은 후 손목을 몸통 쪽으로 꺾고 탈출하는 거야."

그가 가볍고 유연하게 빠져나가자 맞잡았던 손의 온기는 온데간데없이 사라졌다. 서요는 너무도 진지한 미르를 보며 침을 꿀꺽 삼켰다.

"똑같이 해봐."

미르가 말하며 그녀의 손을 실제 상황처럼 거칠게 가져갔다. 서요는 이것이 그가 재연하는 위기 상황이라는 것을 깨닫고 우선 고개를 끄덕였다. 그녀는 그가 했던 대로 똑같이 움직여 보았다. 그러나 서요를 잡은 미르의 손은 전혀 미동이 없었다. 오히려 미르 쪽에서 다시 힘을 주어 당기자 그녀의 몸이 앞으로 끌려갔다.

깜짝 놀란 서요는 어찌할 바를 몰랐다. 몸이 제멋대로 앞으로 튕겨져 나가더니 그녀는 자신의 의지와는 상관없이 한 걸음, 두 걸음 빠르게 내딛게 되었다. 점차 미르와 서요의 몸이 가까워졌다. 그리고 순식간에, 그녀의 입술이 미르의 단정한 입술에 닿았다.

당황한 그들의 눈이 정면에서 마주쳤고, 포근하고 이상야릇한 느낌이 입술에서 맴돌았다. 갑작스러운 일에 그들의 심장은 격렬하게 뛰기 시작했다.

조용한 후원에는 향긋한 매화 꽃잎이 흩날렸다. 서요와 미르는 숨이 멈춘 듯, 그 자리에서 꼼짝도 할 수 없었다.

'이게 대체 무슨 일이지?'

미르는 갑자기 맞닿은 서요의 입술이 너무도 보드라워서 정신을 차릴 수가 없었다. 서요 또한 쓰러지듯 그에게 안겼기에 미르의 심장 박동 소리가 너무도 가깝게 들렸고, 따뜻한 그의 숨결이 느껴지자 발끝에서부터 오묘한 감각이 치솟았다.

'이상해! 이상하다고! 심장은 왜 이렇게 뛰는 거야!'

부끄러운 감정이 밀려들자 그녀는 재빨리 자신의 입술을 손으로 가리고 미르에게서 떨어졌다.

"죄, 죄송해요!"

당황한 얼굴로 뒷걸음질하던 서요는 얼른 도망을 갔다. 그는 그녀를 잡으려고 손을 뻗었다가 이내 복잡한 표정으로 내렸다. 잡는다 해도 지금 할 수 있는 말이 없었다. 후원에 홀로 선 미르는 가슴에 손을 올리고 튀어나올 것처럼 격렬하게 뛰어대는 심장을 진정시켰다.

"내가 미친 건가."

그는 자신의 머리를 헝클어뜨리고 담장에 등을 기댔다. 그저 사고일 뿐인데, 미르는 스스로도 놀랄 만큼 동요하고 있었다.

엉겁결에 다가오는 서요의 얼굴. 제 가슴에 닿았던 작은 손, 놀라서 커진 귀여운 눈동자와 따뜻하고 도톰한 입술까지……. 그 장면이 각인이라도 된 듯 계속해서 미르의 머릿속에 떠다녔다.

그는 여인이 익숙한데도, 사고에 가까운 짧은 입맞춤에 온몸이 반응하는 것이 당황스러웠다. 지금까지 서요를 특별하게 생각해 본 적이 없었다. 그는 심각한 얼굴로 깊은 상념에 빠졌다.

'괜히 이런 짓을 했나.'

신경 쓰지 말걸 그랬다고 후회했지만 미르는 한참 동안이나 후원에 머무르며 아까의 감각을 곱씹었다.

세차게 뛰는 심장이 당혹스러워 더 필사적으로 달렸던 서요는 방에 도착하자마자 문을 세게 닫았다. 그녀는 혹시라도 미르가 자신을 따라오기라도 할까 봐 겁이 났다.

"하아, 하아…… 무슨 짓을 한 거지?"

서요는 급하게 자신의 입술을 손가락으로 매만졌다. 따스했던 그의 입술 감촉이 아직도 뇌리에 선명하게 남아 있었다. 그녀는 이불에 얼굴을 처박고 소리를 질렀다.

"끄아아악!"

그녀는 병사들로부터 도망칠 때와 집에 먹을 것이 떨어졌을 때, 그리고 산속에 숨어 살 때를 제외하고 이렇게 초조한 감정을 느껴본 적이 없었다. 지금껏 살아남기 위해서라도 남장을 하고 남자들과 어울렸던 만큼, 여인의 입장에서 이런 일을 겪은 건 처음이었다. 그래서 그녀는 더욱 어찌할 바를 모르고 발을 동동거렸다.

"이번 생은 망했어! 아, 앞으로 미르님 얼굴을 어떻게 보지."

벌게진 얼굴을 이불 속에 숨겨 버린 서요는 앞으로의 일이 두렵기만 했고, 이 혼란스러운 마음은 차마 무엇이라 정의 내릴 수조차 없었다. 입술이 닿자마자 전류가 흐르는 것처럼 짜릿했던 감각이 자꾸 되살아나서 그저 민망하기만 했다.

서요는 그날 밤 내내 뒤척이며 잠을 제대로 이루지 못했다. 그건 한참 동안이나 후원에 서 있다 방으로 돌아간 미르도 마찬가지였다.

다음 날 아침.

하루라도 빨리 명검을 찾아야 했기에 다시 겨슬레로 내려간 그들의 분위기는 평소와 다르게 매우 딱딱했다. 그건 조잘조잘 떠들어대던 서요의 밝은 목소리가 없어진 것이 주원인이었고, 미르의 표정이 살벌하다 못해 완전히 굳어버린 것도 문제였다.

"왜 그래? 싸웠어?"

가람은 그 옆에서 고개를 이리저리 돌리며 상황을 살폈다. 그런데도 서요는 그저 고개만 푹 숙이고 있었고, 미르는 모르쇠로 일관하며 외면했다.

"거참, 분위기가 왜 이래!"

가람이 성을 내는 사이, 소소는 전과 다르게 미르의 눈치를 보는 서요를 이상하게 바라보았다. 그는 대체 그 둘에게 무슨 일이 있었기에 이토록 사이가 어색해졌는지 알 수가 없었다.

"난 혼자 찾으러 간다."

그때 저자로 들어선 미르는 그 한마디를 쌀쌀맞게 내뱉고는 발길을 돌렸다. 가람이 그 뒤를 다급하게 좇았고, 서요는 멀어지는 미르의 뒷모습을 보며 한숨을 내쉬었다.

미르의 얼굴을 보는 것이 민망하여 방 밖으로 나오기 싫었던 그녀는 그가 이처럼 나올 것이라 예상하였음에도 불구하고 한 치의 어긋남 없이 이루어지자 마음이 울적했다. 어젯밤 일은 사고였고, 누군가의 잘못이라 볼 수도 없었다. 미르가 의도해서 한 행동도 아닐뿐더러 서요 자신 또한 마찬가지였다. 그런데도 상황이 이렇게 되어버리자 그녀는 이상하게 속이 상했다.

"무슨 일이라도 있었습니까?"

소소는 한참의 고민 끝에 그녀에게 물었다. 그가 보기에 서요는 매우 기분이 상하는 일이 있는 것 같았다.

"아, 아뇨. 아무 일도 없었어요."

서요는 별것 아닌 말에도 사색이 된 얼굴로 두 손을 휘저었다. 그녀는 그럴수록 더 이상해 보인다는 것을 모르는 듯했다.

서요는 미르와 어색해지는 건 어쩔 수 없는 일이라고 여겼으나 막상 그가 자신을 무시하고 피하는 게 보이자, 미르가 우연히 입맞춤한 게 하필 자신이라는 것을 매우 싫어하는 것처럼 느껴졌다.

'그게 맞겠지. 나라서 저렇게 싫어하는 거겠지.'

결국 서요는 소소와 함께 다니면서도 명검을 찾는 일에 집중하지 못했고, 해가 질 무렵 아무런 소득 없이 천문관으로 돌아가게 되었다.

기운이 매우 없어 보이는 서요를 얼른 쉬게 해주고 싶은 마음에 소소의 발걸음이 빨라졌다. 그들이 서요의 방 앞에 다다랐을 때, 환관이 앞을 막아섰다.

"따라오십시오."

서요는 영문을 몰라 고개를 갸웃했다.

"예?"

"세자 저하께서 환영 만찬을 준비하셨습니다."

환관의 뜬금없는 소리에 서요는 어리벙벙해졌다. 환영 만찬은 그녀에게 하등 필요가 없었다. 그저 쥐죽은 듯 조용히 머물다가 명검을 찾고 떠나면 그뿐이었다.

하지만 해문은 그럴 생각이 전혀 없는 듯했다. 서요는 다시 한 번 재축하는 환관 때문에 어쩔 수 없이 그의 뒤를 따라가며 초대받지 못한 소소에게는 걱정하지 말라고 말했다. 소소는 자리에 남아 이를 악물었다.

그녀가 환관의 안내를 받아 향한 곳은 천문관 내의 작은 정자였다. 서요는 해문을 보자 긴장한 얼굴로 착석했다.

"저, 다른 분들은?"

그녀는 해문에게 조심스럽게 물었다. 그와 단둘이 하는 식사라면, 긴장감 때문에 음식을 전혀 먹지 못할 것 같았다.

"누구를 말하는 것이냐? 하찮은 노비? 아니면 무사?"

"하찮다고 하지 마십시오."

그녀가 울컥했고, 해문은 그런 서요를 신기하다는 듯 바라보았다. 해문이 생각하기에 미르라는 건방진 남자도 그랬지만, 서요 또한 일반적인 귀족가 규수 같지 않았다. 그깟 노비를 하찮다고 표현한 것에 이리도 발끈하니 말이다.

"그놈이 낭자의 친우라도 돼?"

해문이 이해할 수 없다는 듯 미간을 찌푸렸다.

"그건."

"자꾸 그러니까 더 수상하잖아."

그는 상 위에 턱을 괴고 서요를 지그시 바라보았다. 눈을 가늘게 뜬 해문은 마치 먹잇감을 노리는 뱀처럼 섬뜩한 얼굴이었다.

그는 그녀가 희한한 빛을 냈던 것이 확실한 만큼 다른 장군들처럼 구슬을 던져서 신녀인지 확인해 봐야 하나 싶기도 했다. 그러나 해문은 구슬의 힘 따위는 믿지 않았으며, 구슬 따위로 신녀를 구분한다는 것은 신빙성이 없다고 생각했다.

그렇다 해도 서요가 정말 용미촌에서 도망쳤다던 그 신녀가 맞다면 자민의 지독한 집착에 언젠가는 큰 위험에 휩싸일 수도 있었다.

'과연 그게 옳은 일일까?'

신권을 향한, 백성들의 맹목적인 믿음을 바꾸지 않은 채 신녀를 죽이기만 한다면 엄청난 반발을 불러일으키기만 할 것이었다. 해문은 그것도 걱정되었다.

서요는 점차 해문의 분위기가 험악해지자 얼른 마음을 가다듬었다.

"수상할 것은 없습니다. 다만 오래전부터 함께한 소중한 가족이어서 그런 것뿐입니다."

"가족이라……. 낭자의 진짜 가족이 저기 오고 있군."

진짜 가족이라는 말에 서요는 의아한 표정을 짓고 있다가 저 멀리서 불퉁한 표정으로 걸어오는 미르를 보고 사색이 되어버렸다. 해문은 일단 확실하지 않은 그녀의 정체에 대한 것은 차치하고, 이 자리를 빌려 우선적으로 확인하고 싶은 것이 있었다.

아무리 봐도 전혀 남매 같지 않은 서요와 미르가 왜 같이 다니면서 검을 찾는지, 해문은 그 이유가 궁금했다. 해문은 팔짱을 단단히 끼고 그들의 표정을 면밀히 살펴보았다.

"하루 사이에 오라비와 척을 지기라도 한 것이냐?"

"아, 아닙니다."

그의 물음에 서요는 조금 더듬거렸다.

한편 미르는 겨슬레에서 서요가 소소와 함께 먼저 가버렸다는 것을 알게 되자 심란한 마음을 감출 수가 없었는데, 천문관에 도착하자마자 해문이 준비한 환영 만찬에 서요가 불려가 있다는 소리를 듣고 더 화가 나버렸다. 음흉한 세자와 서요가 단둘이 있다는 생각만으로도 그의 심장이 쿵 떨어졌다.

"무엇하러 세자 저하께서 저희와 겸상을 하려고 하십니까."

정자로 올라선 미르는 바로 쏘아붙이며 해문의 검은 의도를 들춰내고자 했다. 해문은 그러거나 말거나 어깨를 으쓱했다.

"천문관에서 함께 지내는 사이인데 이 정도 호의는 베풀어줄 수 있지."

"아, 그렇습니까. 그럼 감사히 먹겠습니다."

미르는 더 이상 도망치고 싶지 않았다. 서요가 불편한 건 사실이었으나 그렇다고 그녀를 해문과 단둘이 남겨둘 수는 없었다. 서요는 미르가 제 옆에 앉자 긴장한 티를 내지 않으려고 노력했다. 그녀는 억지로 입가를 끌어당겨 보았지만 그 때문에 얼굴이 더 괴상하게 일그러지고 말았다.

해문은 딱 보아도 어색한 서요를 보며 웃음이 날 것만 같았다. 저토록 얼굴에 감정이 다 드러나는 걸 보면 아직 어린 여자아이는 맞는 것 같았다.

그가 가볍게 웃자 서요가 물었다.

"왜 웃으십니까."

"낭자의 얼굴을 보니 웃지 않을 수가 없지."

강렬한 그의 눈매가 호선을 그렸고, 입에선 또다시 남자답게 호탕한 웃음소리가 튀어나왔다. 서요는 항상 서늘하고 무서운 해문의 표정만 보아서 그런지 이 상황이 너무도 적응되지 않았다.

미르는 묘한 눈길로 서요를 살피는 해문이 마음에 들지 않았다. 생각 같아선 밥상을 뒤엎고 그를 하늘 너머로 날려 보내고 싶었다. 미르가 젓가락을 상 위에 거칠게 내려놓았다.

"식사하시지요. 음식이 다 식겠습니다."

미르는 서요는 그만 살피고 밥이나 목구멍으로 처넣으라는 뜻을 담은, 살벌한 말을 내뱉었다. 해문은 그 뜻을 간파하기라도 한 듯 냉담한 표정으로 식사를 시작했다.

"맛이 어떠하냐?"

그러나 그는 한입 먹더니 서요에게 또 말을 걸었다.

"정말 맛있습니다. 감사합니다."

"다행이군. 그런데 어떤 검을 찾고 있는 것이냐? 대체 무엇이기에 그토록 열심히 찾는지 궁금하군."

해문은 뜸 들이지 않고 바로 본론을 꺼냈다. 그는 그들이 대체 무슨 일을 하려고 하는지 알아낼 생각이었다. 서요가 어찌 말해야 좋을지 잠시 생각하고 있을 때, 미르가 대신 답했다.

"숙부께서 돈에 눈이 멀어 겨슬레의 점포에 가보를 파셨습니다. 그것을 찾는 중입니다."

"그래? 그것 참 안타까운 사연이구나."

미르는 미리 준비해 놓기라도 한 것처럼 대답했고, 해문 또한 더 깊숙이 파고들지 않고 넘어가 주었다. 서요는 남몰래 안도의 숨을 내쉬며 호화스러운 음식을 먹었다. 그녀는 신경전을 벌이는 두 사내 때문에 마음은 불편했지만, 배만큼은 풍족하게 가득 찼다.

처음엔 깨작거리던 서요가 이젠 그와 미르가 어떤 이야기를 하든 복스럽게 먹자, 해문이 다시 한쪽 입꼬리를 올렸다. 자꾸 피식 웃음이 나게 하는 여인이었다.

"남매인데도 두 사람은 참…… 외모부터 성격까지 닮은 곳이라고는 전혀 보이지 않는군."

그가 정말로 이상하다는 듯 말했다. 잘 벼른 칼처럼 날카로운 미르와 순하면서도 활발하며 당찬 서요는 전혀 닮은 곳이 없었다. 차라리 물과 기름 사이라고 하는 게 더 들어맞았다.

"평소에도 그런 말 많이 듣습니다. 하나."

미르가 긴장한 서요의 어깨를 한 팔로 감싸 안았다.

"사랑하는 제 누이인 것은 변함없습니다."

'사랑하는……'

서요는 순간적으로 그 말에 반응해 침을 모아 삼켰다. 그러나 미르가 해문 앞에서 어쩔 수 없이 거짓을 말하느라 얼마나 힘이 들까 하는 생각이 들자, 서요는 굳은 표정으로 시선을 피했다. 연기에 동조하지는 못할망정 큰일을 만들고 싶지는 않았다.

위태로운 저녁 식사가 끝이 났다. 서요는 해문을 향해 꾸벅 인사하고 재빨리 자리를 피하려 했다. 하지만 해문이 유유한 몸짓으로 다가오더니 그녀의 팔을 잡았다.

"밤이 되었으니, 낭자는 나와 함께 갈 곳이 있다."

"네? 어디를요?"

그녀는 당황한 나머지 한 발 뒤로 물러나며 되물었다. 그러나 해문은 그녀의 팔을 잡고 있던 손을 내려 급기야 손을 붙들더니 거침없이 천문관을 나섰다.

"왜, 왜 이러십니까!"

세자를 보좌하는 환관과 호위무사만이 해문의 뒤를 따랐다. 미르는 해문이 갑자기 서요의 손을 잡고 나가 버리자 그들의 뒤를 쫓으려 했지만, 대문을 지키는 병사들에게 막혀 그러지 못했다. 해문이 대체 무슨 속셈으로 그녀만 데리고 나가는 지 알 수가 없었던 미르는 화가 부글부글 끓었다.

"젠장! 저 망할 자식을! 내가 그런다고 못 갈 줄 알아?"

미르는 포기한 척, 방으로 되돌아가다가 담장 아래에서 구름이 되어 사라졌다. 그는 지금 상황이 용미촌에서 서요의 뒤를 졸졸 쫓아다니던 때와 다를 바가 없다는 생각이 들어서 부아가 치밀었다.

3장
넘쳐흐른 마음

"저하! 저하! 대체 어디를!"

서요는 엄습하는 두려움에 입술을 짓씹으며 외쳤다. 해문은 들판을 빠르게 걷다가 서요의 목소리가 커지자 걸음 속도를 늦추었다.

"별을 보러 가는 것이다."

"관측은 천문관 누각에서 하지 않으셨습니까?"

서요가 의아한 얼굴로 물었다. 그녀는 해문과 단둘이 있는 것이 미칠 정도로 불안했다.

"그렇지. 잘 아는구나. 다만 내가 오늘 밤에 보려는 별은…… 아주 특별한 것이다."

해문이 드디어 걸음을 멈췄다. 도착한 곳은 며칠 전 서요 일행이 머물렀던 들판이었다. 해문이 그때까지 잡고 있던 서요의 손을 놓고 손가락으로 서쪽 하늘을 가리켰다. 밤하늘을 수놓은 별들은 환상적인 빛을 쏟아내고 있었다.

"서쪽 하늘에서 유성이 떨어졌다고 했지."

"예, 예."

서요가 잔뜩 긴장한 채 대답했다.

"이번에는 내 앞에서 직접 해보아라."

해문의 목소리에 서요의 동공이 확장되었다. 그녀는 그가 대체 무슨 말을 하는지 알아들을 수가 없었다.

서요가 이해할 수 없다는 얼굴로 서 있기만 하자 그가 그녀를 천문관에 붙잡아두었던 결정적인 이유를 끄집어냈다. 그는 자신의 눈으로 직접 보았던 그 광경을 다시 한 번 확인해 보고 싶었다.

"어디 한 번 유성처럼 떨어져 보란 말이다."

서요는 당혹스러운 그의 말에 진땀을 흘렸다. 그녀는 갑자기 별을 보러 가는 게 이상하다고 생각하긴 했지만 이런 이유일 줄은 꿈에도 몰랐다. 망치로 머리를 얻어맞은 것처럼 어질어질해진 서요는 그 자리에서 우두커니 서서 해문의 사나운 눈빛을 받고 있는 수밖에 없었다.

'이대로 저 눈빛에 녹아 없어져 버릴 것만 같아.'

그는 역시 그때의 일을 마음속에 담아두고 있었다. 천문관에서 지내라 했던 것은 모두 그녀의 정체를 캐기 위한 유도였던 것이다. 그를 향한 분노와 함께 두려움이 생기자 서요의 호흡이 가빠졌다. 그녀는 간신히 숨길을 바로잡은 후 입을 열었다.

"유성을 보며 소원을 빈 것뿐이라 말씀드리지 않았습니까. 스스로 빛을 내는 건 불가능한 일이옵니다."

"그리 우겨도 소용없다. 내가 그 허무맹랑한 말을 정말 믿고 넘어가준 줄 아느냐?"

"이리하든, 저리하든 세자 저하께서는 무엇이 그리도 궁금하신 겁니까!"

주먹을 꽉 쥐고 부들부들 떨던 서요가 기어코 윽박을 질렀다. 해문은 당차다 못해 건방진 그녀를 보고 실소를 머금었다. 미르와 닮은 곳이라고는 하나도 없는 줄 알았는데, 참다못해 발끈하는 점은 비슷했다.

"꼭 상참 때 전하께 따지는 대신들을 보는 것 같구나. 아니, 그보다 더해. 왜냐면 아주……."

해문이 허리를 반쯤 숙여 서요와 눈을 맞췄다.

"방종하기까지 하거든."

해문의 자줏빛 눈동자가 음산하게 가라앉았다. 그의 낮은 목소리에 서요는 모골이 송연해져 두 손을 가지런히 모으고 사죄했다.

"방금 일은 제 시, 실수이옵니다. 용서해 주십시오. 저하."

그는 바로 꼬리를 내리는 서요를 흥미롭게 바라보았다. 해문은 그녀가 어떤 사람인지, 정말로 궁금해졌다.

들판에 선 그들을 향해 사늘한 밤바람이 불어왔다. 서요는 오한이 들자 작은 어깨를 가련하게 떨었다. 해문은 표정을 조금 풀고, 그저 순수하게 궁금하다는 듯 물었다.

"그렇다면 솔직하게 말해보아라. 낭자는 대체…… 어떤 사람인가?"

서요는 강건한 그의 얼굴을 올려다보며 눈알을 데구루루 굴렸다. 한참 후에 그녀의 입술이 열렸다.

"저는 그저 별 보기를 좋아하는 평범한 여인일 뿐이옵니다."

서요의 음성이 차분하게 이어졌다. 그녀는 실제로 습관처럼 하늘의 별을 바라보곤 했다. 그리고 해문이 의심했던 그때는 강해지고 싶다는 소원을 빌고 있었다.

"실망스러운 대답이군."

해문이 진지한 서요의 표정을 보며 안타깝다는 듯 중얼거렸다. 그는 그녀를 더 몰아붙여야 할까 싶었지만, 어느새 하늘을 올려다보고 있는 그녀의 모습이 어쩐지 애틋해 보여 그만두기로 했다.

"그렇습니까? 하나 그건 분명한 사실이고, 저하께서도 그리 믿고 싶으실 겁니다."

서요가 해문의 눈을 똑바로 마주했다. 그녀는 그의 의심을 어떻게든 가라앉히려면 여기서 움츠러들거나 시선을 피해서는 안 된다고 생각했다.

해문은 그게 무슨 소리인가 싶어서 흥미로운 얼굴로 물었다.

"그리 믿고 싶을 것이다? 어찌 그렇게 생각하느냐?"

"그건 저하께서 지금껏 하신 말씀을 떠올려 보면 알 수 있습니다. 말도 안 되는 술수를 부렸다며 제게 분노하지 않으셨습니까. 술수든 뭐든 그것이 하늘의 현상이라면 모를까, 한낱 인간이 했다고 여기고 싶진 않으시겠죠."

서요는 똑 부러지게 말했다. 해문은 세자인 자신을 상대함에 있어 그런 태도가 제법이다 싶어서 피식 웃었다.

"그런 저하의 올바른 신념대로 저를 믿어주십시오."

서요가 당차게 말하며 고개를 숙였다. 미신을 믿지 않는 신념대로, 제 말을 믿어달라는 부탁이었다. 해문은 단정한 서요의 뒤통수를 바라보며 묘한 표정을 지었다. 올바른 신념이라 표현한 것은 꽤 마음에 들었지만, 그렇다고 해도 그녀를 완전히 믿을 순 없었다. 그러나 그의 마음속에 한 가지 생각이 자리 잡았다.

"낭자가 어떤 사람인지 더 알고 싶어졌어."

해문은 이상하게도 그녀와 함께 있는 게 전혀 불편하지 않았다. 게다가 의심이 가는 구석이 많은 데도 본능적으로 서요가 나쁜 사람은 아닐 것이란 생각이 들며, 자꾸 웃음이 나왔다.

"예?"

그녀는 그게 무슨 소리인가 싶어서 되물었다. 굽이굽이 흐르는 은하수의 빛이 해문의 아름다운 얼굴 위로 쏟아지고 있었다. 서요는 상쾌하게 웃는 그를 보고 당황스러운 표정을 지었다. 이제 그만 놓아달라는 뜻이었는데, 어째서 더 궁금해하는지 알 수가 없었다.

"별 보기를 좋아한다면 잠시 걷자꾸나."

해문이 그리 말하며 서요의 옆에 섰다. 이번에는 그도 우악스럽게 손을 잡고 끌고 가지 않았고, 그녀의 보폭에 걸음을 맞췄다. 평화롭고 고요한 분위기에 서요는 두려운 마음이 조금 가라앉았으나 제 방으로 돌아가고 싶은 건 여전했다.

"내가 왜 그리 생각하는지는 궁금하지 않은 것이냐?"

뒷짐을 지고 여유롭게 산책하던 해문이 은근슬쩍 물었다. 그는 다른 신하들에게도 항상 강조하는, 그 올바른 신념에 대해서 이야기하고 싶었다. 그건 그녀와 말이 꽤 잘 통할 것 같다는 생각이 들어서이기도 했다.

서요는 해문이 그런 식으로 반응할 줄은 몰랐던 터라 얼른 고개를 내저었다.

"아닙니다. 말씀해 주십시오."

"나는 눈에 보이지 않는 건 절대 믿지 않는다. 어렸을 적에도 신탁이라 내려오는 것들을 그저 망측하다 여겼지."

'세자는 그럼 무작정 신권을 부수고 왕권을 강화시키고 싶은 게 아닌 거야?'

서요는 조금 뜻밖이라고 생각하며 우아한 그의 얼굴을 곁눈질했다. 그는 진지하게 말을 이어나가고 있었다.

"그러다 점차 신문물을 받아들이고 조선의 상황을 살펴보며 깨닫게 되었다. 미신을 맹목적으로 믿는 풍토가 조선 사회를 더욱 열악하게 만든다는 것을."

그의 말에 서요가 궁금해서 물었다.

"그것이 어찌 조선 사회를 열악하게 만든단 말입니까?"

"주체적으로 문제를 해결할 생각을 하지 않고 그저 신에게 기도만 하면 될 것이라 생각하는 게 어찌 나라의 발전에 도움이 되겠느냐?"

해문이 바로 엄중하게 반박하자 서요는 할 말을 잃어버렸다. 그녀는 대신관과 무당의 밑에서 자라왔으며, 실제로 기상의 신들을 본 만큼 해문의 생각이 참으로 신선하게 느껴졌다. 그는 훗날 그 확고한 신념으로 많은 사람의 지지를 받는 왕이 될 수 있을 것 같았다.

신을 믿지만 그의 판단을 우습게 여길 순 없었던 서요는 고개를 끄덕였다. 해문은 더 자세하게 설명했다.

"기우제를 통해 비를 내리게 해달라고 비는 것보다는 현실을 직시하고 어찌해야 흉작의 규모를 그나마 축소할 수 있는지 고민하는 게 더 빨리 재앙에서 벗어날 수 있는 길이라는 말이다. 매달 강수량을 측정해 어느 달에 비가 많이 오는지 알아내면 홍수를 대비할 수 있을 것이며 풍작을 이끌어낼 수 있는 방법 또한 찾게 될 것이다."

그는 자신의 생각이 옳다고 여겼기에 더 많은 사람들에게 이 이야기를 설파하고 싶어 했다.

해문의 의지가 느껴지는 언사에 서요는 잠시 멍하니 그를 올려다보았다. 처음에 그녀는 그를, 그저 미신을 극도로 싫어하는 무섭고 음흉한 사내라고만 생각했다. 그런데 서요가 의심을 피하기 위해 둘러댔던 올바른 신념이란 것이 실제로 해문에게 존재했다. 그는 진정으로 조선을 위하고 있었다.

"저하. 제가 감히 한 말씀 올려도 되겠습니까."

서요의 고동색 눈동자가 초롱초롱하게 빛났다. 해문은 갑자기 진지해진 서요의 분위기에 잔잔한 미소를 지으며 고개를 끄덕였다.

"저하께서는 훗날 백성들의 존경을 받는 성군이 되실 겁니다."

서요는 진심을 다해 말했다. 그녀는 지금껏 해문이 자민의 아들이기 때문에, 아비와 같은 생각을 가졌을 거라 생각해서 그가 싫고 무서웠다. 하지만 지금 그녀는 그게 또 다른 편견이었다는 사실을 깨달았다.

한편 서요의 말을 들은 해문은 눈이 커다래졌다. 간신들의 아첨으로 많이 들어본 말임에도 불구하고 그녀가 말하니 매우 다르게 느껴졌다. 확실히…… 다른 때보다 기분이 훨씬 좋았다. 눈앞에 선 작은 여인은 어느새 손을 꼼지락거리며 조금 민망해하고 있었다.

"아, 주제넘은 말이었다면 송구……."

"아니다."

서요가 또 사과를 할까 싶었던 해문이 바로 말허리를 잘랐다.

"고맙구나."

그가 인자한 표정으로 서요를 내려다보았다. 그녀의 얼굴이 유난히 복사꽃처럼 생기 있고 맑아 보였다.

별빛이 반짝이는 밤하늘 아래서 해문과 서요가 오래도록 들판을 거닐었다. 잔잔한 봄바람이 산을 넘어 그들에게 불어왔다.

"……무슨 이야기를 저렇게 하는 건데."

그들의 뒤를 조용히 따라가고 있던 미르는 가슴이 매우 답답했다. 그는 해문이 서요에게 호통을 칠 때까지만 해도 그녀를 데리고 와야겠다는 생각을 하고 있었는데, 그들은 얼마 가지 않아서 마주 보고 웃으며 다정히 이야기하고 있었다.

미르는 궁금증과 함께 울화가 치밀었다. 서요는 그가 이토록 신경 쓰고 있다는 건 전혀 모를 터였다. 미르는 그녀가 자신은 안중에도 없이 세자와 밤 산책을 즐기는 것 같다는 생각까지 들자 화병이 날 것만 같았다.

"대체 이렇게까지 화가 나는 이유가 뭔데."

'서요를 지키라는 환웅님의 명 때문에?'

아니면…….

'나의 것이니까?'

미르는 고개를 거칠게 가로저었다. 아무리 고민해 보아도 제 행동에 딱 들어맞는 이유가 없었다. 짜증을 내면서도 끝까지 그들의 뒤를 쫓아간 미르는 자신의 신세가 처량하기 그지없다고 느꼈다. 하지만 차마 서요를 혼자 두고 갈 수는 없었다.

그들의 모습을 바라보는 미르의 표정이 한없이 어두워졌다.

다음 날 아침이 밝았다. 소소는 살벌한 표정으로 마당에 서 있는 미르를 불렀다.

"미르. 이리 와봐."

그는 어젯밤 만찬 이후의 일 말고도 미르에게 궁금한 것이 있었다.

"왜, 또. 무슨 잔소리를 하려고."

미르는 귀찮아하며 손을 내저었다. 그러나 이번엔 가람까지 합세해서 그를 어두운 구석으로 끌고 들어갔다. 미르는 진지한 그들의 표정을 보고도 그저 어깨를 들썩였다. 소소는 능글맞고 태연자약한 미르의 태도에 한숨이 나왔다.

"서요님에게 대체 무슨 잘못을 한 거야?"

소소는 가장 먼저 그 일에 대해서 물었다. 미르는 무슨 소리냐는 듯 고개를 갸웃했다.

"무슨 잘못을 했다고 그래, 내가."

"그럼 서요님이 왜 너와 눈도 안 마주치는데? 아무런 이유 없이 그럴 분이 아니잖아."

"야, 심지어 나까지 불편하더라."

"뭐? 네가?"

미르는 잔뜩 인상을 구긴 가람을 바라보며 되물었다. 내키는 대로 행동하는 가람이 불편해할 정도면 정말 저와 서요와의 사이가 심각한 건가 싶었다.

"아, 몰라. 나는 잘못한 거 없어."

하지만 서요에게 호신술을 알려주다가 입술이 부딪친 건 그 누구의 잘못도 아니기에 미르는 당당했다. 소소는 아무리 생각해도 둘 사이에 뭔 일이 일어난 것 같았기에 끝까지 집요하게 물었다.

"그럼 서요님이 잘못했다는 거야?"

"아니야, 그런 거. 아무 일도 없었다고."

미르는 끝까지 잡아뗐다. 그는 그런 이야기를 굳이 이들에게 하고 싶지 않았고, 그건 서요가 원하는 일도 아닐 터였다. 비록 사고로 일어난 일이라고는 해도, 미르 자신조차 그때의 희한한 감정 때문에 혼란스럽고 찜찜하니 그녀가 부끄러워하는 것쯤은 이해할 수 있었다.

"끝까지 말 안 할 생각이군. 그럼 어젯밤엔 어떻게 된 거야? 왜 우리에게는 한마디도 하지 않았어?"

소소와 가람은 해문이 준비한 만찬에 초대받지 못해 그 자리에 없었다. 그런데 서요로부터 어제의 일을 알게 된 소소는 미르가 만찬에 참여했음에도 불구하고 그런 중차대한 일을 자신에게 말하지 않은 것에 화가 났다.

"내가 끝까지 살피고 왔는데, 뭐 무슨 말을 하는지 들려야 알지! 볼 것도 없는 들판이나 산책하더니 돌아가더라. 나 참, 어이가 없어서."

아까 전까지만 해도 만사가 귀찮아 보이던 미르는 이 말을 할 때는 이맛살을 찌푸리며 언성을 높였다. 완전히 비뚤어진 그의 마음이 들여다보이자 가람은 이상해서 물었다.

"그게 왜 그렇게 화가 나는 건데?"

"뭐가."

"어쨌든 별 탈 없이 돌아온 거잖아."

당황한 미르는 소소와 가람을 돌아보며 땀을 삐질 흘렸다.

"아니. 결과는 그래도, 위험할 수도 있는 거잖아! 일일이 살펴봐야 하는 게 얼마나 귀찮고 짜증나는지 알아?"

"아아, 그렇겠네."

가람은 겨슬레의 명검을 찾는 일도 귀찮아서 도망가고 싶을 정도였기에 미르가 그러는 것도 이해가 되었다. 미르는 화가 난 이유를 잘 설명했다는 생각에 안도의 한숨을 내쉬었다.

반면 소소는 어지러운 생각에 잠겼다. 기상신들 간에 소통이 원활하지 않아 서요를 지키는 일에 차질을 빚고 여러모로 상황이 복잡하게 흘러가고 있었다.

"후…… 둘 다, 임무에 대해서 좀 진지하게 생각하고 행동해 줬으면 좋겠다."

그의 말은 미르와 가람 두 신에게 모두 해당되는 말이었다. 미르는 서요와 관련된 일이라면 냉정하게 판단하지 못하고 흥분할 때가 있었고, 가람은 자신의 속내를 드러내지 않으며 오로지 재미만을 추구하는 것처럼 보였다. 그런 두 녀석과 계속 함께 있을 생각에 머리가 지끈거렸던 소소는 다른 곳으로 자리를 떴다.

"저, 저! 자기만 잘났어, 아주!"

미르는 훈계를 하고 멀어지는 소소를 보고 성을 내며 발로 땅바닥을 걷어찼다. 그는 왜 소소에게 그런 말을 들어야 하는지 알 수 없었다.

그렇게 한참을 씩씩거리던 미르는 마당으로 나와, 누각의 지붕에서 기상 현상을 살피는 해문을 이글거리는 눈으로 바라보았다. 어젯밤 일에 대해서 서요에게 직접 물어볼 수 없었기에 해문에 대한 분노감만 꼬리를 물고 이어졌다. 미르의 입가가 얄궂게 올라갔다.

'뭐? 술수? 술수 같은 소리 하고 앉아 있네. 네가 그렇게도 알고 싶어 하는 신의 힘을 보여주마.'

미르는 신의 존재를 부정하는 어리석은 그에게 진짜 힘을 보여주고 싶었다. 미르의 안광이 시퍼렇게 변하자 화창하던 천문관 주변의 하늘이 어두컴컴해졌고 먹구름에선 자잘한 돌풍들과 함께 번개가 생겨났다.

"세, 세자 저하! 위험하옵니다!"

그러자 천문관을 돌아다니던 많은 신하들이 몰려들더니 누각의 지붕에 있는 세자를 향해 소리쳤다. 서요 또한 깜짝 놀란 나머지 방에서 나와 소리가 난 쪽으로 이동했다.

"이게 무슨!"

그녀는 아침만 해도 맑았던 날이 태풍이라도 올 것처럼 거칠어지자 놀라움을 금치 못했다. 서요는 이것이 미르가 한 짓이라고는 생각지 못하고 있었다.

그때 가람이 미르의 어깨를 한 손으로 툭툭 치더니 동조의 뜻을 내비쳤다.

"세자가 마음에 안 들어 죽겠지? 비도 쏟아지면 볼만하겠네?"

가람은 오랜만에 즐거운 일을 하게 되었다는 듯 섬뜩하게 웃으며 힘을 모았다. 그의 긴 머리칼이 사방으로 휘날리더니 이윽고 비가 쏟아졌다.

"저하, 저하!"

서요가 위험천만한 해문을 올려다보며 소리를 질렀다. 갑자기 이토록 날씨가 험해질 순 없었다. 그런 생각이 들자 그녀의 머릿속에 순간적으로 이것과 비슷했던 일이 섬광처럼 스쳐 지나갔다. 서요는 도끼눈을 하고 주변을 살펴보다가 두 주먹을 불끈 쥔 미르를 발견했다. 그 옆엔 눈을 섬뜩하게 부라리고 있는 가람도 있었다.

"그만둬요!"

서요가 소리를 지르며 미르와 가람의 팔을 붙잡고 흔들었다. 이건 필시 기상의 힘을 부리는 그들 때문일 터였다.

"뭘 하는 거예요. 두 분 다!"

"그럼 넌 뭐 하는 짓인데."

서요의 얼굴이 냉철하기 그지없는 미르의 말에 굳어지고 말았다. 그녀는 무서운 그의 분위기에 침을 꿀꺽 삼키고 천천히 심호흡을 한 뒤 그들의 팔을 잡고 있던 손을 내렸다. 그날 이후, 미르와 똑바로 마주 보고 이야기하는 것은 처음이었다.

"왜, 왜 이러시는 거예요. 갑자기."

"그럼 너는, 주적인 저자가 다치기라도 할까 봐 걱정돼서 내내 무시하던 내게 친히 소리까지 지른 거야?"

서요의 행동으로 인해 미르의 마음은 완전히 삐뚤어져 버렸다. 지금 그녀가 무슨 말을 하든 그건 다 해문에 대한 걱정인 것처럼 보여 그의 속이 부글부글 끓어올랐다. 하지만 서요도 억울한 게 많았기에 입을 열었다.

"저를 무시한 건 미르님도 마찬가지잖아요! 아니에요? 그리고 날씨를 이렇게 바꿔 버리면 저하께서 위험하시잖아요. 저하께서는 기상을 관측하여 백성들에게 도움을 주고자 했던 건데, 이런 말도 안 되는 일이 벌어지면!"

"그래, 다 내 잘못이다."

서요의 말이 다 끝나기도 전에 미르가 땅을 파고들 듯 낮은 목소리로 말했다. 그는 해문의 입장을 대변하는 그녀 때문에 기분이 착 가라앉고 말았다. 분노가 담기지는 않았지만, 어딘가 쓸쓸하고 처연한 미르의 모습에 서요는 마음이 아릿했다.

차마 그의 돌아선 뒷모습을 볼 수 없었던 그녀는 고개를 푹 숙인 채 자신의 발끝만 바라보았다. 떠나는 미르의 발걸음 소리가 처량하게 들려오고 있었다.

미르와 가람이 자리를 뜨자 천문관의 하늘이 다시 말갛게 갰다. 그러나 서요의 얼굴은 전보다 더 우중충했다.

'왜 이렇게 꼬여 버린 거야.'

물론 강압적인 해문 때문에 그들이 화를 꾹꾹 억누르고 있었다는 걸 모르는 바가 아니었다. 서요 또한 하루에 수백 번도 더, 해문만 아니었다면 마음 편히 임무를 수행할 수 있을 것이라고 생각했으니 말이다. 하지만 그렇다 해도 이건 아니었다.

해문은 호위무사의 도움으로 무사히 누각에서 내려왔고, 전대미문의 사건에 매우 흥분하며 신하들과 함께 바로 회신당으로 들어갔다. 마당에 홀로 남은 서요는 상실감에 두 손으로 얼굴을 가렸다. 그들이 잘못한 일이긴 했으나 지금껏 자신을 위해준 그들에게 너무 정색하고 화를 냈나 싶어 후회가 되었다. 그녀는 특히 미르와는 이런 식으로 부딪치고 싶지 않았다.

"이제 어떻게 해야 하는 거지."

서요의 입에서 억눌린 소리가 새어 나왔다. 그날 이후 그에게 쌓인 감정이 있긴 했지만, 하루빨리 예전의 사이로 돌아가고 싶다는 마음이 있었다. 그런데 더 엇갈려 버리고 말았다. 그녀는 꼬여 버린 매듭을 어찌 풀어나가야 할지 감조차 잡히지 않았다.

"서요님."

그때 그녀의 모습을 지켜보던 소소가 안타까운 표정으로 다가왔다. 서요는 따뜻한 그의 시선을 받자 마음이 더욱 울컥했다. 따지고 보면 미르와 가람 또한 자신을 위해 힘써주는 고마운 신이었다. 그들은 소소와 다를 게 없었다. 그런 생각이 들자 서요는 겨슬레로는 가지도 못한 채 방 안에 틀어박혀 슬픔을 토해냈다.

"이대로 멀어질 거야?"

서요는 갑갑한 나머지 혼잣말로 자신에게 물어보았다. 정말 그럴 수 있느냐고, 이대로 미르와 가람과 멀어져서 여정 내내 어색하게 지낼 수 있느냐고.

"그건 싫어."

확고한 목소리가 허공으로 흩어졌다. 서요는 짧지만 그들과 함께했던 지난날을 떠올리자, 헛헛했던 마음이 다시 풍족하게 차오르는 걸 느낄 수 있었다. 짧은 시간이었지만 그들은 어느새 소중한 동료가 되어 있었다.

시간이 흘러 깊은 밤이 되었다.

자리에서 일어난 그녀는 곧바로 문을 열어젖혔다. 서요는 가람보다 미르에게 더 마음이 쓰였기에 급하게 그의 방으로 달려 나갔다.

허겁지겁 달려가느라 그녀가 입은 하얀색 침의가 펄럭거렸다. 그녀는 자신이 침의를 입고 있다는 것도 잊은 채, 미르의 방문 앞에 서서 긴장한 얼굴로 주변을 서성거렸다. 막상 여기까지 오고 나니 조금 망설여졌다. 그러나 곧 마음이 다급해진 그녀는 더 이상 망설일 수가 없어서 방문을 열었다.

“미르…… 님?”

그녀는 조심스럽게 그의 이름을 불렀다. 하나 작은 방 안엔 사람의 온기라고는 하나 없이 쓸쓸한 기운만 맴돌았다.

서요는 깔끔하게 정리되어 있는 방의 모습에 당황했다. 마치 그가 완전히 떠나 버린 것처럼, 또는 그가 원래부터 존재하지 않았던 것처럼 느껴졌다.

‘대체 어디를 간 거야?’

불길한 예감이 서요의 발목을 꽉 붙들며 자꾸 그의 방을 확인하게 만들었다. 그녀는 그곳에서 꼼짝도 할 수 없었다. 하지만 아무리 이곳저곳을 살펴보아도 미르의 물건은 하나도 보이지 않았다. 서요는 충격을 받아 그 자리에 풀썩 주저앉아 버렸다.

“미르…… 미르님.”

그녀는 애절하게 그의 이름을 불렀다. 미안한 마음을 전달하려고 부랴부랴 달려왔건만 한참 늦어버리고 말았다.

"정말 떠나 버린 거예요? 네?"

그녀는 아무것도 없는 공간에서 쓸쓸하게 중얼거리며 서늘한 벽에 쓰러지듯 몸을 기댔다. 미르의 모습들만 떠올랐다. 놀리면서 시원하게 씩 웃던 모습, 퉁명스럽지만 가끔 느껴지던 그의 진심 그리고 제가 힘들 때마다 손을 내밀어 머리를 쓰다듬어 주던 따뜻한 손길까지. 그녀는 벌써부터 그가 너무도 그리웠다.

시간이 얼마나 흘렀을까, 미르를 기다리던 서요는 점차 눈앞이 가물거리는 것을 느끼며 까무룩 잠이 들었다. 잠결에 몸이 바닥 쪽으로 기울어지는 것도 같았지만, 다시 일어나 앉을 힘도 없었다. 서요의 눈에 차오른 눈물이 볼을 타고 떨어져 내렸다.

한편 천문관을 나선 미르는 그곳에서 멀어질수록 분노했던 마음이 사라지고 그녀에 대한 걱정만 생겨났다. 그가 수차례 걸음을 멈추며 짙은 한숨을 토해냈다.

"하…… 머릿속을 들어내 버리고 싶을 정도군."

서요에 대한 생각이 끝도 없이 이어져서 두통이 올 것만 같았다. 미르는 잠시 서서 관자놀이 부근을 꾹 눌렀다. 머릿속을 사로잡은 그녀의 잔상들은 정말로 지독했다. 그는 자신이 없으면 서요가 마치 위험에 빠지기라도 할 것 같은 이상한 생각이 들었다.

'소소와 가람이 곁에 있잖아. 차라리 지금이 도망가기 적절한 때인 것 같은데…….'

미르는 애써 그렇게 판단했지만 그럼에도 더는 발걸음을 뗄 수 없었다. 그녀에 대한 실망감은 여전했는데도 차마 매정하게 떠날 수 없는 것이었다.

'그러니까 왜 그때 하필 해문의 편을 드느냐고.'

가장 충격적인 일은 바로 그거였다. 서요가 눈을 홉뜨고 역정을 내며, 그는 알고 싶지도 않은 해문의 사정을 들먹였던 것 말이다.

"내가 지금껏 어떻게 했는데!"

미르는 귀찮아도 최대한 참고 그녀가 안전하도록 보살펴 주었기에 더욱 억울했다. 그의 얼굴이 제멋대로 구겨졌다. 미르는 자신의 모습이 마치 관심을 갈구하는 못난 남자 같아 보여서 더 짜증이 났다.

그는 한참을 서서 고민하다가 결국, 완전히 떠나는 게 쉽지 않을 것 같다고 생각하며 다시 천문관으로 되돌아갔다. 누군가 바보 같다고 해도 어쩔 수 없는 일이었다.

자신의 방 앞에 도착한 미르는 살짝 열려 있는 문에 본능적으로 주변을 경계하며 문고리를 잡아당겼다. 그리고 문을 여는 순간, 방 안의 풍경에 그의 눈이 거세게 흔들렸다. 작고 가녀린 몸을 가진 이가 구석에 웅크리고 누워 있었다.

그의 방에 멋대로 들어온 사람의 정체는 서요였다. 미르는 깜짝 놀라서 잠시 굳어 있다가 천천히 안으로 들어갔다. 무색무취하던 방은 그녀의 존재만으로도 감각을 자극하는 곳으로 바뀌어 있었다. 소리가 나지 않도록 방문을 닫은 그는 조심스럽게 무릎을 굽혀, 잠들어 있는 서요의 얼굴을 살폈다.

'여기서 뭘 하고 있었던 거야?'

궁금해하던 그는 곧 서요의 볼에 말라붙은 눈물자국을 발견했다.

'뭐야. 설마 울었어?'

미르는 그녀가 자신의 방에서 울다가 잠들었다는 사실 하나만으로 충격을 받았다. 지금껏 저를 신경 쓰지 않았던 그녀가 자신을 보러 직접 찾아왔고, 제 부재에 눈물을 흘릴 정도로 슬퍼했다는 것이기 때문이었다. 미르는 그녀가 안쓰러워서 품고 있던 서운함마저도 봄눈 녹듯 스르륵 녹아버렸다.

"울보야, 완전."

미르가 작게 내뱉으며 차가운 서요의 볼을 살짝 어루만졌다. 뒤늦게라도 그녀의 눈물을 닦아주고 싶었다. 서요는 그동안 남장을 하면서 강한 척했지만 속은 매우 여리고 나약했다. 미르는 용미촌에서부터 그녀를 따라다녔기에 누구보다도 그것을 잘 알고 있었다.

'이런 널 두고 어떻게 가냐…….'

화가 나서 떠나려 했어도 결국 이렇게 다시 돌아온 그였다. 그런데 서요는 진짜 미르가 떠난 줄 알고 괜한 걱정을 하며 눈물을 흘린 모양이었다.

미르는 그녀의 옆에 앉아 눈을 감았다. 화가 좀 식었으니 그녀가 원하는 대로 어디 가지 않고 딱 붙어서 곁을 지킬 생각이었다.

미르는 안절부절못했을 서요의 모습을 떠올려 보았다. 가슴이 아픈 것과는 별개로, 그녀가 자신을 필요로 한다는 생각이 들자 어쩔 수 없이 입꼬리가 올라갔다.

깊은 밤이 지나자 어느새 여명이 미르의 방문에 붉은 기운을 퍼뜨리며 한들거렸다. 그는 몽롱한 상태인데도 불구하고 따뜻한 무언가를 느꼈다.

'이게 뭐지?'

미르는 나른하고 달콤한 기분에 계속해서 보드라운 것을 매만졌다. 숨을 크게 들이마시자 새벽이슬을 담아놓은 것처럼 청아한 향이 났다. 미르가 입맛을 다시며 급기야 자신의 옆에 있는 것을 확 껴안았다. 도저히 그러지 않을 수가 없었다.

"으음."

그러자 어디선가 익숙한 여인의 목소리가 들려왔다. 미르는 이상한 느낌에 한쪽 눈을 슬며시 떠보았다. 그의 눈앞엔 탱글탱글 윤기가 나는 입술이 유혹적으로 벌어져 있었다. 미르는 그것을 보자 딸꾹질을 하며 손을 멈췄다.

'내가 지금 왜 이러고 있는 거지?'

미르는 지금까지 자신이 보듬고 껴안았던 게 다 서요였다는 생각이 들자 얼굴이 불을 지핀 가마솥처럼 후끈 달아올랐다. 그는 혹시라도 그녀가 깰까 봐 다시 팔을 거둘 수 없었고, 그렇다고 더 편하게 껴안을 수도 없었다. 작은 서요의 몸은 미르의 품에 폭 안겨 있었다.

'내가 손으로 어디까지 만진 거지? 응?'

미르는 전기가 흐르는 것처럼 손을 움찍거리며 울상을 지었다. 서요는 아직 이 상황을 모르는 건지 자꾸만 그의 품으로 파고들었다. 그녀 또한 본능적으로 따뜻함을 원하고 있는 것이었다.

그러나 그 행동 때문에 미르는 죽을 지경이었다. 그는 입술을 깨물며 심호흡을 했다. 분명 어젯밤에 그녀의 옆에 앉아 있었는데 어쩌다 이런 상태가 되어버렸나 싶었다. 그다음부터의 일이 자세하게 기억나지 않아 그는 곤란한 듯 미간을 그러모았다.

손에 감겼던 말랑말랑하고 보드라운 것이 그녀의 몸이었다니! 미르는 도저히 이 상황을 믿고 싶지 않았고, 이대로 도망을 가고만 싶었다.

"헉!"

그때 서요의 손이 갑자기 미르의 몸을 더듬거리기 시작했다. 마치 엄마를 찾는 아이처럼 급한 손길이었다. 미르는 그녀의 손이 닿을 때마다 야릇한 기분이 들자 인상을 찡그렸다.

한편, 잠결에도 이상한 느낌이 든 서요는 숨을 크게 들이마시며 미르의 품에서 벗어났다. 햇빛을 받은 그녀의 눈이 번쩍 뜨였고, 좁은 공간에서 미르와 서요의 눈이 딱 마주쳤다.

"미르님?"

서요는 잠결에 헛것을 보았나 싶어 반사적으로 물었다. 반면 미르는 그답지 않게 당황하며 부산스럽게 자리에서 일어났다. 잠시 후, 미르의 모습이 환영이 아니라는 것을 깨달은 서요는 기쁨에 겨워 입을 벌렸다.

"세상에! 저를 두고 떠나 버린 줄 알았잖아요!"

서요는 반가운 마음에 소리를 지르며 미르의 품에 안겼다. 그녀의 새하얀 침의는 살결이 보일 정도로 많이 흐트러져 있었다. 미르는 다시 와 닿는 매끄러운 여체에 숨을 멈추고 얼굴을 일그러뜨렸다. 서요가 기뻐하는 것은 좋았으나 얼굴로 열이 훅 올라왔다.

"정말 죄송했어요. 미르님."

그가 완전히 떠나 버렸다고 생각했던 그녀는 미르의 모습에 감격해 꽉 껴안았다. 서요는 다시 돌아온 그가 너무도 고마웠다.

서요는 이제 절대로 미르와 떨어지고 싶지 않았다. 그가 없다는 생각을 하는 것만으로도 초조해지는 경험을 이미 했던 터라, 그런 감정을 두 번 다시 느끼고 싶지 않았다. 언제부터인가 미르에게 굉장히 의지하고 있던 모양이었다.

미르는 아무런 거리낌 없이 자신을 열렬히 환영하는 서요를 보며 가슴이 아렸다. 그녀가 이 정도로 불안해하고 있을 줄은 몰랐었다.

'아침이 되면 못 이기는 척 함께 겨슬레로 가려고 했건만…….'

그녀는 참으로 순수하고 솔직했다.

"내가 떠날까 봐 그렇게 불안했어?"

미르는 그녀의 입으로 한 번 더 듣고 싶어서 은근슬쩍 물었다. 그의 손은 이제 당황하지 않고 서요의 등을 다정하게 다독이고 있었다. 그녀는 따스한 미르의 품에서 격렬하게 고개를 끄덕였다.

"그럼요. 혹시 이대로 보지 못하는 건가 싶어서……."

서요가 코를 훌쩍였다. 미르는 자존심 따위 멀리 내던져 버린 작은 여인이 사랑스럽다는 듯 그녀의 뒷머리를 쓰다듬었다.

"그냥 잠깐 산책하다 온 거야."

그는 겸연쩍은 표정을 지었다. 어젯밤에 진짜로 천문관을 떠나려 했던 사실은 애써 머릿속에서 지워 버렸다.

"거짓말하지 마세요. 방에 미르님 물건이 하나도 없었는데…… 떠나려고 했다가 다시 돌아오신 거라는 거 알고 있어요."

서요가 미르의 품에서 고개를 들어 수줍게 미소 지었다. 그녀는 그가 의외로 다정하다는 걸 깨닫고 있는 만큼 분명 그럴 거라고 생각했다. 미르는 민망한지 뒷머리를 긁적였다.

그 모습에 서요는 웃음이 나올 것 같기도 하면서 가슴이 두근거렸다. 그가 다시 돌아올 만큼 자신을 위하고 있다는 생각이 자꾸만 들며 마음이 간질거렸기 때문이다.

'내가 왜 자꾸 이러지.'

그녀는 살짝 붉어진 얼굴로 천천히 미르에게서 몸을 떼며 멀어졌고, 미르는 가슴이 허하며 아쉬운 마음이 들었다. 그들은 어느 정도의 거리를 유지하며 쑥스러워했다.

"어쨌든! 그때 화낸 건 죄송했어요. 미르님이 상처받으셨다면."

서요가 진심을 다해 사과했고 미르는 고개를 가로저었다.

"아니야. 됐어, 나도 흥분해서 일을 그르칠 뻔했으니까."

그의 말에 그녀가 환하게 웃었다. 서요는 이제 응어리진 마음을 풀고 미르와 잘 지낼 수 있을 것 같았다.

"근데 그 옷 좀 어떻게 해봐."

그때 미르가 바닥에 시선을 두며 하는 말에 서요는 의아한 표정으로 제 차림을 바라보았다가 깜짝 놀라서 급하게 옷깃을 여몄다. 침의의 허리띠가 풀려 안에 입고 있던 속적삼이 그대로 드러나 있었다.

서요는 헛기침을 하며 발갛게 달아오른 얼굴에 손부채질을 했다. 분위기가 다시금 어색해졌다. 서요는 부끄러운 마음에 빨리 자리를 벗어나고 싶었지만 지금이 아니면 내뱉기 어려울 것 같은 말이 계속해서 그녀의 가슴속에 맴돌았다. 그녀는 머뭇거리다가 입을 열었다.

"저, 미르님. 미르님이 용미촌에서 머물면서 저를 지켜주셨던 거죠? 사실 운화를 보여주신 것도 소소님이 아니라 미르님이신 거죠?"

서요는 용미촌에서 갑자기 기상이 급속도로 뒤바뀐다거나 미르가 뒷마당에서 갑자기 사라졌다던가 하는, 이상한 일들을 떠올렸다. 그녀는 미르가 신이었다는 사실을 알게 된 후부터 기루에서 그를 만난 건 우연이 아니라는 생각이 들었다.

소소처럼 미르도 자신을 지키라는 명을 받았을 테니, 기루에서 시작된 만남도 임무의 연장선상이었을 것이고 구름 꽃은 분명 구름을 부리는 미르의 작품일 터였다. 서요는 마음속으로 의심하기만 했던 걸 그에게 털어놓자 묵혀뒀던 체증이 내려가는 기분이었다.

"뭐라고? 아니야."

서요가 거의 확신을 가지고 물어오는 말에 미르는 바로 아니라고 잡아뗐다. 함정이 있는 내기를 걸었던 게 자신인데 도와준 것도 자신이라면 너무 우스운 일이 될 것 같았다. 그러나 서요는 괜히 딴청을 부리는 미르를 보며 자신을 보살펴 준 건 확실히 그라는 생각이 들었다. 솔직하지 못하고 퉁명스러운 그의 성정이라면 충분히, 맞으면서도 아니라고 할 것 같았다.

"그런데 도와줄 거면서 그런 내기는 왜 한 거예요?"

미르는 가장 곤란한 질문을 듣고 헛기침을 했다.

'공주인 너를 마음대로 휘두르고 싶어서라는 말을 어떻게 하냐!'

"따분하잖아."

그는 대충 얼버무리며 이야기를 종결시키려 했다. 옛날 얘기를 더 끄집어내 봐야 좋을 게 없었다.

"흐음. 그럼 저는 아직도 미르님 거예요?"

"그건 당연하지."

서요는 뭔가 사기를 당한 것 같아 입술을 크게 삐죽였다. 그러나 이상하게, 억울하긴 했어도 기분이 그리 나쁘지는 않았다. 그리고 그녀는 용미촌에서 그가 기루를 드나들며 홍화 등 기녀들과 자주 어울렸던 것을 생각하고 은근슬쩍 물었다.

"그런데 저 말고도, 미르님의 여자는 굉장히 많잖아요?"

미르는 그게 무슨 소리냐는 듯 눈썹을 찌푸렸다. 천상에서는 그럴지 몰라도 조선에선 아니었다.

"많긴 뭘 많아?"

"기루에서 계속 있었던 게 저를 지키는 임무 때문만은 아니었을 것 같은데요?"

서요는 자신이 왜 이걸 추궁하고 있는지 의문이었지만 이미 내뱉은 말을 멈출 수가 없었다. 미르는 꽤 오래 화루에 머물렀고, 기녀들을 아끼는지 옷까지 전부 지어주었다. 그 사실을 깨닫자 서요는 심통이 나고 속상해서 얼굴빛이 어두워졌다.

당황한 미르는 얼이 빠져 있다가 다급하게 입을 열었다.

"아니, 뭘 오해하고 있는가 본데. 네가 생각하는 그런 이상한 일은 없었어. 그냥 홍화에게 그림이랑 서예를 좀 알려주고 돈을 받았을 뿐이야."

그의 말에 서요는 눈을 가늘게 뜨고 미르를 바라보았다. 미르는 서요를 지켜보는 게 너무 짜증이 나서 기녀들과 놀고 싶었던 건 사실이었으나 틀린 말은 없었기에 애써 당당한 표정을 지었다.

"정말이에요?"

그녀가 묻자 그는 속마음을 직설적으로 표현했다.

"그래. 오직 너만, 나의 것이라니까."

오직이라는 말에 서요는 묘한 감정을 느끼고 수줍게 웃었다. 바보 같은 그녀의 웃음에 미르의 입꼬리가 실룩거렸다. 마치 서요가 질투를 하는 것처럼 느껴져 이상하게 기분이 좋았다.

서요는 미르와 화해 후 가람에게도 화를 낸 것에 대해서 사과했다.

"에이. 난 또 뭐라고."

그러나 가람은 이미 잊어버렸다는 듯 웃으며 축 처진 서요의 어깨를 가볍게 두드렸다. 그는 애초 서요에게 서운한 마음을 가지고 있지도 않았다.

그들은 말을 타고 다시 겨슬레로 향했다. 어제와 달리 누그러진 분위기에, 소소는 진지한 표정으로 서요와 미르를 바라보았다. 소소는 슬퍼하던 어제의 서요를 떠올리며 다행이라는 생각이 들었다. 그러나 한편으로는 그 자신이 서요의 슬픔을 어루만져 줄 수 없다는 게 조금 씁쓸하게 느껴졌다.

"왜 이렇게 조용하죠?"

저자로 들어선 서요가 의아하다는 듯 물었다. 소소는 거리를 살펴보았다. 정말 그녀의 말대로 사람이 거의 없었다. 쇠가 맹렬하게 부딪치는 소리가 나던 대장간은 썰렁하기 그지없었고, 휑한 바람만이 불어올 뿐이었다.

"뭐야, 다들 어디 간 거야? 설마 쉬는 날이야?"

"그런 날이 있을 리가 없잖아."

황당한 가람의 말에 미르가 차갑게 응수했다. 대장장이들이 쉰다는 건 처음 듣는 일이었다.

"다들 어디로 가신 겁니까?"

소소가 지나가는 행인을 잡고 물었다. 그나마 있던 사람들도 어디론가 빠져나가고 있었다.

"이곳 사람은 아닌 것 같은데…… 궁금하면 따라와 보시오."

그는 그렇게 말하곤 바쁘게 떠나 버렸다. 대장장이들이 일까지 내팽개치고 집으로 돌아간 이유가 뭔지 알 수가 없었던 그들은 궁금증을 풀기 위해 사람들을 따라갔다. 야트막한 동산을 올라 구불구불한 오솔길을 걸어가니 저 멀리 대장장이들의 집들이 보였다.

"와!"

서요는 입을 벌리고 감탄했다. 집들은 매우 크고 거친 느낌이었다. 둥근 나무를 겹쳐 감옥 같은 느낌을 주는 귀틀집이 연이어 있었고, 집집마다 동물 가죽과 살벌한 연장들이 널브러져 있었다.

"잠깐만. 저기 모여서 뭘 하는 거야?"

가람이 광장에 모여 있는 대장장이들을 보고 인상을 찌푸렸다. 어떤 이는 두 손을 싹싹 빌고 있었고, 어떤 이는 만세를 부르고 있었다. 딱 보아도 광기 어린 모습이었다.

그들은 왠지 모를 섬뜩한 기운에 천천히 그곳으로 향했다. 그러자 대장장이들 사이로 언뜻 검은색 천이 지나가는 게 보였다. 기상신들은 그곳에서 짙고 어두운 기운이 느껴지자 고개를 갸웃했다. 이런 강한 기운을 내뿜을 수 있는 사람은 존재하지 않았다.

'그렇다면 사람이 아니란 말인가?'

그들은 동시에 같은 생각을 했다. 기상신들은 어두운 기운의 정체를 확인하지 않을 수 없었기에 몇몇의 대장장이들을 밀어내고 그 자리를 차지했다.

먼지가 가득한 땅바닥 위에서 날아갈 것 같은 걸음이 이어졌다. 기괴한 탈을 쓴 여인은 긴 소매를 휘저으며 춤사위를 벌이고 있었다.

"저게 뭐 하는 짓이야?"

미르는 작두와 부채, 귀신을 쫓는 부적도 없이 굿을 하는 무당을 이상하게 바라보았다. 도구가 없음에도 불구하고 그 기세는 매우 악하고 강력해서 확실히 인간이라고는 볼 수 없었다.

"보면 모르오? 굿이잖소."

한 대장장이가 짜증을 내며 대꾸했다. 마을의 길흉화복을 점치는 제

의에 외지인이 있는 게 마음에 들지 않는 눈빛이었다.

그때 무당이 잠시 춤을 멈추고 기상신들이 있는 곳을 바라보았다. 대장장이들은 굿에 무슨 문제가 있는 건가 싶어 무릎을 꿇고 고개를 조아렸다. 기상신들과, 그들 사이에 끼어들지 못한 서요만이 그 상황에서 멀뚱멀뚱 서 있었다.

거친 숨을 몰아쉬던 무당이 얼굴 위에 쓴 탈을 천천히 벗었다. 투명한 땀방울이 사방으로 튀며 아름다운 얼굴이 드러났다.

"……미르!"

무당이 파란색 비단옷을 입은 미르를 보고 반갑게 소리쳤다. 흑암처럼 어두운 그녀의 머리칼이 공중에서 아름답게 휘날렸다. 아름다운 여인이 걸어올수록 강렬한 적색과 흑색의 비단이 사락거렸다. 내리쬐는 햇빛을 받고 선 여인은 경국지색이었다.

눈처럼 새하얀 피부에 높고 오뚝한 코, 흑수정을 박아 넣은 듯 새까만 눈은 사람이 아닌 존재도 홀려 버릴 것처럼 치명적인 매력을 지니고 있었다. 서요는 감탄해서 입을 벌렸고, 미르를 비롯하여 기상신들은 의아한 얼굴로 그녀를 바라보았다.

그녀는 저승의 여신인 휘빈이었다. 휘빈은 전대 저승의 여신이자 어머니인 하향에 이어 저승을 다스리게 된 지 얼마 되지 않았기에 더욱 정신이 없을 터였다. 그들은 저승에서 눈코 뜰 새 없이 바쁠 그녀가 어째서 겨슬레에 있는지 도무지 알 수가 없었다.

"휘빈?"

"그래. 기억하고 있었구나."

미르의 부름에 휘빈이 생긋 웃었다. 그러자 눈꼬리가 매력적으로 접히는 게, 어떤 남성이든 정신을 차리지 못할 것 같았다.

"기억 못 할 건 없지. 그런데 여기서 뭘 하는 거야?"

"아! 그건……."

휘빈이 궁금증이 가득한 미르의 얼굴을 보며 회심의 미소를 짓더니 가까이 다가와서는 천천히 발뒤꿈치를 들어올렸다. 그리고 가녀린 손으로 미르의 팔을 잡고 몸을 의지한 뒤 붉은 입술을 그의 귀에 가까이 가져다 댔다. 은밀하게 속삭이기 위해서였다.

"나중에 자세히 얘기해 줄게."

특별하게 할 말도 아닌 것을 간드러지는 목소리로 속삭이는 휘빈 때문에 미르는 인상을 찌푸렸다. 그녀가 왜 이러는지 알 수 없었던 그는 괜히 찔리는 마음에 바로 서요를 돌아보았다. 그녀는 매우 모호한 표정을 짓고 있었다.

서요는 갑자기 눈앞에서 벌어진 아찔한 모습에 가슴이 울렁거렸다. 훤칠한 미르와 아리따운 여인이 함께 서 있는 모습은 그림처럼 잘 어울렸다.

'미르님과 저렇게 잘 어울릴 수가 있다니!'

서요는 조금 씁쓸한 표정으로 그들을 바라보며 손가락을 꼼지락거렸다.

"무당님과는 어떻게 아는 사이세요?"

차마 미르에게 직접적으로 물을 수 없어 서요는 옆에 있던 소소에게 물었다. 세 명의 기상신들만으로도 범상치 않은데 무당과 같이 서 있는 그들을 보고 있으려니 자신이 마치 다른 세상에 와 있는 것만 같은 착각이 들었다.

"저승을 다스리는 여신, 휘빈입니다. 서요님."

"저승의 여신이요? 저분이요?"

"예."

서요는 소소의 말에 깜짝 놀라 다시 한 번 그녀를 바라보았다. 무당 휘빈이라는 이름은 사람들 사이에, 오 년 전 악령을 퇴치한 강력한 무당으로 알려져 있었다. 물론 그건 저승의 여신인 휘빈이 가끔 유흥을 즐기러 지상으로 내려왔을 때 심심파적으로 했던 짓이며, 그 후 조선 곳곳에는 그녀의 초상화가 마치 악령을 퇴치하는 부적처럼 걸리게 되었다. 자세히 보니 얼굴도 낯이 익었다. 그래서 겨슬레 사람들도 마을에 방문한 그녀를 단번에 알아보고 굿을 청한 것이었다.

그녀는 매력적인 남신들에 이어 여신까지 눈앞에 나타나자 온몸이 저절로 뻣뻣해졌다. 도저히 범접할 수가 없는 상대였다.

한편 기상신들 사이에서 밝게 빛나는 기운을 눈치챈 휘빈이 고개를 돌렸다. 그곳엔 웬 아담한 여인이 바람의 기상신인 소소 옆에 꼭 붙어서 있었다. 서요를 본 휘빈의 눈이 휘둥그레졌다.

'환웅과 주영의 딸?'

그녀는 서요를 한눈에 알아보고 의아함에 고개를 갸웃했다. 서요는 자신의 속에 빛이 있다는 것조차 모르고 있는 눈치였고, 그 빛이 아니라면 여신이라 볼 수 없을 정도로 풍기는 기세나 모습이 인간에 가까웠다.

'천왕의 딸이 고작 저런 모습을 하고 있다니…….'

휘빈은 그녀를 보고 우월감 가득한 미소를 지었다.

"굿을 중단하지 말아주십시오!"

그때 한 대장장이가 휘빈을 향해 외치며 두 손을 모아 빌었다.

"굿이 끝나면 나를 위한 잔치를 벌인다고 했던가?"

휘빈이 섬섬옥수로 얇은 입술을 매만졌다. 그녀가 강렬하고 고혹적인 눈빛으로 주변을 둘러보자 광장에 모여 있던 대장장이들이 숨을 멈추고 고개를 끄덕였다.

"좋아. 이들도 함께하지."

"예? 이분들은 뉘시기에."

"글쎄. 아직은 동료?"

휘빈이 한쪽 눈을 찡긋하더니 다시 탈을 쓰고 광장 중앙으로 걸어갔다. 그녀는 춤을 추면서도 미르에게 눈길을 주는 것을 잊지 않았다.

'그와 다시 만나게 되다니!'

휘빈의 가슴이 콩닥콩닥 뛰었다. 이곳에서 그와 만난 건 필시 운명이었다. 넓은 조선 땅에서 이렇게 우연히 만날 수 있는 확률은 얼마 되지 않았다. 그녀는 기쁨에 겨워 입꼬리를 올렸다.

저승을 다스리기에도 바쁜 휘빈이었지만, 명부에 적힌 망령 하나가 오지 않아 직접 잡으러 겨슬레로 온 건 참으로 잘한 일이었다. 하나 망령을 붙잡고 있는 무당의 힘이 대체 얼마나 강하기에 실력 있는 저승사자들도 맥을 못 추는지, 그녀는 도저히 이해할 수 없었다. 그래도 겨슬레로 온 덕분에 미르를 만날 수 있었으니, 그녀에게는 오히려 잘된 일이었다.

잠시 후, 휘빈의 굿이 끝났다.

대장장이들은 그녀를 위한 잔치를 준비하기 위해 집들을 바쁘게 돌아다녔다. 우락부락한 근육질의 남자들이 광장 중간에 커다란 나무 탁상을 놓았고, 집으로 들어가 고이 모셔둔 아름다운 사기그릇들을 가져왔다.

휘빈은 상석에 앉아서 그 앞에 자리한 미르를 생글생글 웃으며 바라보았다. 미르는 대장장이들과 더 친하게 지낼 필요가 있을 것 같아서 이곳에 있기는 했지만 점차 휘빈의 시선이 부담스러워졌다.

"뭘 그렇게 뚫어져라 봐? 고개 돌려."

험악한 미르의 말에 가람이 피식 웃으며 딴지를 걸었다.

"와, 천상의 망나니는 나 말고, 네가 해야겠다."

비록 천제와 천왕에 비할 바는 아니었으나 그녀는 명계를 다스리는 유일한 여신인 만큼 높은 지위를 가지고 있었다. 그러니 아직 명칭을 하사받지 않은 기상신 중 하나일 뿐인 미르의 이런 태도는 참으로 무례한 것이었다.

"네가 나한테 뭐라 할 처지는 아닌 거 같은데? 환웅님의 명도 무작정 거역하려고 했던 놈이. 쯔쯧."

미르는 자신과 소소에 비해 지상에 늦게 내려온 가람을 보며 짧게 혀를 찼다. 거기다 그는 환웅의 뜻대로 서요를 지키는 일을 수행하고 싶지 않아 무작정 천상으로 올라가자고 주장하기도 했다. 그는 소소가 아사달에서 병사들의 동향을 감시했던 것처럼 분명 서요를 지키러 오기 전에 환웅의 다른 명을 받았을 텐데, 미르와 소소에게는 그것이 무엇인지 알려주지 않았다.

'따로 무슨 명을 내린 거 같긴 한데, 정말 모르는 건가?'

가람의 성격상 정말 까먹었을 수도 있겠다는 생각이 들자 미르는 절로 한숨이 나왔다.

"둘 다 잘한 것 없으니, 가만히 좀 있어."

그들의 황당한 대화를 듣고 있던 소소는 도긴개긴인 미르와 가람을 보고 쌀쌀맞게 굴었다. 그러면서도 그는 팔짱을 단단히 끼고서 갑자기 겨슬레에 나타난 휘빈과, 그녀에게 연신 굽실거리고 있는 대장장이들의 집들을 자세하게 살펴보았다. 그의 머릿속은 서요를 지키는 일과 겨슬레의 명검을 찾는 임무만으로 가득 차 있었다.

"훗날 함께 일할 기상의 신들이 참으로 잘 어울리네."

휘빈이 티격태격하는 기상신들을 지긋이 바라보았다. 그녀는 이처럼 막역한 사이인 그들이 조금 부러웠다.

"뭐? 객쩍은 소리 하지 말고. 여기 왜 있는 건지나 말해."

"성질 급하고 퉁명스러운 건 여전하네…… 그래도 뭐, 난 미르가 좋지만."

휘빈이 한 치의 망설임 없이 미르의 눈을 똑바로 바라보았다. 미르는 미간을 찌푸렸고, 서요는 안색이 하얗게 질렸다.

'미르님을 좋아한다고? 저 여신이?'

그렇지 않아도 휘빈에게서 느껴지는 범접할 수 없는 기운에 풀이 죽어 말 한마디조차 제대로 건네지 못하고 있던 서요는 예상하지 못한 말에 충격을 받고야 말았다. 그리고 미르는 얼굴을 일그러뜨리고 진지하게 말했다.

"헛소리 그만해. 화낸다."

"아이참! 화내는 것도 멋있어."

휘빈이 손바닥으로 자신의 볼을 감싸며 수줍은 척했다. 그녀는 오랜만에 만나는 미르가 무척이나 반갑고 좋았다. 더 오래 곁에 두고 계속 보고 싶을 정도였다. 휘빈에겐 처음 천상으로 올라가 미르를 만났던 그날의 기억이 여전히 선명했다.

그때는 휘빈이 어머니인 하향의 몸을 찢고 나와 저승의 여신이 된 지 정확히 십 년이 되던 해였다.

"휘빈님. 환웅님으로부터 초대장이 왔습니다."

"어떤?"

휘빈이 의아한 얼굴로 황금빛 초대장을 건네받았다. 저승에서 일해야 하는 휘빈에게 천상은 갈 일이 별로 없는 곳이었다. 그래서 그곳에 대해 풍문으로만 듣던 그녀는 종종 마음속으로만 천상의 모습을 그려보곤 했다.

"예. 휘빈님께서 이제 거의 성장하셨으니 저승을 다스리는 신으로 인정해 주는 듯합니다."

"하긴, 지금까진 야차 네가 고생이 많았지."

저승의 여신은 제 어미의 배를 찢고 태어난다. 그녀가 저승에서 가장 처음 해야 하는 일은 어미의 영혼을 인도하는 것이었다. 저승은 가혹하지만 그만큼 중요한 일을 하는 곳이기에, 그녀들은 태어나자마자 어미의 죽음을 통해 망자를 데려와 삶을 심판하는 일은 냉정하고 또 거침없어야 한다는 것을 깨달아야 했던 것이다.

야차는 그녀의 신하이자 갓 태어난 저승의 여신이 업무를 제대로 볼 수 있을 때까지 돌보고, 여신을 대신해서 저승의 안위를 살피는 보모 같은 존재였다. 야차는 습관처럼 손톱을 물어뜯는 휘빈을 보고 마음이 쓰라렸다. 전대 여신들이 그랬던 것처럼 휘빈 또한 제 어미의 배를 찢고 나왔다는 충격 때문에 마음 상태가 항상 불안했다.

그가 진지한 얼굴로 그녀에게 말했다.

"휘빈님. 제 얘기를 잘 들으십시오."

"응?"

"겉모습에 현혹되시면 안 됩니다. 궂은일을 도맡아 하는 저승은 꼭 필요한 곳이며 이곳을 다스리는 휘빈님은 존경받아 마땅한 분이십니다."

야차는 무엇이 그리도 걱정되는지 휘빈에게 그 말들을 반복했다. 그녀는 그저 알쏭달쏭한 표정으로 듣고 있다가 잠이 들 뿐이었다.

다음 날 아침, 휘빈은 야차에게 저승을 맡긴 채 천상으로 날아올랐다.

"와! 아름답다."

겉모습에 현혹되지 말라고 했던 야차의 말이 무슨 뜻인지 이해할 수 없을 정도로, 휘빈의 눈에 천상은 깨끗하고 평화롭기만 했다.

'이토록 환상적인데 그 속에 무슨 위험이 도사리고 있어서 그런 말을 한 거지?'

휘빈은 즐거운 마음으로 천상에 펼쳐진 고아한 원형 신전들을 돌아보았다.

"바쁠 텐데 와줘서 고맙군."

그때 휘빈을 초대한 환웅이 신전에서 모습을 드러냈다. 휘빈은 처음 알현하는 천왕의 모습에 급히 고개를 숙여 인사했다. 아무리 천상의 왕과 저승의 여신이라 해도, 몇 천 년간 천상을 지배한 환웅과 태어난 지 고작 십 년밖에 되지 않은 여신의 위계는 꽤 차이가 났다.

휘빈은 유난히 거친 숨을 내뱉으며 긴장했다. 환웅에 이어 눈이 부실 정도로 아름다운 신들이 등장했기 때문이었다.

"어머. 완전 꼬마네."

"그러게. 저승에서 햇빛을 전혀 못 받았는지 창백하다."

태양빛처럼 생기 넘치는 얼굴을 한 여신들이 손으로 입을 가리고 깔깔거렸다. 휘빈은 그렇지 않아도 어두운 저승과 밝게 빛나는 천상을 비교하고 있던 와중 별로 좋지 않은 눈빛까지 받자 두 손이 덜덜 떨렸다.

'천상에서 예쁘고 아름다운 것만 보는 너희들이 뭘 알겠어!'

조금 전까지만 해도 천상의 아름다움에 감탄하던 그녀는 바로 억하심정을 품었다. 하나 아직 어린 여신이기에 그 마음을 입 밖으로 쏟아내진 못한 채 속으로 울분을 삭였다. 그들은 별 뜻 없이 한 말일지라도 휘빈에겐 큰 상처였다.

잠시 후, 천상을 둘러싼 하얀 구름이 물안개처럼 사방으로 퍼졌다. 휘빈은 아름다운 빛과 상쾌한 바람, 그리고 포근한 구름을 느끼며 왠지 모르게 가슴이 아릿해졌다. 꿈꾸고 또 꿈꿔왔던 천상은 떠나고 싶지 않을 정도로 찬란했으나, 자신과는 결코 어울리지 않는 곳 같았다.

'겉모습에 현혹되지 말라는 게 그런 의미였어, 야차?'

그 순간, 휘빈은 저승에서 홀로 고군분투하고 있을 야차가 너무도 그리워졌다. 손가락 끝이 저려왔고 몸뚱이는 차마 만찬 자리로 이동하지 못했다.

"어멋!"

그때 우두커니 서 있던 휘빈의 몸을 고약한 여신 하나가 일부러 치고 지나갔다. 아름다움과 사랑의 여신인 아리는 전대 저승의 여신이었던 하향과 사이가 좋지 않아서 그녀의 딸인 휘빈에게 괜히 시비를 걸었다.

"미안해라. 어떡하지? 그러니까 앞을 똑바로 보고 다녔어야지. 하긴 아름다운 빛에 익숙하질 않으니까 얼마나 당황했겠어. 착한 내가 이해해야지."

앞으로 고꾸라진 휘빈은 그녀의 말을 듣고 입술 안쪽을 꽉 깨물었다. 바보가 아닌 이상 자신을 모욕하는 것이라는 걸 모를 리 없었다. 그럼에도 휘빈은 독하게 대응하지 못하고 안으로 삭이기만 했다. 안 좋은 행동을 보였다가는 되레…….

'제 어미를 찢고 나온 흉측한 여신이 그럼 그렇지.'

이런 끔찍한 말을 들을 것만 같았다. 휘빈은 그것만큼은 몸서리가 쳐질 정도로 싫었다.

"아리. 유치한 건 여전하네?"

그 순간, 낮은 음성이 차가운 허공으로 퍼져 나갔다. 누군가 대신 나서주자 휘빈은 상기된 얼굴로 목소리의 주인공을 확인했다. 그는 순백의 구름을 타고 있었다. 오묘한 문양으로 가득한 하늘색 비단이 바람결에 휘날렸고, 까만 머리는 단정하게 틀어 올려 날렵한 얼굴선이 돋보였다.

구름을 다루는 아름다운 남신, 미르였다. 그는 휘빈에게 다가오더니 손을 내밀었다. 태어난 지 얼마 되지 않은 어린 여신을 괴롭히는 모습이 보기 좋지 않아 평소와 달리, 그답지 않게 호의를 베푼 것이었다.

"가, 감사합니다."

휘빈은 미르의 손을 잡고 몸을 일으킨 후 수줍게 감사 인사를 했다. 그녀의 볼은 다른 의미로 붉게 달아올라 있었다.

"별것도 아닌 일로."

그는 불퉁하게 내뱉으며 만찬 자리로 이동한 뒤 아리를 쳐다보며 무언의 압박을 주었다. 그러자 어쩔 수 없었던 아리는 표독스러운 눈빛을 휘빈에게 쏘더니 다시 궁둥이를 얄밉게 흔들며 지나갔다.

반면 미르만을 바라보던 휘빈은 용기를 내 발걸음을 내디뎠다. 만찬을 포기하고 도망칠 수도 있었지만 그녀는 그러지 않았다. 그가 희미하게 미소 짓고 있었기 때문에, 꿋꿋하게 다가오는 자신을 기특하다는 듯 바라봐 주었기 때문에 천상은 더 이상 휘빈에게 두려운 곳이 아니었다.

⊠

옛날 생각에 잠겨 있던 휘빈이 얼어붙은 겨울 땅을 헤치고 일어선 봄꽃처럼 아찔한 미소를 지었다. 미르는 전과 다른 것이 하나도 없었다. 오직 그녀만이 어린 소녀에서 성숙한 여인으로 성장해 있을 뿐이었다.

"나 많이 컸지? 그치? 예쁘지? 놀랍지?"

휘빈이 농염한 몸매를 자랑하며 여러 가지 자세를 취했다. 꽉 조이는 옷 때문에 아찔한 몸의 곡선이 돋보이자 서요는 민망해서 고개를 돌렸다.

"많이 크다 못해 성격까지 바뀌었구나."

그러나 미르는 휘빈이 그러거나 말거나 눈 하나 깜짝하지 않았다. 그의 고요하기 그지없는 표정에 휘빈은 갈수록 약이 올랐다. 언젠가 아리보다 더 아름다운 여신으로 성장해 미르를 만날 것이라 다짐하고 있었건만, 달콤한 상상에 비해 현실은 잔혹하기만 했다.

"휘빈. 언제까지 서요님을 무시하고 있을 겁니까?"

불편해서 고개도 들지 못하는 서요가 안쓰러웠던 소소는 냉담한 표정으로 휘빈에게 쏘아붙였다. 그가 보기에 휘빈은 확실히 서요 쪽은 보지도 않은 채 무시하고 있었다. 휘빈의 헛소리를 계속 듣고 있느라 머리가 지끈거렸던 미르는 다시 서요를 살폈다. 그녀는 이러지도 저러지도 못한 채 마른 입술만 달싹이고 있었다.

"저, 저는 괜찮은데……."

서요가 황급히 말하려 했으나 하도 입을 다물고 있었던 터라 잠긴 목소리가 튀어나왔다. 그녀는 휘빈과 미르의 사이가 궁금해서 미칠 것 같았으나 차마 물어보지는 못하고 있었다. 휘빈은 잠시 차가운 표정을 짓고 있다가 서요에게 말을 걸었다.

"아! 무시하다니, 그런 거 아닌데. 이제야 본 건데. 그렇지?"

"예?"

"안…… 녕."

휘빈이 평범한 인사말을 묘하게 늘리더니 서요의 얼굴을 노골적으로 뜯어보았다. 예쁜 건 사실이었으나 저에 비할 바는 못 되었다. 또 저토록 순진무구하고 어수룩한 여인들은 사내들이 금세 싫증내기 마련이었다.

서요에 대한 평가를 마친 그녀가 얇은 입술을 휘어 웃었다. 흑요석처럼 영롱한 눈망울에는 차가운 서릿발이 내렸다. 휘빈이 부러운 건 단 한 가지, 그녀가 천상의 공주라는 것뿐이었다.

"예. 안녕하세요."

자신을 바라보는 휘빈의 눈빛이 왠지 꺼림칙해서 서요는 불편한 얼굴로 대답했다. 휘빈은 서요가 그러든지 말든지 다시 미르만을 바라보며 조잘조잘 떠들었다.

서요는 교묘하게 자신을 무시하는 휘빈에게 씁쓸한 마음이 들어 계속 딴 짓을 했다. 그럼에도 시선은 자꾸만 미르와 휘빈에게 향했다. 남신과 여신이니 당연히 아는 사이겠지만, 휘빈이 왜 저토록 미르에게만 관심을 보이는지 알 수가 없었다.

'왜 몰라, 모르긴. 미르님은…… 탐날 만큼 멋진 남자잖아.'

서요는 자신의 생각이 낯부끄러워 헛기침을 내뱉었다. 그녀는 자꾸 그들을 신경 쓰는 자신이 싫어질 것만 같았다.

"왜 여기 있는지나 말해."

미르는 휘빈의 수다에 지쳐 굳은 표정으로 어깃장을 놓았다.

"……명부엔 있는데 저승사자들이 데려오지 못하고 있는 망령 하나가 있거든. 그래서 내가 직접 온 거야. 미르 너는?"

휘빈은 미르의 성화에 못 이겨 결국 설명해 준 후 이번엔 그들이 왜 여기에 있는지 물었다. 기상신들과 서요의 조합은 그녀가 보기에 참으로 신기했다. 미르는 혹시 휘빈이 어떤 정보를 알고 있을까 싶어 임무에 대해서 간단히 답했다.

"아, 겨슬레의 명검을 찾으러 왔다고?"

"그래."

미르의 표정이 딱딱하게 굳어 있자 휘빈은 그가 원하는 정보를 먹잇감으로 꺼내기 위해 입을 열었다. 그래야만 조금이라도 관심을 가져줄 것 같았다.

"대장장이들은 진짜 명검은 보통 집에다 가보로 모셔둬. 명검 중의 명검인데 그걸 팔겠어? 안 팔지. 그러니까 나랑 같이 이자들을 현혹해서 명검을 찾아보는 건 어때? 그게 훨씬 현명한 방법일 텐데."

거절할 수 없는 제안을 속삭인 휘빈은 가시 많은 꽃처럼 위험하면서도 아리따운 미소를 지었다. 그녀의 작전이 그럴듯하자 가람의 눈에 이채가 어렸다.

"일리 있는 말인데?"

반면 서요와 소소는 사람들을 현혹하자는 그녀의 말에 표정이 안 좋아졌다.

"그럼 만일 명검이 가보라면, 강제로 빼앗자는 말씀이신가요?"

서요는 그녀의 의도를 더 확실히 알기 위해 휘빈에게 물었다. 싹 가라앉은 분위기에서 홀로 웃고 있던 휘빈은 당연하다는 듯 고개를 끄덕였다. 서요는 그러고 싶지 않아서 조심스럽게 말을 덧붙였다.

"그건 좀…… 설득하고 협상하는 거면 모를까."

"내가 도와주겠다는데 뭐가 문제야? 그런 귀찮은 짓 하지 않아도 돼. 어차피 저들은 내게 마음의 문을 활짝 열고 있으니까."

"예?"

"그런 것까지 다 생각하면서 어찌 임무를 수행하겠어. 안 그래, 미르?"

휘빈이 서요의 의견은 모두 묵살한 채 방긋방긋 웃으며 미르에게 동의를 구했다. 심각한 표정으로 깊은 생각에 빠져 있던 그는 천천히 고개를 끄덕이며 그녀의 말에 동조했다.

'왜 동의하는 거야!'

불안한 시선으로 미르를 지켜보던 서요는 그가 자신이 아니라 휘빈의 편을 드는 것에 배신감이 들었다. 이상할 정도로 마음이 저릿했고, 어깨는 내려앉아 전혀 힘이 들어가지 않았다. 어느 순간부터 그녀에겐 미르의 말 한마디가 그토록 중요했다.

"임무 수행하는 것에만 신경 써. 빨리 이곳을 떠나야지."

하루 빨리 겨슬레를 떠나고 싶었던, 아니, 해문과 헤어지고 싶었던 미르는 명검을 찾을 수만 있다면 어떤 방법이든 상관없었다. 그래서 휘빈의 말에 동의하긴 했지만 풀죽은 서요의 얼굴을 보고 있으려니 마음이 아팠다.

"일단…… 하."

그리고 서요는 차마 미르의 말에 알겠다고 말하지 못했다. 그녀 또한 천문관을 벗어나고 싶은 미르의 마음을 모르는 건 아니었다. 그러나 누군가에게 중요한 물건을 자신에게 필요하다는 이유만으로 현혹하여 빼앗는 부당한 일을 하고 싶진 않았다.

그렇게 마음먹은 서요가 다시 입을 열려고 할 때, 갑자기 장구 소리가 나기 시작했다. 그리고 뿔피리 소리, 웅장한 북소리가 연달아 이어졌다.

"이게 무슨?"

서요가 놀란 토끼 눈을 하고 사방을 살펴보았다. 대장장이들이 각자 악기를 들고 흥에 겨워 연주하고 있었다. 그들이 연주하는 빠른 가락이 귀를 경쾌하게 만들었다.

"듣기 좋네."

휘빈이 바람에 몸을 맡기며 살랑살랑 움직였다. 대충 흐름을 타는데도 태가 나는 모습에 서요는 입술을 꾹 깨물었다. 그녀에게는 자신에게 없는 여성스러운 매력이 물씬 풍겼다.

"휘빈님께서 겨슬레를 방문해 주셔서 얼마나 기쁜지 모릅니다."

여기저기서 그녀를 향한, 꿀을 발라놓은 것 같은 감언이 계속되었다. 서요는 여전히 깊은 생각에 빠져 있는 미르와 주변을 경계하느라 정신없는 소소, 아무 생각 없이 이 상황을 즐기고 있는 듯한 가람을 훑어보았다.

그녀는 자신이라도 정신을 바짝 차리고 정당하게 명검을 찾아봐야겠다는 생각이 들었다. 서요는 자리에서 일어나 음식을 먹느라 정신이 없는 한 대장장이에게 물었다.

"저 혹시…… 요 앞 저잣거리 점포를 운영하는 대장장이 말고도 겨슬레에 명인이 계신가요?"

그는 입술에 밥풀을 묻힌 채 서요를 돌아보았다.

"흠. 글쎄. 명인이라. 겨슬레의 대장장이들은 다 뛰어난 편이고 장사 수완이 좋아서 점포를 운영하지 않을 리가 없지."

"아니지. 한 명 있잖아."

그의 말에 다른 대장장이가 거들었다.

"누구……? 아! 계추 그자 말하는 것인가?"

"그래. 몇 달 전에 갑자기 점포를 그만두더니 산골짜기로 들어가 칩거하고 있잖아. 왜 그러는지는 모르겠으나 그자 실력이 참으로 훌륭했는데."

"그러게 말일세. 찾아가면 호랑이처럼 으르렁대기만 하니."

"어쨌든 아씨가 찾는 명인은 계추가 맞을 것이오. 장도 할배와 견줄 정도로 장인이었으니."

장도 할배라면 서요 일행이 가장 먼저 찾았던 그 초가집의 성질 더러운 장인이었다. 꽤 좋은 정보를 입수한 서요는 흡족한 얼굴로 웃었다. 저자는 모두 돌아보았으니 그 계추라는 장인을 찾아봐야 할 것 같았다.

서요는 휘빈과 미르 쪽은 최대한 무시한 채 이리저리 움직이며 대장장이들과 많은 대화를 나눴다. 범접할 수 없는 신들의 대화에 끼어봤자 그녀 자신만 피곤하고, 기분만 좋지 않아질 터였다. 그러느니 이들과 이야기하면서 정보를 얻는 게 훨씬 나았다.

"대체 무슨 검이기에 그토록 열렬히 찾는지는 모르겠지만 잘 됐으면 좋겠소!"

"네! 감사합니다."

서요가 씩씩하게 대답했다. 처음엔 험상궂은 그들의 외모를 보고 조금 긴장했지만, 알면 알수록 친근하고 편하게 느껴졌다.

"날이 늦었네요. 이만 돌아가요."

서요는 원래의 자리로 되돌아와 기상신들에게 말했다. 그녀가 무슨 행동을 하든 관심 없는 듯 보였던 그들은 서요의 목소리에 바로 고개를 들더니 재빨리 자리에서 일어났다. 미르와 소소, 그리고 가람의 기민한 행동에 서요는 조금 놀랐다.

'설마 내 말을 기다리고 있었나?'

그때 휘빈이 살쾡이처럼 독한 눈빛으로 미르의 팔을 붙잡고 늘어졌다. 그녀는 미르가 자신에게서 등을 돌리고 멀어지는 게 너무 싫었다.
"어딜 가! 가긴!"
떠나려던 미르의 발걸음이 우뚝 멈춰 섰고, 서요는 그녀를 돌아보았다.
"왜 그러세요?"
"아, 너한테는 볼일 없고. 미르, 잠깐 나랑 얘기 좀 해."
그녀의 무례한 태도가 반복되자 서요는 인상을 찌푸렸다. 참고 또 참으니까 휘빈이 더 무시를 하는 것 같았다.
'저승의 여신이면 다인가?'
서요는 기분이 나빴으나 그럼에도 화를 내진 못했다. 그러나 미르는 자신에게 치근덕대는 휘빈에게 이미 진저리가 났기에 얼른 서요의 곁으로 가고 싶어서 냉담하게 그녀를 밀어냈다.
"무슨 얘기를 또 해. 하긴."
"무슨 얘기긴. 명검 찾을 생각 없어?"
휘빈이 까만 눈을 희번덕이며 물었다. 미르는 곤란한 표정으로 서요와 휘빈을 번갈아 보았다. 오늘 밤에라도 명검을 찾는다면 천문관의 그 재수 없는 세자와 마주칠 일이 없을 터였다. 지금 그가 가장 원하는 건, 바로 그것이었다.
"그럼 자꾸 이상한 행동하지 말고 이리 와봐."
미르는 어둑해지는 마을 전경을 바라보며 휘빈에게 손짓했다. 대장장이들로부터 어떤 말이든 하게 해 명검에 대해 알아내고, 그것을 도둑질하기엔 지금이 꽤 좋은 순간이었다. 이미 한껏 흥에 취해 있는 그들에게 술을 마시게 만들어 정신을 흐트러뜨리는 건 쉬운 일이었으니까 말이다.
"미르님! 정말 그럴 거예요?"
휘빈이 명한 대로 술독을 가져오기 시작하는 대장장이들을 보며 서요가 앙칼지게 소리쳤다. 그러나 미르는 이미 결정을 내렸는지 가보라는 듯 대충 손을 흔들며 그녀를 외면했다.

"어떡해요? 저걸 그냥 두고 봐요?"

"그럼 안 되죠."

서요의 말에 소소는 단호하게 대답했다. 다급했던 그녀는 용기 내어 뛰어가 미르의 손을 붙잡았다.

"어?"

"이리 와요. 휘빈님, 죄송하지만 다음에 봬요."

미르는 서요가 손을 잡자 깜짝 놀라서 눈을 크게 떴다. 뒤에선 휘빈이 악을 지르는 소리가 들렸지만 미르는 서요의 손길에 그대로 끌려갔다. 도저히 서요의 손을 뿌리칠 수 없는 것이었다.

광장을 빠져나오자 서요가 미르의 손을 놓았다.

"제발 나쁜 짓은 하지 마요. 미르님. 예?"

미르는 결국 이렇게 되어버렸지만 좋은 기회를 그르친 것 같아서 불퉁하게 대꾸했다.

"그럼 언제까지 지지부진하게 겨슬레에 있을 생각인데?"

"아, 그건! 저도 빨리 떠나고 싶은 건 마찬가지예요. 일단 내일 가볼 데가 있으니까, 함께 가요."

그녀는 차분하게 그를 타일렀다. 함께 가자는 서요의 말에 미르는 고민하다가 피식 웃으며 사과처럼 매끈한 서요의 뒤통수를 매만졌다.

"알겠어. 돌아가자."

따스한 온기가 머리를 타고 내려가자 서요는 심장이 간지러웠다. 머리를 쓰다듬는 그의 행동은 분명 습관인 것 같았는데 왜 이리 이상하게 느껴지는지 이해할 수가 없었다.

그들은 천문관으로 함께 되돌아갔다. 벌써 해가 저물어가고 있었다.

홀로 남은 휘빈은 차가운 술을 벌컥벌컥 마셨다. 아직 세상 물정 모르는 어린아이 같아서 그냥 두려고 했더니만, 서요는 자꾸 그녀의 눈앞에서 얼쩡거렸다.

"열 받아. 지가 뭔데 미르를 데려가?"

휘빈은 미르의 손을 잡고 떠난 서요를 생각하니 가슴이 부글거렸다. 뿌리치고 와주기를 간절하게 바랐으나 미르는 그러지 않았다. 그녀는 여러모로 기분이 좋지 않았다.

'미르는 아주 오래전부터 내가 찜해놨단 말이야.'

그녀는 지금까지 천상에 있는 미르를 언제 만날 수 있을까, 어떻게 하면 만날 수 있을까 하는 근본적인 고민을 했다. 그러나 운이 좋게도 이렇게 지상에서 만나게 되었으니, 휘빈은 이제 다른 건 생각하지 않고 더 적극적으로 행동하리라 결심했다. 천상과 저승의 차이는 너무도 컸지만 그녀는 그저 그를 갖고 싶다는 뜨거운 마음 하나면 충분할 거라고 생각했다.

"두고 봐. 미르는 내 것이 될 테니까."

그녀의 애달픈 집착이 무럭무럭 자라났다. 핏대 선 휘빈의 눈동자는 술기운이 올라오자 더 나른하게 풀렸다. 그녀는 눈앞에 무뚝뚝하지만 속은 따뜻한 미르의 환영이 아른거리자 닿고 싶어서 손을 뻗었다. 그러나 잡히지 않아 울컥한 마음에 다시 술을 들이켰다.

개구리 우는 소리가 경쾌하게 들리는 밤이었다. 서요는 답답한 마음에 방을 나와 잠시 마당을 거닐었다. 여정을 시작한 지 꽤 되었는데도 아직 무엇도 제대로 해낸 일이 없었다. 단지 기적처럼 그들을 만났을 뿐이었다.

서요가 무작정 도망만 치는 생활에 절망하지 않고 천상으로 올라갈 수 있을 것이란 꿈을 갖게 된 건, 모두 그들이 곁에 있기 때문이었다.

반면 신녀라고 떠받들어지는 자신은 그들에게 아무런 도움이 되지 않았다. 그들도 능력 없는 신녀를 보살피느라 허탈할 터였다.

"그에 반해……."

저승의 여신 휘빈이 생각나자 서요는 자괴감이 들었다. 그녀는 자신감 넘쳐 항상 당당했고, 아름다운 외모와 뛰어난 능력을 가지고 있었다. 어차피 그런 위대한 여신과 비교해 봤자 하등 도움 될 게 없다는 걸 알면서도 서요는 마음이 울적한 나머지 반복해서 생각했다.

그때 잔잔한 매화 향이 실안개 퍼지듯 서요의 코끝에 감돌았다. 그녀는 귀신에 홀린 것처럼 향기로운 꽃향기를 따라 후원으로 발걸음을 옮겼다. 혹시 미르가 있을까, 하는 말도 안 되는 생각이 들었기 때문이었다.

서요는 후원으로 향하면서 미르의 곁에 꼭 붙어 요요하게 웃던 휘빈을 머릿속에서 지우려고 노력했다. 그녀와의 만남은 그다지 좋은 느낌이 아니었다.

후원에 도착한 서요는 걸음을 멈칫했다. 그곳엔 매화의 나뭇가지를 붙잡고 흩날리는 꽃잎을 바라보는 세자 해문이 있었다.

"낭자?"

그녀를 발견한 해문이 의아한 눈으로 서요를 쳐다보았다. 서요는 홀로 있는 해문의 모습에서 알 수 없는 고독을 느꼈다. 하지만 그녀는 해문의 옆에 서고 싶지는 않았다. 들판을 함께 산책한 후 그에 대한 생각이 조금 달라진 건 사실이었으나 그럼에도 가까이 다가가기가 아직 꺼려졌다.

"강녕하셨습니까."

예는 있으나 친밀하지 않은 어색한 인사가 이어졌다. 해문은 그녀를 아주 오랜만에 보는 것만 같은 기분이 들었다. 서요는 밝을 때는 식솔들과 함께 겨슬레에 갔다가 해가 지면 돌아왔다. 그는 이상할 정도로 반가운 마음이 들어 웃으며 그녀에게 다가갔다.

"뭐, 항상 똑같지. 그런데 낭자는…… 기분이 그다지 좋아 보이지는 않는군."

해문이 서요의 얼굴을 면밀히 살펴보았다. 그녀는 지금껏 그의 앞에서 항상 굳어 있기는 했어도, 그건 긴장때문이었지 이처럼 우울해하진 않았다.

서요는 미르와 첫 입맞춤을 했던 곳에 세자와 함께 있자 뭔가 불편해졌다. 갑자기 미르가 나타나지 않을까, 하는 희한한 생각도 들었으며 소중한 추억이 변질되는 느낌도 받았다. 이곳이 원래 세자의 공간이었음에도 불구하고 말이다.

그녀가 그런 생각을 하는지 전혀 모르는 해문이 물었다.

"후원엔 무슨 일인가?"

"아. 매화나무를 보러 왔습니다."

매화나무가 아니라 미르를 보러 온 것이었다. 내뱉는 말과 속마음이 전혀 다른 것에 가책을 느낀 서요는 제 가슴을 손바닥으로 꾹 눌렀다. 그녀는 자신이 그런 생각을 했다는 것이 매우 부끄러웠다.

매화나무라는 말에 해문은 잔잔한 미소를 지었다.

"나와 같군. 매화는 참으로 아름다운 나무지."

나무를 쳐다보는 시선이 꽤 부드러웠다. 서요가 보기에 자신의 신념이 명확한 그는 강인하고 고결한 기품을 가진 매화와 아주 잘 어울렸다.

"예. 뭔가 세속을 초월한 선비를 보는 것 같습니다. 경이롭고 또 설레고……."

"설렌다?"

"아! 꽃잎이 흩날리는 게……."

매화 꽃잎이 흩날릴 때 미르와 입을 맞췄던 일이 생각난 서요는 한

떨기 꽃처럼 수줍은 미소를 지었다. 해문은 자신도 모르게 그녀가 사랑스럽다고 생각했다.

그는 오늘따라 봄 공기가 훈훈하게 느껴져서 그런지 이 밤의 향취를 더 오래도록 맡고 싶어졌다. 또한, 서요 그녀와도 더 같이 있고 싶었다. 정확한 이유는 알 수 없었지만 이대로 혼자 별당으로 돌아가고 싶지 않았다.

"낭자. 백년 된 등나무를 보고 싶지 않나?"

그의 눈매가 매력적으로 접혔다.

"예?"

그리고 서요의 얼굴이 어리벙벙해졌다.

"낭자가 보면 아주 기뻐할 거야."

해문은 그녀와 함께 있고 싶은 마음을 간접적으로 표현했다. 서요는 그의 제안을 거절하지 못하고 일단 고개를 주억였다. 그녀는 그가 전처럼 우악스럽게 끌고 가지 않았기에 두려운 마음이 생기지 않았고, 지금껏 보여주었던 행동을 보아 왕검 자민처럼 악독하고 잔인하진 않다고 생각한 것이다.

'설마 이대로 잡혀가는 건 아니겠지.'

그럼에도 불구하고 긴장의 끈을 완전히 놓을 순 없었기에 서요는 잠시 하늘을 올려다보았다. 꽉 찬 보름달로, 다행히 신녀를 가리는 신월이 뜬 하늘은 아니었다.

서요와 해문이 어두운 숲길을 걸었다. 항상 그렇듯 환관과 호위무사만이 그들의 뒤를 조용히 따랐다.

"가까운 곳에…… 별당이 있었네요."

시야를 가리는 풀숲을 헤치고 들어서자 아담하지만 아름다운 별당이 보였다. 그 앞에 해문이 말한 오래된 등나무가 밤이 깊었는데도 보랏빛 꽃을 내놓고 있었다.

해문은 감탄하는 그녀를 지그시 응시했다. 말없이 자신을 내려다보는 그의 시선에 서요 역시 잠시 해문의 눈을 들여다보았다. 신비로운 자수정이 그의 눈에 박혀 있었다. 신비롭고 매력적인 등나무의 꽃과 같은 색이었다.

그녀는 시선을 돌려 다시 별당과 등나무를 바라보았다. 사방이 풀숲으로 뒤덮여 있었기에 마치 아무도 모르는 비밀 정원에 온 것처럼 신비로운 느낌이 들었다. 서요는 그 아름다운 풍광에 마음을 빼앗기고 말았다.

"거봐. 내가 좋아할 거라고 했지."

눈에 띄게 좋아하는 서요를 보며 해문이 흐뭇한 미소를 지었다. 그녀는 궁금증이 생겨 그에게 물었다.

"숲 속에 왜 이런 별당이 있는 것입니까?"

"내 하도 천문관에서 살다시피 하니 전하께서 하사한 것이다."

"아……."

왕검 자민의 이야기가 나오자 서요는 어깨를 움츠렸다.

"꽤 마음에 들어 이곳에서 밤을 지새우기도 하고……."

"예."

"아마 오늘 밤도 그리되겠군."

해문은 오늘 밤 이곳에서 잠을 청할 생각인 듯했다. 서요는 이상한 느낌을 받았지만 그가 웅장한 돌계단을 성큼성큼 올라가 사랑방으로 들어서자 어쩔 수 없이 그 뒤를 따랐다. 사랑방 앞에는 별당 풍경이 한눈에 들어오는 널따란 대청이 펼쳐져 있었다. 그가 정중앙에 책상다리를 하고 앉더니 옆자리를 툭툭 쳤다.

"등나무를 감상하기에 여기보다 좋은 곳은 없지."

"그렇습니까."

서요는 짧게 대답하며 그의 옆에 앉았다. 해문과 함께 있는 것이 조금 불편했지만 별당 앞에 고개를 숙인 아름다운 등나무와 달콤한 향을 내뿜는 꽃들, 그리고 꼬리에 불빛을 달고 돌아다니는 반딧불이를 보니 장관이었다.

"저하, 오셨습니까."

여종이 급하게 마당으로 나오더니 세자에게 예를 갖췄다. 그녀는 세자가 여자와 함께 별당에 오는 것을 난생 처음 보았다. 이곳은 세자만의 비밀 공간이라 여자뿐만 아니라 그 누구도 데려오는 법이 없었다.

"그래. 주안상을 내와라."

"알겠사옵니다."

여종이 물러나자 서요가 조금 당황한 기색을 보였다.

'함께 술이라도 마시겠다는 건가?'

서요는 술을 제대로 마셔본 적이 없었다. 다만 아주 오래전, 호기심 때문에 몰래 마시다가 어머니에게 들켜 엄청나게 꾸지람을 받은 적은 있었다.

"멋진 별당과 아름다운 등나무는 잘 보았으니, 저는 이만 돌아가는 게 좋을 것 같습니다."

긴장과 함께 압박감이 들자 서요는 침을 꿀꺽 삼키며 자리에서 일어났다. 왠지 이곳을 빨리 벗어나야 할 것만 같았다.

"아니."

그러나 해문은 뒷걸음질하며 떠나려는 서요의 손을 낚아챘다. 깊고 그윽한 눈빛이 서요의 발을 붙잡았고, 다시 열리는 그의 붉은 입술이 그녀의 머리를 복잡하게 만들었다.

"오늘 밤은 나와 함께 있지."

서요의 눈에 의아한 빛이 가득 담겼다. 해문은 알 수 없는 미소를 짓고 있었다.

"그게 무슨 말씀이십니까?"

서요는 오늘 밤 함께 있자는 말이 정확히 무슨 뜻인지 알 수가 없었다. 그녀에게 그는 항상 예측하기 어려운 사내였다. 반면 해문은 서요의 얼굴빛이 너무도 좋지 않자 씁쓸한 표정을 지었다.

"술 상대도 않고 그냥 가겠다는 건 너무 매정한 거 아닌가?"

그가 말하자 때마침 여종이 주안상을 들고 나타났다. 서요는 당황스러운 눈빛으로 상과 해문을 번갈아 보았다.

"오늘은 혼자 마시고 싶지가 않구나."

나지막한 해문의 목소리에 서요의 눈이 화등잔만 해졌다. 손을 뿌리치고 달아나려는 알량한 속마음을 들켜 버린 것만 같았다.

"예, 예. 그럼 잠시 앉아 있다 가겠습니다."

서요는 결국 세자의 성화에 못 이겨 다시 자리에 앉았다. 혼자 있고 싶지 않다는 해문의 마음이 진심인 것 같기도 했고, 그가 간절하게 청했음에도 불구하고 도망치려는 자신이 못되게 느껴지기도 했기에 떠날 수 없었다.

그녀는 잔에 탁주가 채워지자 얼굴을 일그러뜨렸다. 다 참아줄 수 있었으나 술을 마시는 건 싫었다. 서요가 침을 꿀꺽 삼켰다.

"저는 술을 마시지 못합니다."

"뭐라? 이 맛있는 걸?"

해문은 정말 이해하기 힘들다는 듯 눈썹을 추켜세웠다.

"예. 마시면 머리가 아파서……."

"아, 그런 것이라면 괜찮다. 아직 익숙하지 않아서 그런 것이니 친해지면 된다."

술과 친해지라는 해괴한 말에 서요는 고개를 내저으며 싫은 내색을 보였다.

"한잔하지."

그러나 해문은 뜻을 굽히지 않았다. 뚫어져라 쳐다보는 고압적인 시선에 서요는 결국 잔에 입술을 가져다 댔다. 눈을 질끈 감고 탁주를 넘긴 그녀는 절로 끄윽 하는 소리가 새어 나오는 것을 겨우 참았다.

"저하. 혹시 오늘 무슨 일 있으셨습니까?"

달콤한 안주를 집어 먹은 서요가 해문을 바라보며 조심스럽게 물었다. 그는 제 정체를 캐내기 위해 만찬도 준비하고 산책도 하러 가자고 했지만, 서요가 보기에 별당에 온 건 지금까지와는 다르게 전혀 의도하지 않은 일인 것 같았다. 그의 모습이 다른 때와는 달랐기 때문이었다.

해문은 조금 놀란 얼굴로 그녀에게 물었다.

"왜 그리 생각하느냐?"

"그건, 평소의 저하라면 저와 함께 있고 싶다는 말씀을 하지 않으셨을 것 같아서……."

미신을 싫어하는 세자는 아직도 서요의 정체에 대해 미심쩍어했다. 그렇기에 그녀는 그가 자신에게 술을 먹여서 정체나 능력을 알아내기 위해 부른 게 아니라면, 뭔가 다른 일이 있었을 것이라고 짐작했다.

해문은 입가에 묻은 술을 손등으로 스윽 닦고 입을 열었다.

"흠, 그런가. 낭자에겐 이런 내가 이상해 보이는 거군. 그냥…… 고독한 것이다."

너무도 모호한 대답이 들려왔다. 서요는 해문이 정말 어떤 생각을 하고 있는 건지 알 수가 없어 가슴이 답답했다. 그러나 그조차도 오늘 자신의 행동이 매우 이상하고 즉흥적이라고 생각했기에 정확한 답을 내릴 수 없었다. 해문은 서요에게 다시 술을 권했다.

"한 잔 더 받거라."

"저는 괜찮습니다, 저하."

그녀는 술을 거절했으나, 자신의 잔을 비우고 나서 다시 채우며 술을 권하는 해문에게는 당해낼 도리가 없었다.

"나는 마셨으니 너도 받거라."

"……예."

그렇게 서요와 해문은 한동안 별다른 말없이 술을 마셨다. 매혹적인 등나무 꽃향기와 달큼한 술내가 서요의 코를 아찔하게 만들었다. 이대로 보랏빛 향기에 취할 것 같았다. 결국 몇 잔의 술에 취기가 알딸딸하게 오른 서요는 혀가 꼬부라졌다.

"왜 이리 저를 못 잡아먹어서 안달이란 말입니까."

서요의 입에서 독한 술내가 났으나 내뱉는 숨결마다 그녀만의 은은한 향기도 함께 맴돌았다. 해문은 오랜만에 나른하고 평화로운 기분이 들어 서요의 행동을 귀엽게 봐주었다.

"내 언제 낭자를 잡아먹으려 했단 거지."

그리고 이렇듯 맞장구도 쳐 주었다. 서요는 바닥에 나뒹구는 낙엽처럼 이리저리 몸을 움직이다가 입술을 댓 자나 내밀었다.

"처음부터 그랬습니다! 지금도!"

그녀의 앙증맞은 손이 주안상을 탕탕 내려쳤다. 서요의 정신은 이미 저 멀리 날아가 있었다. 씀벅거리는 눈과 발갛게 달아오른 뺨 그리고 애교 있는 목소리. 서요를 보는 해문의 입가가 점차 위로 치솟기 시작했다. 첫 만남부터 어긋난 데다 강압적인 모습을 보이는 자신에게 성군이 될 거라 진심으로 말하고, 제 기분까지 쉬이 알아채는 그녀가 꽤 따뜻한 사람이라는 생각이 들었다. 그래서 마음이 편안했고, 서요와 함께 있고 싶었다.

"그래서 나를 두고 가버리겠다는 말이냐?"

해문이 아련한 눈빛으로 물었다. 서요는 그게 무슨 소리냐는 듯 고개를 갸웃했다.

"예?"

"궐이 얼마나 넓은 곳인지 아느냐? 낭자는 감히 상상도 할 수 없을 것이다. 그곳에서 나는 항상 혼자였다. 진심으로 나를 위해주는 사람은 아무도 없었지."

그녀는 그가 갑자기 속에 있는 말을 꺼내자 당황했다. 그러나 해문은 말을 멈추지 않았다.

"이곳 천문관에서 별을 관찰하고 후원에 핀 매화꽃을 바라보다가 별당으로 돌아가는 것이 내 일과였다. 그런데 낭자가 눈에 들어왔다. 외로운 그 길 끝에 하필이면 낭자가 보인 것이다."

해문은 자신의 입에서 나오는 말들이 당황스러웠다. 술에 취하자 생각까지 감성적으로 변한 건지 하지 않아도 될 말을 막 하고 있었다.

"오늘만큼은 혼자 그 길을 걷고 싶지 않았다."

그는 결국 마지막 말까지 다 해버렸다. 서요는 그제야 해문이 왜 자신을 이곳으로 데려왔는지 알 수 있게 되었다. 그는 정말 지독히도 외로워하고 있었다.

서요 또한 외로움이라는 감정을 아주 잘 알고 있었다. 쫓기는 인생이라 곁에 마음을 나눌 벗 하나 없었고, 그녀 자신의 사정을 다른 이에게 털어놓을 수도 없었다. 그러나 그녀에게는 세상 사람들이 모두 등을 돌려도 자신의 편이 되어줄 어머니와 아버지가 있었다. 그리고 지금은 여정을 함께하는 동료인 기상신들도 있었다.

'하지만 저하는…….'

왕검 자민조차 그에겐 엄격한 스승일 뿐일지도 몰랐다.

"그런데도 나를 두고 갈 것이냐?"

고독을 한껏 머금은 그의 목소리가 서요의 심장을 강타했다. 외로움이라는 감정은 한 번 잡아먹히면 쉽게 빠져나올 수가 없다. 그래서 이렇게 안 지 얼마 되지 않은 사람에게 갑자기 마음을 털어놓게 되기도 하는 것이다.

서요는 천하를 가진 것만 같았던 세자가 지금은 세상에서 제일 불쌍하게 느껴졌다. 많은 이들이 세자의 뒤를 따라다녔지만, 그들은 결코 세자의 동료나 친우가 될 순 없었다. 진지한 해문의 말에 서요는 술이 확 깨버렸다.

"어찌 감히 제가 세자 저하를 위로할 수 있겠습니까."

"그냥 곁……."

"지금은 가지 않겠습니다."

서요의 단단한 시선이 흐트러진 해문에게 닿았다. 그녀는 위태로워 보이는 세자의 곁을 지금 당장 떠나서는 안 되겠다는 생각이 들었다. 붙잡아주는 사람이 아무도 없다면 그는 더욱 고독하고 쓸쓸해질 것이 분명했다.

그리고 그는 자신의 말을 자르긴 했지만, 가장 마음에 드는 답을 해준 그녀에게 살포시 미소를 지었다. 해문은 오늘만큼은 그녀의 따뜻함에 기대고 싶었다. 다음 날이 되면 절실하게 후회하겠지만 술에 취한 상태이니 그리 창피할 것도 없었다. 잊어버린다 하면, 잊어버렸다 하면 그뿐이었으니까.

"보름달이 정말 밝고 환하네요. 하늘에 구름이 없어서 그런가."

서요가 애써 밝게 말하자, 그의 몽롱한 눈이 하늘에 걸려 있는 둥근 달로 향했다. 해문 또한 더는 기운 빠져 있고 싶지 않았기에 그녀의 말에 유쾌하게 답했다.

"꼭 낭자의 얼굴을 보는 것 같네."

"예?"

어이없는 농에 서요가 입매를 비틀었다. 그녀는 자신의 얼굴이 달처럼 둥글 리가 없다고 생각했다.

"삐졌느냐?"

해문이 즐겁게 웃었다. 서요는 고개를 내저으며 반박하려던 입을 다물었다. 말해봤자 괜히 저만 피곤해질 것 같았다. 해문은 어깨를 으쓱이더니 다른 이야깃거리를 꺼냈다.

"내 이웃 나라로 잠시 유학하러 갔을 때, 바다 건너 먼 나라의 춤을 배운 적이 있었는데……."

서요는 무슨 말을 하나 싶어 해문의 목소리에 귀를 기울였다. 그는 이미 마음의 결정을 내렸기에 시원하게 말했다.

"함께 춰볼까?"

"예?"

서요는 황당함에 입을 쩍 벌렸다. 그는 하다하다 이제 춤까지 함께 추자고 청했다. 그녀는 앞으로 외로워 보이는 세자의 곁으로는 절대 가지 말아야겠다는 생각이 들었다. 오늘처럼 술 상대가 되어주고 춤까지 춰야 할지도 모르니 말이다.

"춤은 한 번도 춰본 적이 없습니다. 아, 안 됩니다."

그녀는 휘빈의 아름다운 춤사위를 오늘 내내 보았지만, 자신이 그리 움직일 수는 없을 것 같았다. 어찌 딱딱한 몸뚱이를 움직일 수 있단 말인가. 서요는 절대 그럴 수 없었고, 그러고 싶지도 않았다.

"아주 간단한 동작이다. 일어나 보거라."

하지만 해문은 서요와 함께 춤을 출 생각에 술기운이 싹 날아간 건지, 갑자기 목소리가 아주 명확해졌다. 그의 강요에 서요는 죽을상을 하고 쭈뼛거리며 자리에서 일어났다.

"뭐 어디 끌려가기라도 하느냐?"

해문이 웃음기 가득한 말을 내뱉었다. 표정에서 생각이 다 드러나는 그녀 때문에 웃지 않을 수가 없었다.

"지금은 끌려가는 것보다 더 절망적입니다."

서요의 입가가 축 처졌고 목소리는 완전히 풀이 죽었다. 해문은 그런 그녀를 귀엽게 여기며 가까이 다가섰다. 아담한 머리통이 바로 눈앞에서 내려다보였다. 그는 자신도 모르게 자꾸만 서요에게 끌리고 있었다.

"왜, 왜! 왜 갑자기 춤을 추고 싶어지신 겁니까."

숨이 막힐 정도로 거리가 좁아지자 그녀는 당황해서 말을 더듬었다. 세자는 지금껏 고독을 씹고 있었는데 왜 갑자기 춤을 추고 싶어 하는지 이해할 수가 없었다.

"음…… 그냥 내 마음이다."

"예?"

해문은 건성으로 대답하는 것 같았지만, 그 속에 진심을 담았다. 이처럼 달이 빛나는 아름다운 밤에 그는 아리따운 여인과 함께 아무런 걱정 없이 춤을 추고 싶었다. 술에 취해 더 이상야릇하게 느껴지는 마음을 거리낌 없이 표현하고 싶었다.

해문은 그녀에게 취중진담을 한 후부터 꼿꼿이 세워두었던 자존심을 내려놓았다. 그야말로 고삐 풀린 망아지가 된 것이었다.

"앗, 저하!"

그는 느닷없이 서요의 등에 손을 대고 힘을 주어 끌어당겨 자신의 품에 들어오게 했다. 그러자 그녀의 얼굴이 그의 가슴팍에 톡 닿았다. 무람없는 행동에 서요는 얼굴을 찌푸렸다.

그녀는 세자의 손이 몸에 닿자 희롱을 당하는 것처럼 부끄러운 감정이 밀려들었다. 후원에서 미르가 호신술을 알려주기 위해 손을 잡았던 것과는 전혀 다른 느낌이었다.

하지만 그러한 서요의 마음을 모르는 해문이 즐겁게 말했다.

"낭자. 한쪽 손을 내 어깨에 올리고, 다른 쪽 손은……."

해문은 그답지 않게 부드러운 목소리로 말했다. 그는 서요의 손이 천천히 어깨 위로 올라오자, 그녀의 다른 쪽 손을 조심스럽게 쥐었다. 차가울 것이라 예상했던 그의 손이 의외로 따뜻하자 서요는 눈을 크게 뜨며 긴장해서 뛰는 심장을 진정시키려고 노력했다.

"남녀가 함께 추는 춤이군요. 그 나라는 참으로 개방적인가 봅니다. 하하하."

그러나 그녀는 민망한 나머지 두서없이 말을 내뱉었다. 해문은 서요의 굳은 몸을 느끼며 천천히 발을 움직였다.

"내가 한쪽 발을 앞으로 내밀면, 낭자는 뒤로 한 발을 물러서면 돼."

"이, 이렇게요?"

서요는 술을 마신 상태라 그런지 해문과 함께 움직일 때마다 머리가 지진이라도 난 것처럼 흔들렸다. 그래서 이젠 이 동작이 부끄러운 것이라는 생각도 잊고 그저 잘 들리지 않는 해문의 말을 듣고 따라가기 위해서 노력했다. 해문이 다가올 때마다 한 발 뒤로 멀어지면 되었다.

쉬운 동작이 반복되자 서요는 점차 몸이 풀리기 시작했다. 뻣뻣하던 동작이 물 흐르듯 자연스럽게 이어졌다. 그녀는 처음으로 춤을 추며 재미라는 것을 느껴보았다. 함께하는 상대가 세자였음에도 재미가 있다니, 참으로 신기한 경험이었다. 해문이 더는 무섭지 않았고, 평범하게 유흥을 즐기는 사내 같다는 망측한 생각도 들었다.

"이제 제법 잘 하는군. 음악을 들으며 하면 훨씬 좋았을 텐데."

해문의 칭찬에 서요의 입꼬리가 슥 올라갔다. 그녀는 호기심 어린 눈빛으로 물었다.

"어떤 음악이요?"

서요가 궁금해하자 해문은 잠깐 망설이더니 입으로 생소한 가락을 읊기 시작했다. 생각지 못한 부드러운 음성이었다. 오늘따라 해문의 새로운 면모를 계속해서 보게 된 그녀는 깜짝 놀랐다.

'이런, 이런 사람이었어? 아니잖아. 아무리 술기운이 있다지만!'

서요는 의아하고 당황스러웠지만 확실히 남녀가 같이 추는 춤이라 그런지 낭만적인 느낌이 있었다. 해문의 호흡이 지척에서 느껴졌고, 움직일 때마다 맞닿는 몸이 자극적이었다.

"이제 그, 그만."

이상한 기분이 들자 서요는 참았던 숨을 터뜨리며 동작을 멈췄다. 넓은 대청을 얼마나 돌아다녔던지 어지럼증까지 와 머리를 붙잡아야 했을 정도였다.

해문은 바로 눈앞에 서요의 단정한 이마와 가지런하게 난 잔머리가 보이자 자신도 모르게 손을 뻗어 그 부분을 쓰다듬었다. 매끄러운 살결이 손끝에 닿는 느낌이 기분 좋았다.

그의 손길에 서요는 급하게 고개를 들어올렸다. 그곳엔 사랑스러운 눈길로 자신을 바라보는 해문의 얼굴이 있었다.

'대체 왜?'

"저하?"

서요는 제 얼굴선을 매만지는 해문의 손길을 피해 뒷걸음질을 쳤다. 그녀는 이 상황이 당황스러웠고 자리를 피하고만 싶었다. 반면 해문은 서요가 제게서 멀어지자 순간적으로 표정이 차갑게 굳어졌다.

"무슨 생각을 하는 거지?"

그녀는 뭔가 다른 생각을 곱씹는 게 얼굴에서 확연히 티가 났고, 그는 그걸 놓치지 않았다.

"예? 그게 무슨. 이, 일단 저는 이만 가봐야겠습니다. 시간이 늦어서."

그녀는 꼬리를 자르고 도망가려는 도마뱀처럼 급박해 보였다. 그 모습에 해문의 가슴에 서늘한 바람이 몰아쳤다. 온몸을 산산조각 내는 돌풍에 해문은 입술을 짓씹은 뒤야 간신히 입을 열 수 있었다.

"밤길이 어두우니 시종을 붙여주마."

해문이 말하며 여종을 불렀다. 서요를 더 붙잡아두고 싶었지만 그녀가 아예 시선을 외면해 버리는 탓에 그 또한 마음이 상해 버렸다.

"감사합니다. 저하."

세자가 순순히 놓아주자 서요는 얼른 인사를 올리고 총총걸음으로 별당을 빠져나왔다. 그녀가 떠나자 해문은 홀로 등나무 꽃을 바라보았다. 서요와 함께 있을 때와는 달리, 그는 아주 쓸쓸한 표정을 짓고 있었다.

"하…… 정말, 애초에 가는 게 아니었는데."

아침에 일어나자마자 서요는 제 머리를 쥐어뜯으며 후회했다. 미르 때도 그러더니 이젠 세자까지…… 원치도 않는 일이 계속해서 일어났다. 그녀는 춤보다는 세자의 취중진담이 특히 더 신경 쓰였다. 외롭다는 고백은 서요의 가슴을 아프게 만들었다.

"내가 너무한 건가."

잘못한 것도 없으면서 이런 생각까지 들었다. 서요가 방 안에서 죄책감에 괴로워하고 있을 때, 바깥에서 우렁찬 미르의 목소리가 들려왔다.

"얼른 나와! 가기로 했잖아."

미르의 말에 서요는 정신이 확 들었다. 오늘은 장사는 접었지만 실력이 출중하다는 계추 장인을 만나러 가기로 한 날이었다. 그녀가 손바닥으로 얼굴을 몇 번 치더니 옷매무시를 가다듬고 문을 열었다.

'헉!'

밖으로 나간 서요는 깜짝 놀랐다. 마당엔 미르뿐만 아니라 해문도 있었다. 그녀는 두 남자를 보고 낯빛이 하얗게 질렸다. 신의 장난도 아니고 왜 이런 곤란한 일들만 반복되는 건지 알 수 없었다. 잘생긴 두 남자의 뜨거운 시선을 받게 된 서요는 그대로 녹을 것만 같았다.

"뭐야. 표정이 왜 그래? 못 볼 거라도 봤어?"

미르는 허리에 손을 척 얹은 채, 눈알을 굴리고 서 있는 서요를 바라보았다. 그녀는 뒤에서 얼쩡거리는 세자 해문의 눈치를 보고 있었다. 미르는 그런 그들의 분위기가 영 이상하게 느껴졌다.

"아니, 그게 아니라……."

서요는 애써 표정을 관리하고 부인했다. 해문은 다른 곳으로 떠날 것 같으면서도 떠나지 않았고, 미르는 뭐가 문제냐고 말하는 것 같은 눈으로 그녀를 바라보았다.

'어제 그렇게 도망치듯 가서 화났나? 그러게 누가 그런 눈빛으로 얼굴을 쓰다듬으랬나!'

서요는 곤란해하며 콧잔등을 찡그렸다. 제가 죄를 지은 것도 아닌데, 어젯밤의 일은 떠올릴수록 찝찝하기만 했다.

"얼른 가자."

미르는 대체 왜 그러는지 알 수가 없어서 그녀를 데리고 자리를 떠났다. 해문은 회신당으로 향하는 척하며 그들의 뒷모습을 끝까지 응시했다.

사실 해문은 오늘 아침만 해도 그녀에 대한 배신감에 속이 부글부글 끓어올랐다. 감히 세자인 자신을 거부하고 떠나는 여인은 처음 보았던 것이다. 그런데 그는 막상 자신을 보고 어찌할 바를 몰라 하는 그녀의 모습에 아무런 말도 하지 못했다.

"이런 경우는 또 처음이군."

해문이 생전 처음 느껴보는 감정이 짜증난다는 듯 날카롭게 내뱉고 돌아섰다. 그러나 그는 이러한 감정을 안겨주는 서요를 무시하기는커녕 계속 신경 쓰고 어젯밤의 일을 곱씹었다. 그녀가 자신처럼 대단한 사내를 거부하는 것도, 해문 자신이 그런 서요에게 집착하는 것도 그에게는 믿을 수 없을 만큼 해괴한 일이기 때문이었다.

"대체 왜…… 이해할 수가 없어."

해문은 그녀의 행동과 그 자신의 감정을 도저히 이해할 수 없어 한숨을 길게 내쉬었다.

한편 미르에게 팔이 붙들린 채 끌려가던 서요는 이제 해문이 아니라 미르의 눈치를 보고 있었다. 그는 기분이 매우 좋지 않아 보였다.

"엇. 소소님, 가람님!"

그때 서요는 말갈기를 쓰다듬고 있는 소소와 가람을 발견하고 반가운 마음에 소리쳤다. 그녀는 이제 미르에게서 벗어나 좀 더 마음이 편한 소소에게 갈 생각이었다. 그러나 미르는 서요가 그들에게 가도록 놔주지 않았다. 앞으로 몸을 내밀었던 그녀는 팔을 강하게 잡아채는 미르의 힘 때문에 다시 그의 옆자리로 되돌아왔다.

"어딜 가려고?"

"예?"

서요는 쭈뼛거리며 불편하다는 기운을 온몸으로 내뿜었다. 하지만 미르는 당당했다.

"어제 나랑 함께 가기로 했잖아. 기억 안 나?"

"아, 설마 그, 가봐야 할 곳이 있다고 했던 거요? 미르님하고만 같이 가자는 얘기는 아니었는데……."

서요는 당황한 나머지 두 손을 얼굴 앞에서 내저었다. 그건 휘빈의 꾐에 넘어가려는 미르가 걱정되어서 그를 회유하고자 덧붙인 말일 뿐이었다.

"아니, 나는 분명히 그렇게 들었어."

"그게 아닌데!"

"그러니까 너희 둘은 다른 곳 찾아봐. 굳이 이렇게 우르르 몰려갈 필요 없으니까."

미르는 짓궂은 미소를 지으며 소소와 가람을 보았다. 가람은 어깨를 으쓱하며 상관없다는 기색을 보였고, 소소는 그런 미르가 영 못미더웠는지 바로 서요에게 다가갔다.

"네가 저놈이랑 움직여. 항상 그래왔잖아?"

그의 말에 미르는 화가 치솟았다. 왜 서요의 곁엔 이놈이고 저놈이고 죄다 들러붙는지 모를 일이었다. 해문을 겨우 떼어놓고 오니 이젠 소소가 그를 귀찮게 했다. 미르는 해문이든 소소든, 그녀 곁에 알짱거리는 모든 남자가 자신의 눈앞에서 좀 사라지기를 바랐다.

"아니, 네가 요새 뭘 착각하는 것 같은데. 너만 신이 아니고, 너만 얘를 지키러 온 것도 아니니까 유난 떨지 마. 그리고 얘는 내기에 졌으니 명백히 나의 것이라고. 잊었어?"

미르가 서요를 가리키며 씹어뱉듯 말했다. 소소는 미르가 그녀를 모시고 받들어야 할 이가 아니라, 여전히 물건처럼 취급하는 게 마음에 들지 않아 주먹을 꽉 쥐었다. 서요는 점차 그들의 분위기가 험악해지는 것이 보이자 불꽃이 튀는 두 신 사이에 서서 난감한 얼굴로 중재를 시도했다.

"에이, 왜들 이러세요. 일단 미르님하고 같이 가기로 했던 건 맞으니까 이번에는 소소님과 가람님이 따로 움직여 주세요."

그녀는 그들을 살살 달래며 무슨 열 살 난 어린아이들의 싸움을 말리는 것 같다는 생각이 들었다. 소소는 서요의 만류에 결국 고개를 끄덕였다. 그는 미르가 서요를 지키는 일을 소홀히 하진 않을 거라고 생각했지만 그래도 그녀의 곁을 떠나는 게 싫었다. 마치 서요를 미르에게 빼앗긴 것 같은 느낌이 들 정도였다. 소소는 그런 생각을 하는 자신이 매우 낯설었다.

"그럼, 나중에 보자고."

미르는 서요가 자신의 편을 들어줬다는 생각에 익살스러운 얼굴로 소소의 어깨를 치고 지나갔다. 말 앞에 선 그는 서요를 단숨에 말안장 위로 올린 후 그녀의 뒤에 올라탔다. 달콤한 기분에 빠져 있던 미르는 애써 표정을 굳히고 엄하게 말했다.

"겨슬레에 가면 추궁할 게 한두 가지가 아니니까 마음 단단히 먹는 게 좋을 거야."

그에게서 섬뜩한 말이 흘러나왔다. 서요는 온몸을 긴장하여 굳힌 채 천천히 심호흡을 했다. 영원히 겨슬레에 도착하지 않았으면 좋겠다는 생각마저 들었다. 그러나 서요의 바람대로 될 리가 없었다. 오히려 미르는 아주 빠르게 말을 몰았다. 그의 가슴이 들썩일 때마다 그녀의 몸도 위아래로 세차게 흔들렸다. 그녀는 말 위에서 누군가와 함께 호흡하며 달리는 게 이토록 가슴 떨리는 일이라는 걸, 소소와 함께 탔을 땐 전혀 알지 못했었다. 미르의 단단한 가슴팍이 느껴질 때마다 등허리가 꼿꼿해지고 숨결이 거칠어졌다.

대장장이들의 집터에 도착해 미르가 말고삐를 당기자 달리던 말이 멈춰 섰다. 서요는 드디어 올 것이 왔구나, 하는 표정으로 지상에 발을 내디뎠다.

"자, 그럼 무슨 일이 있었는지 솔직하게 말해봐."

근처 나무에 말을 매어둔 미르가 살벌한 눈빛을 쏘았다. 서요는 어젯밤에 있었던 일을 떠올리며 두 눈을 질끈 감았다. 그녀는 왠지 미르가 그 일에 대해서 알게 되면 큰일이 생길 것만 같은 느낌이 들었다. 그는 얼마 전, 번개를 품은 먹구름으로 해문을 위험하게 한 적도 있었기에 서요는 더 말하기가 꺼려졌다.

'또다시 그런 일이 벌어지면?'

생각만으로도 머리가 지끈거렸기에 서요는 이번만큼은 하얀 거짓말을 해야겠다고 다짐했다. 굳이 긁어 부스럼을 만들 필요는 없었다. 또한, 그녀는 해문과 함께 술을 마시고 춤을 췄다는 걸 미르에게 말하기 싫었다. 미르가 평생 이 일에 대해서 몰랐으면 싶었다.

"그냥…… 우연히 후원에서 저하를 만나 대화를 나눈 것뿐이에요."

미르는 두루뭉술한 서요의 말에 턱을 쓰다듬었다. 그녀는 애써 태연한 척했으나 눈빛이 살짝 흔들렸다.

"무슨 대화를 했기에 그렇게 눈치를 보는데?"

"제가 말실수를 좀 해서……."

서요는 적당한 말이 생각나지 않아 울상을 지었다. 미르는 그런 서요의 상태를 살펴보더니, 웬일인지 더 캐묻지 않고 알겠다며 고개를 끄덕였다.

'응? 정말 이렇게 넘어가는 거야?'

이 시간이 지나가기만을 바랐던 서요는 미르가 너무도 쉽게 수긍하고 넘어가자 얼떨떨한 표정을 지었다. 미르가 이렇게 쉽게 넘어가니 오히려 더 불길했다. 서요가 잔뜩 긴장한 얼굴을 하고서 그를 쫓아가자 미르가 돌아보더니 대뜸 물었다.

"왜 그런 눈으로 날 봐?"

"예?"

"뭐가 단단히 찔리나 본데."

미르는 사실 여기서 제대로 된 답을 들을 생각은 없었다. 서요는 불안해하면서도 제대로 말해줄 생각이 없어 보였고, 어찌어찌 추궁해 알아낸다고 해도 중요한 내용이 빠진 답변일 것 같았다. 그러니 그는 서요보다는 다른 쪽, 즉 해문에게 물어보는 게 더 명확한 사실을 알 수 있으리라고 생각했다.

미르의 눈이 독을 품은 맹수처럼 사나워졌다. 다른 기상신들도 그의 눈에 거슬리는 건 마찬가지였지만 가장 눈엣가시 같은 건 역시 해문이었다.

"가볼 데가 어딘데. 앞장서 봐."

그의 말에 서요는 조금 아리송한 얼굴로 계추의 집이 있다는 뒷산으로 향했다.

그런 그들의 뒤를, 아침 일찍부터 집터 입구에서 그들을 기다리고 있던 휘빈이 멀찍이 떨어져서 쫓아갔다. 그녀는 그들이 다시 이곳을 찾을 것이라고 예상하고 있었다. 저자의 점포에서 찾지 못했으면 집집마다 일일이 찾아보는 수밖에 없기 때문이었다. 미르에게 들키지 않기 위해서 조심히 따라가느라, 아름다운 그녀의 얼굴이 찡그러졌다.

"저 오두막인 듯한데."

서요가 거친 숨을 내쉬며 작은 오두막을 가리켰다. 미르는 서요의 손가락을 따라 오두막을 눈에 담고 미간을 찌푸렸다.

"신기가 느껴지는데."

"예?"

미르는 서요를 안전하게 뒤에 세워둔 채 직접 나무문 앞에서 소리를 냈다. 칩거하는 장인이라고 하니 미르 또한 뭔가 의심이 들었다. 그런데 안에서 아무 낌새가 없자 미르는 급기야 문을 부숴 버릴 것처럼 격렬하게 흔들기 시작했다. 서요는 깜짝 놀라 그를 말리려고 했지만, 그 순간 산적처럼 생긴 자가 문을 벌컥 열고 밖으로 나왔다.

"어떤 새끼야."

장인 계추의 눈빛은 이승을 등진 사람처럼 흐리멍덩하고 퍼런색이 돌았다. 그리고 살가죽은 오래도록 물에 잠겨 있었던 것처럼 쭈글쭈글했다. 미르는 신경에 거슬리는 건방진 말에 콧방귀를 뀌며 실소했다.

"뭐라고? 새끼? 어디서 주둥이를 함부로 놀려. 네놈도 꽤 강한 신력을 가진 것 같은데…… 이 몸을 모른단 말이야?"

"다, 닥쳐! 분란 일으키고 싶지 않으면 조용히 꺼지란 말이야!"

신력이라는 말에 계추는 눈에 띄게 당황했다. 문을 잡은 손은 덜덜 떨렸고 흰자위에는 핏대가 섰다. 그는 반쯤 정신이 나가 있었기에 미르에게서 뿜어져 나오는 신성한 기운을 알아채지 못하고 있었다.

계추는 조선에서 몇 남지 않은, 대장장이이면서 무당처럼 강한 신력을 지닌 존재였다. 게다가 그 신력은 계추의 집에 있는 어떤 물건 덕분에 더욱 증폭되고 있었고, 그도 그것을 알고 있는지 일정 범위 밖으로는 나오지 않았다. 그는 불안한 눈빛으로 주변을 살피더니 결국 도로 집에 들어가서 문을 닫아버렸다.

"뭐, 저런 놈이 다 있어. 아예 대화가 안 통하겠는데?"

땀이 가득 배어나는 얼굴에 좌우로 굴리는 눈동자, 그리고 바싹 마른 입술까지. 그의 모습만 보아도 확실히 수상했다. 미르는 힘을 동원해서라도 그의 집에 들어가야 하나 싶어 고민에 빠졌다.

그때 서요는 미르의 보호 아래 멀찌감치 뒤에 서 있었으나, 궁금증을 참지 못하고 오두막 주변을 서성거렸다. 그들이 처음에 찾아갔던 장도 할배와 견줄 정도의 명인이었다면 그의 집에도 분명 명검이라 할 만한 것들이 많이 있을 터였다.

'엇! 창문?'

오두막 왼편에서 창문으로 보이는 곳을 발견한 서요가 허리를 반쯤 숙이고 가까이 다가갔다. 그러나 창문은 이미 널빤지로 단단히 가로막혀서 햇빛까지 완전히 차단하고 있었다.

'대체 왜? 무엇을 숨기기에?'

잠시 궁리하던 서요는 자신의 힘으로는 창문을 어찌할 수 없었기에, 문 앞에서 고민하던 미르를 데려와 눈짓으로 그곳을 가리켰다.

"저것만 뗄 수 있어요?"

"당연하지, 날 뭘로 보고. 그런데 그냥 문짝을 뜯어버리는 게 낫지 않겠어?"

"그러면 난리 나잖아요."

"참나. 정당하게 명검을 찾아야 한다 어쩐다 하더니만."

미르가 빈정거리자 서요는 헛기침을 내뱉었다. 가보를 무력으로 빼앗을 생각이 없는 건 여전했지만, 상대방이 수상한데도 물러선다고 한 적은 없었다.

"아, 빨리요! 할 거예요, 말 거예요!"

서요는 민망한 나머지 크게 소리를 냈다가 깜짝 놀라서 제 입을 틀어막았다. 그리고 재미있다는 듯 입꼬리를 올린 미르를 뾰족한 눈으로 노려보았다.

"알았으니까 도끼눈 뜨고 바라보지 마."

'화내는 모습도 귀여우니까.'

그녀의 도톰한 입술은 삐죽, 매끈한 볼은 불룩 튀어나와 있었다. 미르는 건드려 보고 싶을 만큼 귀엽다는 낯간지러운 생각을 하곤 자신이 그런 생각을 했다는 것에 몸서리를 쳤다. 그는 왜 자꾸 이러는지 이해할 수 없었다. 입맞춤도 사고일 뿐이었고 그녀와 한 방에서 잠이 든 것도 실수일 뿐이었다.

애써 드는 생각을 떨쳐 낸 그가 널빤지 중심에 두 손가락을 대고 힘을 주었다. 그러자 창문을 막고 있던 판자가 지직 소리를 내며 금이 가더니 완전히 두 동강이 나버렸다.

서요는 미르에게 대단하다는 눈빛을 보내다가 얼른 까치발을 들어 창문 너머를 살폈다. 방 안은 무서울 만큼 어둡고 고요해서 마치 암굴을 보는 것 같았지만, 그녀는 그 속에서 유일하게 빛나는 것을 발견하고 두 눈을 크게 치떴다.

'저건!'

저 모양은 분명 검이었다. 날렵한 칼날 부분에서 빛이 나자 서요는 깜짝 놀라 신음을 내질렀다.

"헉!"

"누구야!"

신음을 들은 계추는 돼지 멱을 따는 것처럼 괴기한 소리를 질렀다.

"어, 어서 가요!"

서요는 집 안에서 쿵쾅거리는 소리가 들려오자 얼른 미르의 손을 잡아끌었다. 그러나 그녀가 왜 도망가는지 알 수 없었던 미르는 황당한 얼굴로 버티고 섰다. 서요는 따라오지 않는 그 때문에 더는 앞으로 나아가지 못하고 멈춰 섰다.

미르가 의아한 얼굴로 물었다.
"왜 도망가?"
"왜긴요! 못 보셨어요? 검에서 빛이 났잖아요! 창문 부순 거 들켰으니까 일단 도망가야죠!"
흥분해서 마구 내뱉는 서요의 말에 미르는 빛이 나는 검을 본 건 사실이지만 도망갈 필요가 없다고 생각해서 눈썹을 찌푸렸다.
"검을 빼앗아야지!"
"아우, 지금은 아니에요! 일단 숲을 나가서 얘기해요."
미르가 돌발 행동을 할까 걱정되었던 서요는 다시 그의 팔을 잡아 이끌었다. 이미 계추가 씩씩거리며 집 밖으로 나오고 있었다. 서요의 성화에 미르는 하는 수 없이 계추의 오두막이 있는 숲을 빠져나갔다.
그리고 나무 뒤에서 그 상황을 모두 지켜보고 있던 휘빈은 검은 옷자락을 휘날리며 섬뜩한 미소를 지었다.
'환웅의 딸이 명검을 찾았나 보군.'
휘빈은 길길이 날뛰고 있는 계추를 독기 어린 눈으로 바라보았다. 그렇지 않아도 그녀 역시 그에게 볼일이 있었다. 저승사자들을 신력으로 누를 정도로 강한 힘, 그리고 광기 어린 집착. 저승사자들을 신력으로 누를 수 있었던 그 힘은 계추가 그들이 찾는 명검을 가지고 있기 때문일지도 몰랐다.
"네놈이 범인이더냐."
휘빈이 순식간에 계추 앞으로 이동했다. 축지법을 하는 것처럼 빠른 속도에 서요와 미르를 쫓으려고 했던 그는 인상을 일그러뜨렸다. 오늘따라 원치 않는 손님들이 계속 오고 있었다.
"네년은 누구…… 으헉!"
상황 파악을 하지 못하고 있던 계추는 휘빈의 날카로운 공격을 받고 비명을 내질렀다. 그녀가 손가락을 손바닥 쪽으로 굽힐 때마다 계추의 목에는 칼날보다 더 첨예한, 손톱에 찔린 상처가 생겼다.

"내가 누구냐고? 네가 붙잡고 있는 영혼을 저승으로 데려갈, 무시무시한 사자."

휘빈의 입에서 소름 끼치는 음성이 나왔다. 한낱 인간 주제에 저승의 여신인 자신을 친히 이곳까지 오게 하였으니, 그에 맞는 대가를 치르게 할 생각이었다. 휘빈의 머릿속에 핏빛 섬광이 스쳐 지나갔다.

"아니, 왜 도망을 가!"

미르가 말을 매어둔 곳에 도착하자 성을 냈다. 서요는 숨을 거칠게 몰아쉬었다.

"진짜 그냥 빼앗겠다고요?"

"그럼 그 정신 나간 인간이랑 대화라는 걸 해보겠다는 거야? 설득이 가능하기나 해?"

미르는 그렇게 해서라도 임무를 수행하고 싶었다. 아니, 빨리 이곳에서의 일을 마무리 짓고 해문이 없는 곳으로 떠나고 싶었다. 하지만 서요는 아무리 그래도 남의 물건을 도둑질하는 건 영 내키지 않았다. 그들의 의견이 극명하게 엇갈렸다.

"난 간다."

미르는 이러고 있는 시간조차 아까운지 서요에게서 등을 돌려 다시 계추의 집으로 향했다. 손가락을 잘근잘근 씹으며 어쩔 줄 몰라 하던 서요는 그런 그의 팔을 붙잡았다.

"아, 잠깐만요! 더 좋은 방법이 있을 테니까, 가만히 좀 계세요."

당장 좋은 방법이 생각나지 않았고 그는 그녀의 뜻과 전혀 다르게 움직였기에, 서요의 목소리가 저절로 격앙되었다. 미르는 답답함과 짜증이 가득한 서요의 얼굴을 보고 실망해서 그녀의 손을 매몰차게 치웠다.

"그럼 너 혼자 알아서 해."

미르의 입에서 북풍한설처럼 냉담한 말이 쏟아졌다. 그는 한시라도 빨리 떠나고 싶은 자신과는 달리, 서요가 천문관을 벗어나고 싶어 하지 않는 것 같아서 마음이 가라앉았다.

미르는 그녀에게서 멀어졌다. 서요는 떠나가는 그의 뒷모습을 보며 발을 동동거렸다. 미르는 분명 엄청나게 화가 난 얼굴을 하고 있었다. 의욕적으로 임무를 수행하려던 그는 사사건건 안 된다고 하는 제 말에 상처를 입었는지도 몰랐다.

결국 그녀는 미르의 뒤를 쫄래쫄래 쫓아갔다. 나쁜 짓을 해서라도 검을 얻으려는 그의 모습에 서요 또한 조금 실망한 건 사실이었으나, 그렇다고 해도 미르와 다시 어색한 사이가 되고 싶지는 않았다.

"미르, 미르님! 같이 가요!"

그녀가 그의 뒤에서 소리쳤다. 미르는 이대로 구름이 되어 사라질까 했지만 지금 서요를 호위하고 있는 건 자신뿐이라는 사실이 뒤늦게 떠올랐다.

'하필이면 이럴 때!'

미르는 얼마 못 가 제자리에 우뚝 서서 짙은 한숨을 내뱉었다. 그를 부르며 쫓아오던 서요가 숨을 헐떡이며 그의 팔을 붙들었다.

"걸음도 진짜 빨라가지고."

서요의 투정에 미르의 입가가 샐그러졌다.

'빠르기만 한 줄 알아? 아예 눈앞에서 사라져 버리려고 했다고.'

그런 미르의 마음을 모르는 서요는 골똘히 생각에 잠겼다. 실망한 그의 마음을 어떻게 풀어줄까 고민하는 것이었다.

'음. 사실은 그 말이 아니었다고 변명해 봐? 에이, 그러면 또 자기 말이 옳다고 쳐들어갈 거 아니야. 그럼 살살 달래? 더 화낼 거 같은데. 그렇다면…….'

마지막 생각에 이르자 서요의 얼굴이 민망함에 후끈 달아올랐다. 하지만 그렇게 해서 미르의 행동을 저지할 수 있고, 또 화도 풀어줄 수 있다면 못할 것도 없었다. 그녀는 눈을 질끈 감고 잠시 심호흡을 했다.

미르는 서요가 자못 비장한 표정을 짓자 뭘 하려는 건가 싶어 그녀를 바라보았다.

잠시 후 서요의 도톰한 입술이 열리며 코맹맹이 소리가 나왔고, 아담한 몸은 마치 술에 취한 사람처럼 좌우로 흐느적거렸다.

"미, 미르님. 아잉! 잘못했어요. 한 번만 넘어가 주세요!"

교태를 부리는 것은 기녀로 분장했을 때 몇 번 해봤더니 그리 어렵지는 않았다. 그러나 하고 나서 이토록 민망하고 후회스러운 것을 보면, 상대가 미르라는 것이 큰 치명타였다.

미르는 무엇을 보았나 싶어 눈을 끔벅였다. 방금 전에 믿을 수 없는 무언가가 슝 지나간 것 같았다.

"대, 대체 뭘 한 거야?"

완전히 굳어 있던 미르가 적막을 깨고 물었다. 서요는 어깨를 흔들며 한쪽 눈을 찡긋거렸었다. 그는 갑작스러운 일에 매우 당황했지만 이내 서요가 왜 그런 짓을 했는지 알 것만 같아서 자꾸 웃음이 나왔다.

실소하기 시작하는 그를 보며 서요는 두 손으로 얼굴을 가렸다. 말도 섞지 않으려고 했던 미르가 웃었으니 목적을 달성하긴 했지만, 민망함은 온전히 그녀의 몫이었다.

"한 번 더 해봐."

미르가 배를 잡고 끅끅거렸다. 그는 서요 때문에 자꾸 온몸이 비비 꼬이고 심장이 벌떡거렸다. 할 수만 있다면 지금 당장 그녀의 몸을 꽉 껴안고 싶을 정도였다.

"싫어요! 제가 왜요?"

서요는 민망해서 오히려 크게 소리쳤다. 또한, 방금 일은 잊어달라는 말도 덧붙였다.

"뭐, 보기 그리 나쁘진 않았는데."
"예?"
예상치 못한 그의 반응에 서요는 놀랐다. 그러나 미르는 사실 보기 그리 나쁘지 않은 정도가 아니라 귀여워서 미칠 것만 같았다. 서요의 머릿속에 있는 여자 흉내라는 건 거의 이런 식인 듯했다. 그는 서요의 그 어설픈 생각과 흉내가 참으로 어여뻤다. 불과 한 달 전만 해도 그녀를 한심하다고 생각했던 것과는 전혀 다르게 말이다.
'나만 보고 싶다.'
그러한 결론까지 도달하자 미르는 깜짝 놀라 몸을 흠칫했다.
'어떻게 모자란 아이를 귀엽다고 생각하는 게 여기까지 가지?'
미르는 고개를 내저으며 치솟는 감정을 부인하려고 애썼다.
"왜, 왜 자꾸 봐요?"
서요는 미르가 반쯤 풀린 눈으로 자신을 바라보고 있자 마른침을 꿀꺽 넘겼다. 그의 시선이 닿은 곳에서 열이 나는 것만 같았다.
"네가 볼 데가 어디 있다고!"
그런데 갑자기 미르가 인상을 구기고 소리를 질렀다.
'네가 볼 데가 어디 있다고…… 자꾸 나만 보고 싶다는 이런 말도 안 되는 생각이 드는 거냐고!'
그의 속마음은 이랬다. 하지만 손가락을 꼼지락거리며 민망해하고 있던 서요가 그걸 알 수 있을 리 없었다. 그녀는 바로 상처 받은 얼굴을 했다.
"미르님은 제가 그렇게도 싫어요?"
그녀는 눈을 치뜨고 미르를 노려보았다. 그는 참으로 못되고 제멋대로였다.
미르는 서요가 완전히 뿔이 난 표정으로 돌아서자 당황해서 그녀의 뒤를 쫓았다. 말 한마디 잘못했다가 바로 상황이 역전된 것이다.

⌘

"안 움직여?"

대장장이들의 집터를 꼼꼼히 살피고 있던 소소는 나무 위에서 늘어지게 잠이 든 가람을 향해 목청을 높였다. 그들이 들어가 봐야 할 대장장이의 집들은 아직도 많이 남아 있었다.

"그렇게 급하면 혼자 하든가."

가람이 얄밉게 말하며 눈을 떴다. 그는 이제 슬슬 이 생활이 지겨워지기 시작했다. 아직 제대로 된 판단이 서지 않았기에 그들과 함께하고 있었지만, 생각보다 더 귀찮은 일투성이였다. 명검을 찾는 건 잔디밭에서 바늘 찾기였고 소소와 미르는 서요의 일이라면 물불을 가리지 않았다. 가람으로서는 이해하기 어렵고 짜증나는 일이었다.

"도대체 무슨 생각을 하는 건지."

가람이 무슨 생각을 하는지 짐작조차 하지 못한 소소가 고개를 가로저으며 한숨을 내뱉었다. 그는 가람이 있는 듯 없는 듯 무리 안에서 조용히 있는 게 오히려 더 불길하게 느껴졌다. 화끈하고 거친 가람의 성격상 지금은 폭풍전야일 뿐이었다.

"소소."

무슨 바람이 들었는지, 가람이 나무 위에서 내려와 소소를 불렀다. 그는 다른 대장장이의 집에 들어가려다 행동을 멈추고 가람을 돌아보았다.

"왜?"

"넌 내가 안 무서워?"

"뭐?"

희한한 말에 소소는 미간을 좁혔다.

"너를 왜 무서워해야 하는데?"
"왜냐고? 폭주해서 천상도 물바다로 만든 전적이 있잖아, 내가."
소소의 눈이 어둡게 가라앉았다. 가람은 기억도 잘 나지 않는, 아주 오래전 이야기를 하고 있었다.
어린 가람은 뛰어난 힘을 조절하지 못하고 폭주를 한 적이 있었다. 그리고 그 사고로 친구인 무지개의 신 예랑이 죽었다. 유달리 작고 약했던 예랑은 가람이 일으킨 거대한 파도에 속수무책으로 당해 물속에서 빠져나오지 못했다.
가람은 그 사건이 있은 후부터 능력을 조절할 수 있을 때까지, 환웅의 명에 의해 거의 갇혀 있다시피 생활을 했다.
"물바다로 만들어서 네가…… 아니다, 됐다."
소소는 그날의 일에 대해서 얘기하려다가 그냥 입을 다물었다. 가람이 왜 갑자기 그 얘기를 꺼냈는지는 모르겠지만, 그에게 그다지 좋은 기억도 아닐뿐더러 지금 꺼내봐야 하등 도움 될 것이 없었다.
가람은 소소를 묘하게 바라보더니 다시 나무 위로 올라갔다. 천상의 신들은 예랑을 죽인 가람을 망나니라고 불렀다. 그리고 가람만 나타나면 한껏 불편해하며 그를 피했다. 그것에 화가 난 가람은 힘을 조절할 수 있게 되었을 때에도 그들의 기대에 맞게 망나니짓을 해주었다.
그런데 미르와 소소만큼은 망나니라고 한심해하면서도 다른 신들처럼 노골적으로 그를 불편해하지는 않았다. 오히려 그 일을 아무렇지도 않게 생각하는 것 같아서 가람은 그들과 함께 있는 것이 나쁘지 않았다.
'어젯밤 꿈에 예랑이 나와서 그런가, 괜히 소소에게 쓸데없는 말까지 하고.'
가람은 괜한 짓을 했다고 생각하며 지끈거리는 머리를 붙잡았다. 몇백 년은 지난 일인데도 불구하고 예랑의 모습이 머릿속에서 떠나지를 않았다.

"질긴 놈."

가람이 노을이 지기 시작하는 하늘을 바라보며 이를 갈았다. 말은 그렇게 하면서도 그의 눈은 그리움에 젖어 있었다.

⌘

여종에게 부탁하여 데운 물에서 수증기가 모락모락 피어났다. 서요는 욕통 옆에서 옷을 벗기 시작했다.

"알아서 하라고 했지……."

'그래, 못할 건 또 뭐야?'

서요는 미르가 했던 말을 떠올리며 굳은 다짐을 했다. 그녀는 혼자서도 해낼 수 있다는 걸, 또 빼앗는 것보다 더 좋은 방법이 있다는 걸 그에게 알려주고 싶었다. 천문관에 도착한 후 지금까지 방 안에 틀어박혀 생각을 거듭했던 서요는 목욕을 하면서도 그 생각을 이어나갈 참이었다.

속적삼과 속바지만 입은 채 따듯한 물에 들어가려고 다리를 뻗을 때, 인기척이 들리더니 목간의 나무문이 두어 번 덜컹거렸다.

"어!"

'여기 사람 있어요!'

서요가 그리 내뱉기 전에 문이 반쯤 열려 버렸다. 깜짝 놀란 그녀는 벗어놓았던 옷가지를 챙기고 구석으로 몸을 피했다.

"아이고! 여기 아씨께서…… 에? 없으시네?"

문을 열고 들어온 이는 미르였다. 미르는 자신의 행동을 저지하려 달려온 천문관의 여종을 보며 인상을 찌푸렸다.

"있긴 누가 있어, 없는데."

“아, 예.”

미르는 조금 찜찜하긴 했지만, 바보 같은 서요가 목욕물을 부탁해 놓고 깜박한 것이라 여기며 거침없이 비단옷을 벗었다. 그는 잠시 그녀를 데리고 와야 하나, 하는 생각도 들었지만 돌아오는 내내 냉담했던 서요의 모습을 떠올리며 고개를 가로저었다.

한편 서요는 입을 틀어막고 구석으로 몸을 더욱 구겨 넣었다. 소리만 내지 않는다면 미르가 눈치챌 일은 없을 터였다. 서요는 긴장감에 숨이 막혀서 죽을 것만 같았기에 고개만 빠끔히 내밀고 미르를 확인했다. 그는 거치적거리는 비단옷을 모두 벗고 있었다.

‘으아아!’

속적삼을 찢어버릴 듯 단단한 가슴팍과 넓은 어깨, 그리고 튼튼한 허벅지까지…… 서요의 얼굴이 밤새 춘화를 본 사춘기 소년처럼 달아올랐다. 그녀는 이제 자신이 여기 있다고 말할 수 없게 되어버렸다. 그랬다간 미르가 일부러 의도를 했네, 안 했네 하며 서요를 놀릴 것이 자명했다. 끔찍한 상상에 그녀는 그냥 이곳에서 쥐 죽은 듯 조용히 있으리라 작심했다.

“하아…… 따뜻하고 좋네.”

나른함을 즐기는 미르의 목소리가 퍼져 나갔다. 서요는 마른침을 넘기고 무릎에 얼굴을 파묻었다. 이대로 미르가 목욕을 마치고 나가면, 그녀도 그때 모른 척 나갈 생각이었다.

‘내가 부탁한 거였는데!’

서요가 두 팔로 어깨를 감싸 안았다. 차가운 구석에 앉아 있으려니 온몸에 한기가 돌며 발끝은 점점 차갑게 얼어붙었고, 이는 위아래로 덜덜거리며 부딪쳤다.

“아직도 많이 화났나.”

서요가 그렇게 추위에 떨고 있을 때, 미르는 물속에서 온몸을 축 늘어뜨린 채 낮의 일을 떠올리며 혼잣말을 했다. 그녀는 천문관에 도착하기까지 말 한마디 없더니 지금껏 방에 틀어박혀 나오지 않고 있었다. 미르는 그것이 그렇게 상처가 되는 말이었나 생각하며 한숨을 내쉬었다.

그는 가슴에 응어리진 답답함을 따뜻한 물로 내려보내고 싶었다. 이러다간 체증 때문에 잠도 자지 못할 지경이었다.

"후우…… 그럼 어떻게 하라는 거야. 자꾸 보게 돼서 그런 말을 한 거라고 할 수도 없고."

미르가 검지로 콧잔등을 긁적였다. 솔직한 심정을 토로할 수가 없으니 오해를 풀기도 어려웠다. 반면 그의 말을 듣고 있던 서요는 깜짝 놀라서 눈알을 굴렸다. 미르의 속마음이 저럴 줄은 몰랐다.

'나를 자꾸 보게 돼서 그런 거라고? 왜?'

서요의 심장이 빠르게 뛰기 시작했다. 미르가 자신을 싫어해서 그런 말을 한 건 아니었구나 싶자, 그의 말이 머릿속에서 계속 메아리쳤다. 서요는 미르에게 왜 그런 생각을 했는지 물어보고 싶었다.

그러나 미르의 목욕 시간이 길어질수록 서요는 그런 생각보다 온몸이 뻐근해져서 힘들었다. 다리와 발이 저렸고, 등은 차갑다 못해 얼음을 맞댄 것처럼 시렸다.

'으…… 다했으면 얼른 나가란 말이야!'

몸을 웅크리고 있던 서요는 괴로움에 얼굴을 일그러뜨렸다.

"보고 싶다."

그때 한동안 몽롱한 기분에 휩싸여 있던 미르가 자신도 모르게 가슴에 품고 있던 말을 내뱉었다. 깜짝 놀란 서요는 다리에 난 쥐를 감당하지 못하고 악 소리를 지르며 앞으로 튕겨져 나갔다.

"누구냐!"

미르가 비명이 들린 쪽으로 몸을 돌리며 경계 태세를 갖췄다. 그러나 그곳엔 뜻밖에도 속옷만 입은 서요가 한쪽 다리를 손으로 잡고 있었다.

매우 위험한 자세였다.

"뭐, 뭐야?"

경악한 미르가 얼른 제 눈을 손으로 가렸다. 잠깐 보았는데도 그녀의 몸이 그의 머릿속에 떠올랐다.

여성스럽게 푹 팬 쇄골과 금방이라도 부러질 듯 가녀린 허리, 그리고 속바지에 비치는 야릇해 보이는 다리까지. 그 모습이 머릿속에 각인이 되어 사라지지 않았다. 서요가 귀엽고 사랑스러워 마음이 간질거리거나 웃는 모습에 설렌 적은 있었으나, 이렇게 원초적인 반응이 오는 것은 처음이었다.

"으아. 제발 이쪽 보지 마세요."

서요는 다리에서 쥐가 나 움직일 수 없는 상황이 되어버렸기에 거의 애원했다.

미르는 눈을 가린 채 멍한 표정으로 등을 돌렸지만 여전히 상황 파악이 되지 않았다. 일단 그녀의 뜻대로 해주긴 했지만, 대체 언제부터 저기 숨어 있었는지 알 수가 없었다.

'그럼 다 들은 거야? 정신을 어디 놓고 있었으면 서요가 저기 있는 것도 몰라!'

미르는 제 머리를 쥐어뜯고 싶은 심정이었다.

미르와 서요 모두 곤란함에 꿀 먹은 벙어리가 되어버렸다. 서요는 거의 맨살을 보였다는 것에 충격을 받았고, 미르는 속내를 들켜 버렸다는 것이 민망했다.

"혼자 그러고 있다고 안 괜찮아져."

제정신을 차린 미르는 서요가 저러는 이유가 다리에 쥐가 났기 때문이란 걸 알아채곤 침착한 목소리로 말했다. 그는 그녀에게 당황한 모습을 보여주고 싶지 않았다.

"아니에요. 괜찮아질 테니까 꼼짝하지 마세요."

서요는 두 눈을 질끈 감고 이 순간이 얼른 지나가기만을 빌었다. 왜 이런 끔찍한 일이 일어났는지 하늘이 원망스럽기만 했다.

하지만 미르는 이대로 있을 수는 없다는 생각에 통에서 몸을 일으켰다. 뒤돌아 선 미르는 속적삼과 속바지가 딱 달라붙어 탱탱한 엉덩이 근육과 등 근육이 돋보이고 있었다.

'헉!'

서요는 낯부끄러운 나머지 얼른 고개를 숙였다. 쥐구멍이라도 있다면 어떻게 해서든 다시 숨고 싶을 정도였다.

"옷 입어."

미르는 옷이라도 줘야겠다는 생각에 서요의 옷가지를 챙기고 눈을 가린 채 그녀에게 대충 건넸다. 서요는 바닥에 떨어진 옷을 챙겨 어깨 위에 걸쳤다.

"얼마나 숨어 있었던 거야? 일단 따뜻한 물에 몸 좀 녹여."

서요가 옷을 다 입은 것 같자, 미르는 그제야 눈을 떴다. 그리고 서요가 거부하기 전에 얼른 안쓰러울 만큼 작은 몸을 끌어안았다. 체온이 많이 떨어져서 차갑기까지 한 몸에 깜짝 놀란 미르는 서요를 얼른 통 안에 내려놓았다.

"앗!"

"내가 들어갔던 물이라고 너무 기분 나빠하진 말고."

"아니에요. 그런 거……."

서요가 자신의 몸을 손으로 가리며 조심스럽게 굴었다. 좋은 방법이 생각난 미르는 후 하고 입김을 불어 통 속에 하얀 구름을 가득 채워 넣었다. 어느새 목간 전체가 안개에 뒤덮인 듯 뿌옇게 변했다. 서요는 고개를 두리번거리며 놀라워하다가 소리쳤다.

"지, 진작 이렇게 하지 그러셨어요!"

"아! 이렇게 좋은 방법이 있다는 걸 지금 막 알아서 말이지."

미르는 어색한 분위기를 타파하고자 더 짓궂게 웃었다. 그는 오롯이 뽀얀 서요의 얼굴만을 바라보았다.

"그럼 천천히 나와."

그는 무명천으로 대충 몸을 닦고 비단옷을 걸쳤다. 그녀는 뒤돌아선 미르의 모습이 희미하게 보이자 자신도 모르게 입을 열었다.

"미르님. 제가 정말 보고 싶으셨어요?"

안개로 몸이 가려졌기 때문일까, 서요는 두려워하지 않고 그의 마음을 찔러보기에 이르렀다. 그의 진심을 들어버렸기에 참을 수 없기도 했다. 그녀는 미르가 실은 자신을 싫어하지 않는다고 그의 입으로 말해주는 게 듣고 싶었다. 혼잣말이 아니라 명확히 말해주기를 바랐다.

서요의 말을 듣고 미르는 가슴이 쿵 떨어졌다. 그녀를 그리는 생각은 끝도 없이 이어지고 있었다. 어제도, 그제도. 목간에서 있었던 짧은 시간에서조차 서요를 떠올리지 않은 적이 없었다.

내내 뭉쳐 있던 그의 감정이 그녀의 물음에 완전히 해방의 날개를 달고 풀렸다. 미르는 무언가에 홀리기라도 한 듯, 진지한 얼굴로 입을 열었다. 그의 입술에서 감정을 담은 숨결이 퍼져 나갔다.

"네가 내 머릿속에서 떠나지를 않아. 계속 너를 보게 돼. 자꾸 네가 보고 싶어."

미르가 방심한 순간, 답답하게 갇혀 있던 속마음이 바깥으로 조금 나와 버렸다. 통에 꽉 찬 물이 흘러넘치는 것처럼, 막을 길이 없는 분명한 감정이었다. 미르는 그것을 확실하게 깨달았다.

하지만 이대로 결론이 나서는 안 되었다. 그가 다급하게 뒷말을 덧붙였다.

"이게 다 너 때문이야. 허술해서 자꾸 신경 쓰이잖아."

미르는 지금 자신의 얼굴이 제대로 보이지 않아서 정말 다행이라고 생각했다. 보지 않아도 제 얼굴이 붉게 타오르고 있으리란 건 분명했다.

그러나 떨리는 음성만큼은 구름으로도 가릴 수 없었다. 미르는 심장이 몇 배는 더 커진 것 같은 기분이 들었다. 커다란 심장에서 뜨거운 피가 온몸으로 퍼져 나갔다.

서요는 귓가를 울리는 미르의 황홀한 목소리에 가슴이 설렜다. 단순히 저를 싫어하지 않는다는 말을 듣고 싶었던 것뿐이었는데, 더 엄청난 것을 들어버리고야 말았다. 물론 그것이 다 서요 자신이 부족해서 신경을 쓰이게 만들었기 때문이었지만 말이다.

"어쨌든, 그것 때문이니까 못 들은 걸로 해."

무슨 답을 해야 할지 고민하던 서요는 미르의 말에 눈을 동그랗게 떴다. 혼자 말하고 혼자 결론을 낸 그로 인해 서요의 머릿속에는 여러 가지 복잡한 생각들이 꼬리에 꼬리를 물고 떠올랐다. 그래서 빠르게 욕탕을 빠져나가는 미르를 붙잡을 수 없었다.

"하아…… 대체 뭐야."

미르가 문을 열고 밖으로 나가자 그녀는 그제야 참았던 숨을 터뜨렸다. 예상치 못한 그의 말 때문에, 따뜻한 물에 녹아났던 몸이 다시 딱딱하게 경직되는 것 같았다.

'심장이 터질 것만 같아.'

서요는 엄청난 고동이 귀까지 울리자 손으로 가슴 부근을 꾹 눌렀다. 떨리는 마음을 진정시키기 위해서였다. 그럼에도 감정의 파동은 끝도 없이 이어졌다. 미르를 떠올리는 그녀의 얼굴은 묘하게 상기되어 있었다.

간신히 정신을 차리고 방으로 돌아온 서요는 그날 밤 잠을 제대로 이루지 못했다. 눈을 감으면 뿌연 안개가 깔리면서 목간에서 있었던 일이 아른거렸다.

'계속 너를 보게 돼. 자꾸 네가 보고 싶어.'

미르의 솔직하고 야릇한 말이 머릿속에서 반복되었다. 서요는 잠결에 도 멀어지는 그를 잡으려고 손을 내뻗었다.

"가지 말란 말이야."

선잠이 든 상태로 웅얼거리던 그녀는 새벽 동이 트고서야 겨우 깊은 잠을 잘 수 있었다.

4장
끝나지 않을 그들의 인연

"혼자서 가시겠다는 말씀입니까?"

소소가 말 위에 혼자 탄 서요를 바라보며 황당한 얼굴로 물었다. 그녀는 평소와 달리 매우 결연한 표정을 짓고 있었다.

"네. 다녀올게요."

그녀는 알아서 잘 해보라는 미르의 말에 자극을 받았기도 했지만, 어젯밤 목간에서의 일 이후 그를 보는 게 조금 껄끄러웠다. 게다가 생각을 거듭한 후 여러 가지 대안이 나오기는 했지만 그녀는 그것들 모두 계추와 대화하지 않고서는 힘들겠다는 결론을 내렸다. 물물교환을 하든, 원하는 것을 들어주든, 협상을 보든, 그 무엇을 하든 우선 계추가 처한 상황을 알아야 할 터였다.

그러나 대부분의 일을 힘으로 해결하려고 하는 미르와 함께 간다면 그와 대화하는 것부터가 힘들 것 같았다. 당장에라도 출발할 태세로 고삐를 고쳐 잡는 서요에게 소소가 물었다.

"서요님. 죄송하지만 지금 말도 안 되는 말씀을 하고 있다는 거 알고 계시죠?"

그녀가 훌륭한 여신으로서, 혹은 신녀로서라도 자각을 했으면 또 모르지만 지금은 그저 어린 소녀의 치기일 뿐이었다.

"하하…… 그렇게 말씀하실 줄 알았어요. 그럼."

"미르와 가람은 왜 안 나오는지 모르겠으나 저와 함께 가면 됩니다."

소소가 믿음직스럽게 말하며 그녀의 뒤에 올라탔다. 그는 서요의 작고 따뜻한 몸을 느끼고 평소와 달리 조금 긴장했다. 그녀의 은은한 향기가 지척에서 맴돌았다. 소소는 어제 미르에게 그녀를 빼앗겼을 때는 큰 상실감을 느꼈는데, 지금은 알 수 없는 만족감이 차올랐다. 그는 그것을 단순히 서요에 대한 당연한 충성심이라고 여겼다.

반면 서요는 소소와 함께 계추의 집으로 향하면서도 줄곧 미르만을 생각했다.

'오늘 아침에 나오지 않은 걸 보면, 역시 부끄러워하고 있는 건가.'

그녀는 그의 마음을 충분히 이해할 수 있었다. 서요도 미르와 입술을 부딪친 후 밖으로 나오는 게 그 무엇보다도 힘들었기에 그 역시 그럴 것이라고 짐작했다.

"서요님. 이곳입니까?"

엉뚱한 생각에 빠져 있던 서요는 소소의 물음에 퍼뜩 정신을 차렸다.

"예? 예."

별다른 질문도 아니었는데 어리벙벙한 서요의 모습에 소소는 조금 의아했다. 그런 그의 마음을 모르는 서요는 살짝 놀란 가슴을 쓸어내리고 오두막 앞에 섰다. 이번에도 계추가 적대적으로 굴면 그녀에게도 정말 방법이 없었다.

"저기, 저기요?"

서요는 문 앞에서 조심스럽게 외쳤다. 그녀는 어제 계추의 모습 때문에 내심 공포에 질려 있었으나 여기까지 온 마당에 겁이 난다고 돌아갈 수는 없었다.

잠시 후, 문이 열리고 전과는 조금 달라 보이는 그가 밖으로 나왔다. 서요는 차분한 계추의 모습이 조금 이상하게 느껴졌지만 그가 처음부터 욕을 하고 도끼를 휘두르지 않아서 다행이라고 생각하며 말문을 열었다.

"아, 안녕하세요. 계추 장인이시죠? 하하, 어제는 정말 결례가 많았습니다. 죄송합니다."

계추가 굳은 표정으로 서 있기만 하자 서요는 얼른 허리를 깊이 숙여 사죄했다. 아무리 중요한 문제였다고는 해도 남의 집을 훔쳐본 건 잘못한 일이었다.

"괜찮소."

"예?"

그의 입에서 매우 점잖은 말이 나오자 서요는 놀라서 고개를 쳐들었다. 하룻밤 사이에 사람이 완전히 바뀌었다고 볼 수밖에 없었다.

"뭐, 나도 어제는 기분이 매우 거시기해서 너무 과하게 경계한 거니 용서하시오."

계추의 입꼬리가 어색하게 올라갔다. 그러나 서요는 그와 대화하는 것 자체가 감격스러워 그것을 눈치채지 못했다.

"아! 저야말로."

"그런데 무슨 일로 나를 찾아왔소?"

"집으로 들어가서 말씀드려도 괜찮을까요?"

"그러시오."

계추는 웃는 낯꽃으로 서요를 집 안으로 들였다. 그러나 소소가 그녀의 뒤를 따라 들어오려 하자 그는 얼른 문 앞을 막아섰다.

"댁은 밖에서 기다리시오."

소소는 왜 자신을 막나 싶어서 눈매가 사납게 변했다. 그에게서는 분명 깊은 신력이 느껴졌다. 그렇다면 자신이 특별한 존재임을 모를 리가 없었다.

"왜 그래야 하는 겁니까?"

"당신은 아직 믿을 수 없소! 만약 내게 다른 볼일이 있는 거라면 기다리든지."

하지만 계추는 전혀 모르는지 주눅 들지 않았다. 소소는 다른 기상신들에 비해 특권 의식 같은 건 적었으나 너무도 건방진 계추의 태도에 약간 화가 나서 목소리를 낮게 깔았다.

"나는 서요님과 같은……."

"안 된다 하지 않았소! 어차피 집구석이 좁아 당신이 들어가 있을 자리도 없소."

계추는 소소의 움직임에 예민하게 반응하며 소리쳤다. 이러다가 그의 마음이 바뀌기라도 할까 봐 걱정되었던 서요는 소소에게 슬쩍 말했다.

"저는 괜찮으니까 잠시 밖에서 기다려 주세요."

"무슨 일이라도 있으면."

"그럼 소소님께서 바로 구해주시겠죠."

그녀의 말도 일리가 있었기에, 광기 어린 계추의 모습을 본 적이 없는 소소는 그쯤에서 고개를 끄덕이며 물러섰다. 저토록 강한 신력을 가지고 있으면서도 왜 자신을 못 알아보는 건지, 또 왜 서요만 들여보내길 고집하는 것인지는 알 수 없었지만 그녀가 전전긍긍해하도록 내버려 둘 수는 없었다.

드디어 서요가 오두막 안으로 들어갔다. 그녀는 이번에야말로 혼자서 무언가 해낼 수 있을 것 같다는 생각에 가슴이 두근거렸다.

"감사합니다. 그런데 이 아이는?"

작은 방 안에는 완전히 뼈만 남은 아이가 누워 있었다. 서요는 죽은 것처럼 보이는 아이의 모습에 소름이 싹 돋았다.

"아들놈이오. 신경 쓰지 말고 들어오시오."
"예. 죄송합니다."
서요는 민망함에 뒷머리를 긁적이며 바닥에 무릎을 꿇고 앉았다. 그의 집은 간소하다 못해 사람이 사는 공간이라고는 볼 수 없을 정도로 황막했다. 그 속에서 한쪽 벽에 걸려 있는 검만이 밝은 빛을 뿜어내고 있었다.
"어제도 그렇고 왜 찾아왔는지 속 시원하게 말해보시오."
서요는 들을 준비가 된 것처럼 보이는 계추에게 최대한 조심스럽게 자초지종을 설명했다. 그는 귀신에 홀렸던 것 같은 어제와 달리 오늘은 안정되어 보였기에 그녀의 마음이 한결 평안했다.
이야기를 다 들은 계추는 검을 가리켰다.
"그러니까 저 검을 달라?"
"아! 그냥 달라는 게 아니고요, 저에겐 정말 필요한 검이니 혹시 거래하실 의향이 있으신지 묻는 것입니다."
서요가 최대한 조심스럽게 말을 꺼냈다. 남의 물건을 달라고 하는 게 결코 쉬운 문제가 아니었다. 계추는 심각한 표정으로 수염이 자란 턱을 쓰다듬었다.
"거래라……."
"물론 정말 중요한 검인 것처럼 보이긴 하지만."
"맞소."
"예?"
"내게, 아니, 내가 아니라 우리 아들놈에게 아주 필요한 검이오."
계추는 슬픈 눈으로 잠든 아이를 바라보았다. 아이는 윤기 없는 가칠한 피부에 푹 꺼진 눈, 그리고 핏기라곤 하나 없이 푸르뎅뎅한 입술을 가지고 있었다. 서요는 애써 무시했던 아이의 존재를 다시 한 번 더 눈에 담고 온몸을 자르르 떨었다. 소년에게선 생명의 기운이 전혀 느껴지지 않았고 오히려 서늘함만이 가득했다.

계추는 아이를 바라보는 서요의 눈빛을 보고 덤덤하게 대꾸했다.

“예상하는 게 맞소. 아이는 이미 죽었지.”

그녀는 깜짝 놀라 고개를 쳐들었다. 계추는 그녀로서는 상상도 하지 못할 일들을 너무도 차분하게 말하고 있었다.

“그러나 아이의 영혼이 저승으로 가지 못하도록 지금껏 막고 있었소. 그럴 수 있었던 건 다 집에서 대대로 내려온 이 가보가 내 신력을 증폭시켜 준 덕분이지. 이미 죽었는데 그게 무슨 쓸데없는 소리냐고 할 수도 있지만 나는 간절했소.”

서요는 자신도 모르게 콧잔등을 찡그렸다. 아이는 이미 숨을 거두었지만 계추는 가보를 이용해 아들의 영혼이 저승으로 가지 못하도록 막고 있었다. 그녀는 아들의 죽음이 얼마나 아프고 괴로웠으면 그런 짓까지 했을까, 하는 생각에 마음이 아팠다.

참담한 심정이었던 서요는 저승의 여신 휘빈이 겨슬레로 온 목적이 생각나서 더욱 소름이 돋았다.

‘이 일을 어쩌면 좋아.’

휘빈이 죽은 이의 영혼을 데려가는 건 저승의 여신으로서 해야 하는 일이었다. 계추는 분명 순리를 거스르는 짓을 하고 있었지만 서요는 인간적으로 그가 가여웠다.

그때 계추가 서글픈 눈으로 그녀를 보았다.

“그런데 이젠 아이를 보내줘야 할 때가 온 것 같소.”

서요는 그게 망령을 잡으러 온 휘빈 때문인 건가 싶어 괜스레 기분이 곤두박질치며, 그에겐 아들의 목숨이나 다름없는 검을 가지고 협상하려고 했던 게 미안해졌다.

“낮에 아이의 영혼을 하늘로 보내고, 밤에 검을 주겠소.”

“예? 그, 그래도…….”

서요는 검을 열렬히 원하고 있기는 했으나 순순히 내어놓겠다는 그의 말에 당황했다. 지금껏 아이의 영혼을 지켜주었던 집안의 가보를 어찌 이리 쉽게 내놓을 수 있나 싶었다.

"잘못된 행동이라는 걸 깨달은 이상, 아이를 깨끗하게 보내고 검 또한 잊고 살고 싶소."

계추는 얼굴을 일그러뜨리며 괴로워했고 서요는 미안한 마음이 들어 더는 그에게 말을 걸지 못했다.

서요는 그의 집을 나오면서 얼떨떨한 표정을 지었다. 소소는 문 앞을 계속 지키고 있다가 그녀가 나오자 궁금해하는 눈빛으로 서요를 보았다.

"어떻게 되셨습니까?"

"아…… 좀 더 생각해 보겠대요."

그녀는 우선 계추가 당부했던 대로 말했다. 그는 오늘 밤, 서요 혼자 나와 검을 받아주길 바라고 있었다.

'내가 아씨를 믿을 수 있게 오늘 밤 반드시 혼자 나오시오. 그렇지 않으면 바로 검을 들고 이곳을 떠날 것이오.'

그는 서요가 아닌 이는 믿으려 하지 않았다. 조금 찝찝하긴 했지만, 서요는 그의 제안을 거절할 수 없었다. 아이를 하늘로 보내기로 결심한 그가 안타깝긴 해도 검을 받지 않겠다고도 할 수 없었다. 참으로 이기적인 사람의 마음이었다.

"일단 돌아가요."

서요는 심각한 표정으로 발길을 돌렸다. 아직도 그녀의 머릿속엔 애달픈 눈빛으로 아이를 바라보던 계추의 모습이 지워지지 않고 있었다.

미르는 천문관의 넓은 앞마당에서 뒷짐을 지고 서성였다. 그는 서요와 소소가 함께 말을 타고 떠나는 모습을 보고서야 밖으로 나올 수 있었다.

"하아…… 시간을 되돌리고 싶군."

짙은 한숨이 땅에 박혔다. 항상 당당하던 어깨는 힘없이 축 내려앉았고 장난스럽게 올라가 있던 입꼬리는 씁쓸하게 처졌다. 미르는 어젯밤 자신이 왜 쓸데없는 소리를 했나 싶어 후회했다. 그녀에게 계속 어떤 감정이 드는 건 사실이었으나 확실치도 않은 데 실수를 해버린 느낌이었다. 후엔 장난스럽게 넘기긴 했지만 서요가 바보가 아닌 이상 뭔가 이상하다는 걸 모를 리 없었다.

그녀가 떠난 곳을 보며 한참을 고민하던 미르는 바로 앞 누각에서 내려오는 세자 해문과 맞닥뜨렸다. 그가 보기에 해문의 얼굴은 여전히 어두침침하고 사나웠다.

미르는 대충 고개를 까딱거리고 넘어가려다가 서요와의 일에 대해서 그에게 물어보기로 결심했던 것이 떠올랐다.

"세자 저하."

미르가 삐딱한 어투로 그를 불렀다. 해문은 몸을 돌려 미르를 응시했다. 해문이 보기에 그의 품새는 항상 이해할 수 없을 정도로 당당했다.

"의외군."

"저하께 긴히 드릴 말씀이 있어서 말입니다."

"뭐지?"

"어제 서요가 저하의 눈치를 많이 보기에 물어봤습니다. 그런데 영 말하기를 꺼려하더군요. 그러니 저하께서 말씀해 주십시오. 대체 무슨 일이 있었던 건지."

미르의 뾰족한 시선이 해문에게 꽂혔다. 해문은 그의 말을 듣고 한쪽 입꼬리를 말아 올렸다. 누이의 사소한 행동에도 이렇게 집착하는 오라비는 별로 본 적이 없었다.

"누이를 아주 아끼나 보군. 그런데 이거 어쩌나. 그 누이를 내가 밤에 별당으로 데려가 함께 술도 마시고, 춤도 췄건만?"

해문은 일부러 도발하기 위해 그가 흥분할 것 같은 일에 대해서만 말했다. 그러자 미르는 예상대로 붉으락푸르락한 얼굴로 소리쳤다.

"……뭐라, 뭐라 하셨습니까?"

서요는 그저 후원에서 세자와 몇 마디 말을 주고받았을 뿐이라고 했는데 실상은 그것뿐만이 아니었다. 그는 그녀가 대체 뭘 숨기고 싶었던 건지 알 수가 없어서 속이 부글부글 끓어올랐다. 미르의 머릿속에 세자와 서요가 함께 있는 장면이 펼쳐졌다. 그녀가 세자와 단둘이 별당에서 술을 마시고 춤을 췄다는 건, 그에게 정말 충격적인 일이었다.

"왜 저번부터 서요를 이리저리 데리고 다니는 것입니까? 예?"

미르의 목소리가 커졌다. 빛을 내뿜었던 서요에 대한 호기심이라고 보기엔 지금 해문이 보여주는 표정이 심상치 않았다. 그는 그제의 일을 아무렇지 않게 말하면서도 자신을 떠보려는 것처럼 우쭐대는 얼굴을 하고 있었다. 수상한 것을 파헤치려는 냉철한 세자가 아니라, 한 여자에게 관심을 가지고 경계하는 남자의 모습이 보였던 것이다.

인상을 험악하게 일그러뜨린 해문은 그에게 당당히 물었다.

"왜 이리 흥분하는 거지?"

"시집도 가지 않은 아녀자를 밤늦은 시각에 별당에 대동하는 건 당연히 잘못된 일 아닙니까!"

미르는 분노를 참지 못하고 주먹 쥔 손을 부르르 떨었다. 그러나 비수처럼 날카로운 그의 음성에도 해문은 가소롭다는 듯 피식 웃었다. 흥분해서 이글거리는 눈동자와 금방이라도 터질 듯 씩씩대는 게, 도저히 누이의 연혼을 걱정하는 오라비의 모습이 아니었다. 그가 보기에 미르는 분명 사랑하는 여인을 빼앗겨서 분한 얼굴을 하고 있었다.

'피 섞인 남매가 아니구나.'

해문은 그렇게 결론을 내리고 그를 섬뜩한 눈으로 바라보았고, 미르는 해문의 결론과 아주 잘 어울리는 대답을 사납게 내뱉었다.

"내 것입니다. 건드리지 마십시오."

"누이가 너의 것이다? 하하. 꼭 그녀를 사랑하는 정인의 말 같구나."

"그건 제가 하고 싶은 말입니다. 지금 저하의 얼굴이 어떤지 알고 계십니까?"

미르의 말에 해문은 순간 말문이 막혔다. 그는 미르의 상태만을 파악하느라 자신의 얼굴이 어떤지는 전혀 신경을 쓰지 못하고 있었다.

"지금 그 말은."

"오히려 제가 되받아주고 싶습니다."

미르와 해문의 시선이 맹렬하게 부딪쳤다. 그들은 본능적으로 독니를 드러내며 서로를 향해 으르렁거렸다.

고요하고 어두운 밤.

서요는 방 안에서 숨을 죽이고 약속 시간이 되기만을 기다리다가 조심스럽게 문을 열었다. 그 누구에게도 들키지 않고 들판의 아름드리나무로 향해야 했다. 다행히 늦은 밤이라 그런지 지나다니는 사람은 없었다. 서요가 바싹 마른입을 오물거리며 천천히 발걸음을 뗐다.

"후우…… 괜히 긴장했네."

서요는 가슴을 쓸어내리고 씩씩하게 들판으로 나갔다. 아름드리나무는 홀로 우뚝 솟아 있기에 어두운 밤이어도 찾는 데 문제는 없었다. 그녀는 부디 계추가 아이를 무사히 보내고, 슬픔에 잠겨 있던 마음을 조금이라도 털어냈길 바랐다.

"엇! 계추 장인님!"

아름드리나무 아래 계추가 서 있었다. 그녀는 한 손을 번쩍 들고 그를 소리쳐 불렀다.

계추는 서요가 정말 혼자 오자 히죽 웃었다. 나무 뒤에 숨긴 그의 한쪽 손이 살짝 움찔거렸다. 서요가 점차 가까워지기 시작하자 계추는 마음을 다잡았다. 그리고 휘빈과 했던 약속을 떠올렸다.

❖

"이, 이거 놔!"

휘빈의 괴력에 의해 공중에 대롱대롱 매달린 계추는 완전히 질린 얼굴로 성을 냈다. 그는 그녀의 손톱이 숨통을 조이며 살을 찢고 들어오는 것에 엄청난 통증을 느꼈지만, 순순히 굴복하지 않았다. 그는 아들을 지켜야 했다.

"네 아직도 정신을 차리지 못한 것이냐."

"아, 안 돼. 우리 아들은 안 된다고!"

휘빈의 섬뜩한 목소리에 계추는 처음으로 겁에 질려서 소리쳤다. 산발한 그의 머리는 땀에 젖어 볼품없이 늘어졌다.

"내가 누구냐고? 네가 붙잡고 있는 영혼을 저승으로 데려갈, 무시무시한 사자."

머릿속에 그녀의 말이 맴돌았다. 그의 바로 옆에 제 힘을 증폭시켜주는 집안의 가보인 검이 있는데도 휘빈의 손아귀에서 벗어날 수 없었다. 이제껏 찾아왔던 저승사자들과는 차원이 다른 힘이었다.

'왜 이렇게 강한 거야!'

계추는 정말로 아들의 영혼을 떠나보내게 될지도 모르겠다는 불길한 생각이 들었다. 그러자 벌써부터 이가 갈리고 정수리가 따끔거릴 정도로 열이 올라왔다.

"정말 네놈이 그들이 찾는 명검이라도 가지고 있는 모양이구나. 그렇다면 이곳을 다시 찾는단 얘기겠지?"

휘빈이 오두막 안의 검을 확인하고 사악하게 웃었다. 계추의 눈이 뒤집혀 흰자밖에 보이지 않았는데도 그녀는 눈 하나 깜짝하지 않았다.

"너에게도 기회를 주겠다."

휘빈은 그의 숨통이 끊어지기 직전에 손을 놓으며 팔짱을 꼈다. 아들의 영혼을 잔인하게 가져가 버릴 것 같은 휘빈의 모습에 계추는 그녀의 말을 따르지 않을 수 없었다.

"시키는 일이라면 뭐든지 하겠습니다. 제발 우리 아들놈만은……."

휘빈은 울음 섞인 계추의 말을 듣고 자비로운 신처럼 상쾌한 미소를 지었다.

"그럼. 그렇게 해야지. 아까 왔다간 여자 있지? 그년을 죽여. 이 기회에 명부를 다시 작성하는 거야."

계추는 그녀를 이기지 못할 것이란 무력감에 휩싸여 휘빈의 말을 곧이곧대로 받아들였다. 저승의 여신 휘빈이 보여준 힘과 존재감은 그 정도로 두려운 것이었다.

"예. 알겠습니다. 그렇게만 하면 제 아들놈은 사, 살려주시는 것이죠?"

휘빈의 제의를 들은 그가 간절한 얼굴로 재차 확인했다. 단순히 영혼을 붙들고 있는 게 아니라, 서요라는 여자의 목숨과 아들의 목숨을 뒤바꿀 수 있는지 묻는 것이었다.

"그년의 목숨이 완전히 저승 세계로 넘어가면, 당연히 네 아들놈이 살게 될 것이다."

계추에겐 휘빈의 이야기가 마냥 꿈처럼 들렸다. 이건 하늘이 내린 엄청난 기회였다.

⊠

계추는 나무 뒤에 숨겨두었던 도끼를 꺼내 등 뒤로 슬쩍 감췄다. 그는 아들을 살릴 수 있다는 휘빈의 말에 완전히 현혹되어 있었다.

"계추님. 검은……."

밝은 표정으로 그에게 다가가던 서요는 검의 행방을 묻다가 문득 걸음을 멈췄다. 계추 주변에선 밝은 빛이 전혀 나지 않았다. 즉, 그는 검을 가지고 있지 않다는 것이었다.

"왜 그러시오?"

계추는 태연하게 물으며 그녀에게 성큼성큼 다가갔다. 보폭이 어찌나 큰지 거리가 단숨에 좁아졌다.

"검은 왜 가지고 오지 않으셨습니까?"

서요의 물음에 계추는 조금 놀랐지만 최대한 침착한 표정으로 자신의 허리춤에 매달린 검집을 만지작거렸다. 그는 절대 이 기회를 놓칠 수 없었다.

"여기 있소."

하지만 검에서 나는 빛은 햇빛처럼 찬란했기에 검집에 들어 있다 해도 빛이 희미하게 새어나왔어야 했다. 그녀는 절대 바보가 아니었다.

"거짓말!"

그녀는 본능적으로 이상함을 느끼고 뒷걸음질을 쳤다. 계추는 서요를 잡기 위해 드디어 본색을 드러내고 쫓아왔다. 그가 손에 든 도끼와 시퍼런 살기가 맺힌 눈에 서요는 깜짝 놀라 엉덩방아를 찧으며 새된 비명을 내질렀다.

"아악!"

서요는 반사적으로 구르다시피 하여 간신히 도끼를 피했다. 그녀는 바로 자리에서 일어나 두 손을 앞으로 내밀며 방어 자세를 취했다.

"왜, 왜 이러는 거예요! 검을 주기 싫으면 말로 하면 되잖아요!"

그녀는 덤벼들려는 그를 회유하고자 말을 꺼냈다. 서요는 계추가 자신에게 원한을 가질 일이 전혀 없으니 이 상황을 대화로 해결할 수 있을 거라고 생각했다. 그러나 계추는 무서운 얼굴로 소리쳤다.

"너만 죽으면 돼! 너만 이 세상에서 사라지면 될 일이라고!"

"그게 무슨!"

계추는 정상적으로 대화를 할 수 있는 상태가 아니었다. 그는 소리를 지르며 서요를 향해 우악스럽게 달려들 뿐이었다.

서요는 굶주린 호랑이를 본 것처럼 두려움에 휩싸였다. 그에게선 반드시 저를 죽이고야 말겠다는 엄청난 살의가 느껴졌다. 서요는 벌벌 떨다가 그만 발을 헛디뎌 다시 주저앉고 말았다.

"꺄아아아악!"

눈앞으로 계추가 휘두른 도끼가 험악하게 내려왔다. 바람을 가르는 섬뜩한 소리가 죽음에 임박한 서요의 귓가를 지나갔다.

고요한 기운이 감도는 방 안, 미르는 손으로 이불을 쥐어뜯으며 서요를 보지 못하는 금단현상에 괴로워했다. 그는 단 하루밖에 되지 않았는데도 그녀가 너무 보고 싶었다. 또한, 해문이 낮에 했던 충격적인 말들이 계속 떠올랐다. 그는 분노하면서도 그녀를 그리워했다. 참으로 모순적인 감정이었다.

"생각보다 빨리 돌아오긴 한 거 같던데……."

서요와 소소가 천문관으로 돌아왔다는 것을 알았지만 그럼에도 불구하고 미르는 서요를 찾아가 그때의 일을 물어보지 못했다. 다 선부른 말이 부른 참사였다. 그는 그 일 때문에 부끄러워서 화도 내지 못하고 홀로 전전긍긍했다.

'후우. 그런데 왜 이렇게 불안한 거지?'

미르는 자리에서 벌떡 일어나 방 안을 초조하게 돌아다녔다. 무서울 만큼 고요한 분위기에 그답지 않게 심장이 쪼그라들었고, 자꾸 그녀가 잘 있는지 확인하고 싶어졌다. 그는 이 밤에 또 그녀가 해문과 함께 별당에 가 어떤 일을 하고 있는 게 아닐까, 하는 생각마저 들었다.

"왜 날 이렇게 만든 거야, 왜!"

미르는 철모르고 날뛰는 애송이가 된 기분이었다. 무심코 서요에게 보고 싶었다는 고백을 해버린 그는 복받치는 사내의 뜨거운 감정을 어찌할 줄 모르고 종종거렸다.

미르는 결국 문을 열고 나와 서요의 방으로 향했다. 유난이라고 해도, 확인하지 않아서 긴 밤 내내 괴로운 것보다는 나으니 어쩔 수 없었다.

드르륵!

급한 손길로 서요의 방문을 열어젖힌 그는 텅 빈 방 안을 보곤 당황했다.

"어디 간 거야?"

상상이 실제로 일어나게 될 줄은 몰랐던 미르는 천문관 내 곳곳을 살피다 못해 외따로 떨어진 별당을 찾아가기에 이르렀다. 하나 별당의 여종에게 확인해 봐도 서요는 찾을 수 없었다.

'세자와 별당에 간 것도 아니라면, 대체 무슨 일인 거지?'

천문관에도 별당에도 없다는 건, 그녀가 제 발로 어디론가 떠났다거나 납치를 당했다는 것이었다.

미르의 눈동자가 급격하게 흔들리기 시작했다. 그는 그녀에게 고백했다는 부끄러움과 해문과 함께했다는 실망감 때문에 그녀를 제대로 보살지피 못한 게 후회스러웠다. 천문관을 박차고 나온 그는 무작정 겨슬레로 향하는 들판으로 달려 나갔다. 어디로 간 지 알 수 없으니 전부 다 뒤져봐야 했다.

"꺄아아아악!"

그때 익숙한 여인의 비명이 미르의 귀에 꽂혔다. 그건 아름드리나무 근처였고, 그는 그곳에서 넘어져 있는 서요를 발견했다.

"감히!"

매우 위험한 상황임을 감지한 미르는 살벌한 표정으로 다가가 서요를 향해 내려오는 도끼를 막아냈다. 그리고 그녀를 위협한 계추의 배에 가차 없이 발길질을 퍼부었다.

'나는 손 하나 대는 것도 아까운 여자인데! 네 따위가 감히!'

미르의 눈에서 불꽃이 튀었다. 그는 왜 그들이 이 밤에 여기 함께 있는지는 알 수 없었지만 그녀가 죽을 뻔했다는 사실 하나만으로도 이성이 날아갈 것 같았다. 깜짝 놀라서 식은땀만 뻘뻘 흘리던 서요는 그제야 어둠 속에서 미르의 존재를 발견하고 소리쳤다.

"미르님!"

그녀는 가쁜 숨을 몰아쉬며 자리에서 일어났지만 다리는 여전히 후들거렸다. 충격이 가시질 않았고, 이제 어떻게 해야 하나 눈앞이 깜깜했다.

"죽어야 해! 저년은 죽어야 한다고!"

계추는 미르에게 무참히 짓밟히면서도 손에 쥔 도끼를 놓지 않았고 처절하게 외치며 눈을 희번덕거렸다. 그는 아들의 목숨이 달려 있는 만큼 어떤 순간이 와도 포기할 생각이 없었다.

그 순간, 고개를 간신히 쳐든 계추의 시야에 하늘 높이 날아오르는 붉은 비단 자락이 보였다. 그 비단을 어디선가 본 것 같은 섬뜩한 느낌에 계추는 미르의 발을 두 손으로 붙잡고 버티며 날아오른 것의 정체를 확인했다.

'아, 아들아!'

계추의 눈이 크게 뜨였다. 하늘 위로 날아오른 건 휘빈과 계추의 아들이었다. 휘빈은 죽은 아이의 몸을 안고 그를 독한 눈빛으로 쏘아보고 있었다.

'죽여! 그렇지 않으면, 네 아들의 시체조차 받을 수 없을 거야.'

휘빈은 계추의 살의를 자극해서 더 확실히 서요를 죽음으로 몰고 갈 생각이었다. 사실 저승의 여신이라 할지라도 명부를 조작하는 건 불가능한 일이었기에 그녀는 계추와 한 약속을 지킬 생각이 없었다.

미르가 나타난 건 매우 유감스러운 일이었다. 자신의 이런 모습을 미르에게 보여줘 봤자 좋을 게 없었다. 하나 이미 일은 벌어졌다. 휘빈은 환웅의 딸 서요를 자신의 손으로 직접 죽일 수는 없었기에 다른 사람의 손을 빌려서라도 없애고 싶었다. 같은 신끼리의 살인은 중죄였고, 환웅이 다스리는 천상과 저승의 사이 또한 틀어질 가능성이 있기 때문이었다.

그러니 아직 서요가 여신으로서 자각하지 않은 약한 상태일 때, 다른 인간의 손에 죽어야 하는 것이다. 그녀는 기상신들의 사랑을 듬뿍 받으며 천상을 지배하는 여신이 될 서요에게 미치도록 질투심이 났다. 휘빈은 서요에게 열등감을 느꼈고, 미르가 그녀의 옆에 계속 있는 꼴은 볼 수가 없었다. 그녀만 없다면 자신이 그의 곁에서 행복하게 웃을 수 있을 것만 같았다.

'그런데 왜 하필 미르 네가 저년을 구하냐고!'

휘빈은 마음속에 품고 있었던 남자가 다른 여인을 지키기 위해 필사적인 이 상황이 죽도록 싫었다.

"으아아아!"

계추는 반쯤 정신이 나간 표정으로 자리에서 일어나 도끼를 잡은 손에 힘을 주었다. 그리고 미르가 하늘로 날아오른 휘빈을 보느라 잠시 정신이 팔려 있을 때, 마지막 힘을 다해 서요에게 달려들었다.

서요는 이상하게도 그의 모습이 살기 위해 처절하게 울부짖는 것 같다는 생각이 들었다. 그녀는 다시 한 번 더 그의 도끼질을 피해보려고 했지만, 온몸이 굳은 나머지 움직여지지 않았다.

'대체 왜 이렇게까지…….'

마지막 일격을 날리려던 계추는 정신을 차린 미르의 손에 쓰러지고 말았다. 미르는 휘빈의 존재를 똑똑히 보면서도 계추의 돌발 행동을 막았다. 완전히 제압당한 계추의 모습을 본 휘빈은 비릿한 미소를 머금으며 안고 있던 아이의 몸을 미련 없이 놓아버렸다.

"실망이군."

그녀는 아이의 영혼을 데리고 멀리 날아가 버렸다. 잔인할 만큼 서늘한 미르의 눈빛에서 빨리 벗어나고 싶었다.

"아, 안 돼!"

계추가 하늘에서 떨어지는 아들을 보며 악을 질렀다. 그는 제압을 당해 온몸을 부르르 떨면서도 아들을 향해 울부짖었다. 서요는 그 울음소리를 듣자마자 떨어지는 아이를 향해 내달리기 시작했다. 생각하고 판단하기 전에 몸부터 튀어나간 것이었다.

"서요!"

뒤에서 미르의 외침이 들렸지만, 그녀는 오직 아이를 구해야겠다는 일념으로 가득 찼다. 이미 죽었다 해도 저 높이에서 떨어지면 말도 하지 못할 만큼 몸이 망가질 터였다. 계추가 자신을 죽이려고 하긴 했지만, 그래도 그녀는 그에게서 아들의 죽음에 슬퍼하는 아비의 모습을 봤기에 멈출 수 없었다.

'도와줘! 내게도 힘을 달라고!'

서요가 바닥으로 떨어지는 아이를 향해 몸을 날렸다. 그러자 간절한 소망이 이루어진 것처럼 그녀에게서 찬란한 빛이 뿜어져 나왔고, 그 빛은 떨어지는 아이의 몸을 감싸 보호했다. 서요는 그 모습을 보고 놀라 입을 벌렸다. 엄청난 속도로 땅을 향해 곤두박질치던 아이의 몸이 하얀 빛에 둘러싸인 채 천천히 내려앉았다.

"내, 내가 한 거야, 설마?"

그녀는 얼떨떨한 표정으로 자신의 몸을 살펴보았다. 서요의 몸에선 여전히 눈이 부실 정도로 강한 빛이 뿜어져 나오고 있었다. 그녀는 지상으로 안착한 소년을 바라보며 가슴을 쓸어내렸다.

"뭐 하는 짓이야!"

그 순간, 미르가 서요의 어깨를 잡고 역정을 냈다. 그녀는 당황한 얼굴로 입술을 짓씹었다.

"모르겠어요. 저도."

"위험할 뻔했잖아!"

미르는 숨을 거칠게 몰아쉬며 서요를 꽉 끌어안았다. 그녀의 작은 몸이 단숨에 그의 품에 안겼다.

"미르님……."

그녀는 빈틈없이 자신을 꽉 끌어안은 미르에게서 다급하고 불안한 마음이 느껴지자 미안하고 또 고마운 감정이 들었다. 그는 생명의 은인이었다.

"감사해요."

머리를 쓰다듬는 미르의 손길에 서요는 희미하게 웃으며 중얼거렸다. 그가 자신을 얼마나 걱정했는지 알 것 같았다. 맞닿은 몸으로 미르의 간절한 마음이 흘러들어 왔다. 서요의 심장이 두근거렸다.

그녀의 몸을 천천히 놓은 그는 서요를 지그시 응시했다.

"다시는 내 곁에서 떨어지지 마."

미르의 목소리는 마치 사랑하는 사람을 잃을 뻔한 사람처럼 애절했다. 그녀는 얼결에 고개를 끄덕였다.
"네."
서요는 그의 분위기가 너무 진지해서 숨이 막힐 지경이었다.
"이런 위험한 일도 벌이지 말고."
그녀는 미르의 이런 모습이 낯설면서도 멋있었다. 마른침을 꿀꺽 삼키고 다시 한 번 고개를 끄덕인 서요는 그와 함께 있으면 못할 일이 없을 것 같다는 생각이 들었다. 어떻게 이곳을 찾아왔는지 몰라도 미르가 구해준 게 운명처럼 느껴졌다.
"아들아, 아들아!"
계추는 완전히 이승을 등지고 만 아들의 몸을 붙잡고 오열했다. 계추는 아들의 상태를 보고 휘빈이 그의 영혼을 저승으로 데리고 가버렸다는 것을 알아차렸다.
"휘빈은 대체 뭐지. 그리고 저 계추라는 자는 왜 서요 네게……."
미르는 상황을 이해하지 못해 머리가 혼란스러웠다. 서요 또한 왜 갑자기 휘빈이 나타나서 계추의 아들을 떨어뜨린 건지 도무지 이해할 수 없었다.
"그런데 이 빛은 목걸이의 힘인가요? 왜 빛이 사라지지 않는 걸까요?"
서요는 의아한 눈으로 여전히 환한 빛을 뿜어내는 자신의 몸을 바라보았다. 목걸이의 힘 말고는 이 빛의 원인으로 짐작되는 게 없었다. 그러나 미르는 그 신성한 빛이 여신 서요의 힘이라고 생각했다. 예전에도 서요의 몸에서 빛이 난 적이 있었다. 아직 각성하지 못한 여신으로서의 힘이 일촉즉발의 상황에서 펼쳐진 것일 터였다.
'여신 서요.'
그 말이 아직은 입안이 까끌까끌할 만큼 어색했다.
"엇? 저건!"
그때 서요의 몸뿐만 아니라 그녀의 목에 걸린 목걸이까지 환하게 빛나더니, 저 멀리서 계추의 집에 있던 명검이 날아오기 시작했다. 목걸이의 빛이 명검을 끌어당기는 듯했다. 그리고 그 검은 서요의 손에 알맞은 형태로 작아졌다.

여신 서요가 용기를 내 능력을 발휘하자 신력이 있는 명검이 스스로 그녀의 존재를 인정하고 주인으로 받아들인 것이었다. 검이 제 손에 착 감기자 서요의 눈에 이채가 어렸다.

“이럴 수가.”

그녀는 계속 감탄하며 명검을 살펴보았다. 목걸이에서 빛이 난 것도, 명검이 스스로 날아온 것도 직접 보았지만 믿을 수 없을 만큼 신기했다.

“확실히 명검이 맞는가 보군.”

어느새 서요의 몸에서 빛이 사라졌다. 미르의 말에 그녀 또한 얼떨떨한 얼굴로 고개를 주억였다.

“이것이 겨슬레의 명검!”

서요는 마치 원래부터 알았던 검처럼 익숙한 느낌에 환하게 웃었다. 드디어 첫 번째 임무를 성공한 것이다.

“그럼, 이제 저놈을 죽여야지.”

서요가 명검을 얻어 기뻐하고 있을 때, 미르의 시선은 울부짖는 계추에게로 향했다. 미르는 그를 향해 발걸음을 옮겼다.

“마지막으로 묻는다. 대체 왜 그런 거지?”

미르의 낮은 목소리가 음산하게 퍼져 나갔다. 그는 간신히 화를 눌러 참고 있었다.

“꺼져! 다 끝났어, 끝났다고!”

그러나 계추는 이제 미르에게 죽임을 당해도 상관없다는 듯, 목이 쉴 정도로 오열했다. 그는 차라리 죽어서 아들과 함께 저승으로 가는 게 낫다는 생각까지 하고 있었다.

“그래. 네 정녕 죽는 게 소원이라면, 내가 들어주지.”

미르의 눈에 다시 살기가 맴돌았다. 서요는 심상치 않은 분위기를 느끼고 달려가 그의 팔을 붙잡았다.

"그러지 마세요."

"너를 죽이려고 했던 자야!"

미르는 착해빠진 서요의 말에 복장이 터진 나머지 왜가리처럼 소리를 질렀다. 그의 얼굴은 분기 때문에 잔뜩 달아올라 있었다.

"쓸데없는 동정심 따윈 버려."

미르는 냉정하게 말하며 축 늘어진 계추의 머리카락을 한 손에 잡고 힘을 주어 들어올렸다. 그런 미르의 모습을 보며 서요는 한숨을 크게 내쉬고는 계추와 죽은 소년을 번갈아 보았다.

"이미 죽은 사람이나 다름없어요. 그냥 둬요, 미르님."

서요 또한 죽을 뻔했던 걸 떠올리면 계추가 끔찍하게 싫었다. 하지만 복수를 위한 칼날을 뽑고 싶지는 않았다. 자신을 죽이고자 한 이유는 정확히 모르지만, 아들을 살리려고 한 행동이 아닐까 싶었다. 그러니 울부짖는 그를 죽여봤자 서요의 마음만 더 찜찜할 뿐이었다.

그녀는 화가 난 미르를 간신히 설득해서 함께 자리를 떴다. 계추는 죽은 아들의 가슴에 얼굴을 묻고 미동도 하지 않았다.

"정말 더 추궁해서 알아보지 않아도 괜찮은 거야?"

그는 소년의 영혼을 가져가던 휘빈의 모습을 떠올리며 서요에게 물었다. 미르는 휘빈이 겨슬레에 온 이유가 뭔지 알고 있긴 했지만, 굳이 아이의 시체를 아비의 눈앞에서 떨어뜨리는 잔혹한 모습을 보인 게 이해되지 않았다.

"글쎄요. 더 물어보더라도 정상적인 대화가 가능할 것처럼 보이지는 않았어요."

"그거야 그렇지만."

착 가라앉은 서요의 목소리에 미르의 낯빛 또한 어두워졌다. 그는 큰

일을 당한 그녀가 안쓰러워서 보듬어주고 싶다는 마음이 들었다.

"서요……."

미르가 용기를 내 서요를 부를 때였다.

"서요님!"

소소의 가쁜 목소리가 지척에서 들려왔다. 어느새 소소와 가람이 가까이 다가와 있었다. 소소가 바람의 힘을 부려 가람과 함께 단숨에 그들의 앞으로 날아온 것이었다.

미르는 이게 무슨 일인가 싶어서 고개를 두리번거렸다.

"서요님, 괜찮으십니까? 이게 무슨 일입니까!"

소소는 심각한 얼굴로 서요의 상태를 이리저리 살폈다. 그는 뒷간에 가던 가람이 밝은 빛을 보았다고 알려준 덕분에 늦게나마 이곳에 올 수 있었지만, 무슨 일이 일어난 것인지는 전혀 모르고 있었다.

"그건…… 설마 명검입니까?"

그리고 가람은 서요가 손에 든 작은 검을 보고 깜짝 놀라서 물었다. 서요는 그의 말에 고개를 끄덕이며 방금 전의 일에 대해서 간단하게 설명했다.

소소와 가람은 서요의 설명을 듣는 내내 인상을 잔뜩 찌푸렸다. 소소는 주먹 쥔 손을 떨며 분노했고, 가람은 연신 탄식하며 알 수 없는 말을 중얼거렸다.

"서요님의 빛에 이끌린 명검이라……."

반면 미르는 기껏 용기를 내어 서요의 마음을 달래주려고 하던 때, 갑자기 나타나 방해한 그들 때문에 짜증이 난 나머지 머리칼을 마구 헝클어뜨렸다. 하지만 답답한 미르의 마음은 그 누구도 알아주지 않았다.

그때 소소가 처음으로 서요에게 역정을 냈다.

"서요님. 대체 왜 말씀하지 않으신 겁니까? 아무리 명검 때문이라지만 위험하게 혼자 나오시면 어떻게 합니까!"

그녀는 소소가 화를 내는 모습은 처음 보았기에 당황했다. 그는 그녀를 진심으로 걱정하고 있었다.

"그게…… 죄송해요."

서요는 면목이 없어 고개를 푹 숙였다. 화를 내던 소소는 막상 서요가 기죽은 모습을 보이자 표정을 풀었다. 소소는 미르 또한 서요를 지키라는 명을 받은 신이었음에도 불구하고 자신이 서요를 구하지 못한 게 속이 상했다.

마음을 진정시킨 그가 그녀에게 말했다.

"일단 밤이 늦었으니 천문관으로 돌아가고, 아침에 바로 떠나는 게 좋을 듯합니다."

"네."

서요는 풀이 죽어 작은 목소리로 답했고, 미르는 다음 날이면 드디어 천문관을 떠날 수 있다는 생각에 마음이 조금 평안해졌다.

"그래. 그런 거였어."

반면 가람은 밤길을 나아가며 자조적인 웃음을 지었다. 그는 이제야 모든 게 확실해지는 것 같았다.

'천상으로 가기 위한 여정은 모두 환웅님이 뜻하는 바.'

서요 한 명을 지키는 데 기상신을 셋이나 보낸 것도, 전국을 거의 순회하며 임무를 수행하는 것도 다 함께 성장하라는 환웅의 뜻인 듯했다. 가람은 서요를 지키라는 환웅의 명을 수행하고 싶지 않아서 천상으로 올라가겠다는 입장을 고수했기에 이 같은 결론은 그의 뜻에 어긋나는 일이었다.

그들이 천문관으로 향했다. 겨슬레에서의 마지막 밤이었다.

"집안의 가보를 찾았으니 떠나겠다고?"

해문이 뒷짐을 지고 서요와 기상신들을 바라보았다. 그의 목소리에는 서운한 기색이 담겨 있었다.

"예. 그동안 정말 감사했습니다. 잊지 않겠습니다."

서요는 두 손을 가지런히 모으고 해문에게 최대한 진심을 다해 인사했다. 그녀는 별당에서 있었던 일 이후 그와 제대로 대면하는 게 처음이었기에 인사하는 것이 더욱 조심스러웠다. 서요는 민망한 그날의 일을 머릿속에서 지워 버리고 싶었다.

"막상 떠난다고 하니…… 좀 아쉽군."

해문은 덤덤한 척 말하면서도 그녀가 떠나지 못하게 잡고 싶었다. 하지만 검을 찾을 때까지만 천문관에 머무르기로 했던 그들과의 약속을 철회할 수는 없는 노릇이었다.

'아직 그 무엇도 제대로 밝혀낸 게 없는데!'

해문은 서요가 일으켰던 신비로운 현상에 대해서 아직도 궁금한 게 많았다. 그래서 서요를 잡고 싶은 것이라고 스스로에게 이야기했지만, 사실 그런 마음보다는 그녀에 대해서 더 알고 싶다는 사내로서의 감정이 더 컸다.

"부디 몸 건강하십시오."

서요는 다음 여정을 위해 빨리 떠나고 싶은 마음에 마지막 인사를 건네며 물러섰다. 해문은 묘하게 의기양양한 표정을 짓는 미르를 보고 인상을 사납게 찌푸렸다.

권위 있게 자리를 지켜야만 한다. 그것이 세자다운 행동이었다. 그러나 그는 참지 못하고 떠나려는 서요의 팔을 붙잡고 힘을 주어 당겼다. 서요의 몸이 빙그르르 돌았고, 이내 해문을 마주 보고 섰다.

"저하?"

그녀는 해문이 왜 자신을 붙잡았는지 몰라 깜짝 놀란 표정을 지었다. 해문은 진지한 얼굴로 서요를 보았다.

"인연이라면 또 만나게 될 것이다."

희한한 말에 서요는 어리둥절하기만 했다. 그녀는 해문이 의외로 정에 약한 사람인가 싶었다.

"그럼 가보겠습니다."

서요가 해문에게 잡힌 팔을 조심스럽게 빼고 기상신들과 함께 돌아섰다. 미르는 끝까지 구질구질하게 구는 세자를 돌아보며 경고의 눈빛을 쏘았다. 그는 이제 해문과 만나는 날이 없기를 간절하게 바라고 있었다.

그리고 해문은 서요에게 특별한 감정을 느끼는 것과는 별개로, 아무리 봐도 수상한 무리임이 분명한 그들의 정체를 밝혀내야겠다는 의지를 다시 한 번 다졌다.

'너희들의 정체를 반드시 알아내고 말 것이다.'

특히 그는 늘 자신을 건방지게 바라보는 미르만큼은 가만두지 않을 작정이었다.

해문이 독한 마음을 먹고 있는 사이, 천문관을 떠난 서요와 기상신들은 말을 타고 녹음을 즐겼다. 그들은 이젠 동쪽 방향의 수피아로 갈 생각이었다.

"수피아?"

가람은 심각한 표정으로 재차 물었다. 잠시 생각에 잠겨 있던 그는 갑자기 말을 멈추고 땅으로 내려왔다.

"나는 이만 빠지겠어."

가람은 생글생글 웃으며 폭탄 발언을 했다. 물을 마시던 서요는 깜짝 놀라 캑캑거리며 벌게진 얼굴로 그를 바라보았다.

"뭐라고요? 빠진다고요?"

"네. 저는 이만 제 갈 길을 가야겠습니다. 서요님을 지키는 일은 서요님에게 푹 빠진 미르와 소소가 잘 수행할 것이니 문제없을 겁니다."

"예, 예?"

서요는 가람의 말에 여러모로 충격을 받았다. 그가 여정에서 빠진다는 생각을 단 한 번도 해본 적이 없기 때문이었다. 게다가 그녀는 가람이 빠지려고 한다는 사실을 머리로 이해하기도 전, 미르와 소소가 자신에게 푹 빠졌다는 그의 말에 양쪽 볼이 달아올랐다.

"왜, 갑자기!"

"뭐야. 너 왜 그래? 또 무슨 사고를 치려고!"

"가람. 그건 환웅님의 명을 거역하는 거야."

서요와 미르 그리고 소소가 차례로 가람을 말렸다. 각기 하는 말은 달랐지만 그가 떠나지 않길 바라는 마음만큼은 같았다. 예상보다 더 심각한 그들의 표정에 가람은 머쓱하게 뒷머리를 긁적였다. 그는 애초부터 그들에게 동료 의식을 기대한 적이 없으며, 그런 건 예전부터 질색하고 있었다.

'친구? 동료? 그런 건 다 개나 주라지.'

지금껏 가람은 친구가 없었다. 그 사건 이후, 능력을 조절할 수 있을 때에도 환웅의 특별 감시를 받아야만 했기 때문이다. 그렇기에 그는 이 여정이 환웅이 뜻한 바라면, 동참하고 싶지 않았다.

가람은 그들의 목적지와 정반대인 서쪽을 향해 냉정하게 몸을 돌렸다. 그들의 걱정 어린 말이 등 뒤에서 계속 쏟아졌으나 전부 무시했다.

"가람님! 제, 제가 뭔가 잘못한 거예요? 네?"

서요는 떠나려는 가람의 팔을 붙잡았다. 그녀는 소소와 미르에 비해 가람과 많이 친해지질 못한 거 같아서 후회스러웠다.

한숨을 내쉰 가람이 서요에게 말했다.

"그런 게 아닙니다. 단지 곽독이 되고 싶지 않은 것뿐입니다. 그러니 더는 붙잡지 마십시오."

서요는 가람의 얼굴을 의아하게 바라보다가 순간 깜짝 놀라 숨을 흡 들이켰다. 가람은 평소 장난기 많은 모습과는 정반대의, 얼음처럼 차가운 표정을 짓고 있었다. 그녀는 자기도 모르게 가람을 잡은 손을 놓았다. 가람이 낯설어서 더는 붙잡고 있을 수가 없었다.

"서요님. 가람은?"

소소가 어깨를 떨어뜨린 서요에게 다가왔다. 그녀는 시무룩하게 고개를 가로저었다. 가람은 이미 저 멀리 멀어져 가고 있었다.

"말린다고 들어먹을 녀석이 아닙니다. 왜 갑자기 그런 결정을 내렸는지는 모르겠지만 서요님의 탓이 아닙니다."

소소는 이미 저 멀리 떠나고 있는 가람을 강제로 데려올 수는 없을 거라는 생각에 우선 서요의 마음부터 달랬다. 첫 번째 임무를 수행하고 기분 좋게 다음 마을로 넘어가는 시점에서 이러한 일을 맞닥뜨리게 될 줄은 꿈에도 몰랐지만, 그렇다고 멍하니 있을 수는 없었다.

"가람은 서요를 지키라고 했던 환웅님의 명을 거역할 생각이야. 어쩔 수 없어."

미르는 말은 냉정하게 하면서도 가람이 떠난 쪽에 자꾸 시선을 던졌다. 소소와 미르는 가람이 속 편하게 웃고 있는 듯해도 아직 과거의 일 때문에 상처가 많다는 걸 전부터 알고 있었다. 그가 일부러 망나니를 자처한다는 생각 또한 한 적이 있었다.

"이것으로 더 확실해졌네."

미르의 씁쓸한 말에 소소 또한 고개를 끄덕였다. 소소는 얼마 전 가람이 했던 말이 머릿속에 떠올랐다.

'넌 내가 안 무서워?'

'너를 왜 무서워해야 하는데?'

'왜냐고? 폭주해서 천상도 물바다로 만든 전적이 있잖아, 내가.'

소소는 불편한 표정으로, 여전히 충격에 빠져 있는 서요를 다시 말이 있는 곳으로 이끌었다. 그들은 서로 이야기하지는 않았지만, 가람이 떠남으로써 수피아로 가는 길이 축축 처질 것 같다는 생각을 했다.

그로부터 시간이 꽤 흘렀다.

"새암이 아니라 수피아부터 가는 이유가 뭐였죠?"

서요는 기운 없는 목소리로 미르와 소소에게 물었다. 그녀는 미르의 강력한 주장에 의해 그와 함께 말을 타고 있었고, 소소는 가람이 없기에 혼자 타고 있었다.

미르는 목간에서 벌어졌던 일은 절대로 입에 담지 않았다. 그녀 또한 일부러 그때의 일을 모른 척했다. 서요는 그와 어색한 사이가 되어 여정을 망치고 싶은 생각이 없었고, 무엇보다 그녀 자신의 마음도 혼란스럽기만 했다.

"뭐긴, 서쪽에 위치한 새암보다 더 가까우니까 그런 거잖아."

툭 내뱉은 미르의 말에 서요는 혼이 나간 표정으로 고개를 끄덕였다. 이유를 몰라서 그들에게 물은 게 아니었고, 은근히 뭔가를 떠본 것이었다.

미르는 가람 때문에 속이 상한 서요를 보는 것이 괴로웠다. 그녀는 연신 한숨을 내쉬었고 등은 겁먹은 사람처럼 잔뜩 웅크리고 있었다. 그는 서요가 갑자기 수피아로 가는 이유를 물어본 이유가 뭔지 알 것 같았다.

"왜, 다시 붙잡고 싶어서?"

"……어떻게 아셨어요?"

서요는 눈을 동그랗게 뜨고 미르를 바라보았다. 사실 그 또한 비슷한 생각을 하고 있었기에 가능한 일이었다. 소소 역시 그런 그들을 바라보며 입꼬리를 말아 올렸다. 그들의 마음은 놀랍도록 똑같았다.

그녀는 냉정하게 떠나갔던 가람을 떠올리며 입을 열었다.

"그렇게 차갑고 확고한 가람님의 표정은 처음 봐서, 조금 두렵긴 해요."

"그게 가람의 진짜 모습이라면, 싫은 거야?"

미르의 말에 아차 싶었던 서요는 결코 아니라는 표정으로 고개를 가로저었다. 그녀는 어떤 모습의 가람이든, 친구이자 동료가 되고 싶다는 마음은 여전히 변함없었다.

"서쪽으로 향한 가람님에게 얼른 돌아가요. 더 늦기 전에."

서요의 눈빛이 결연해졌다. 그녀는 이대로 가람과 헤어지고 싶지 않았고, 오히려 그와 유대 관계를 제대로 쌓지 못했기에 아쉬웠다. 가람이 정확히 어떤 생각으로 떠났는지는 더 알아보아야 하겠지만, 이번에는 꼭 마음을 돌리고 싶었다.

미르와 소소는 이제야 명확한 목적지를 찾았다는 듯 기분 좋게 웃었다. 그들은 체면상 부끄러워서 차마 먼저 가람을 찾으러 가자는 말은 하지 못하고 있었는데 참으로 잘된 일이었다.

"어차피 서쪽의 새암도 가야 했으니까 나쁘지 않지."

미르는 그렇게 합리화를 하며 고삐를 잡고 말머리를 돌렸다. 소소 또한 헛기침을 하더니 거들었다.

"그래. 새암은 물이 많은 마을이라더군. 가람이라면 분명 그곳으로 갔을 거야."

딱히 일리 있는 말은 아니었지만 서요는 피식 웃으며 고개를 끄덕였다.

새암으로 향하는 그들의 뒤로 노을이 졌다. 그들은 가람을 따라잡기 위해 열심히 말을 몰았다. 가람이 계속 걸어가고 있다면 따라잡을 가능성도 높아질 터였다.

며칠 후, 서요는 당황스러운 얼굴로 어두워지기 시작한 숲을 바라보았다. 들판을 벗어나 작은 마을들을 들리며 여정을 지속했는데, 새암으로 가는 길에서 높은 산을 만난 것이다.

"벌써 어두워졌네요. 아직 숲을 벗어나지 못했는데."

"일단 오늘 밤은 이곳에서 자야겠네."

미르는 노숙하기 적당한 장소를 찾아 나섰고, 소소는 마른 나뭇가지를 모아 불을 피울 준비를 했다. 그 속에서 서요는 민망하게 서 있다가 손가락을 꼼지락거렸다.

"그럼 저는 먹을 거라도 찾아올게요."

"아니."

"안 됩니다."

미르와 소소가 정색하자 그녀는 난감한 얼굴로 온몸을 비비 꼬았다.

'먹을 거고 뭐고, 오줌보가 터질 것만 같다고!'

사실 먹을 걸 찾아오겠다는 건 핑계였고 뒷간에 가고 싶었다. 그리고 땀이 흘러 끈적이는 얼굴을 물로 씻을 수 있다면 더 좋을 것 같았다. 생리 현상을 참느라 서요의 낯빛이 허옇게 질렸다.

평소였다면 당당하게 말하고 갔겠지만, 언제부터인가 자꾸 미르가 신경 쓰여 그러질 못했다. 그와 말을 타고 오면서도 긴장해 있느라 온몸이 욱신욱신했다.

'보고 싶다고 한건 미르님인데, 왜 며칠 내내 나만 신경 쓰는 거 같지? 왜 나만 어쩔 줄 몰라 하는 것 같냐고!'

그녀는 분명 그의 진심을 느꼈다. 안개로 가득한 목간에서도, 계추에게서 구해줄 때도 말이다.

그러나 그 후, 미르의 행동은 고백 따위는 하지 않은 것처럼 평소와 다를 바가 없었고, 서요는 그에게서 다른 어떠한 기색도 느끼지 못했다. 생리 현상을 더는 참기가 어려웠던 그녀는 두 눈을 질끈 감고 소리쳤다.

"아우, 답답해. 뒷간에 가고 싶은 거라고요! 그, 그러니까 절대 쫓아오지 마요."

민망함에 두 손으로 얼굴을 가린 서요는 저 멀리 풀숲으로 사라졌다. 그 자리에 남은 소소와 미르는 머쓱해서 뒷머리를 긁적였다.

무작정 숲으로 들어온 서요는 가까운 곳에서 물결이 찰랑거리는 소리를 들었다. 서요는 잘되었다고 여기며 달빛에 의지해 소리가 나는 쪽으로 향했다.

"와! 호수?"

그녀가 감탄하며 입을 벌렸다. 깊은 숲 속에 작은 호수가 자리해 있었으며, 호수 표면에 달빛이 어려 잔물결이 흐르는 게 반짝반짝하게 보였다. 서요는 풀숲에서 일을 보고 호수 표면에 제 얼굴을 비춰 보았다. 볼이 쑥 들어간 게 확실히 상태가 좋아 보이지는 않았다. 깨끗한 물로 얼굴을 씻은 그녀는 외모에 신경을 쓰며 한숨을 내쉬었다.

"이제야 조금 여성스러워지고 있는 건가?"

그토록 바랐던 여자다운 여자가 되어간다는 뜻임에도 서요의 표정은 오묘하기만 했다. 그것이 전부 미르를 의식하면서 시작된 행동이라는 것을 깨달았기 때문이었다. 한숨을 내쉬던 그녀는 자신을 걱정하고 있을 미르와 소소에게 돌아가기 위해 그만 몸을 일으켰다.

그 순간, 서요의 눈에 빨갛고 탐스러운 산딸기가 보였다. 그녀는 산과 들을 돌아다니며 열매를 섭취했던 옛 생각이 났기에 빙긋 웃으며 산딸기를 따 바로 먹었다. 새큼하고 달콤한 맛이 혀에 감돌자 서요의 입꼬리가 올라갔다. 그러나 이상하게도 그녀가 따 먹은 산딸기는 씹으면 씹을수록 평범한 산딸기와는 다른 향이 풍겼고, 질감은 떡처럼 쫄깃했다.

'응? 산딸기 맞는 거야?'

의식이 점차 몽롱해지기 시작했다. 사실 그녀가 먹은 것은 산딸기와 생김새가 아주 비슷한, 서쪽 산 일대에 퍼져 있는 환각의 열매였다.

환각의 열매를 먹은 서요는 자기도 모르게 비틀거렸다. 세상이 빙글

빙글 돌아가는 것처럼 보여 머리가 어지러웠고, 그 때문에 속이 울렁거렸다.

머리를 붙잡고 괴로워하던 서요가 자리에 주저앉았다. 그녀는 너무 당황스러워서 어찌 해야 할 바를 몰랐다. 그런 그녀의 귀로 환각 증상 중 하나인 환청이 들려왔다.

"서요야, 어서 이곳을 벗어나야 해! 일어나!"

'어, 어머니?'

무당의 긴박한 음성에 서요는 놀란 토끼 눈으로 주변을 살펴보았다. 처음엔 아무도 없었던 숲 속에 어느새 무당이 나타나 있었다. 그녀를 본 서요는 심장이 쿵 떨어졌다.

"일어나!"

서요는 멍한 상태로 앉아 있다가 무당이 팔을 잡고 끌어당기자 얼결에 일어섰다. 그녀는 자신이 보는 것을 믿지 못하고 눈을 깜빡였다.

'어머니가 눈앞에 있다니? 어머니! 어머니!'

서요의 감정이 복받쳤다. 애써 묻어두었던 무당을 향한 그리움이 폭발적으로 튀어나오자 눈에 물기가 차올랐다.

'뭔가 이상해. 이 상황은 분명!'

"아앗!"

그녀는 끔찍한 기억이 떠오름과 동시에 머리에 찌릿 하는 통증을 느꼈다. 서요의 눈에 아롱아롱 매달려 있던 눈물방울이 볼을 타고 후드득 떨어져 내렸다.

어두운 숲 속에서 무당의 손을 잡고 병사들을 피해 도망치던 어린 서요, 그리고 그 뒤에서 시간을 벌기 위해 병사들과 맞선 대신관. 그녀가 열한 살이 되던 해에 벌어진 끔찍한 일이었다.

"아악!"

서요가 무당의 손을 잡고 이도 저도 못하고 있을 때, 뒤에서 절대 들고 싶지 않았던 비명소리가 그녀의 귀에 꽂혔다. 서요는 충격을 받은 얼굴로 천천히 뒤를 돌아보았다. 그곳엔 병사의 칼에 찔려 피를 토하는 대신관이 있었다. 그는 죽어가는 와중에도 다른 병사들을 막기 위해 몸을 날리고 있었다.

"안 돼, 안 돼!"

서요는 가슴을 치며 오열했다. 그녀는 환각도 알아차리지 못할 정도로 의식이 흐려져 있었다. 열한 살의 서요는 무당 어머니의 손에 이끌려 죽을힘을 다해 숲을 빠져나갔지만, 환각에 시달리고 있는 서요는 무당의 손을 놓고 대신관의 시체를 바라보며 혼이 빠질 정도로 울었다.

숲 속에서 도망쳐야 할 서요와 어머니를 위해 뒤에 남은 아버지를 돌아보지 못했던 기억은 그녀의 마음에 커다란 상처로 남아 있었다.

'어머니…… 아버지!'

서요의 속이 넝마처럼 갈가리 찢겼다. 그렇게 그녀가 환각 속에서 아무것도 하지 못하고 멈추어 있던 그 순간, 아버지를 죽인 병사가 다시 칼을 뽑고 그녀를 향해 달려왔다. 서요는 비명조차 지르지 못한 채 병사에게 붙들렸다.

"꺄악!"

그녀가 날카로운 비명을 질렀다.

"정신 차려!"

하지만 서요를 죽이러 온 병사의 말은 굉장히 의외였다. 그녀는 당황한 나머지 연신 눈을 끔벅였다.

"정신 차리란 말이야!"

병사의 음성이 곧 익숙한 소리로 바뀌었다. 서요는 그 목소리의 주인공이 누군지 단번에 알아차렸다.

'미르님?'

서요는 고개를 세차게 내저으며 혼란스러운 상황에서 벗어나고자 노력했다. 눈앞에 있는 존재가 다른 사람이 아닌 미르라고 생각하면서 말이다.

미르는 한참을 기다려도 그녀가 돌아오지 않자 숲 속을 돌아다니며 서요를 찾고 있었다. 다행히 그렇게 멀지 않은 호수에서 그녀를 발견했지만, 서요는 넋이 빠져서 아이를 잃은 엄마처럼 울부짖고 있었다.

"여기 있어. 내가 여기 있다고."

그는 발버둥 치며 괴로워하는 그녀를 끌어안고 다정하게 얼렀다. 어찌 된 일인지는 모르겠지만 서요는 무언가를 굉장히 두려워하고 있었다. 미르의 손이 움츠러든 그녀의 등을 살살 어루만졌다.

서요는 그의 손길에 온몸을 늘어뜨리고 숨을 골랐다. 그녀의 정신이 간신히 현실로 되돌아왔다. 미르의 존재를 확실하게 느낀 순간부터 서요는 더는 괴로운 장면을 보지 않았다. 오직 그만이 오롯이 느껴질 뿐이었다.

"미르님…… 이게 대체 어떻게 된 거예요?"

서요는 깨질 것 같은 머리를 붙잡고 눈살을 찌푸리며 물었다. 미르는 서요의 얼굴을 바라보며 안도의 한숨을 내쉬었다.

"제가 뭘 본 거죠?"

그녀의 물음이 다시 한 번 이어졌다.

"뭘 본 건지는 모르지만…… 더는 생각하지 마."

서요는 고개를 끄덕이며 미르의 부축을 받아 근처 바위에 힘없이 주저앉았다. 그녀는 여전히 방금 전의 일이 믿기지 않아 한 손으로 가슴을 쓸어내렸다. 지독한 악몽을 꾼 기분이었다.

미르는 그녀의 옆에 앉았다. 그가 뭘 한 것은 아니지만, 서요에게 그는 존재만으로도 큰 위로가 되어주었다. 조금 진정한 그녀가 미르에게 물었다.

"어떻게 찾아오신 거예요?"

"일 보러 간 애가 하도 안 와서 찾아다니다가 발견한 거지."
"아, 예."
서요는 괜히 물어보았다고 생각하며 얼굴을 붉혔다. 미르는 식은땀이 맺힌 서요의 얼굴을 바라보며 자신도 모르게 손을 뻗어 닦아주었다. 그녀의 얼굴선을 따라 흘러내리는 땀방울을 훔치는 그의 손길은 빠르고 정확했다. 서요는 땀이 식으면서 서늘해진 몸을 두 팔로 껴안고 있다가 놀란 얼굴로 그를 바라보았다.
환각에 빠져 있을 때와 다른 의미로 심장이 두근거렸다. 언제부터인가 서요는 그와 단둘이 있는 게 매우 좋으면서도 불편했다. 순수한 만큼 당찼던 그녀는 사랑이라는 감정을 알며 부끄러움을 타는 여인이 되어가고 있었다.
잠시간의 정적이 흐른 후, 서요는 방금 전의 일에 대해서 미르에게 말하고 싶다는 생각이 들었다. 과거의 슬픔을 누군가에게라도 토로해야 괴로운 기억을 떨쳐 낼 수 있을 것 같았다.
"열한 살 때의 일이에요. 부모님과 산속에서 숨어 살고 있었는데 병사들이 어떻게 알았는지 쳐들어와서는…… 저를 도망시키고자 아버지는 칼에 찔려 돌아가시고, 어머니와 저는 간신히 도망쳐 살아남을 수 있었어요."
서요는 덤덤하게 말한다고 했지만 목소리가 덜덜 떨렸다.
"아까, 그 장면을 봤어요. 아버지가 칼에 찔린…… 열한 살의 저는 분명 보지 못한 거였는데."
미르는 온몸을 움츠린 서요가 안타까웠다. 상처 입은 그녀를 보듬어주고 싶은 마음에 그는 위로의 말을 건넸다.
"많이 무서웠겠네. 그런데 아버지가 죽은 건, 너 때문이 아니야. 서요 너를 지키겠다는 신념을 행동으로 옮긴 것뿐이지."
"하지만 신녀로 태어난 저 때문에 한평생 숨어 살다가 돌아가신 거잖아요.”

서요는 아무리 생각해도 자기 자신을 원망하지 않을 수 없었다. 그런 죄책감이 들며 부모님이 그리울 때면 차라리 저를 거두지 말고 죽게 내버려 두지, 하는 생각까지 들었다.

“사실 미르님과 소소님 그리고 가람님도 그렇게 될까 봐 무서워요.”

“뭐?”

서요의 말에 미르는 자신도 모르게 목청을 높였다. 그녀의 눈빛은 매우 어둡게 가라앉아 있었다.

“어머니와 아버지는 한평생 고생만 하셨으니까. 그것도 죄송스럽고.”

미르는 어쩔 줄 몰라 하며 고개를 숙인 서요 때문에 가슴이 아렸다. 그는 그녀가 이런 고민까지 하며 괴로워하고 있는 줄은 상상도 하지 못하고 있었다.

‘바보 같기는.’

뭐라고 답해야 하나 생각하던 미르는 아무렇지 않은 얼굴로 서요의 이마에 꿀밤을 먹였다. 그녀는 이게 무슨 짓인가 싶어서 도끼눈을 떴다.

“죽을 일 없으니까 걱정하지 마. 처음엔 그래, 너를 지켜보는 일이 정말 귀찮고 싫었어. 천상으로 올라가고 싶어 했지만 그러기 위해선 생뚱맞은 임무를 수행하는 것도 그런 귀찮은 일 중 하나였지.”

서요가 꿀밤 맞은 곳을 한 손으로 감싸고 미르의 말에 집중했다. 진심이 담긴 그의 말은 그녀의 가슴에 잔잔한 파문을 일으켰다.

미르는 쑥스러운 나머지 서요에게서 고개를 돌려 잔잔한 호수를 바라보았고, 그녀는 그의 옆모습을 힐끔 곁눈질했다. 달빛이 어린 호수만큼이나 우아하고, 남자답게 잘생긴 얼굴이었다. 서요는 자신도 모르게 얼굴을 붉혔다.

그리고 다시 미르의 말이 이어졌다.

“지금은…… 그리 귀찮지만은 않아. 함께 천상으로 올라가자고 널 설득한 것도, 네가 이곳에 있는 게 걱정되서 그런 거니까. 그러니 쓸데없이 고생한다고 마음 불편해할 필요 없어. 어차피 다 내 선택이야."

그는 달콤하게 말하며 서요를 바라보았다.

서요는 미르의 말에 감동을 받아 두 눈을 크게 떴다. 그의 덤덤하지만 다정한 위로가 마음에 들었다.

"미르님, 가슴이 너무 두근거리는데요."

힘들었던 마음이 미르의 말에 스르르 녹아버리자 서요는 자신도 모르게 단침을 꿀꺽 삼켰다. 그녀가 느끼기에 수증기가 올라왔던 목간에서처럼 이상야릇한 분위기가 되는 것 같았다.

"왜, 아직 환각 증세가 가시지 않은 거야?"

미르는 그녀의 얼굴이 점차 붉어지기 시작하자 걱정스러운 어투로 물었다. 서요는 어느새 가까이 다가온 그를 보고 당황했다.

"그, 그런가?"

서요는 미르의 눈치를 보며 대충 내뱉었다. 그녀는 이것이 환각 증세와는 전혀 다르다는 걸 알고 있었지만 아직 진짜 마음은 숨기고 싶었다.

서요는 지척에서 미르의 얼굴을 응시했다. 살짝 찌푸린 날카로운 눈매와 그림처럼 뻗어나간 콧날, 그리고 굳게 다문 단정한 입술까지. 매일 보던 얼굴인데도 왜 이렇게 낯설고 또 멋있어 보이는지 모를 일이었다. 그녀는 눈을 질끈 감고 대체 왜 자신이 이렇게 변해 버렸나, 하는 심각한 고민에 빠졌다.

'퉁명스러운 척하면서 너무 잘해주잖아! 위로가 되고 가슴 설레는 말은 다 해놓고…….'

매우 친절하며 다정하지만 남자다운 느낌은 주지 못하는 소소와 달리, 미르는 굉장히 화끈한 행동으로 그녀의 마음을 뒤흔들었다. 그리고 때론 섬세한 모습으로 놀라게 하기도 했다. 그녀는 그런 그에게 계속 끌렸다.

하지만 서요는 곧 혼자만 고민하는 것 같아 억울한 마음이 들었다. 그래서 미르의 훤한 얼굴을 자못 비장하게 째려보았다.

"대체 왜 갑자기 환각에 시달린 거야? 자초지종을 말해봐."

미르는 그런 그녀의 마음도 모르고, 인상을 구긴 서요를 그저 의아하게 바라보았다. 환각으로 벌어진 일 때문에 그녀가 많이 힘들어하는 건가 싶었다. 서요는 일단 그의 물음에 답을 해주었다.

"……그러니까 저 산딸기 열매를 먹고 머리가 어지럽기 시작하더니 말도 안 되는 환각이 보였다고?"

"네."

"지금은 괜찮아?"

"이제 괜찮은 거 같아요."

서요의 말을 들은 미르는 그녀가 가리킨 산딸기 열매를 쳐다보더니 자리에서 일어나 그것을 몇 개 따왔다.

"이게 문제인가?"

그리고 그것을 망설임 없이 입에 넣었다. 그는 열매에 크게 반응하진 않겠지만 그래도 서요를 괴롭혔던 환각의 원인을 제대로 밝혀내고 싶었다. 서요는 갑작스러운 일에 기함하며 소리쳤다.

"무슨 짓이에요! 지금…… 먹었어요?"

"응."

"아니, 그러다가 아까 제가 그랬던 것처럼 큰일이라도 나면 어떻게 하려고요!"

서요는 어처구니없는 그의 행동에 화를 냈다. 그러나 그는 그깟 환각 증세 따위는 전혀 상관없는지 태연한 표정을 지었다.

"내가 누군지 잊었어? 조선에 있는 어떤 걸 먹어도 문제없으니까 걱정하지 마."

미르의 자신만만한 말에 서요는 이내 수긍하며 고개를 끄덕였다. 그는 신이니 환각 증세를 일으킬지도 모르는 열매를 먹어도 서요처럼 심각한 증상이 없을 가능성이 높았다.

"보기엔 분명 산딸기인데, 먹으니까…… 어때요?"

서요는 불안한 눈빛을 했다. 그녀는 분명 세상이 뒤틀린 듯 머리가 어지럽기 시작하더니 곧 끔찍한 환각을 보았다. 그녀와 달리 미르는 머리를 붙잡으며 괴로워하진 않았지만, 눈은 확실히 몽롱하게 풀렸다. 서요는 걱정되는 마음에 미르의 팔을 붙잡았다.

"미르님? 괜찮으세요?"

미르는 정신을 차리기 위해 고개를 내저었다. 그러나 그에게도 열매의 효과가 조금씩 나타나기 시작했다. 그는 여행하며 몸이 조금 피로하긴 했지만, 그저 혼란한 감정의 소용돌이로 인한 피로라고만 생각했을 뿐, 환웅이 기상에 관련된 능력뿐만 아니라 신이기에 가능한 신체적인 힘도 일정 부분 봉인했다는 사실을 제대로 모르고 있었다.

'확실히, 이것 때문에 환각을 본 거군.'

그는 서요처럼 머리가 깨질 정도로 아픔을 느끼지 않고 오히려 들떴다. 서요가 숲 속, 그리고 밤이라는 환경에 영향을 받아 끔찍했던 과거의 일을 끄집어낸 것과 달리, 그의 머릿속은 온통 서요로 가득했기에 정반대의 상황이 펼쳐진 것이었다.

미르의 눈에 서요가 보였다. 그녀는 옷을 벗고서 호수 안에 들어가 미르를 향해 손짓하고 있었다.

그는 그 광경을 보자마자 입을 떡 벌렸다. 서요는 그를 보며 간드러지게 웃고 있었다. 미르는 분명 뭔가 잘못되었다고 느끼면서도 그 모습에 넋을 잃었다.

진짜 서요는 환각에 빠진 미르의 눈앞에 제 손을 휘저어보았다. 그러나 반응이 전혀 없는 게, 정말 제정신이 아닌 것 같았다.

"서요……."

미르의 나른한 음성이 사늘한 밤공기를 헤치고 퍼져 나갔다. 서요는 순간적으로 소름이 돋아 닭살이 오른팔을 쓸어내렸다. 미르의 환각엔 아무래도 제가 나온 모양이었다.

'대체 뭐야! 어떻게 해!'

진짜 서요가 그를 보며 난감해하고 있을 때, 미르의 눈은 환각 속 서요의 몸을 구석구석 놓치지 않고 바라보고 있었다. 그는 그녀에게서 도저히 눈을 뗄 수 없었다.

'이건 환각이야, 환각이라고! 정신 차려!'

미르는 그렇게 생각하면서도 황홀한 환각에서 벗어나고 싶지 않았다. 약간의 시간이 지나자 그는 이게 현실인지 가짜인지조차 구별할 수 없었다. 그의 마음이 환각 속의 서요에게 완전히 혹했기 때문이었다.

"미르님."

환각인 서요는 하얀 비단옷만 걸치고 나비처럼 사뿐히 그의 옆에 앉았다. 그리고 눈을 반쯤 감더니 미르에게 얼굴을 들이밀며 다가왔다. 미르는 도저히 가만히 있을 수가 없었다. 환각에 완벽히 갇힌 그는 뜨겁게 응집된 욕망이 단번에 폭발하고 말았다.

미르가 자신을 유혹하는 그녀의 어깨를 잡아 끌어당겼다. 손에 와 닿는 그녀의 살결은 부드럽고 따뜻했다. 그리고 미르의 입술이 서요의 붉은 입술을 순식간에 앗았다.

'이 무슨!'

진짜 서요는 미르에게 붙잡혀 꼼짝도 할 수 없었다. 그는 환각 속의 서요를 좇아 진짜 서요의 어깨를 잡고 입을 맞췄다. 입술의 온기와 감촉은 천문관 후원에서 잠깐 부딪쳤던 것과는 차원이 달랐다.

'기분이 이상해!'

서요는 머리에서 하얀 축포가 터지는 것처럼 짜릿한 기분을 느꼈다. 미르를 밀어내기 위해 두 손으로 그의 가슴을 짚었지만, 온몸에 힘이 빠져 세게 저항할 수 없었다. 게다가 그의 입에선 조금 전에 먹은 열매의 달콤하면서도 자극적인 향이 났다. 서요는 점차 나른해져서 저절로 눈이 감겼다. 미르의 움직임은 부드럽고 상냥했기에 그녀는 그대로 넋을 놓을 것만 같았다.

입술이 부딪쳤다. 입안으로 서로의 뜨거운 숨결이 들어왔다. 미르의 한 손이 서요의 허리를 끌어당겨 안았다. 그녀는 그의 입안에 남은 환각 열매 때문인지, 아님 미르에게 끌리는 마음 때문인지는 몰라도 그에게서 벗어날 수 없었다.

그때 달콤한 향에 정신을 놓아버린 서요의 입에서 가느다란 신음이 흘러나왔다.

"흐음."

미르가 서요보다 더 빨리 환각에서 빠져나오긴 했지만, 환각이 아닌 진짜 서요의 소리는 미르의 정신을 번쩍 들게 만들었다. 그가 입술을 떼고 감았던 눈을 떴다. 미르의 눈앞엔 아직 입맞춤의 여운에 취해 있는 그녀가 있었다.

"서요……?"

한참 동안 눈만 끔벅이며 서요를 바라보던 미르가 가까스로 입을 열었다. 그리고 그제야 정신을 차린 서요는 숨을 헐떡이다가 눈을 크게 뜨곤 입을 손으로 가렸다.

"미르님…… 대체 뭘."

서요는 당황해서 말을 더듬었다. 그에게 어떤 말을 하고 어떻게 반응해야 할지 전혀 알 수가 없었다.

정적만이 흐르던 그 순간, 근처의 풀숲에서 누군가가 불쑥 나타났다. 미르는 본능적으로 고개를 돌려 소리가 난 쪽을 바라보았다.

"소소?"

그는 바로 소소였다. 소소는 딱딱하게 굳은 표정으로 그들을 바라보았다. 그의 주먹은 어둠 속에서 잘게 떨리고 있었다.

소소와 눈이 마주친 미르와 서요는 죄를 지은 사람처럼 심장이 쿵쾅거렸다. 소소는 어느새 그들 앞에 굳은 표정으로 다가와 있었다.

"찾아…… 다녔단 말입니다."

소소의 목소리가 조금 떨렸다. 사실 그는 그녀를 찾아 호숫가에 온 순간, 미르와 서요가 매우 가까이 붙어 있는 것을 보았다. 언뜻 입술이 닿아 있었던 것 같기도 했다.

'내가 본 게 대체 뭐지? 이게 말이 돼?'

충격을 받은 소소는 앞머리를 거칠게 쓸어 올렸다. 미르와 서요는 그때까지 한마디도 하지 않았다.

"미르! 너는 서요님을 찾았으면 얼른 모시고 다시 돌아왔어야지!"

한참 인상을 구기고 있던 소소는 결국 그 문제에 대해서만 성을 냈다. 그는 차마 입에 담기도 부끄러운 일을 그들이 했다고 생각하고 싶지도 않았으며, 대체 뭘 한 거냐고 따져 물을 수도 없었다. 소소에게 이성관계의 일은 다른 것에 비해 굉장히 어렵고 복잡한 문제였던 데다가 가람도 떠나 버린 마당에 또다시 관계에 문제가 생기는 건 원치 않았다.

"일단 가자."

미르는 소소의 말을 무시하고 자리에서 일어섰다. 소소의 앞에서 서요와 입맞춤에 대해서 말할 수 없었기에 가슴이 답답했지만, 당장은 어쩔 수 없었다. 힘이 없어 일어나지조차 못하는 서요를 보며 한숨을 내쉰 미르는 그녀의 허리를 두 손으로 잡아 한 번에 일으켜 주었다.

"엇!"

허리를 감싼 그의 손을 느낀 서요는 자신도 모르게 당황해서 외마디 소리를 냈다. 어색하기 짝이 없는 분위기에 소소는 더욱 심각한 표정으로 그들을 바라보았다. 하지만 그가 할 수 있는 일은 없었다. 그저 그들과 함께 불을 피워놓았던 장소로 돌아오는 수밖에는.

서요는 담요 위에 눕자마자 그들의 반대편으로 재빨리 몸을 돌려 얼굴을 숨겼다. 머릿속이 뒤죽박죽이라, 그들과 평소처럼 대화를 나눌 수 없었다. 천문관 후원에서처럼 사고가 아니라 제대로 된 첫 입맞춤이었다. 그 생각만 해도 얼굴이 달아올라 그녀는 눈을 질끈 감고 잊어버리기 위해 끙끙거렸다.

장작이 타들어가는 소리만 들리는 고요한 밤이었다. 서요는 잠을 이루지 못했다. 마음이 심란하기도 했지만 아까의 일이 자꾸 생각났던 것이다.

'미르님은 환각 속의 나와 입맞춤을 한 건가?'

서요의 눈빛이 흔들렸다. 그는 분명 환각을 보면서 제 이름을 불렀었다. 그럼 그가 환각에서 본 건 저란 말이고, 그렇다면 어찌 되었든 제게 입을 맞춘 것은 미르 스스로 선택한 일이라는 것이었다.

'대체 왜? 설마, 나와 입맞춤하고 싶어서?'

서요는 낯 뜨거워하면서도 자신의 입술을 검지로 살며시 매만졌다. 아직도 그곳에 미르의 숨결이 남아 있는 것만 같았다.

서요가 자문자답을 하고 있을 때, 미르는 등을 돌리고 누운 그녀를 불안한 마음으로 바라보고 있었다. 그는 그녀가 어떤 생각을 하고 있는지 알 수가 없어서 초조했고 자신의 행동도 황당하기만 했다.

'왜 서요를 본 걸까. 왜 그렇게 좋아했고, 진짜 서요랑 입맞춤까지…….'

미르는 분명히 입맞춤을 하며 짜릿해하던 자신을 기억하고 있었다. 그건 환각에 휩싸여 있다고는 하지만 자의로 한 행동이었다. 여러 가지 생각의 늪에서 허우적거리던 그는 그녀에 대한 호감을 인정하지 않을 수 없었다.

서요를 바라보는 미르의 눈빛이 더욱 진지하게 변했다. 그는 무척 어색하고 당황스러웠지만 그녀를 생각하면 몸부터 반응했다. 가슴이 쿵쿵

뛰었고 자꾸만 호흡이 거칠어졌다.

미르가 누운 상태로 자신의 머리칼을 헝클어뜨렸다. 서요를 좋아한다고 깨달은 게 굉장히 충격적이었다. 하지만 그는 곧바로 시무룩해졌다. 진심으로 마음을 표현하기에 그렇게 좋은 상황은 아니라는 생각이 들었던 것이다. 만약 지금 당장 제대로 구애하면 거절당하고 영영 불편한 사이가 될 수도 있었다. 특히 서요는 환웅의 딸로, 미르가 죽을 때까지 옆에서 모시고 보좌해야 하는 주인이었다.

미르는 지금껏 단 한 번도 여인에게 거절당할까 봐 두려워했던 적이 없었다. 그러나 이상하게 서요만큼은 다른 여신들과 달랐다. 그는 그녀가 자신을 남자로 보지 않을지도 모른다는, 그래서 나중엔 동료로서도 신하로서도 함께 있기를 불편해할 수도 있다는 생각만으로도 가슴이 아릿하기까지 했다. 그건 미르가 지금껏 느껴보지 못했던 희한한 감정이었다.

'대체 어떻게 해야 하지?'

그는 심각한 표정을 지었다. 그러나 더 완벽히 자신의 것으로 만들면 모를까, 앞으로의 일이 두렵다고 해서 그녀에 대한 감정을 부인하고 접을 생각은 전혀 없었다.

"비겁하게 도망가진 않아."

미르는 등을 돌린 서요를 바라보며 작게 내뱉었다. 그는 이미 멈출 수 있는 감정이 아니라는 걸 느끼고 있었다.

'그렇다면 나를 꼭 사랑하게 만들겠어. 아니, 나 이외의 다른 놈에게 절대 한눈팔지 못하도록, 푹 빠지게 해주겠어.'

이번 일로 그녀에 대한 자신의 마음을 확실히 깨달은 미르는 앞으로의 여정과 훗날의 일에 대해서 깊은 생각에 잠겼다. 그는 그런 생각을 하면서도 서요를 바라보는 눈빛만큼은 봄날의 햇살처럼 따사로웠다.

⊠

해문은 왕검 자민의 부름을 받고 입궐하기 위해 아사달을 찾았다. 그가 말을 타고 이동하고 있는 곳은 조선의 도읍지인 아사달의 중심 거리로, 언제나 많은 사람들로 북적거렸지만 지금은 거리의 백성들 모두가 세자의 행차에 길가로 물러나 머리를 조아린 채였다.

"이곳은 오랜만이군."

해문은 인자한 표정으로 자신을 향해 엎드려 있는 백성들을 바라보았다. 그는 아무것도 모르는 순진한 그들을 볼 때면 왠지 모르게 애잔한 마음이 들곤 했다.

'그러니 내가 잘 해야지.'

해문이 그런 생각을 하고 있을 때, 거리에 붙은 방 하나가 그의 눈에 띄었다. 범인을 추포하기 위해 용모파기를 그려 붙인 방이야 비일비재했지만, 그것들 중 하나가 여인의 얼굴이기 때문에 시선이 갔다. 게다가 그 용모파기가 해문의 눈에 매우 익숙하기도 했다.

그가 옆을 따르는 신하에게 그것을 가져오라고 명했다. 신하가 가져온 방을 든 해문은 큰 충격을 받았다.

"이게 무슨!"

해문이 깜짝 놀라서 소리쳤다. 둥글고 선하게 생긴 눈매와 작지만 오뚝한 코, 그리고 도톰한 입술까지, 서요가 분명했다. 여인의 모습과 더불어 사내의 복식을 한 용모파기도 있었는데 그 역시 서요였다.

한참 용모파기를 들여다보던 해문은 심각한 표정으로 방을 접어 소맷자락 안에 넣었다. 그는 왜 서요가 혹세무민한 죄로 수배를 당했는지 자세히 알아볼 생각이었다. 해문은 불길한 생각이 들어 궁궐을 향해 더 빠르게 말을 달렸다.

"이 방은 대체 무엇이냐."

해문은 입궐하자마자 그를 맞이하는 신하에게 방을 보여주며 물었다. 그는 머리가 따끔할 정도로 흥분해 있었다.

"신녀로 추정되는 여자이옵니다, 저하. 그리고 옆의 남자는 용미촌에서 도망친 신녀가 남장을 하고 있었다 하여 함께 그린 것입니다."

해문은 어렴풋이 예상했던 것이 들어맞자 움찔했다.

'신녀를 추포한다고 할 수 없으니 혹세무민한 죄를 뒤집어씌웠군. 그게 아니면 신녀라는 존재가 세상을 어지럽히고 백성을 속인다고 여기는 것이겠고.'

해문은 종이를 꽉 쥐며 탄식했다. 괴상한 술수를 부렸을 때 혹시나 했지만, 그녀는 정말 신녀로 의심받는 자였다.

그의 머리가 복잡해졌다. 해문은 이 일을 어찌하면 좋을지 머리를 굴렸지만 아무것도 떠오르지 않았다.

"언제 붙여진 것이냐, 얼마 되지 않은 것 같은데."

신하는 세상이 무너진 것만 같은 표정을 짓는 해문을 잠깐 이상하게 바라보더니 입을 열었다.

"전일이옵니다. 아사달을 시작으로 전국에 퍼진다 하옵니다."

"그렇단 말이지."

해문은 어리둥절해하는 신하를 보내고 아버지인 왕검을 알현하기 전에 머리를 굴렸다. 서요는 믿을 수 없는 현상과 함께 나타났고 수상한 무리를 끌고 다니며, 현재 다른 곳으로 떠났다. 그저 닮은 사람일 수도 있겠지만, 그녀가 신녀일 가능성은 꽤 높았다. 용미촌에서 도망친 신녀를 본 사람들의 증언을 통해 용모파기를 그렸을 테니 말이다.

'내겐 끝까지 숨겼군. 하긴, 자신을 죽이려고 하는 자의 아들이니…… 그럴 만도 하지.'

해문은 그렇게 생각하면서도 왠지 가슴이 아렸다. 천문관에서 서요를 붙잡아두었던 건 그녀에게 엄청난 고통이었음을 이제야 짐작하게 된 것이었다. 그는 서요가 왜 자신을 싫어하고 경계했는지 확실하게 알게 되었다.

'하지만 난 그녀를 죽일 생각이 없다고.'

해문은 오히려 신녀를 죽이는 건 위험하다고 생각하고 있었다. 그는 흥분으로 뛰어대는 가슴을 진정시킨 후 자민을 만나기 위해 발걸음을 옮겼다.

서늘한 전각에서 해문은 아주 오랜만에 자민의 용안을 뵈었다.

"어찌 세자의 얼굴을 보는 게 이리 어렵단 말인가?"

왕검 자민은 아들 해문을 내려다보며 은근히 비수를 꽂았다. 자민은 틈만 났다 하면 천문관으로 향하는 세자의 행동이 참으로 마음에 들지 않았다. 그러나 해문은 당당한 얼굴로 용상에 앉아 있는 자민을 바라보았다.

"아바마마께서 궐에서 백성들의 안위를 살피는 것처럼 소자도 그러한 것뿐이옵니다."

"고얀 놈! 용서를 구해도 모자랄 판에! 네 하는 일은 천문관 관리들이 하면 그뿐인데, 어찌 자꾸 쓸데없이 관여한단 말이냐!"

고상함을 유지하던 자민의 얼굴이 일그러졌다. 그는 해문이 후계자로서 신하들과 강론을 펼치며 민생을 돌보길 원했다. 하지만 세자는 끝까지 고집을 부렸다.

"아바마마의 말씀을 깊이 새겨듣겠습니다. 하나 소자는 다시 천문관으로 돌아갈 것이옵니다."

해문이 딱딱하게 굳은 얼굴을 했다. 사실 그는 천문관이 아니라 서요를 찾아다닐 생각이었다. 그녀가 뒤를 쫓는 장군에게 무참히 끌려오기 전에 찾아내어 아비도, 그 누구도 모르는 안전한 곳에 숨기는 게 좋을 것 같았다.

그가 그런 생각을 하는지는 전혀 모르는 자민이 날카로운 목소리로 명했다.

"더는 내 인내심을 시험하지 말거라. 세자비가 가엾지도 않느냐? 궐에 남아 있거라."

"하지만!"

"……그만."

해문의 반박에 자민은 냉담하게 말하며 인상을 사납게 구겼다. 해문은 자민의 단호한 얼굴을 보며 입을 우물거리다가 어쩔 수 없이 고개를 숙였다. 당분간은 궐에 남아 화가 난 자민의 마음을 살살 풀어놓아야 할 것 같았다. 여기서 더 세게 나가면 의심을 받을 수도 있었다.

해문이 뒷걸음질하며 숨 막힐 듯 답답한 공간을 빠져나왔다. 문밖으로 나와 아비의 눈에서 벗어난 순간, 그는 온몸의 기가 확 빠져 버리는 것 같은 기분이 들었다.

"무사해야 할 터인데."

해문이 한숨을 내쉬며 중얼거렸다. 서요의 곁에 붙어 있던 남자들이 범상치 않아 보여 금방 잡히지는 않겠지만 그럼에도 불구하고 걱정이 되었다.

아사달의 궁궐로 늦봄의 더운 바람이 불어왔다. 시간이 흐르며 점차 새로운 절기로 바뀌어가고 있었다.

아침이 되어 간신히 몸을 일으킨 서요는 엉망이 된 머리를 정리하기도 전에 믿을 수 없는 광경을 목격했다.

"잘 잤어?"

투명한 햇빛을 오롯이 받은 미르는 눈이 멀 정도로 황홀한 모습을 하고 있었다. 또한 말투는 그답지 않게, 온몸이 오그라들 정도로 다정했다. 서요는 화들짝 놀라 몸을 뒤로 물렸다.

"예?"

미르는 경계하는 서요가 보이지 않는지 성큼성큼 다가가 한쪽 손을 내밀었다. 서요는 어젯밤에 그런 일이 있었음에도 아무렇지 않아 보이는 미르에게 왠지 속이 상했다.

'그 일에 대해서 아무 말이 없어? 어떻게 그럴 수가 있어!'

서요는 뾰로통해서 고개를 휙 돌리더니 미르의 손을 잡지 않고 혼자 일어났다. 아마 그는 그때의 일을 환각에 빠져서 벌어진 감정적인 사고 정도로 생각하고 있을 것이었다.

'입맞춤이 굉장히 능수능란했는데…… 미르님에겐 그 정도 일은 아무것도 아닌 건가?'

서요는 억울한 나머지 콧김까지 뿜으며 씩씩거렸다. 미르 정도로 범접할 수 없는 남신이라면 분명 지금까지 거쳐 간 여자들이 아주 많을 터였다. 그녀는 자기도 모르게 질투를 하고 있었다.

"화났군."

미르는 자신은 쳐다보지도 않은 채 머리를 정돈하는 서요를 바라보며 중얼거렸다. 아침 인사부터 상냥하게 하리라 결심했기에 최대한 다정하게 말을 건넨 건데 뭔가 잘못된 모양이었다. 미르가 그녀의 화를 풀어주기 위해 다가갈 때였다.

"서요님. 가시죠."

그들을 지켜보던 소소는 미르의 눈앞에서 서요를 데리고 성큼성큼 걸어가 함께 말을 탔다. 소소는 어제 일 때문에 미르가 서요에게 가까이 다가가는 것을 막은 것이었다. 이상한 행위를 했던 것으로 의심이 되니 아무래도 서요와 미르 단둘이 있게 하면 안 될 듯했다.

그리고 미르는 왠지 화가 나 있는 서요에게 자신의 말에 타라는 말을 하지 못했다. 그러는 사이, 소소와 서요의 말은 이미 저만치 앞서가고 있었다.

"그래, 천천히."

미르는 목간이나 숲 속에서처럼 조급하게 행동하지 않으리라 다짐하며 말 위에 올랐다.

그들은 서쪽으로 말을 몰았다. 그러나 그 길에서 가람을 만날 수 있으리라 기대감을 가졌던 것은 점차 가라앉았다.

"도통 가람님이 보이지 않네요. 혹시 다른 곳으로 간 거면……."

서요는 뜨거운 햇볕 때문에 땀을 훔치며 초조한 마음을 숨기지 못했다. 그녀의 뒤에서 고삐를 잡고 있던 소소는 깊은 한숨을 내쉬며 답했다.

"지금으로선 알 수가 없습니다. 다시 방향을 틀 수도 없고요."

"그렇죠. 우선 새암으로 가야죠."

"네. 혹시 지치십니까? 쉬다 갈까요?"

"아니에요! 괜찮아요."

서요는 극구 사양하며 두 눈을 똑바로 떴다. 가람을 찾지도 못했는데 여기서 정체될 순 없는 노릇이었다. 부디 새암에 가람이 있길 빌고 또 빌 뿐이었다.

"빠르게 가다 보면 오늘 저녁쯤에는 도착할 수 있을지도 모릅니다. 그러니 조금만 더 힘내십시오."

소소의 어투는 무미건조하지만 언제나 배려심이 넘쳤다. 서요는 다부진 그의 품 안에서 아주 편안하게 숨을 내쉬었다. 그녀는 소소가 동료이자 친구로서 참 좋은 신이라고 생각했다.

"왜 둘이서만 자꾸 속닥거리는데, 엉?"

그때 미르가 눈썹을 추켜세우고 시비를 걸었다. 그의 말은 어느새 서요와 소소를 앞지르고 있었다. 미르는 불과 두 시진 전만 해도 다른 면모를 보여주기 위해 노력했지만 저 둘의 모습을 보고도 인내하기란 참으로 어려웠다.

"내가 서요님과 무슨 말을 하든 네가 무슨 상관인데?"

소소는 어제 일 때문에 한껏 예민해져 있었기에 미르의 말에 까칠하게 대꾸했다.

"따돌림당하면 나도 마음이 아프다고."

미르가 한 손으로 자신의 가슴을 눌렀다. 서요는 되지도 않는 막소리에 작게 실소했다.

"따돌림은 무슨."

미르는 뿔이 난 서요의 얼굴이 마치 먹이를 빼앗긴 토끼처럼 귀여워보여 입꼬리를 올렸다. 그녀가 어떤 행동을 하든 그에겐 전부 사랑스럽게 느껴질 뿐이었다.

그들은 해가 질 때까지 티격태격하며 쉬지 않고 새암으로 향했다. 수많은 강줄기가 새암으로 나 있었기에 그들은 그중 한 줄기만 따라가도 길을 잃을 염려가 없었다. 그 덕분인지 저 멀리서 마을 어귀가 보이기 시작했다.

"와, 드디어 도착!"

서요가 말에서 내려 유난히 기뻐했다. 그녀는 할 수만 있다면 지금 당장 새암을 뒤져 가람이 있는지 확인해 보고 싶었다. 그러나 사방엔 점차 어둑발이 내려오고 있었다. 저녁밥을 먹고 쉴 곳을 찾으면 깜깜한 밤이 될 것 같았다.

"생각했던 것보다 더 크고 아름답네요."

소소의 말에 서요 또한 동의하며 고개를 끄덕였다.

"그러게요. 마을 주변을 둘러싼 강과 개천은 맑고, 기와집은 정겹고, 저 멀리 초원이랑 목장은 푸르고 예쁘네요, 참."

서요는 새암에서, 거칠지만 열정이 넘쳤던 겨슬레와는 다른 온화한 느낌을 받았다. 하지만 감상에 젖어 마을을 둘러보던 서요의 배에서 꼬르륵 소리가 났다. 그녀는 깜짝 놀라 배를 부여잡고 부끄러움에 눈동자를 이리저리 굴렸다.

"이곳에 가람이 있을지는 모르겠지만 일단 가람을 찾는 것보다 밥을 먼저 먹으러 가는 게 좋겠지?"

미르는 민망해하는 서요를 보고 싱긋 웃었다. 예전 같으면 통박을 놓았을 테지만, 지금의 그는 사랑하는 정인을 보는 남자의 눈빛으로 그녀를 챙기고 있었다.

그들은 마을 사람들의 도움을 받아 새암의 장터로 들어섰다. 밤이 되기 전이라 그런지 거리엔 장을 보러 나온 사람들이 아주 많았다.

"밥도 먹고, 잠도 자려면 저곳이 좋지."

미르의 손가락이 꽤 큰 주막을 가리켰다.

그들은 주막 바깥의 평상에 앉아 주모를 불러 국밥 세 그릇을 시켰다. 서요는 따끈따끈한 국물을 보자마자 숟가락을 들고 눈을 빛냈다. 얼큰한 국밥으로 허기진 배를 채우는 그녀를 보며 미르와 소소는 자꾸 웃음이 새어나왔다.

"두 분은 배 안 고프세요?"

피식거리는 웃음소리에 서요는 그들을 바라보며 의아하게 물었다. 그들은 동시에 고개를 끄덕였다. 서요는 제가 밥 먹는 모습을 누가 쳐다보는 게 싫었다. 특히 미르를 생각하면 숨이 막히는 것 같았다.

"그렇게 쳐다보시면 체할 것 같아요."

그녀가 고민 끝에 가슴을 두드리며 말하자 소소는 바로 고개를 돌렸다. 그러나 미르는 밥도 제대로 먹지 않은 채 시시각각으로 변하는 서요의 표정을 계속 구경했다.

'보기만 해도 이리 즐겁고, 행복하다니.'

그는 자신의 감정을 인정하고서부터 부끄럽고, 행여 사이가 어그러질까 봐 두렵기는 했어도 행복감만큼은 다른 어떤 때보다 더 풍족했다. 미르에게 사랑은 그저 수많은 세월 속에 잠깐 지나가는 유희일 뿐이었기에 그는 스스로 마음을 인정하고 그녀를 진지하게 생각하고 있는 이 상황 자체가 놀라웠다.

서요는 소소와 달리 여전히 자신의 얼굴을 응시하는 미르 때문에 밥을 제대로 먹을 수가 없었다.

'갑자기 또 왜 저러는 건데? 어젯밤 일에 대해선 아무 말도 없으면서! 목간에서 있었던 일도 나만 신경 쓰는 것 같았고…… 대체 뭔데?'

그런 생각을 하고 있던 그녀는 도저히 참을 수가 없어 숟가락을 탁 내려놓았다.

"게걸스럽게 밥 먹는 건 아까 본 걸로 충분하지 않아요? 왜 계속 보는 거예요?"

서요가 인상을 팍 찌푸리고 쏘아붙이자 미르는 그 어느 때보다 사랑스러운 눈빛으로 그녀를 바라보았다.

"예뻐서 보는 거야."

무의식적으로 속마음을 내뱉고 만 미르는 잠시 멈칫했다. 그녀가 자신을 사랑하게 만들겠다고 다짐하긴 했으나 이 정도로 낯 뜨거운 말까지 하게 될 줄은 그 역시 몰랐던 것이다. 미르는 가슴 깊은 곳에서부터 우러나오는 진심을 더는 억누를 수 없었다.

한편 서요는 눈을 깜박깜박하며 멍하니 그를 바라보았다. 그렇게 한참을 당혹스러워하던 그녀가 머뭇거리며 입을 열었다.

"설마, 지금 놀리는 거예요?"

서요는 눈을 가늘게 뜨고 미르를 떠보았다. 그는 다정히 대해주다가도 언제 그랬냐는 듯 퉁명스러워지며 태도가 오락가락하곤 했기에 그녀는 지금 이 말을 곧이곧대로 받아들일 수 없었다.

'화려하게 꾸몄던 기녀 분장 때도 예쁘다는 말은 하지 않았는데, 갑자기 왜? 그것도 게걸스럽게 밥 먹는 걸 보고?'

서요는, 자신은 평소와 같이 행동했는데도 미르가 그런 말을 한 이유가 의심스러웠다. 그리고 미르는 쑥스러움을 감추기 위해 헛기침을 몇 번 하고 그녀에게 답했다.

"놀리는 거 아니야."

"그럼 뭔데요?"

"몰라서 물어?"

그는 서요의 질문에 반문했다. 마치 그녀에게 답을 알면서 왜 물어보냐고 하는 것 같았다. 하지만 서요는 정말로 미르의 속을 모르기도 했고, 입맞춤 때문에 여전히 꽁한 상태라서 단호하게 고개를 끄덕였다.

미르는 잠시 딴 곳을 쳐다보며 모르는 척하다가 은근슬쩍 말했다.

"아니, 먹는 모습 예쁘다고."

서요는 살짝 붉어진 그의 얼굴을 보며 그제야 미르의 말이 진심이라는 것을 깨닫고 놀랐다. 도대체 왜 이러는지 이해할 수가 없었다. 그는 하루에도 수십 번씩 뒤바뀌는 것 같았다. 너무 당황하여 헛소리가 나올 것만 같았던 그녀는 꾹 참고 입을 열었다.

"……감사해요."

한참 뒤에야 나온 조심스러운 답에 미르는 피식 웃으며 고개를 끄덕였고, 조금 전의 상황을 지켜보고 있던 소소는 충격을 받아 안색이 어두워졌다.

'정말 본격적으로 마음 표현이라도 하겠다는 거야? 공주님이자 주인님에게?'

소소는 미르가 정말 정신이 나갔나 싶어 여러모로 걱정되었다. 내기를 걸며 내 것이 되라고 했던 것은 비록 태도는 오만불손하더라도 단순히 심술궂은 장난으로 치부할 수 있었지만, 진심으로 구애하는 것이라면 큰일이었다. 그는 어찌 주인에게 사사로운 감정을 품을 수 있나 싶었다.

그렇게 그들이 각자 다른 생각을 하고 있을 때, 옆자리에 앉은 사람들이 수군대는 소리가 그들의 귀에 들어왔다. 그 내용은 매우 충격적이었다.

"얼마 전부터 갑자기 원인을 알 수 없는 병으로 아픈 사람들이 많아졌다지?"

"나도 들었네. 으으, 앓는 모습을 잠깐 봤는데 처음엔 각혈을 하고 점차 열이 오르기 시작하더니, 온몸에 붉은 반점까지 돋아나더군. 금방이라도 죽을 것 같았어."

"더 무서운 건 그런 증상을 호소하는 이들이 점점 많아진다는 거야. 몇 명은 벌써 장례를 치렀다는 소문도 있어."

"설마 역병이 도는 것인가?"

"역병이라니, 자네! 무슨 그런 무서운 소리를 하고 그래."

"아무리 생각해도 이상하잖아! 의원도 손을 쓸 수 없는 것 같더라고."

서요는 깜짝 놀라서 숟가락질을 멈추고 고개를 돌려 그들을 바라보았다.

'역병이라고?'

실제로 생활환경이 좋지 않은 곳에서 역병이 돈 경우가 없는 건 아니었지만, 대부분은 그저 괴담일 뿐이었다. 하지만 그들의 대화는 꽤 심각해 보였기에 서요는 그냥 흘려들을 수 없었다.

"혹시 무슨 일인지 더 자세히 얘기해 주실 수 있으신가요?"

서요가 슬며시 자리를 이동해 그들에게 목례 후 공손히 물었다. 그러나 건장한 두 사내는 서요와 나머지 기상신들의 행색을 보고 불편한 듯 헛기침하더니 고개를 내저었다.

"거 보아하니 외지인인 것 같은데 그냥 조용히 밥이나 먹고 떠나시오."

그들은 낯선 외지인을 잔뜩 경계하며 자리에서 일어났다. 서요는 날 선 반응을 보이며 떠나는 그들을 차마 붙잡지 못했다.

"됐어. 신경 쓰이면 내일 직접 알아보면 되지."

미르의 말에 서요는 굳은 표정으로 고개를 끄덕였다. 평화로워 보이기만 하는 마을인데 이게 무슨 일인가 싶었다.

다음 날, 서요는 새벽이 되자마자 밖에 나와 고요한 마을의 전경을 바라보았다. 그녀는 아직 가람을 만나지 못했다는 사실과 주막에서 마주친 사내들이 했던 말이 신경이 쓰여서 숙면을 취할 수가 없었다.

그러나 파란 기운이 맴도는 새벽하늘과 깨끗한 공기는 서요의 심란한 마음을 그나마 상쾌하게 만들어주었다.

"일찍 일어났네."

그때 등 뒤에서 미르의 목소리가 들려왔다. 서요는 마루에 앉아 있다가 순간 가슴이 찡 울리는 것을 느꼈다. 뭔가 설레기도 했다. 저를 향해 다가오는 묵직한 발소리와 점점 가까워지는 그의 존재감만으로도, 서요의 입가는 위아래로 실룩거렸다.

미르는 뒤를 따르는 소소를 곁눈질로 힐끔 살피고는 서요의 어깨 위에 한 손을 올렸다. 그리고 허리를 숙여 그녀의 귀에 입술을 대더니 조심스럽게 속삭였다.

"우리 저놈 없는 곳으로 도망갈까?"

간지러운 숨이 귓가에 닿자 서요는 어깨를 움츠리며 대답했다.

"예?"

"단둘이 얘기할 틈이 없잖아. 틈이."

미르의 불만 어린 말투에 서요는 그 자세 그대로 굳어버렸다. 가까이

다가온 그에게 온 신경이 쏠렸기 때문이었다. 그 상황을 본 소소는 재빨리 서요와 미르의 사이를 갈라놓았다. 그의 눈에 미르는 서요에게 쓸데없는 접촉을 계속하고 있는 것으로 보였다. 소소로서는 매우 신경 쓰이고 불편한 상황이었다.

"떨어져."

냉철한 소소의 말에 미르는 눈썹을 찌푸렸다.

"내가 잡아먹기라도 했어? 왜 이렇게 갈라놓지 못해서 안달인데."

소소는 그의 불만에 말대꾸하기 위해 입을 열었지만, 막상 그때의 일에 대해서 따져 묻진 못했다. 그조차도 그런 자신의 모습이 한심스럽고 짜증이 났다.

"넌 위험해. 서요님, 가시죠."

소소는 결국 그렇게만 말하며 서요를 데리고 앞장섰다. 미르는 하도 어이가 없어 열이 오른 목덜미를 벅벅 긁었다. 서요와 소소는 아직 깍듯한 주종 관계처럼 보였지만, 미르도 자신이 그녀를 사랑하게 될 줄 몰랐던 것처럼 그 역시 나중 일은 모르는 법이었다. 그가 아주 불쾌한 얼굴로 그들의 뒤를 따라갔다.

"자자. 싸우지 마시고, 가람님부터 얼른 찾아봐요."

서요는 미르와 소소가 싸울 것만 같다는 생각이 들자 미리 당부했다. 미르는 다가와서 소소에게 한마디 하려고 했지만 그녀의 간절한 눈빛에 입을 다물 수밖에 없었다.

아침이 되어 세상이 완전히 밝아지자 거리를 지나다니는 사람들이 꽤 많아지기 시작했다. 무작정 주위를 두리번거리며 가람을 찾던 서요는 안 되겠다 싶어 행인을 잡고 물었다.

"혹시, 머리카락은 좀 긴데 대충 풀어헤치고 검은 무복을 입은 아주 잘생긴 사내를 못 보셨나요?"

"못 봤는데? 그렇게 말하면 누가 알아."
"그럼 의원은 어디 있나요?"
"의원? 왜? 아가씨도 뭐 좀 이상해?"
행인은 꺼림칙한 얼굴로 서요를 바라보았다.
"아뇨. 그건 아닌데, 가볼 일이 있어서요."
서요는 단순히 의원이 어디 있냐는 질문에도 과하게 반응하는 행인의 모습에서 이상한 기색을 느꼈다. 아무래도 새암 마을엔 역병에 대한 소문이 점차 퍼져 나가는 모양이었다. 행인은 서요에게 대충 길을 알려 주더니 재빨리 자리를 벗어났다.
그들은 마을 상황을 살피기 위해 의원을 들렀으나 그곳엔 발도 붙이지 못할 정도로 많은 병자들이 아픔을 호소하며 누워 있었고, 병자를 보살피는 의원들은 모두 찝찝한 표정으로 연신 한숨을 내쉬고 있었다. 그곳에도 역시 가람은 없었다.
"상태가 매우 중해 보이는데, 대체 언제부터 이런 거죠? 무슨 병인지는 아시나요?"
서요는 병자들의 구토물에서 나는 역한 냄새에도 아랑곳하지 않고 돌아다니는 의원에게 물었다.
"내가 무슨 병인지 알면 환자들이 죽어 나가게 내버려 두겠소? 저리 비키시오! 안 그래도 좁아 죽겠는데."
"한 일주일 전부터인가 같은 증세를 호소하는 사람들이 오기 시작했소. 열이 나면 열을 내리는 약을 주고, 기침하면 기침을 멎게 하는 약을 주는 식으로 치료했지만 도통 낫질 않으니…… 그저 이들의 명운에 달려 있는 것 같소."
한 명은 신경질을 냈고 한 명은 낙심한 얼굴이었다. 하나 의원들의 얼굴엔 공통적으로 먹구름이 몰려와 있었다. 절망적인 상황에 거의 손을 놓아버린 것 같았다.

“아무런 이유 없이 갑자기 발생하는 병 같은 건 없습니다.”

소소는 생각보다 더 심각한 새암의 상황에 한숨을 내쉬었다. 미르 또한 동조하며 고개를 끄덕였다.

“분명 무슨 문제가 있어.”

그들이 전부 환자들을 바라보며 안타까워하고 있을 때, 하얀색 비단옷을 입은 자들이 굳은 표정으로 의원에 들어왔다. 의원들은 서요 일행을 봤을 때와는 달리 매우 반가워하며 그들을 맞이했다.

“신관님! 아이고, 이 먼 곳까지 발걸음을 해주시다니.”

“당연한 일 아니겠습니까? 이리 고생들을 하고 있는데.”

그들은 새암 마을의 신관이었다. 의원들은 정숙한 복장을 한 세 명의 신관들의 손을 잡고 고마워했다.

“물의 마을 새암…… 그리고 신관이라.”

미르는 뭔가 떠올랐는지 혼잣말을 하다가 신관들에게 신전의 이름을 물었다. 신관들은 환자들에게서 느껴지는 죽음의 빛이 너무 짙어 기상신들의 존재를 눈치채지 못하고 있다가 그의 음성에서 신성한 기운을 느끼고 흠칫했다.

“우사신전이옵니다.”

미르에게 답하는 신관의 목소리가 떨렸다. 미르는 가람의 아버지, 우사를 모시는 신관들을 향해 어울리지 않을 정도로 상쾌한 미소를 지었다.

“우사신전이 어디지?”

“……예?”

“왠지 그곳에 우리가 찾는 녀석이 있을 것 같은데.”

신관은 이해할 수 없는 말을 하는 그를 어리둥절하게 바라보았다. 분명 보통 인간은 아닌 것 같은데, 그 정체가 무엇인지 확실하게 알 수가 없었다.

잠시 후, 신관들과 서요 일행이 의원을 빠져나왔다. 신관들은 햇빛을 받은 그들의 몸에서 아까 전보다 훨씬, 상상할 수조차 없을 정도로 거룩한 기운이 느껴지자 고개를 수그리며 예를 갖췄다.

"됐으니까 얼른 가자."

그러나 미르는 그것은 중요치 않은지 신관들의 등을 떠밀었다.

"설마 그곳에?"

서요는 미르가 왜 우사신전으로 가려고 하나 곰곰이 생각하다가 눈을 빛냈다. 소소는 미르의 생각을 대충 짐작했기에 서요를 향해 점잖은 얼굴로 고개를 끄덕였다.

신관들은 서요와 기상신들에게 말 한마디 붙여보지 못하고 그저 떨리는 걸음을 재촉했다. 얼마나 걸었을까, 그들은 신관들과 함께 새암의 높은 지대에 위치한 우사신전에 도착했다. 우사를 모시는 신전답게 하얀 항아리에는 그들이 성수라고 일컫는 물이 채워져 있었고, 깨끗한 바닥은 걸을 때마다 옥돌 위로 낙숫물이 똑똑 떨어지는 것처럼 청아한 소리가 났다. 하지만 그들이 거침없이 신전 안쪽으로 걸어 들어갈수록 희한하게도 사향 냄새가 강하게 풍겼고, 여인의 요염한 웃음소리가 들려왔다.

'제발, 가람님!'

서요는 어떤 상황이든, 가람을 만날 수만 있다면 좋을 것 같았기에 마음속으로 그를 부르짖었다.

"헉!"

방문을 열기 전까지만 해도 그런 생각을 하고 있었던 서요는 문을 열자마자 깜짝 놀라 헛숨을 집어삼켰다. 우사의 초상화가 걸린 신성한 방안에선 그들이 그토록 찾던 가람이 여인과 함께 민망할 정도로 뒹굴고 있었다.

낯 뜨거운 장면에 서요는 얼른 눈을 가리고 미르의 등 뒤에 섰다. 신관들 또한 못 볼 걸 봤다는 듯 뒷걸음질하며 어둠 속에 몸을 숨겼다.

"재회 순간이 너무 화끈한데……."

"미쳐도 단단히 미쳤구나, 가람! 감히 우사님을 모시는 신전에서 그런, 그런 짓을 해?"

미르는 웃으며 그들이 하는 양을 지켜보았고, 소소는 민망함에 붉어진 얼굴을 두 손으로 가리며 소리쳤다. 그리고 가람은 중요한 순간에 나타난 그들을 보고 인상을 팍 찌푸렸다. 수피아로 간다던 그들이 왜 이곳에 왔는지 알 수가 없었고, 귀찮고 짜증나기만 했다.

"수피아로 간 것 아니었어?"

"가다 그냥 잠깐 들른 거다!"

소소는 가람의 말에 울컥하여 목청을 높였다. 반가워할 거라고 생각하진 않았지만 싫은 티를 팍팍 내는 그에게 마음이 상했던 것이다.

"지금 내가 뭐 하는지 몰라? 얼른 안 나가?"

가람이 성을 냈지만 미르와 소소는 여기까지 온 마당에 물러설 생각은 전혀 없었다. 서요 또한 심호흡을 한 후 가람을 똑바로 쳐다보았다.

"더는 붙잡지 말라 하셨지만 그럴 수 없었어요. 가람님, 부디 함께해 주세요."

서요가 정염이 가득한 공간으로 한 발 한 발 내디뎠다. 가람은 평소라면 소리를 지르며 도망칠 상황에서도 피하지 않는 그녀를 보고 조금 놀란 표정을 지었다. 그러나 가람은 그렇다고 해서 함께할 생각은 없었기에 단호하게 대답했다.

"그런다고 제 마음이 변하지는 않습니다. 그냥 제가 다시 이곳을 떠나겠습니다."

가람이 벗어두었던 옷가지를 대충 걸치고 일어섰다. 서요와 기상신들을 계속 보고 있자니 마음이 불편해서 참을 수가 없었다. 그런 가람의 모습에 조금 전까지만 해도 그의 사랑을 듬뿍 받고 있던 여자는 불쾌한 표정으로 쌩하니 방을 나가 버렸다. 뒤이어 방을 나가려는 가람을 서요뿐만 아니라 신관들까지 붙잡았다.

"안 됩니다! 가, 가람님. 지금 새암이 어떤지 아십니까? 역병이 돌아 그리 흉흉할 수가 없습니다. 그런데 물의 신이신 가람님께서 이곳을 떠나신다면 더 큰 재앙이 몰려올 것입니다. 제발, 제발 새암을 보살펴 주시옵소서."

신관 한 명이 무릎을 꿇고 누구보다 더 절실하게 아뢰었다. 그는 새암의 상황을 두 눈으로 보고 왔기에, 신을 마주한다는 것에 신장대 떨듯 떨면서도 가람을 붙잡았다. 신관들은 얼마 전에 찾아온, 우사의 아들이자 물을 부리는 기상신 가람을 극진히 모셨다. 신성한 신전에서 그가 무엇을 하든 다 눈감고 시키는 대로 복종한 것이었다.

가람은 신으로서 모든 대접을 받으며 환웅이 노할 일만 골라서 했음에도 우사신전의 신관들이 자신을 위해 얼마나 최선을 다했는지 알기에 어쩔 수 없이 걸음을 멈췄다.

"역병이라고?"

난생처음 듣는 말에 가람이 미간을 좁혔다.

"예. 처, 처음엔 그저 희귀병인 줄 알았는데 같은 증세를 호소하는 사람들이 점점 늘고 있답니다."

신관들로부터 자초지종을 들은 가람이 다시 안으로 들어가 자리에 앉았다. 상황이 매우 이상하게 돌아가고 있었다. 그 덕분에 가람을 떠나보내지 않게 된 서요는 가슴을 쓸어내렸다.

'그럼 그렇지, 가람님은 매정한 신이 아니야.'

그런 그녀의 마음을 알기라도 하듯 가람이 팔짱을 끼고 도도하게 말했다.

"샘물을 찾을 생각은 없습니다."

서요는 깜짝 놀란 얼굴로 얼른 고개를 끄덕였다. 우선 가람이 다시 이곳을 떠나지 않게 붙잡아두는 게 중요했다.

"예. 그럼요!"

하지만 그 다음에 눈치 없는 미르의 말이 이어졌다.

"왜, 어차피 다시 꼬드겨서 여정에 참여하게 만들 거잖아?"

서요는 경악하며 그의 팔을 꼬집었다. 굳이 그런 말을 지금 해서 가람의 심기를 건드릴 필요는 없었다. 그리고 소소는 도저히 가람의 행태를 받아들일 수 없었기에 크게 소리를 질렀다.

"저는 이런 파렴치한 놈하고는 함께 다닐 수 없습니다. 신관들에게 신인 걸 밝힌 것도 모자라 온갖 대접은 다 받고 우사님 초상화 아래서 그, 그!"

소소의 얼굴이 곧 폭발할 화산처럼 붉게 달아올랐다. 그는 이러한 짓을 벌인 가람을 전혀 이해할 수 없었고, 낯 뜨거워서 하늘을 바라볼 수도 없을 것 같았다. 하지만 가람은 어깨를 으쓱하며 태연하게 굴었다.

"왜, 너는 평생 안 하고 살 것 같아?"

"뭐라고?"

충격을 받은 소소가 언성을 높였다.

"지상에 내려와서 이런 유희도 못 즐기나? 여인의 살결이 얼마나 보드랍고 기분 좋은데."

가람은 평소처럼 그들과 말다툼하며 느물느물하게 행동했다. 서요가 그때 보았던 차갑고 매정한 가람은 어느새 사라져 있었다. 서요는 비록 그들의 얘기가 매우 민망했지만, 예전에 알던 가람의 모습이 보이는 것 같아서 반가웠다. 역시 그가 없다면 여정은 너무도 쓸쓸할 것 같았다. 그리고 소소는 가람의 의견에 반대한다는 듯이 고개를 가로저었다.

"아니! 난 너와 달라!"

"그래, 다르겠지. 그래서 천상에서도 등신같이 지 좋다고 달려드는 여신들한테 철벽이나 치고. 쯧쯧."

짧게 혀를 차며 웃던 가람이 그들 앞에서 풀려 버린 자신의 모습을 인지하고 표정을 싹 굳혔다. 그들과 함께 있을 때면 가람은 자신도 모르게 아무런 상처 없는 순수한 남자아이처럼 굴곤 했다. 미르와 소소가 그만큼 그를 편하게 대하기 때문이었다.

"어쨌든 난 나대로 알아서 움직일 테니까, 상관하지 마."

가람이 자리에서 벌떡 일어서자 서요는 그의 등 뒤에 대고 속삭였다.

"감사해요."

도대체 뭐가 고맙다는 건지 알 수가 없어서 가람은 찝찝한 얼굴로 신전을 빠져나왔다. 왠지 서요와 다른 기상신들에게 말리는 기분도 들었지만 신관들의 부탁을 거절하기는 어려웠다. 그런 그의 뒤를 잔뜩 뿔이 난 소소가 쫓았다. 그는 가람이 또 무슨 짓을 할지 너무나 불안했다.

미르는 가람과 소소가 나간 통로를 노려보며 한숨과 함께 입을 열었다.

"너무 좋아하는 거 아니야? 역시, 사고를 몇 번 쳐 줘야 관심을 받는 건가."

미르는 가람을 만난 기쁨에 즐거워하는 서요를 보며 은근히 질투했고, 그녀는 황당한 말에 눈썹을 추켜세웠다.

"그게 무슨 소리예요?"

소리치는 서요를 향해 그가 고개를 숙였다. 그녀는 깜짝 놀라 마른침을 꿀꺽 삼켰다. 바로 코앞에 미르의 매력적인 얼굴이 다가와 있었다.

"뭘 하면 좋을까?"

그는 고민하는 기색을 보였다. 서요는 그런 미르의 행동에 손가락을 꼼지락거리며 불안해했다. 그들의 거리는 여전히 가까웠고, 서로의 미지근한 숨결이 마주하고 있는 얼굴을 간지럽혔다.

"그때처럼…… 가람님처럼 떠나시면 안 돼요."

미르가 당장에라도 떠나갈 것만 같았기에 그녀는 초조해졌다. 미르는 심란한 서요의 모습을 보고 오묘한 표정을 지었다. 저를 필요로 한다는 것은 기분 좋은 일이었으나 슬픈 그녀의 얼굴을 지켜보는 건 힘들었다.

'그래도 그 누구보다 더 특별한 존재가 되고 싶어.'

미르의 속마음이 독점욕으로 꿈틀거렸다. 서요는 기상신 중 누가 떠나도 이처럼 슬퍼할 것이었다. 하지만 미르는 다른 이들보다 더 특별한 존재가 되고 싶었다. 사랑을 맘껏 표현해도 어색하지 않고, 끝까지 믿을 수 있는 그런 관계 말이다. 하지만 그녀뿐만 아니라 미르도 제대로 된 사랑을 해본 적이 없었기에, 감정을 표현하는 게 서투른 건 어쩔 수 없었다.

"일단 나가자. 여기서 계속 우사님의 초상화를 보고 있으려니 내 얼굴이 다 화끈거리네."

그가 몸을 뒤로 물리고 방금 전의 일에 관해서 얘기하자 서요는 부산스럽게 자리에서 일어났다.

"예. 가람님도 원인을 찾으러 갔을 테니, 우리도 움직여야죠."

그들은 아름다운 우사신전을 빠져나왔다. 신관들은 떠나는 그들을 향해 허리를 깊이 숙여 예를 다했다.

"후…… 여기까지 올라오는 것도 힘들었는데."

서요는 까마득한 새암의 중심가를 내려다보며 한숨을 내쉬었다. 가람을 따라 나갔다가 입구에서 그들과 합류한 소소는 그녀의 말을 듣고 신전에서 조금 떨어진 목장을 가리켰다.

"그럼 가까운 저곳부터 살펴볼까요?"

서요는 그의 말에 잘 되었다는 듯 고개를 끄덕였다.

그들은 따뜻한 봄 햇살을 받으며 목장으로 힘차게 걸어갔다. 풀 속에 숨어 있던 흰나비들이 주위를 빙글빙글 돌며 날아다녔고, 푸른 초목이 바람을 맞아 좌우로 흔들거렸다. 새암은 산천을 두루 갖춘 마을이었다. 파란 지붕 축사엔 소가 수십 마리 있었고, 울타리 안에선 양들이 자유롭게 돌아다녔다.

"와와! 저기 보십시오! 장관입니다."

그때 서요가 손가락으로 축사 안에서 나오기 시작하는 소 떼를 가리켰다. 목장 주인은 능숙하게 소를 몰고 목장 가까이 있는 개천까지 가더니 소들이 자유롭게 물을 마시도록 방임했다. 개천엔 더운 날씨에 물장구를 치며 놀고 있는 어린아이들이 있었다. 아이들은 소들이 몰려와도 놀라지 않고, 늘 있는 일인 것처럼 자연스럽게 소들이 몰린 곳을 피해 놀았다.

"제가 살던 곳에서는 물을 길어서 주는데, 여긴 주변에 워낙 개천이 많으니까 그냥 풀어놓고 주나 보네요. 사람들도 거리낌이 없고."

흥미롭게 바라보며 하는 서요의 말에 소소가 대답했다.

"그렇습니까? 참 평화롭네요."

"맞아요. 대체 문제가 뭔지."

서요의 얼굴에 수심이 잔뜩 어렸다. 그 병은 증상에 맞는 약재를 달여 내주어도 잘 낫지 않는다고 했으니 잘못하면 마을의 많은 사람이 세상을 등질 수도 있었다. 답이 없는 문제에 그녀가 한숨을 내쉬고 있을 때, 냇가에서 놀던 남자아이 한 명이 호기심 가득한 표정으로 다가와서 물었다.

"어디서 오셨어요?"

그녀는 아이를 향해 웃으며 입을 열었다.

"우린 겨슬레에서 왔어."

"겨슬레요? 와! 엄청 먼 곳에서 오셨네요!"

반면 아이를 대하는 법을 전혀 모르는 미르와 소소는 무뚝뚝한 표정으로 서요의 곁에 서 있기만 했다. 그녀는 개천에서 노는 아이들을 한 번 쭉 살펴보더니 다른 질문을 했다.

"응. 맞아. 그런데 근처에서 사니? 여기 민가는 없는 것 같은데."

"아…… 밖에서 노는 거 들키면 엄마한테 혼나는데."

"응?"

"사실 전 저 밑에 사는데요. 엄마가 밖은 역병 때문에 위험하니까 절대 나가지 말라고 했거든요. 그런데 친구들이 집에 찾아와 놀러 가자고 해서 어쩔 수 없이……."

소년이 횡설수설하며 물기 어린 머리통을 벅벅 긁었다. 소년이 말한 친구들은 여전히 물에서 즐겁게 놀고 있었다. 서요는 소년의 머리카락을 손가락으로 헝클어뜨렸다.

"괜찮아, 솔직하게 말하고 용서를 구하면 이해해 주실 거야. 그래도 늦지 않게 빨리 들어가야 해. 알겠지?"

"그렇…… 겠죠? 그럼 누나도 같이 놀아요."

"응? 어디서?"

서요의 물음에 소년은 개구쟁이처럼 웃더니 그녀의 팔을 잡아끌고 개천으로 달려갔다. 미르와 소소는 깜짝 놀라 팔짱을 풀고 그들을 바라보았다.

서요는 소년의 권유를 거절하지 못하고 아이들과 함께 물장구를 쳤다.

"위험하진 않…… 겠지. 그래."

소소는 그리 말하며 마음을 다독였고, 미르는 아이들에게 된통 당하는 서요를 보며 크게 웃음을 터뜨렸다. 그녀는 비록 바보같이 어수룩한 모습을 하고 있었지만, 아이들과 놀아주려는 그 마음만큼은 무척 예뻐 보였다.

미르의 가슴에서 살랑살랑 봄바람이 불었다. 그는 누군가를 이렇게 사랑스럽다고 느껴본 적이 없었다.

"이리 오세요! 미르님! 소소님!"

서요는 혼자 당할 수는 없다는 생각에 미르와 소소를 불렀지만, 아이들이 낯설고 불편했던 그들은 동시에 고개를 돌려 그녀의 부름을 외면했다. 미르는 그렇다 해도 소소까지 그러자 서요는 물이 들어간 눈을 비비며 뾰로통한 표정을 지었다.

한바탕 물놀이가 끝나자 서요는 온몸을 오들오들 떨며 물 밖으로 나왔다. 미르는 그런 그녀를 가까이서 보고 몸을 굳혔다. 서요의 비단옷이 완전히 물에 젖어 몸의 굴곡이 모두 보일 정도로 꽉 달라붙어 있었다. 아이들에게 둘러싸여 있을 땐 몰랐던 일이기에 그는 매우 당황했다. 그녀의 뽀얀 얼굴에서 떨어진 차가운 물이 가슴을 타고 흘러내렸다.

"서요."

미르가 진지하게 서요를 부르며 발걸음을 옮겼다. 그녀는 가슴을 울리는 목소리에 순간적으로 멈칫했고, 미르는 자신의 장포를 벗어 서요의 어깨 위에 걸쳐 주었다.

"그렇게 의식 없이 돌아다니면 곤란해."

"네? 왜요?"

"위험하다고."

미르는 그녀에게 걸쳐준 장포의 옷깃을 잡은 손에 힘을 주고 서요를 응시했다. 그녀는 그의 품에 안겨 있는 듯한 착각이 들어 심장이 둥둥거렸다.

"고마워요. 추웠는데."

서요는 미르의 말을 제대로 이해하지는 못했지만, 얼결에 대답하며 그의 장포를 더 꼼꼼히 안으로 여몄다. 그의 옷엔 아직 포근한 온기가 남아 있었다. 그 모습을 보던 소소는 깊은 한숨을 내쉬며 고개를 절레절레 흔들었다.

'늦었군.'

그는 지금까지 숫기 없는 자신의 태도가 부끄럽긴 했어도 이렇게까지 아쉽고 씁쓸한 적은 없었다. 자신의 마음이 왜 이러는지 알 수 없었던 소소는 인상을 찌푸렸다. 그리고 그런 소소의 마음을 전혀 모르는 그녀는 코를 훌쩍였다.

"이럴 때가 아니에요. 이제 내려가 봐요."

하지만 아래로 내려가려는 서요의 걸음은 미르 때문에 저지되고 말았다.

"물에 빠진 생쥐 꼴로 내려가면 어떡해. 이리 와, 일단 목장에 가서 옷이라도 빌려 입자."

미르는 그녀가 혹시 고뿔이라도 걸릴까 염려스러웠기에 목장 쪽으로 서요를 이끌었다. 그러면서 아쉬운 점에 대해서 말했다.

"이럴 때 가람이 있으면 참 편한데."

동감한 그녀는 고개를 끄덕였다.

"그니까요. 물기도 단번에 옷에서 빼버리고!"

"그렇지."

미르와 서요가 오랜만에 웃으며 대화를 나눴다. 화기애애한 분위기에 그들은 알게 모르게 기쁨과 안도감을 느꼈다.

잠시 후, 서요는 인심 좋은 목장 주인에게 낡은 저고리와 통이 아주 넓은 바지를 빌려 입고 나왔다. 품이 너무 큰 옷은 몸을 둘둘 감을 정도였고, 길이 또한 너무 길어 걸을 때마다 바닥에 질질 끌렸다.

그 모양새가 우스워 지켜보고 있던 미르는 웃음을 참지 못했다. 하나 소소만큼은 웃지 않고 심란한 표정을 지었다. 그는 아직까지도 먼저 서요에게 옷을 주지 못했던 일을 곱씹고 있었다.

"그만 웃어요. 편하고 좋으니까요."

서요는 어깨를 으쓱하며 일부러 태연하게 굴었다. 그녀는 남장을 하며 생활했던 그 옛날로 돌아간 기분이었다.

그들은 다시 새암의 중심가로 향했다. 새암의 샘물을 빨리 찾아야 하는데 그러기 위해선 이 마을에서 오래 머물러야 했다. 또 가람이 역병의 원인을 찾으려 하기에 서요는 함께 동참할 생각이었다.

미르는 겨슬레에선 해문 때문에라도 천문관을 빨리 벗어나고 싶어서 조급하게 굴었지만 새암에선 최대한 서요의 의견에 따라줄 것이라 마음먹었다. 겨슬레에서 그 문제 때문에 꽤 많이 다투고 서로 마음을 상하게 했던 것을 경험해 봤기 때문이었다.

한편, 거침없이 신전을 나섰던 가람은 신관들의 말을 떠올리며 의원을 찾아가 환자들의 상태를 살펴보는 일부터 했다.

'생각했던 것보다 더 심각하군.'

가람은 이곳에 온 순간부터 흥청망청 노느라 마을의 사정 같은 건 전혀 알지 못하고 있었기에 더욱 놀랐다. 의원 밖으로 나온 그는 매서운 눈길로 마을의 이곳저곳을 살펴보았다. 우사신전이 있는 새암에서 이러한 일들이 벌어진다면 우사의 명성에도 금이 갈지 몰랐다.

'그건 안 되는데…… 대체 뭐가 문제인 거지.'

가람이 그런 고민을 하고 있을 때, 가까이서 개천의 물 흐르는 소리가 들려왔다. 그는 오돌토돌한 자갈돌을 밟은 채 사람들이 자유롭게 이용하는 개천을 무심하게 바라보았다. 물은 이곳 사람들에게 굉장히 친숙한 존재였다. 그러나 곧 개천을 바라보는 그의 눈에 이상한 것들이 보이기 시작했다.

"뭐야. 물이…… 오염되었어?"

가람의 눈에만 보이는 그건 확실히 오염 물질이었다. 가람은 중심가의 다른 곳에서는 보지 못한 그것에 기함했다. 탁하고 독한 기운에 머리가 어지러워질 정도였다. 물의 기운을 느끼면 느낄수록 더 강렬하게 와 닿았다.

"대체 왜 물이!"

사람들이 사는 데에 가장 중요한 물이 문제라는 건 굉장히 큰일이었다. 마을을 감싼 물줄기에 연결된 개천은 돌고 돌아 다른 곳도 오염시킬 게 분명했다. 머리카락을 거칠게 쓸어 넘긴 가람이 개천을 따라 위로 걸어 올라가기 시작했다. 벌써 해가 서쪽으로 넘어가며 어두워지고 있었다.

"흠. 여기만 유독 그런 이유가 대체 뭐지."

그는 개천의 상류 지점에서 눈썹을 추켜세웠다. 가람이 서 있는 곳은 목장에서 매우 가까웠다.

"일단 이대로 둘 순 없어."

가람은 주변에 사람이 없는 것을 확인하고 개천 안으로 들어갔다. 그러자 가람의 몸에서 신력이 뿜어져 나오기 시작했다. 그 신성한 기운은 오염된 시내를 단번에 정화했다. 가람은 물속에서 몸을 담그고 있다가 개천이 깨끗해지자 자리에서 일어났다.

"이건 임시방편일 뿐이야. 원인을 찾지 못하면 다시 오염되겠지."

가람의 입에서 한숨과 함께 혼잣말이 튀어나왔다. 그의 잿빛 눈동자는 심각한 빛을 띠고 있었다.

"아…… 대체 뭘까요!"

서요는 역병의 원인을 파악하기 위해 애썼다. 마을 사람들의 생활 습관을 살피고, 의원에게 욕을 먹으면서까지 의식이 조금 있는 환자들의 이야기를 들었지만 의심되는 것을 찾을 수 없었다. 그들은 남들과 마찬가지로 평범하게 생활했고 먹거리에서도 문제점을 발견하지 못했다.

"서요님은 정말 역병이 돌고 있다고 생각하십니까?"

그녀의 방문 앞에서 소소가 진지한 어투로 묻자 서요 역시 진지하게 대답했다.

"아직 확신하긴 힘든 것 같아요. 다만 상황을 보면 그렇게 생각하는 것도 무리는 아니에요."

"그러니 조심해, 너도. 사실 밖에 돌아다니지 않았으면 좋겠는데……."

미르가 소소의 옆에서 염려스러운 얼굴로 거들었다. 미르는 혹시라도 서요가 병에 걸릴까 노심초사했다. 그러나 미르가 서요를 걱정하는 것만큼 서요도 미르와 다른 기상신들이 걱정되었다.

"에이. 전 괜찮아요. 신녀로서의 힘도 조금씩 찾고 있는 것 같으니까요. 미르님이랑 소소님도 조심하세요."

겨슬레에서 처음으로 힘을 써 하늘에서 떨어지는 아이를 구했던 일은 서요의 머릿속에 각인되어 있었다. 그녀는 자신이 조선을 구원할 신녀라고 생각해 본 적이 단 한 번도 없었지만, 그날 이후 생각이 조금씩 바뀌고 있었다.

정말 자신이 그런 운명을 타고난 신녀라면 어떻게 해야 하는 것인지 진지하게 생각하기 시작한 것이다. 그래서 가끔은 조선에서 제사장 노릇을 해야 하는 신녀가 천상으로 올라가기 위한 임무를 수행하는 게 정녕 옳은 일인지 고민될 때도 있었다.

돌아다니느라 피곤한 그녀에게 미르와 소소가 하루의 마지막 인사를 건넸다.

"피곤하지? 일단 쉬어."

"푹 쉬십시오. 서요님."

그들이 각자의 방으로 건너가자 서요는 낡고 헐렁한 옷을 갈아입을 생각도 하지 못한 채 눈을 감았다. 그렇지 않아도 피곤한데 머릿속을 맴도는 생각들이 너무 많아 더욱 지치는 것 같았다.

그로부터 시간이 조금 흘렀다. 자신의 방에서 쉬고 있던 미르가 조심스럽게 서요의 방으로 들어갔다. 그녀는 잠을 자다가 인기척을 느끼고 흠칫하며 어두운 방에서 눈을 떴다. 서요의 앞엔 장성한 미르가 서 있었다.

"미르님?"

그녀가 놀라서 물었다.

"쉿! 조용히 해."

서요의 소리 때문에 다시 소소가 찾아올까 봐 염려스러웠던 미르는 커다란 손으로 그녀의 입을 막았다.

"으, 읍!"

서요는 도대체 왜 이러는 건지 알 수 없어서 눈썹을 찌푸렸다. 그리고 설마 병사들이 이곳까지 쳐들어온 건가 하는 생각이 들어 가슴이 쿵쿵거렸다. 반면 미르는 그런 이유 때문에 온 게 전혀 아니었기에 달콤한 목소리로 속삭였다.

"조용히 하겠다고 하면 손 뗄게."

서요는 무슨 수작인가 했지만 천천히 고개를 끄덕였다. 미르는 그제야 안도의 한숨을 내쉬며 그녀의 입을 막았던 손을 뗐고 서요의 옆에서 발을 뻗고 편안하게 드러누웠다.

"후…… 이제야 단둘이 있을 수 있게 되었네."

미르는 서요 쪽으로 몸을 돌린 후 한쪽 손으로 자신의 머리를 괴고 누웠다. 그녀는 당혹스러운 말을 듣고 누워 있는 상태 그대로 꼼짝없이 굳어버렸다.

"그게 무슨 말이에요? 단둘이 하실 말씀이라도?"

조심스럽게 묻는 서요의 목소리가 조금씩 떨렸다. 그녀는 그에게 듣고 싶은 말이 아주 많았지만, 막상 그런 이야기를 할 만한 시간이 오자 온몸이 오징어처럼 꼬여 버릴 것만 같았다. 이런 분위기가 익숙하지 않아 낯설었고, 기대하는 답이 전혀 아닐까 봐 두려웠다.

미르는 바짝 긴장한 서요를 보며 진지하게 입을 열었다.

"할 말이야 있지. 제대로 말하지 못한 게 있거든."

서요의 고개가 미르 쪽으로 돌아갔다. 그의 남빛 눈동자는 진지하게 가라앉아 있었다. 그녀는 마른침을 꿀꺽 삼켰고, 미르는 더 이상 피하지 않으려고 직설적으로 말했다.

"목간에서 했던 내 말, 호수에서 있었던 입맞춤 모두 기억하지?"

서요는 미르가 몰래 자신의 방을 찾은 이유가 정말 제가 듣고 싶었던 진짜 속내를 드러내기 위함임을 깨닫고 눈을 크게 떴다. 그녀는 순순히 고개를 끄덕이면서도 부끄러움에 얼굴이 벌게졌다. 그날의 일들은 절대 잊을 수 없는 것들이었다.

미르는 가슴이 매우 떨려서 잠시 심호흡을 했다. 소소 때문에 단둘이서만 있을 수가 없었는데 지금은 이곳이 마치 천국 같았다.

잠시 후, 그의 입술이 열렸다.

"중요한 건 모두 거짓이 아니라는 거야."

그의 목소리가 좁은 방 안에서 매혹적으로 퍼져 나갔다. 서요의 눈이 커다래졌다. 거짓이 아니라는 건 진심이라는 것이다. 어렴풋이 느끼고 있기만 했던 그의 감정을 제대로 마주할 수 있는 기회에, 서요는 숨을 죽이고 그의 입술이 다시 열리기를 기다렸다.

그런데 자꾸 기침이라도 나올 것처럼 목이 간질거렸다. 시간이 지날수록 목구멍에서 뜨거운 열이 느껴지기 시작했다.

'크흠! 왜 이러는 거지.'

서요는 미르의 눈치를 보며 조용히 목을 가다듬으려고 노력했다.

"그러니까 괜한 생각은 하지 마."

미르는 표정이 이상한 서요를 의아하게 바라보았다. 서요는 그의 말에 웃으며 대꾸하려고 했지만, 참지 못한 기침이 튀어나오고야 말았다.

"쿨럭! 죄, 죄송……."

그녀는 목이 쉴 정도로 강한 기침에 손으로 입을 막았다. 놀란 미르는 웅크린 그녀의 어깨를 두 손으로 잡고 걱정스러워했다. 간신히 기침이 멎어 고개를 들어 올린 서요는 뭔가 이상한 기분이 들자 자신의 손을 내려다보았다. 손엔 붉은 피가 묻어 있었다.

"이게 뭐야!"

서요의 얼굴에 경악이 어렸다. 그건 그녀를 걱정스럽게 지켜보던 미르도 마찬가지였다.

"왜, 왜 이러는 거야!"

그는 서요의 어깨를 잡은 손에 힘을 주며 소리쳤다. 그녀의 얼굴은 벌겋게 달아올라서는 금방이라도 다시 피를 토해낼 것만 같았다.

"컥, 컥컥!"

그의 우려가 무색하게, 서요의 입에서 다시 기침이 터져 나왔다. 미르는 고통스러워하는 그녀를 보고 자신이 더 아픈 듯이 인상을 험하게 일그러뜨렸다.

"하아, 하아……."

"괜찮아, 괜찮아."

서요의 숨이 곧 넘어갈 것처럼 거칠어지자 미르는 그녀를 품에 안고 달랬다. 지금 상황에서는 해줄 수 있는 게 그것밖에 없었다.

"이제…… 괜찮아요."

기침하며 끊임없이 각혈하던 서요는 간신히 말하며 고개를 들었고, 방바닥에 튄 피를 보며 불현듯 죽음의 공포를 느꼈다. 심각한 표정을 한 서요는 미르의 품에서 벗어나 천천히 몸을 뒤로 물렸다. 그녀의 머릿속에서는 주막에서 들었던 사내들의 대화가 맴돌고 있었다.

"얼마 전부터 갑자기 원인을 알 수 없는 병으로 아픈 사람들이 많아졌다지?"
"나도 들었네. 으으, 앓는 모습을 잠깐 봤는데 처음엔 각혈을 하고, 점차 열이 오르기 시작하더니, 온몸에 붉은 반점까지 돋아나더군. 금방이라도 죽을 것 같았어."

"처음엔 각혈……."
서요는 잔기침을 하며 말끝을 흐렸다. 미르는 그녀의 상태를 보고 의원에 가득 찼던 환자들을 떠올렸다.
"아무래도 제가 그 병에 걸린 것 같아요. 미르님은 일단 멀리 떨어지세요."
그녀는 손을 부들부들 떨면서도 확고하게 말했다. 충격을 받은 미르는 착 가라앉은 눈빛으로 서요를 응시했다. 그는 슬금슬금 멀어져 벽쪽으로 몸을 밀착시키는 그녀의 행동이 마음이 찢어질 정도로 안타까웠다.
"이리 와."
따뜻하지만 힘 있는 목소리가 서요의 귓가에 울려 퍼졌다. 미르는 그녀가 자신을 믿고 의지하길 바랐다.
"안 돼요! 진짜 옮는 병이면 어떻게 해요. 미르님도 그때 환각을 보셨었는데……."
서요의 음성이 격해졌다. 신이 아무리 전지전능하다지만 인간인 저처럼 환각을 보았었다. 이 병이 인간만 걸리는 거라고 어떻게 장담한단 말인가? 괜한 피해를 주고 싶지 않았다. 또한 저 때문에 그가 아픈 건 절대로 보고 싶지 않았다.
하지만 미르와 멀리 떨어져 있고 싶은 서요의 바람은 이루어지지 않았다. 미르가 빠르게 다가와 서요의 몸을 끌어안았기 때문이었다. 그는 제 품에 안긴 그녀에게서 평소보다 더 뜨거운 기운을 느끼고 걱정스러운 마음에 아랫입술을 깨물었다.

"이거 놔요!"

서요는 미르의 품에서 벗어나기 위해 팔을 내저었다. 그러나 강철처럼 단단한 그의 몸은 그녀를 붙들고 놓아주지 않았다.

"고집 좀 부리지 마. 무서우면 무섭다고 말하고, 곁에 있어주길 바라면 그렇다고 말해."

미르는 서요의 마음을 다 아는 듯 진심을 담아 말했다. 그러자 간신히 참고 있던 서요가 속을 털어놓았다.

"무서워요, 미르님."

미르는 침착한 손길로 그녀를 달랬다.

"괜찮아. 반드시 해결할 테니까. 무슨 일이 있어도 너를 놓지 않을 거야."

미르의 음성은 부드러우면서 동시에 강인했다. 서요는 머릿속을 지배하고 있던 나쁜 생각들이 조금씩 가라앉는 것을 느꼈다. 어느새 미르가 곁에 있다는 건 모든 게 반드시 괜찮을 것이란 의미가 되어가고 있었다. 그녀에게 그는 그런 존재였다. 무슨 일이 있어도 자신을 구해줄, 든든한 은인. 서요는 미르를 생각하는 마음이 점점 커져만 갔다.

"고마워요. 그래도 일단…… 놔줘요."

하지만 걱정되는 건 걱정되는 거였다. 그녀의 말에 미르는 뚱한 표정을 지었다. 그가 보기에 그녀는 최악의 상황을 고려하는 것 같았다.

"쿨럭! 의원에 가야겠어요."

다시 한 번 기침을 뱉어낸 서요는 자리에서 일어나 비틀거리며 문고리를 잡았다.

"이미 환자들로 득시글하지만 어쩔 수 없지."

미르는 위생 상태가 좋지 않았던 의원으로 그녀가 가는 것이 내키지 않았지만, 지금 상황에서 당장 약을 처방해 줄 사람이 없는 것도 큰일이라고 여기며 무거운 몸을 일으켰다.

서요의 손길에 문이 열렸다. 문 앞엔 마침 그녀의 기침 소리와 급박한 대화 소리를 듣고 방 앞에 막 도착한 소소가 심각한 표정으로 서 있었다.

“서요님…… 괜찮으십니까?”

“아, 그게.”

서요는 하얗게 질린 얼굴로 증세를 이야기했고, 소소는 의원으로 향하는 내내 서요를 부축하며 지독한 시름에 잠겼다. 서요는 그 어느 때보다 상심한 두 남자를 보며 더욱 미안해졌다.

5장
두 개의 용기

의원은 여전히 많은 환자들로 인해 발 디딜 틈조차 없었다. 미르와 소소는 정신없이 바쁜 의원들 중 근처를 지나가는 한 명을 붙잡아 서요에게로 데려왔다.

"대체 어찌 된 것이요. 낮까지만 해도 괜찮지 않았소?"

의원이 각혈하는 그녀를 보곤 당황스러운 표정으로 물었다. 분명 아까 낮까지만 해도 의원에 들러 환자들에 대한 이야기를 끈질기게 귀담아듣던 모습이 선하건만, 그새 발병하다니 대체 어떻게 된 일인지 의아했다.

다른 의원들은 점점 역병의 가능성이 높아진다 생각하며 공포에 질렸다. 그들에게 환자들을 끝까지 보살펴야 한다는 사명감과 의지가 없었다면 지금이라도 당장 그 자리에서 도망쳤을지도 몰랐다.

서요는 자신 또한 어떻게 된 일인지 알 수 없었기에 고개를 저었다.

"모르겠어요, 저도."

"저 남자분들은 아직 괜찮은 것이오?"

"예, 아직은."

"에휴. 이건 재앙이야! 잠시 기다려 보시오, 기침 멎는 약을 달여올 테니."

"감사합니다. 의원님."

의원은 서요를 안타깝게 바라보더니 급하게 자리를 떴다. 점차 몸에서 열이 올라오기 시작한 서요는 식은땀을 흘리며, 아직 옆에 붙어 있는 미르와 소소를 불안한 표정으로 응시했다.

"여기까지 데려다주셨으니 이제 됐어요. 그만 가보세요."

"……서요님이 이곳에 있는데 저희가 어딜 가겠습니까."

서요의 말에 소소는 단호하게 대답했다. 미르 또한 그녀의 말을 따를 수 없다는 듯이 곁에 딱 붙어 섰다. 서요는 가슴이 답답해졌다.

"저 대신 이 병의 원인을 찾아주셔야죠."

"그건, 그리할 것입니다."

아무리 부탁해도 그들이 가지 않을 것 같아 서요가 한숨을 내쉬고 있을 때, 의원 안에서 익숙한 아이들의 목소리가 들려왔다.

"엄마! 이제 나 죽는 거야?"

"이제 친구들이랑 같이 놀지도 못해?"

그녀는 열 때문에 머리가 어질어질했지만 힘들게 몸을 일으켜 세우고 울음을 터뜨린 아이들의 모습을 확인했다.

'설마?'

그들은 놀랍게도, 오늘 아침에 목장 근처 개천에서 함께 놀았던 그 아이들이었다.

"얘들아!"

서요의 외침에 고개를 돌린 아이들은 그녀를 확인하고 놀랐다. 서요 또한 무슨 영문인지를 몰라 눈을 크게 떴다. 어째서 저 어린아이들이 이곳에 있는지 알 수가 없었다.

"으앙! 누나!"

"언니!"

그들이 울면서 서요에게 다가왔다. 그들을 붙잡고 있던 부모는 아이들을 놓치면서도 망연자실한 표정으로 의원 내부를 바라보았다.

'분명 아침까지만 해도 괜찮았는데! 대체, 대체 뭐가 문제인 거야?'

서요가 인상을 일그러뜨렸다. 하지만 아무리 짚어봐도 알 수 없었기에 결국 서요와 아이들은 함께 몸져누웠다. 미르는 더 이상 아픈 그녀의 얼굴을 지켜보고 있을 수가 없어서 소소에게 서요를 맡기고 원인을 찾기 위해 의원을 나섰다. 그의 얼굴은 완전히 잿빛이 되어 있었다.

"젠장!"

미르는 밖으로 나와 단단한 땅바닥에 발길질하며 성을 냈다. 그는 자신이 신임에도 불구하고 당장 그녀를 고통의 구렁에서 꺼내줄 수가 없어서 가슴이 답답하고 괴로웠다.

"미르?"

그때 환자들을 다시 한 번 살펴보기 위해 의원에 들른 가람이 그 앞에서 미르를 발견하고 의아해했다. 그는 천천히 고개를 돌려 가람을 바라보다가 짙은 한숨을 내쉬었다.

"하아…… 왔냐."

"왜 죽을상이야?"

그의 말에 미르는 고갯짓으로 의원을 가리키며 말문을 열었다. 병에 걸린 서요의 이야기를 듣는 내내 인상을 찌푸리고 있던 가람은 심각한 표정으로 그의 귀에 속삭였다.

"원인을 찾았어. 그런데 서요님, 혹시 목장 근처 개천에 들어갔었어?"

"뭐? 찾았다고? 개천에 들어갔던 걸 네가 어떻게 아는데?"

그의 믿을 수 없는 말에 미르는 완전히 흥분해서 소리쳤다. 가람은 서요가 오염된 물과 접촉해서 병에 걸렸다는 점에서 더욱 확신을 가졌다.

"그 개천이 완전히 오염되어 있었어. 임시방편이지만 방금 내가 신력으로 정화해 놓고 오긴 했는데. 병을 치료하는 방법은 아직 모르겠다."

"잠깐, 그 개천이 오염되어 있었다고? 맞네. 개천에서 함께 놀던 꼬맹이들도 아파서 왔더라고. 하……."

미르가 한숨을 내쉬며 지끈거리는 이마를 붙잡았다. 그때 왜 그녀 혼자 개천에 들어가게 놔두었는지 이제와 후회가 되었다. 하지만 이렇게 답답해하고만 있을 문제가 아니었기에 그는 결연한 표정을 지었다.

"한시라도 빨리 오염의 원인을 찾아야 해. 그래야 치료 방법을 알 가능성도 높아지니까. 우선 가람 네 신력을 담은 물이 효과가 있을지도 모르니까 신관들을 통해 성수라고 하고 의원에 전달하는 게 좋을 것 같다."

미르가 침착하게 내린 판단에 가람은 고개를 끄덕였다. 일리 있는 이야기였다.

"가람. 이렇게 된 이상, 힘을 합치자."

그때 미르가 그에게 제안했다. 물을 운용하는 기상신 가람은 지금 이 순간 새암에 가장 필요한 존재였다. 가람은 무슨 말인지 알았으나 괜히 눈썹을 찌푸렸다.

"뭐?"

"무작정 싫다고 고집부릴 일이 아니야, 샘물 찾자고 하는 것도 아니고. 너도 이 문제를 빨리 해결하고 싶잖아."

"흠……."

그의 말에 가람이 고민했다. 그는 그들과는 최대한 따로 떨어져서 역병의 원인을 찾으려고 했지만 서요가 병에 걸린 이상 미르의 제안을 매몰차게 거절하긴 힘들 것 같았다. 게다가 서요를 비롯해 많은 사람이 오염된 물을 통해 병에 걸려, 기상신이자 물을 다스리는 자로서 도와주고 싶은 마음이 있기도 했다.

"이 일 끝나면 미련 없이 보지 말자."

의원 입구에서 들어가기를 망설이던 가람은 미르에게 말하며 몸을 돌렸다. 그리고 자신의 물을 전달하기 위해 우사신전으로 향했다. 가람은 왠지 이대로 아픈 서요의 얼굴을 보는 게 껄끄러웠다. 미르는 그의 뒤를 조용히 따랐다.

가람은 매정하게 말했지만 결국 미르의 말을 들어주었다. 그들이 우사신전의 신관들에게 가람의 신력이 담긴 물을 부탁하곤 개천으로 가서는 그 앞에서 팔짱을 꼈다. 그들은 무엇 때문에 물이 오염되었는지 온종일 살펴볼 생각이었다.

의원의 밤은 죽음의 그림자가 뒤덮여 밖과 달리 전혀 고요하지 않았다. 환자들의 신음 소리가 지천에서 계속되었고, 그런 환자들을 간호하는 가족들의 울음소리는 더욱 애절하고 슬펐다.

서요는 사방에 진동하는 땀 냄새와 구토 냄새는 참을 수 있었으나, 아이들의 고통 어린 신음과 죽음의 강을 건넌 환자들이 들것에 실려 나가는 건 도저히 지켜보고 있을 수가 없었다.

"손쓸 도리가 없어."

의원들은 차갑게 식어버린 송장을 보며 고개를 가로저었다.

"누나, 누나. 흐어어엉. 저도 죽는 거예요? 네?"

그녀의 옆에 누워 있던 소년이 열에 들뜬 얼굴로 울먹거렸다. 서요는 불과 얼마 전까지만 해도 함께 물장구를 치며 놀았던 소년을 안타깝게 바라보았다.

"아니야, 그렇지 않아. 나을 수 있을 거야. 꼭!"

서요는 다짐하듯 이를 악물었다. 움직이기 힘들 정도로 몸에 기운이 없었으나 아이를 품에 안아서 달랬다. 소년은 동아줄을 잡듯 서요의 몸에 매달렸다. 그녀는 무당 어머니와 아버지가 떠올랐다. 이렇게 아팠을 때, 그들도 자신을 달래며 지켜준 적이 많았다.
'어머니와 아버지가 너무 보고 싶어. 내가 이럴 때가 아닌데, 이렇게 누워 있을 수만은 없는데…….'
열에 들뜬 환자들이 신을 부르짖을 때마다 그녀는 말로 표현할 수 없을 만큼 죄스러운 마음이 들곤 했다. 신의 말씀을 전해 듣고, 신 대신 능력을 발휘하는 신녀인데 아무것도 해줄 수 없기 때문이었다.
'도움이 되고 싶어.'
서요의 가슴 깊은 곳에서부터 뜨거운 열망이 솟아오르기 시작했다. 그녀는 지금 이 순간 신녀의 능력이 가장 간절했다.

밤이 지나고 다시 아침이 찾아왔다. 가람과 미르는 평소와 다를 바 없는 개천의 모습에 콧숨을 길게 내쉬었다.
"아직 변화 없어?"
미르는 자신이 자리를 비운 사이, 서요의 상태가 더 나빠지지는 않았을까 싶어 초조해져서 가람을 재촉했다.
"응. 정화된 물 그대로인데. 혹시 어제 서요님과 개천에 있었을 때, 특이한 점 같은 거 없었어?"
"특이한 점이라…… 글쎄."
미르는 개천과 그 주변을 살펴보며 생각에 잠겼다. 그동안 조선에 대해선 전혀 관심이 없었으니 특이한 점 같은 것을 구별해 낼 수 없었다. 다만 서요가 개천을 바라보며 했던 말이 그의 머릿속에 빛처럼 빠르게 스쳐 지나갔다.
"서요가 그런 말을 했던 적은 있지."
"무슨?"
미르가 기억을 되짚은 후 가람에게 서요의 말을 전했다.

"제가 살던 곳에서는 물을 길어서 주는데, 여긴 주변에 워낙 개천이 많으니까 그냥 풀어놓고 주나 보네요. 사람들도 거리낌이 없고."

가람은 그의 말을 듣고 턱을 쓰다듬더니 파란 지붕의 축사를 지긋이 바라보았다.

"조금 있으면 확인해 볼 수 있겠네."

가람과 미르는 축사에서 사람이 나오기만을 기다렸다. 그런 와중에도 새암의 산천은 여전히 푸르고 맑았다.

해가 중천에 뜨자마자 의원의 문이 덜컹거리더니 심각한 얼굴을 한 미르가 들어왔다. 그녀는 내심 기다려 왔던 그가 보이자 소소가 곁을 계속 지켰음에도 불구하고 더욱 안심이 되었다.

"잠은 좀 잔 거야? 몸은……."

미르는 붉은 반점이 나기 시작한 서요의 얼굴을 보고 말끝을 흐렸다. 그녀는 애써 웃어보려고 입꼬리를 올렸으나 힘이 없어 축 늘어지고 말았다. 미르는 그런 그녀를 보고 자신이 더 아프다는 듯 인상을 찡그렸다.

"괜찮은 척하지 마. 괜찮다고 하지도 말고, 너무 아파 보이니까."

"저보단 아이들이 더 걱정이죠."

정신을 잃을 정도로 아팠으나 서요는 독하게 참았다. 서요는 반드시 견디고 어떻게든 일어서겠다고 마음을 강하게 다잡았다.

"나는 네가 걱정돼! 너만!"

미르가 답답하다는 듯 소리쳤다. 모든 인간을 자애로운 시선으로 바라봐야 하는 신치고는 이기적인 발언이었으나 그는 아무래도 상관없었다. 미르는 뜨거운 서요의 손을 붙들고는 손등에 살짝 입을 맞추었고, 그녀는 갑작스러운 일에 깜짝 놀라서 몸을 흠칫 떨었다.

"뭐 하시는 거예요?"

"……내 거라는 표식."

생뚱맞은 말에 어리둥절해하던 서요는 다시 폐가 튀어나올 것 같은 기침이 나오자 몸을 돌려 천에 얼굴을 파묻었다. 미르는 그녀의 등을 어루만지며 자신의 행동에 충격을 받아 굳어버린 소소에게 미리 선수를 쳤다.

"이 상황에서까지 갈라놓으려 하진 않겠지."

"……내가 본 게 헛것은 아니었나보군. 불경한 일이다, 미르."

소소는 그를 향해 단호하게 내뱉었다. 그의 상식으로는 전혀 이해할 수 없는 일이었다. 하지만 미르는 어깨를 으쓱했다.

"너의 이해를 바란 적 없어. 그리고 감정은 뜻대로 할 수 있는 게 아니라고. 모든 일이 전부 상식적으로 일어나는 것도 아니고 말이야."

"하……."

미르는 고민 따위는 하지 않는다는 듯 거침없었다. 소소는 이런 그의 모습은 처음 보았기에 더 골치가 아팠다. 그는 신하라면 신하의 도리를 다해야지, 남자로서 다가가는 건 있을 수 없는 일이라고 생각했다.

"일단 지금은 서요의 건강을 되찾는 일에만 신경 쓰자. 병에 걸린 이유는 개천이 오염되었기 때문이래. 가람과 함께 그 원인을 확인하고 왔거든."

하지만 미르는 현명하게, 소소를 설득하려 하기보다는 대화의 주제를 바꿨다. 그의 예상대로 소소는 흥분해서 목청을 높였다.

"개천이 오염되어 있었다고? 그 이유가 뭔데!"

"개천에서 소와 함께 그 물을 마시고 놀고 한 게 문제였어. 가람이 깨끗하게 정화해 놓은 개천에 소 떼가 물을 마시러 들어오니 오염 수치가 엄청나게 증가했거든."

"소가 가진 병이 사람에게 전염되었다는 얘기야?"

"응. 다만 사람만큼 소의 질병이 심각해 보이진 않았어. 사람에게 옮겨서 더 큰 증상을 초래한 것 같은데, 병에 걸린 원인이 따로 있나 더 살펴봐야 해. 우선 목장 주인에게 말은 해뒀어."

"……개천 말고 축사에서 물을 주라고?"

"응. 그 주인도 상태가 별로 좋아 보이지는 않았는데, 주인은 그걸 알고도 혹시 문제가 될까 봐 두려워서 그냥 입 다물고 있었나 봐."

미르는 아침의 일을 떠올렸다. 평소처럼 개천까지 소를 몰고 와 자유롭게 풀어놓지 않고 물을 길어 축사에서 준다면 병에 걸린 소를 통해 개천이 오염되는 일은 없을 터였다. 하지만 여전히 병을 고치는 방법에 대해선 알지 못했다. 가장 큰 문제가 남아 있는 것이다.

"약을 먹으면 호전이 되는 것 같다가 다시 심해져. 정말 방법이 없는 건가?"

소소는 열병을 앓는 서요를 안타까운 눈으로 바라보았다. 다른 피해자가 생기지 않게 된 건 다행이었지만 이미 병에 걸린 사람들이 많다는 게 문제였다. 동물의 병이 사람에게 전염된 거라면, 사람과 사람 간의 전염 가능성도 있을 터였다.

미르와 소소의 어깨가 축 처졌다. 그들은 서요의 아픔을 함께 나눠 가질 수가 없어서 가슴이 아렸다.

그때 의원의 문이 활짝 열리고 여러 명의 신관들이 어젯밤 미르와 가람이 부탁했던 물을 가지고 들어왔다. 가람이 직접 전달하면 그가 누군지 모르는 의원들은 들은 척도 하지 않을 것이니 일부러 마을 사람들의 신뢰를 받는 신관들에게 부탁한 것이었다.

"꼭 도움이 되었으면 좋겠습니다."

그들이 물이 담긴 병을 의원에게 건넸다. 안타까운 얼굴을 한 신관들의 뒤엔 가람이 서 있었다. 그는 그녀에게 매몰차게 함께 여정을 이어나가지 않을 거라고 말한 것 때문에 여전히 서요를 보는 게 어려워서 머뭇거렸다. 하지만 가람은 굳이 미르처럼 의원을 들르지 않아도 되었지만, 어젯밤 서요를 보고 가지 못한 게 마음에 걸려서 일부러 온 것이었다.

"너 거기서 뭐 하냐!"

미르는 그의 심정을 꿰뚫어보기라도 한 듯 일부러 윽박지르며 다가오게 만들었다. 그러자 가람이 조금 망설이다가 걸음을 옮기더니 간신히 그녀의 이름을 불렀다.

"서요님."

거의 기절 직전의 상태로 숨을 헐떡이던 서요는 그의 목소리를 듣고 눈을 가늘게 떴다.

"가람님?"

"어울리지 않게 왜 여기 누워 계십니까."

불퉁한 말투였지만 그녀는 그의 마음이 무엇인지 알기에 희미하게 웃어 보였다.

"그러게 말이에요. 저도…… 제가 한심해요."

서요의 말에 가람은 멋쩍은 표정을 지었다. 그의 모습에 미르와 소소의 입꼬리가 살짝 올라갔다.

"방금 전에 미르님에게 사건을 해결해 주셨다는 얘기를 들었어요. 감사해요."

기침을 반복하느라 그들의 대화에 끼어들 수 없을 뿐이지 서요도 전부 듣고 있었다.

"또, 가람님의 성수라면 큰 도움이 될 거라고 생각해요. 정말 새암에 가람님이 계셔서 다행이에요."

하룻밤 사이에 몰라볼 정도로 푹 꺼진 눈두덩 속 서요의 눈은 가람을 올려다보며 반짝반짝 빛나고 있었다. 가람은 진심 어린 그녀의 말을 듣고 고개를 끄덕이더니 일부러 더 짓궂게 굴었다.

"그걸 이제야 아셨습니까? 제가 바로 이런 남자입니다."

가람이 두 팔을 옆으로 쫙 펼치고 자기 자랑을 했다. 서요는 평소와 다를 바 없는 그의 모습에 흐뭇한 표정을 지었다.

"네. 잘 알아요."

"일단 저는 다시 가서 축사의 상태를 살펴볼 생각입니다."

"예. 소들이 왜 병에 걸렸는지 알 수 있을지도 몰라요."

서요가 구역질이 날 것 같은 입을 콱 틀어막고 간신히 말했다. 그녀는 가람과 조금 더 대화를 나누고 싶었지만 몸 상태가 따라주지 않았다.

"쉬십시오. 얼른 나으셔야 합니다. 미르, 가자."

가람이 의원을 떠나며 미르를 불렀다. 미르는 서요의 옆자리에 앉아 있다가 소소 쪽을 흘깃 바라보았다.

"이번에는 네가 가. 안 되겠다, 오늘은."

미르가 그녀의 곁에 있어야겠다고 고집하자 소소는 고개를 끄덕이며 바로 자리에서 일어섰다. 이 문제에 대해서 더 자세하게 파고들 필요가 있었다. 다만 미르와 서요 단둘이 남겨두는 게 신경 쓰일 뿐이었다. 이미 그의 확고한 결심을 보았기에 당당하게 요청하는 것을 막기도 어려웠지만 말이다.

"후…… 다녀오겠습니다, 서요님."

소소는 어쩔 수 없이 그 한마디를 내뱉고는 가람과 함께 의원을 나섰다. 환자들의 신음이 가득한 의원에서 미르는 서요의 가칠가칠한 손을 잡고 토닥였다.

"두려움에 잡아먹히면 안 돼."

"예. 저도 알고 있어요."

서요는 옆에서 잠든 아이를 바라보았다. 약해지려 할 때마다 정신을 똑바로 차려야 했다.

"너는 아직 모르겠지."

미르는 서요의 이마 위에 구름의 찬 기운을 모은 손을 얹었다. 그녀는 가물거리는 눈으로 미르를 바라보며 의아한 표정을 지었다.

'뭘 모른다는 거야? 그런데 이 차가운 손…… 예전에도 이랬던 적이 있는 것 같은데.'

서요가 떠오를 듯 떠오르지 않는 생각을 더듬을 때, 그가 그녀를 가리켰다.

"이 안에 얼마나 밝은 빛이 존재하는지 말이야."

그녀에겐 분명 세상을 밝힐 빛이 존재했다. 처음엔 남장한 서요를 보고 볼품없다고 생각했지만 이제는 아니었다. 그땐 미르가 그녀의 진가를 몰랐기에 그랬던 것뿐이었다.

"……빛이라면, 신녀의 능력이요?"

"신녀의 능력? 아니, 그냥 서요 너의 힘일 뿐이지."

신녀가 즉 서요이기에 미르의 말은 모순이었지만, 서요는 어쩐 일인지 그것이 무슨 뜻인지 알 것만 같았다. 아마도 간절히 해내고자 하는, 온전히 자신의 의지가 빚어낸 힘일 것이다.

미르는 골똘히 생각에 잠긴 서요를 바라보며 다시 입을 열었다. 그는 지금도 악착같이 잘 버티고 있지만 그녀에게 더 확실한 용기를 심어주고 싶었다.

"네 안의 빛이 너를 살릴 거야. 내가 보았던 서요 너의 빛은 아주 강하고 또 아름다웠거든. 그러니 아프지 마. 천상에 가서 행복하게 살아야지. 안 그래?"

이제 미르의 바람은 오직 그것이 되었다. 서요는 자신의 가슴 위에 손을 올려놓고 세차게 뛰어대는 심장을 느꼈다. 그의 말은 황홀하고 또 감동스러웠다. 힘없이 축 늘어졌던 몸에 순간적으로 다시 기운이 나는 것만 같은 착각이 들 정도였다. 미르는 참으로 신기한 사내였다.

"그럼요. 이렇게 죽긴 너무 억울하죠."

서요는 분명 밝게 말한다고 했으나 고열이 너무 심해 인상이 저절로 찌푸려졌다. 얼굴에선 식은땀이 주르륵 흘러내렸고, 눈이 뜨거워서 시야마저 흐릿했다. 서요는 아픈 티를 내고 싶지 않았기에 입술을 깨물며 나오려는 신음을 막았다.

"열이 점점 더 심해지는 것 같아."

그러나 불덩이처럼 뜨거운 몸은 숨길 수 없었다. 미르는 서요의 볼에 손등을 갖다 대더니 심각한 표정을 지었다. 차가운 손도 열을 내리는 탕약도 별로 소용이 없고, 시간이 흐를수록 체온은 점점 더 높아지는 것 같았다.

"이거라도 더 마시자. 땀을 너무 흘렸어."

미르가 가람의 성수가 담긴 호리병을 들었다. 서요는 고개를 끄덕이긴 했으나 몸을 일으키진 못했다. 그는 그녀의 상체를 한쪽 팔로 들어 올린 후 조심스럽게 자신의 품에 기대게 했다. 그리고 호리병에 담긴 물을 서요의 입으로 천천히 흘려보냈다.

주르륵.

하지만 거의 대부분이 입안으로는 들어가지 못하고 주변으로 흘러내렸다. 서요의 턱을 한 손으로 잡고 입술을 벌렸지만 그래도 마찬가지였다. 그녀는 열 때문에 거의 정신을 잃어가고 있었다.

"서요, 서요?"

그녀가 아무런 반응도 보이지 않자 그는 서요의 이름을 부르며 불안해했다. 미르는 고열을 견디지 못하고 쓰러진 서요가 가엾고 안타까웠다.

'조금만 기다려.'

미르는 호리병에 담긴 가람의 성수를 입에 머금고 천천히 서요의 입술로 향했다. 거칠어진 그녀의 입술은 가쁜 숨을 뱉어내고 있었다. 그리고 그가 머금고 있던 물이 그녀의 목을 타고 넘어갔다. 서요는 기절해 있는 상태에서도 바싹 마른 입안으로 들어온 물을 반겼다.

타오를 듯 뜨거웠던 식도가 천천히 식어갔다. 미르의 품과 손길은 서요에게 커다란 힘이 되었다. 잠깐 정신을 차린 그녀는 미르의 심란한 얼굴을 보고 살짝 미소를 지으며 그의 근심을 덜어주었다.

"조금 잘게요."

서요는 그 한마디를 내뱉고는 다시 눈을 감았다. 병을 앓고 있어서 그런지 그녀의 여린 몸은 전보다 더 가벼웠다. 미르는 안타까운 마음에 아랫입술만 깨물며 서요를 바닥에 살며시 눕혀주었다.

⊠

서요는 칠흑같이 어두운 공간을 헤매고 있었다.

"여기가 어디지? 꿈속인가?"

두려움이 가득한 그녀의 음성이 검은 공간에서 퍼져 나갔다. 서요는 그 어둠이 마치 몸을 아프게 하는 병마인 것 같아, 그것에 잡아먹히지 않기 위해서 더 필사적으로 내달렸다. 하지만 스며드는 어둠의 힘은 잔인하고 강력했다. 서요는 온몸이 검게 물들기 시작하자 두 팔로 어깨를 감싸며 비명을 질렀다. 그런 그녀의 머릿속에 갑자기 미르가 했던 말이 떠올랐다.

"네 안의 빛이 너를 살릴 거야. 내가 보았던 서요 너의 빛은 아주 강하고 또 아름다웠거든."

서요는 눈을 뜨고 미르가 말했던 그 빛을 끄집어내기 위해 노력했다. 별을 바라보며 강해지고 싶다는 생각을 했을 때, 그리고 하늘에서 떨어지는 소년을 구하기 위해 간절하게 빌었을 때 나타났던 그 빛을 말이다.

'아름다운 내 안의 빛, 나를 구하고 모두를 구할 수 있는 빛!'

신녀라는 직분을 가지고도 이렇게 멍청히 누워 있을 수만은 없었다. 그녀는 신을 부르짖으며 살기를 원하는 병자들을 반드시 구명해야 했다. 서요는 어떻게 해서든 어머니와 아버지가 그토록 바라왔던 신녀의 모습으로 깨어나고 싶었다.

"제발!"

그녀의 소원이 마음속에서 강렬하게 휘몰아치자, 사방을 뒤덮었던 어둠 사이로 빛이 쏟아져 들어오기 시작했다. 눈이 부실 정도로 환하고 밝은 빛이었다.

빛을 바라보는 서요의 눈이 황홀하게 풀렸다. 축축한 옷감이 햇볕을 받고 바싹 마르는 것처럼 상쾌하고 깨끗한 느낌이 들었다. 그녀는 빛을 어루만지면서 점차 편안하게 잠들었고, 아픈 몸은 자연스럽게 건강을 되찾았다.

어느새 밤이 되었다. 열이 내려 정상 체온으로 돌아온 서요는 정신을 차리고 눈을 떴다. 누군가 온몸을 때린 것 같은 근육통이 조금 남아 있긴 했지만 붉은 반점도 사라졌고 머리도 개운했다.

"설마……."

가슴이 벅차오른 서요의 입에서 탄성이 튀어나왔다. 미르는 그녀의 곁에서 잠시 눈을 감고 있다가 소리가 들리자마자 몸을 일으켰다.

"지금 일어난 거야?"

미르는 깜짝 놀란 얼굴로 그녀를 바라보았다. 성수를 마실 때만 해도 혼자 일어서지 못했던 서요는 멀쩡히 앉아 있었다.

"예, 일어났어요. 열이 좀 내려간 것 같아요. 아니, 좀이 아니라! 완전히!"

서요는 신비로운 일에 당황한 나머지 횡설수설했고, 미르는 바로 그녀의 이마에 손을 갖다 대고 열이 있나 확인해 보았다. 정말 그녀의 말대로, 그가 성수를 먹일 때까지만 해도 펄펄 끓던 이마는 언제 그랬냐는 듯 미지근해져 있었다.

"진짜 괜찮은 거야? 잠깐, 의원 불러올게."

그래도 미르는 완치되었다는 확답을 얻고 싶었기에 빠른 속도로 의원에게 갔다. 의원은 계속해서 환자를 돌본 여파로 구석에 앉아 꾸벅꾸벅 졸고 있었다.

"이봐!"

미르는 의원을 흔들어 깨워 급히 서요에게 데려갔다.

"반점이 모두 사라졌어?"

그는 서요의 상태를 진맥해 보고 오밤중에 잠이 다 달아나 버렸다. 그 정도로 그녀의 상태는 믿을 수 없을 만큼 빠르게 회복된 거였다. 의원은, 다른 환자와 달리 서요는 처방한 것도 별로 없었는데 벌써 완쾌가 되었다는 것에 더욱 놀랐다.

"예. 머리도 개운해요."

서요가 벅찬 표정으로 답했다. 그녀의 얼굴은 병을 앓는 다른 사람들처럼 핼쑥하긴 했지만 열에 의해 흐리멍덩하던 눈은 다시 총기를 찾았고 하얗던 입술도 혈색이 되돌아와 있었다.

의원은 가뿐해 보이는 그녀의 모습에 연신 감탄사를 내뱉었다.

"세상에, 이럴 수가!"

"정말 완전히 나은 거야?"

미르는 서요의 이마에 손을 짚은 의원을 바라보며 재촉하듯 물었다. 의원은 고개를 격렬하게 끄덕이며 그가 원하는 답을 해주었다.

"성수를 마신 다른 병자들도 조금 호전되는 기색을 보이긴 했지만 이건 정말 놀라운 일이오."

엄청난 성과를 눈앞에서 확인한 의원은 매우 흥분해 있었다. 미르는 서요가 병마와 싸워 잘 이겨낸 것이 기특하여 그녀를 끌어안으며 기뻐했고, 서요는 미르의 품에 안긴 것이 좋으면서도 병이 나은 이유에 대해 깊은 생각에 잠겼다.

'가람님의 성수 때문만은 아니야. 분명 내 안의 빛을 보았어. 그 빛이 나를 살린 거야.'

그녀가 보았던 찬란한 빛은 어둠을 밝혀주는 빛이기도 했고, 몸과 마음을 고쳐 주는 치유의 빛이기도 했다.

'그렇다면 그 빛을 지금 다시 끄집어낼 순 없을까?'

서요는 그런 생각을 하며 정신을 집중하기 시작했다. 이젠 꿈속이 아니라 현실에서 손끝에 빛을 만들어내고 싶었다.

"뭐 하는 거야?"

서요가 눈을 질끈 감고 끙끙거리자 미르는 황당한 얼굴로 물었다. 그녀는 뜻대로 잘 되지 않았기에 민망하게 웃으며 고개를 떨어뜨렸다. 서요는 차마 무엇 때문이라고 말할 수가 없었다. 서요 자신도 아직까지 그 힘의 정체에 대해서 잘 알지 못했고, 신녀의 힘이 아닐까 어렴풋이 짐작만 할 뿐이었다. 하지만 그럼에도 불구하고 그녀는 간절하게 생각했다.

'나만 살리는 빛은 필요 없어. 모두를 구하는 빛을 원한다고!'

그때 그녀의 옆에 누워 있던 소년이 잠에서 깨어나 울음을 터뜨렸다.

"흐어어엉!"

서요는 고통스러워하는 소년의 등을 토닥이며 달래주었다. 건장한 성인도 쉬이 정신을 차리지 못할 정도로 고된 병이었기에 연약한 아이들은 더 힘들 수밖에 없었다.

'괜찮다고, 다 잘 될 거라고, 나을 수 있을 거라고 수도 없이 말했잖아.'

서요는 소년에게 했던 자신의 말을 떠올리며 입술을 짓씹었다. 몸이

다 나았다고 해서 이곳을 혼자 벗어날 생각은 추호도 없었다. 마음을 굳게 먹은 그녀가 등잔불만 은은히 빛나는 어두운 공간에서 아이의 몸을 끌어안았다. 서요는 겨슬레에서 기적이 일어났을 때처럼 간절한 염원을 다시 한 번 가슴속에 아로새겼다.

"이게 무슨!"

그들을 지켜보던 의원이 놀라서 소리쳤다. 그녀는 우중충한 날을 단번에 타파하는 태양처럼 밝고 화사한 빛을 뿜어내고 있었다. 미르는 빛의 힘을 자신의 의지로 다룰 수 있게 된 서요를 바라보며 묘한 표정을 지었다.

"누, 누나?"

아이는 따사로운 빛 속에서 아픔이 사라지는 것을 느끼고 다급하게 그녀를 불렀다.

"가만히 있어."

서요는 깜짝 놀란 소년을 달래주며 자신의 빛을 끝까지 넘겨주었다. 그러자 뜨거웠던 소년의 몸은 점차 정상적인 체온을 되찾았다. 빛의 여신인 서요의 특별한 치유의 힘이었다.

"누나…… 누나 몸에서 빛이 나요! 내, 내 몸도!"

개천에서와 같은, 소년의 활기찬 목소리가 들려오자 그녀는 눈물이 나올 것만 같았다. 지금껏 신녀로 태어난 것을 원망했던 서요는 처음으로 자신의 존재를 감사히 여기게 되었다. 소년을 바라보는 서요의 코끝이 찡해졌다.

"어때? 괜찮아?"

서요의 물음에 소년은 얼떨떨하게 고개를 끄덕였다. 소년의 몸은 아주 깨끗하게 나았다. 그들의 모습을 보며 미르는 할 말을 잃어버렸다. 주인이라고 생각해 본 적 없는 서요에게 처음으로 경애심을 느꼈기 때문이었다. 사람을 살리는 빛은 지금껏 본 적 없는 대단한 능력이었다.

'역시 환웅님과 주영님의 딸…….'

그녀가 병을 이겨내고 병자들 또한 치료할 수 있게 된 건 기쁜 일이었지만 미르는 왠지 모르게 서운한 마음이 들었다. 서요가 자신을 덜 의지하게 될 것만 같았기 때문이었다.

"대체 누구십니까?"

그때 서요를 황홀하게 바라보던 의원이 조심스럽게 물었다. 그는 처음과 달리, 두 손을 가지런히 모으고 공손한 태도를 보이고 있었다.

"저는…… 글쎄요."

그녀는 자신을 어떻게 소개해야 할지 몰라 말끝을 흐렸다. 미르는 아무래도 좋다는 듯이 서요의 팔을 한 손으로 잡고 일으켰다.

"무사해서 다행이야."

기뻐하는 그를 향해 서요는 입꼬리를 말아 올렸다. 그녀는 불과 며칠 전만 해도 미르의 마음을 제대로 듣고 싶어서 귀를 쫑긋 세우고 있었지만 이젠 그럴 필요가 없어졌다. 단둘이 방에서 들었던 말도 있었지만 병마와 싸우는 동안 자신을 다정하게 보살펴 주었던 그의 모습이 이미 서요의 마음속에 깊이 박혀 있었다.

'미르님은 분명 나를 소중하게 여겨주시고 있어. 눈빛만 보아도 알 것 같아.'

그동안 몸이 아파 여유가 없던 서요의 심장이 다시 힘차게 뛰기 시작했다. 그녀는 초롱초롱한 눈빛으로 미르를 바라보며 입을 열었다.

"꿈에서 미르님이 말씀하셨던, 환하고 아름다운 빛을 봤어요. 그 빛이 정말 저를 살렸어요!"

미르의 그 말은 서요의 가슴속에 숨어 있던 능력에 불을 붙이는 도화선이 되었다. 그녀는 끝까지 곁을 지키며 용기를 북돋아준 미르가 너무도 고마웠다. 또한, 그를 보내준 천상에도 감사했다. 홀로 이 역경을 이겨내야 했다면 결코 순탄치 않았을 것이었다. 자칫하다가는 영영 능력을 깨닫지 못했을 수도 있었다.

"아직도 신기해요. 이 손끝에서 빛이 새나오는 것 말이에요."

서요가 자신의 손을 바라보며 감탄했다. 간혹 간절한 마음이 들 때 신비로운 힘이 발현된 적은 있었으나 이렇게 자신의 의지대로, 자유자재로 쓰게 된 것은 처음이었다. 사람을 살리고자 하는 마음을 굳건히 먹기만 하면 그녀의 몸에선 언제든지 밝은 빛이 뿜어져 나왔다. 미르는 그런 서요의 모습을 보며 생각에 잠겼다.

'나보다 더 강대한 존재가 될까 봐 서운해하는 꼴이라니, 너무 한심해서 말조차 할 수가 없군.'

미르가 알게 모르게 한숨을 내쉬고 있을 때, 뭔가 눈치챈 의원이 그녀 앞에 무릎을 꿇었다.

"시, 신녀님이십니까?"

의원은 믿을 수 없는 광경을 목격했기에, 이만한 일을 할 사람은 오직 신녀밖에는 없다고 생각했다. 성인이 되어 제사장의 역할을 수행해야 하지만 아직 행방불명 상태인 신녀 말이다.

치유의 빛에 취해 있던 서요는 그의 말에 낯빛이 하얗게 질렸다. 그가 저를 잡아갈 병사가 아님에도 정체를 들킬지도 모른다는 생각에 두려워졌다.

"신녀님이라니요. 저는 그저 잔재주를 부리는 무당일 뿐입니다."

그녀의 임기응변에도 의원은 존경 가득한 표정으로 서요를 바라보았다. 한낱 무당에 불과한 자가 이토록 놀라운 힘을 발휘할 리 없다고 생각한 것이다.

"무엇 때문인지는 모르겠으나 숨기시는 것이라면 모른 척 해드리겠습니다."

그는 끝까지 고집을 부렸다. 의원의 소신 있는 모습에 그녀는 두 손 두 발을 다 들고 말았다.

"부디 불쌍한 병자들에게 안식을 되찾아주시옵소서."

서요는 고개를 끄덕이며 소년의 병을 치료했던 것처럼 고통스러워하는 병자들에게 다가가 그들의 손을 일일이 잡으며 안타까워하는 마음에 간절함을 더했다. 그러자 거의 죽어가던 병자들이 가슴속에 퍼지는 환한 빛을 느끼고 잃었던 정신을 되찾았다.

천천히 자리에서 일어난 그들은 빛을 발하는 서요의 아름다운 모습에 넋을 잃어버렸다. 하늘에서 내려온 선녀가 있다면 바로 서요가 아닐까, 하는 생각마저 들 정도였다.

"이건 신녀가 아니라고 하는 게 더 우스운 일이잖아."

미르는 새삼스럽게 그녀의 기운을 느끼고 허탈해졌다. 그의 손은 뒷머리를 머쓱하게 긁적이고 있었다.

"분명 껌껌한 밤인데 그 어느 때보다 더 밝고 희망찬 아침 같아요."

그때 깨어난 아이들이 병자를 치료하는 서요를 바라보았다. 미르 또한 아이들의 심정에 공감했기에 고개를 끄덕이며 그들과 함께 놀라운 기적을 지켜보았다.

"감사합니다. 정말 감사합니다."

"이 은혜는 절대 잊지 않겠습니다."

병을 털고 일어난 환자들과 가족들이 그녀의 주변을 둘러쌌다. 서요는 반짝반짝한 그들의 눈빛이 부담스러웠으나 그래도 자신의 존재와 능력에 대해서 자부심을 느꼈다.

"병에 걸린 사람들은 이것으로 끝인가요?"

그녀의 물음에 의원들은 하나같이 고개를 끄덕였다. 물이 오염되는 것을 막고, 전염될 가능성이 높았던 병까지 치료했으니 새암의 재앙은 해결한 셈이었다.

서요는 그제야 마음을 놓고 자리에 주저앉았다. 병을 앓고 난 뒤였기에 평소와 달리 많이 약해져 있는 데다 정신을 집중하여 환자들을 치료하느라 더 기운이 빠져 버린 것이다.

"너무 무리한 거 아니야?"

힘을 소진하여 드러누운 서요의 옆에서 미르는 염려스러운 얼굴로 물었다. 그러나 그녀는 단호하게 고개를 내저으며 기분 좋은 미소를 입가에 드리웠다.

"아니요. 할 수 있을 때, 얼른 해야죠. 나중에 후회하지 않으려면."

그녀다운 말에 그는 못 말린다는 듯 한숨을 내쉬었다. 그런 서요의 뒤엔 여전히 감사를 표하는 이들의 소리가 들려오고 있었다. 그녀는 이제 의원에서의 밤이 무섭지 않았다. 어느새 의원엔 희망의 빛이 가득 차 있었다.

새암 마을에 해가 떠오르기 시작했다. 완전히 곯아떨어졌던 서요는 의원의 지창으로 쏟아져 들어오는 햇빛을 받고 눈을 떴다.

"후아아암."

한가로운 하품이 절로 나왔다. 아무 걱정 없이 잠든 덕분에 그녀의 얼굴은 말간 기색이 조금씩 돌아오고 있었다.

서요는 제 옆에서 잠들어 있는 미르의 얼굴을 신기하게 바라보았다. 자신이 깨기만 하면 그는 언제 잠을 잤냐는 듯 바로 일어났기 때문이었다.

'미르님도 긴장이 풀린 건가.'

서요의 눈에 이채가 어렸다. 그녀는 자신도 모르게 손가락을 뻗어 미르의 매끈한 살결을 만져 보았다.

'와, 부드러워. 어쩜 이렇지.'

그녀는 속으로 감탄하며 그의 볼을 계속 어루만졌다. 피부뿐만 아니라 모든 이목구비가 단정하고 멋있었기에 눈을 뗄 수가 없었다.

'입술…….'

그러다가 서요의 시선이 굳게 다물린 미르의 입술에 머물렀다. 그녀는 마른침을 꿀꺽 삼키며 볼을 어루만지던 손을 입술 쪽으로 옮기기 시작했다.

'조금만, 조금만 더!'

그녀의 손가락이 미르의 입술 위에 내려앉기 일보 직전일 때였다. 그가 눈을 번쩍 뜨고는 강렬한 남빛 눈동자로 그녀를 올려다보았다.

"뭐 하는 거야?"

미르가 씩 웃으며 서요에게 물었다. 그녀는 귀신이라도 본 듯 깜짝 놀라서 굳었다.

"왜, 만지고 싶어?"

그는 짓궂은 농을 하며 서요의 한쪽 손을 끌어당겼다. 그리고 그 손을 자신의 입술 위에 올려놓으며 좌우로 문질렀다. 서요의 손가락에 미르의 부드러운 입술 감촉이 노골적으로 느껴졌다.

"그, 그만해요!"

당황한 나머지 서요는 벌게진 얼굴로 소리쳤다. 미르는 상체를 가볍게 일으킨 후 두 손을 부여잡고 어쩔 줄 몰라 하는 서요의 모습을 지그시 응시했다. 미르는 사실 서요가 깨어나 자신을 내려다볼 때부터 정신을 차리고 있었다. 하나 그녀가 무슨 행동을 하는지 궁금해서 가만히 있었던 것뿐이었다.

'장난이라 해도 위험하다고. 아주 많이.'

아랫입술을 살짝 깨문 그가 도발적인 표정을 지었다. 서요는 헛기침을 하다가 미르의 얼굴을 보고 기겁하며 자리를 피했다. 그의 마음을 알기에 더욱 조심해야 했는데 벌써부터 실수하고 말았다. 구석에 머리를 처박은 서요는 두근거리는 심장을 진정시키기 위해서 노력했다. 그녀는 아직 혼란스러운 감정의 바다에서 허우적거리고 있었다.

"자자, 모두 일어나시오."

그때, 지금까지 병자들을 돌보는 데 최선을 다한 의원이 문을 활짝 열고 소리쳤다. 의원들의 얼굴엔 처음으로 웃음꽃이 피어 있었다.

"아침이 되었으니 조금 더 치료를 받고 싶은 사람은 남고, 그렇지 않은 사람은 훌훌 털고 나가시오!"

그들은 이 말을 하기까지의, 힘들었던 지난날이 떠오르자 마음이 울컥했다. 병을 이겨내고 일어선 환자들을 바라보는 그들의 눈가는 촉촉하게 젖어 있었다.

서요는 옷매무시를 가다듬고 천천히 밖으로 나갔다. 바깥 공기는 이루 말할 수 없을 만큼 맑고 상쾌했다. 기다렸다는 듯 서요의 뒤를 따라나선 사람들은 만세를 부르며 그녀에 대한 존경과 기쁨을 한꺼번에 표출했다.

"신녀님이 나타나셨다!"

"드디어 하늘의 분노가 가라앉게 되었어!"

"신녀님. 조선을 구원해 주시옵소서!"

한 맺힌 말들이 서요의 가슴에 박혔지만, 그녀는 일단 소리를 지르는 그들을 향해 입술에 검지를 가져다 댔다. 의원처럼 그들 또한 그녀를 이미 신녀로 인식한 모양이었다.

"아니에요, 아니에요. 제발, 조용히 해주세요. 그것만이 제가 바라는 거예요."

서요는 저에 대한 정보가 새어 나가지 않을까 하는 걱정 때문에 마음이 불편했다. 사람들은 그녀의 사정을 다 알지는 못했지만 서요의 간절한 부탁에 알겠다며 고개를 끄덕였다.

"하…… 얼른 가람님과 소소님 만나러 가요. 아직 축사에 계실까요?"

서요는 크게 심호흡을 한 후 뒤따라 나온 미르에게 물었다. 그는 고개를 끄덕였다.

"글쎄. 아마 그렇지 않을까 싶은데. 가볼까?"

"네, 얼른 가요."
서요와 미르가 다급하게 목장으로 걸어 올라가기 시작했다. 새암에서 샘물을 찾아야 하는 그들은 예상치 못하게 정체가 드러나 버려 걱정되는 일이 한두 가지가 아니었다.
어느덧 그들이 목장 입구에 다다랐다. 축사의 허름한 지붕 위엔 어쩐 일인지 가람과 소소가 위태로운 모습으로 올라가 있었다.
"가람님! 소소님!"
서요가 입 주변에 두 손을 대고 큰 소리로 그들을 불렀다. 가람과 소소는 둥지를 살펴보다가 소리가 들리는 쪽으로 고개를 돌렸다.
"서요님?"
병상에 누워 있어야 할 그녀가 자리에서 방방 뛰고 있자 그들은 황급히 지상으로 내려왔다.
"대체 어떻게 된 일입니까?"
걱정이 한껏 담긴 소소의 말에 서요는 볼우물을 만들며 수줍게 웃었다.
"저 이제 괜찮아요. 다른 환자분들도 다 나았어요."
"예? 갑자기요?"
"빛을 다룰 줄 알게 되었거든요."
의아해하는 그들에게 서요는 자신의 빛을 보여주었다. 서요의 모습에 충격을 받은 소소와 가람은 그 자리에서 굳어버렸다. 서요는 기상신들의 예상보다 더 놀라운 성장을 보이고 있었다. 아직 자신이 여신이라는 것을 깨닫지는 못한 모양이지만 그조차도 얼마 걸리지 않을 것 같았다.
"그런데 지붕 위에서 뭘 하고 계셨어요?"
서요의 물음에 소소는 얼른 정신을 차리고 답했다.
"아. 축사를 살피던 중 건초 더미에 이상한 변이 섞여 있는 것을 보았습니다. 지붕 위에 올라가 보니, 역시나 제비집이 많이 있더군요."

"아, 제비 둥지면 새암에 철새가 머물렀던 거군요?"

"예. 둥지만 남아 있었습니다."

그녀는 군데군데 내려앉은 낡은 지붕을 바라보며 깊은 생각에 빠졌다. 서까래에 집을 짓고 생활한 제비들의 변이 소가 먹는 풀에 들어간 모양이었다. 철새는 무리를 지어 날아다니면서 멋진 장관을 연출하기도 했지만 이처럼 알 수 없는 전염병을 몰고 오기도 했다.

"지금으로서는 그게 가장 의심이 되네요. 수고하셨어요."

떠난 철새를 다시 잡아와 알아볼 수도 없으니, 전염병 소동은 이렇게 끝낼 수밖에 없었다.

"그럼 서요님, 소들도 치료해 주실 수 있으십니까? 목장 주인이 재산을 다 잃게 생겼다고 울부짖고 난리도 아니어서……."

가람은 어제부터 목장 주인의 울음소리를 지겹게 들었던 터라 귀가 다 따가울 지경이었다. 서요는 당연히 그러겠다며 축사 안으로 들어갔다. 목장 주인에게는 옷을 빌려 입기도 했었으니 은혜를 갚는 셈이었다.

"소들이 무슨 잘못이 있겠어요."

새암의 역병은 자연에서 일어나는 무수히 많은 일들 중 하나일 뿐이었다. 그녀는 기운 없이 축 늘어진 소 무리를 바라보며 인간을 치료할 때와 똑같이 환한 빛을 건네주었다. 그 광경을 지켜보던 소소는 서요에 대한 충성심을 다시 한 번 굳건히 다졌고, 가람은 서요가 천상의 주인이 되면 어떨까, 하는 상상을 했다.

"이렇게 끝이 난 건가."

그녀가 모든 일을 마치고 축사 밖으로 나오자 미르는 파란 하늘을 올려다보며 혼잣말을 했다. 며칠 사이 굉장히 많은 일들이 지나간 것 같았다.

그들이 푸른 초원을 천천히 거닐었다. 아주 오랜만에 느끼는 평화로운 분위기였다.

"저 개천을 가람님께서 정화해 주셨다지요?"
서요가 손가락으로 아이들과 함께 놀았던 개천을 가리키며 물었다. 가람은 장난스럽게 웃으면서 고개를 끄덕였다.
그들이 개천에 가까이 다가갔을 때였다. 서요의 목걸이에서 찬연한 빛이 뿜어져 나오기 시작하더니, 그 빛이 어느새 개천의 물을 끌어당겼다.
"뭐, 뭐예요? 설마?"
경악 어린 서요의 말이 끝나자마자 새암의 샘물이 그녀의 앞으로 다가왔다. 빛은 시간이 지나자 물빛 색상의 호리병이 되었고, 그 안으로 샘물이 들어갔다. 겨슬레의 명검이 스스로 날아와 작아졌을 때처럼 신비로운 일에 그녀는 입을 벌리며 놀라워했다.
"왜 갑자기 저 개천이……."
개천은 얼마 전에도 서요 일행이 왔던 곳이었다. 그런데 지금 와서 목걸이가 샘물이라고 끌어당긴 것으로 보아하니 무언가 있는 모양이었다. 그리고 가람은 그 의미를 단번에 알아차렸다.
'새암의 샘물이 오염되지 않은 깨끗한 물이었단 말이야? 그러니까 결국…….'
그는 자신이 샘물을 찾는 데 일등 공신이 되어버린 것을 깨닫자 뒷목이 뻐근했다. 사람들을 구한 것이기에 잘못되었다고 하기도 힘들었다.
'할 수밖에 없게 만들었어. 이런 상황이 되면 거부하지 못할 거라는 걸 알고서.'
가람이 인상을 찌푸리며 머리카락을 마구 헝클어뜨렸다. 그는 하늘을 향해 욕지거리라도 내뱉고 싶은 심정이었다.
"가람님, 아무래도…… 새암의 샘물은."
서요는 조심스럽게 말하며 그에게 다가갔다.
"압니다. 저도 알아요."

가람은 심란한 얼굴로 그녀에게서 등을 돌렸다. 환웅의 뜻에 완전히 걸려든 것 같아서 화가 나기도 했지만 앞으로 어떻게 해야 할지 고민이 되었던 것이다.

"가람님이 아니었으면 절대 해낼 수 없었을 거예요."

서요는 뒤돌아선 가람을 향해 애절하게 말했다. 그녀는 그를 놓치고 싶지 않았다.

"일이 이렇게 되어버린 건 어쩔 수 없네요."

가람의 허탈한 목소리가 허공으로 퍼져 나갔다. 서요는 마른침을 꿀꺽 삼키고 그의 결정을 초조하게 기다렸다.

"저는 이만 가보겠습니다."

하지만 결국 가람의 마음이 바뀌지 않자 서요는 그의 앞을 막아섰다. 그녀는 자신이 이기적이라는 것을 알긴 했지만 그럼에도 불구하고 가만히 있을 수 없었다.

"가람님!"

그녀가 그의 이름을 간절하게 불렀다. 가람은 딱딱한 표정으로 그녀를 보았다.

"저는 이 일이 끝나면 미르에게 보지 말자고 했습니다."

"그건 미르님과의 약속일 뿐, 저는 싫어요. 새암의 산천을 지켜준 건 가람님이에요. 새암의 샘물을 찾는 과정도 결국 새암에 이로운 일이었고요. 그러니 가람님도 함께한 거잖아요."

서요의 말은 그도 잘 알고 있는 바였다. 천상으로 올라가기 위한 임무가 조선을 위한 일이고, 그런 경험을 통해 서요를 비롯한 기상신들이 성장한다는 것을 말이다. 그렇기에 가람은 더욱 반항하고 싶었다. 새암에서 일이 꼬여 버리고 말았지만 그 마음이 쉽게 변하진 않을 것 같았다. 그는 자신의 앞을 막아선 서요의 얼굴을 똑바로 응시했다.

'안전을 위해서라지만 나를 가두다시피 한 환웅님이 아니라, 서요님이

천상의 주인이 된다면 그래도 좋지 않을까…… 그런다고 내 울분이 가시진 않겠지만.'

가람은 그리 생각하면서 고심 끝에 입을 열었다.

"하아…… 서요님. 천상은 제게 그다지 좋은 곳이 아니었습니다."

그는 자신이 어렸을 때 무슨 일이 있었는지, 왜 환웅의 뜻을 따르고 싶지 않은 것인지 얘기했다. 가람의 말에 충격을 받은 서요는 연신 입술을 깨물다가 조심스럽게 말했다.

"우리 모두 함께라면 그래도 좋은 곳이 될 수 있지 않을까요?"

"이상적인 말씀을 하시는군요."

"그리 불만이면 차라리 올라가서 다 깨부숴. 조선 땅에서 얼마나 썩겠다는 거야. 계속 도망치는 거랑 뭐가 달라?"

서요와 가람의 대치에 불안해하던 미르는 홧김에 소리쳤다. 서요는 깜짝 놀랐고, 가람은 피식 웃었다.

"놀랍겠지만 나 또한 같은 생각이다."

그리고 소소 또한 처음으로 미르가 제시한 폭력적인 방법에 동의했다. 가람이 환웅의 뜻이기에 임무 수행을 하고 싶지 않다고 고집을 부려도, 어차피 그가 신인 이상 종착지는 결국 천상이었다.

"피할 수 없다면 즐기라는 거냐."

가람이 머리를 헝클어뜨렸다. 미르와 소소는 서요처럼 가람의 앞을 막아서며 고개를 끄덕였다. 가람은 그들의 말을 듣고 일생일대의 고민에 빠졌다.

한참 뒤, 가람이 심각한 표정으로 말문을 열었다.

"그래. 그럼…… 어디 끝까지 가보자."

가람은 자신의 분노의 끝이 어디까지인지는 가늠할 수 없었으나, 이렇게 된 이상 정면 승부를 하리라 작심했다. 환웅의 뜻에 놀아나는 느낌이라 싫었지만 미르가 내린 답이 그의 고집을 무너뜨리지 않으면서도 수긍이 갔던 것이다.

게다가 아무것도 모르기에 더 순수하고 열정적인 서요를 모질게 쳐낼 수도 없었다. 어쩌면 신들의 뜻대로 망나니를 자처하며 사고를 치는 것보다 이러는 편이 오래도록 응집된 울분을 풀 수 있는 좋은 기회가 될지도 몰랐다.

'능력을 제어하지 못해서 예랑을 죽게 한 건 당연히 벌을 받아야 했어. 하지만 환웅님은 내가 능력을 완벽히 조절할 수 있을 때에도 나를 위험한 신으로 취급했지. 그 때문에 천상에서 외톨이가 되었고, 지금도 여전히 어두운 굴속에 갇혀 있는 것만 같아.'

가람은 그동안 혼자 감내해 왔던 아픔을 깨끗하게 털어버리고 싶었다. 그리고 처음으로 서요와 기상신들에게 조금의 동지애를 느끼기도 했다. 참으로 신기한 일이었다.

"정말, 정말이요?"

서요는 함께하겠다는 의미가 담긴 가람의 말에 펄쩍 뛰며 좋아했다. 미르와 소소 역시 안도의 숨을 내쉬며 가슴을 쓸어내렸다. 어디로 튈지 모르는 가람을 붙잡아야 했는데 참으로 잘된 일이었다.

가람이 서요에게 말했다.

"네. 저들이 제 성질을 건드리네요. 저를 도망만 치는 등신으로 만들지 않았습니까. 그리고 서요님의 진심도 조금 도움이 되었습니다."

가람이 무거웠던 분위기와 달리 평소처럼 장난기 가득한 얼굴로 한쪽 눈을 찡긋하자 서요는 환한 미소를 지었다. 짓궂은 모습도, 차갑고 어두운 모습도 전부 그였다. 그녀는 이제 어떤 모습의 가람이든 더 이상 낯설지 않았다.

"그럼 샘물도 찾았으니 새암을 떠납시다."

소소가 기분 좋게 앞장섰다. 그의 뒤를 서요와 미르 그리고 가람이 따랐다. 그들이 오랜만에 보폭을 맞춰 내딛는 걸음은 민들레 홀씨처럼 가볍고 상쾌했다.

그들이 막 새암 장터를 가로지를 때였다.

"어디 가십니까!"

익숙한 신관의 목소리가 우렁차게 들려왔다. 우사신전의 신관들은 저 멀리서 그들을 발견하고 달려와 바로 무릎을 꿇었다.

"의원에게 모두 들었습니다. 이분께서 천왕신전을 비롯하여 이 땅의 모든 신관들이 기다려 온 신녀님이시라는 것을요."

신관은 가람을 볼 때도 그랬지만 신녀는 이제야 막 알았기에 목소리가 떨렸다. 반면 서요는 그의 말을 듣고 난감한 듯 머리를 긁적였다. 늘 도망만 다니다 보니 이러한 대접은 영 익숙하지 않았다.

"제가 맞긴 하지만……."

어쩔 줄 몰라 하던 서요는 간신히 입을 열긴 했으나 그다음에 무어라 말을 해야 할지 알 수 없었다.

'그들이 원하는 대로 이 땅에서 신의 말씀을 전해주어야 하는 건가? 아무리 그동안 부모님께 신녀의 소명에 대해서 귀가 닳도록 들어왔다고는 하지만 아직 두려운 것투성인데…….'

능력을 어느 정도 부릴 수 있게 된 만큼, 그녀는 예전과 같이 자신이 무력하여 신녀 노릇을 할 수 없다고 부정하는 것이 민망했다. 용기만 있다면 그들의 편에 서서 폭군인 자민과 맞설 수 있을지도 몰랐다.

하지만 신녀로서 백성들을 도와주고자 한다면 천상이 아니라 천왕신전으로 가야 하는데, 지금은 천상으로 올라가기 위한 다음 임무를 수행하기 위해 새암을 떠나는 시점이었다. 지금 막 가람이 함께하겠다고 한 참이라 천왕신전으로 향하는 건 곤란했다.

"드디어! 드디어 찾아와 주셨군요. 신녀님! 소인은 지금 죽어도 여한이 없습니다."

"만백성이 신녀님을 기다리고 있었습니다. 어서 아사달의 천왕신전으로 향하시지요."

신관들은 지금 당장에라도 서요를 보좌할 준비가 되었다는 듯, 눈을 초롱초롱하게 반짝였다. 그들의 부담스러운 눈빛에 그녀는 자신도 모르게 움찔하며 슬금슬금 뒷걸음질을 쳤다.

서요는 과거엔 대신관 아버지와 무당 어머니의 보호를 받았고, 지금은 든든한 기상신들이 곁에 있었기에 자신이 누군가를 책임져야 한다는 것이 굉장히 부담스러웠다. 아무리 능력을 알아가고 있다지만, 만백성을 보살핀다는 생각은 아직 해보지 못한 것이었다.

"저, 저는…… 저는 그러니까."

서요가 말을 더듬으며 당황스러워하자 미르가 그녀의 손을 잡고 나섰다.

"지금은 상황이 별로 좋지 않으니까 서요에게 너무 큰 짐을 주지 마."

미르의 말에 신관들은 표정을 굳혔다. 좋지 않은 상황이라는 건 그들 또한 잘 알고 있었다. 자민이 알게 모르게 신전을 탄압하고 차별하며 신성한 존재인 신녀까지 죽이려 한다는 것을 말이다. 다만 그렇기에 더욱 힘을 모으고 백성들의 지지를 받아야 했다.

"하루빨리 제사장이 되실 수 있도록 모든 신전의 신관들이 힘을 합쳐 신녀님을 돕겠습니다. 허락해 주십시오."

신관들은 물러서지 않고 굳건하게 신념을 지켰다. 그들의 간절한 바람에 서요는 이제 더 이상 보호만 받고 있을 수는 없다는 생각이 들었다. 그녀는 한 발짝 앞으로 나아가는 것조차 힘겹고 두려웠지만, 그들이 구원을 바라고 내민 손을 차마 뿌리칠 수 없었다.

"결국, 이렇게 되어버린 건가."

신관들을 지켜보던 가람이 한숨을 푹 내쉬었다. 소소는 그게 대체 무슨 말이냐는 듯 날카로운 눈빛을 보냈다.

"사실 소소 네가 아사달에서 병사들의 동향을 살펴 본 것처럼 나는 서요님의 힘이 되어줄 신전들을 통합하라는 명을 받았거든."

"뭐? 그 명이 뭔지 기억 안 난다며!"

"그걸 진짜로 믿었냐?"

그는 왜 이렇게 순진하냐며 쯧쯧 혀를 찼다. 일이 이렇게 되어버린 이상 속 시원하게 까버리긴 했지만, 이건 결코 가람이 의도한 게 아니었다.

'신전을 찾았던 건 전혀 다른 이유였는데, 결국은…… 웃기지도 않아.'

샐그러진 가람의 눈은 파란 하늘을 쏘아보았고, 소소와 미르는 그런 그를 어이없다는 얼굴로 바라보았다.

"정말로 세상이, 조선 사람들이 저를 원하고 있는 건가요? 신의 말씀도 필요하고요?"

그때 깊은 생각에 잠겨 있던 서요가 신관들에게 물었다. 인간들의 세상을 만들고자 노력하던 해문이 떠올랐다. 그는 신의 존재를 믿지 않았으며, 자기 나름대로 조선을 올바르게 통치하고자 노력하고 있었다.

"그렇습니다. 신녀님, 천왕신전으로 가시기 전에 새암의 병자들과 저희가 감사를 표할 수 있게 잠시 이곳에 머물러 주십시오."

신관들은, 신인 가람을 비롯해 그와 비슷한 존재인 소소와 미르 그리고 신녀인 서요가 새암에 베풀어준 은덕에 반드시 보은하고 싶었다. 서요는 그들의 간절한 청을 거절할 수 없었기에 어쩔 수 없이 고개를 끄덕였다.

"괜찮은 거야?"

미르는 그녀의 표정이 좋지 않았기에 걱정스러운 얼굴로 물었다. 서요는 입꼬리를 억지로 끌어 올렸다.

"하루 정도는…… 머물러도 괜찮을 거예요."

"아니, 그거 말고, 네 마음 말이야."

"제 마음이요? 글쎄요. 잘 모르겠어요."

그렇지 않아도 마음이 어수선했던 서요는 고개를 들어 올려 파란 하늘을 응시했다. 그녀는 닿고 싶은 천상과, 혼란스러워서 신녀의 힘이 필요한 지상 사이에서 갈등했다.

그을린 얼굴의 병사가 가쁜 숨을 내쉬며 탁 트인 누각에 올랐다. 그곳엔 뒷짐을 지고 아사달의 풍광을 지켜보는, 장군 재부가 있었다.

"헉헉! 장군님! 드디어 신고가 들어왔습니다!"

급하게 내뱉는 부하 병사의 말에 재부는 완전히 흥분해서 콧김을 뿜었다.

"뭐라? 어디서!"

"겨슬레라고 합니다. 방이 붙자마자, 그런 사람을 보았다는 신고가 속출하고 있습니다."

재부는 의외라는 듯, 거칠거칠하게 돋아난 수염을 한 손으로 문질렀다. 겨슬레는 대장장이들이 모여 사는 꽤 큰 규모의 마을이었다. 그는 희한한 능력을 부리고 떠난 신녀 계집이 대체 무엇을 하기 위해 그곳에 머무른 건지 궁금증이 샘솟았다.

그러나 곧 그것과는 별개로 재부의 속이 부글부글 끓어올랐다. 다 잡은 신녀를 눈앞에서 놓쳤다는 것 때문에 왕검 자민에게 벌레보다 못한 취급을 받고 있었으니 재부는 그녀를 도저히 가만둘 수가 없었다.

"두 번 실수는 없다. 당장 겨슬레로 떠날 준비를 하여라!"

벽력같이 내지르는 재부의 음성에 병사는 부리나케 앞으로 달려 나갔다. 장군 재부가 이끄는 군대는 다시 먼 길을 떠나야 할 것이었다.

한편 겨슬레로 떠난 재부 군의 소식을 들은 해문은 심각한 얼굴로 동궁을 돌아다녔다.

"하아…… 올 것이 왔군."

겨슬레에서 서요의 얼굴을 본 자들이 많았던 만큼, 백성들이 누구의 용모파기인지 알아보는 것은 당연한 일이었는데도 해문은 가슴이 절벽 아래로 떨어지는 기분을 느꼈다. 그는 서요와 떨어져 있을수록 그녀가 보고 싶었고, 서요가 신녀임을 아는 지금에도 그녀에 대해서 더 알고 싶은 감정이 생겼다.

"앞으로의 일을 위해서라도 반드시 막아야 해."

해문은 다시 한 번 마음을 굳게 먹었다. 아무 대책 없이 신녀를 죽이는 우를 범하지 않도록, 그녀를 안전하게 지키겠다고 말이다. 의지를 담은 그의 눈이 독기를 품고 번뜩였다.

'아바마마를 설득해서 속히 낭자를 찾으러 떠나야겠어.'

해문은 어느새 그녀를 지키고 자신의 것으로 만들겠다는 집념에 불타고 있었다.

서요와 기상신들을 위한 잔치가 있기 전, 역병으로 죽은 사람들을 위한 의식이 엄숙하게 거행되었다. 양지 바른 곳에 시신을 묻고 합동 제사를 치른 후 어둑어둑한 해거름이 되자 유가족들은 집으로 들어가 병자들이 생전에 쓰던 물건들을 들고 나왔다.

"뭘 하는 거죠?"

강가에 모이기 시작하는 사람들을 보며 서요가 의아한 얼굴로 묻자 그녀 옆에 꼭 붙어 있던 신관들이 차분하게 설명했다.

"새암 마을의 전통 의식으로 죽은 이들의 물건들을 저 나룻배에 담아 보내는 것입니다. 이곳에서 물은 평안한 안식을 의미하기에, 저 세상에서 행복하기를 사람들 모두가 염원하는 것이지요."

"물의 마을에서 지낸 사람을 다시 물로 되돌려 보낸다는 의미도 담겨 있습니다."

서요는 그제야 이해가 간다는 듯 고개를 끄덕였다. 의식은 꽤 엄숙하게 진행되었다. 유가족들은 정들었던 물건들을 나룻배에 담았고, 밤이 되자 다 같이 그 배를 강가로 밀어 넣었다.

"마음이 아파요. 제가 조금만 더 빨리 이곳에 도착해서 힘을 발휘했더라면……."

온갖 꽃과 물건들로 가득한 나룻배가 물길을 따라 움직이기 시작하자 서요는 안타까운 표정을 지었다. 나룻배가 흘러가는 대로, 강가를 따라 걸음을 옮기던 기상신들은 그런 그녀를 바라보며 거의 동시에 고개를 내저었다. 그들은 절대로 그렇게 생각하지 않았다.

"그냥 기도해. 지금 저들이 바라는 건 신녀의 은총이니까."

미르는 서요가 안타까워하는 것은 어쩔 수 없다고 생각하며 그저 지금 해야 되는 일에 대해서 일러주었다. 그녀는 그렇게, 늦어버린 것에 대한 죄책감을 곱씹으며 죽은 이들의 넋을 위로했다. 그것만으로도 그녀가 신녀임을 아는 자들은 슬픔이 달래질 터였다.

죽은 이들에 대한 의식은 모두 끝이 났다. 이제 남은 것은 새암을 찾아와 기적을 행한 서요와 기상신들을 위한 잔치였다.

"이, 이래도 되는 건지 모르겠어요. 제삿날인데."

서요와 기상신들은 꼼짝없이 상 앞에 앉아서 당혹스러운 표정을 지었다. 겨슬레에서의, 휘빈을 위한 잔치보다 더 규모가 크고 화려했기 때문이었다.

"괜찮습니다. 제삿날이기에 함께 술을 마실 수 있는 것입니다. 그리고 이건 저희들이 가져온 신주이기도 하고요."

신관의 말에도 그녀는 영 불편한지 온몸을 바스댔다. 누군가가 자신을 위해 이런 큰 잔치를 벌여주는 것은 처음이었다.

잠시 후, 신관 한 명이 자리에서 일어나 그들을 가리키며 소리쳤다.
"새암 마을의 역병을 물리치고 조선의 빛이 되어주신 분들입니다!"
우렁차게 소개하는 소리에 깜짝 놀란 그녀는 그 자리에서 굳어버렸다. 어차피 잔치에 참여한 사람들은 모두 서요의 정체를 알고 있었지만, 이렇게 공개적인 장소에서 공표하게 될 줄은 몰랐던 것이다. 하늘이 내린 신녀임에도 이렇게 불안한 건 전부 왕검 자민이 서요를 죽이려 하기 때문이었다.
"신녀님이 찾아와 주셔서 얼마나 감사한지 모릅니다."
"하늘이 내린 기적입니다. 기적!"
상석에 앉아 온갖 찬양의 말을 듣던 서요는 휘빈과 겨슬레 장인들의 모습이 떠올랐다. 그녀는 그들이 우러러보던 휘빈을 매우 부러워했던 적이 있었다. 휘빈의 강한 능력과 아름다운 미모, 그리고 당당한 태도를 말이다.
"마음이 무겁네."
그러나 우러름을 받는 건 생각했던 것보다 더 불편하고 부담스러웠다. 그녀는 직접 겪어보고서야 그 무게를 느낄 수 있었다. 기뻐하는 사람들을 보며 서요의 고민은 시간이 지날수록 깊어졌다.
"오오! 서요님! 안 드신다고 하시더니, 쭉쭉 잘도 들어갑니다."
가람이 술을 들이켜는 서요를 바라보며 휘파람을 불었다. 그녀는 당장 결정할 수 없는 문제들이 한꺼번에 들이닥치자 답답한 마음에 술에 손을 댔다.
"서요님…… 그만 드시는 게 좋을 것 같습니다."
서요가 완전히 풀린 눈으로 온몸을 흔들고 있자 소소는 말리기 위해 손을 뻗었다. 그러나 다 귀찮다는 듯이 팔을 휘휘 젓는 그녀 때문에 그의 행동은 수포로 돌아가고 말았다.
"싫어요! 다 마셔 버릴 거야!"

서요는 입술을 뾰로통하게 내밀며 성을 냈다. 평소와 전혀 다른, 앙탈을 부리는 모습에 옆자리에 앉아 있던 소소는 깜짝 놀랐지만 그래도 그녀의 손에 들린 술병을 뺏으려는 움직임은 멈추지 않았다.

"어어! 뭐 하는 거예요! 이리 안 줘요? 줘요!"

"안 됩니다. 그만 드십시오."

서요가 손을 쭉 뻗어 술병을 가져오려 하자 소소는 몸을 뒤로 밀며 피했다. 그럼에도 불구하고 허우적거리던 서요의 팔이 소소의 목을 감쌌고, 그의 얼굴은 졸지에 그녀의 가슴에 파묻혀 버리고 말았다.

그 전까지만 해도 그들의 싸움을 피식 웃으며 지켜보던 미르는 살벌한 얼굴로 자리에서 벌떡 일어섰다.

"아싸! 찾았다. 헤헤."

뜻밖의 접촉으로 소소는 완전히 굳어버렸고, 어이없는 상황에 화가 난 미르를 알 리 없는 서요는 그저 술병을 다시 쟁취했다는 것에 바보 같은 웃음을 지었다.

"미치겠군."

공터를 밝힌 횃불보다 더 빨간 소소의 얼굴을 보며, 미르는 열이 솟구쳤다. 분명 서요가 얼결에 그를 안은 모양새를 하고 있었다.

포근하고 물컹한 가슴을 느껴 버린 소소는 고개를 푹 숙이고 당혹스러워했다. 지금 서요는 제정신이 아니었기에 의미를 두지 않아야 했지만 이미 느껴 버린 뒤라 그게 쉽지 않았다.

"인사불성이 될 생각이야? 지금 이런 거면 그땐 도대체!"

미르가 울분에 차서 외쳤다. 그는 천문관 숲 속의 별당에서 세자 해문과 서요가 함께 술을 마신 일이 떠올라 더 마음이 괴로웠다. 왜 그녀가 술을 마시면 번번이 다른 남자들과 이런 일이 벌어지는지 알 수가 없었다.

서요는 그런 미르의 심정은 모른 채 그저 복잡한 마음에 끝도 없이 술을 들이켰다.

"너, 이리 와!"

그 순간, 참다못한 미르가 그녀의 팔을 잡아 일으켜 세우고는 어디론가 향하기 시작했다. 그는 둘만 조용히 있을 수 있는 곳으로 갈 참이었다.

단단히 화가 난 미르와 영문을 모르는 서요가 그렇게 떠나가고 있는데도 소소는 그들을 붙잡지 못했다. 부끄러운 마음 때문에 도저히 일어날 수가 없었던 것이다.

미르에게 끌려가는 서요는 곧 쓰러질 것처럼 몸을 비칠거렸다. 언뜻 파란 비단옷을 본 그녀는 쉬지근한 음성을 뱉어냈다.

"미…… 르님?"

처음 듣는 묘한 음성에 미르는 자리에서 우뚝 서더니 취기 오른 서요의 얼굴을 똑바로 응시했다.

"내가 누군지는 알아보겠어?"

"그으럼요!"

"하…… 네가 다른 남자들과 함께 있는 게 정말 싫어. 저 녀석들은 어쩔 수 없는 걸 아는데도 이렇게 울화가 치민다고."

미르가 자신의 가슴을 주먹 쥔 손으로 쿵쿵 쳤다. 그는 그녀에 대한 마음을 알아가면서 신경 쓰이는 것들이 너무도 많았다. 미르의 강렬한 눈빛은 여전히 멍한 얼굴의 그녀를 뚫어져라 응시하고 있었다.

"헤…… 그렇구나. 미르님은 그게 싫구나."

서요는 술에 취해 혼몽한 와중에도 가슴이 쿵쾅거리기 시작했다. 술에 취했기 때문인지, 머리끝까지 화끈거렸다. 미르가 그런 그녀에게 한 발 더 가까이 다가갔을 때였다.

"미르."

그의 뒤에서 애련한 휘빈의 목소리가 들려왔다. 그녀의 기운을 확실히 느낀 미르는 의아해하며 몸을 돌렸다. 그들이 있던 골목길엔 심각한 얼굴을 한 휘빈이 이를 악물며 서 있었다.

"……휘빈? 네가 왜?"

그는 불청객이 찾아온 것처럼 미간을 좁혔다. 휘빈은 냉정한 미르의 눈빛을 보고 낭떠러지로 떨어져 내리는 듯한 느낌을 받았다. 겨슬레에서 그에게 치부를 들킨 후 휘빈은 저승에서 끙끙거리며 앓고 있다가 이제야 용기를 내서 찾아온 것이었다. 인간계에 퍼져 있는 저승사자들이 그들의 위치와 정보를 알려주었기에 손쉽게 올 수 있었다.

그런데 이런 엿 같은 상황과 마주해 버리고 말았다. 그들의 분위기는 그녀가 보기에 보통 이상야릇한 게 아니었다.

'또 저년이야! 그때 죽였어야 했는데!'

휘빈이 미르의 곁에 꼭 붙어 있는 서요를 살벌하게 노려보며 겨슬레에서 그녀를 처치하지 못한 것을 뼈저리게 후회했다. 피어오르는 악의를 가까스로 잠재운 휘빈은 요염한 미소를 지었다.

"할 얘기가 있어, 미르."

갑자기 나타난 휘빈이 뜬금없는 말을 해오자 미르는 얼굴을 찌푸렸다. 그녀는 겨슬레에서보다 더 화려한 옷을 입고 있었다. 강렬한 색감의 비단이 그녀의 몸 위에서 찰랑거렸다.

"무슨 할 얘기? 여기서 말해."

미르는 서요와 함께 있고 싶었기에 휘빈에게 많은 시간을 내어줄 수 없었다. 냉정한 그의 말에 그녀는 다시 한 번 상처를 받았다. 서요가 함께 있는 이상 휘빈은 결코 입을 열고 싶지 않았다. 어쩜 이렇게 배려를 해주지 않나 싶어, 그녀의 주먹 쥔 손이 부들부들 떨렸다.

"잠깐이면 돼. 단둘이 얘기하고 싶어."

휘빈은 결국 아랫입술을 꽉 깨물고 애걸복걸했다. 그녀는 위대한 저승의 여신이었지만 미르 앞에만 서면 사랑을 갈구하는 불쌍한 여인일 뿐이었다.

"그럼 잠깐만 기다려. 서요 좀 데려다주고."

미르는 서요를 향해 다정한 눈빛을 했다. 그의 시선은 휘빈의 등장에 놀란 표정을 지은 서요에게 온전히 닿아 있었다. 순간 휘빈은 미르가 서요를 바라보는 눈빛이 자신을 바라보는 눈빛과는 천양지차로 다르다는 것을 느꼈다.

"가자."

휘빈이 그토록 원했던 그의 따뜻한 손길은 서요의 어깨를 감쌌으며 그들은 마치 연인처럼 반대편으로 걸어 나갔다. 그 자리에서 미르를 기다리게 된 휘빈은 발을 구르며 분노하다가 곧 손톱을 깨물며 불안한 눈빛으로 주변을 살폈다.

그에게 용기 내어 할 이야기 때문에 가슴이 두근거리기도 했지만, 이미 그의 신경이 서요에게 쏠려 있는 것 같아서 불안하기도 했던 것이다.

"죽이고 싶어. 죽이고 싶어."

휘빈이 중얼거리며 손톱을 잘근잘근 씹었다. 잘 손질된 손톱이 엉망이 되어버렸다. 휘빈은 살벌한 말을 내뱉으며 이 불안함을 해소할 수 있는 건 오직 서요를 죽이는 것뿐이라는 생각에 사로잡혔다.

'역시 방해가 돼. 그년이 천상의 주인이 되기 전에 죽여야 해!'

잔인한 생각을 아무렇지 않게 하는 휘빈에게 미르가 느린 걸음으로 다가왔다. 그는 심상치 않은 기운을 풍기는 그녀가 전보다 더 꺼려졌다.

"겨슬레에선 대체 왜 그런 거야?"

음침한 골목길 벽에 등을 기댄 미르가 전부터 의심하던 문제에 대해서 물었다. 그녀는 이야기의 시작부터 껄끄러워지자 더욱 속이 상했지만, 날카로운 그의 눈빛을 받고 마른침을 꿀꺽 삼켰다.

"겨슬레에서 오지 않는 영혼이 있다고 했잖아. 빨리 처리하고 저승으로 가봐야 할 것 같아서 그런 거야."

"흠, 그래도 굳이 아이를 아비가 보는 앞에서 떨어뜨릴 것까진 없잖아? 그 자리에서 바로 영혼만 가져가도 됐을 텐데?"

미르의 말에 휘빈은 잠시 당황한 기색을 보였다. 그녀의 잔머리 사이로 식은땀이 반짝거렸다.

"그렇지만 신력이 강한 검을 가지고 영혼을 데려가지 못하도록 막고 있었던 그자에게 화가 나서 참을 수가 없었어! 지금까지 소년의 영혼을 가져오려다가 당한 저승사자가 얼마나 많은지 알아?"

휘빈은 결국 하고 싶지 않았던 변명까지 줄줄이 늘어놓았다. 결정적인 건 서요를 죽이지 못했기 때문이었지만 저런 이유로 화가 난 것도 사실이었다.

미르는 이마에 손을 갖다 대더니 한숨을 크게 내쉬었다. 어린아이처럼 분노를 참지 못하는 그녀를 볼 때면, 똑같이 아이 같지만 순수하고 상냥한 서요와 휘빈이 얼마나 다른지 새삼 느낄 수 있었다.

'휘빈은 너무 달라졌어. 무서울 정도로.'

그녀는 더 이상, 천상의 신들에게 모욕을 당해도 아무 말도 하지 못하던 그 어린 여신이 아니었다. 어느새 자기만 생각하는 이기적인 여신이 되어 있었다.

"그래도 너무했잖아. 아무튼, 그래서 오늘 찾아온 용건은 뭔데."

그는 머리가 복잡했기에 어서 맑고 깨끗한 기운을 가진 서요의 곁으로 돌아가고 싶었다. 연신 인상을 쓰고 있는 미르를 보며 불안해진 휘빈은 마침내 결심한 듯 비장한 표정을 지었다.

"미르. 나와 함께 저승으로 가자."

"뭐?"

간단하게 용건만 듣고 자리를 뜨려고 했던 미르는 황당한 말에 눈썹을 추켜세웠다. 그는 그녀가 농담을 하는가 싶어 찬찬히 살펴보았지만 독하게 악다문 입술과 진지한 눈빛을 보니 그것도 아닌 것 같았다.

"그게 무슨 소리야?"

"사실 오래전부터…… 널 좋아하고 있었어. 네가 운사직을 이어받아야 하는 건 알지만 그래도 저승에서 나와 함께해 줄 수 없겠어?"

휘빈은 두 손을 맞잡으며 진심으로 물었다. 그러나 미르는 완전히 어리벙벙한 얼굴이 되었다. 그 정도로 그녀의 고백은 그에게 한 번도 고려해 보지 않은, 그저 생뚱맞은 말에 불과했다. 미르는 뒷머리를 긁적이며 곤란해하다가 이내 고개를 가로저었다.

"불가능한 일이라는 건 네가 더 잘 알잖아? 미안해."

일고의 고려도 없이 바로 나온 대답에 휘빈은 가슴에 비수가 꽂히는 기분이 들었다. 아니, 그녀는 이미 아무 감정 없는 그의 모습에 온몸이 너덜너덜해져 버렸다.

물론 앞으로 휘빈은 저승에서, 그리고 미르는 천상에서 맡은 일을 하며 살아갈 것이었다. 휘빈이 계속 천상에서, 혹은 미르가 계속 저승에서 지낼 수는 없었다. 하지만, 그렇다 해도 그가 이런 식으로 잘라 말해서는 안 되는 거였다.

"지금 말하지 않으면 평생 후회할 것 같았어! 그래서 겨우 용기를 냈던 건데! 어떻게 이렇게 단칼에 자를 수가 있어?"

그녀의 진심에 미르는 그저 당혹스럽기만 했다. 그는 과거엔 다가오는 여신들을 굳이 막지 않았지만, 이제 서요를 사랑하는 만큼 이러한 문제에 대해서 단호하게 행동하고 싶었다. 그게 휘빈이 마음을 추스르는 데도 도움이 될 것 같았다.

"내가 널 사랑하지 않으니까……."

그녀는 결국 그에게서 사랑하지 않는다는 말까지 듣고 말았다. 오래전부터 짝사랑해 온 소중한 감정이 바닥에 깨진 유리 조각처럼 볼품없이 흩어지는 기분에 휘빈이 홧김에 소리쳤다.

"좋아하는 여자라도 생긴 거야?"

미르는 긍정도 부정도 하지 않았지만 그녀는 그의 답이 뭔지 알 수 있었다.

'네 옆에서 꼬리를 살랑살랑 흔들며 연약한 척하는 그 계집이구나. 환웅이 내린 임무를 맡아 싸고돌기 시작하더니 이젠 눈까지 맞아?'

그녀는 울음과 함께 헛웃음을 내뱉었다. 흡사 실성해 버린 것도 같았다.

"미르, 네가 내 고백을 받아들였다면 여러모로 평화로웠을 거야."

휘빈은 울분에 찬 표정으로 독기 가득한 말을 내뱉었다. 불편한 자리를 피하고 싶었던 미르는 더 말할 것도 없이 등을 돌렸다. 차갑게 돌아선 그를 보는 휘빈의 가슴에 피멍이 들었다.

'절대로 가만두지 않을 거야.'

어두운 골목길에 혼자 남겨진 휘빈이 이를 악물었다. 용기 내어 한 순수한 고백이 거절당한 이상, 그녀는 이제 더는 물러설 데가 없었다.

무서운 눈빛을 한 휘빈이 하늘 위로 날아올랐다. 그녀는 도저히 분노를 참을 수가 없어서 악 소리를 질렀다. 생각 같아서는 지금 당장 저들을 어떻게 하고 싶었다. 그런 무서운 마음으로 계속해서 지상을 노려보던 그녀는 마침 새암과 가까운 지점에서 행진하고 있는 병사들을 발견했다.

"늦은 밤까지 수색에 열을 올리는군…… 저쪽도 급하긴 한가 봐."

그리 말한 휘빈이 눈썹을 추켜세웠다. 화가 난 그녀의 마음을 알아주는 것 같은 기막힌 순간이었다.

'그렇다면 친절하게 그년이 있는 곳을 알려주겠어. 자민이든 장군 재부든. 인간들의 손에 죽어버리도록.'

결심한 그녀는 지상으로 내려와 병사에게 다가갔다. 재부의 군대는 겨슬레를 떠났다는 서요를 찾기 위해 동서남북으로 갈라졌기에 휘빈 앞의 병력은 그다지 많지 않은 편이었다.

같은 목적을 지닌 그들이 시선을 마주했다.

늦은 시각, 잔치가 벌어졌던 곳에는 술에 취해 잠든 사람들이 태반이었고 상 앞에 남은 이들도 몇 되지 않았다.

"하아……."

서요는 금방이라도 땅이 꺼질 것 같은 짙은 한숨을 내뱉었다. 술이 어느 정도 깬 그녀는 울상을 하고는 술내 가득한 현장을 바라보았다. 술에 취해 했던 행동들이 부끄럽기도 했지만, 한 식경이 지나도 돌아오지 않는 미르 때문에 불안하기도 했다. 서요는 휘빈이 왜 이곳에 왔는지, 그리고 미르에게 할 말은 무엇인지 궁금해서 참을 수가 없었다.

"에잇! 내가 알 게 뭐람!"

서요는 골목길 쪽을 곁눈질하다가 짜증이 나서 다시 술을 마셨다. 이번에는 결코 민폐를 끼치지 않으리라 다짐하긴 했지만 잘 될지는 모르는 일이었다.

"끄응. 젠장! 그래도 신경 쓰여!"

계속해서 휘빈과 함께 있을 미르가 신경 쓰이자 그녀는 투덜거리며 자리에서 일어났다. 소소는 방금 전의 일로 부끄러운 마음이 들어서 서요가 술을 마셔대도 말리지 못하고 지켜보고만 있다가 이제야 간신히 입을 열었다.

"어디 가십니까!"

"아아, 저기 주막 뒷간이요. 금방 다녀올게요."

그녀가 비틀거리며 바로 앞에 위치한 주막으로 들어갔다. 소소는 가까운 거리였기에 따라가지는 않으며 그녀의 뒷모습을 끝까지 응시했다.

"나한테는 다른 남자들과 함께 있는 게 싫다고 했으면서……."

서요는 가라앉은 목소리로 중얼거렸다. 두 뺨은 발그레했고 입술은 술 때문에 이슬이 맺힌 것처럼 반짝거렸다.

서요는 일을 본 후 밖으로 나와서 잠시 환한 보름달을 올려다보았다.

'예쁘다.'

찬란한 황금빛 보석이 하늘 위에 박혀 있었고, 그 금옥 주변으로는 하얀 구름들이 스쳐 지나갔다. 구름을 바라보던 서요는 미르를 떠올렸고, 그를 찾기 위해 발을 움직이기 시작했다. 도저히 눈 감고 귀 막은 채 가만히 기다릴 수만은 없었다.

서요는 주막 뒤편의 사립문을 열고 당당하게 걸음을 옮겼다.

한편, 휘빈과 대화를 끝내고 다시 돌아온 미르는 서요가 보이지 않자 당황해서 고개를 이리저리 돌렸다.

"뭐야, 어디 갔어?"

상 앞엔 술에 취해 쓰러져 잠든 사람들과 가람만이 있을 뿐, 서요와 소소는 보이지 않았다.

"야야, 가람! 서요 어디 갔어!"

깜짝 놀란 그는 급하게 가람을 흔들어 깨웠다. 가람은 인상을 찌푸리며 일어나더니 실눈을 뜨고 미르를 바라보았다.

"……뭐?"

가람의 입에서 기분 나쁠 정도로 독한 술내가 났다. 미르는 화가 난 얼굴로 다시 한 번 크게 소리를 질렀다.

"서요! 서요 말이야!"

연신 눈을 깜박거리며 상황 파악을 하지 못하던 가람이 쩝쩝 입맛을 다셨다. 그는 이미 신주의 맛에 완전히 취해 있었다.

"몰라. 나한테 묻지 마!"

"아이씨! 네가 그러고도 기상신이냐?"

미르는 울화통이 터진 나머지 가람의 머리를 쥐어박았다. 다시 마음을 가다듬고 합류한 지 얼마나 되었다고 이렇게 허술한가 싶었다. 그는 결국 사라진 서요를 찾기 위해 직접 걸음을 옮기기 시작했다. 미르의 마음속에는 은연중 그들이 다른 맘을 품지는 않았을까, 하는 생각들이 떠다녔다.

"에이. 소소가 그럴 놈은 아니지."

그러나 그는 곧 말도 안 되는 생각이라며 그것들을 부정했다. 타협이라고는 없는, 정직하고 모범적인 그라면 만약 자신처럼 서요를 연모하고 있다 하더라도 사고를 치지는 않을 것 같았다. 지금껏 미르가 서요에게 감정을 표현하고 가까이 다가가면 어찌 그럴 수 있느냐고 항상 훈계했던 그였다.

'그렇다면 대체 무슨 일이지?'

점차 미르의 걸음이 빨라지기 시작했다. 오늘은 유난히 더 밤이 긴 느낌이었다. 그가 어느새 새암 어귀까지 다다랐다. 그러는 동안에도 그들의 모습은 찾을 수가 없었다. 미르는 초조한 마음에 가쁜 숨을 내뱉으며 두 손을 허리에 척 올렸다.

그렇게 정신없이 마을 전경을 살피던 미르는 저 멀리서 걸어오는 병사 무리를 보고 눈을 홉떴다.

'이건 또 무슨 상황이야?'

분명히 군복을 입은 병사들이었다. 미르의 머릿속에 용미촌에서의 악몽이 다시 떠올랐다. 마음이 급해진 그는 재빠르게 뒤를 돌아 병사들의 눈을 피해 마을 깊숙한 곳으로 들어가기 시작했다.

"하필 이럴 때! 얼른 찾아야 해."

이 깊은 밤에 새암을 찾아온 거라면 어느 정도 심증이 있다는 것이었다. 그는 오늘 아침 새암을 빠져나가지 못한 것을 통탄스러워하며 도둑고양이처럼 조심스럽게 골목길을 나아갔다.

"빨리 나와라. 제발!"

그때 미르의 발은 다시 휘빈과 함께 있었던 그 길로 들어서게 되었고,

그는 그곳에서 주저앉은 서요를 발견했다.

"서요!"

그녀의 곁엔 아무도 없었다. 소소와 함께 있을 것이라고 생각했던 미르는 웅크리고 앉아 있는 서요의 어깨를 흔들었다.

"왜 여기 있는 거야? 응?"

그는 잠들어 버린 그녀를 바라보며 입술을 짓씹었다. 당장 새암을 벗어나야 하는데 가람과 서요는 정신을 차리지 못했고, 소소는 어디 갔는지 아직 찾지도 못했다. 미르는 일단 서요만이라도 병사들에게 들키지 않을 만한 곳으로 숨겨야 한다고 판단하고 그녀를 품에 안아 올렸다.

"못 살겠다. 정말."

투덜거리면서도 그녀를 안아든 그의 표정은 그리 나쁘지 않았다. 서요가 여기 있는 것으로 보아 자신을 찾아온 것이라는 생각이 들었기 때문이었다.

'사랑스럽고 또 사랑스럽네.'

꼬리를 물고 계속되는 생각을 멈춘 그가 고개를 두리번거리며 숨어 있을 만한 곳을 찾았다. 이쯤 되면 병사들도 새암으로 들어와 순찰을 시작했을 것이었다.

"후. 어두워서 어디가 어딘지도 모르겠네."

미르가 밤길을 나아가며 중얼거렸다. 평범하게 주막으로 들어갈까도 했지만 그곳은 새암 장터에서도 꽤 큰 곳으로 병사들의 눈에 잘 보일 터였다.

"신녀가 정말 여기 있는 거야?"

그 순간, 무거운 발소리와 함께 병사의 음성이 그의 귀를 찔렀다. 서요를 안은 손에 힘을 준 미르는 심호흡을 하며 서늘한 벽에 몸을 딱 붙였다. 병사 두 명이 소곤거리며 큰길을 지나가고 있었다.

"글쎄. 더 살펴봐야 알지. 이 밤에 잠이나 잘 것이지, 너무한 거 같아."

"킥킥! 그때 장군님이 신녀를 놓쳤잖아. 어쩔 수 없지."

병사 둘이 미르와 서요가 있는 골목길을 스쳐 지나갔다. 그는 용미촌에서 보았던 재부 군단이라는 생각이 들자 더욱 날카로운 눈빛으로 그들을 살폈다.

"으음."

그때, 서요가 꿈이라도 꾸는 건지 작은 신음 소리를 냈다.

"거기 누구냐!"

그 작은 소리를 용케 듣고 걸음을 멈춘 병사는 노성을 지르며 칼을 빼 들었다. 미르는 낭패 어린 얼굴을 하고 어쩔 수 없이 서요를 내려놓은 후 그들을 제압했다. 그들을 그냥 보낸다면 수색이 더 강화될 가능성이 있었다. 지금은 용미촌에서처럼 정면 승부를 하는 것보단 최대한 조용히 숨어 있다가 빠져나가는 게 좋을 듯했다.

"윽!"

병사들이 신음을 지르며 쓰러졌다. 미르는 잘 보이지 않는 어두운 골목에 기절한 병사들을 끌고 와 앉힌 후 다시 서요를 품에 안고 재빨리 반대쪽으로 달려가기 시작했다.

숨을 거칠게 몰아쉬며 달리던 미르는 커다란 기와집을 발견했다. 그 옆에 딸린 고방은 자물쇠로 잠겨 있었지만, 그는 괴력으로 가뿐히 제거한 후 기민하게 안으로 들어갔다.

고방 안에는 여러 농기구와 함께 볏짚이 쌓여 있었다. 미르는 잘 되었다는 듯 볏짚 하나를 풀고는 그 위에 서요를 내려놓았다.

"아무것도 모르면서 잠투정이나 하고."

아이처럼 웅크린 서요를 바라보며 미르는 짧게 혀를 찼다. 그 두 명의 병사들에게선 벗어났지만 다른 이들에게도 들킬 염려가 있었다.

"후, 가람이랑 소소 이 자식들을!"

미르가 도움이 되지 않는 그들을 생각하며 이를 갈고 있을 때, 서요의 움직임에 볏짚에서 사락거리는 소리가 났다.

"으음. 음!"

도대체 무슨 꿈을 꾸는 건지, 서요의 미간엔 깊은 주름이 져 있었다.

"서요?"

그가 조심스럽게 그녀의 이름을 불렀다. 그러자 창문 너머 달빛을 받아 더 도드라져 보이는 서요의 눈두덩이 두어 번 움찔거리더니 아름다운 고동색 눈망울을 드러냈다. 서요는 완전히 풀린 눈으로 그를 바라보았다.

"미르님?"

나른한 그녀의 목소리가, 먼지가 부유하는 고방에서 퍼져 나갔다. 몽롱한 그녀를 보고 미르는 마른침을 꿀꺽 삼켰다. 깊은 밤의 음습한 고방에서 취기 오른 여인과 단둘이 있는 것은 생각보다 자극적이었다.

"말하면 안 돼."

그는 가슴 떨려 하면서도, 다시 한 번 말하려는 서요의 입을 한 손으로 틀어막았다. 초여름 밤이라 벌레 우는 소리들이 크게 들려와 웬만큼 작은 소리는 묻히겠지만, 병사들이 마을을 뒤지고 있는 이상 조심해서 나쁠 건 없었다.

"으, 왜……."

미르의 손에서 미약한 소리가 새 나갔다. 주변을 경계하는 그를 보고 불안해진 그녀는 눈동자를 데굴데굴 굴렸다. 그 상태 그대로 굳어 있던 미르는 천천히 고개를 숙여 서요의 귓가에 속삭였다.

"병사들이 마을을 수색하고 있어."

청천벽력과도 같은 소식에 서요는 어깨를 들썩였다. 그녀는 몸을 오들오들 떨며 그를 바라보았다.

'병사, 아버지, 병사, 어머니…….'

병사는 서요에게 아픈 기억을 떠올리게 하는 아주 나쁜 단어였다. 대신관은 숲 속에서 병사들의 칼에 맞아 죽었으며, 무당 어머니는 모진 고문을 당하고 간신히 살아났지만 사정상 이별해야만 했다.

그녀는 더 이상 그들에게 당하고 싶지 않았다. 신녀라는 이유만으로 자신과 주변의 죄 없는 이들이 고통받는 건 정말 끔찍했다.

서요는 고개를 저으며 정신을 차리고자 노력했다. 대신관과 무당 어머니의 희생을 헛되이 하지 않기 위해서라도 여기서 병사들에게 잡힐 수는 없었다. 일단 현재 자신들이 처한 상황부터 파악해야 한다고 생각한 그녀는 미르에게 정황을 묻기 위해 입을 열려고 했다.

그러나 미르는 술에 취한 서요가 혹시 난동이라도 부릴까 봐 걱정되어서 그녀의 입을 막은 손을 놓지 않았다.

"으, 읍. 마를 조오."

그럴수록 그녀는 답답하고 억울한 심정에 더욱 몸부림을 쳤다. 술에 취한 서요를 믿을 수 없는 미르와 그 때문에 갑갑한 그녀 사이에 몸싸움이 일어났다. 서요가 자리에서 격렬하게 움직일수록, 그는 그녀를 진정시키기 위해 상체를 더욱 앞으로 숙였다. 미르의 품에 완전히 갇혀 버린 서요가 그를 향해 애절한 눈빛을 보냈다.

"……알겠어. 뭔데."

서요의 눈빛에 마음이 약해져 버린 미르는 그녀의 입을 막고 있던 손을 천천히 뗐다. 가람과 비슷할 정도로 독한 술내를 풍기고 있었는데도 그와는 달리 기분이 나쁘지 않았다. 오히려 발그레한 뺨과 깜박거리는 눈 그리고 흐느적거리는 몸까지 모두 귀엽게 느껴질 뿐이었다.

"어찌 된 일이에요? 끄읍. 다른 분들은? 왜 우리만 여기 있는 거죠?"

미르와의 몸싸움에 힘이 빠져 버린 그녀는 볏짚에서 일어서지 못한 채 최대한 조용히 물었다.

"그건 내가 묻고 싶은 말이야. 왜 그 골목길에 다시 가 있었어?"

"……아!"

"이제 기억이 나?"

"예."

그는 진지한 눈으로 서요를 응시했다. 왜 그녀가 그 골목길로 다시 되돌아가서 주저앉아 있었는지, 궁금해서 참을 수가 없었다.

고방 안에서 숨이 막힐 것 같은 긴장감이 흘렀다. 미르는 서요의 대답을 기다리고 있었으나 그녀는 휘빈을 만난 그가 무슨 얘기를 나눴을지가 더 궁금했고, 사실대로 말하고 싶지 않다는 치기가 들었다.

'신경이 쓰여서, 불안해서, 보고 싶어서 거기 갔다는 말을 어떻게 해.'

그리 생각한 그녀가 간신히 상체를 일으켰다.

"술에 취해 있어서 왜 그런지는 잘……."

하지만 그녀의 대답은 그가 기다려 왔던 말이 아니었다.

"정말? 기억이 안 난다고? 그거 아니잖아."

거짓말이기를 바라는 그의 목소리에 서요의 입가가 축 처졌다. 그녀는 계속 입을 다물고 있을 것인지 고민이 되었다.

'말하지 않으면 평생 모르겠지?'

서요는 한편으로는 두렵고 또 다른 한편으로는 부끄러운 마음 때문에 아무런 말도 하지 않으면 미르가 전혀 알지 못할 거라는 생각이 들었다. 그녀는 자신의 마음을 알고 싶어 하는 미르를 보자, 입을 열 수밖에 없었다.

"휘빈님이 왜 여길 찾아왔는지, 대체 무슨 이야기를 했는지, 그래서 미르님은 지금 어떤 마음인 건지…… 많이 궁금했어요. 한 식경을 기다렸는데도 미르님이 오지 않아서 찾아간 거예요."

서요는 한 자 한 자 곱씹으며 조심스럽게 말했다. 그녀의 손은 긴장감을 이기지 못하고 빳빳한 볏짚을 손에 꽉 쥐고 있었다.

서요의 말을 들은 미르는 눈이 화등잔이 되었다. 그녀는 몸을 가늘게 떨면서도 분명히 진심을 말했다. 그가 아는 그녀는 지금껏 불편한 상황을 피하기만 했었기에 뜻밖의 말을 들은 미르는 가슴이 주체할 수 없을 정도로 뛰었다. 미르는 들떠서 상기된 얼굴로 서요에게 물었다.

"내가 돌아오지 않아서 걱정됐어? 휘빈과 무슨 이야기를 했는지, 또 내 마음이 어떨지 궁금했어?"

당황한 서요는 눈알을 굴렸다. 그녀는 밑바닥에 가라앉아 있는 감정까지 끄집어내려는 미르가 야속했기에 날카롭게 말했다.

"왜, 왜 그런 말씀을 하시는 거예요?"

그는 잔잔한 미소를 지었다.

"내겐 너무 중요한 문제라서, 너의 답을 듣고 싶으니까."

미르의 답이 궁금한 건 그녀도 마찬가지였다.

'미르님은 대체 왜! 확실하게 말해주지 않으면서 내 대답을 원하는 거야?'

서요가 그런 생각을 하며 눈썹을 찌푸렸다. 미르는 언제부터인가 매우 솔직하게 관심을 표현했지만, 그건 단순히 관심에 그칠 뿐 좋아한다거나 사랑한다는 말을 직접적으로 한 적은 한 번도 없었다.

서요가 고민 끝에 조심스럽게 물었다.

"혹시 미르님도 무서워요? 저처럼?"

진지하게 물어오는 서요의 모습에 그는 고개를 갸웃했다. 무엇을 무서워하냐고 묻는 건지 알 수가 없었다.

"뭐가?"

"내뱉고 나면 다 망쳐 버릴까 봐."

느끼고 있는 것을 그대로 말하게 되었을 때, 지금까지의 사이와 여정을 망치게 될까 봐 두렵지 않느냐는 말이었다. 사실 그는 비겁하게 도망가지 않겠다고 다짐하긴 했지만 그래도 확신이 없는 상황에서 말하는 건 무서웠다. 정곡을 찔린 그는 할 말을 잃어버렸다.

창문 틈으로 달빛만이 새 들어오는 어두컴컴한 공간에서 미르와 서요의 시선이 부딪쳤다. 그들은 오늘 밤만큼은 결코 도망갈 수 없었다.

"맞아. 계속 고민했어."

그가 나지막한 목소리로 속삭였다. 미르의 가슴이 곧 터질 것처럼 뛰기 시작했다.

"그래서 단 한 발만 더 가까이 다가와 주길 바라고 있었어. 그러면 용기를 낼 수 있을 것 같았거든. 모든 남자가 다 자신만만하고 상처에 대한 두려움이 없을 순 없어. 물론 이전까지는 내가 그런 남자인 줄 모르고 있었어. 그런데 서요, 널 만나고서야 진짜 내 모습을 보게 된 거야."

미르의 이야기는 서요에게 꽤 충격적이었다. 애초에 그녀도 자신의 감정이 그와 같지 않을까, 하는 마음에서 한 질문이긴 했지만 미르가 이토록 솔직하게 말할 줄은 몰랐던 것이다.

숨을 천천히 내뱉은 서요가 그에게 더 가까이 다가갔다. 그녀는 다가가는 그 짧은 시간 동안 마음속으로 결정을 내린 상태였다. 서요의 차갑게 식은 손이, 힘줄이 불거진 미르의 손 위에 내려앉았다.

"지금 제가 낼 수 있는 가장 큰 용기예요."

그녀가 발간 얼굴로 수줍어했다. 서요는 사랑스럽게도 미르가 원하는 대로 다가와 주었다. 벅찬 감동이 그의 가슴을 황홀하게 채웠다.

"서요야."

미르는 달콤한 목소리로 서요를 불렀다. 그녀는 부끄러워서 시선을 피하고 있다가 다시 정면을 바라보았다. 그들의 거리는 너무도 가까워서 허공에서 숨이 부딪칠 정도였다.

그는 서요의 이름을 불렀을 뿐인데 심장이 터져 나가는 느낌을 받았다. 그녀가 한 발 다가와 주었으니 그는 그보다 더 큰 보폭으로 달려 나갈 생각이었다. 서요의 마음을 반쯤은 확인했으니 더는 두려워하지 않고 앞으로 나아가고 싶기도 했다.

"너를 연모한다."

그동안 꾹꾹 억누르던 모든 감정을 해방시킨 미르의 애절한 눈빛과 간절한 마음이 서요에게 와 닿았다. 은근히 바라왔던 것인데도, 감정을 솔직하게 드러내는 그의 고백을 들은 서요는 자신도 모르게 헛숨을 집어삼켰다.

'용기를 조금 냈을 뿐인데, 미르님께서는…….'

그녀가 기대한 것보다 더한, 받아들이기 벅차면서도 아름다운 말을 해주었다. 서요는 처음 겪는 일에 혼란스러워하면서도 넋을 잃고 미르를 바라보았다. 그는 수차례 관심을 표현했지만, 말이 갖는 힘은 예상보다 더 강력했다.

"저는……."

한동안 정신을 차리지 못하던 서요가 간신히 말문을 열었다.

"가람, 가람. 일어나 봐!"

소소가 탁상 위에 늘어져 잠이 든 가람을 흔들어 깨웠다. 그는 뒷간에서 돌아오지 않는 서요를 찾아 마을을 돌아다니다가 결국 찾지 못하고 다시 돌아온 것이었다.

"병사들이 서요님을 찾으러 마을에 들어왔어. 네가 지금 이럴 때가 아니야."

이미 이 주변을 병사들이 수색을 하며 돌아다녔기에, 소소는 큰 소리를 내지는 못하고 귓속말을 했다. 그는 얼른 가람과 힘을 합쳐 그녀를 찾아내서 안전하게 보호해야만 한다는 생각뿐이었다. 서요를 제대로 챙기지 못했다는 죄책감에 소소의 얼굴은 하얗게 질려 있었다.

"이건 또, 무슨 개 짖는 소리야."

그 말은 가람에게 개 짖는 소리로 들린 모양이었다. 신주를 하도 마신 탓에 머리가 지끈거린 가람은 간신히 상체를 일으켰다. 그러나 소소는 힘들어하는 가람의 상태에는 아랑곳하지 않고 그를 재촉했다. 서요를 찾으려면 한시가 급했다.

"일단 이리 와."

소소가 인상을 잔뜩 구긴 가람을 데리고 주막 뒤쪽의, 어두운 구석으로 끌고 들어갔다. 위험한 상황이니 정확하게 판단하고 제대로 대처하기 위함이었다.

"혹시 서요님 봤어?"

소소는 혹시나 하는 마음에 지금껏 퍼질러 자고 있던 가람에게 물었다. 그는 짧게 신음하더니 이내 고개를 가로저었다.

"서요님은 못 봤고, 미르가 와서 서요님 어디 있냐고 물어봤던 적은 있지."

"미르가?"

"응. 미르도 서요님 찾느라고 안 보이는 것 같은데."

소소는 턱에 손을 갖다 대고 문지르며 깊은 생각에 빠졌다. 서요는 분명 미르와 잠시 어딘가를 다녀온 뒤부터 조금 이상했고, 그 후 뒷간에 간다고 하더니 사라져 버렸다. 그렇다면 그녀가 사라진 건 미르와 관련이 있을 수도 있었다.

소소가 심각한 얼굴로 말했다.

"거리를 샅샅이 뒤졌는데도 보이지 않는 걸 보면 둘이 같이 있을지도 모르겠는데……."

"그런가 보지. 병사들이 서요님을 데리고 있는 건 아니잖아?"

가람은 고개를 끄덕이며 대답했다. 여러모로 걱정이었던 소소가 상기된 얼굴로 말했다.

"그래. 병사들이 아직 수색하는 걸 보면 찾아낸 건 아니거든. 우선 지금 당장에라도 서요님과 미르를 만나서 여길 떠나야 해."

"후…… 어지러워 죽겠는데 이게 웬 날벼락이야."

"정신 차려. 저기 봐, 자고 있는 사람들을 다 깨워서 추문이라도 할

판이야."

소소가 매서운 눈빛으로 공터에 몰려든 병사들을 응시하자, 그도 심각한 상황을 인지하고 한숨을 푹 내쉬었다.

"저들이 뭔가를 말한다면 그것도 곤란한데."

"우선, 더는 수색을 하지 못하게 비를 내려."

"너도 알다시피 능력이 제한되어 있어서 홍수가 날 정도의 엄청난 폭우를 내리진 못해. 넓은 대지에 내리는 것도 불가하고. 또 비를 내리더라도 오래 유지하지는 못하지. 아주 복잡해."

"그래. 그래도 안 하는 것보다는 낫겠지."

가람은 눈을 감고 정신을 집중하기 시작했다. 지상에 내려오며 큰 능력이 묶인 만큼 힘을 쓰기 위해서는 천상에서보다 더 큰 노력과 집중력이 필요했다.

이윽고 하늘이 흐려지기 시작하더니 요란한 소리와 함께 비가 내리기 시작했다. 그들은 주막 뒷벽의 처마 아래로 몸을 피한 후 병사들의 동태를 살펴보았다.

"으악! 이게 뭐야!"

"아, 어떻게 해!"

"뭘 어째, 일단 안으로 들어가야지!"

주막 인근을 수색하고 있던 그들은 세찬 비가 온몸을 때려오자 신녀를 찾는 것을 일단 중단하고 주막으로 들어갔다. 잔치의 여파로 잠들어 있던 사람들 또한 한두 명씩 깨어나더니 주변에 있던 이들을 데리고 그중 가까운 곳에 사는 이의 집으로 자리를 피했다.

"역시 효과가 아주 좋군."

소소가 마음을 조금 놓고 웃는 낯으로 그를 바라보았다. 가람 또한 씩 웃으며 자랑했다.

"내가 한때 능력이 너무 폭발적이라서 특별 관리까지 받았다고."

"그만해. 그걸 자랑이라고 하냐?"

소소는 그가 더 이상한 소리를 해서 정신을 사납게 할까 봐 쌀쌀맞게 대꾸하며 비가 쏟아지는 바깥으로 서요와 미르를 찾아 나섰다. 가람 또한 어쩔 수 없이 그의 뒤를 따랐다.

서요의 입술이 부르르 떨렸다. 그녀는 자신을 응시하는 미르의 강렬한 눈빛에 금방이라도 심장이 밖으로 튀어나올 것만 같았다.

"그동안 미르님이 신경 쓰였고, 그러면서도 관계가 뒤틀릴까 봐 불안했고, 미르님이 곁에 없으면…… 너무 보고 싶었어요."

조금 전까지만 해도 절대 말할 수 없다고 생각했던 것들이 서요의 입에서 두서없이 튀어나왔다. 그녀의 얼굴은 이젠 술기운 때문이 아니라 다른 이유로 붉게 타오르고 있었다.

감정을 말로 표현하는 것은 생각보다 더 떨리고 힘든 일이었다. 서요는 그렇기에 그도 그동안 하지 못하고 속앓이만 해온 것이 아닐까 싶었다. 그들은 그런 면에서 굉장히 닮아 있었다.

"미르님을 보면 가슴이 뛰고, 긴장되고…… 좋아요."

그녀는 미르에게 자신의 감정을 솔직하게 말해주고 싶었다. 그래서 그의 얼굴에 웃음이 가득해지는 것을 보고 싶었다. 그러나 그런 마음과 달리, 서요는 민망한 마음에 그만 눈을 꾹 감아버렸다. 차마 그의 얼굴을 똑바로 쳐다볼 수가 없었다.

한편, 미르는 서요의 수줍은 고백을 듣고 참아왔던 숨을 길게 터뜨렸다. 그의 머릿속에 계속해서 서요의 말이 맴돌았다.

'좋아요.'

결국 그녀의 모든 말은 자신을 은애한다는 뜻이었다. 미르도 그걸 모르지 않았다.

"지금 이 순간이 영원했으면 좋겠어."

오직 불안과 초조함만이 깃들었던 미르의 가슴에 이젠 설명할 수 없을 정도로 거대한 환희가 가득했다. 눈꺼풀을 부르르 떨며 감격스러워하던 그는 심호흡을 한 후 입을 열었다.

"너무 좋아서 미칠 거 같거든."

미르는 황홀한 나머지 지금 이 순간이 영원했으면 좋겠다고 생각했다. 부끄러움에 눈을 꾹 감고 있던 서요는 천천히 눈을 뜨고 그를 바라보았다. 미르의 눈은 보석처럼 반짝거리고 있었다. 그것이 그녀를 바라보고, 대하고, 생각하는 그의 마음이었다.

"신기해요."

이런 감정은 태어나서 처음 겪는 서요는 간신히 입을 뗐다. 미르는 그런 그녀를 사랑스럽다는 듯이 바라보았다.

"뭐가?"

"갑자기 미르님과의 사이가 완전히 바뀐 것 같아서…… 믿기지가 않아요."

서요도 그와의 묘한 기류를 전부터 느끼고 있긴 했지만, 느끼는 것과 직접적으로 듣는 것은 매우 달랐다. 사실 그녀는 마냥 신기하기만 한 것은 아니었다. 아직도 긴 여정이 남아 있는데 앞으로 미르를 어떻게 대해야 할지, 다른 기상신들에게는 뭐라고 하는 게 좋을지 막막했다.

"혼란스럽지? 이런 내가 적응도 되지 않을 거고."

"네."

그의 말에 서요는 고개를 푹 숙였다. 그러나 그녀의 풀죽은 대답에 미르가 서운해하기라도 할까 봐, 서요는 급하게 뒷말을 이었다.

"하지만! 미르님이…… 그동안 제게 얼마나 잘해주셨는지는 알고 있어요."

그녀는 그동안 그가 자신을 위해 해준 모든 일들 때문에 호감을 가졌고, 그것이 커지다 못해 사랑으로 발전했다.

어설프지만 진심 어린 그녀의 말에 미르는 잔잔한 미소를 지었다. 그리고 조심스럽게 서요의 손을 잡고 엄지손가락으로 그녀의 보드라운 손등을 어루만졌다.

슥슥.

손끝으로 살결을 쓸어내리는 묘한 느낌에 서요는 아랫입술을 꾹 깨물고 한쪽 눈을 찡긋거렸다. 천변만화하는 그녀의 표정을 감상하던 미르는 더 이상 서요가 부담스럽지 않도록 일부러 헛기침을 내뱉었다.

"흠흠. 이제 그 자리에 가만히 있으면 돼."

"예?"

"항상 그랬던 것처럼 내 곁에 있어주기만 하면 된다고. 그럼 내가 다 알아서 할 테니까."

그는 그녀가 용기를 내어 한 발 다가와 준 것만으로도 족했다. 이젠 남아 있는 거리를 천천히 좁힐 생각이었다. 서요가 자신에게 호감이 있다는 건 확실하게 확인했으니 더는 바보처럼 망설이고 싶지 않았던 것이다.

서요는 미르가 무엇을 알아서 한다는 건지 이해할 수 없었다. 그러나 조금 전처럼 뜨거운 눈빛을 쏘기보단 평소의 그처럼 다정한 속내를 보이는 모습에 안도의 숨을 내쉬었다.

"고마워요. 미르님."

서요는 긴장을 풀고 배시시 웃었다. 미르 또한 그제야 서요와 함께 웃었다.

긴장감이 흐르던 고방에 처음으로 웃음꽃이 피었을 때였다. 갑자기 강한 바람이 휘몰아치더니, 빗소리가 고막을 찔렀다.

"꺄아악!"

갑작스러운 기상 변화에 깜짝 놀란 그녀는 새된 비명을 내지르며 그의 품에 안겼다. 서요의 손은 든든한 기둥을 잡는 것처럼, 미르의 옷깃을 꼭 붙들었다.

"뭐, 뭐예요?"

그녀가 떨리는 음성과 함께 내뱉은 고운 입김이 그의 가슴에 닿았다. 미르는 요란스럽게 내리는 소나기에 눈썹을 추켜세우며 설마 하는 마음으로 창문 너머를 살펴보았다. 그러면서도 그의 손은 겁에 질린 서요를 안심시키고자 그녀의 머리칼을 쓰다듬고 있었다.

"괜찮아?"

창문 너머를 바라보고 있던 미르가 품에 쏙 안긴 서요에게 물었다. 그녀는 별것 아닌 일에 크게 반응한 것이 창피해서 얼굴을 들지 못하고 고개만 끄덕였다.

"하필이면 이 순간에 비라…… 수색하던 병사들은 전부 비를 피하려 어딘가로 들어갔겠군."

그는 뭔가 짐작하고 있으면서도 서요의 작은 몸을 더 꽉 안았다.

"미, 미르님?"

그녀는 점차 숨이 막혀오자 그의 이름을 부르며 품에서 벗어나고자 몸을 움직였다. 꼼지락거리는 걸 느낀 미르는 씩 웃으며, 서요의 어깨에 자신의 머리를 살짝 내려놓았다.

"내가 무서워서 그래."

"네?"

말도 안 되는 말에 그녀는 얼굴을 찌푸렸다. 어디서 희한한 꾀를 부리나 싶었다. 그렇지만 서요는 그런 그의 속셈을 알고서도 미르를 밀어내고 싶지 않았다. 이성적인 생각으로는 이러면 안 된다고 외치고 있는데도 마음이 그렇지 않았다.

그녀는 그의 말을 믿어주는 척하며 손을 뻗어 마주 안았다. 미르는 비가 가람의 짓일 거라고 짐작했지만, 서요와의 달콤한 시간을 조금 더 이어가고 싶어서 살포시 눈을 감았다.

'진짜 내가 무서워할 거라고 생각하는 건가?'

그는 착각을 하며 향기로운 그녀의 체취를 잔뜩 들이마셨다. 인생이 무료하기만 했던 미르는 이토록 행복한 감정을 느꼈던 적이 없었다.

'모든 게 신기하긴 나도 마찬가지야.'

그의 입꼬리가 부드럽게 올라갔다. 미르는 반드시 서요와 함께 천상으로 올라가서 그녀가 좋은 것만 보게 해주고 싶었다. 그의 의지가 불꽃처럼 강하게 타올랐다.

한참을 서요의 어깨에 기대있던 미르가 고개를 든 후 자신의 파란색 장포를 벗었다.

"뭐, 뭐 하세요?"

거침없이 옷을 벗는 그를 본 그녀는 놀란 토끼 눈을 하며 말을 더듬었다. 미르는 피식 웃으며 서요의 머리 위에 장포를 장옷처럼 덮어주었다.

"가람이 내린 비일 거야. 아마 병사들이 수색하지 못하게 하고, 우리를 찾고 있겠지."

그의 말에, 겉옷을 벗는 걸 보고 의뭉스러운 생각을 한 게 매우 부끄러워진 그녀의 볼이 빨갛게 달아올랐다.

"그렇군요. 하지만 아닐 수도 있잖아요?"

서요는 혹시나 하는 마음에 물었다. 그러자 미르는 그녀를 달래주고자 뒤통수를 다정하게 어루만졌다. 그녀는 고방 문을 여는 미르의 옆에 바짝 붙어 섰다. 아마 그의 판단은 옳을 것이고, 미르와 함께라면 소소와 가람과도 무사히 만날 수 있을 터였다. 서요는 마음의 안정을 찾자 그런 확신이 들었다.

그는 머리 위에 장포를 뒤집어쓴 그녀의 어깨를 감싸고 비가 쏟아지는 바깥으로 나섰다. 그와 동시에 미르는 주변 하늘에 빠르게 구름을 모으고 간혹 천둥도 쳤다. 강하게 내리는 비 때문에 구름의 존재가 쉽사리 눈에 띌 것 같지는 않았지만, 기상을 이용하는 그들이라면 분명 기후에 주의하고 있을 것 같았다.

"우선 여기 잠깐 있자."

장포는 세찬 빗줄기 아래에서 금방 물에 젖어 축 늘어졌기에, 그는 처마 밑으로 서요를 데리고 온 후 한숨을 돌렸다.

"아직 눈치를 못 챈 건가? 그런 거라면 더 돌아다녀서 찾아봐야 하는데."

미르는 고방에서 구름을 불러올 수도 있었다. 그러나 그들이 모를 가능성도 있고, 소소와 가람보다 병사들이 먼저 올 수 있다는 점도 배제할 수 없었기에 그녀와 함께 굳이 밖으로 나온 것이었다.

그때 뭔가가 떠오른 서요가 다급하게 말했다.

"잠깐만요. 미르님! 가람님이 비를 내렸고, 우리를 찾아다니고 있고. 그것을 우리가 눈치챘다고 생각한다면 마구간부터 가지 않았을까요?"

"뭐?"

서요의 말에 미르의 눈이 번쩍 뜨였다. 그녀의 말마따나, 가람과 소소가 자신들을 믿고 있다면 가장 빨리 새암을 벗어날 수 있는 마을 어귀의 마구간에 갔을 터였다.

"이 넓은 곳에서 무작정 돌아다닌다고 만날 가능성은 그리 높지 않으니 그랬을 수도 있겠네."

그들이 시선을 마주하고 고개를 끄덕이고 마구간으로 향했다. 비가 온몸을 때려대고 있었으나 함께라서 괜찮았다.

잠시 후, 새암 어귀로 향하는 길목에서 미르와 서요의 앞에 물그림자가 어른어른 보였다. 다행스럽게도 그것의 정체는 바로 소소와 가람이었다. 그들은 비를 쫄딱 맞고 있으면서도 서요와 미르를 만난 기쁨에 환하게 웃었다.

"서요님!"

소소와 가람이 서요를 불렀다. 그녀는 기쁜 마음에 그들의 손을 잡고 자리에서 방방 뛰었다.

"어떻게 된 거야?"

그들의 모습이 마음에 들지 않았던 미르가 날카롭게 묻자, 가람은 비를 멈춘 후 어깨를 으쓱했다.

"서요님과 네가 함께 숨어 있을 거라고 예상해서 비를 내린 거야. 내가 한 거라는 걸 눈치챘으면 새암을 빨리 벗어날 수 있도록 마구간에 오지 않을까 해서 그 근처를 맴돌고 있었지. 하늘에 구름이 유난히 많고 천둥이 치기에 곧 오겠다 싶기도 했고."

마구간에 있을 거라는 서요의 예상과 구름을 보고 다가올 것이라는 미르의 예상 그리고 가람과 소소의 생각이 놀랍도록 들어맞았다. 여정을 함께 해온 만큼 그들의 연대는 꽤 깊어져 있었다. 그러나 그들은 생각이 통했다는 걸 기뻐하며 재회를 즐길 시간도 없이 마구간에 있던 말들을 서둘러 끌고 와 그 위에 올라탔다.

"비 그쳤으니까 다시 수색을 시작할 거야. 얼른 떠나자."

가람이 말고삐를 꽉 쥐고 심각한 표정으로 뒤를 돌아보았다. 이미 여명이 밝아오며 세상을 비춰 나가고 있었다.

"인사를 못 하고 가는 게 아쉽네요."

그녀는 신관들과 진심으로 감사해하던 새암 사람들의 모습이 마음에 걸렸다. 하지만 지금이 아니면 도망치지 못할 터였다. 미르는 힘차게 말을 몰았다. 그의 옆을 소소와 가람이 탄 말이 함께 달려 나갔다.

어젯밤 새암 근처를 수색하고 있던 진영의 병사가 남쪽에 있던 장군 재부에게 소식을 알린 덕분에 그는 지금 새암에 와 있었다. 그러나 갑자기 내린 비 때문에 서요 일행이 다 떠나고 난 후에야 다시 수색을 시작했기에, 신녀와 비슷한 여자는 코빼기도 찾을 수 없었다. 장군 재부는 고개를 푹 숙인 병사들을 독한 눈빛으로 쏘아보며 분노했다.

"정확한 제보를 받았다면서 내가 올 때까지 뭘 하고 있었던 거야!"

새암 진영을 지휘했던 고열은 두 손을 싹싹 비비며 재부의 앞에 모습을 드러냈다.

"앞이 제대로 보이지 않아 도저히 수색할 수가 없었습니다. 어디 숨어 있을지도 모르는 일이니 다시 한 번 찾아보는 것이 어떨까요?"

한심스러운 그의 모습에 재부는 얼굴을 험악하게 구기며 신비로운 능력을 보여주었던 신녀를 떠올렸다.

"아니야. 이미 떠난 거야. 용미촌 관아에서 못 봤어? 갑자기 거센 바람이 불고 천둥이 쳤잖아! 지금 이것이 또 술수를 부리고 도망간 거라고!"

"그럼 애초에 그런 신녀를 어찌 잡……."

"시끄러워! 죽이 되든 밥이 되든 어떻게든 잡아 족쳐야 한다고!"

재부는 그날을 떠올리며 두려움과 함께, 자신에게 공포감을 안겨준 신녀를 향한 강한 살의를 느꼈다. 고열은 그런 재부의 모습에 약한 소리를 집어넣고 침을 꼴깍 삼켰다.

"그런데 여기 있던 건 확실한 것 같습니다. 마을 사람들을 호되게 추문했는데, 방을 보더니 당황한 기색들이 역력했거든요. 어떤 자는 그분이 그럴 리가 없다면서 길길이 날뛰었습니다."

고열의 말에 재부는 비소를 지었다. 죄명대로 그녀는 전국을 돌아다니며 혹세무민한 짓을 벌이는 모양이었다.

"여기서 시간 낭비하고 있을 때가 아니야. 당장 떠나야 해."

재부는 새암을 샅샅이 뒤졌는데도 그녀가 보이지 않자 다른 곳으로 떠났다고 판단하며 빠르게 명령을 내렸다.

그리고 나무 뒤에 숨어서 병사들의 동태를 지켜보고 있던 우사신전의 신관들은 자리를 벗어나, 아사달로 향하는 사람에게 자신들의 연통을 천왕신전으로 전달해 달라고 부탁했다. 무사히 연통을 보낸 신관들은 신전에 모여서 대화를 나눴다.

"기어코 신녀님을 잡기 위해 전국에 방까지 붙이고 있었군요."

서요의 얼굴이 그려진 방을 보여주며 추문한 병사들의 행태를 지켜보았던 한 신관이 역정을 냈다. 다른 신관들 또한 심각한 표정으로 한숨을 내쉬었다.

"하…… 이건 정말 천인공노할 짓입니다! 이대로 당하고 있을 수만은 없어요."

"우리 모두 힘을 합쳐야 합니다. 제사장을 기다리는 많은 백성들과 함께요. 천왕신전으로 연통을 보냈던 것처럼 다른 신전에도 이 소식을 전해야 하고요."

그들이 대화를 나누며 의지를 불태웠다. 그녀의 곁에 신인 가람과 그와 비슷한 남자가 둘이나 더 있다는 게 위안이 되었지만 그럼에도 완전히 안심할 순 없었다.

"신녀님께서 목숨의 위협을 받으면서도 천왕신전으로 가실까요?"

한 신관이 조금 불안한 얼굴을 했다. 천왕신전으로 향하는 동안 병사들의 공격을 받을 것이 걱정되기도 했지만 자애롭고 상냥한 신녀인 서요가 폭력적인 자민과 맞설 결심을 할 수 있을까 싶었던 것이다.

"우리가 보았던 신녀님이라면 결코 신전과 이 땅의 백성들을 외면하지 않으실 겁니다."

하지만 다른 신관의 말에 다른 이들이 차례로 고개를 끄덕였다. 그렇게 믿고 그녀를 지지하는 수밖에 없었다.

"그런데 그들이 어떻게 알고 새암을 찾아온 건지……."

다음 목적지인 수피아로 향하는 길에 소소는 아찔했던 그때를 되새기며 말문을 열었다. 미르와 서요도 그것이 궁금한 건 마찬가지였다.

"글쎄. 그새 방이라도 붙었나?"

"벌써 말이에요?"

"뭐, 전혀 예상하지 못했던 건 아니니까. 그래도 생각했던 것보다 너무 빠른데……."

미르는 답답함에 인상을 찌푸렸다. 또 이런 일이 벌어졌을 때 어떻게 피해야 할지 고민이 되었던 것이다.

"휴우. 그런 거라면 앞으로 얼굴을 가리고 다녀야 하나 싶어요."

한숨 섞인 서요의 말에 기상신들이 모두 그녀의 얼굴을 응시했다. 그런 생각할 때가 아니긴 했으나 소소와 가람은 어쩐지 그녀의 얼굴이 여정을 시작할 때보다 더 예뻐진 것처럼 보였기에 어리둥절한 표정을 지었다. 더구나 지금의 서요에게선 여성스럽고 수줍은 느낌과 함께 아련하고 청순한 분위기가 흘러나왔다.

"참 예뻐지셨습니다. 서요님."

"그것도 방법이 될 순 있겠지만, 우선 빨리 수피아로 가는 게 좋을 듯합니다."

가람은 짓궂게 웃으면서도 솔직하게 말했고, 소소는 가람처럼 말하기는 부끄러워서 이성적인 말만을 했다. 그리고 미르는 그들에게 경계 어린 눈빛을 보냈다. 어떤 모습이든, 그들이 서요를 지켜보는 게 싫었던 것이다.

그로부터 한참을 더 달리자 말들이 지쳤는지 혀를 내밀며 헉헉거렸다.

"저기서 잠깐 쉬어가자."

미르는 말갈기를 다정하게 쓰다듬은 후 강가 쪽으로 고삐를 돌렸다. 그리고 서요를 말에서 내려준 뒤 가람과 소소가 지켜보고 있는데도 낚아채듯 그녀의 손을 잡았다.

"뭐, 뭔!"

고방에서 둘이 있을 땐 피하지 않았지만, 지켜보는 이들이 있을 때는 곤란했다. 서요는 당황한 나머지 잡힌 손을 이리저리 비틀며 미르의 손아귀에서 벗어나려고 노력했다. 그러나 아무리 그녀가 용을 써도 미르의 힘을 이길 순 없었다.

"왜, 싫어?"

서요의 몸부림이 계속되자 미르는 조심스럽게 물었다. 그에게는 그녀의 마음이 굉장히 중요했고, 그래서인지, 미르의 얼굴은 꽤 심각하게 굳어 있었다.

서요는 그의 모습을 보고 차마 안 된다고 말할 수가 없었다. 소소는 미르의 말에 못 이기는 척, 가만히 있는 그녀를 보고는 놀란 표정을 지었다.

"서요님이랑 미르랑…… 뭔가 이상하지 않아?"

가람이 뭔가 이상한 분위기를 느끼고 소소에게 물었고, 그는 고개를 끄덕였다. 소소는 평소대로라면 서요와 미르의 사이를 갈라놓아야 했지만 지금은 어쩐지 그럴 수가 없었다. 전과 달리 방해꾼이 될 것만 같은 기분이 들었기 때문이다.

"미르가 진심인 것 같아."

소소가 바싹 마른 입술로 중얼거리자 가람은 매우 의외라는 듯 그들을 바라보았다.

"그래?"

"저놈답지 않게 조심하는 게 보이거든."

미르는 더 이상 막무가내로 굴지 않았고, 서요 또한 싫어하는 내색이 아니었다. 그들의 사이는 소소와 가람이 없는 사이 많이 발전한 것 같았다. 소소는 앞으로 서요의 팔과 다리가 되어 평생을 보좌해야 할 직속 신하로서, 이 일을 이해하기가 어려웠다. 그에겐 한낱 감정보단 충심이 더 중요했다.

"흠. 정말 그렇다면 자존심이 센 미르가 과연 버틸 수 있을까? 서요님의 존재가, 우리가 감히 우러러볼 수 없을 정도로 높아질 때 말이야."

가람이 얄궂게 웃으며 턱을 쓰다듬었다. 그는 서요와 미르가 어떤 사이든 전혀 상관이 없었으니 그저 강 건너 불구경이었다.

한편, 서요는 미르의 손을 뿌리치지는 않으면서 새초롬하게 말했다.

"다들 지켜보고 있잖아요."

이러나저러나 감정이 확실히 진전된 것을 느낀 그는 기분이 좋아서 실실 웃기만 했다.

"그게 뭐 어때서. 어차피 내 마음은 다 알고 있어."

"그, 그래도요. 민망한데…… 이제 소소님이 와서 갈라놓지도 않잖아요."

"뭐야, 알고 있었어? 소소가 자꾸 그러는 거."

"제가 바보인 줄 아세요?"

서요의 입술이 뾰로통하게 나왔고, 미르는 잡은 손에 더욱 힘을 주고 걸음을 옮겼다. 그녀는 생각을 곱씹었다.

"하나부터 열까지, 여전히 뭐가 뭔지를 잘 모르겠어요. 지금껏 되게 많은 경험을 쌓고 일찍 철이 들었다고 생각했는데…… 전 생각보다 더 미성숙한 사람인 것 같아요."

서요는 차라리 감정이라는 것에 정답이 있으면 좋겠다고 생각했다. 그렇다면 쓸데없는 생각과 두려움에 사로잡히지 않아도 될 터였다. 서요는 지금 그와 이런 사이가 된 게 굉장히 어색했고 머리가 복잡했다. 그때 그는 걸음을 멈추고 서요의 정면에 마주 서서 입을 열었다.

"그건 나도 마찬가지야. 그래서 이제부터가 시작인 거지."

미르가 씩 웃으며 다시 그녀를 이끌었다. 무엇도 확실하지 않은 상황이었지만 서요는 그의 손에 잡힌 자신의 손을 바라보고 살짝 미소를 지었다. 이제부터가 시작이라는 말은 서요의 가슴을 설레게 했다. 그녀는 미르와 함께라면 뭐든지 할 수 있을 것 같다는 생각이 들었다.

그리고 잡은 손을 놓지 않고 이렇게 같은 방향으로 함께 걸어 나가는 것이 무척 마음에 들었다. 그가 자신의 옆에서 영원히 지켜줄 것만 같았기에 믿음직스럽고 든든했다.

"어디까지 갈 셈이에요?"

가람과 소소가 있는 곳에서 점점 멀어지고 있자 서요는 흘러내리는 땀방울을 훔쳤다. 미르는 장난스럽게 웃으며 마주 잡은 손의 엄지손가락으로 그녀의 야들야들한 손등을 매만졌다.

"우리가 뭘 하는지 제대로 보이지 않을 정도로만?"

"네?"

뭘 하겠다는 건지 알 수 없어서 서요는 의아하게 미르를 바라보았다. 그의 표정은 매우 모호했다.

잠시 걸음을 멈춘 미르는 그녀에게 말했다.

"가만히 있어 봐."

미르는 고개를 돌려 서요의 얼굴 위로 재빠르게 다가갔다. 순간 놀란 그녀는 인상을 찌푸렸다.

"뭐 하시는 거예요?"

그가 무슨 짓을 할지 몰라 두 손으로 얼굴을 가린 서요는 불퉁하게 말을 내뱉었다. 미르는 장난이었지만 아차 싶었기에 숙였던 상체를 다시 세우고는 강 앞에 앉았다.

"그냥 장난이었어, 장난. 너무 놀라니까 민망하네."

그는 서로의 마음을 확인한 직후라 많이 들떠 있었기에 그녀에게 적극적으로 다가가고 싶었다. 그러나 아직 혼란스러워하는 서요를 더욱 당황스럽게 만들고 싶진 않았다. 감정의 교류가 얼마나 행복한 일인지 체감했기에, 느리더라도 그녀와 함께 가고 싶었던 것이다.

"화났어?"

흐르는 물을 바라보고 있던 미르가 살짝 고개를 돌려 서요를 곁눈질했다. 그녀는 자신감이 넘치던 방금 전과 달리 조금 풀이 죽은 듯한 미르의 모습이 귀엽기도 하고 안쓰럽기도 해서 그의 옆에 나란히 앉았다.

"어때 보여요?"

서요의 말에 미르는 고개를 갸웃했다. 그녀는 올라간 입꼬리를 애써 억누르며 딱딱한 표정을 짓고 있었다. 그것은 꽤 부자연스러워 보였기에 그는 콧방귀를 뀌며 실소했다.

"크흠! 화가 많이 나 보이네."

"그런데 왜 웃으시는 거예요?"

"하는 짓이 귀여워서 그렇지."

미르는 지금껏, 무심코 감정을 담은 행동을 할 때마다 서요의 눈치를 보곤 했다. 그녀가 어떻게 받아들일지 확신이 없었던 것이다. 그러나 지금은 낯간지러운 말도 어느 정도는 편하게 했다. 그와 그녀의 관계는 어느새 이렇게나 진전되어 있었다.

부드럽게 웃는 미르를 보며 서요는 심장이 간질거리는 것을 느꼈다. 새암으로 향할 때는 그와 함께 있는 게 불편하기만 했는데, 이젠 미르와 함께하는 모든 시간이 기분 좋게 설렜다.

"강물을 보니까 다시 생각난다."

그때 미르가 투명한 물을 바라보며 말문을 열었고, 서요가 물었다.

"뭐가요?"

"겨슬레에서 임무 때문에 싸운 적이 많았잖아. 네가 큰 위험에 빠지기도 했고. 그래서 새암에선 꾹 참고 너의 말을 따라주었거든. 나 성미 급한 거 알지? 얼른 샘물 찾고 떠나고 싶은데, 거기서 또 너는 가람을 따라 역병의 원인을 찾는 데 동참하겠다고 하니, 솔직히 조금 답답했지."

그렇게 난리를 부리다가 겨슬레에선 목숨의 위협을 받았고, 또 새암에선 병에 걸리기까지 했던 서요는 차마 할 말이 없었다. 그 덕분에 목걸이가 반응해서 제대로 임무를 수행할 수 있었던 것 같기도 했지만 미르를 심란하게 했다는 것엔 동의했다.

"그게…… 저도 너무 제 생각만 강요한 건 아닌가 생각하긴 했어요."

"아니야. 나는 수단과 방법을 가리지 않고 하길 바랐던 건데…… 결국은 너의 뜻이 옳았잖아. 내 말대로 했다면 검을 손에 쥐었어도 목걸이가 인정하고 빛을 내지 않았을 거고, 새암의 샘물 또한 역병을 해결하지 않는 이상 찾는 게 불가능했을 거야."

그의 눈빛과 어투는 진지했다. 서요는 미르가 이렇게 진심을 털어놓을 때까지 얼마나 많은 고민을 했을지 너무나도 잘 알 것 같았다.

그는 자신이 지금껏 해왔던 생각이 잘못된 것이었다고 인정하는, 어려운 일을 하고 있었다.

서요의 가슴에 훈기가 감돌았다. 그녀의 행동이 옳았다는 미르의 말은 큰 칭찬과 위로를 동시에 해주는 것 같았다. 역시 그는 좋은 남자였다.

"그렇게 말씀해 주시니까 마음이 한결 가벼워요."

서요가 초롱초롱한 눈빛으로 그를 바라보았다.

"그러니까 뭐…… 앞으로도 쭉 그렇게 하면 될 것 같다고."

미르는 쑥스럽게 웃으며 괜스레 뒷머리를 긁적였다. 앞으로도 새암에서처럼, 그녀가 하고자 하는 모든 것들을 지지하겠다는 의사를 밝힌 것이었다. 그들은 다시 소소와 가람이 있는 곳으로 되돌아갔다. 그 길에서도 둘은 서로의 손을 잡고 있었다.

*

온몸을 지글지글 녹여 버릴 정도로 강한 햇볕이 내리쬐었다. 숨이 턱턱 막히는 날씨에 지친 서요는 얼마 남지 않은 물을 모두 마셔 버렸다.

"하아…… 저 마을에서 좀 쉬었다 가는 게 좋을 것 같아요."

그녀는 잔뜩 미안해했다. 저 때문에 이동하는 내내 마을들에 들러 쉬고, 먹고, 잤기 때문이었다. 그만큼 수피아로 가는 여정이 길어지는 건 말할 것도 없었다.

"아니, 그런데 이 말들은 어쩜 이렇게 지치지도 않고 빨리 달리는 거죠?"

서요는 마구간에 말을 두면서 신기하다는 듯 말했다. 미르는 피식 웃으며 서요의 이마를 손가락으로 톡 건드렸다.

"놀라울 정도로 체력이 좋지?"

"네. 원래 다 이래요? 잘 몰라서……."

그녀는 당황했다. 여정을 시작한 지 꽤 오래되었는데도 말들은 여전히 튼튼했으며 지나가는 다른 사람들의 말보다 훨씬 빨랐다.

"원래 이렇기는, 내가 신단을 먹였으니까 그렇지."

신단은 천상의 약으로, 일정 기간 동안 체력을 늘려주는 효과가 있었다. 그는 삼신할미를 만나러 가기 전에, 혹시나 싶어 천상에서 가지고 내려왔던 신단 두 개 중 하나를 쪼개 두 말에게 먹였다. 신들이 먹는 신단이니 그 효능을 그 무엇보다 뛰어나 반만 먹였음에도 말들의 체력과 회복력이 매우 뛰어났던 것이다. 더구나 그뿐만이 아니었다. 미르는 서요가 힘든 여정을 잘 따라올 수 있도록 그녀가 먹을 떡에 남은 한 개의 신단을 몰래 넣었었다.

그때는 체력적으로 힘들어하는 그녀가 긴 여정을 버티지 못할 것 같아 제가 좀 더 편하고자 그리한 것이었는데 지금 생각하니 참으로 잘한 일이었다.

그는 신단이 뭐냐고 묻는 그녀를 씩 웃으며 바라보았다.

"천상의 약인데, 너도 먹었어."

"……제가요? 언제요?"

"태백산으로 향할 때. 아마 먹지 않았으면 힘들어서 진작 나가떨어졌을 거야."

예상치 못한 말에 서요는 눈을 크게 뜨고 놀라워했다. 그녀는 미르가 그때도 신경을 써서 챙겨주었다는 사실이 감동스러웠다.

"고마워요. 미르님. 신단이라는 것도 있다니. 정말 천상으로 올라가면 편안한 삶이 기다리고 있을 것 같네요."

그녀는 천상에서 지내는 것을 상상하며 식사를 하기 위해 장터로 향했다. 기상신들은 그녀의 옆에서 떠나온 천상을 그리워하며 함께 발걸음을 옮겼다.

6장
적과 손을 잡다

새암에서 수피아로 향한 지 열닷새가 된 날이었다. 드디어 그들의 앞에 수피아의 산맥이 보이기 시작했다.

"정말 멀긴 머네요."

서요가 숨을 크게 몰아쉬며 힘들어했다.

"곧 도착할 테니 조금만 힘을 내십시오."

소소는 체력보다 정신적으로 지친 그녀를 다독이며 생각했던 것보다 더 깊어 보이는 수피아의 산골짜기를 눈에 담았다. 이제 또 새로운 임무를 수행할, 새로운 곳에 도착하는 것이었다.

"네. 힘낼게요."

서요는 굳은 얼굴이었지만 최대한 강건하게 말했다. 그렇지 않아도 기상신들에게 민폐를 끼쳤는데 더는 여정을 늦어지게 할 수 없었다.

"여기서부턴 걸어가자. 곧 수피아 입구고, 어차피 산지라서 말 타고 가는 건 힘들 것 같으니까."

미르의 말에 드디어 말에서 내려 지상에 발을 내디딘 서요는 안도의 숨을 내쉬었다. 걸어서 갈 수 있다는 것만 해도 매우 기뻤다.

"드디어 세 번째 마을이네요."

수피아를 향해 걸어가며 속을 진정시킨 서요가 설렘이 가득한 말을 내뱉었다. 다른 기상신들 또한 드디어 도착했구나 싶어서 기분 좋은 표정을 지었다. 그들은 모두 얼른 임무를 마무리 짓고 싶다는 생각을 하고 있었다.

그때 높은 곳에서 그녀와 기상신들의 출현을 지켜보던 산적들이 짐승 같은 소리를 지르며 달려 내려오기 시작했다. 순식간이었다.

"뭐야, 저건!"

미르는 놀라 소리치면서도 다른 기상신들과 함께 곧바로 서요의 주변을 둘러싸며 경계 태세를 갖췄다. 평화롭기 그지없었던 새암과는 달리 수피아는 격한 문지기들이 있는 모양이었다.

"목숨만은 살려줄 테니, 가진 것들은 전부 놓고 가라."

머리를 풀어헤친 산적 한 명이 누런 이를 드러내며 살벌하게 말했다. 그러나 기상신 중 어느 누구도 그들에게 두려움을 느끼지 않았다. 그저 어설픈 산적들의 모습이 우스워서 실소만 지을 뿐이었다.

"지금 뭐라고 하는 거야?"

"글쎄. 다 놓고 도망가야 하는 건 쟤들 같은데."

미르는 한껏 빈정거렸고, 가람은 산적들의 미래를 걱정하며 혀를 찼다.

"뭐, 뭐라고? 이것들이 겁을 상실했나. 역시 이래서 외지인이 안 되는 거야. 우리가 누군지를 모르니 저렇게 허세나 잔뜩 부리지. 기생오라비 같은 것들이 꼴에 여자 앞이라고."

산적들의 험악한 말을 듣고 서요의 얼굴에 걱정이 어렸다. 그녀는 그들의 말에 겁을 먹은 게 아니라, 산적들이 기상신들의 화를 돋워 크게 다치기라도 하면 어쩌나 염려스러운 것이었다.

"저기, 이쯤에서 그만하는 게 좋을 것 같은데요."

서요는 산적들이 얼른 정신을 차리고 그만하길 바라는 마음이었다. 그들은 잘 훈련된 자민의 병사들보다 수도 적었고 무기도 그리 좋아 보이지 않았다.

"뭐라고? 안 되겠다. 너희들이 그렇게 나오면 무력으로 뺏는 수밖에."

그러나 그녀의 말에 완전히 자존심을 다친 산적들은 그들에게 달려들었다. 우람한 덩치의 장정들이 낡은 검과 창 그리고 도끼를 들고 휘둘렀다.

"유봉산의 산적을 무시하지 말라고!"

그들의 몸놀림은 기상신들의 예상보다 더 가벼웠고 무술을 제대로 익힌 모습이었다. 중구난방으로만 보였던 산적들의 힘이 꽤 강하자 그들은 인상을 쓰며 저력을 발휘했다.

"헉!"

바람처럼 가볍고 번개처럼 빠른 공격에 산적들은 무릎을 꿇고 앉아 고통을 호소했다. 그들은 공격을 당한 곳이 찌릿해서 정신을 차릴 수가 없었다. 이 짧은 시간 동안, 대체 무슨 일이 일어난 건지 가늠조차 되지 않았다.

"그러니까 관두라고 했잖아. 우린 한시가 바쁘다고."

쓸데없는 데 시간을 낭비하고 싶지 않았던 미르는 냉소적인 표정으로 그들을 내려다보았다.

가슴을 부여잡고 캑캑거리던 산적들은 당장에라도 바닥에 떨어뜨릴 것만 같은 무기를 간신히 손에 쥐었다. 호리호리해 보이는 저 남자들이 아무리 뛰어나더라도 이렇게 많은 인원이 한 번에 덮치면 어쩔 수 없을 거라고 믿은 것이었다.

"어라? 아직도 정신을 못 차렸네?"

산적들이 부들부들 떨면서도 자리에서 일어나자 가람은 팔짱을 끼고 코웃음을 쳤다. 확실한 실력 차를 느끼게 해주지 않으면 그들은 귀찮게 따라붙을 것 같았다.

기상신들이 서로를 바라보며 고개를 끄덕였다. 가장 먼저 소소가 유봉산에서 불어오는 바람을 이용하여 그들의 팔과 다리를 묶어두었다. 바람의 힘은 소소를 닮아 매우 빠르고 강했다. 바람 때문에 꼼짝할 수 없게 된 산적들은 두려움에 휩싸여 온몸을 떨었다.

"뭐, 뭐야! 왜 이래!"

기묘한 일이 벌어지자 그들은 놀라 소리쳤다. 그리고 곧 싸울 의지를 상실했다. 신의 존재를 믿는 조선 사람들에게 신비한 능력은 그만큼 무서운 것이었다.

"너랑 나는 나서지 않아도 되겠는데?"

구름을 모으던 미르는 공포에 휩싸인 그들을 보고 가람에게 말했다. 그는 저렇게 될 줄 알았다면서, 한심하다는 듯 고개를 가로저었다.

"너희가 다시는 이런 짓을 하지 못하도록 만들어주마."

잔뜩 가라앉은 소소의 목소리에 산적들의 얼굴이 하얗게 질렸다. 그들에게는 완전히 마른하늘에 날벼락이었다. 그때 서요가 소소의 팔을 잡았다.

"왜 그런 건지 이유라도 먼저 들어봐요."

기상신들 덕분에 털끝 하나 다치지 않고 물건을 빼앗기지도 않은 그녀는 그들이 왜 그랬는지 정확한 이유가 궁금했다.

"서요님이 정 그러시다면……."

소소는 그녀의 말에 못마땅하면서도 결국 바람을 없애고 산적들을 풀어주었고, 그들은 순한 양이 되어 입을 열었다.

"죄, 죄송합니다."

"산에서 생계를 유지하는 게 어려워 이곳을 지나가는 사람들의 물건과 식량을 빼앗곤 했습니다. 다, 다시는 그러지 않겠습니다!"

그들의 말을 들은 서요와 기상신들은 사정이 딱한 건 이해하나 그럼에도 나쁜 짓임은 분명하기에 매우 한심하고 꺼림칙했다. 피식 비웃은 가람은 고개를 설레설레 저었다.

"자신이 어렵다고 다른 사람들에게 피해를 주면 쓰나. 결국 우리가 이토록 강하지 않았더라면 똑같은 짓을 반복했을 거라는 거 아냐. 나도 뭐, 딱히 착하게 살아온 건 아니지만, 내 신경을 건들지 말았어야지. 내가 분명 한시가 바쁘다고 했잖아."

가람의 잿빛 눈이 무섭게 번뜩였다. 산적들은 소소만이 신비한 힘을 부렸으나 다른 이들도 심상치 않다는 생각이 들어 고개를 바닥에 처박고 손을 싹싹 빌었다.

"잘못했습니다! 제발 용서해주십시오. 이젠 그러지 않겠다고 정말 진심으로 약속드리겠습니다."

그들의 울먹이는 소리에 서요는 짙은 한숨을 푹 내쉬고는 기상신들을 보았다.

"이 정도면 지키겠죠."

그리고 고개 숙인 산적들을 쭉 바라보며 강조했다.

"만약 했던 말을 지키지 않는다면 산신이 노할 터이니."

그녀의 말은 소소의 신비로운 능력을 보았던 산적들에겐 너무도 무서운 말이었다. 고개를 끄덕이는 그들을 보며 기상신들은 알겠다는 듯 물러섰고, 산적들은 벌을 주기보단 용서를 베풀어준 그들을 반짝반짝한 눈으로 바라보았다.

기상신들은 그러거나 말거나 다시 수피아 쪽으로 발걸음을 옮겼다. 수피아가 바로 앞에 있는 데 이곳에서 계속 있을 순 없었다. 그때 불안한 눈빛으로 수피아를 바라보던 한 산적이 자리에서 벌떡 일어나 용기 있게 소리쳤다.

"무, 무슨 일 때문에 수피아로 가시는지는 모르겠으나 상황이 별로 좋지 않습니다!"

"뭐야, 왜 그래?"

동료 산적은 쓸데없는 말을 하는 남자의 어깨를 끌어당겼다. 소소의 힘을 직접 겪었기에 그런 충고를 할 필요가 없다고 생각하는 것이었다. 그러나 남자는 마치 신과 같은 능력을 지닌 소소에게 어떤 말이든 해주고 싶었고, 그의 동료들에게도 도움이 되어주고 싶었다.

"상황이 좋지 않다고?"

미르는 그의 말을 흘려듣지 않고 뒤돌아서 물었다.

"예. 저희도 사람들의 광기 어린 행동 때문에 참을 수가 없어서 나와 산적이 된 것입니다. 조금만 올라가면 산채가 있는데, 저희 대장님께서 더 자세하게 알려주실 겁니다."

"광기 어린 행동?"

예상 밖의 말을 듣고 미르는 인상을 찌푸렸다. 서요는 무언가 불길한 예감이 들었기에 그의 팔을 잡고 산적들에게 다가갔다.

"그럼 그 대장이라는 분과 잠시 이야기를 나눌 수 있을까요?"

"굳이 그래야겠어?"

미르는 탐탁지 않다는 듯 미간을 좁혔다. 하지만 그녀는 산적의 눈빛에서 도움을 주고 싶다는 순수한 호의를 읽었기에 이왕 이렇게 된 것, 수피아의 정세를 제대로 알고 싶었다.

"나쁠 건 없잖아요. 수피아가 진짜 위험할 수도 있고요. 대처하려면 최대한 많은 정보를 알아야죠."

"그래. 가자, 가. 설마 우리 손에 죽고 싶어서 그러는 거겠어?"

가람이 스산한 눈빛으로 그들을 바라보았다. 산적들은 절대 그럴 리가 없다는 듯 고개를 절레절레 흔들었다.

그렇게 서요 일행과 산적들이 나란히 유봉산을 오르기 시작했다. 오늘따라 유난히 날씨가 좋고 하늘이 푸르렀다. 숲이 내뿜는 청량한 공기에 그녀는 기분이 산뜻해졌다.

"대장!"

얼마나 올라갔을까, 기상신들 옆에서는 잔뜩 기죽어 있던 산적들이 산채에 도착하자마자 기쁜 목소리로 대장을 불렀다. 그러자 검고 붉은 피부에 흉측한 상처를 가진 남자가 산채에서 나오더니 매서운 눈길로 서요 일행을 바라보았다.

서요 일행과 함께 올라온 산적 중 한 명이 다가가 자초지종을 설명했다. 남자는 아리송한 표정을 지으면서도 그들을 산채 내부로 안내했다.

"뉘시기에 이곳을 찾아오신 겁니까."

자리에 앉은 대장은 여전히 경계를 풀지 않으며 그들에게 물었다.

"수피아에서 찾을 물건이 있어서 왔어요. 그곳 상황이 좋지 않다고 들었는데 사실인가요?"

서요가 나서서 말하자 그녀를 무심코 바라보던 대장은 기시감을 느꼈다. 눈앞의 여인을 어디선가 본 것 같은, 요상한 기분이 들었던 것이다.

'어디서 봤지?'

그런 생각에 빠져 있던 대장의 머릿속에 어떤 여성의 얼굴이 지나갔다. 그는 탁상 안에 넣어두었던 방을 급하게 꺼내 서요에게 보여주었다.

"설마…… 이 얼굴, 본인이오?"

그녀는 자신의 모습이 그려진 방을 보고 깜짝 놀라서 흠칫했다. 그녀의 뒤에 서 있던 기상신들 또한 대장이 내보인 방을 뚫어져라 응시했다.

"설마 저게?"

"역시 퍼지고 있었군."

미르와 소소가 동시에 한숨을 내쉬었다. 서요는 자신과 똑 닮은 그림에 황당함을 감추지 못하고 실소를 내뱉었다.

"예상하지 못했던 건 아니지만…… 실제로 보니까 더 황당하네요. 혹세무민한 죄라니. 참나!"

그녀는 떨리는 손을 뒤로 감추고 애써 덤덤한 척했다. 그러나 이미 충격에 빠진 서요의 얼굴을 본 미르는 괜찮다는 듯, 그녀의 어깨를 다독여 주었다. 그런 그들을 바라보며 대장이 놀란 얼굴을 했다.

"얼마나 많은 현상금이 걸려 있는지 아오? 이게 뿌려지자마자 사람들이 동네방네 찾겠다고 난리도 아니었소. 정말 맞는 듯한데…… 혹세무민이라니 정확히 무슨 죄를 지은 거요?"

대장은 꽤 순진해 보이는 서요가 방에 적힌 죄목을 저지른 죄인이라고 믿기 힘들었다. 게다가 부하에게 들은 얘기도 있었다.

평생 단 한 번도 죄를 저지른 적이 없었던 서요는 억울하다는 듯 아랫입술을 깨물었다. 죄를 따져 묻자면 오히려 신녀라는 이유만으로 그녀와 관계된 무고한 사람들을 죽인 자민에게 더 큰 죄가 있을 터였다.

"저는 죄를 지은 적이 없어요. 모함이에요."

"흠……."

진심 어린 호소에 대장은 의자에 앉아 깊은 생각에 잠겼다. 그녀를 잡아서 넘긴다면 막대한 부를 쟁취할 수 있었기에 고민이 되는 게 사실이었다.

"대장, 안 됩니다. 그런 분들이 아니에요."

그런 대장의 생각을 눈치채기라도 한 듯 서요 일행을 이곳까지 안내한 산적이 고개를 저었다. 그는 혹시라도 신비로운 능력을 보여주었던 소소와 그 일행에게 폐를 끼치게 될까 봐 매우 불안해하고 있었다.

그러자 대장은 피식 웃으며 고개를 끄덕였다. 그는 서로 의지하고 동고동락한 부하들의 말을 무시할 생각이 전혀 없었다. 게다가 그들이 부하들의 말처럼 정말 심상치 않은 존재들이라면 신고하려다가 되레 당할 수도 있었다.

그래서 대장은 그들에게 물었다.

"수피아의 상황이 궁금하다 했소?"

서요는 침을 꼴깍 삼키며 고개를 끄덕였다. 대장은 조금 뜸을 들이다가 이야기를 시작했다.

"어디서부터 시작해야 하나…… 벌써 일 년도 넘은 싸움이라. 수피아가 원래 그렇게 폐쇄적인 마을은 아니었는데. 전쟁 같던 대립이 있은 후로 완전히 변해 버렸지."

대장은 떠나온 고향 생각에 잠시 표정이 어두워졌지만 다시 말을 이었다.

"수피아에는 모자산이 있소. 왼쪽에는 모락산이 있고 오른쪽에는 자락산이 있는데 그 두 산을 합쳐 모자산이라고 부르지. 모락산 선모의 아들이 바로 자락산의 선자요. 예로부터 수피아는 모락산의 선모를 수호신이라고 여겼고, 자연스레 모락산을 중심으로 살아가는 주민들이 수피아의 제를 담당하며 거의 모든 결정권을 쥐게 되었지."

"그렇다면…… 자락산에 살아가는 주민들이 억울하지 않을까요?"

서요는 귀를 쫑긋하며 듣고 있다가 의문이 들었다. 대장은 한숨을 깊게 내쉬며 그녀의 말에 답했다.

"자락산에 사는 사람은 아주 소수에다가 오래전부터 그 체계에 익숙해져 있었소. 그런데 십여 년 전부터 북쪽의 유목민들이 자락산을 넘나들었고, 아예 그곳에 터를 잡기 시작했소. 게다가 자락산의 선자를 자신들의 산신으로 믿고 모셨고, 수피아의 불합리한 권력 구조에 불만을 표하기 시작했소."

권력이니 믿음이니 하는 복잡한 이야기에 서요의 얼굴이 굳어졌다. 흘러가는 모양을 보니 모락산의 권력자들과 자락산에 흘러든 사람들의 싸움인 듯했다.

그들의 심각한 표정을 살펴보며 대장이 다시 입을 열었다.

"그것을 계기로 수피아의 가장 큰 행사인 산신제에 서로의 신을 모셔야 한다고 언쟁이 높아졌는데…… 산신님을 향한 순수한 믿음이라고 보기엔 많이 찝찝하지."

그의 말을 들은 서요와 기상신들은 길게 탄식했다. 수피아 주민들의 골은 생각보다 더 깊은 모양이었다.

"들어가면 꽤 살벌하겠어."

미르가 이맛살을 찌푸렸다. 어설프게 돌아다녔다간 수피아를 제대로 둘러보기도 전에 광분한 주민들에게 멱살을 잡힐지도 모르는 일이었다. 그의 말에 옛날 생각이 난 산적은 고개를 설레설레 저었다.

"그러니 우리도 지겨워서 나온 것 아니오. 무슨 물건을 찾겠다는 건진 모르겠지만 웬만하면 들어가지 않는 게 좋소."

"안 들어갈 수가 없으니까 그러지."

"굳이 들어갈 거라면 보름 뒤에 산신제가 열릴 터이니, 선모를 찾아뵈러 왔다고 하시오."

"산신제 때문에 싸운다더니…… 모락산 주민들이 강제로 진행하는 건가?"

"그렇소."

미르와 대장의 대화를 들으며 서요는 잠시 생각에 잠겼다. 그녀의 가슴은 벌써부터 쿵쾅거리고 있었다.

'겨슬레에선 용기를 내 아이를 구하고 나서야 명검이 반응했어. 그리고 새암에선 역병을 모두 해결하고 나니 샘물이 반응했지. 이 모든 것들은 결코 우연이 아니야. 미르님도 내 생각이 옳다고 하셨으니까.'

생각에 생각을 거듭한 서요가 조금 머뭇거리다가 말했다.

"아무래도 우리가 찾는 신목은 그들의 일을 해결해 주어야 나타날 것 같아요."

미르를 비롯한 기상신들은 덤덤하게 고개를 끄덕였다. 단 한 번도 임무를 쉽게 수행한 적이 없으니 이번에도 마찬가지일 것이었다.

"조선에서 별일을 다 한다."

소소와 달리 조선을 이롭게 해야 한다는 소명 의식이 전혀 없는 미르의 중얼거림에 가람 또한 한탄했다.

"그러게. 천상에선 전혀 관심도 없었는데 말이야."

서요는 생긋 웃으며 그들의 등을 다독였다.

"자! 가야죠."

이야기를 다 듣고도 그들이 수피아에 가겠다고 하자 대장은 서요에게 충고했다.

"그 얼굴은 가리고 들어가는 게 좋을 거요!"

서요는 뒤돌아서 인사한 후 기상신들과 함께 유봉산을 빠져나왔다. 아무리 수피아의 상황이 어지럽다고 해도 신목을 찾으러 가지 않을 수 없었다. 그녀는 두려워도 모두 함께이니 괜찮을 거라고 믿었다.

"얼굴을 어떻게 가려야 하지?"

산적들의 산채보다 더 크고 웅장한 수피아의 요새 앞에서 미르는 서요의 얼굴을 가릴 방법을 고심했다. 그는 서요의 고운 얼굴을 가려야 한다는 게 탐탁지 않았지만, 가리지 않으면 그녀가 종일 불안해할 걸 생각하니 어쩔 수 없었다.

미르가 자신의 비단옷을 거침없이 찢었고, 그 비단 조각을 서요의 눈 밑에 둘러 뒤통수에서 꽉 묶어 고정했다.

"엇? 미르님!"

"불편하겠지만 조금만 참아."

미르는 눈만 내놓은 그녀를 바라보며 안타까워했다. 서요를 잡아 현상금을 얻고 싶은 사람들이 부지기수라고 하니 불가피한 선택이었다. 파란 천으로 가린 서요의 얼굴에서는 오직 두 눈만이 반짝반짝 빛났다.

"누가 물어보면 얼굴에 큰 상처가 있다고 하고."

미르가 그녀의 등을 토닥였다. 서요와 기상신들은 미르의 의견에 동의했다. 수피아의 입구는 폐쇄적인 곳답게 통나무로 만든 높다란 담장과 문으로 막혀 있었다.

끼익!

잠시 후, 문이 끌리는 소리와 함께 머리에 새 깃털을 꽂고 창을 든 남자 두 명이 나왔다. 그들은 험상궂은 얼굴에 불편한 기색을 잔뜩 드러내고 있었다.

"뉘시오?"

한 명이 묻자 일행들 중 가장 선한 인상의 소소가 웃으며 답했다.

"곧 산신제가 있다고 하여, 선모님을 찾아뵈러 왔습니다."

사내들은 멀찍이 떨어져서 잠시 이야기를 나누다가 그들이 들어갈 수 있게 길을 비켜주었다. 일단은 선모님의 신자라고 하니 함부로 쫓아낼 순 없었다.

"촌장님부터 찾아뵈시오. 머무를 수 있을지 없을지는 그분이 결정하실 테니."

남자 한 명이 수피아로 들어서는 서요 일행을 보았다. 그녀는 뒤돌아서 알겠다는 듯 고개를 끄덕인 후 안도의 한숨을 내쉬었다.

"일단 들어오긴 했네요."

"분위기가 참…… 썰렁하네요."

가람이 나무에 걸쳐진 파란색과 빨간색의 천을 기묘하다는 듯이 바라보았다. 저 앞으로 모락산의 거대한 봉우리가 우뚝 서 있었고, 비탈진 땅 위에는 농경지와 집들이 띄엄띄엄 떨어져 있었다. 전반적으로 썰렁하고 소박한 느낌이 드는 마을이었다.

일단 촌장부터 뵈어야겠다고 생각한 서요는 경계 어린 표정으로 자신을 바라보는 아이에게 다가가서 물었다.

"촌장님 댁이 어디니?"

"그, 그게……."

아이가 말을 더듬는 사이, 수피아의 집중에서도 가장 큰 곳에서 백발 노인이 뒷짐을 지고 나왔다. 그의 기세는 위풍당당했다.

"외지인이 무슨 일이야?"

먼지가 가득한 땅 위에 걸걸한 목소리가 퍼져 나갔다. 서요와 기상신들은 심상치 않은 분위기를 풍기는 노인에게 다가가 문지기들에게 했던 것과 똑같은 말을 했다.

"선모님을 뵈러 왔다고? 혹 자락산 놈들과 관련 있는 건 아니고?"

노인이 뱁새눈을 하고 그들을 노려보았다. 훤칠한 남자 셋에 얼굴을 반쯤 가린 여자 하나. 가끔 선모님을 뵈러 오는 나그네들이 있긴 했지만 이들은 왠지 수상해 보였다.

"자락산이라뇨? 무슨 말인지 모르겠습니다."

시치미를 뚝 떼는 소소를 보고 노인은 자신의 집으로 들어가며 손짓으로 그들을 불렀다.

"이리 와 봐!"

그러자 미르는 얼굴을 일그러뜨리며 투덜거렸다.

"뭐야, 저 노인? 촌장 집이 어딘지나 알려주지."

"우선 들어가요."

서요는 툴툴대는 미르의 팔을 잡고 노인의 집으로 들어갔다. 더운 바깥 날씨와 달리 집 안은 꽤 서늘한 기운이 감돌았다. 세간은 정리가 잘 되어 있었고 딱 보아도 방이 크고 물건이 많은 게 대가족이 사는 것 같았다.

"내가 수피아의 촌장이다."

외지인이 찾는 게 누구인지 알고 있었던 노인은 근엄한 표정으로 말했다. 그녀와 기상신들은 잠깐 당황해서 헛웃음을 지었다.

"왠지 그럴 것 같았어."

미르가 서요의 귀에 속삭였다. 그는 전혀 예상하지 못하고 투덜거렸던 게 민망했다. 그리고 촌장은 서요 일행을 날카로운 눈빛으로 살펴보았다.

"산신제가 끝날 때까지 수피아에 머물 생각이라면 내 허락이 필요한데. 요즘 이곳이 영 흉흉해서 말이야."

"허락해 주세요. 산신제를 경험하고 선모님을 만나 뵙고 싶어요."

그녀는 최대한 간절한 어투로 청했다. 잠시 고민하던 촌장은 산신제를 준비하기에 인력이 부족하다는 걸 알고 있었기에 마음속으로 미소를 지었다.

"지금껏 자락산 사람들 때문에 골을 썩였어. 너희는 산신제가 끝나면 조용히 수피아를 떠나는 게 좋을 거야."

하지만 표정만큼은 전과 같이 근엄했다.

"예, 예!"

서요가 힘차게 말하며 고개를 끄덕였다. 촌장은 노쇠한 다리를 두들기며 의자에 앉더니 바로 자신의 큰딸인 미오를 불렀다.

"미오! 나와보거라."

그러자 머리를 하나로 질끈 올려 묶고, 팔과 목에 실로 된 여러 장신구를 착용한 미오가 촌장과 서요의 앞에 모습을 드러냈다. 그녀는 신기하다는 듯 서요 일행을 바라보며 눈을 빛냈다. 그리고 촌장은 딸과 서요 일행을 번갈아 바라보며 당부했다.

"머물 곳이 필요할 테니, 여자는 당분간 미오랑 같이 지내라. 모르는 건 잘 알려줄 테니까. 산신제가 끝날 동안 밥값은 해야 한다는 것도 명심하고."

서요는 기상신들과 떨어져야 한다는 게 내키지는 않았으나 그렇다고 한 방에서 같이 생활하겠다고 하는 것도 이상했기에, 하는 수 없이 미오의 뒤를 따라갔다. 미르는 서요의 뒷모습을 애처롭게 바라보았다.

'부부라고 할 걸 그랬나.'

겨슬레에선 되지도 않는 남매 행세를 했으니 이번에는 부부 사이가 되면 어떨까, 하는 생각이 들었다. 그러면 그녀와 떨어질 필요가 없으니 말이다. 하지만 서요와 한 방에서 생활하면 치솟는 애정을 자제할 수 없을 것 같았다. 미르는 고개를 가로저으며 헛된 생각을 없애 버렸다.

그렇게 서요는 촌장의 집에서도 가장 깊숙한 곳에 위치한 미오의 방에서, 기상신들은 넓은 객실에서 생활하게 되었다.

"만나서 반가워요!"

미오는 활달하고 밝은 성격의 소유자였다. 서요는 미오가 내민 손을 맞잡고 인사했다.

"저도 반가워요. 열여덟 살이고 이름은 서요예요."

통성명하는 서요의 목소리가 조금 떨렸다. 그동안 또래의 여자에게 자신의 이름과 나이를 제대로 소개할 일이 없었기 때문이다. 그녀의 소개에 미오는 더욱 기뻐했다.

"오! 친구네요? 말 놓을까요?"

"친구라고요……?"

"네! 저도 꽃다운 열여덟이거든요!"

미오는 양갓집 규수처럼 단정한 그녀의 분위기에 이미 호감을 가지고 있었다. 서요는 친구라는 말에 가슴이 뛰었다. 그녀는 지금껏 한 번도 친구를 사귀어 본 적이 없었다.

잠시 입술을 오므렸다 폈다 하며 머뭇거리던 서요가 대답했다.

"좋, 좋아요."

"응?"

"친구하는 거…… 좋아."

서요가 볼을 한껏 붉히자 미오는 그녀를 귀엽다는 듯 바라보았다. 서요는 미오가 생각했던 것보다 훨씬 순수한 사람인 모양이었다.

동갑임을 깨닫고 마주보고 앉은 그녀들은 저녁 시간이 될 때까지 수다를 멈추지 않았다. 미오의 말에 따르면, 모락산의 주민들이 처음부터 자락산에 들어온 유목민들과 사이가 안 좋았던 건 아니었다.

"그들은 우리와 문화가 되게 비슷했어. 성산과 하늘과 지상을 이어준다고 보는 새를 숭배했고 악령 퇴치를 위해 나뭇가지에 천도 걸쳐 두었지. 수피아에는 산이 많은 탓에 워낙 사람들의 수가 적어서 그들과의 왕래를 즐거워했어."

미오의 설명에 서요가 물었다.

"그럼 언제부터 갈라지게 된 거야?"

"음, 이건 좀 부끄럽지만…… 그들이 자신들을 수피아의 주민으로 확실히 받아들여 달라고 하면서 그들 중 몇 명을 원로로 뽑아달라고 얘기할 때부터. 그것이 지금 산신제 분쟁까지 이어졌어."

답하는 미오의 얼굴이 시무룩했다. 그녀는 진심으로 지금 상황에 대해서 안타까워하고 있었다.

"그런데 나는…… 아버지가 들으면 화내시겠지만, 나중을 위해서라도 자락산 쪽에서도 원로를 뽑아야 한다고 생각해."

미오가 말하자 서요는 수긍했다.

"그래서 부끄럽다고 한 거구나."

"그럼. 이주해 온 사람들을 진짜 주민으로 받아들이고 환영하고 싶어. 그들도 이젠 수피아에서 함께 살아가는 사람들이니 마을 일에 의견을 내고 싶어 하는 건 당연해."

그녀의 말에 고개를 끄덕이던 서요는 갈라져 버린 수피아 사람들의 마음을 어떻게 하면 되돌릴 수 있을지 걱정이 되었다. 하나 수피아와 관련 없는 사람인 그녀가 나서는 건, 그들에게 굉장히 실례인 일이 될 수도 있었다.

서요는 깊은 고민에 빠졌다.

⚜

새암에서 신녀가 활약했다는 소식이 왕검 자민의 귀에 들어갔다.

"하! 사지를 찢어 죽일 계집 같으니라고! 기어코 본색을 드러냈군. 재부 장군은 대체 뭘 하고 있었던 거야!"

편전에서 자민의 노호가 퍼져 나갔다. 재부의 군대가 새암 근처에서 정확한 신고를 받았는데도 신녀를 놓쳤다는 전갈에 그는 분기탱천한 나머지 뒷목을 잡았다.

"도대체가 잡힐 듯 잡히지가 않아. 기상의 힘을 쓴 것도 모자라, 이젠 역병까지 고쳤다고? 지금껏 그런 제사장이 존재하긴 했었나? 다들 입이 있다면 말을 좀 해보시게!"

자민의 주름진 얼굴이 벌겋게 달아오르자 대신들은 고개도 들지 못하고 침음했다. 그들은 불똥이 자신에게 튈까 봐 굉장히 불안했다.

"아무래도 제사장이 될 준비를 하는 게 아닐까 싶습니다."

그때 한 대신이 자민의 앞에 나와 입을 열었다. 그는 고개를 끄덕이며 동조하다가 힘줄이 터질 정도로 주먹을 세게 쥐었다.

"그래, 그렇겠지. 신녀의 소식이 모두 드러난 마당에 몰래 탄압할 필요는 없겠군. 절대 가만두지 않겠어."

왕권 강화를 위한 자민의 욕심은 아주 강했기에, 아사달의 천왕신전은 제대로 된 활동을 하지 못한 지 오래였다.

그는 마침내 조선에 피바람을 불러올 각오를 했다. 그것은 신자들을 낭떠러지로 내모는 비상식적이고 폭력적인 박해였다. 그리고 신녀의 소식이 당도한 후부터 대신들의 옆에 서 있던 해문은 거의 넋을 놓고 있었다.

'서요가 새암에 있었다고? 그럼 지금은 어디 있는 거지?'

그의 마음에 먹구름이 몰려들었다. 해문은 서요에 대한 걱정뿐만 아니라, 본격적으로 신자들을 탄압하겠다는 자민의 말에도 충격을 받았기에 심란함을 감출 수가 없었다.

"세자!"

그때 자민이 날카로운 목소리로 그를 불렀다. 어찌해야 이 일을 해결할 수 있을까 생각하던 해문은 침중한 눈빛으로 그의 앞에 섰다. 그리고 자민은 해문을 내려다보았다.

"천문관에 가겠다는 고집은 그만 부리고, 수피아로 가거라."

"예?"

그의 명에 해문이 인상을 구겼다. 자민이 무슨 생각으로 명을 내리는지 단번에 알아차렸기 때문이다. 그가 아랫입술을 꾹 깨물었다.

"설마 산신을 믿는 백성들을 탄압하라는 말씀이십니까?"

자민은 너무도 당당하게 대답했다.

"그렇다."

"아바마마!"

"그들만의 나라를 만들기라도 할 것처럼 폐쇄적인 곳을 가만두면 되겠느냐? 거기다 여 산신을 믿는 집단과 남 산신을 믿는 집단이 칼과 창을 들고 대립까지 하고 있다더군. 이 기회에 그들의 봉기를 막고 왕권의 힘을 보여주어라!"

자민은 눈을 까뒤집으며 역정을 냈다. 그는 낭떠러지로 몰린 기분이었기에 그렇게 해서라도 신권을 붕괴시키고 싶었다. 그 정도로 신녀가 요상한 힘을 부리는 건 두려운 일이었다.

해문은 그를 설득할 수 없을 거라는 생각에 절망이 가득한 얼굴로 편전을 나왔다.

"하…… 아바마마의 비위를 맞추는 일은 신자들을 탄압하는 것밖에 없단 말인가!"

그는 분노하며 지끈거리는 머리를 부여잡았다. 갑자기 탄압을 시작하면 백성들의 반발과 상처가 매우 심할 것이었다. 해문은 자민이 그것을 감당할 여력이 있는지도 알 수 없었다.

"골치가 아프군."

동궁으로 돌아가는 그의 발걸음이 무거웠다. 해문은 여러 가지 복잡한 사안들 때문에 머리가 터질 것만 같았다. 그러나 며칠 후, 어명을 거역할 수 없었던 그는 결국 군사를 대동하고 수피아로 향했다.

⌘

"둘째 소리, 셋째 연수, 넷째 지향…… 마지막으로 우리 막내 체건."

미오가 자신의 옆에 나란히 앉아 있는 형제자매들을 소개했다. 서요와 기상신들은 얼떨떨한 얼굴로 대가족을 바라보았다. 그들은 저녁 식사를 위해 거실에 원형으로 둘러앉아 있었다.

"안녕하세요."

서요는 그들을 향해 밝게 웃으며 인사했다. 형제가 없는 그녀는 그들의 사이가 굉장히 부럽게 느껴졌다.

그리고 촌장의 딸들은 기상신들을 흘끗거리며 얼굴을 붉혔다. 그녀들은 수피아의 우람하고 거친 사내들만 보다가 뽀얗고 훤칠한, 생김새가 완전히 다른 외지 남자를 보고 가슴이 쉴 새 없이 뛰었다.

"산신제가 끝날 때까지 함께할 일꾼들이다. 다시 한 번 말하지만, 손님 아니고 일꾼이다. 그러니 모두 힘을 합쳐 산신제 준비에 여력을 다해야 한다! 특히 자락산 놈들하고는 상종도 하지 말고."

촌장이 엄포를 늘어놓고, 식사하기 전 기도를 올리며 선모에게 감사를 표했다. 졸지에 일꾼이 되어버린 기상신들은 그들을 허탈하게 바라보며 실소를 지었다.

"저기…… 이것 좀 드세요."

그때 촌장의 딸 중에서도 유난히 예쁜, 셋째 연수가 미르의 앞에 접시를 놓으며 말을 걸었다. 그녀의 볼은 수줍은 소녀처럼 발그레해져 있었다. 그러나 미르는 연수 쪽을 한 번 쳐다보고는 별다른 말을 하지 않았다. 시간이 흐를수록 그녀의 시선은 노골적으로 그에게만 향하고 있었다.

서요는 미오와 이야기를 나누며 그쪽은 신경 쓰지 않으려고 했지만, 그것은 마음처럼 쉽지 않았다. 미르와는 얼마 전까지만 해도 함께 용기를 내어 마음을 나누었고, 또 서로를 바라보는 사이였다.

'너무 잘나도 문제야. 홍화님, 휘빈님에 이어서…… 어디 가기만 하면 여자가 꼬이네.'

서요가 그렇게 생각하며 남몰래 울상을 지었다. 그녀는 미르에게 여자들의 시선이 닿는 것도, 그녀들이 그와 말을 섞는 것도, 어떤 작은 연관이 되는 것도 싫었다. 그것이 그녀의 솔직한 마음이었다.

'질투 좀 그만해. 연혼을 맺은 사이도 아니잖아?'

서요가 그런 마음을 먹고 있을 때, 연수가 은근하게 치근덕거리는 게 거슬렸던 미르가 말했다. 마치 그녀의 마음을 꿰뚫은 것처럼 말이다.

"연혼을 약속한 정인이 있어."

연수는 생뚱맞은 말에 당황해서 물었다.

"예?"

"네 바로 앞에…… 안 보여?"

연수의 고개가 미르가 가리킨 쪽으로 돌아갔다. 그곳엔 당황스럽다는 듯 눈을 깜박거리는 서요가 있었다.

미르는 서요를 바라보며 입꼬리를 씩 올렸다. 그는 계속해서 이쪽을 곁눈질하는 서요를 진작 눈치채고 있었다.

'연혼을 약속한 정인이라고?'

서요는 예상치 못한 미르의 말에 깜짝 놀라서 눈이 화등잔이 되었다.

푹 숙이고 있던 그녀의 고개는 이미 용수철처럼 튀어 올라 정면을 바라보고 있었다. 그들의 눈이 공중에서 부딪쳤다.

'우리가 언제 그런 약속을 했어? 미르님이 곁에 있어달라고 하긴 했지만.'

서요의 머릿속이 복잡해졌다. 마음 한편으로 그렇게 말해주는 게 기뻤지만, 그가 왜 갑자기 그런 말을 했는지는 이해할 수 없었다.

촌장의 가족들은 궁금증이 가득한 얼굴로 그녀와 미르를 번갈아 보았다. 서요는 그런 그들의 모습에 뭐라도 말해야 할 것 같아서 급하게 입을 열었다.

"아, 아니에요. 하하. 미르님이 짓궂은 농을 하셨네요."

"뭐야, 이제 와서 왜 그래. 날 버리려는 거야?"

민망한 상황을 모면하려고 했던 그녀는 실망한 얼굴로 물어오는 그 때문에 더는 아니라고 하지 못했다.

"연인 사이임을 숨길 이유라도 있나?"

그때 촌장이 미르의 눈에 섞인 진심을 단번에 알아채고 물었다. 그의 엄숙한 목소리에 기가 죽은 서요는 자신도 모르게 고개를 내저었다. 그리고 그녀가 미르와 연인 사이임을 인정하자 미오는 서요의 팔을 잡고 두 눈을 빛냈다.

"와. 대단하다. 어떻게 만난 거야? 혼례는 언제 올리고?"

"으응?"

"사랑하는 남자와 함께 선모님을 찾아뵈러 왔다니! 정말 낭만적이다."

돌아가는 상황을 보아하니 이러다간 선모님 앞에서 혼례를 올리게 될 판이었다. 서요는 낯부끄러워서 고개를 들 수가 없었다. 소소는 황당한 나머지 고개를 가로저었고, 가람은 헛웃음을 짓다가 이내 기가 막힌다는 눈으로 미르를 바라보았다. 실망한 연수와, 이런 이야기가 익숙하지 않아 당황해하는 그들의 곁에서 오직 미오만이 감탄하고 있었다.

"그 얘기는 그만하고 밥, 밥이나 먹자."

서요가 숟가락을 들고 곤란하다는 듯 콧잔등을 찡그렸다. 이렇게 많은 사람이 보는 앞에서 애정 관계에 대해 말하는 건 너무도 부끄러웠다.

식사가 다시 시작됐고, 촌장의 막내아들이자 이제 막 열두 살이 된 체건이 서요의 얼굴을 가린 파란색 천을 가리켰다.

"그런데 왜 천으로 얼굴을 가리고 있어요? 밥 먹을 때 불편하지 않아요?"

그렇지 않아도 불편함을 느끼고 있던 서요는 아이의 말에 온몸이 딱딱하게 굳었다. 이미 수피아 곳곳에서 방을 보았기에, 서요의 새가슴은 질문이 날아오는 것만으로도 쿵쿵거렸다.

"아…… 얼굴에 흉이 있어서 그래."

서요가 최대한 침착하게 대꾸했다. 체건은 금방 수긍하고 고개를 돌렸지만, 촌장의 가족들은 어린아이의 물음이 혹여 그녀의 마음을 아프게 한 건 아닌가 해서 서요의 눈치를 보았다.

"그냥…… 편한 대로 있으면 된다."

잔뜩 긴장해 있던 그녀는 촌장이 의외로 따뜻하게 말해주자 천천히 고개를 끄덕였다.

우여곡절 끝에 여럿에게는 불편했던 저녁 식사가 끝이 났다. 연수를 제외한 자매들은 서로 눈을 마주하며 배시시 웃더니, 식사를 마치고 일어선 서요와 미르를 동시에 집 밖으로 밀어냈다.

"왜, 왜 이래?"

서요가 당황해서 말을 더듬자 미오는 그녀의 마음을 잘 안다는 듯 등을 다독였다.

"들어가면 또 둘이 있을 시간은 없잖아. 잠깐 산책이라도 하고 와."

"아니, 미오야. 우리는 그게 아니라."

"아, 그것 참 좋은 생각이네. 고마워."

극구 사양하려던 서요는 자신의 손을 잡고 이끌며 집 밖으로 나가는 미르 때문에 멍해지고 말았다. 소소가 뒤따르려 했지만, 다른 이들이 눈치도 없냐며 타박하고 막았다. 미르는 그들에게 고마워하며 그녀와 함께 촌장의 집 대문을 걸어 나갔다.

"대체 왜 그러신 거예요? 이것도 뭔 작전이에요?"

어느 정도 촌장 집과 거리가 멀어졌다고 생각한 서요는 도통 이해할 수 없다는 얼굴로 그에게 물었다. 왜 굳이 그런 말을 한 건지 추궁하는 것이었다.

미르는 노을이 지는 하늘을 바라보며 잠시 기분 좋은 날숨을 내뱉다가, 뾰로통한 그녀를 귀엽다는 듯 내려다보았다. 그리고 생각해 왔던 것에 대해서 차분하게 말했다.

"휘빈과 잠시 이야기를 나눠도 신경이 쓰인다고 했던 너인데. 어떤 여자애가 자꾸 옆에서 들러붙으니 또 얼마나 짜증이 났겠어."

"그래도 아무런 상의도 없이!"

그의 판단은 정확했지만 서요는 민망한 나머지 괜히 성을 냈다.

"네가 싫어하는 건 나도 하기 싫어. 그런데……."

미르가 뒷말을 끌며 걸음을 멈췄다. 동시에 그녀도 제자리에 멈춰 섰다. 석양이 타오르며 그들의 얼굴 위로 따뜻한 빛이 스며들었다.

"……그때 들었고, 또 오늘 보였으니까. 네가 정말 싫어한다는 게."

미르는 그녀가 휘빈과의 일에 곤두서 있던 걸 염두에 두고 있었다. 서요는 그의 말대로 그와 연인 사이라고 드러나서 민망한 것보다 미르에게 치근덕거리는 연수의 행동이 더 싫었기에 부정하지 않고 그저 고개만 푹 숙였다. 그에게 속내를 간파당한 느낌이라 부끄러워졌다.

"그…… 미오에게 들었는데요. 두 집단을 화해시키는 건 쉽지 않은 일이 될 것 같아요."

어색한 침묵을 견디기 어려웠던 서요가 얼른 화제를 전환했다.

“쉽지 않겠지. 촌장 고집도 워낙 세고. 오래전부터 그게 당연하다고 생각해 온 사람들이니까.”

그녀는 고개를 끄덕이며 미르의 말에 동조했다.

“그러게요. 웬만하면 두 신 모두 함께 제를 지내면 좋을 텐데요. 그를 통해…… 권력 구조도 개편되어야 하구요.”

“그럼. 신자들이 그렇게 싸워대면 잠들어 있는 산신들도 괴로울 거야.”

서요가 생각하기에도 그랬다. 모락산의 선모는 자신의 아들인 자락산의 선자가 그런 취급을 받는 것을 결코 원하지 않을 것이었다. 그녀는 물론 수피아의 신목도 찾고 싶었지만 수피아의 답답한 상황들도 해결을 보고 싶었다.

서요의 음성을 들으며 수피아의 밭과 험한 산세를 바라보던 미르는 조심스럽게 그녀의 손을 잡았다.

“할 수 있어.”

용기를 북돋아 주는 그의 말에 서요는 수줍게 웃으면서도, 어찌할 바를 몰라서 손가락을 꼼지락거렸다. 비록 미오에게 떠밀린 것이지만, 잠시라도 둘만의 시간을 갖게 된 것이 은근히 기분이 좋았다. 그 때문인지 땀이 날 정도로 걷고 있었는데도 전혀 힘들지 않았다.

“얼마 남지 않은 것 같아. 우리가 저 천상으로 함께 올라가는 날이.”

미르의 손가락이 어두컴컴해진 하늘을 가리켰다. 서요는 그의 손끝을 따라 고요한 하늘을 올려다보았고, 얼마 남지 않았다는 말에 기쁜 마음과 동시에 자신을 숭배했던 신관들과 새암 사람들이 생각났다.

오룡을 불러내는 일에 집중해야 하는데, 새암을 다녀온 후부터는 그 생각들이 계속해서 서요를 혼란스럽게 만들었다. 또한, 조선을 구원하는 신녀가 되라고 귀에 못이 박히도록 말씀하셨던 어머니와 아버지까지 떠올랐다.

'천상으로 올라가는 건 이제 더 이상 쫓기고 싶지 않아서, 우선 살아 있어야 어머니를 만날 수 있어서, 그만 좀 행복해지고 싶어서…… 그래서 간절히 바라왔던 일인데, 왜 이렇게 마음이 불편할까?'

그녀는 점점 심경이 복잡해졌고, 미르는 오히려 그녀보다 천상으로 가야겠다는 의지가 더욱 강해졌다.

"너를 꼭 행복하게 해줄 거야."

심지 굳은 그의 말에 그녀는 심장이 쿵 하고 떨어지는 느낌이었다. 행복하게 해주겠다는 미르의 말이 굉장히 든든하고 감동스러웠다.

"함께 행복한 게 더…… 좋아요."

그녀는 복잡한 생각을 떨쳐 버리고 미르에게 말했다. 그는 서요의 기특한 답을 듣고 잔잔한 미소를 지었다.

다음 날, 햇볕이 뜨겁게 내리쬐는 오후였다.

"이걸 다 직접 만든단 말이야?"

서요는 대나무 발 위에 놓인 엄청나게 화려한 색감의 천들을 보고 눈을 크게 떴다. 수피아의 아낙네들은 아침 식사를 마치자마자 이곳에 모여 바느질을 하고 있었다. 그녀의 물음에 미오는 환히 웃으며 답했다.

"사내들은 산신각을 청소하고 보수하는 일을 하니까, 우리들은 산신제에 쓰일 의상과 장신구들을 이렇게 바느질해서 직접 만들어."

그녀는 미오가 화려하게 수를 놓는 것을 보며 놀라움을 금치 못했다. 서요도 지금껏 다양한 장사를 하며 생계를 유지했고, 얼마 전에는 옷을 짓기도 했지만 그녀들의 실력은 그보다 한 수 위였다.

미오는 많은 일감을 바라보며 난감해했다.

"너를 손님으로 생각하고 싶지만 아버지께서 워낙……."

"아니야, 아니야. 촌장님 말씀대로 밥값은 해야지."

"그래, 고마워. 한번 해볼래? 꽤 재밌어."

"응응."

미오가 미안해하자 서요는 씩씩하게 그녀들의 옆에 앉아 일을 돕기 시작했다. 촌장의 집에서 공짜로 머무를 수는 없으니 일을 하는 게 옳았다.

"산신제 준비에 정말 열과 성을 다하는구나."

서요는 새삼 느낀 듯 감탄했다. 모락산의 주민들은 밥을 먹을 때도 선모에게 감사를 표했고, 물건이 완성되었을 때에도 마찬가지였다. 그들은 산신을 믿고 따르며, 산신제를 중요한 의식으로 생각하고 있었다.

"일 년에 딱 한 번, 선모님을 위하는 우리들의 마음을 보여주는 건데 당연하지."

미오의 대답을 들으며 서요가 고개를 끄덕이고 있을 때였다. 갑자기 수피아의 대문을 지키는 문지기들이 헐레벌떡 달려와서 소리쳤다.

"무, 무, 문 앞에 세자 저하께서."

"세, 세자 저하께서 오셨어!"

두 사람은 흥분한 나머지 말을 더듬었다. 사람들은 이게 대체 무슨 일인가 싶어 표정이 일그러졌다. 그리고 서요는 그들보다 더 놀라 바느질하던 것을 떨어뜨리고 자리에서 벌떡 일어섰다.

"뭐, 뭐라고요? 세자 저하요?"

"예, 예. 참말이라니까요! 거기다 군대까지 대동하고!"

문지기의 말에 서요는 눈앞이 깜깜했다. 그녀는 다리에 힘이 풀려 그 자리에서 주저앉고 말았다.

"서요, 왜 그래? 괜찮아? 하필 촌장님이 산신각에 가셨을 때!"

미오가 서요의 어깨를 잡아 일으키며 인상을 찌푸렸다. 수피아의 남자들은 지금 거의 대부분이 산신각을 보수하러 나섰기에 이곳에는 미오를 비롯해 여자들과 어린아이들밖에 없었다.

"대체 왜 군대를 끌고 온 거지. 자락산과의 분쟁 때문인가?"

"그럴 만도 하지!"
한자리에 모여 있던 주민들은 당황한 기색이 역력한 얼굴로 숙덕거렸다. 그들을 지켜보던 미오는 한숨을 내쉬었다.
"일단 제가 가서 이야기해 보고 올게요. 그동안 아주머니는 산신각에 가셔서 촌장님을 모시고 오세요."
미오는 이런 일이 처음인지라 온몸이 떨렸으나 수피아의 큰 어르신들이 자리에 없는 이상 촌장의 맏딸인 자신이 나서야 할 때라고 생각했다. 그녀가 문지기들과 함께 자리를 뜨는 순간에도 서요는 가슴을 움켜쥐고 연신 거친 숨을 내뱉었다.
'대체 왜…… 세자가 이곳을 찾은 거지? 정말 모락산과 자락산 주민들의 분쟁 때문인가?'
이러나저러나 큰일이었다. 해문이 군대를 이끌고 왔다고 했다. 그녀는 오늘 아침, 산신각에 가기 싫어했던 미르의 얼굴이 떠올랐다.
그는 서요를 혼자 두고 가는 것이 불안하다며 촌장과 말싸움을 했다. 그건 소소와 가람도 마찬가지였다. 그러나 그녀가 그들을 달래서 보냈다. 그들을 달래면서 아무 일도 없을 거라고 장담했지만, 미처 예상하지 못했던 일이 발생하고 말았다.
"이 일을 어쩌지?"
그녀는 웅성대는 아낙들 사이에서 얼굴을 가리고 있는 천을 더 꽉 붙잡았다. 지금 당장에라도 심장이 뻥 터져서 죽어버릴 것만 같았다.
'일단 여기서 자리를 피하자. 얼굴을 가렸다지만 저하에게라면…… 금방 들키고도 남을 것 같아.'
그녀는 마른침을 꼴깍 넘기고는 마을 깊숙한 곳으로 달리기 시작했다. 수피아에 방이 이토록 많이 붙은 것을 보면 천문관에 있던 해문 또한 진작 방을 봤을 것이었다. 그는 대체 그걸 보고 어떤 생각을 했을 것인지, 그녀는 불안해서 참을 수가 없었다.

"하아, 하아!"

한참을 달려 사람이 살지 않는 폐가 안으로 들어간 서요는 잠시 숨을 돌렸다. 뒤도 돌아보지 않고 격렬하게 뛰는 바람에, 지금껏 바느질하느라 쪼그려 앉았던 다리에 경련이 일었다.

"제발, 제발 그냥 돌아가라!"

이제 그녀가 할 수 있는 건 오직 해문이 군대를 돌려 수피아를 떠나길 비는 것뿐이었다.

"군대를 대동하고 들어올 순 없다고?"

해문은 까무잡잡한 미오의 얼굴을 냉담하게 바라보았다. 그녀는 그의 위압감에 완전히 눌려 버려서 숨도 제대로 쉬지 못하고 쩔쩔맸다.

"예, 예. 제가 감히 그런 말씀을 올리게 되어 송구스럽지만."

"그 마음을 이해하지 못하는 건 아니나 이건 지엄하신 전하의 명이다. 우선 들어가서 천천히 이야기해 보는 것으로 하지."

"하, 하지만."

수피아에 어떤 군대든 절대 들어오게 해서는 안 된다는 촌장의 말을 되새긴 미오가 울 듯한 얼굴로 고개를 가로저었다. 그러나 자민이 명하여 군대를 대동하고 올 수밖에 없었던 해문은 그녀의 부탁을 들어줄 수 없었기에 한숨을 크게 내쉬었다.

"어서 비켜라."

애초에 이곳에는 세자를 막을 수 있는 사람은 아무도 없었다. 미오는 결국 고개를 푹 숙이고 그들에게 길을 비켜주었다. 많은 수의 병사들은 아니었지만 딱 보아도 잘 훈련된 정예 부대가 문을 지나가자 그녀는 울상을 지었다.

해문이 말에서 내려 수피아를 둘러보았다. 다른 곳보다 훨씬 낙후되어 있었고 분쟁 중이라고는 했지만, 그의 생각보다는 평화로워 보였다.

"흠. 너희들은 말을 한곳에 매어두고 정렬하고 있어라. 촌장과 이야기하는 것이 우선이니."

"예!"

해문의 엄명에 정예 부대는 우렁찬 목소리로 답했다. 그들의 모습을 힐끔힐끔 쳐다보던 수피아의 주민들은 세자와 눈이라도 마주칠까 싶어 두려움에 온몸을 떨었다.

미오의 안내를 받아 촌장의 집으로 들어간 그는 촌장을 기다리면서도 여전히 서요에 대한 생각을 멈추지 않았다.

'대체 어디로 갔을까, 뭘 하고 있는 걸까?'

그때 하얀 수염을 기른 노인이 급하게 집 안으로 들어왔다.

"세자 저하!"

촌장은 그의 앞에 무릎을 꿇고 머리를 조아렸다. 세자의 등장은 촌장에게 아주 심각한 일이었다.

"흠흠. 우선 이쪽으로 와서 앉게."

수피아에 온 이유를 곧이곧대로 털어놓기 민망했던 해문은 헛기침을 몇 번 하고는 간신히 입을 열었다. 촌장은 극구 사양하다가 어쩔 수 없이 그의 앞에 앉았다. 세자는 왕검 자민을 닮아 굉장히 강한 성정이라고 소문나 있었지만, 그가 보기엔 그런 것 같지는 않았다.

"이곳을 찾아온 건 다름이 아니라……."

해문은 최대한 아비의 변호를 하면서도 신자들의 그릇된 믿음에서 비롯된 분쟁에 대한 왕실의 우려를 강조했다. 촌장은 그의 이야기가 불쾌했지만, 감히 세자의 말에 얼굴을 찌푸릴 수 없어서 그저 고개만 푹 숙였다.

가만히 듣고만 있던 그는 심호흡을 몇 번 한 후 세자를 향해 입을 열었다.

"마을 사람들은 그저 저를 믿고 따라온 선량한 사람들일 뿐이옵니다. 분쟁에 관한 것은 드릴 말씀이 없지만 왕실에서 저희가 산신을 믿고 모시는 것까지 개입할 순 없다고 생각하옵니다."

"그건 나도 그렇게 생각하네."

어렵게 내뱉은 충언에 해문이 의외로 수긍하자 촌장은 자신도 모르게 고개를 번쩍 쳐들었다.

"그, 그렇습니까?"

"그럼…… 그렇지. 우선 며칠 동안 이곳에 머물러야 할 것 같으니 그리 알게."

그는 세자가 완전히 앞뒤가 꽉 막힌 사람은 아닌 것 같았기에 조심스럽게 고개를 끄덕였다.

어차피 왕족인 그를 이곳에서 추방할 수 있는 것도 아니었다.

해문 역시 아비의 명에 따라 오긴 했지만 그만한 일로 신자들을 탄압해야 한다는 것에는 여전히 회의적이었다. 그는 아비의 명대로 할 수도, 그렇다고 그대로 물러설 수도 없었다. 잠시 수피아에 머물면서 동향을 살펴보는 것만이 지금 할 수 있는 일이었다.

이야기가 일단락되자 그는 답답함을 이기지 못하고 밖으로 나와 병사 몇을 따르게 한 뒤 수피아를 정처 없이 걸어 다녔다. 해문은 걸으면서도, 어떻게 해야 아버지의 명을 수행하면서도 그들의 불만을 잠재울 수 있을까 고민했다.

"후. 머리가 아프군……."

그가 한숨을 내쉬며 거리의 모퉁이를 돌았을 때였다.

탁!

어떤 가벼운 형체가 그의 몸에 정면으로 부딪쳤다. 해문은 아담한 머리통을 내려다보았다. 그에게 부딪힌 사람은 이마를 문지르며 얼른 사과했다.

"죄송합니다."

그 사람의 정체는 바로 서요였다. 그녀는 폐가에 숨어 있다가, 아무런 정보도 알 수 없이 시간이 계속 흐르기만 하자 답답한 나머지 상황 파악을 위해 잠시 바깥으로 나왔던 것이다.

"네년, 감히 저하께 무슨 짓이냐!"

해문의 뒤를 따르던 병사가 황급히 앞으로 나섰다.

"다치지 않았으니 되었다. 가자."

해문은 갑자기 튀어나온 여자가 일부러 자신에게 부딪친 것 같지 않았고, 다친 곳도 없으므로 굳이 처벌할 필요는 없다고 생각했다. 그의 명에 따라 병사들이 뒤로 물러나고, 다시 걸음을 옮기려던 해문은 아까 전 죄송하다고 했던 목소리가 자꾸만 머릿속을 스쳐 그대로 멈춰 섰다.

'뭐지?'

그는 이상한 기분에 고개를 숙인 사람을 뚫어져라 응시하다가 그녀가 도망가듯 급하게 떠나려고 하자 그 앞을 막아섰다.

"잠깐!"

남자에게 부딪친 후 바로 사과하긴 했지만, 병사들의 말로 인해 그가 해문임을 눈치챈 서요는 긴장감에 얼굴이 하얗게 질렸다.

"혹 서요 낭자 아닌가?"

안절부절못하는 그녀를 보고 의심이 증폭된 그는 심각한 표정으로 다짜고짜 물었다. 해문의 심장은 벌써부터 거세게 뛰고 있었다.

자신의 이름을 듣자마자 놀란 서요는 반사적으로 소리를 내어 대답할 뻔한 것을 간신히 참고 고개를 좌우로 흔들었다. 그녀가 바닥을 보니 그의 장성한 그림자가 자신의 그림자를 잡아먹고 있었다. 서요는 더욱 두려움에 휩싸여 가쁜 숨을 내뱉었다.

"어서 얼굴을 보여라."

그러나 해문은 물러서지 않았다. 그는 그녀가 서요이길 간절히 바라고 있었다. 그의 마음과는 달리, 서요는 슬금슬금 뒷걸음질하며 그에게

서 도망갈 준비를 했다. 해문이 한 발 다가간 순간, 서요는 몸을 뒤로 돌려 전속력으로 달리기 시작했다.

"너희들은 여기에서 촌장의 집으로 돌아가라!"

"네, 네?"

"저하, 저하!"

그는 병사들을 떼어놓고 그녀를 쫓아 뛰었다. 서요는 이리저리 꺾어지는 골목길을 따라 빠르게 달렸고, 그 때문에 그녀의 얼굴을 가리고 있던 천이 풀려 바람에 날아갔다.

"젠장!"

서요가 어울리지 않게 험악하게 소리쳤다. 뒤를 돌아보지는 않았지만, 그가 바짝 쫓아오는 것이 느껴졌다. 서요는 점점 가까워지는 해문의 발소리에 간담이 서늘했다.

얼마나 뛰었을까, 그녀는 결국 그에게 팔목이 붙들려 잡히고 말았다. 서요는 숨을 거칠게 몰아쉬며 주저앉았다.

"낭자!"

해문은 서요의 얼굴을 보고 기뻐서 그녀를 불렀다. 수피아에서 우연히 서요를 만났다는 것이 소름 돋을 정도로 놀라웠다. 그가 그녀의 팔목을 잡은 손에 힘을 주며 힘없이 축 늘어진 서요를 일으켜 세웠다.

"내, 인연이라면 만나게 될 것이라 했지."

"……저하."

"기쁘구나. 아주 기뻐!"

심란한 그녀와 달리 해문은 기쁜 마음에 목청을 높였다. 답답했던 가슴에 서요라는 향긋한 봄바람이 불어와 속이 시원하게 뻥 뚫린 것 같았다. 그 정도로 그녀와의 재회는 그가 오래도록 바라왔던 일이었다.

"대체 왜 나를 보고 도망간 것이냐. 혹 내가 너를 궐로 끌고 갈 것 같아서 그러느냐?"

서요는 직설적으로 묻는 그 때문에 말문이 턱 막히고 말았다. 자신의 정체를 알게 된 그가 눈앞에 있다는 것만으로 혼이 쏙 빠져 버릴 것 같았다.

'저하께서는 왜 내가 신녀라는 것을 알고 있으면서도 저렇게 기뻐하는 거지? 왜?'

그녀의 머릿속이 고양이가 놀다 버린 실타래처럼 엉클어졌다. 해문이 그를 속인 자신을 보고도 화를 내기는커녕 기뻐하는 것이 영 수상했다.

"예. 저를 잡아갈 생각에 이렇게 기뻐하시는 건 아니십니까?"

서요는 결국 머릿속을 맴돌던 질문을 하고야 말았다. 해문은 황당한 나머지 눈썹을 좁히며 잘생긴 얼굴을 일그러뜨렸다. 그녀는 역시 자신을 적으로 생각하고 있었다. 왕검 자민의 하나뿐인 아들이니 그런 생각도 무리는 아니었다. 하지만 해문은 그녀를 아무도 모르는 곳에 숨기고 안전하게 지켜주려는 거였다.

"아니, 낭자를 잡아갈 생각은 없고…… 지켜줄 것이다."

"예? 저를 지켜주신다고요?"

사람 한 명 지나다니지 않는 적막한 길에서, 서요는 해문의 말에 침을 꿀꺽 삼켰다. 그의 눈빛은 강렬하면서도 진지했다.

"신녀인 낭자가 살 수 있는 방법은 오직 나를 따르는 것뿐이다. 내가 병사들의 눈길이 닿지 않는 곳으로 데려다줄 수 있다."

그녀에게 기상신들이 없었다면 정말 해문의 곁이 가장 안전할 수도 있었다. 하지만 서요는 그의 호의가 필요 없었다. 그녀는 지금 당장 기상신들의 곁으로, 아니, 미르의 곁으로 돌아가고 싶을 뿐이었다. 고작 반나절을 보지 못한 것뿐인데도 그가 그리웠다.

"저하의 말씀은 너무도 감사하지만…… 저는 괜찮습니다. 그러지 않으셔도 됩니다."

서요가 고민 끝에 답했다. 아무리 지켜주겠다 하더라도, 자민의 아들에게 자신은 무작정 도망치는 게 아니라 천상으로 가기 위한 임무를 수행하고 있다고 얘기할 수는 없는 노릇이었다.

서요는 그에게서 얼른 뒤로 물러섰다. 그러자 해문이 속상한 목소리로 말했다.

"아직도 나를 믿지 못하는 것이냐? 네가 신녀였기에 그때 나를 경계한 것은 이해할 수 있으나 지금부터는…… 나를 똑바로 봐주었으면 좋겠구나."

그의 목소리는 이상할 정도로 간절했다. 서요는 그의 시선을 피하고 있다가 의아해하며 그를 보았다.

"솔직히 제 입장에서는 아무리 저하가 아니라고 하셔도 완전히 믿기가 어렵습니다. 하지만 저하의 말씀을 거절한 건 그 이유 때문만이 아닙니다."

"그럼?"

"제겐 이곳에서 꼭 해야 할 일이 있습니다."

그녀가 천천히 숨을 골랐다. 서요는 해문이 내민 손을 잡을 수 없었다.

"겨슬레에선 집안의 가보를 찾아야 했고, 새암에선 역병을 고쳤다는 소문이 돌고 있으며, 이젠 수피아에서 해야 할 일이 있다? 낭자는 대체 무슨 일을 하고 있는 것인가? 정말 아바마마의 말씀대로 백성들의 신임을 얻은 후 제사장의 자리에 오르려고 하는 것이냐?"

그는 자신을 믿고 따라주지 않는 그녀에 대한 답답함 때문에 조금 흥분했다. 서요는 화가 난 듯한 그의 모습에 어깨를 움츠리며 입을 우물거렸다. 제사장의 자리에 오르려는 욕심으로 하는 일은 아니었지만, 천상에 올라가려 한다는 말을 하지 못하는 이상 그에게 설명할 도리가 없었다.

"왜 똑바로 말하지 않는 것이냐? 그리고 낭자와 함께 있던 자들은 어떻게 된 거지? 어찌 낭자를 혼자 두고……."

해문이 가시눈으로 주변을 살펴보았다. 그녀의 옆을 지키던 수상한 남자들이 보이지 않자 설마 서요가 혼자 다니나 싶어 걱정되었던 것이다. 그들이 서요의 곁에 없어 걱정스러웠던 마음도 잠시, 아니꼬웠던 그들이 없자 해문은 은근히 기분이 좋아졌다. 하지만 서요는 그런 해문의 복잡한 마음에 악의 없이 찬물을 끼얹었다.

"산신각에서 일하고 있습니다. 이제 곧 저를 찾으러 올 것입니다."

"며칠 뒤에 산신제가 시작된다고 하던데, 그것을 위해 이곳에 있었던 것이냐?"

"예. 산신제가 끝날 때까지만 있겠다고 촌장님과 약속했습니다."

서요는 그의 질문에 답하면서도 얼른 이 자리를 벗어나고 싶었다. 해문이 왜 군대를 끌고 이곳에 왔는지 정확히 모르니 계속 불안했다. 아무리 입으로는 아니라고 해도 그의 진짜 목적이 무엇인지는 아무도 모르는 일이었다. 그래서 그녀는 해문에게 단도직입적으로 물었다.

"저를 잡을 생각이 없으시다면, 수피아엔 어쩐 일로 군대까지 대동하고 오셨습니까? 마을 사람들이 말한 것처럼 정말 분쟁 때문입니까?"

서요는 최대한 침착하게 마음을 다잡았다. 그의 대답에 따라 자신들의 행동 방침이 바뀔지도 모르는 일이었다.

"뭐, 우선 그렇다고 보면 되겠구나."

해문은 차마 산신을 믿는 신자들을 탄압하고 왕권의 힘을 보여주기 위해서 온 것이라고 할 수가 없어서 대충 둘러댔다. 금방 들통 날 일이라고는 해도 그녀에게 자신을 믿어달라고 하는 시점이었기에 더욱 그럴 수밖에 없었다.

"그건…… 참으로 훌륭하십니다."

서요는 그의 대답을 듣고 처음으로 미소를 지었다. 그들의 분쟁을 해결하는 건 그녀에게도 중요했다. 서요의 은근한 미소를 본 해문은 가슴이 설렜다. 이런 칭찬을 들어본 적 없는 것도 아니었는데도, 그녀가 말하기만 하면 이토록 기분이 좋았다.

해문의 입꼬리가 호선을 그렸다. 그는 서요가 비록 자신의 제안을 거절하긴 했지만 이대로 물러서지는 않을 것이라 다짐했다.

'나중엔 결국 내게 고마워할 것이야.'

그는 그렇게 생각했기에 당당할 수 있었다.

서요는 왔던 길을 되돌아가 미르가 둘러주었던 천을 찾았다. 그리고 수피아의 분쟁에 대해서 해문과 진지하게 대화를 나눴다. 그는 우선 한 발 물러선 채 본심을 숨기고, 오랜만에 만난 그녀의 얼굴을 응시했다.

"흠. 대체 무슨 일이지?"

땀 흘리며 산신각을 보수하고 있던 미르는 조금 전에 내려간 촌장을 떠올리며 중얼거렸다. 그것이 신경 쓰이는 건 마찬가지였던 가람과 소소는 얼굴을 구기고 대답했다.

"글쎄. 얼굴은 하얗게 질렸으면서 아무 일도 아니니 일이나 하고 있으라는 게 수상하긴 해. 설마 일하기 싫어서 내뺀 건 아니겠지?"

"아니, 그것보단 마을에 뭔 문제가 생긴 거 같아. 어르신들도 함께 갔잖아."

그렇지 않아도 서요 혼자 두고 오는 게 영 꺼림칙했던 미르는 들고 있던 목재를 바닥에 내팽개치고 씩씩거렸다.

"안 되겠다. 내려가 봐야겠어."

미르의 말에 소소와 가람 또한 고개를 끄덕이며 손을 털고 일어섰다. 그들의 가슴은 이상한 불안감에 벌렁거리고 있었다.

잠시 후, 마을에 내려온 그들은 생각했던 것보다 더 부산스럽고 험악한 분위기에 당황했다. 촌장의 집 주변엔 아낙들이 모여 웅성대고 있었고, 그 앞엔 정예 부대가 정렬해 있었다.

"또 병사들이야?"

병사들을 본 미르는 진절머리가 나는지 바닥을 걷어찼다. 하루빨리 천상으로 올라가지 않는 이상 그들과의 대립은 사라지지 않을 것 같았다.

"서요님을 찾으러 온 건가? 설마 벌써 잡혀가신 건 아니겠지?"

가람의 말에 미르와 소소는 복잡한 표정을 지었다. 그들은 당장 눈앞에 서요가 보이지 않으니 더욱 염려스러웠다.

"일단, 저들이 여기 있는 이유부터 확실하게 알아보자. 그래야 뭘 하든 할 수 있을 테니까 말이야."

소소의 말에 미르는 모여 있는 아낙네들 사이로 들어가서 병사들이 이곳에 온 이유에 대해서 물었다.

"그것이…… 세자 저하께서."

"……세자? 조선의 세자?"

"예, 예."

미르는 금방이라도 누군가를 죽여 버릴 것처럼 험악한 표정을 지었다. 그의 잘생긴 얼굴을 힐끔힐끔 보고 있던 여자는 미르의 표정이 확 바뀌는 것에 깜짝 놀라 그 자리에서 딱딱하게 굳어버렸다.

"지금 어디 있지? 그놈 어디 있냐고!"

그가 소리치자 여자는 당황해서 고개를 두리번거렸다. 세자는 촌장과 이야기를 나눈 후 어디론가 사라져 버렸기 때문이었다.

"저, 저도 잘 모르겠……."

"이런 제기랄!"

가장 보고 싶지 않았던 그자가 군대까지 끌고 왔다는 소식에 미르의 속이 뒤집어졌다. 어쩌면 벌써 해문과 서요가 만났을지도 모르는 일이었다.

"미르! 흥분하지 말고 이리 와. 죄송합니다."

소소는 죄 없는 여인에게 대신 사과하고, 가람과 미르를 데리고 사람이 없는 곳으로 향했다. 촌장의 집 앞은 병사들이 서 있어서 수상한 모습을 보여선 곤란했다.

"무슨 이유 때문인지는 모르지만 세자가 군대를 끌고 왔다니, 상황이 좋지 않군. 이젠 병사라면 정말 징글징글하다."

"다른 말이 없는 걸 보니 아직 서요님을 본 건 아닌 거 같아."

그들은 병사들의 눈을 피해서 은밀하게 이야기를 나누었다. 미르는 혼자 소식을 듣고 놀랐을 서요를 떠올리자 마음이 찢어질 듯 아파왔다.

"후…… 아마 병사들을 피해 도망쳐서 어딘가에 숨어 있는 것 같아. 얼른 흩어져서 찾아보자."

그의 말에 소소와 가람이 고개를 끄덕였다. 하나 아직 결정해야 할 중요한 문제가 남아 있었다.

"아직 수피아의 신목을 얻지 못했는데…… 서요님을 찾고 나면 어떻게 할 거야?"

소소는 가만히 있질 못하고 불안해하는 미르에게 물었다. 그 또한 서요가 걱정되는 것은 마찬가지였지만 미르처럼 감정적이지는 않았다.

"그건 다음에 생각하자. 당장 서요부터 봐야겠어."

미르가 서요를 찾기 위해 떠났다. 소소와 가람 또한 다급하게 결정 내릴 수 있는 문제가 아니었기에 그녀를 찾기 위해 흩어졌다.

미르는 급하게 내달리며 매처럼 강렬한 눈빛으로 수피아 곳곳을 살펴보았다. 그의 속에서부터 불길과도 같은 분노가 샘솟았다.

'제발 세자 그 자식하고 만나지 않았기를!'

그는 천문관에서 지낼 때를 생각하면 아직도 끔찍하기만 했다. 하지만 그의 간절한 바람과는 달리, 상황은 자꾸만 악화일로로 내달리는 것 같았다.

"왜 하필 수피아에 온 거냐고!"

소리를 지르며 미친 듯이 그녀를 찾아 헤매고 다니던 미르는 뜻밖에도 저 멀리서 함께 걸어오는 서요와 해문을 발견했다. 그는 그들의 분위기가 위험하기는커녕 화기애애하자 그 자리에서 걸음을 멈췄다.

"대체 뭐야……."

미르는 도저히 서요를 이해할 수 없었다. 해문은 그녀를 죽이려는 자민과 가장 관련이 깊은 자였다. 물론 그도 천문관에서 그들의 사이가 그리 나쁘지만은 않았던 걸 알긴 했지만, 해문이 신녀의 정체를 알고 있을 것이 분명함에도 그녀의 태도에 변함이 없자 큰 충격을 받았다.

"서요!"

그가 하늘 위로 구름을 모으며 그들에게 가까이 다가갔다. 해문과 수피아의 분쟁에 대해서 얘기하던 그녀는 그리웠던 미르의 목소리를 듣고 함박웃음을 지었다.

"미르님!"

해문에게 신녀인 걸 들켰기에, 굳이 그를 오라버니라고 속일 필요가 없어진 서요는 기쁜 마음으로 미르를 부르며 뛰어갔다. 그는 그녀의 팔을 잡아 자신의 옆으로 오게 한 후 해문을 무섭게 쏘아보았다.

"수피아엔 어쩐 일이십니까, 저하?"

그들의 분위기가 영 심상치 않자 서요는 불안감에 손가락을 꼼지락거렸다. 그녀는 해문이 온 이상 수피아에서 문제를 일으키고 싶지 않았다. 더구나 신목도 아직 찾지 못한 상태로 이곳을 떠날 수도 없는 노릇이었다.

"환영 인사 한 번쯤은 해줄 줄 알았는데 실망이군."

해문은 적대적인 미르에게 일부러 아무렇지 않은 척 농을 던졌다. 하지만 그는 천문관에서 헤어질 당시에 자신을 보던 미르의 눈빛을 떠올리며 속으로 이를 갈고 있었다.

'건방진 놈 같으니라고. 내 반드시 낭자를 데려가고, 널 벌할 것이다.'

해문은 분노를 밖으로 드러내는 것은 유치하다고 생각했기에, 최대한 침착한 표정을 짓고 있었다.

"저하께서 제 환영 인사를 그다지 반기진 않을 것 같습니다만?"

"자, 잠깐만요. 미르님!"

미르의 날카로운 대답에 서요는 그의 팔을 붙들고 저지했다. 그리고 그의 귀에 입술을 바짝 대고는 조심스럽게 속살거렸다.

"저하께서는 저를 잡아갈 생각이 없으시데요. 수피아엔 분쟁을 해결하러 온 것이고요. 그러니 함께 해결하고 신목을……."

"너, 이리 와."

그는 잔뜩 화가 난 얼굴로, 조잘대는 그녀의 팔을 잡아당겼다. 미르는 해문과 거리를 두면서 서요에게 단호한 목소리로 역정을 냈다.

"대체 뭐 하는 짓이야? 잡아가지 않는다는 말을 진짜로 믿는 거야? 거기다가 이젠, 함께 분쟁을 해결하자고?"

서요는 그가 평소에도 잘 흥분하긴 했지만 해문에 관해서는 유독 예민하게 반응하는 것 같아서 이 일을 어찌해야 좋을지 싶었다. 잠시 고민하던 그녀는 자신의 의견을 조심스럽게 말했다.

"물론, 저도 저하를 완전히 믿진 않아요. 믿고 싶어도 일단은 믿지 않으려고 해요. 항상 조심해야 하니까."

"뭐……? 믿고 싶어도?"

그는 그녀의 말이 마음에 들지 않아 눈썹을 추켜세웠다. 서요가 대체 왜 이러나 싶었다. 그런 미르의 마음과 달리, 그녀는 다시 말을 이었다.

"하지만 그렇다고 수피아를 떠날 순 없잖아요! 저하께선 분쟁을 해결하러 수피아에 온 것인데…… 함께하는 게 도움이 된다면 그렇게 해야죠. 어쩔 수 없잖아요!"

"하! 그것 말고 분명히 뭔가 더 있어. 알아? 이건 위험한 행동이라고!"

"그럼 어떻게 하게요. 저하를 여기서 쫓아내기라도 하시게요?"

"그래! 나는 그 말이 듣고 싶었어!"

그가 그녀를 마주 보며 소리쳤다. 미르의 손은 그녀의 어깨를 힘주어 잡고 있었다. 서요는 당황했다.

"뭐, 뭐라고요?"

"나는 그 말이 듣고 싶었다고. 세자와는 한시도 같이 있을 수가 없으니, 제발 그를 여기서 내쫓아달라고. 네가 그렇게 부탁하길 바랐다고."

질투에 휩싸인 그의 목소리는 서요의 마음이 아플 정도로 절절했다. 그녀는 아랫입술을 꾹 깨물고 그를 안타깝게 바라보았다.

그때 그들의 뒤를 성큼성큼 따라온 해문이 서요의 손목을 낚아챘다.

"이제 그만 좀 하지?"

해문은 이성적으로 행동하려고 했으나 미르의 태도가 아니꼬웠기에 도저히 그럴 수 없었다. 서요의 손목을 잡은 그의 눈동자가 불꽃처럼 뜨겁게 타올랐다.

"그거 놓으시죠?"

미르는 해문의 손에 잡힌, 서요의 가냘픈 손목을 노려보았다. 그의 음성은 어두운 동굴 깊숙한 곳에서 나는 소리처럼 섬뜩했다.

"내가 왜 그래야 하는 거지? 낭자와 함께 있는 것도 네놈의 허락을 받아야 하는 것이냐? 방자함을 참아주는 것도 한계가 있다."

해문은 미르의 서슬에도 아랑곳하지 않았다. 그는 미르를 지금 당장 불경죄로 옥사에 처넣고 싶었다.

"저하의 말씀대로 그만해요."

그 순간, 해문의 눈치를 보고 있던 서요가 그들의 사이에 끼어들어 중재했다. 그건 순전히 미르가 걱정되기 때문이었다. 그런 그녀의 속마음까지 알 리 없는 미르는 충격을 받은 얼굴로 그들에게서 돌아섰다. 그의 뒷모습은 배신당한 사람처럼 처량하기 그지없었다.

서요는 당장 미르를 붙잡아 달래주고 싶었으나 그럴 수가 없어서 가슴이 답답했다. 지금은 세자 해문의 말에 따라야 했다.

그들의 분위기가 살얼음판을 걷는 듯 서늘해지고 있을 때, 저 멀리서 가람의 목소리가 들려왔다.

"엇! 서요님!"

그는 미르가 불러온 구름을 보고 찾아온 것이었다. 또한 가람의 옆엔 소소도 있었다. 그들을 발견한 그녀는 반가움에 손을 흔들며 인사했다.

하나 그들 역시 미르와 마찬가지로 해문을 경계 어린 눈빛으로 바라보았다. 서요는 고개를 두리번거리며 고민하다가 다가온 가람에게 그의 기분을 풀어줄 것을 부탁했다. 소소와 미르는 틈만 나면 싸웠기에 가람이 나을 것이라 판단했던 것이다.

"가람님. 미르님 기분 좀 풀어주세요."

"예? 서요님은 괜찮으십니까?"

가람의 물음에 서요는 고개를 끄덕이며 반짝반짝한 눈빛을 보냈다. 가람은 알겠다는 듯 미르에게 향했고, 소소는 호위무사처럼 서요와 해문의 뒤를 따랐다.

해문의 비위를 맞추기 위해 미르를 보낼 수밖에 없었던 서요는 마음이 매우 안 좋았다.

'미르님, 화가 많이 나셨을까? 하…… 그럼 그 상황에서 내가 어떻게 해, 싸움은 최대한 막아야 하잖아.'

고민을 하며 걷던 그녀는 늦은 밤이 되어서야 집으로 돌아올 수 있었다. 방에 들어와서도 서요의 한숨에 땅이 꺼질 듯하자, 그녀와는 다른 고민 때문에 표정이 굳어 있던 미오가 물었다.

"무슨 일 있었어? 아까 전에도 얼굴이 하얗게 질려 있더니."

"아? 나? 아무것도 아니야. 미오야말로 걱정이 많지?"

미오는 수피아에서 평생 살아온 사람인 만큼 세자가 군대를 대동하고 왔다는 것에 고민이 많을 터였다. 서요가 그것을 알아주자 미오가 대답했다.

"응. 세자 저하께서 군대와 함께 오셨다는 게 영 찜찜해서. 아버지께선 세자 저하께서 오신 이유를 확실하게 말해주시지도 않고."

"사람들은 분쟁을 해결하러 온 거라고 하던데."

그녀는 서요의 말에 고개를 끄덕였다. 마을 주민들이 쑥덕이는 걸로는 그러했지만 진실은 모르는 법이었다.

"응. 그렇게 짐작하고 있긴 하지."

"일이 잘 풀려야 할 텐데."

"그러게 말이야."

미오와 서요가 말하며 씁쓸한 얼굴로 자리에 앉았다. 그녀들이 함께 있는 방 안의 분위기는 매우 썰렁했다.

시간이 흐르고 밤이 점점 깊어지는데도 서요는 여전히 잠들지 못했다. 시간은 속절없이 지나가고 있는데 평화롭게 분쟁을 해결할 좋은 방법이 떠오르지 않았던 것이다.

그때 옆에서 부스럭하는 소리가 나더니 미오가 자리에서 일어났다. 서요는 무슨 일인가 싶어 고개를 살짝 들어 올려 그녀 쪽을 응시했지만 미오는 그 시선을 눈치채지 못한 채 살금살금 밖으로 나갔다.

그리고 그녀는 거의 새벽이 되어서야 다시 방으로 돌아왔고, 서요는 미오가 어디에서 뭘 한 건지 궁금했지만 실례가 될까 봐 모르는 척 넘어갔다.

다음 날 아침. 밤을 새우다시피 하느라 누구보다도 일찍 일어난 서요는 기상신들이 머무르는 방 앞에서 얼쩡거렸다.

"아, 어쩌지. 들어가 볼까?"

미르의 마음에 맺혔을 응어리를 풀어주고 싶었던 그녀는 연신 문고리를 잡았다가 떼며 부산스럽게 움직였다. 그런 서요의 마음을 알기라도 하듯 얼마 지나지 않아서 문이 벌컥 열리고 미르가 나왔다. 그녀는 갑작스럽게 그와 마주하게 되자 온몸이 얼음처럼 굳어버렸다.

미르는 매미처럼 벽에 붙어 있는 서요를 보고 놀랐지만 가까스로 마음을 진정시킨 후 아무렇지 않은 척하며 밖으로 나왔다. 실은, 그는 어제도 서요가 집에 들어올 때까지 신경을 곤두세우고 있었고, 걱정이 되어 아침이 되자마자 그녀를 몰래 살피고 올 생각까지 하고 있었다.

하나 그와 같은 생각을 한 그녀가 먼저 나와서 어슬렁거리고 있을 거라고는 예상하지 못했다. 아직 어두침침한 하늘을 올려다본 미르는 깊은 숨을 내쉬었다.

"심장 떨어지는 줄 알았네. 도저히 미워할 수가 없다니까."

미르는 해문과의 일로 화가 단단히 났음에도 불구하고 그녀를 혼자 두는 것이 불안했고, 서요와 같이 있지 못해서 서운했다. 그렇기에 천문관에서 그녀의 옆을 떠나려고 했던 것과는 다르게, 서요의 상태를 몰래 살피려고 했던 것이었다.

그러나 미르가 그녀를 미워할 수 없는 것과 자꾸 서요의 옆에 있으려고 하는 해문을 적대하지 않는 것은 별개의 문제였다. 그는 해문의 진짜 꿍꿍이를 알지 못했기에, 더욱더 가만히 있을 수가 없었다. 앞으로 어떻게 해야 좋을지 생각하느라 미르는 머리가 아팠다.

'신목도 찾지 못했는데 수피아를 떠날 순 없고, 그렇다고 그 자식을 내쫓기 위해 전면전을 벌이는 건 서요가 싫어하고. 대체 어떻게 해야 하지?'

그는 천문관에서처럼 해문과 계속 부딪칠 생각을 하니 속이 좋지 않았다. 다시는 보지 않을 줄 알았는데 생각보다 더 질긴 인연이었다.

"미, 미르님!"

그때 뒤에서 서요의 목소리가 들려왔다. 돌아설까 말까 고민하던 미르는 천천히 뒤돌아 그녀의 얼굴을 바라보았다. 서요는 그런 그를 바라보며 조심스럽게 말했다.

"어제는 죄송했어요."

"뭐가?"

"그냥…… 전부 다요."

서요는 어제 미르를 따라가지 못했던 게 굉장히 미안했다. 하지만 그가 복잡한 상황을 다 알고 있으면서도 화를 내며 소리친 것에 대한 서운한 감정도 있었다.

"미르님은 제가 왜 그러는지 알고 있잖아요. 그런데 거기서 더 곤란하게 행동하면 어떻게 해요."

"뭐라고?"

"아니, 사실이잖아요. 나중에 차분하게 얘기하면 될 것을……."

미르가 눈을 부릅뜨며 묻자 그녀는 풀이 죽어서 말끝을 흐렸다. 그들은 서로 다른 문제에 대해서 섭섭해하고 있었다.

가슴이 답답해진 그는 인상을 찡그렸다.

"뭐가 어찌 되었든 내 편을 들어주길 바랐어. 네가 그 자식을 믿으려고 하는 게 답답했고, 함께 분쟁을 해결하자고 하는 건 진짜 독특한 발상이다 못해 어이가 없었어."

서요와 많이 가까워졌다고 생각했던 미르는 이런 그녀를 볼 때마다 다시 사이가 멀어진 듯한 기분이 들었다. 그는 서요가 대체 왜 저리 해문에 대한 경계심을 풀었나 싶었다.

서요는 신발 앞코로 땅을 문지르며 불편해하고 있다가 결심한 듯 입을 열었다.

"미르님이 저를 걱정하신다는 건 알고 있어요. 하지만 저도! 나름대로 다 생각이 있어요."

미르는 황당하다는 듯 물었다.

"그게 최선의 방법이라는 거야?"

"네."

"하……."

"더 조심할게요."

미르는 그녀의 대답을 듣고 짜증이 나서 머리를 헝클어뜨렸다. 그는 이 상황이 마음에 들지 않아서 미칠 것만 같았다.

"나는 아직도 잘 모르겠다."

미르는 어쩔 줄 몰라 하는 서요에게 좋은 답을 해주고 싶었지만, 결국 불퉁하게 말하며 자리를 떴다. 혼자 남겨진 서요는 꼬인 매듭을 어떻게 풀면 좋을지 고민하며 발을 동동거렸다.

해문과 병사들은 수피아의 빈집에서 생활했다. 수피아에는 왕족이 머물 만큼 좋은 곳이 없기 때문에 어쩔 수가 없었다. 병사들을 모두 수용할 만한 공간이 없었기에, 해문은 그들을 시켜 직접 집을 짓도록 명령했다. 그들은 신자들을 탄압하라는 왕명을 받고 왔음에도 집행을 망설이는 해문 때문에 여러 잡일을 하게 되었다.

그때 병사들이 있는 곳으로 서요가 다가와서 해문에게 물었다.

"저하. 어찌하실 생각이십니까?"

그녀는 미르와 엇갈린 이상, 빨리 수피아의 분쟁을 해결하고 싶었다. 해문은 직접 찾아온 그녀를 보고 기뻐서 입꼬리를 올렸다.

"낭자는 마음이 아주 급한가 보군."

"아무래도 모락산 쪽 사람들이 산신제를 강제로 거행하면 갈등의 골이 깊어질 것 같아서요. 그전에 해결해야 할 것 같은데……."

서요는 딱딱하게 굳은 표정으로 오직 그 문제에 대해서만 말했다. 그녀와 일상적인 이야기들을 하고 싶었던 해문은 마음이 조금 씁쓸했다. 하지만 그런 마음을 들키고 싶지 않았던 그가 여유 있게 대답했다.

"지금 당장에라도 해결할 순 있다. 수피아의 촌장과 자락산의 우두머리를 함께 불러서 어지를 전달하면 되거든. 하지만 근본적인 갈등이 해결되진 않겠지. 서로를 마음으로 이해하고 그들끼리 힘을 합쳐야 하지."

서요는 그의 이야기에 고개를 끄덕이며 귀를 기울였다. 그리고 물었다.

"그렇다면 어떻게 해야 하죠?"

"그들의 뜻을 하나로 만들어주면 돼."

그는 그녀를 바라보며 묘한 미소를 지었다. 사실 그들의 뜻을 하나로 만들어주는 데는 신녀만한 존재가 없었다. 산신을 믿는다는 건 기본적으로 신을 믿는다는 뜻이었다. 그도 아니면 그들에게 하나의 적을 만들어주는 것도 좋을 터였다.

아직 본 목적을 털어놓지 못한 해문은 아리송해 보이는 서요에게 자신이 머무는 집을 가리켰다.

"내 평생 이런 곳에서 지내는 건 처음이다."

분쟁과는 전혀 상관없는 말을 들은 그녀는 고개를 갸웃했다.

'그래서 어쩌라는 거야?'

서요의 어리둥절한 얼굴에 해문은 다시 진지한 표정으로 되돌아와 헛기침을 했다. 그는 어떻게 하면 화기애애하게 이야기를 나눌 수 있는지 도통 알 수가 없었다.

"저는 다시 일하러 가봐야 할 것 같아요. 편히 쉬세요!"

더는 그에게 할 말이 없어진 그녀는 일을 핑계로 그 자리를 벗어났다. 헐레벌떡 뛰어가는 서요를 바라보는 해문의 얼굴은 먹구름이 몰려온 것처럼 어두웠다. 그녀는 신녀임을 들킬까 봐 전전긍긍하던 옛날과, 정체를 들킨 지금이 그리 달라 보이지 않았다.

"아직도 나를 의심하는 건가."

서요를 지키기 위해 많은 생각을 했던 그는 그런 그녀의 태도에 어쩔 수 없이 속이 상했다.

잡아가지 않겠다고 확실한 약속을 했음에도 불구하고 서요와의 사이는 별로 나아지지 않았다. 그들 사이엔 여전히 높은 벽이 존재했다.

"답답하군."

해문이 한숨을 길게 내쉬었다. 그는 머리가 점점 복잡해지고 있었다.

서요는 마음을 가다듬고 산신제 준비에 열을 올렸다. 촌장은 해문의 군대를 신경 쓰면서도 해야 할 일을 미루지 않았기에 기상신들 또한 그를 따라서 산신각으로 가는 수밖에 없었다.

그때 기상신들을 산신각에 보내고 나서 열심히 일하는 그녀의 귀로 아낙네들의 말소리가 들려왔다.

"어젯밤에 남편이 그러던데…… `저하께서 분쟁을 해결하기 위해서 온 게 아니라네."

"그럼, 뭔데?"

"아, 왜! 전하께서 천왕신전을 조금씩 압박한다는 소문이 있었잖아. 금년 열여덟 살 계집을 찾았던 것도 신녀님 때문이라는 얘기가 있고."

"그렇지. 거기다 이번엔 새암에서 진짜 신녀님이 나타나셨다지?"

"응. 그래서 신을 저주하는 전하께서 신자들을 탄압하라는 명을 내린 거 아니겠냐고 하더라고."

"수피아에 세자 저하께서 온 이유가…… 그거다?"

서요는 생각지도 못한 이야기가 나오자 몸을 흠칫 떨었다. 그녀의 눈빛이 흔들렸다. 아직 소문일 뿐이었지만, 불안감 때문에 제대로 숨을 쉴 수가 없었다.

그 순간 서요는 그것이 정말 사실인지 해문에게 확인을 해봐야 하나 싶었다. 하지만 진짜일까 봐 두려워서 차마 발걸음이 떨어지지 않았다.

'싫어! 이런 건 정말 싫다고! 도대체 왜 이번에도 나 때문인 건데…….'

그녀는 이번 일 또한 자신 때문에 일어난 것만 같아서 힘없이 고개를 푹 숙였다. 주변 사람들이 고통받는 것도 힘들었는데 이젠 조선의 모든 사람들이 자신 때문에 믿고 싶은 것도 자유롭게 믿지 못할 상황이 되어 버릴지도 몰랐다.

그런 것은 절대로 싫었다. 그녀는 어떤 누구에게도 피해를 주고 싶지 않았고, 목숨의 위협을 받고 싶지도 않았다.

'일단…… 나중에 물어보자. 저하께서는 분명 분쟁을 해결하러 오셨다고 했으니까. 그건 아닐 거야.'

서요는 애써 침착하게 자신을 다독이고 다시 일에 집중했다. 그렇게라도 해야 끊이지 않는 아낙네들의 수다를 한 귀로 흘릴 수 있을 것 같았다.

미오가 또다시 한밤중에 몰래 방을 나갔다. 서요는 궁금증에 그녀를 잡아볼까 했지만 꾹 참고 높다란 천장을 바라보았다.

'어젯밤부터 대체 어딜 갔다 오는 거지?'

낮에도 일만 열심히 했던 미오가 밤만 되면 도대체 어디에 갔다가 오는지 알 수가 없었다. 그녀는 오늘도 잠이 잘 오지 않자 무료함을 이기지 못하고 온몸을 이리저리 움직이며 시간을 때웠다.

그로부터 얼마나 시간이 흘렀을까, 갑자기 밖에서 촌장의 우렁찬 음성이 집을 뒤흔들 정도로 크게 들려왔다.

"뭐, 뭐야."

그녀는 깜짝 놀라서 밖으로 튀어나갔다. 그곳엔 무릎을 꿇고 싹싹 비는 미오와 화가 나서 얼굴이 시뻘게진 촌장이 있었다. 또한 촌장의 모든 가족들과 기상신들까지 나와 있었다.

촌장은 잠이 오지 않아 집 주변을 어슬렁거리고 있다가 깊은 밤에 미오가 나와 모락산 쪽으로 향하는 것을 보았다. 그는 설마 하는 마음에 그녀의 뒤를 몰래 따라갔고, 미오는 마을 사람이 경계 근무를 서는 모락산의 입구가 아닌 다른 길을 선택해서 깊은 산중으로 들어갔다.

그 깊은 산중에서도 노련한 몸놀림으로 소리를 죽이고 그녀를 뒤따르던 촌장은 자락산 쪽으로 넘어가는 미오를 목격하고 충격을 받아 그 자리에서 그녀를 끌고 집으로 돌아온 거였다.

"미오 네가 어떻게 그럴 수 있단 말이냐!"

촌장이 분노하며 소리쳤다. 미오는 사색이 된 얼굴로 입을 열었다.

"아버지. 그게 아니라, 그게 아니에요!"

"뭐가 아니야! 네가 자락산으로 건너간 걸 내 두 눈으로 똑똑히 봤는데!"

그의 고함에 서요와 촌장의 가족들이 어깨를 떨었다. 그들의 시선이 무릎을 꿇고 앉은 미오에게 향했다.

"이게 대체 무슨 일이야?"

"미오 언니가 그럴 리가 없잖아!"

자매들은 모두 믿을 수가 없는지 두 눈에 눈물까지 그렁그렁 매달고서 촌장의 말을 부정했다. 서요와 기상신들은 그들을 당황스러운 눈빛으로 바라보았다. 뭐가 어떻게 된 일인지 알 수가 없었다.

그런 상황 속에서도 촌장은 미오를 압박했다.

"네가 우리 쪽 정보를 넘기고 있었던 거냐? 똑바로 말해보거라!"

"……."

"미오!"

"어제오늘, 이곳 상황을 전달한 건 맞아요."

미오의 말에 촌장은 분노를 참지 못하고 그녀의 뺨을 강하게 내려쳤다. 미오의 고개가 옆으로 돌아갔고, 촌장의 가족들은 충격을 받아 말을 잇지 못했다. 서요는 벌어진 입을 손으로 틀어막으며 빨갛게 부어오른 그녀의 볼을 안타깝게 바라보았다.

촌장이 눈을 부릅떴다.

"아무리 내 딸이라도…… 용서할 수 없는 문제다."

"군대가 마을에 들어온 소식을 자락산 쪽 사람들도 알아야 하는 것 아닌가요? 숨겨두고 있을 문제가 아니잖아요!"

"뭐라고?"

입술을 짓씹으며 최대한 울음을 삼키던 미오는 결국 오열하며 촌장에게 호소했다. 그녀는 어제오늘을 비롯하여 지금까지 했던 모든 일들을 결코 후회하지 않았다. 하지만 촌장은 그렇지 않았기에 노성을 질렀다.

"네가 아직도 정신을 차리지 못했구나. 이리 오너라!"

"꺄악!"

"오늘부로 집 밖으로는 한 발자국도 움직일 수 없다!"

촌장이 머리채를 잡아당기자 그녀는 질질 끌려가면서 악을 썼다. 촌장은 딸의 행동을 이해할 수 없어서 화가 머리끝까지 올라온 상태였다.

자매들이 달려가서 촌장을 말리려고 했지만, 험악한 아비의 눈빛에 흠칫하고 물러섰다. 그들은 평소 미오의 행실이 올곧았기에 아직까지도 촌장의 말을 믿을 수 없었다.

촌장이 미오를 어두침침한 고방에 가뒀다. 그러면서도 분이 풀리지 않았는지 서요에게 소리를 질렀다.

"본 적이 있느냐!"

"예, 예?"

"미오가 나가는 거 언제부터 보았냐는 말이다!"

"저, 저는 그게…… 어제오늘."

서요가 잔뜩 겁을 먹고 우물쭈물하자 촌장은 콧김을 뿜으며 방으로 들어갔다. 그 방에선 미오를 고방에서 꺼내야 한다는 촌장 부인의 울음 섞인 애원이 끊임없이 이어졌다.

"서요님. 괜찮으십니까?"

소소가 멍하니 서 있는 그녀에게 다가가서 물었다. 서요는 이게 무슨 일인가 싶어 풀어헤친 머리카락 끝만 잡아당겼다. 미오가 밤에 몰래 나갔다가 이른 새벽에 돌아온 것은 맞지만, 이야기를 더 들어봐야 하는 것 아닌가 싶었다.

"예. 저는 괜찮은데. 미오가……."

그녀는 갇혀 버린 미오를 생각하며 머릿속이 혼란스러웠다. 부녀 사이의 골이 너무 깊어져 버린 것 같아서 걱정이 되었다.

서요가 어찌할 바를 모르고 발을 동동거리고 있을 때, 그녀의 눈에 골목길 끝에서 얼굴만 내놓은 남자가 보였다. 그 남자는 연신 이쪽을 바라보며 상황을 살피고 있었다.

"뭐지?"

처음엔 마을 사람인가 했지만 죄를 지은 게 아니라면 저렇게 숨어서 지켜볼 리가 없었다. 서요는 놀란 나머지 자신도 모르게 미르의 팔뚝을 잡고 조심스럽게 남자를 가리켰다.

"미, 미르님. 저기……."

서요의 손길이 닿자 미르의 팔뚝에 저절로 힘이 들어갔다. 그녀가 누군가에게 의지해야 할 때 자신을 선택한다는 게 미르는 은근히 기분이 좋았다.

"저건 누구야?"

어두운 밤이라 그런지 남자의 얼굴이 잘 보이지 않았다. 미르는 미간을 좁히고 눈을 가늘게 떴다.

뭔가 이상한 것을 눈치채고 서로 시선을 마주한 기상신들은 함께 그 남자 가까이로 다가갔다. 서요는 그 뒤를 조심스럽게 따르며 주위를 살폈다.

"헉!"

남자가 외마디 비명을 지르며 미친 듯이 앞으로 달아나기 시작했다. 남자가 도망치는 모습은 서요 일행이 놀랄 만큼 필사적이었다. 그는 발이 꽤 빨랐고, 아슬아슬하게 잡히지 않았으나 그것도 잠시였다.

"거기 서!"

가람은 무섭게 소리를 지르며 앞서 나가더니 기어코 남자의 어깨를 잡아챘다. 남자는 가람의 손을 뿌리치려고 했으나 끄떡없는 악력에 그대로 자리에 주저앉고 말았다. 붙잡힌 남자는 얼굴을 험악하게 일그러뜨리며 미르 일행을 바라보았다. 기상신들은 그를 둘러싸고 의심의 눈빛을 보냈다.

"넌 누군데 우리를 힐끔힐끔 쳐다보고 있었어?"

미르가 팔짱을 끼고 날카롭게 물었다. 그리고 제일 늦게 온 서요는 숨을 고른 뒤에야 상황 파악에 나섰다.

"허억, 헉, 하아…… 무슨 일이죠?"

"말하지 않고 있어서 아직 모르겠습니다."

소소가 남자를 답답하다는 듯이 바라보았다. 남자는 입을 꾹 다물고 눈동자만 데구루루 굴렸다. 눈치를 보며 도망갈 기회를 엿보고 있는 것 같았다.

그때 서요가 남자의 앞에 쪼그려 앉아 시선을 마주하고 사과했다. 지금은 그의 경계를 조금이라도 푸는 것이 중요했다.

"저기, 갑자기 놀라셨죠? 이렇게 죄인 잡듯이 잡고 싶지는 않았는데, 숨어서 촌장님 댁을 지켜보다 도망가는 것이 영 이상해서……."

남자는 서요를 일별하고 한참을 고민하더니 이내 흐르는 땀을 닦으며 물었다.

"모락산 촌장님 댁에 사시는 게 맞습니까?"

그녀는 그가 수피아 촌장이 아닌 모락산 촌장이라고 하는 것을 보고, 남자가 모락산에 사는 주민이 아님을 눈치챘다. 그렇다면 그가 그 난리를 왜 몰래 훔쳐본 건지 설명이 되었다.

"사는 건 아니고, 잠시 머무르고 있어요. 산신제가 끝날 때까지 함께 지내게 되었지만 저희는 수피아 사람은 아니에요."

"아, 어쩐지…… 그런 것 같았습니다."

"그쪽은 자락산 주민이신 거죠?"

서요의 말에 남자의 눈빛이 흔들렸다. 잠시 망설인 그는 수피아와 관련 없는 외지인인 그들에게는 정체를 밝혀도 될 것 같았는지, 조심스럽게 고개를 끄덕였다.

"네. 사헌이라고 합니다."

"왜 거기 계셨던 거예요? 혹시 미오를 아시나요?"

그녀는 미오가 자락산에 가서 어떤 일을 하고 있었던 건지 더 정확하게 알고 싶어서 물었다. 그러자 사헌은 고개를 들어 올리더니 슬픈 표정을 지었다. 미오가 붙잡혀 간 것을 본 그는 억장이 무너지고 있었다.

사헌이 간신히 입을 열었다.

"그럼요. 제가 사랑하는 여자인걸요."

"예?"

"촌장님 댁에 있으면 우리 미오도 잘 알고 있겠네요."

뜻밖의 말을 들은 서요의 눈이 커다래졌다. 그녀는 좀 더 자세한 이야기를 듣고 싶은 마음에 얼른 대답했다.

"미오는 제 친구고 저랑 같이 방을 쓰고 있어요. 어제오늘은 미오가 밤에 몰래 나가는 것을 보긴 했었는데……."

"아, 그러셨군요. 저는 미오가 오늘 밤에도 자락산 쪽으로 넘어온다기에 숲에서 기다리고 있었습니다. 그런데 그녀가 눈앞에서 끌려가는 모습을 보고 걱정되어서 몰래 따라왔는데……."

사헌은 감정이 치밀어 오르는 것을 억누르려는 듯 눈을 질끈 감았다 뜨고, 떨리는 목소리로 말을 이었다.

"어떻게 전후 사정도 제대로 알아보지 않고 자기 딸을 가둘 수 있는 거죠? 이해할 수가 없습니다."

사헌은 주먹으로 가슴을 치며 고통스러워했다. 자락산 주민을 만난다는 사실 때문에 미오가 그런 벌을 받게 된 것 같아서, 그녀를 사랑하게 된 게 후회스럽기까지 했다.

미르는 안쓰럽다는 듯이 사헌을 바라보았다. 그는 경험해 보진 않았지만, 사랑하는 여자가 자신 때문에 힘들고 아프다면 자기 역시 매우 힘들 것이란 생각이 들었다.

"촌장은 믿었던 딸에게 배신을 당했다고 느끼는 거야. 물론 분을 이기지 못하고 뺨까지 때리고 감금한 건 잘못했지만."

미르의 말에 사헌은 한숨을 크게 내쉬었다. 고집스러운 촌장의 성격을 생각하면 이번의 행동이 딱히 이상한 것은 아니었다. 그는 머리를 헝클어뜨리며 괴로워했다.

"미오가 너무 걱정됩니다. 촌장의 등쌀에 제대로 밥이나 먹을 수 있을지…… 미오는 지금껏 분쟁을 해결하고자 하는 의지가 아주 강했습니다. 그래서 위험을 감수하면서도 모락산 쪽의 이야기를 저희 쪽에 전해 주었고, 어떻게 하면 원만하게 합의를 볼 수 있을지 저희 가족과 함께 고민하곤 했습니다."

사헌은 금방이라도 울음을 터뜨릴 것처럼 얼굴을 일그러뜨렸다. 가만히 이야기를 듣고 있던 소소는 힘없이 축 늘어진 그의 어깨를 다독이며 입을 열었다.

"많이 힘들었겠습니다. 지금껏 분쟁을 해결하고자 노력하고 있었군요."

"예. 그것을 알아주시니 감사하네요."

사헌이 그래도 기운을 조금 차리고 답하자 서요는 의지가 담긴 얼굴로 말했다.

"주제넘을 수도 있지만…… 저희도 당신들이 분쟁을 끝내고 화합하길 바라요."

"예? 수피아 사람도 아닌데 왜……?"

사헌은 어리둥절한 표정을 지었다. 이들이 나쁜 사람처럼 보이지는 않았지만, 외지인인데도 굳이 수피아의 분쟁에 관해서 관심을 갖는 모습이 조금 이상하게 느껴졌던 것이다.

"아, 그건……."

서요가 그의 말에 대답하려고 할 때, 가람이 그녀의 말허리를 잘랐다.

"서요님! 이만 이 사람을 돌려보내야 할 것 같아요. 점점 해가 떠오르고 있어요."

그러자 사헌은 재빨리 자리에서 일어나 숲 쪽으로 발걸음을 옮겼다.

"부디 우리 미오를 잘 챙겨주십시오."

그는 마지막으로 미오를 부탁하며 골목 사이로 사라졌다. 그녀는 고개를 끄덕이며 사헌이 무사히 자락산으로 넘어가기를 빌었다.

"하아…… 너무 안타깝네요."

"대체 이게 무슨 꼴인지."

서요의 탄식에 미르가 고개를 절레절레 흔들며 덧붙였다. 그들은 헛된 분쟁 때문에 사헌과 미오가 마음 편하게 사랑할 수 없다는 사실이 안타까웠다.

그러나 그것도 잠시, 해문과의 일로 사이가 조금 틀어졌던 서요와 미르는 서로를 힐끗거리며 눈치를 보았다. 그 모습을 본 가람은 피식 웃으며 소소의 등을 떠밀어 촌장의 집으로 돌아갔다.

둘만 남겨지자, 그들은 헛기침을 하며 일부러 딴 곳을 바라보았다.

"……아직도 화났어요?"

그때 서요가 먼저 용기를 내어 그에게 물었다. 뒷짐을 지고 서 있던 미르는 그녀의 말에 어떻게 반응해야 할지 고민이 되어 날렵한 턱을 쓰다듬었다.

'이쯤에서 한 번 져 줘야 하는 건가? 계속 이런 사이로 있는 건 싫은데.'

그의 머릿속에서 여러 생각이 떠다녔다. 미르는 서요에게 섭섭함을 느끼긴 했지만, 그녀를 사랑하는 것은 변함없었기에 응어리를 풀기로 했다.

'역시 더 많이 사랑하는 사람이 지는 거로군.'

그러나 그것은 그가 마음속으로 생각한 것뿐이었고, 서요에게는 아직 화가 난 것처럼 말했다.

"입 맞춰주면 화 풀게."

"예에?"

그녀는 조금씩 올라가던 그의 입꼬리에 안도의 숨을 내쉬다가 놀란 토끼 눈을 했다. 입을 맞춰 달라니, 매우 당황스러운 청이었다. 그녀가 먼저 입맞춤을 한 적이 단 한 번도 없었기 때문이었다.

서요는 고개를 두리번거리며 당황스러워했다.

"아니, 뭐 저도 빨리 화해하고 싶긴 한데요! 그래도!"

"화해하고 싶으면…… 자, 여기 있어. 입술."

미르는 깜짝 놀라 어쩔 줄 몰라 하는 서요가 귀여워서 더 대담하게 입술을 내밀었다. 동그랗게 튀어나온 그의 입술을 본 그녀의 볼은 수줍게 달아올랐다. 대체 그가 왜 이런 짓궂은 이야기를 하나 싶었다.

"꼬, 꼭 그래야만 해요? 다른 방법은 없어요?"

서요는 눈을 감고 입술을 내민 미르를 당황스럽게 바라보았다. 그는 미적거리기만 하는 그녀가 답답했기에, 고개를 내저으며 그것 말고는 방법이 없다는 것을 확실하게 했다.

"미르님도 잘못했으면서 왜 나만!"

이럴 수도, 저럴 수도 없었던 서요는 억울함에 얼굴을 구기며 툴툴거렸다. 왠지 미르에게 말려든 것만 같은 기분이 들었다.

"에잇! 안 해요. 안 해!"

결국 그녀는 팔짱을 끼고 뒤돌아섰다. 그런 민망한 일을 시키는 그에게 심통이 난 것이었다.

"뭐야, 진짜 안 해? 이렇게 좋은 기회를 날린다고?"

미르는 그녀의 결정에 실망하며 잔뜩 골이 난 표정을 지었다. 수줍음이 많은 그녀에게 어려운 부탁인 것은 알고 있었으나 그래도 서요가 스스로 먼저 해주는 입맞춤을 느껴보고 싶었던 것이다.

그녀는 마냥 장난스럽게만 느껴지는 그의 말을 흘려들으며 촌장의 집을 향해 발걸음을 옮겼다. 그런 서요의 뒷모습을 처량하게 바라보던 미르는 나지막한 목소리로 말했다.

"가지 마. 입 맞추고 싶어."

그러자 서요의 발걸음이 우뚝 멈춰 섰다. 그녀는 완전히 뒤바뀐 미르의 목소리에 심장이 덜컹 내려앉는 기분을 느꼈다.

'뭐야, 그렇게 말하면 무시할 수가 없잖아.'

그는 마음 약한 그녀를 알기라도 하듯 자신의 감정을 노골적으로 내보였다. 멈춰 선 그녀는 침을 꼴깍 삼키며 그저 손가락만 꼼지락거렸다. 서요의 머릿속에선 미르의 낮은 목소리만이 반복되고 있었다. 진심이 담긴 그 말에 그녀의 심장이 거세게 뛰었다.

"이리 올 거지?"

서요는 아직 마음이 진정되지 않았지만, 애정이 듬뿍 담긴 그의 재촉에 결국 미르를 향해 천천히 걸어갔다. 그리고 얼굴을 가린 천을 잠시 풀고는 떨리는 입술을 열었다.

"입 맞추고 싶다면 한번 말해봐요. 나를 사랑해서 나와 평생 함께하고 싶다고."

미르가 촌장의 가족들에게 연혼을 맺은 정인이라고 장난스럽게 소개하긴 했지만, 서요는 그의 진짜 속마음이 어떤지 알고 싶었다. 단순히 연수의 치근덕거림을 제가 싫어했기 때문인 건지, 아니면 정말 함께 천상으로 올라가 평생 행복하게 살고 싶은 건지 말이다.

'서로 마음을 고백하긴 했지만…… 우리는 어떤 사이고, 앞으로 이럴 것이라고 제대로 말해주었으면 좋겠어.'

그녀의 도발적인 말에 미르의 남빛 눈동자가 거세게 흔들렸다. 그는 그 말속에서 평생 함께 하고 싶다는 그녀의 마음을 알아차렸다.

미르의 입꼬리가 씩 올라갔다. 그는 서요가 사랑스러워서 온몸이 비비 꼬일 것만 같았다.

"네가 먼저 그렇게 말하지 않아도 되었어. 그건 너무도 당연한 일이니까."

미르는 초조해 보이는 그녀를 향해 입을 열었다. 어떤 말이 나올까 싶어 잔뜩 긴장해 있던 서요는 짧게 호흡하며 눈을 크게 떴다.

"그럼 정말 저와 혼례를?"

"그래. 평생 놓아주지 않을 거야."

서요는 자신이 먼저 떠보긴 했지만, 흔들림 없는 미르의 명쾌한 대답에 잠시 당황했다. 정말 신인 그와 혼례를 올리고 평생을 살아갈 수 있는지 의문이 들었기 때문이다. 서요의 머릿속은 이런저런 생각들 때문에 뒤죽박죽이었다.

'정말 존재 자체가 다른데도 단순히 마음을 나누는 것보다 더한 관계가 될 수 있단 말이야?'

그녀는 기분이 좋으면서도 마음 한편에서는 불안감이 들었다.

"혼자서 그만 좀 생각해. 그러다 머리 터지겠다."

미르는 굳어 있는 서요를 보고 말했다. 그녀는 어리벙벙한 표정으로 그를 올려다보았다.

"예?"

"이리 오라고. 당장."

그가 서요를 향해 두 팔을 활짝 벌렸다. 그녀는 잠시 머뭇거리다가 확실한 대답을 해준 미르에게 가까이 다가가 안겼다. 그리고 에라 모르겠다는 심정으로 까치발을 들어 그의 단정한 입술에 자신의 입술을 갖다 댔다.

쪽!

자극적인 소리와 함께 서요의 입술이 떨어졌다. 미르는 순간적으로 가슴이 크게 부풀어 올랐다가 뻥 터져 버리는 것 같은 기분을 느꼈다. 그녀가 직접 다가와 안겨준 것만 해도 많이 발전했다고 생각했는데 그 순간 더욱 놀라운 일이 벌어졌다.

"에잇! 몰라요!"

서요는 막상 해놓고도 부끄러웠기에 그대로 줄행랑을 쳐 버렸다. 홀로 남은 미르는 헛웃음을 지으면서도 열이 올라 화끈화끈한 것 같은 입술을 손가락으로 매만졌다.

"……미치겠군."

설레는 느낌을 좀 더 곱씹고 싶었던 그는 파란 새벽빛을 받으며 오래도록 그 자리에 머물렀다. 그녀를 따라가서 더욱 진한 입맞춤을 할까도 했지만 이것만으로도 이미 심장이 크게 뛰고 있었다.

"미오! 괜찮아?"

서요는 미오가 갇힌 고방 앞에서 문을 흔들며 큰 소리로 물었다. 그녀는 어머니가 간간이 가져다주는 음식을 먹고 있긴 했지만, 단단히 화가 난 촌장 때문에 여전히 밖으로 나오지 못하고 있었다.

문 앞에 바짝 붙어서 기운 없이 앉아 있던 미오는 서요의 목소리를 듣고 눈을 번쩍 떴다.

"서요? 서요야?"

"응. 나야!"

"아버지는 아직도 많이 화가 나신 거지?"

그녀의 서글픈 물음에 서요는 사실을 전하는 게 매우 괴로웠다. 분쟁을 해결하기 위해 힘썼던 미오는 지금 상황이 매우 답답할 것이었다.

"그게…… 말씀은 잘 하지 않으시지만 아직 그런 것 같아."

"그렇구나. 이곳에 온 지 얼마 안 된 너를 내가 챙겨줘야 하는데 이런 모습을 보여서 미안하네."

"아니야. 왜 그런 말을 해!"

서요는 자책하는 미오를 달래며 풀죽은 그녀의 마음을 다독였다. 서요는 사헌과 만났던 일에 대해서 말할까 싶기도 했지만 도리어 미오가 걱정할 것 같아서 차마 터놓지 못했다.

서요는 이번 일을 계기로 수피아의 분쟁을 더욱 빨리 해결해야겠다는 생각이 강해졌다. 미오와 사헌의 가슴 아픈 사랑은 이곳에서 살아가는, 그리고 앞으로 살아갈 사람들이 피할 수 없는 문제였다. 지금껏 하나였던 수피아가 모락산과 자락산으로 나뉘는 걸 보고만 있을 순 없었다.

그녀가 그런 마음을 강하게 먹고 있을 때, 촌장의 집 근처에 해문과 환관 그리고 병사들이 나타났다. 해문은 고방 앞에 쪼그려 앉은 서요를 부드러운 목소리로 불렀다.

"낭자!"

심각한 표정을 짓고 있던 서요는 고개를 돌려 그를 바라보았다. 그녀는 그 순간 해문이 군대를 이끌고 온 진짜 목적에 대해서 말하던 아낙네들의 모습이 떠올랐다.

"어쩐 일이십니까?"

서요는 일단 아무렇지도 않은 얼굴로 그에게 다가가 예의 있게 물었다.

"자락산 마을로 함께 가지 않겠느냐?"

"예?"

"분쟁을 해결하려면 저쪽 입장도 들어봐야 할 테니 말이다."

해문의 말에 그녀의 눈이 반짝반짝 빛났다. 그렇지 않아도 사헌을 만난 후, 자락산 쪽 주민들을 봐야겠다는 생각을 하고 있었기에 그의 제안은 마른 날 내리는 단비와도 같았다.

"예! 당연히 따라나서야지요."

그녀가 잽싸게 해문의 뒤를 따랐다. 하지만 여전히 병사들과 함께 있는 것이 불안했기에, 그를 따라가면서도 그녀의 가슴이 불안정하게 뛰었다.

'세자의 명을 받는 이들이 나를 잡아갈 리는 없어. 안심해. 아직은 괜찮아.'

그녀는 두근거리는 가슴을 간신히 달래며 발걸음을 옮겼다. 그리고 해문은 뒤에서 따라오는 서요의 어깨를 기습적으로 감싸 안아 자신의 옆으로 오도록 만들었다. 깜짝 놀란 서요는 휘둥그레진 눈으로 그를 올려다보았다.

"저하?"

"천문관에서는 함께 밤 산책도 했는데, 왜 뒤에서 신하처럼 따르고 그러느냐."

해문은 그녀가 자신의 옆이 아니라 뒤를 따르는 게 서운해서 목소리가 가라앉았다. 서요는 해문을 이해할 수 없어서 고개를 갸웃했다. 그의 옆에서 걷든, 뒤에서 걷든 그것이 왜 중요한가 싶었다.

"지치지도 않는지, 돌아가며 마을을 지키고 있는가 보구나."

해문이 모락산 입구 근처에서 경계 근무를 서는 사람을 보고 말했다. 서요는 그의 말에 동조하고, 쭈뼛거리며 문지기의 앞에 섰다.

"자락산 마을로 가는 지름길이 어디인가?"

해문은 당당하게 지름길을 물었다. 문지기는 세자의 행차에 놀라서 잠시 어물쩍거렸으나, 재빨리 길을 비켜주며 오른쪽의 평지를 두 손으로 공손하게 가리켰다.

"자락산은 모락산과 거의 붙어 있어서 산을 통해 건너가셔도 되지만 마을이라면 이쪽으로 가시는 게 더 빠를 것이옵니다."

해문은 고개를 끄덕이며 그쪽으로 걸어갔고, 서요는 자락산 마을에 간다는 데에 떨려 침을 꼴깍 삼켰다. 지금까지는 촌장 때문에 그 누구도 자락산 마을에 당당하게 갈 수 없었지만, 일개 촌장의 말이 조선의 세자를 막을 수는 없었다.

"후…… 부디 이야기가 잘 되었으면 좋겠네요."

서요가 차분하게 말했다. 그녀는, 자신이 해문과 같이 자락산 마을로 간다는 것도 모른 채 산신각에서 일하고 있을 기상신들이 신경 쓰였다. 그러나 지금은 자락산 쪽으로 가서 주민들과 이야기를 하는 것이 더 급했다.

서요와 해문, 그리고 그의 신하들은 그렇게 자락산 마을로 들어갔다. 자락산 마을은 수피아의 동쪽 끝에 위치해 있었으며 집도 몇 채 되지 않았다. 그럼에도 불구하고 그 작은 터전을 지키고자 하는 사람들의 얼굴은 매우 굳건해 보였다.

"혹시 세자 저하이십니까?"

미오에게 이야기를 전해 들었기에 세자가 수피아에 왔다는 사실과 그의 인상착의를 알고 있었던 문지기는 크게 당황하지 않고 정말 세자가 맞는지 물었다. 해문은 고개를 끄덕이며 답했다.

"그렇다."

"이런 누추한 곳까지…… 영광이옵니다. 저하. 혹시 실례가 되지 않는다면…… 옆의 분은 누구십니까?"

문지기는 천으로 얼굴을 가린 여성이 해문의 곁에 있었기에 의아한 얼굴로 물었다. 의심이 갈 수밖에 없는 희한한 모습이었다.

"내 일행이다."

"예. 들어오십시오."

그의 간단한 답에 뭐라 다른 할 말이 없었던 문지기는 해문 일행을 맞이한 뒤 그들의 장인 도담에게 소식을 전했다. 세자가 방문했다는 말에 바로 달려 나온 그는 두 손을 가지런히 모으고 예를 다해 해문에게 인사를 올렸다.

"세자 저하를 뵙습니다. 부족하지만 이들의 장을 맡고 있는 도담이라고 합니다."

고개를 끄덕여 인사를 받은 그는 자신의 뒤를 따르던 신하들에게 마을을 살펴보라 명한 뒤, 서요와 함께 도담의 안내를 받으며 걸음을 옮겼다.

"누추하지만 이곳으로 들어오시지요."

그들은 초라한 너와집으로 들어섰다. 쾌쾌한 먼지 냄새와 흙냄새가 났고, 뜻밖에도 그곳엔 오늘 새벽까지 모락산 마을에 있었던 사헌이 의자에 앉아 있었다. 서요는 반가워서 무심코 그의 이름을 불렀다.

"……사헌?"

"엇? 당신은?"

사헌 또한 서요를 보고 놀라서 손가락질을 했고, 그렇지 않아도 그를 다시 만나야겠다고 생각하던 그녀는 기뻐하며 다가갔다. 해문과 도담은 의문스러운 얼굴로 두 사람을 바라보았다.

"아는 자인가?"

"제 아들놈을 어찌 아십니까?"

그들이 동시에 질문하자 사헌과 서요는 어젯밤에 있었던 일에 대해서 이야기했고, 해문과 도담은 낯빛이 어두워졌다.

"미오가 그런 수난을 겪었다니…… 후, 다 저희들 때문입니다. 이걸 미안해서 어쩝니까."

도담이 슬픈 목소리로 중얼거렸다. 아버지가 걱정할까 싶어서 미오의 얘기는 하지 않고 있었던 사헌은 도담이 깊은 한숨을 내쉬자 고개를 푹 숙였다. 그가 생각하기에도 촌장의 분노가 쉽게 풀어지지 않을 것 같아 암담했다.

서요 또한 미오 생각에 슬퍼져서 입꼬리가 축 처졌다. 그녀는 아직도 어둡고 서늘한 고방 안에서 눈물을 흘리고 있을 터였다.

그들 사이에 무거운 공기가 감돌았다. 하지만 해문은 오늘 꼭 해야 하는 이야기가 있었기에 그녀와 함께 자리에 앉은 후 입을 열었다.

"내가 왜 여기까지 왔는지는 이미 들어서 알고 있을 테고…… 하면 단도직입적으로 묻겠네. 자네들은 어떻게 하고 싶은가? 모락산 쪽 주민들과 화해하고 싶은가, 아니면 싸워서라도 권력을 얻고 싶은가?"

그들의 내면 깊숙한 곳까지 파고드는 예리한 질문에 도담과 사헌이 몸을 흠칫했다. 그들은 세자가 예민한 문제를 이렇게 바로 물어올 줄 몰랐기에 당황했다. 잠시 침으로 목을 축이며 생각을 정리한 도담이 조심스럽게 말했다.

"솔직히 그동안 많은 일이 있었습니다. 얼마 전까지만 해도 자락산으로 들어오는 길목에서 칼과 창을 들고 싸우기까지 했었지요. 그 때문에 부상자들이 많이 생겨서 지금은 잠시 쉬면서 기회를 엿보고 있는데, 그들은 같은 수피아의 주민인 우리의 말을 묵살하고 산신제를 준비하고 있습니다."

사헌이 아버지의 말을 거들었다.

"그들은 아예 다른 마을로 나뉘어져 살고 싶은가 봅니다. 우리도 자락산 선자님을 위한 산신제를 준비한다면 얼마든지 할 수 있지만 모락산 마을로 향하는 평지가 지금과 같이 서로 대립해서 막혀 있다면 밖으로 나갈 때 항상 험난한 숲길을 통해서 갈 수밖에 없습니다."

그는 다시 생각해도 화가 나는지 얼굴이 붉으락푸르락했다. 속상함을 감추지 못한 사헌의 손은 부들부들 떨렸다.

"이리 환영받지 못할 바엔 다시 북쪽으로 올라가 떠돌이 생활을 하는 게 낫겠다 싶을 때도 있습니다."

"사헌아. 자락산에 선자님이 계신데, 그런 말 하지 말거라. 선자님께서도 슬퍼하실 것이다."

도담이 자락산 선자의 이야기를 꺼내자 사헌은 알겠다며 고개를 끄덕였다. 그리고 도담은 가장 마음에 걸리는 문제에 대해 말했다.

"또 제 아들 사헌이…… 미오를 평생의 짝으로 생각하고 있습니다. 저도 처음엔 모락산 촌장의 딸이라고 하여 편견을 가지고 있었으나 착한 심성을 보고 나니 며느리로 삼고 싶다는 생각이 들었습니다."

서요는 그들의 이야기를 듣고 가슴이 먹먹해졌다. 모락산 주민과 자락산 주민이 서로 반목하고 있는 게 안타까워서 얼른 수피아에 평화가 찾아왔으면 좋겠다는 생각이 들었다.

"내 물음에 대한 답은 어디서도 찾아볼 수가 없군."

해문은 그들의 상황이 마음 아프긴 했지만, 분쟁을 해결하는 데는 전혀 쓸데없는 말이라고 생각했기에 심기가 불편해졌다. 도담은 그를 제대로 쳐다보지 못한 채 심호흡을 하더니 입술을 떨며 간신히 원하는 것을 말했다.

"제가 수피아의 촌장이 되어서 이곳 사람들이 좀 더 마음 편안히 잘 살았으면 좋겠다는 생각은 한 적이 있습니다. 그래서 일 년에 한 번뿐인 산신제에 선모가 아닌 선자님을 내세우기도 했고요."

그런 그의 말에 해문은 냉정하게 답했다.

"자네도 알겠지만 그건 불가능한 일이네. 마을 일에 의견을 내는 원로면 모를까. 오랫동안 그자가 수피아의 촌장으로 일해왔는데 이주민이 그 자리를 대신할 순 없지."

도담과 사헌의 입꼬리가 축 처졌다. 서요는 그들의 눈치를 보고 있다가 조심스럽게 대화에 끼어들었다.

"촌장이든 원로든, 마을 내의 어떤 직급이든…… 얼른 갈등을 끝내고 화해하는 게 급선무예요. 그렇지 않으면 수피아는 분열된 채, 사람들의 고통만 커질 거예요."

"그건 그렇습니다. 이곳 사람들도 점차 지쳐 가고 있습니다. 화해하고 이제라도 잘 살 수 있다면, 제 욕심은 버릴 수 있습니다."

도담의 검은 눈동자가 의지로 불타올랐다. 서요는 한 발 양보하는 그들의 모습에 조금 안도했다. 만일 자락산의 사람들이 수피아의 촌장처럼 굽히지 않고 고집을 부렸다면 분쟁을 해결하기가 지금보다 더 힘들어졌을 것이었다.

"저하께서는 분쟁을 해결하러 오셨다고 들었는데…… 저희는 어찌하면 좋을까요?"

도담은 정신을 가다듬고 해문에게 물었다. 서요는 불안한 생각을 하며 자신도 모르게 침을 꼴깍 삼켰다.

'맞아! 저하께서는 정말 어찌하실 생각이시지? 분쟁을 해결하러 온 건 맞는 거지?'

궁금증이 가득한 그들의 시선이 해문에게 향했다. 그는 이제 어느 정도 진실을 밝히고 행동해야겠다는 생각이 들었다. 함께 작전을 수행하려면 서요도 미리 알아야만 했다.

"나는 전하의 명을 받아 산신의 신자들을 탄압하러 온 것이다."

해문의 폭탄선언에 세 명의 입이 딱 벌어졌고, 그는 그런 그들을 바라보며 씁쓸한 표정을 지었다.

"소문이 사실이었습니까? 분쟁을 해결하러 온 것이 아니라, 신자들을 탄압하기 위해서 오셨다고요?"

서요는 신자를 탄압하라는 명이 신녀 때문이라는 이야기를 들은 적이 있기 때문에 흥분했다. 도담과 사헌은 조금 전까지만 해도 분쟁을 해결해 줄 것처럼 이야기했던 세자가 갑자기 그들을 탄압하겠다고 나서자, 충격을 받아 입도 벙긋하지 못했다.

"어명은 수피아 사람들의 소요를 막고 왕권의 힘을 보이라는 것이다. 달리 말하자면 나는 완벽한 악역이 되어 양쪽 신자들을 모두 탄압하는 척하며 소요를 잠재우고, 자네들은 모락산 쪽 사람들과 화해하고 나에게 맞서 싸우면 된다."

해문은 실망한 티가 역력한 그녀를 어떻게 해서든 달래고 싶었기에, 그동안 고민해 온 해결 방안을 이야기했다. 이와 같이 한다면 왕권의 힘도 보여줄 수 있고, 그들의 분쟁도 해결할 수 있을 것이었다. 그는 절대 죄 없는 백성들을 힘들게 하고 싶지 않았다.

서요는 해문의 말을 곧바로 이해할 수 없었다. 그녀의 가슴은 금방이라도 터질 것처럼 거세게 뛰고 있었다.

"그 말씀은, 탄압하는 시늉만 하신다는 겁니까? 저희는 모락산 쪽과 힘을 합치고요?"

뒤늦게 정신을 차린 사헌이 해문의 말뜻을 이해하고 물었다. 해문은 고개를 끄덕이며 충격에 빠진 서요를 곁눈질했다. 그녀의 말간 눈은 여전히 흔들리고 있었다.

서요는 뒤늦게 해문의 의도를 알아차렸지만, 그럼에도 불구하고 왕검자민의 철권통치에 충격을 받았다.

'신녀의 존재가 바깥으로 드러나자 신권을 압박하고, 그것도 모자라서 백성의 대부분이 신자인데 그들을 전부 탄압하라고 명했다고?'

그녀는 자민의 포악한 행동에 치가 떨렸다. 아무리 욕심이 많다지만 왜 그렇게까지 하는지 이해할 수 없었다. 그리고 신자들을 탄압하라는 명령이 수피아에 한정되지 않는다는 걸 퍼뜩 깨달은 그녀는 간신히 정신을 차리고 해문에게 물었다.

"수피아는 저하께서 거짓으로 연기하신다고 해도…… 다른 곳은요?"

그녀의 물음에 해문은 자리에서 일어났다.

"잠깐 나가서 얘기하지."

해문과 서요는 심각한 얼굴로 도담의 집을 빠져나왔다.

"다른 곳도 시작된 거죠? 그렇죠?"

밖으로 나온 서요의 물음에 해문은 어쩔 수 없이 고개를 끄덕였다. 그런 명을 내린 왕검에게 너무도 화가 났다.

"하! 말도 안 돼."

서요의 가슴속에서 분노가 끓어올랐다. 서요는 탄압에 고통스러워하는 사람들의 얼굴이 떠오르자 입술이 저절로 떨렸다. 새암에서처럼 자신이 신녀라는 게 자랑스러울 때도 있었지만, 지금은 그저 온몸을 옥죄는 고통으로만 느껴질 뿐이었다.

"대체 제가 뭘 어찌해야 하는 걸까요. 잡혀주면 되는 건가요?"

"아니! 그건 낭자의 목숨만 앗아갈 뿐. 신권에 대한 탄압이 사라질 리는 없다."

해문은 서요가 위험해지길 바라지 않았기에 목청을 높였다. 서요는 지금껏 자민이 자신 한 명을 찾기 위해 했던 행동들을 다시 떠올리고, 그라면 충분히 그렇게 할 만하다고 생각했다.

"왜 숨기셨습니까? 분쟁 때문에 왔다고만 하지 않으셨습니까."

서요는 자신에게 신자들을 탄압하러 왔다는 사실을 숨긴 해문을 의심하며, 경계 어린 표정으로 바라보았다. 해문은 자신이 할 수 있는 만큼 했는데도 그녀와의 사이가 점점 멀어지기만 하자 갑갑한 나머지 길게 탄식했다.

"하…… 낭자의 이런 반응을 예상했기 때문이다. 그대에게 미움을 사고 싶지 않았어."

"……정말 끔찍해요. 저 때문에 고통받는 사람들이 있다는 생각만 해도 괴롭습니다."

해문은 솔직하게 밝혔지만 서요에겐 그의 사정과 마음이 전혀 중요치 않았다. 그녀는 그저 폭군 자민의 명 때문에 괴로워할, 죄 없는 백성들이 불쌍할 뿐이었다. 해문은 서요의 반응에 마음에 상처를 입었다.

"그래. 지금 낭자는 내 말이 전혀 들리지 않는 것 같군."

해문은 씁쓸하게 중얼거렸고 그들은 모락산 마을로 돌아왔다.

'자민의 폭정이 제대로 시작된 거야.'

서요는 머리를 쥐어뜯으며 괴로워했다. 해문은 촌장의 집까지 서요를 데려다주면서, 거짓 탄압을 시작하면 그녀가 나서서 촌장을 설득해 자락산 주민들과 힘을 합치도록 하라고 권고했다.

수피아의 분쟁을 해결해야만 하는 서요는 고개를 끄덕이긴 했지만, 걱정이 되어 도통 정신을 차릴 수가 없었다.

"천상으로 올라가는 건 나의 욕심이었나……."

천상으로 올라가 행복해지고 싶었던 서요의 바람은 다른 이들의 고통 앞에 점점 그 힘을 잃어갔다. 서요는 깊은 한숨을 내쉬었다.

기운 없이 저녁 식사를 마친 서요는 미르의 눈길을 피해 밖으로 나왔다. 그와 아무렇지도 않게 이야기를 하는 것이 어렵기도 했고, 해문과 함께 자락산 마을에 갔다 왔다는 말을 하는 건 더욱 꺼려졌다. 이럴 땐 마주치는 것을 최대한 피하는 게 상책이었다.

"후…… 언젠가는 말해야 하는데."

겨우 미르와 화해했는데 또 갈등을 일으키고 싶지 않았다. 그는 이 이야기를 들으면 절대 안 된다고 길길이 날뛸 것이 분명했다.

아무런 계획 없이 밖으로 나온 서요가 갈 곳을 잃은 채 고민하고 있을 때, 갑자기 소소가 그녀의 앞에 나타났다.

"헉! 소소님?"

저녁 식사를 할 때 그가 보이지 않았다는 걸 떠올린 서요는 의아한 표정으로 물었다.

"어디 있다가 오신 거예요? 저녁은 드셨어요?"

"산신각에서 일 마무리하면서 대충 먹었습니다."

"아, 고생하셨어요."

성실한 소소는 마을 사람들 몇 명과 더 남아서 오늘 일을 마무리하고 온 모양이었다. 그의 얼굴에 투명한 땀방울이 송골송골 맺혀 있었다.

"그런데 서요님은 바깥에서 뭘 하고 계셨습니까?"

소소는 오는 길에 그녀가 고개를 푹 숙이고 땅바닥만 바라보고 있었던 것을 보았기에 물었다. 뜨끔한 서요는 잠시 주위를 살피며 눈치를 보다가 그의 팔을 잡아당겼다.

"잠깐…… 괜찮으시다면 얘기를 좀 나누고 싶어요."

소소는 심각한 표정의 그녀를 보고 고개를 주억이며 앞으로 걸어 나갔다. 서요와 단둘이서만 있는 건 오랜만이었기에, 그는 마른침을 꿀꺽 삼켰다.

"무슨 일 있으셨습니까?"

소소는 그녀가 이상해 보였기에 조심스럽게 물었다. 서요가 얘기를 나누고 싶다는 건 분명히 중요한 일일 터였다. 의미 없이 주변 풍광을 바라보며 걷던 서요는 바싹바싹 타들어가는 입술에 침을 발랐다.

"그게 사실은……."

그녀는 오늘 있었던 일들을 털어놓았다. 서요는 지금껏 늘 자신의 편에 서주었던 소소라면 말해도 괜찮을 것이란 생각이 들었다. 그녀의 이야기를 다 들은 그는 예상보다 더 심각한 상황에 얼굴이 일그러뜨렸다.

"제 백성을 그리 쉽게 탄압하라 명하는 왕은 처음 보는군요. 그런 왕이 지배하는 조선은 오래가지 못할 것입니다."

소소가 솟구쳐 오르는 분노를 참지 못하고 이를 갈았다. 아무리 침착하고 이성적인 그라도, 왕검의 미친 행동에는 평상심을 유지하기 어려웠다.

"네. 그래서 고민이에요. 고통받을 백성들을 위해서 신녀인 제가 필요하지 않을까 싶기도 하고요."

"탄압을 막을 수 있는 방법은 서요님이 제사장이 되어 신권을 공고히 하는 것뿐이라고 생각하시는 거군요."

"그렇죠. 왕검에게 잡혀 죽임을 당하거나, 천상으로 떠나 조선에서 완전히 사라지는 것으로는 탄압이 멈춰질지 모르겠어서……."

신녀라는 위치의 무게를 느끼고 있는 것 같은 서요의 말에 소소는 잠시 숨을 깊게 들이마셨다. 그는 서요에게 어떤 말을 해야 할지 진지하게 생각했다. 그녀의 고민은 지금까지 해온 여정을 뿌리부터 뒤흔드는 것이었으며, 그만큼 굉장히 복잡한 문제였다.

"왕검에게 잡힌다는…… 그런 말씀은 하지 마십시오. 절대 그러시면 안 됩니다."

소소는 가장 먼저 그 문제부터 짚었다. 서요가 자민의 손에 들어가는 건 있을 수 없는 일이었다.

소소는 지금껏 여성에게 따뜻한 말을 건네는 것을 매우 어려워했지만 고민하고 혼란스러워하는 그녀에게 이제는 꼭 말해주고 싶었다. 주먹을 불끈 쥐고 용기를 낸 소소가 입을 열었다.

"그리고 저는 서요님이 어떤 선택을 하시든, 서요님을 따를 것입니다. 서요님을 진심으로 존경하고 있으니까요."

"하지만……."

"그러니 서요님의 마음이 가는 대로 움직이십시오."

어두운 하늘 아래서 그녀는 그의 진심 어린 눈빛을 바라보고 새삼 감동을 받았다. 소소는 서요가 어떤 길을 가든 굳건히 옆을 지키겠다는 충성을 맹세했다. 가슴 위로 손을 올린 그녀가 배시시 웃었다.

"저는 정말 복을 많이 받았나 봐요."

"네?"

"소소님처럼 좋은 분이 천상에서 내려와 제 곁에 있다는 게…… 너무 든든하고 고맙고 신기해요."

소소가 보기에 그녀는 방금 막 피어난 한 떨기 꽃 같았다. 서요의 시선은, 지금 이 순간만큼은 오직 그에게로만 향하고 있었다. 소소는 그 지긋한 시선에 점차 얼굴이 빨개지는 것을 느꼈다.

'또 시작이야.'

하지만 그는 전처럼 도망가지 않았다. 더는 바보 같은 모습을 보이고 싶지 않았다. 잠시 후, 잔뜩 긴장한 그가 입을 열었다.

"그건 저도 마찬가지입니다."

소소는 한 손으로 빨개진 얼굴을 가리면서도 최대한 서요의 앞에 서 있으려고 노력했다. 그리고 서요는 그의 진심이 담긴 대답에 방긋 웃었다.

"마찬가지라고요? 왜요?"

서요는 칭찬을 듣고 싶은 아이처럼 그에게 다가가 눈을 초롱초롱하게 빛내며 물었다. 소소는 잔뜩 경직된 상대로 헛웃음을 지었다.

"허허허. 그게……."

아까처럼 주인을 향한 애정과 충성을 보이면 되는데, 이상하게 말이 제대로 나오지 않았다. 아까 전에는 따뜻한 말도 잘 했는데 또 왜 이러나 싶었다.

소소는 간혹 지금처럼 그녀가 갑자기 다가올 때, 심장이 두근거리고 얼굴이 붉어지긴 했지만 그건 단순히 자신이 여성을 낯설어하기 때문이라고 생각했다. 지금도 그 생각에는 변함이 없었다. 이런 혼란스러운 감정들은 전부 주인인 서요를 향한 당연한 애정과 부끄러움이라고 결론을 내린 소소가 평온한 마음으로 그녀의 앞에서 미소를 지었다.

"여정을 함께 해나가면서 서요님이 얼마나 좋은 분이신지 더욱 깨닫고 있습니다. 그래서 저 또한 서요님을 지킬 수 있게 되어 영광이고, 앞으로도 곁에서 든든한 신하가 되어드리겠습니다."

"고마워요, 소소님. 정말 든든해서 제가 무엇을 하든 소소님께서는 저를 응원해 주실 거라는 생각이 들어요."

"당연한 말씀이십니다."

서요와 소소가 함께 마주 보며 웃었다. 그들 사이로 초여름 밤의 선선한 바람이 불어왔다. 그녀가 고민이 조금 풀렸다는 듯 그에게 말했다.

"이제 그만 돌아갈까요?"

"네."

소소는 조금 아쉬웠지만 그녀와 함께 다시 촌장의 집으로 향했다. 한 걸음 한 걸음이 전부 소중한 시간이었다. 그들이 오순도순 이야기를 나누며 집 앞에 도착했을 때, 저녁 식사 후 서요가 보이지 않아 집 주변을 서성이던 미르가 그들을 발견하고 다가왔다.

"어디 다녀오는 길이야?"

서요는 피하고 싶었던 미르와 만나자 숨을 크게 몰아쉬고 그의 눈치를 보았다. 혹시 그가 해문과 함께 있었던 것처럼 소소와 둘이 있었던 것에 화를 내면 어쩌나 싶었던 것이다. 하지만 미르의 표정은 화가 난 것 같지는 않았다. 단지 조금 불쾌해 보일 뿐이었다.

"아, 소화가 안 돼서 잠시 밖에 있다가 우연히 소소님을 만났어요."

"그래?"

서요의 대답에도 미르는 미간을 찌푸렸다. 굳이 이런 일까지 화를 내고 싶지는 않았지만 뭔가 불편해 보이는 그녀의 표정이 영 수상했다. 서요는 어째서 매번 저렇게 무언가를 숨기는 것처럼 이상하게 행동하는지 모를 일이었다. 항상 감정이 얼굴에 다 드러났다.

가슴이 답답해진 그가 숨을 크게 내쉬었다.

"시간이 늦었어. 그만 들어가서 자."

미르는 찝찝했지만 이번 한 번은 그냥 넘어가기로 하고 서요의 등을 집으로 떠밀었다. 그리고 서요와 함께 있을 때와는 달리 무표정으로 돌아온 소소와 함께 기상신들이 머무는 객실로 들어섰다.

"서요랑 무슨 얘기 했어?"

미르는 결국 궁금증을 참지 못하고 소소에게 물었다. 그는 천상에서도 올곧고 바른 신이었으니 거짓말을 하지 않을 터였다. 소소는 건조한 표정으로 미르를 바라보았다.

"그게 궁금해?"

"당연히 궁금하지. 내 여자의 일인데."

"그럼 직접 물어보지 그래?"

"뭐?"

"혼례까지 생각하는 연인 사이라며. 그렇게 궁금하면 네가 직접 물어보라고."

소소의 목소리는 높낮이 없이 평이했지만, 얼굴은 조금 차갑게 굳어 있었다. 미르는 소소가 왜 이렇게 까다롭게 구는지 이해할 수 없어서 그를 의아하게 바라보았다.

"뭐야. 왜 그러는 건데?"

미르가 뒤돌아서는 소소의 어깨를 한 손으로 잡고 날카롭게 말했다. 소소는 평소에도 자신과 서요의 사이를 은근히 갈라놓고는 했지만 조금 전의 반응은 뭔가 이상했다.

소소는 그의 손을 거칠게 치우며 별일 아니라는 듯이 대꾸했다.

"왜 그러냐니? 그건 내가 말해줄 수 있는 문제가 아니야. 서요님이 언젠가 준비가 되면 네게도 말씀하시겠지. 그래도 정 궁금하다면 네가 직접 물어보라는 거야."

"하!"

지금껏 서요에게 진심을 내보였던 미르는 소소의 말에 한 방 먹고야 말았다. 준비를 할 정도로 중요한 말을 연인인 그에게 하지 않고 소소에게 한 것은 매우 굴욕적인 일이었다. 또한 서요가 하지 않은 말을 함부로 전할 수 없다는 그의 뜻이 신하로서 어긋남이 없었기에 미르는 뭐라고 반박할 수도 없었다.

"뭐야. 둘 다 왜 그러는데. 나도 알려줘!"

그때 아무 걱정 없이 저녁을 먹고 방에서 느긋이 쉬고 있던 가람이, 그들의 언성이 높아지자 그 사이로 끼어들었다. 소소는 가람의 말과 미르의 살벌한 눈빛을 모두 무시한 채 자신이 왜 그렇게까지 아니꼽게 말했는지에 대한 의문이 들어 깊은 생각에 잠겼다.

'그냥 좋게 말해도 되었는데 왜 빈정거렸지? 서요님의 연인이라고 떠벌리는 미르가 마음에 들지 않아서인가.'

그는 최대한 감정을 가라앉히고 행동에 대한 적당한 이유를 찾았다. 주인과 신하의 관계가 명확한 그는 그것을 벗어나려는 미르가 마음에 들지 않는 것은 당연한 일이라고 생각했다.

"뭐야. 알려달라니까, 둘 다 무시하기만 하네. 이럴 거면 왜 새암까지 따라와서 여정을 함께하자고 난리를 친 거야!"

가람은 일부러 장난스럽게 말하며 분위기를 바꾸어보려고 했지만 그들의 사이는 나아지지 않았다. 서로 눈도 마주하지 않고 벽에 기대어 앉은 그들을 본 가람은 불편하다는 듯 얼굴을 일그러뜨렸다.

미오 없이 홀로 쓸쓸하게 잠들었던 서요는 이른 아침부터 소란스러운 바깥의 소리에 눈도 제대로 뜨지 못하고 자리에서 일어났다.

"흐아아암! 뭐지."

그녀가 하품을 하고 어기적거리며 거실로 나왔다. 그곳엔 놀랍게도 사나운 표정을 한 병사들이, 아침 식사를 준비하는 촌장의 아내와 그녀의 딸들을 노려보고 있었다.

'뭐야. 설마…… 벌써 시작된 거야?'

그녀는 대번에 어떤 상황인지 눈치챘지만 차마 입 밖으로 꺼내지는 못한 채 병사들과 촌장의 가족들을 번갈아 보았다. 당황해서 눈치만 보던 촌장 아내는 마른침을 꼴깍 삼키고 병사들에게 물었다.

"왜, 왜. 갑자기 왜 그러시는지요."

병사들은 수피아에 강제로 들어오긴 했으나 그동안 아주 조용하게 생활했기에 이들에겐 이보다 날벼락 같은 일이 없었다. 그녀의 물음에 한 병사가 입꼬리를 스윽 올렸다.

"지금부터 모락산 선모를 포함하여 모든 신에 대한 의식을 행하는 즉시 처벌할 것이다."

"예?"

신자를 탄압하겠다는 뜻이 명확히 담긴 병사의 말에 촌장의 가족들은 놀라서 그대로 굳어졌다.

"대체 저하께서 왜!"

충격을 받은 가족들 사이로 촌장이 나와서 씩씩거렸다. 믿으라고 하더니, 이게 믿음의 결과인가 싶어 억장이 무너지는 듯했다.

"결코 물러서지 않을 게다!"

촌장은 흥분한 나머지 병사의 얼굴에 삿대질을 했다. 서요는 미리 언질을 들어 알고 있었음에도 당황스러워서 벌어진 입을 손으로 틀어막았다.

'진짜로 시작되었어! 그런데 이렇게 빨리? 아직 마음의 준비가 되지 않았는데!'

그녀는 심지어 소소를 제외한 미르와 가람에게는 이 일에 대해서 어떠한 말도 하지 못한 상태였다. 깊은 후회가 서요의 가슴을 꽉 채웠다.

잠시 후, 아침 식사를 위해 촌장과 그의 가족들 그리고 서요 일행이 모두 거실에 모였다. 촌장은 상황이 이쯤 되면 몸을 사리고 대책 회의부터 시작해야 하나 싶었지만, 선모를 향한 감사의 표현을 놓지 않겠다는 의지를 보여주기 위해 참담한 얼굴로 자리에 앉았다.

"오늘도 선모님의 은혜를 받들겠나이다."

그가 허리를 꼿꼿하게 세우고 당당하게 기도를 올렸다. 그러자 그 행동을 본 병사들이 무자비하게 아침상을 엎어버렸다.

"꺄악!"

순식간에 벌어진 일에 촌장의 딸들이 비명을 질렀다. 그릇이 깨지고 음식은 바닥에 지저분하게 흩어졌다.

기상신들은 곧바로 서요의 곁으로 다가와 그녀를 지키며, 촌장과 병사가 대치하는 것을 굳은 얼굴로 바라보았다. 소소를 제외한 기상신들은, 병사들이 왜 또 이런 일을 벌이나 싶어 속에서 분노가 들끓었다.

미르와 가람이 소리를 지르기 전에, 먼저 촌장이 노호했다.

"이게 대체 무슨 짓이냐!"

"나는 분명히 경고했다."

병사는 물러서지 않고 눈을 무섭게 홉떴다. 서요는 이것이 해문이 일부러 시킨 것이라는 사실을 알고 있음에도 심장이 쿵쾅거렸다. 탄압의 시작은 정말 그럴듯했다. 얼음 같이 차가운 대치가 계속되는 가운데, 때마침 해문이 촌장의 집으로 들어왔다. 그는 난장판이 된 집안 꼴을 보고도 표정에 아무런 변화가 없었다.

미르는 그런 해문을 유심히 지켜보았다. 서요에게 잘 보이려고 하는 그가 갑자기 이런 명을 내린 데는 다 이유가 있을 것이었다. 해문은 여러 사람의 시선을 느끼고 아무렇지 않게 입을 열었다.

"내 분명 말하지 않았나. 촌장."

촌장은 그를 보고 더욱 흥분해서 콧김을 뿜었다.

"세자 저하!"

"이 땅의 신자들을 모두 탄압할 것이라고."

"아니요! 저하께서는 그리 말씀하지 않으셨습니다!"

차분한 해문에 비해 촌장의 음성은 뒤로 갈수록 격해졌다. 그가 반응을 할수록 병사들은 해문의 옆에 서서 눈알을 부라렸고, 촌장의 가족들은 그들이 두려워 온몸을 벌벌 떨었다.

해문은 비록 이것이 어명을 시행하고 모락산 사람들과 자락산 사람들을 화해시키기 위한 계략일지라도 주민들에게 두려움을 느끼게 하는 것이 매우 미안했다. 하지만 그렇다고 이쯤에서 물러날 순 없었다. 그들을 더욱 궁지로 몰아넣어야 했다. 해문이 날카로운 눈빛으로 그를 바라보았다.

"첫 경고는 이것으로 끝이지만…… 다음번엔 용서치 않을 것이네."

촌장은 갑자기 변한 해문의 태도를 믿을 수 없어서 허망한 표정을 지었다. 선모를 향한 감사 인사조차 제대로 하지 못하는 처지가 절망스럽기만 했다. 그의 모습에 더욱 마음이 안 좋아진 해문은 얼른 집을 나섰다.

그가 집을 나가자마자 서요는 계획대로 모락산 사람들의 이야기를 전하기 위해 촌장에게 다가갔지만, 뒤에서 미르가 잡아당기는 바람에 그 자리에 멈춰 섰다. 서요는 의아한 얼굴로 뒤를 돌아보았다. 그곳엔 얼음보다 더 서늘한 기운을 뿜어내고 있는 미르가 있었다.

〈2권에서 계속〉